KARL MAY

KLASSISCHE MEISTERWERKE

Diese Sammlung umfaßt alle Bücher, die Karl Mays Weltruhm begründeten: die Reiseerzählungen und die eigens für die Jugend verfaßten Bände.

KARL MAY

HALBBLUT

UND ANDERE ERZÄHLUNGEN

KARL-MAY-VERLAG · BAMBERG
in Zusammenarbeit mit dem
VERLAG CARL UEBERREUTER · WIEN

INHALT

Herausgegeben von Dr. E. A. Schmid

Diese Ausgabe erscheint in enger Zusammenarbeit
mit dem Verlag Carl Ueberreuter, Wien.
Der Inhalt dieses Buches entspricht dem Band 38
der grünen Originalausgabe „Karl Mays Gesammelte Werke“.

ISBN 3-7802 0538-6
Gesamtherstellung: Ebner Ulm

HALBBLUT

1. Der Mestize

Ein schwerer Sturm peitschte den dichtströmenden Regen gegen die sich vor ihm beugenden Tannenwipfel des Hochwaldes; fingerstarke Wasserfäden flossen an den Riesenstämmen nieder und vereinigten sich an den Wurzeln zu erst kleinen, nach und nach aber immer größer werdenden Bächen, die in zahllosen Wasserfällen von Fels zu Fels in die Tiefe stürzten, um unten im engen Tal von dem hochaufgeschwollenen Fluß aufgenommen zu werden. Es war Nacht geworden; von Minute zu Minute rollte ein zürnender Donner über die Tiefe hin, doch, so hell und grell der Blitz jedesmal dabei leuchtete, fiel der Regen so dicht herab, daß man kaum fünf Schritte weit zu sehen vermochte.

Der rasende Sturm traf oben den Hochwald und die Felsenklippen; seine Macht jedoch reichte nicht bis in die Tiefe, wo die Riesentannen im nächtlichen Dunkel unbeweglich standen; aber es war auch da nicht still, denn die Wasser des Flusses rauschten und brausten so erregt zwischen den Ufern dahin, daß nur ein ungemein scharfes Ohr hören konnte, daß zwei einsame Reiter flußabwärts geritten kamen; zu sehen waren sie nicht.

Wäre es Tag gewesen, so hätten sie gewiß den verwunderten Blick eines jeden Begegnenden auf sich gezogen, und zwar nicht etwa infolge ihrer Kleidung und Ausrüstung, sondern weil beide von einer wahrhaft angsterregenden Länge waren.

Der eine war semmelblond und hatte einen bei seiner Höhe geradezu lächerlich kleinen Kopf. Mitten unter zwei gutmütigen Mäuseäuglein saß ein winziges, aufwärts gerichtetes Stumpfnäschen, das viel besser in das Gesicht eines vierjährigen Kindes gepaßt hätte und in gar keinem Verhältnis zu dem ungeheuer breiten Mund stand, der sich fast vom einen Ohr bis zum andern zog. Einen Bart hatte der Mann nicht, und dieser Mangel schien angeboren zu sein, denn über dieses frauenglatte Gesicht war gewiß noch nie ein Schermesser gegangen. Er trug ein ledernes Wams, das ihm wie ein kurzer Mantel faltenreich von den schmalen Schultern hing, dazu enge Lederhosen, die seine Storchenbeine fest umschlossen, halbhohe Schaftstiefel und einen Strohhut, dessen Krempe sich traurig herabneigte und den aufgefangenen Regen in ununterbrochenen Fäden rund um ihn niederströmen ließ. Auf seinem Rücken hing, die Mündung nach unten gerichtet, ein Doppelgewehr. Das Pferd, das er ritt, war ein kräftiger, starkknochiger Klepper, der gewiß schon fünfzehn Sommer hinter sich hatte, aber alle Lust zu besitzen schien, noch weitere fünfzehn ebenso rüstig zu erleben.

Der andere Reiter hatte dunkles Haar, auf dem eine uralte Pelzmütze saß, ein sehr schmales und sehr langes Gesicht, und ebensosehr schmal und sehr lang waren auch die Nase, der Mund und der fadenartige Schnurrbart, dessen Spitzen fast hinter den Ohren zusammengebunden werden konnten. Seine weit über zwei Meter lange Gestalt war, umgekehrt zu seinem Gefährten, oben eng und unten weit bekleidet, denn während er eine sehr weite, faltenreiche Hose trug, deren Enden in rindsledernen Halbstiefeln steckten, umschloß seinen Oberkörper eine lange Filzjacke so eng, als sei sie ihm angegossen worden. Auch er hatte ein Doppelgewehr. Daß beide außerdem noch Messer und Revolver besaßen, war ganz selbstverständlich. Er saß auf einem zuverlässigen Mustang, dessen Wiegenfest sich wenigstens ebenso oft wiederholt hatte wie dasjenige des anderen Pferdes.

Die beiden Reiter kümmerten sich weder um den Weg noch um den strömenden Regen. Den ersteren zu suchen und zu finden, das überließen sie ihren scharfsinnigen und erfahrenen Pferden, und aus dem letzteren machten sie sich aus dem Grunde nichts, weil er ihnen ja doch nicht tiefer als bis auf die Haut gehen konnte.

Sie unterhielten sich trotz des unaufhörlichen Donnerns und Blitzens und trotz der gefährlichen Nähe des an seinen Ufern wühlenden und zerrenden Flusses so unbefangen miteinander, als ritten sie im hellen Sonnenschein über eine offene Prärie. Aber wer sie hätte sehen können, dem wäre wohl aufgefallen, daß sie einander trotz der Dunkelheit sehr aufmerksam beobachteten, denn sie kannten sich erst seit einer Stunde, und im Wilden Westen ist ein anfängliches Mißtrauen stets am Platz. Sie hatten sich kurz vor Einbruch der Nacht und dem Beginn des Gewitters oben am Fluß getroffen und da erfahren, daß sie beide heute noch nach Firwood-Camp[1] wollten; da war es wohl selbstverständlich gewesen, daß sie miteinander ritten.

Nach ihren Namen und Verhältnissen hatten sie sich nicht gefragt, und ihre Unterhaltung war bisher so allgemein gewesen, daß sie Persönliches nicht berührte. Jetzt ertönte ein mehrfacher, krachender Donnerschlag, und wiederholte Blitze zuckten blendend über die enge Tiefe hin. Da meinte der blonde Stumpfnäsige: »Bless my soul! Ist das ein Gewitter! Grad wie daheim bei Timpes Erben!«

Der andere hielt bei den beiden letzten Worten unwillkürlich sein Pferd an und öffnete bereits den Mund, um eine schnelle Frage auszusprechen, besann sich aber eines andern und schwieg, während er sein Pferd weitertrieb. Er erinnerte sich daran, daß man westlich vom Mississippi nicht unvorsichtig sein durfte.

Die Unterhaltung wurde fortgesetzt, natürlich ziemlich einsilbig, wie es die Örtlichkeit und Lage mit sich brachte. Es verging eine Viertelstunde und noch eine. Da machte der Fluß eine scharfe Biegung nach der Seite, wo sich die beiden Reiter befanden; er hatte das hier erdige Ufer unterwaschen; das Pferd des Blonden konnte nicht schnell genug wenden, es geriet auf die haltlose Scholle und brach ein, glücklicherweise nicht tief; der Reiter riß es empor und herum, gab ihm die Sporen und war mit einem kühnen Satz wieder auf festem Boden.

»Good god!« rief er dann aus. »Ich bin schon naß genug vom

[1] Tannenwaldlager

Regen, wozu also noch ein solches Bad? Hier konnte ich ertrinken! Beinahe so wie damals bei Timpes Erben!«

Er nahm sichere Entfernung vom Fluß und ritt dann weiter. Sein Gefährte folgte ihm eine Weile schweigend und fragte dann: »Timpes Erben? Was ist das für ein Name, Sir?«

»Wißt Ihr das nicht?« lautete die Antwort.

»Nein.«

»Hm! Sonderbar! Alle meine Bekannten und Freunde wissen es!«

»Ihr vergeßt, daß wir uns vor wenig über einer Stunde zum erstenmal gesehen haben.«

»Richtig! Da könnt Ihr freilich noch nicht wissen, wer Timpes Erben sind. Ihr werdet es aber vielleicht erfahren.«

»Vielleicht?«

»Ja, wenn wir nämlich länger beisammen bleiben.«

»Wenn ich es aber jetzt erfahren möchte, Sir?«

»Jetzt? Warum?«

»Weil ich Timpe heiße.«

»Was? Wie? Ihr heißt Timpe? Timpe ist Euer Name?«

»Ja.«

»Wonderful! Ich suche nach Timpe seit langen Jahren überall, auf den Bergen und in allen Tälern, im Osten und im Westen, bei Tag und bei Nacht, bei Sonnenschein und bei Regen, und nun, da ich es längst aufgegeben habe, ihn zu finden, da reitet er hier in diesem Wetter an meiner Seite und läßt mich beinahe in diesem schönen Flusse ersaufen, ohne mir zu sagen, wer er ist!«

»Ihr sucht nach mir?« fragte sein Begleiter verwundert. »Weshalb?«

»Na, wegen der Erbschaft! Weshalb denn sonst?«

»Erbschaft? Hm! Wer seid Ihr denn eigentlich, Sir?«

»Ich bin auch ein Timpe.«

»Auch einer? Woher denn?«

»Von drüben herüber.«

»Aus Deutschland?«

»Natürlich! Oder kann ein Timpe woanders geboren sein?«

»Allerdings, denn ich zum Beispiel bin hier in den Staaten geboren.«

»Aber von deutschen Eltern!«

»Mein Vater war ein Deutscher.«

»So seid Ihr wohl der deutschen Sprache mächtig?«

»Ja.«

»Nun, so redet doch, wenn Ihr einen Deutschen vor Euch habt, deutsch, wie Euch der Schnabel gewachsen ist!«

»Na, Sir, nur sachte, sachte! Ich habe doch nicht gewußt, daß Ihr ein Deutscher seid!«

»Aber nun wißt Ihr es. Ich bin ein Deutscher, ein Timpe sogar, und verlange, daß Deutsche deutsch mit mir reden.«

»Woher stammt Ihr?«

»Aus Hof in Bayern.«

»Da gehen wir einander nichts an, denn ich stamme aus Plauen im Vogtland.«

»Oho! Nichts angehen! Mein Vater stammt auch aus Plauen und ist von dort nach Hof verzogen.«

Der Dunkelhaarige hielt sein Pferd an. Der Regen hatte nach einem heftigen Donnerschlag plötzlich aufgehört, und die Wolken waren vom Sturm zerteilt worden. Zwischen ihnen blickten helle, blaue Stellen des Himmels hernieder, und die beiden Männer konnten ihre Gesichter erkennen.

»Aus Plauen nach Hof verzogen?« fragte er. »Da ist es freilich nicht nur möglich, sondern sehr wahrscheinlich, daß wir Verwandte sind. Was ist Euer Vater gewesen?«

»Büchsenmacher, und ich bin es auch geworden.«

»Das stimmt, das stimmt! Das ist ja ein merkwürdiges Zusammentreffen! Aber wir wollen uns nicht hier aufhalten; das Gewitter kann leicht zurückkehren, und wir haben noch den schwierigsten Teil des Tales vor uns; da wollen wir das jetzige annehmbare Wetter benutzen. Wir können besser weitersprechen, wenn wir an Ort und Stelle sind. Also kommt, Sir, oder Vetter, wenn Euch das besser gefällt!«

Sie ritten weiter. Das Tal wurde bald so eng, daß nur wenig Raum blieb zwischen dem Fluß und der beinahe senkrecht aufsteigenden diesseitigen Felswand. Und dieser Raum bestand nicht etwa aus grasigem Boden, sondern es gab da eine Menge Gesträuch, durch das sich die Pferde oft geradezu drängen mußten. Hätte sich das Gewitter nicht verzogen, und wäre es so finster wie vorher geblieben, so dürfte es unmöglich gewesen sein, hier vorwärts zu kommen.

Das hielt eine bedeutende Strecke an, bis das Tal sich wieder verbreiterte, um nach einer halben Stunde wieder eine sehr schmale Schlucht zu bilden, die aber nicht lang war, sondern sehr bald auf den Platz mündete, der Firwood-Camp genannt worden war, weil es hier nur Tannen gab, die in riesiger Größe zum Himmel aufstrebten.

Es kreuzten sich hier zwei Täler in beinahe rechtwinkliger Richtung, nämlich das Tal des Flusses, an dem die beiden Timpes herabgekommen waren, und ein anderes, worin die im Bau begriffene Eisenbahn die Höhe des Gebirges zu ersteigen strebte. Camp heißt Lager, und daß es hier ein solches, und zwar ein nicht unbedeutendes, gab, das sahen die beiden Reiter trotz der nächtlichen Dunkelheit sofort, als sie die Felsenenge vor sich hatten.

Es lag da eine Menge von Baumriesen, die gefällt worden waren, um aus den Stämmen Bretter und aus den starken Ästen Bahnschwellen zu bekommen; der Abfall lieferte das nötige Feuerholz. Die über den Fluß führende Brücke war beinahe fertig, und in deren Nähe lag die fliegende Schneidemühle, deren Sägen die Holzmassen zu bewältigen hatten. Weiterhin gähnte schwarz ein tief in den Felsen gesprengter Steinbruch, der die Quadern zum Unterbau zu liefern hatte, und links zogen sich mehrere aus Balken und Brettern errichtete schuppenähnliche Bauten hin, die zur Unterbringung der Menschen, der Werkzeuge und der Vorräte dienten.

Eine dieser hier Shops genannten Buden war außerordentlich lang und tief. Die vier Feueressen, die das Dach überragten, und die zahlreichen, jetzt erleuchteten Fenster ließen vermuten, daß der Shop den im Camp anwesenden Arbeitern Unterkunft zu gewähren hatte. Infolgedessen wendeten sich die beiden Ankömmlinge dorthin.

Schon von weitem scholl ihnen ein lautes Stimmengewirr entgegen, und als sie näher gekommen waren, machte sich mit jedem Schritt mehr eine von Branntweindunst geschwängerte Luft bemerkbar. Sie stiegen ab, banden ihre Pferde an die wahrscheinlich zu diesem Zweck neben der Tür eingeschlagenen Pfähle und wollten eben eintreten, als ein Mann herauskam, der in das Innere zurückrief: »Der Bauzug muß gleich kommen; ich will ihn abfertigen, dann bin ich wieder da. Vielleicht bringt er Neuigkeiten oder gar Zeitungen mit.«

Der Mann sah auf, erblickte die Fremden, trat zur Seite, um sie in das aus der Tür fallende Licht kommen zu lassen, und betrachtete sie.

»Good evening, Sir«, grüßte der Blonde. »Wir sind bis auf die Haut durchnäßt. Gibt es hier einen Platz, wo man trocken werden kann?«

»Ja«, antwortete er. »Es gibt sogar Plätze, um trocken schlafen zu können, nämlich falls ihr nicht zu derjenigen Sorte von Menschen gehört, die man lieber gar nicht eintreten läßt.«

»Keine Sorge, Sir! Wir sind ehrliche Westmänner, Gentlemen, die Euch nicht Schaden bringen, sondern alles, was sie bekommen, bezahlen werden.«

»Wenn eure Ehrlichkeit so bedeutend wie eure Körperlänge ist, dann seid ihr freilich die größten Gentlemen unter der Sonne. Na, geht hinein, links in den kleineren Room, und sagt dem Shopman, ich, der Engineer[1], hätte gesagt, ihr könntet bleiben. Wir sehen uns bald wieder.«

Er ging fort, und sie befolgten seine Aufforderung.

Das Innere der Bude bildete einen einzigen großen Raum, von dem nur links ein kleiner Teil durch eine mannshohe Bretterwand halb abgeteilt war. Es gab da eine Menge dürftiger Tische und Bänke, die in die Erde gerammt waren, und zwischen ihnen und an den Wänden hin Massenbetten, deren Füllung hauptsächlich nur aus trockenem Gras und Heu bestand. Vier Herde, auf denen hohe Feuer loderten, sorgten für eine wenig zulängliche Beleuchtung; Lampen oder Lichte gab es nicht, und so kam es, daß bei dem Flackern der Flammen alle Personen und Gegenstände in gespenstischer Unruhe und Bewegung zu sein schienen.

An den Tischen saßen und auf den Lagern hockten wohl an die zweihundert Bahnarbeiter, kleine, langzöpfige Burschen mit gelber Gesichtsfarbe, hervortretenden Backenknochen und schief geschlitzten Augen, die sich erstaunt auf die beiden überlangen Gestalten richteten.

»Pfui Teufel! Chinesen! Das konnten wir uns denken, denn man roch es schon von draußen!« meinte der Dunkelhaarige. »Kommt schnell in den kleinen Room, wo die Luft vielleicht genießbarer ist!«

In dieser Abteilung gab es auch eine Anzahl von Brettertafeln, woran aber weiße Arbeiter rauchend und trinkend saßen, derbe, wetterharte Männer, von denen wohl mancher eine bessere Ver-

[1] Ingenieur

gangenheit hinter sich hatte, mancher aber auch nur deshalb hierhergekommen war, weil er sich im zivilisierten Osten nicht mehr sehen lassen durfte. Ihre überlaute Unterhaltung verstummte sofort, als sie die beiden Gäste sahen, denen ihre erstaunten Blicke bis hin zum Schenktisch folgten, hinter dem der Shopman bei zahlreichen Flaschen und Gläsern lehnte.

»Railroaders[2]?« fragte er, indem er ihren Gruß nickend erwiderte.

»Nein, Sir«, antwortete der Blonde. »Wir haben nicht die Absicht, den hier sitzenden Gentlemen ihren Verdienst zu schmälern. Wir sind Westmänner und suchen ein Feuer, woran wir uns trocknen können. Der Engineer schickt uns zu Euch.«

»Könnt ihr zahlen?« erkundigte sich der Shopman, während er die langen Gestalten mit einem scharf prüfenden Blick überflog.

»Ja.«

»Dann könnt ihr alles haben, was ihr braucht, auch später ein feines, abgesondertes Lager zum Schlafen da hinter den Kisten und Fässern. Setzt euch an den Tisch am Herd; da gibt es Wärme genug, der andere ist für die Beamten und höheren Gentlemen.«

»Well! Ihr rechnet uns also zu den niedrigen Gentlemen. Das hätte ich Euch bei unserer Länge nicht zugetraut. Tut aber nichts. Bringt uns Gläser, heißes Wasser, Zucker und Rum! Wir wollen uns auch innerlich anwärmen.«

Sie setzten sich an den ihnen angewiesenen Tisch, der so nahe am Feuer stand, daß ihre nassen Anzüge bald trocknen konnten, bekamen das Verlangte und brauten sich einen Grog. Die weißen Arbeiter hatten gehört, daß sie keine Konkurrenz zu befürchten hatten; sie waren befriedigt und setzten ihr unterbrochenes Gespräch wieder fort.

An dem für Beamte und »höhere Gentlemen« bestimmten Tisch saß eine einzelne Person, ein junger, vielleicht nicht ganz dreißig Jahre zählender Mann, der wie ein weißer Jäger gekleidet war, aber der kaukasischen Rasse nicht angehörte, was sich aus der Farbe seiner Haut und der Bildung seines Gesichts schließen ließ. Er war jedenfalls ein Mestize, einer jener Mischlinge, die zwar die körperlichen Vorzüge, aber dazu leider meist auch die moralischen Fehler ihrer verschiedenfarbigen Eltern erben. Seine Glieder waren kräftig und geschmeidig wie diejenigen eines Panthers und seine Gesichtszüge überaus klug, aber seine dunklen Augen lagen unter den tief gesenkten Lidern und Wimpern lauernd versteckt wie ein wildes Katzenpaar, das eine Beute belauert. Er schien die beiden Fremden gar nicht zu beachten, ließ jedoch seine Blicke oft und verstohlen zu ihnen fliegen und neigte den Kopf zur Seite nach ihnen hin, um zu hören, wovon sie sprechen würden. Er hatte Grund zu ermitteln, welche Absicht sie in diese Gegend geführt hatte und ob sie bleiben oder nicht bleiben wollten. Zu seinem Leidwesen verstand er keines ihrer Worte, obgleich sie laut genug miteinander redeten, denn sie bedienten sich einer Sprache, die er nicht kannte, der deutschen.

Als sie ihre Gläser gefüllt hatten, tranken sie sich zu und leerten sie bis auf den Grund. Der Dunkelköpfige setzte das seine vor sich

[1] Eisenbahner

hin und sagte: »So, das war der Willkommen, den wir einander schuldig sind, und nun wieder zur Sache! Also Sie sind eigentlich Büchsenmacher, und Ihr Vater war es auch. Nehmen wir einmal an, daß wir wirklich Verwandte seien, so will ich Ihnen offen sagen, daß ich noch nicht weiß, ob ich mich auch verwandtschaftlich zu Ihnen verhalten darf.«

»Warum sollten Sie das nicht dürfen?«

»Wegen der Erbschaft.«

»Wieso?«

»Ich bin um sie betrogen worden.«

»Ich doch auch!«

»Ach, wirklich? Sie haben auch nichts bekommen?«

»Keinen Pfennig!«

»Aber es ist doch eine so bedeutende Summe an die Erben drüben ausgezahlt worden!«

»Ja, an Timpes Erben in Plauen, jedoch nicht an mich, obwohl ich ein ebenso echter Timpe bin wie sie.«

»Erlauben Sie mir, diese Echtheit einmal zu prüfen! Wie ist Ihr vollständiger Name?«

»Kasimir Obadja Timpe.«

»Der Ihres Vaters?«

»Rehabeam Zacharias Timpe.«

»Wieviel Brüder hatte Ihr Vater?«

»Fünf. Die drei jüngsten sind nach Amerika gegangen. Sie glaubten, da schnell reich werden zu können, weil dort viele Gewehre gebraucht wurden. Die Brüder waren alle Büchsenmacher.«

»Wie hieß der zweite Bruder, der in Plauen geblieben ist?«

»Johannes Daniel. Er ist gestorben und hat zwei Söhne hinterlassen, nämlich Petrus Micha und Markus Absalom, die jene hunderttausend Taler geerbt und aus der Stadt Fayette in Alabama geschickt bekommen haben.«

»Das stimmt; das stimmt abermals! Mit Ihrer Orts- und Personenkenntnis beweisen Sie, daß Sie wirklich mein Vetter sind.«

»Oh, ich kann es noch besser beweisen. Ich habe meine Papiere und Ausweise heilig aufgehoben; ich trage sie auf meinem Herzen und kann sie Ihnen sofort –«

»Jetzt nicht, jetzt nicht, vielleicht später«, fiel ihm der andere in die Rede. »Ich glaube Ihnen. Sie wissen doch auch, warum die fünf Brüder und ihre Söhne sämtlich solche biblische Namen haben?«

»Ja. Es war das ein uralter Gebrauch in der Familie, von dem keiner abgewichen ist.«

»Richtig! Und dieser Gebrauch konnte in den Staaten hier leicht beibehalten werden, weil der Amerikaner solche Namen auch bevorzugt. Mein Vater war der dritte Bruder; er hieß David Makkabäus und blieb in New York. Mein Name ist Hasael Benjamin. Die zwei Jüngsten gingen weiter ins Land und setzten sich in Fayette im Staate Alabama fest. Der Allerjüngste hieß Josef Habakuk; er starb dort kinderlos und hat das große Erbteil hinterlassen. Der vierte Bruder, Tobias Holofernes, starb in derselben Stadt; sein einziger Sohn, Nahum Samuel, ist der Schwindler.«

»Wieso?«

»Sehen Sie das nicht ein? Ich bin vollständig ahnungslos gewesen. Vater hat zwar in der ersten Zeit mit seinen zwei Brüdern in Fayette Briefe gewechselt, doch ist das nach und nach eingeschlafen, bis man einander schier vergessen hat. Die Entfernungen in den Staaten sind so groß, daß selbst Brüder sich nach und nach aus den Augen kommen. Nach Vaters Tod führte ich das Geschäft fort, schlecht und recht, ohne viel mehr als das Leben herauszuschlagen. Da traf ich in Hoboken mit einem Deutschen zusammen; er war Einwanderer und kam aus Plauen im Vogtlande. Ich erkundigte mich natürlich nach meinen dortigen Verwandten und erfuhr zu meinem Erstaunen, daß sie bare hunderttausend Taler von dem Onkel Habakuk in Fayette geerbt hatten. Und ich nichts! Ich glaubte, der Schlag werde mich treffen! Ich hatte meinen Anteil auch zu verlangen und schrieb wohl zehn und noch mehr Briefe nach Fayette, bekam aber keine Antwort. Da verkaufte ich kurz entschlossen mein Geschäft und reiste hin.«

»Ganz recht, ganz recht, lieber Vetter! Nun, und der Erfolg?«

»War gar kein Erfolg, denn der Vogel hatte sich unsichtbar gemacht; er war ausgeflogen.«

»Welcher Vogel?«

»Das können Sie sich doch nun denken! Man hatte in Fayette geglaubt, der alte Josef Habakuk sei nur in guten Verhältnissen gestorben; daß er so reich gewesen war, hatte man nicht geahnt. Wahrscheinlich hat ihn sein Geiz abgehalten, es zu zeigen. Sein Bruder Tobias Holofernes war sehr arm vor ihm gestorben, und er hatte dessen Sohn, seinen Neffen Nahum Samuel, zu sich in das Geschäft genommen. Dieser nun ist der Betrüger. Er hat zwar nicht umhin gekonnt, die hunderttausend Taler nach Plauen zu schicken, mit dem übrigen Gelde aber hat er sich aus dem Staub gemacht, auch mit den hunderttausend Talern, die mir zufallen mußten.«

»Und mit den meinigen wahrscheinlich auch?«

»Jedenfalls!«

»Der Schurke! Vater zog von Plauen fort, weil er sich wegen der Konkurrenz mit dem Bruder arg verfeindet hatte. Diese Feindschaft wuchs trotz der Entfernung mehr und mehr, so daß keiner mehr etwas von dem andern wissen und hören wollte. Darüber ist Vater gestorben, sein Bruder in Plauen auch. Später schrieben mir dessen Söhne, sie hätten von dem Oheim Josef Habakuk in Amerika hunderttausend Taler geerbt. Ich fuhr sofort nach Plauen, um mich zu erkundigen. Da ging es freilich sehr hoch her. Die beiden Vettern wurden nicht anders als Timpes Erben genannt; sie hatten ihr Geschäft aufgegeben und lebten wie die Fürsten. Ich wurde sehr gut aufgenommen und mußte einige Wochen bei ihnen bleiben. Von der alten Feindschaft wurde kein Wort gesprochen, aber ebensowenig konnte ich etwas Näheres und Sicheres über den Onkel Josef Habakuk und seine Hinterlassenschaft erfahren. Die Vettern ließen mich ihren Reichtum sehen, aber meinen Anteil schienen sie mir nicht zu gönnen. Da machte ich es kurz entschlossen wie Sie: ich verkaufte mein Geschäft, ging nach Amerika und begab mich von New York natürlich sofort direkt nach Fayette.«

»Ah, also auch! Wie fanden Sie es dort?«

»Ganz wie Sie, nur daß man mich auslachte. Man sagte mir, daß die dortigen Timpes niemals wohlhabend gewesen seien.«

»Unsinn! Verstanden Sie damals Englisch?« – »Nein.«

»So hat man Sie dort als Deutschen an der Nase geführt. Was haben Sie dann angefangen?«

»Ich wendete mich nach St. Louis, wo ich bei Mr. Henry, dem Erfinder des berühmten fünfundzwanzigschüssigen Henrystutzens, Arbeit nehmen und soviel wie möglich von seiner Kunst lernen und ablauschen wollte, kam aber in der Stadt Napoleon am Arkansas und Mississippi in die Gesellschaft einiger Präriejäger, denen ich als Büchsenmacher recht war. Sie ließen mich nicht weiter und veranlaßten mich, mit ihnen nach den Felsenbergen zu gehen. So bin ich ein Westmann geworden.«

»Und sind Sie zufrieden mit diesem Wechsel?«

»Ja. Lieber freilich wäre es mir, wenn ich meine hunderttausend Taler erwischt hätte und in dulci jubilo leben könnte, so wie Timpes Erben.«

»Hm! Das kann vielleicht noch werden.«

»Schwerlich! Mir ist später auch der Gedanke gekommen, daß der alte Josef Habakuk doch so reich gewesen und sein Neffe Nahum Samuel mit dem Gelde entwichen sein könne. Ich habe nach ihm gesucht, mehrere Jahre lang, doch vergebens, wie ich Ihnen schon sagte.«

»Ich auch, und ebenso vergebens, doch nur bis vor kurzer Zeit, denn nun habe ich seine Spur.«

»Sei – ne – Spur? Wie – wa – wirk – lich?« rief Kasimir, während er so schnell von seinem Sitze aufsprang, daß die Anwesenden aufmerksam wurden und ihre Blicke auf ihn richteten.

»Still, ruhig!« warnte Hasael. »Man darf sich nicht so bald aufregen lassen. Ich habe aus ganz untrüglicher Quelle gehört, daß ein gewisser Nahum Samuel Timpe, früher Büchsenmacher und nun ungeheuer reich, jetzt in Santa Fé wohnt.«

»In Santa Fé da drüben? Da müssen wir hin, unverzüglich hin, wir beide, Sie und ich!«

»Bin damit einverstanden, Vetter. Es war natürlich meine Absicht, ihn aufzusuchen und zur Herausgabe des Geldes nebst Zinsen zu zwingen. Daß dies schwer, sehr schwer sein wird, habe ich mir nicht verhehlt, und darum freut es mich, Sie getroffen zu haben, denn zweien muß es leichter werden. Wir treten in einer solchen Weise vor ihn hin, daß er vor Schreck seine Schandtat eingesteht und das Geld augenblicklich aufzählt. Wir sind Westmänner und drohen ihm mit dem Gesetz der Prärie. Nicht?«

»Selbstverständlich, ganz und gar selbstverständlich!« stimmte Kasimir höchst eifrig bei. »Welch ein Glück, daß ich Sie getroffen habe, Sie – Sie – Sie? Ist es nicht eine Dummheit, Vetter, uns Sie zu nennen, da wir so nahe Verwandte und Schicksalsgenossen sind?«

»Kommt mir auch so vor.«

»Also Brüderschaft machen, du sagen, nicht wahr?«

»Mir recht. Hier ist meine Hand; schlag ein! Wir füllen die Gläser wieder und leeren sie auf unser Wohl und auf das Gelingen unseres Vorhabens. Da, stoß an!«

»Prosit, Vetter, oder vielmehr: Prosit, lieber Hasael!«

»Prosit! Aber Hasael? Weißt du, man ist in den Staaten möglichst kurz, besonders mit den Namen. Man sagt Jim, Tim, Ben und Bob und spricht nicht alle Silben aus, wenn eine einzige genügt. Mein Vater sagte stets Has anstatt Hasael, und ich habe mich daran gewöhnt. Mach du es ebenso!«

»Has? Hm! Dann müßtest du zu mir auch Kas sagen anstatt Kasimir?«

»Warum nicht?«

»Klingt das nicht sehr dumm?«

»Dumm? Unsinn! Es klingt, sage ich dir; mir gefällt es, und wie es andern klingen mag, das ist mir gleichgültig. Also nochmals prosit, lieber Kas!«

»Prosit, lieber Has! Aufs Wohl von Kas und Has, den neuesten Erben Timpes!«

Sie stießen still begeistert und nur leise ihre Gläser zusammen, um nicht die Aufmerksamkeit der andern Zecher auf sich zu ziehen. Dann meinte der dunkelköpfige Has: »Also auf nach Santa Fé! Aber das ist nicht so leicht und schnell ausgeführt, denn wir werden zu einem weiten Umweg gezwungen sein.«

»Warum?« fragte der semmelblonde Kas.

»Weil wir durch das Gebiet der Komantschen müßten, wenn wir den kürzesten Weg einschlagen wollten.«

»Ich hörte doch nicht, daß diese Roten jetzt das Kriegsbeil ausgegraben haben!«

»Ich auch nicht; aber die Indsmen sind selbst im tiefsten Frieden kriegerisch und stets den Bleichgesichtern feind. Zudem traf ich gestern mit einem Pedlar[1] zusammen, der von ihnen kam. Du weißt, daß die Indsmen einem Pedlar fast niemals etwas Böses tun, weil sie ihn notwendig brauchen. Der sagte mir, daß der große Kriegshäuptling Tokvi Kava[2] jetzt nicht bei seinem Stamme sei, sondern sich mit einigen seiner besten Krieger entfernt habe, ohne zu sagen, wohin.«

»Tokvi Kava, der Jägerschinder? Das läßt allerdings vermuten, daß er wieder auf eine seiner Grausamkeiten sinnt. Ich fürchte mich wahrlich vor keinem Roten, aber sei man noch so mutig, besser ist es immer, einem solchen Burschen gar nicht zu begegnen. Darum schlage ich vor, lieber den Umweg zu machen und eine Woche später in Santa Fé anzukommen. Unser Nahum Samuel wird uns wohl nicht grad zum zweitenmal davonlaufen.«

»Und wenn er liefe, wir haben seine Spur und würden ihn gewiß –«

Er wurde unterbrochen, denn der Engineer kam zurück und brachte noch zwei Männer mit. Kas und Has hatten im Eifer ihres Gesprächs das wiederholte Pfeifen einer Lokomotive überhört. Der Arbeitszug war angekommen; der Engineer hatte ihn abgefertigt und wurde nun bei der Rückkehr von seinem Aufseher und dem Magazinverwalter begleitet. Er nickte den beiden Westmännern grüßend zu, und dann setzten sich die drei zu dem Mestizen an den für »Beamte und höhere Gentlemen« bestimmten Tisch. Sie ließen sich auch Grog geben, und dann erkundigte sich der Mischling: »Nun, Sir, sind Zeitungen angekommen?«

[1] Krämer, Händler [2] »Schwarzer Mustang«

»Nein«, antwortete der Engineer, »die werden morgen erst eintreffen; aber Nachrichten habe ich erhalten.«

»Gute?«

»Leider nicht. Wir werden von jetzt an sehr wachsam sein müssen.«

»Warum?«

»Es sind in der Nähe der Rückstation Spuren von Indianern gesehen worden.«

Es war, als ob die halb unter den Lidern verborgenen Augen des Mischlings boshaft aufleuchteten, doch klang seine Stimme ganz gelassen, als er sagte: »Das ist doch kein Grund, ungewöhnlich wachsam zu sein!«

»Ich denke doch!«

»Pshaw! Kein Stamm hat jetzt den Tomahawk des Krieges ausgegraben, und wenn es wäre, so darf man von einigen Fußtapfen nicht gleich auf Feinde schließen.«

»Freunde lassen sich sehen. Wer sich versteckt hält, der hat keine guten Absichten; das kann ich mir sagen, obgleich ich kein Scout und Westmann bin. Nun, Ihr seid ja ein tüchtiger Pfadfinder und in dieser Gegend bekannt; ich habe Euch angestellt, daß Ihr die Umgebung wachsam durchstreift.«

Durch die geschmeidige Gestalt und über das Gesicht des Mestizen ging ein leises Zucken, als ob er zornig auffahren wollte, doch beherrschte er sich wieder und antwortete in ruhigem Ton: »Ich werde es tun, Sir, obgleich ich weiß, daß es nicht nötig ist. Indianerspuren haben nur zur Kriegszeit böse Bedeutung. Und noch eins: die Roten sind oft bessere und treuere Menschen als die Weißen.«

»Diese Ansicht macht Eurer Menschenliebe alle Ehre, aber ich könnte Euch mit vielen Beispielen beweisen, daß Ihr im Irrtum seid.«

»Und ich mit noch mehreren, daß ich recht habe. Ist jemals ein Mensch treuer gewesen, als Winnetou zu Old Shatterhand ist?«

»Winnetou ist eine Ausnahme. Kennt Ihr ihn?«

»Gesehen habe ich ihn noch nicht.«

»Oder Old Shatterhand?«

»Auch noch nicht; aber alle ihre Taten kenne ich.«

»So habt Ihr auch von Tangua, dem Häuptling der Kiowas[1] gehört?«

»Ja.«

»Welch ein Verräter war dieser Schurke! Er warf sich damals, als Old Shatterhand noch Surveyor war, zu seinem Beschützer auf und hat ihm doch fort und fort nach dem Leben getrachtet. Er hätte ihn sicher ausgelöscht, wenn dieser Weiße nicht klüger und stärker als er gewesen wäre. Wo findet Ihr da die Treue, von der Ihr sprecht? Und daß die Spuren von Roten nur im Kriege Gefahr bedeuten – haben die Sioux-Ogellallah nicht mitten im Frieden wiederholt Eisenbahnzüge überfallen? Haben sie nicht mitten im Frieden Männer getötet oder Weiber geraubt? Sie sind dafür bestraft worden, nicht von großen Jäger- und Militärhaufen, sondern von zwei einzelnen Menschen, von Winnetou und

[1] Dieses Wort wird Kai-o-wehs ausgesprochen

Old Shatterhand. Befände sich einer von ihnen hier, so würden mir allerdings die Indianerspuren wenig Angst bereiten.«

»Pshaw! Ihr übertreibt, Sir! Diese beiden Männer haben sehr viel Glück gehabt; das ist alles. Es gibt noch ebensolche und auch noch bessere, als sie sind.«

»Wo?«

Der Mestize sah ihm mit stolz herausforderndem Blick ins Gesicht und antwortete: »Fragt nicht, sondern seht Euch um!«

»Meint Ihr etwa Euch, Euch selbst?«

»Und wenn?«

Der Engineer wollte ihm eine zurechtweisende Antwort geben, wurde dieser aber enthoben, denn Kas kam mit zwei Schritten seiner langen Beine herbei, pflanzte sich hoch vor dem Mestizen auf und sagte: »Ihr seid der größte Schafskopf, den es geben kann, mein Sohn!«

Der Mischling sprang im Nu auf und riß sein Messer aus dem Gürtel; aber noch schneller hatte Kas seinen Revolver gespannt, hielt ihm diesen entgegen und warnte: »Keine Übereilung, my boy! Es soll Menschen geben, die eine Kugel durch ihren Dummkopf nicht vertragen können, und ich habe allen Grund anzunehmen, daß Ihr so einer seid.«

Der auf ihn gerichtete Lauf des Revolvers verbot dem Mestizen, sein Messer zu gebrauchen. Hierüber wütend, zischte er dem Langen zu: »Was habe ich mit Euch zu schaffen? Wer hat Euch erlaubt, Euch in unser Gespräch zu mischen?«

»Ich selbst, mein Junge, ich selbst. Und wenn ich mir etwas erlaube, so möchte ich den sehen, der es nicht leiden will!«

»Ihr seid ein Grobian, Sir!«

»Well, diese Antwort lass' ich mir gefallen, denn ich sehe, daß Ihr Geschmack an mir findet. Sorgt nur dafür, daß ich auch welchen an Euch finde, sonst ergeht es Euch wie damals bei Timpes Erben!«

»Timpes Erben? Wer seid Ihr denn eigentlich, Sir?«

»Ich bin einer, der auf Winnetou und Old Shatterhand nichts kommen läßt; mehr braucht Ihr nicht zu wissen. Lebt wohl, my boy, und steckt Euer Stecheisen wieder in den Gürtel, damit Ihr Euch damit nicht etwa einen Schaden tut!«

Kas kehrte nach seinem Tisch zurück, wo er sich behaglich wieder niederließ. Der Mestize folgte seinen Bewegungen mit sprühenden Augen, seine Sehnen spannten sich, dem Beleidiger nachzuspringen, doch brachte er es nicht fertig. Es gab in der Haltung des langen dünnen Mannes etwas, was ihm den Fuß bannte. Er steckte das Messer ein, setzte sich wieder nieder und murmelte, um sich vor seinen Tischgenossen zu entschuldigen, vor sich hin: »Der Kerl ist offenbar ein Narr und gar nicht imstande, einen vernünftigen Menschen zu beleidigen. Lassen wir ihn schwatzen!«

»Schwatzen?« antwortete der Engineer. »Der Mann scheint im Gegenteil Haare auf den Zähnen zu haben. Daß er für Old Shatterhand und Winnetou gesprochen hat, freut mich von ihm, denn die Taten und Erlebnisse dieser beiden Helden des Westens bilden mein Leib- und Lieblingsthema. Will doch einmal sehen, ob er sie auch wirklich kennt.«

Und sich an den Tisch wendend, fragte er: »Ihr bezeichnet euch als Westmänner, Sir. Seid Ihr jemals Winnetou oder Old Shatterhand begegnet?«

Die kleinen Mausaugen von Kas funkelten vor Vergnügen, als er antwortete »Und ob! Bin zwei Wochen mit ihnen geritten.«

»Wetter! Wollt Ihr nicht herkommen und uns davon erzählen?«

»Nein.«

»Nicht? Warum denn nicht?«

»Weil ich kein Geschick zum Erzählen habe, Sir. Es ist mit dem Erzählen eine ganz eigene Sache; das muß angeboren sein. Ich habe es schon oft versucht, aber ich bringe es nicht fertig. Ich fange in der Regel in der Mitte oder hinten an und höre stets vorn auf. Ich kann Euch nur kurz sagen, daß wir damals eine Gesellschaft von acht Weißen waren und in die Gefangenschaft der Upsarokas gerieten, die uns für den Marterpfahl bestimmten. Das hatten Old Shatterhand und Winnetou erfahren. Sie suchten unsere Fährte, folgten ihr, beschlichen die Upsarokas und holten uns in der Nacht heraus, ganz allein, ohne alle Beihilfe, ein Meisterstück, wie es Euer Halfbreed[1] sicher nicht fertigbringt, das dort bei Euch sitzt und vorhin das Maul so voll genommen hat.«

Der Mestize wollte wieder aufbrausen, doch kam ihm der Engineer mit der schnellen Frage zuvor: »Wißt Ihr nicht, wo sich die beiden jetzt befinden, Sir?«

»Habe keine Ahnung. Es wurde einmal davon gesprochen, daß Old Shatterhand hinüber in eins der altmodischen Länder sei, Ägypten oder Persien heißt es wohl, aber bald wiederkommen werde.«

»Möchte sie doch gar zu gern einmal sehen. Und besonders auch ihre Waffen! Sind die wirklich so vorzüglich, wie man erzählt?«

»Will es meinen, Sir! Aus Winnetous Silberbüchse ist noch nie ein Fehlschuß gegangen; sie hat in ihrer Art nicht ihresgleichen. Der Bärentöter Old Shatterhands ist wie ein furchtbares Ungetüm, das auf ungemein weite Entfernung trifft. Und nun erst sein Henrystutzen! Bedenkt, Sir: fünfundzwanzig Schüsse in einer halben Minute! Ich bin Büchsenmacher gewesen und verstehe, was das heißen will. Henry hat, glaube ich, nur zehn solcher Stutzen gefertigt, aber wer hat sie und wo sind sie? Keiner von ihnen ist bekannt als nur der Old Shatterhands. Welche Summen würde wohl ein Kenner dafür zahlen! – Aber, Sir, wenn Ihr uns einen Gefallen tun wollt, so sagt uns, wo wir unsere Pferde unterbringen können. Ich möchte sie gern sicher unter Dach und Fach haben, weil Ihr vorhin von Indianerspuren gesprochen habt.«

»Erscheinen Euch diese Spuren auch bedenklich?«

»Natürlich! Das kluge Halfbreed dort mag denken, was es will, ich weiß, woran ich bin.«

»So biete ich Euch den Werkzeugschuppen an, der ein gutes, festes Schloß besitzt; der Verwalter hier wird Euch führen und auch für Futter und Wasser sorgen.«

Der Genannte erhob sich bereitwillig von seinem Platz, und Kas und Has folgten ihm hinaus zu ihren Pferden.

Die weißen Bahnarbeiter hatten der Unterhaltung ihre ganze Aufmerksamkeit geschenkt; das Gespräch war ihnen ebenso

[1] Halbblut, Halbindianer

fesselnd gewesen wie ihrem Vorgesetzten. Dieser benutzte die Abwesenheit der beiden Jäger dazu, dem Mestizen sein Gebaren zu verweisen, was der Genannte mit scheinbarer Ruhe hinnahm, während er innerlich wütend war. Darüber verging einige Zeit, bis sich draußen wieder die Schritte von Pferden hören ließen.

»Was ist denn das?« fragte der Engineer verwundert. »Sie bringen die Pferde zurück, und es ist doch Platz genug für sie im Schuppen.«

Er blickte nach dem Eingang und sah zwei ganz andere Männer eintreten. Es waren ein Weißer und ein Indianer.

Der erste war von nicht sehr hoher und nicht sehr breiter Gestalt. Ein dunkelblonder Vollbart umrahmte sein sonnverbranntes Gesicht. Er trug ausgefranste Leggins und ein ebenso an den Nähten ausgefranstes Jagdhemd, lange Stiefel, die bis über die Knie heraufgezogen waren, und einen breitkrempigen Filzhut, in dessen Schnur sich rundum die Ohrenspitzen des fürchterlichen grauen Bären zeigten. In dem breiten, aus einzelnen Riemen verfertigten Gürtel steckten zwei Revolver und ein Bowiemesser; er schien rundum mit Patronen gefüllt zu sein, und an ihm hingen mehrere Lederbeutel, die wahrscheinlich die einem Westmann nötigen kleineren Gegenstände bargen. Von der linken Schulter nach der rechten Hüfte lag ein zusammengeschlungener, aus mehrfachen Riemen geflochtener Lasso, und um den Hals hing an einer Seidenschnur eine mit Kolibribälgen verzierte Friedenspfeife, in deren künstlerisch geschnittenen Kopf indianische Zeichen eingegraben waren. Ein breiter Riemen hielt auf dem Rücken dieses Mannes ein ungewöhnlich langes und schweres Doppelgewehr fest, während in der rechten Hand ein leichteres, einläufiges ruhte.

Der Indianer war genauso gekleidet wie der Weiße, nur daß er anstatt der hohen Stiefel leichte Mokassins trug, die mit Stachelschweinsborsten verziert waren. Auch eine Kopfbedeckung hatte er nicht, sondern sein langes, dichtes, blauschwarzes Haar war in einen hohen, helmartigen Schopf geordnet und mit einer Klapperschlangenhaut durchflochten. Um den Hals trug er den Medizinbeutel, eine höchst wertvolle Friedenspfeife und eine dreifache Kette von Grislykrallen, ein glänzender Beweis seiner Tapferkeit und seines Mutes, denn kein Indianer darf Siegeszeichen führen, die er sich nicht selbst erworben hat. Der Lasso fehlte ebensowenig wie der Gürtel mit den Revolvern, dem Bowiemesser und den Lederbeuteln, und in der Rechten hielt der Indsmen eine doppelläufige Büchse, deren Holzteile eng mit glänzenden silbernen Nägeln beschlagen waren. Der Ausdruck seines ernsten, männlich schönen Gesichtes war fast römisch zu nennen; trotz des tiefdunklen Sammets seiner Augen glänzte in ihnen ein ruhiges, wohltuendes Feuer; die Backenknochen standen kaum merklich vor, und die Farbe seiner Haut war ein mattes Hellbraun mit einem leisen Bronzehauch.

Diese beiden Ankömmlinge waren keine Riesen von Gestalt; sie kamen ruhig und bescheiden herein, und doch wirkte ihr Erscheinen geradezu außerordentlich. Das tolle Geschwätz der Chinesen verstummte im Nu; die weißen Arbeiter im kleinen Room standen unwillkürlich von ihren Sitzen auf; der Engineer, sein

Aufseher und der Mischling taten dasselbe; der Shopman versuchte sogar eine Verbeugung fertigzubringen, die leider sehr eckig ausfiel.

Die beiden schienen das Aufsehen, das sie erregten, gar nicht zu bemerken; der Indsman grüßte mit einem leichten, aber keineswegs stolzen Neigen seines Kopfes, und der Weiße sagte in freundlichem Ton: »Good evening, Mesch'schurs! Bleibt sitzen, wir wünschen nicht zu stören.« Und sich dann an den Wirt wendend, fuhr er fort: »Kann man bei Euch ein gutes Mittel gegen den Hunger und den Durst bekommen, Sir?«

»Readily, with pleasure, Sir!« antwortete dieser. »Es steht alles zu euren Diensten, was ich habe. Nehmt da am warmen Feuer Platz, Mesch'schurs! Es sitzen zwar schon zwei Westmänner da, die einmal hinausgegangen sind, aber wenn euch dies stört, so werden sie Platz machen.«

»Das wollen wir keineswegs. Sie waren eher da als wir und haben also ein größeres Recht. Wenn sie zurückkehren, werden wir sie fragen, ob sie uns bei sich haben wollen. Macht uns zunächst ein warmes Ingwerbier, dann werden wir sehen, was Ihr zu essen habt.«

Sie sahen an den zurückgelassenen Gewehren, wo Kas und Has gesessen hatten, und nahmen an der andern Seite des Tisches Platz.

»Prächtige Kerls!« flüsterte der Engineer seinen beiden Nachbarn zu. »Der Rote blickt wie ein König drein und der Weiße nicht weniger.«

»Und das Gewehr des Indsman!« antwortete ebenso leise der Aufseher. »Die vielen silbernen Nägel daran! Ob das –«

»Thunderstorm! Silberbüchse! Winnetou! Seht das schwere Doppelgewehr des Weißen! Ob das der berühmte Bärentöter ist? Und das kleine, leichte Gewehr! Vielleicht gar der Henrystutzen? Sollte –«

Da hörte man draußen vor dem Eingang die Stimme Kasimirs: »All devils! Was sind das für Pferde hier? Wer ist angekommen?«

»Weiß es nicht«, antwortete die Stimme des Verwalters, der mit den beiden Vettern von dem Schuppen zurückgekehrt war.

»Zwei Rapphengste mit roten Nüstern und dem Vollblutswirbel in der Mähne! Die kenne ich, und auch die Reiter, denen sie gehören. Indianisch aufgeschirrt! Es stimmt! Welch eine Freude! Genauso wie bei Timpes Erben! Kommt schnell herein; ihr werdet die zwei berühmtesten Männer des Westens sehen!«

Er kam in langen Schritten in das Innere des Gebäudes. Has und der Verwalter folgten ihm. Sein Gesicht glänzte vor freudiger Aufregung. Als er den Apatschenhäuptling und dessen weißen Freund und Blutsbruder erblickte, schoß er förmlich auf sie zu, streckte ihnen bewillkommnend beide Hände entgegen und rief: »Ja, sie sind's; ich habe mich nicht geirrt! Winnetou und Old Shatterhand! Was für eine Freude das ist, was für eine große Freude! Gebt mir eure Hände her, Mesch'schurs, daß ich sie euch drücken kann!«

Old Shatterhand hielt ihm seine Rechte hin und antwortete mit einem freundlichen Lächeln: »Freut mich sehr, Euch zu sehen, Mister Timpe. Hier ist meine Hand. Wenn Ihr sie drücken wollt, so tut es ganz nach Belieben.«

Kas ergriff sie, schüttelte sie aus Leibeskräften und rief dabei entzückt: »Mister Timpe, Mister Timpe nennt Ihr mich? Ihr kennt mich also noch? Ihr habt mich nicht vergessen, Sir?«

»Man vergißt nicht so leicht einen Mann, mit dem man solche Dinge erlebt hat, wie wir beide damals mit Euch und Euern Gefährten.«

»Ja, ja, das war eine ungemein dicke Tinte, in der wir steckten. Wir sollten ausgelöscht werden; Ihr habt uns aber herausgeholt. Das werde ich Euch nie vergessen, darauf könnt Ihr Euch verlassen. Wir haben noch vorhin erst von diesem Abenteuer gesprochen. Wird auch Winnetou, der große Häuptling der Apatschen, mir erlauben, ihn zu begrüßen?«

Der Gefragte gab ihm die Hand und sagte in seinem ernsten und dabei doch so milden Ton: »Winnetou heißt seinen weißen Bruder willkommen und bittet ihn, sich mit hierher zu ihm zu setzen.«

Da stand der Engineer auf, verbeugte sich sehr höflich und sagte: »Verzeiht die Freiheit, die ich mir nehme, Gentlemen! Ihr dürft nicht hier sitzen, sondern ich lade euch ein, mit hinüber an unseren Tisch zu kommen, der nur für Beamte und hervorragende Personen reserviert ist.«

»Beamte und hervorragende Personen?« antwortete nun Old Shatterhand. »Wir sind weder Beamte, noch bilden wir uns ein, über andere emporzuragen. Wir sagen Euch Dank für die Einladung, bitten aber, hier bleiben zu dürfen.«

»Ganz wie Ihr wollt, Sir. Wir hätten nur so gern die Ehre gehabt, mit so berühmten Westmännern einen guten ›Drink‹ tun und uns mit ihnen unterhalten zu dürfen.«

»Der Unterhaltung werden wir uns nicht entziehen. Ich vermute, daß Ihr Beamter dieser Bahnstrecke seid?«

»Ich heiße Leveret und bin der Engineer; hier seht Ihr meinen Aufseher und meinen Verwalter, und dort sitzt der Scout, den wir angestellt haben, für unsere Sicherheit zu sorgen.«

Er zeigte bei diesen Worten mit der Hand auf die Personen, die er nannte. Old Shatterhand warf einen sehr kurzen, ganz unauffälligen, aber dabei doch scharf forschenden Blick auf den Mischling und fragte dann: »Ein Scout für eure Sicherheit? Wie heißt der Mann?«

»Yato Inda[1]. Er hat einen indianischen Namen, weil er von einer roten Mutter stammt.«

Der weiße Jäger musterte den Mestizen mit einem längeren, schärferen Blick und wandte sich dann mit einem so leisen »Hm!«, daß nur der Apatsche es hörte, ab. Was er dachte, war seinem Gesicht nicht anzusehen. Der Häuptling aber schien Grund zu haben, nicht ebenso zu schweigen; er wandte sich an den Scout: »Mein Bruder mag mir erlauben, ihn anzureden! Jedermann muß hier vorsichtig sein, und wenn zur Sicherheit dieses Camps ein Scout notwendig ist, so muß es Feinde geben, die das Lager bedrohen. Wer sind diese Leute?«

Der Mestize antwortete höflich, aber immerhin etwas kühl: »Es scheint, daß den Komantschen nicht zu trauen ist.«

Winnetou machte mit dem Kopf eine horchende Bewegung, als

[1] »Guter Mann«

wolle er jedes Wort des Sprechenden besonders abschätzen. Auch nach erhaltener Antwort wartete er noch mehrere Sekunden, wie in sich hineinlauschend; dann fuhr er fort: »Hat mein Bruder einen Grund zu diesem Verdacht?«

»Einen wirklichen Grund nicht, nur eine Vermutung.«

»Mein Bruder heißt Yato Inda. Yato heißt ›gut‹ und ist der Navajosprache entnommen. Inda heißt ›Mann‹ und gehört der Apatschensprache an. Die Navajos sind auch Apatschen, und so vermute ich, daß die rote Mutter meines halbfarbigen Bruders eine Apatschin gewesen ist.«

Dem Mischling war diese Frage sichtlich unangenehm; er versuchte, um die Antwort herumzukommen, indem er in abweisendem Ton erwiderte: »Wie kommt es, daß der große Winnetou sich um eine unbekannte Indianer-Squaw bekümmert?«

»Weil sie deine Mutter ist«, erklang es fest und scharf aus dem Munde des Häuptlings. »Und weil ich, wenn ich mich hier befinde, wissen will, was für ein Mann für die Sicherheit dieses Ortes zu sorgen hat. Welchem Stamm gehörte deine Mutter an?«

Bei diesem Ton und bei dem großen Auge, mit dem Winnetou ihn anleuchtete, konnte der Scout nicht schweigen. Er antwortete: »Dem Stamm der Pinal-Apatschen.«

»Und von ihr hast du das Reden gelernt?«

»Natürlich, ja.«

»Ich kenne alle Sprachen und Mundarten der Apatschen. Sie sprechen viele Laute mit Zunge und Kehle zugleich aus, zu denen du nur die Zunge nimmst, genauso, wie die Komantschen es machen.«

Da fuhr der Mestize auf: »Willst du damit etwa sagen, daß ich der Sohn einer Komantschin sei?«

»Und wenn ich dies behaupte?«

»Eine Behauptung ist noch kein Beweis. Und wenn meine Mutter eine Komantschin gewesen wäre, so folgt daraus noch lange nicht, daß ich es mit den Komantschen halte.«

»Allerdings nicht; aber kennst du Tokvi Kava, den ›Schwarzen Mustang‹, welcher der grimmigste Häuptling der Komantschen ist?«

»Ich habe von ihm gehört.«

»Er hatte eine Tochter, welche die Squaw eines Bleichgesichts wurde; sie starben beide und hinterließen einen halbblütigen Knaben, der von dem ›Schwarzen Mustang‹ zu größter Feindschaft gegen die Weißen erzogen wurde. Dieser Knabe wurde einst von einem Gespielen mit dem Messer in das rechte Ohr geschnitten. Wie kommt es, daß du wie ein Komantsche sprichst und einen Schlitz in demselben Ohr hast?«

Da sprang der Scout in die Höhe und rief zornig aus: »Diesen Schnitt verdanke ich gerade der Feindschaft der Komantschen; ich habe ihn im Handgemenge mit ihnen bekommen. Wenn du daran zweifelst, fordere ich dich auf, mit mir zu kämpfen.«

»Pshaw!«

Nur dieses eine Wort sagte Winnetou in unbeschreiblich nachlässigem Ton; dann wendete er sich ab und griff zu dem Ingwerbier, das der Wirt soeben brachte.

Wie gewöhnlich auf so unliebsame Szenen folgte eine tiefe Stille, ehe an den beiden Tischen das Gespräch wieder aufgenommen wurde.

Nachher erkundigte sich der Engineer, ob Old Shatterhand und Winnetou die Absicht hätten, im Camp zu übernachten; als er eine bejahende Antwort erhielt, bot er ihnen seine Wohnung an und unterstützte seine Gastlichkeit mit dem Hinweis: »Den beiden vor euch gekommenen Gentlemen hat der Shopman ihr Lager bei sich angewiesen; da gibt es keine Plätze mehr. In der Nässe draußen werdet ihr doch nicht schlafen. Und hier im Schuppen, bei den schnarchenden, unreinlichen Chinamännern? Keineswegs! Wir haben uns Chinesen aus dem Westen verschreiben müssen, weil wir keine weißen Arbeiter finden konnten und weil sie billiger und auch leichter in Zucht zu halten sind als das Gesindel, auf das wir sonst angewiesen gewesen wären. Sagt, Sir, ob Ihr meine Einladung annehmen wollt!«

Old Shatterhand warf einen fragenden Blick auf Winnetou, sah, daß dieser leise bejahend den Kopf neigte, und antwortete: »Ja, wir nehmen sie an, vorausgesetzt, daß auch unsere Pferde eine sichere Unterkunft finden können.«

»Die finden sie. Wir haben die Pferde der beiden andern Gentlemen auch schon in Verwahrung genommen. Wollt ihr meine Wohnung vielleicht einmal ansehen?«

»Ja, zeigt sie uns! Es ist immer gut, den Ort, wo man die Nacht zubringt, vorher zu kennen.«

Winnetou und Old Shatterhand nahmen ihre Waffen und folgten dem Engineer nach einem nicht sehr entfernt liegenden, niedrigen Gebäude, dessen Wände aus Stein gemauert waren, weil es später die Wohnung der Brückenwache bilden sollte. Der Beamte öffnete und brannte ein Licht an. Es gab da einen Herd, einen Tisch, einige Stühle und außer verschiedenen Geräten und Geschirr eine breite Lagerstätte, auf der es an Platz nicht fehlte. Die beiden Gäste drückten ihre Zufriedenheit aus und wollten gehen, um nun auch ihre Pferde unterzubringen. Da meinte der Engineer: »Wollt ihr nicht eure Sachen gleich hier lassen, warum die Decken und Gewehre unnötigerweise herumtragen?«

Es war kein Grund vorhanden, ihm unrecht zu geben. Die Mauern waren stark und die Fenster so klein, daß kein Mensch einsteigen konnte; die aus starkem Holz hergestellte Tür hatte ein gutes Schloß, und die genannten Gegenstände schienen also hier ganz sicher aufbewahrt zu sein; sie wurden sonach hier gelassen, und dann brachte man die Pferde nach dem Schuppen, wo schon diejenigen der beiden Timpes standen. Sie erhielten Wasser und Futter, und dann kehrte man nach dem Shop zurück.

Unterwegs erklärte er, daß sie auch in Beziehung auf das Nachtessen seine Gäste sein möchten, und fügte dann hinzu: »Ich werde also heute abend mit euch und nicht mit meinen Leuten speisen, zumal euch einer von ihnen, nämlich der Scout, nicht gefallen zu haben scheint. Sagt einmal Mister Winnetou, habt Ihr Grund, ihm zu mißtrauen?«

»Winnetou tut und sagt niemals etwas ohne Grund«, antwortete der Häuptling.

»Aber er ist stets treu und zuverlässig gewesen!«

»Winnetou glaubt nicht an diese Treue. Mein Bruder wird wohl erfahren, wie lange sie währt. Das Halbblut nennt sich Yato Inda, den ›Guten Mann‹, sein wirklicher Name aber wird wohl lauten Ik Senanda, was in der Sprache der Komantschen so viel wie ›Böse Schlange‹ heißt.«

»Gibt es einen Komantschen dieses Namens?«

»Der Mischling, von dem Winnetou vorhin sprach, heißt so, nämlich der Enkel des ›Schwarzen Mustangs‹.«

»Mister Winnetou, Euern Scharfsinn und Euer Urteil in allen Ehren, aber diesmal müßt Ihr Euch irren! Der Scout hat mir so viele Beweise von Treue gegeben, daß ich ihm vertrauen muß.«

»Mein weißer Bruder kann tun, was ihm beliebt; aber wenn Old Shatterhand und Winnetou nachher so sprechen, daß der Scout es hört, so wird alles, was sie sagen, nur zum Schein sein. Howgh!«

Als sie wieder im Shop angekommen waren, bestellte der Engineer bei dem Wirt ein gutes Abendessen für fünf Personen, denn er betrachtete die beiden Timpes nun auch als seine Gäste und setzte sich zu ihnen an den Tisch. Hier fragte Old Shatterhand den langen, blonden Kas, was ihn jetzt in diese Gegend geführt habe und wohin er von hier aus wolle. Der Genannte erzählte in kurzen Worten seine Erbschaftsgeschichte und auf welch sonderbare Weise er heute mit einem Vetter und Miterben zusammengetroffen war.

»Nun müssen wir nach Santa Fé«, fuhr er fort, »können aber leider nicht den nächsten Weg einschlagen.«

»Warum nicht?«

»Der Komantschen wegen. Wir wenden uns von hier aus östlich und biegen dann nach Süden um.«

»Hm! Vielleicht können wir zusammen reiten. Wir wollen ebenfalls nach Santa Fé, wenn auch nicht einer Erbschaft wegen.«

Da schlug Kas die Hände zusammen, daß es nur so knallte und rief vor Entzücken überlaut: »Das ist ein Glück! Has, hörst du es? Wir dürfen mit Old Shatterhand und Winnetou reiten! Nun schere ich mich den Kuckuck um das ganze Komantschengesindel. Wir brauchen keinen Umweg zu machen, sondern reiten mitten hindurch.«

»Schreit doch nicht so!« lächelte Old Shatterhand. »Zu solchem Jubel habt Ihr keinen Grund. Es kann auch uns nicht einfallen, mitten durch das Gebiet der Komantschen zu reiten, sondern wir waren, wie Ihr, entschlossen, nach Osten auszubiegen.«

»Ganz wie Ihr wollt. Wann meint Ihr, daß wir von hier aufbrechen, Sir?«

»Morgen, sobald wir ausgeschlafen haben. Da erreichen wir am Abend den Alder-Spring[1], wo wir bis früh lagern werden.«

Er legte auf diesen Namen einen besonderen Ton, denn er beobachtete während dieses Gesprächs den halbblütigen Scout heimlich und sah gar wohl, mit welcher Aufmerksamkeit dieser herüberhorchte, obwohl er sich den Anschein zu geben suchte, als nehme er nicht den geringsten Anteil. Er war übrigens nicht der einzige, der ein so großes und heimliches Interesse für die beiden berühmten Freunde hegte.

Nämlich ganz nahe an der Bretterwand, die den großen, nur von Chinesen besetzten Raum von dem kleinen trennte, saßen schon vor Eintritt der beiden Timpes zwei »Söhne des Himmels«[2] rauchend

[1] Erlenquell [2] So bezeichnen die Chinesen sich selbst

und trinkend beieinander. Sie mochten eine Art Vorarbeiter darstellen oder im Besitz einer sonstigen kleinen Würde sein, weil keiner ihrer Landsleute sich zu ihnen setzte. Sie konnten alles, was nebenan gesprochen wurde, hören, und verstanden es auch, denn sie befanden sich schon seit mehreren Jahren in den Vereinigten Staaten und waren in San Francisco mit der englischen Sprache vertraut geworden.

Auf die Ankunft von Has und Kas hatten sie nicht mehr geachtet als alle anderen auch; als sie aber drin im kleinen Raum von den Gewehren Old Shatterhands und Winnetous gesprochen wurde und von ihrem Wert, horchten sie schärfer hin. Dann kamen so ganz unerwartet diese beiden Männer, und die Chinesen blickten erst mit Neugier und dann mit Verlangen durch die Bretterlücken nach ihnen, und es schien, als ob sie ihre Augen gar nicht von den kostbaren Gewehren der beiden wenden könnten. Als später der Engineer mit seinen Gästen zurückkehrte und die letzteren ihre Gewehre nicht mehr bei sich hatten, schien es mit der bisherigen Ruhe der Chinesen aus zu sein. Ihre dünnen Augenbrauen gingen auf und nieder; ihre Lippen zuckten, ihre Finger bewegten sich krampfhaft, sie rutschten auf ihren Sitzen hin und her; sie hatten beide das gleiche Gefühl und den gleichen Gedanken, doch wollte keiner zuerst sprechen. Endlich konnte sich der eine nicht länger beherrschen; er fragte leise: »Hast du alles gehört?«

»Ja«, antwortete der andere.

»Und gesehen?«

»Und gesehen!«

»Auch die Gewehre?«

»Auch!«

»Wie kostbar sie sind!«

»Ja.«

»Wenn wir sie hätten! Wie müssen wir arbeiten, wie müssen wir uns plagen und uns schinden, damit unsere Gebeine in der Heimat bei den Ahnen begraben werden können!«

Es trat eine Pause ein; sie überlegten. Nach einer Weile tat der eine einen langen Zug aus seiner Pfeife und fragte, während er listig mit den schiefen Augen blinzelte: »Ahnst du, wo die Gewehre liegen?«

»Ich weiß es«, lautete die Antwort.

»Nun wo?«

»Im Hause des Engineers. Wenn wir sie hätten, könnten wir sie vergraben, und niemand wüßte, wer sie geholt hat.«

»Und später könnten wir sie in Frisco[1] verkaufen. Wir bekämen viel, sehr viel Geld dafür; dann wären wir reiche Herren und könnten nach dem Reich der Mitte zurückkehren und alle Tage Schwalbennester essen.«

»Ja, das könnten wir wirklich, wenn wir nur wollten!«

Nach einer abermaligen Pause, während der sie in den gegenseitigen Mienen und Blicken zu lesen suchten, wurde das Gespräch fortgesetzt: »Das Haus des Engineers ist steinern, und niemand kann durch die Fenster!«

»Und die Tür ist stark und hat ein sehr festes, eisernes Schloß!«

[1] San Francisco

»Aber das Dach! Weißt du nicht, daß es aus Shingles[1] gemacht ist?«

»Ich weiß es. Wenn man eine Leiter hat, kann man eine Öffnung machen und einsteigen.«

»Leitern gibt es genug!«

»Ja; aber wo würde man die Gewehre vergraben? In der Erde? Da verderben sie.«

»Man müßte sie gut einwickeln. Im Lagerschuppen liegen mehr als genug Bastmatten umher.«

Sie hatten bisher im Flüsterton miteinander gesprochen; jetzt rückten sie noch näher zusammen, und die Art und Weise, wie sie weitersprachen, konnte nur noch als ein fast unhörbares Zuraunen bezeichnet werden. Darauf verließen sie den Schuppen, der eine mehrere Minuten später als der andere.

Eben als dieser letztere verschwunden war, trat ein neuer Ankömmling ein. Es war ein Indianer, dessen Anzug aus einem blauen Kalikohemd, ledernen Leggins und ebensolchen Mokassins bestand. Bewaffnet war er nur mit einem Messer, das im Gürtel steckte. Das Haar hing ihm lang und voll auf den Rücken hinab, und am Hals trug er an einem Riemen einen großen Medizinbeutel.

Er blieb im Eingang stehen, um sein Auge an das plötzliche Licht zu gewöhnen, warf einen Blick durch die große Abteilung und ging dann langsamen Schrittes in die kleinere.

Ein Roter war hier natürlich keine seltene Erscheinung, und so wurde dieser Indsman von den Chinesen kaum beachtet. Auch in dem kleinen Raum, wo die Weißen saßen, hatte sein Erscheinen keine andere Wirkung, als daß man ihn mit einem kurzen Blick überflog und dann nicht mehr beachtete. Er ging in der demütigen Haltung eines Menschen, der sich nur geduldet weiß, zwischen den Tischen hindurch und kauerte sich in der Nähe des Herdes nieder.

Als der Scout diesen Indianer kommen sah, ging ein schnelles Zucken über sein Gesicht, so blitzschnell, daß es von keinem der Anwesenden bemerkt wurde. Die beiden gaben sich den Anschein, als seien sie füreinander gar nicht vorhanden; aber hie und da flog doch unter den gesenkten Wimpern hervor ein Blick herüber oder hinüber, und diese Blicke schienen gegenseitig verstanden zu werden. Dann stand der Scout von seinem Tisch auf und schritt dem Ausgang zu, langsam und nachlässig schlendernd, wie jemand, der bei dem, was er tut, ganz ohne Absicht und Gedanken ist.

Aber es gab zwei, denen gerade diese große und so zur Schau getragene Absichtslosigkeit auffällig vorkam: Winnetou und Old Shatterhand. Sofort richteten sie ihre Augen scheinbar von der Tür weg, aber nur scheinbar, denn wer das wohlgeübte Auge eines Westmanns kennt, der weiß, daß es imstande ist, auch von der Seite her so viel Strahlen aufzunehmen, um genau zu sehen, was da geschieht, wohin es nicht zu blicken scheint.

An der Tür angekommen, drehte sich der Scout für einige Sekunden um; er sah kein einziges Auge auf sich gerichtet und gab mit einer schnellen, kurzen Bewegung der Hand dem Roten ein Zeichen, dessen Bedeutung nur dem verständlich sein konnte, mit dem es verabredet worden war. Dann drehte er sich wieder um und trat in die dunkle Nacht hinaus.

[1] Schindeln

Dieses Zeichen war ebensowohl von Winnetou wie auch von Old Shatterhand bemerkt worden: sie tauschten nur einen Blick miteinander aus und waren dann, ohne ein Wort gesprochen zu haben, darüber einig, was zu geschehen hatte. Was sie vermuteten, und was sie wollten, war folgendes: Der fremde Indianer stand im heimlichen Einvernehmen mit dem Scout, denn er hatte ein Zeichen von ihm bekommen. Heimlich war dieses Einvernehmen, weil sie darauf bedacht gewesen waren, es nicht sehen und wissen zu lassen. Aus dieser Heimlichkeit war auf eine böse Absicht zu schließen, der man unbedingt auf die Spur kommen mußte. Es mußte nun jemand dem Scout folgen, um sein Tun zu belauschen. Da nun mit Sicherheit anzunehmen war, daß es sich um den Indianer handle, wollte Winnetou dieses Beschleichen übernehmen. Leider durfte er da nicht zur Tür hinaus, denn diese war hell beleuchtet, und der Scout stellte sich gewiß so auf, daß er jede Person, die den Schuppen verließ, sehen konnte. Glücklicherweise hatte der Apatsche vorhin bemerkt, daß es hinter den Fässern, Ballen und Kisten eine kleine Tür gab, wohl zu dem Zweck, diese Gegenstände herein- und hinausschaffen zu können, ohne daß man erst nach dem Haupteingang mußte. Durch diese Hintertür wollte der Häuptling hinaus. Da dies aber möglichst unbemerkt zu geschehen hatte, so mußte er warten, bis die Aufmerksamkeit der Anwesenden auf Old Shatterhand gerichtet worden war, was sicherlich sofort geschah, sobald dieser mit dem Indianer zu sprechen begann.

Das war das zweite, was man tun mußte, nämlich den Indianer ins Verhör nehmen, um womöglich etwas aus ihm herauszulocken, was auf seine Absichten schließen ließ.

Old Shatterhand zögerte auch gar nicht, seine Forschung zu beginnen, und als alle auf ihn hörten und ihre Augen auf ihn richteten, glitt Winnetou von dem Tische fort, um hinter den Fässern zu verschwinden und zu der erwähnten Tür zu gelangen.

Der Indsman war ein kräftig gebauter, in den mittleren Jahren stehender Mann. Bald zeigte es sich, daß er auch in Beziehung auf seinen Verstand kein Schwächling war. Dies hatte Old Shatterhand freilich vorausgesehen, denn solch heimliche und gefährliche Aufträge pflegt nur ein kluger Krieger zu bekommen.

»Mein roter Bruder hat sich fern von uns gesetzt. Will er nichts essen oder trinken?« so lautete die erste Frage Old Shatterhands.

Der Rote antwortete nur mit einem Kopfschütteln.

»Warum nicht? Hast du weder Durst noch Hunger?«

»Juwaruwa hat Hunger und auch Durst, aber er hat kein Geld«, ließ sich jetzt der Rote hören.

»Juwaruwa, so ist dein Name?«

»So werde ich genannt.«

»Das heißt Elk in der Sprache der Upsarokas[1]. Gehörst du zu diesem Stamm?«

»Ich bin ein Krieger dieses Stammes.«

»Wo weidet er jetzt seine Pferde?«

»In Wyoming.«

»Und wie heißt sein Kriegshäuptling?«

»Er wird ›Grauer Bär‹ genannt.«

[1] Crows oder Krähenindianer

Old Shatterhand war zufälligerweise vor kurzer Zeit bei den Krähenindianern gewesen, die zum Volk der Dakotas gehören; er war also zu beurteilen imstande, ob der Indianer ihn belog. Die Antworten enthielten die Wahrheit.

»Wenn mein Bruder nichts bezahlen kann, so mag er sich zu uns setzen und mit uns essen«, fuhr er fort.

Der Indianer warf einen forschenden Blick auf ihn und erklärte: »Juwaruwa ist ein tapferer Krieger; er ißt nur mit Männern, die er kennt und die ebenso tapfer sind. Hast du einen Namen, und wie lautet er?«

»Man nennt mich Old Shatterhand.«

»Old – Shatt – –!«

Der Name blieb ihm im Munde stecken. Er hatte nur für einen Augenblick seine Ruhe und Selbstbeherrschung verloren, aber doch dadurch verraten, daß er erschrocken war. Er nahm sich schnell wieder zusammen und fuhr in scheinbarer Unbefangenheit fort: »Old Shatterhand? Uff! So bist du ein sehr berühmtes Bleichgesicht.«

»Mit dem du also essen kannst. Komm her zu uns, und iß und trink!«

Anstatt dieser Aufforderung Folge zu leisten, ließ der Indsman seinen Blick suchend umhergehen und fragte: »Ich sehe den roten Mann nicht, der an deiner Seite saß. Wo ist er hin?«

»Er wird draußen im anderen Raum sein.«

»Ich gewahrte nicht, daß er hinausging. Wenn du Old Shatterhand bist, so ist er wohl Winnetou, der Häuptling der Apatschen?«

»Er ist es. Wo hast du dein Pferd?«

»Ich reite nicht.«

»Wie? Ein Upsaroka, der sich so viele Tagereisen südwärts von seinem Stamm befindet, hat kein Pferd? Hast du es unterwegs verloren?«

»Nein. Ich habe keins mitgenommen.«

»Auch keine Waffen als nur das Messer?«

»Keine.«

»Das muß ja sehr wichtige Gründe haben!«

»Ich habe einen Schwur getan, ohne Pferd und nur mit dem Messer zu gehen.«

»Warum?«

»Weil die Komantschen auch ohne Pferde und andere Waffen waren.«

»Komantschen? Wo waren sie?«

»Oben, nahe bei unseren damaligen Weidegründen in Dakota.«

»Komantschen so weit im Norden? Sonderbar.«

Old Shatterhand ließ seinen Zweifel auch im Ton mitklingen. Der Rote warf ihm einen fast höhnischen Blick zu und antwortete: »Weiß Old Shatterhand nicht, daß jeder indianische Krieger einmal nach Dakota muß, um den heiligen Ton zur Friedenspfeife zu holen?«

»Nicht jeder braucht dies zu tun, und nicht jeder hat es getan.«

»Die Komantschen aber taten es. Sie begegneten mir und meinem Bruder; ihn erstachen sie, und mir gelang es, zu entkommen. Dann tat ich meinen Schwur und bin ohne Pferd und nur mit dem Messer hinter ihnen her; ich werde nicht ruhen, bis ich sie getötet habe!«

»Da du mich an die heiligen Bräuche mahnst, so wirst du wissen, daß kein Indsman auf dem Weg nach diesen Steinbrüchen einen anderen töten darf?«

»Die Komantschen begingen dennoch den Mord!«

»Hm! Aber warum diesen Schwur? Ohne Pferd und nur mit dem Messer! Wie willst du jagen? Wovon hast du unterwegs gelebt?«

»Habe ich dir das zu sagen?« fragte der Indianer stolz, denn er glaubte, Old Shatterhand vollständig getäuscht zu haben.

»Nein«, antwortete dieser ruhig. »Ich kann nur nicht begreifen, daß du während so langer Zeit und auf einem so langen Weg auf kein Pferd gekommen bist.«

»Ich tat den Schwur und habe ihn gehalten.«

»Nein, sondern du hast ihn übertreten!«

»Beweise es!«

»Du hast heute im Sattel gesessen!«

»Uff, uff!«

»Ja, während des Regens.«

»Uff, uff!« wiederholte der angebliche Upsaroka; es klang halb wie Schreck und halb wie Trotz. Er war aufgesprungen und stand jetzt nahe vor Old Shatterhand. Der weiße Jäger bückte sich, strich ihm mit beiden Händen an den Beinen nieder und sagte dann: »Deine Leggins sind an den Außenseiten naß und nach einwärts trocken. Die Innenseiten, die am Leibe des Pferdes anlagen, hat der Regen nicht treffen können.«

Auf diesen scharfsinnigen Beweis war der Indianer nicht gefaßt gewesen, aber seine Schlauheit gab ihm schnell eine Ausrede ein: »Jedes Kind weiß, daß die Innenseiten der Hosen eher trocken werden als die äußeren. Old Shatterhand hat noch viel zu lernen!«

Diese Frechheit war groß; der Jäger blieb dennoch ruhig. Er hatte sich bis jetzt der englischen Sprache bedient, deren der Rote leidlich mächtig war; jetzt aber legte er ihm eine Frage in der Mundart der Upsarokas vor und erhielt keine Antwort. Er sprach noch einige andere Fragen aus, doch mit demselben Mißerfolg; dann legte er dem Indsman schwer die Hand auf die Schulter und sagte englisch: »Warum antwortest du mir nicht? Ist dir die Sprache deines eigenen Stammes unbekannt?«

»Ich habe den Schwur getan, sie nicht eher zu sprechen, als bis der Tod meines Bruders gerächt worden ist.«

»So, deine Schwüre scheinen alle außerordentlich sonderbar ausgefallen zu sein! Noch viel sonderbarer aber ist die Dummheit, in der du dir einbildest, mich betrügen zu können. Gerade deine Sprache ist's, die dich verrät. Ich weiß ganz genau, wie ein Upsaroka und wie jeder andere Stamm die Sprache der Bleichgesichter redet. Du bist nicht ein Krähenindianer, sondern ein Komantsche. Hast du den Mut, dies einzugestehen?«

»Die Komantschen sind meine Feinde; das habe ich dir bereits gesagt!«

»Gerade, daß du sie deine Feinde nennst, ist für mich der Beweis, daß du einer bist!«

»So machst du mich zum Lügner? Das ist die Sitte der Weißen, ihre roten Gäste zu beleidigen. Ich gehe!« Er wollte nach der Tür.

»Du bleibst!« gebot Old Shatterhand, indem er ihn beim Arm ergriff.

Da zog der Indianer sein Messer und rief: »Wer hat das Recht, mich zu halten? Du? Was habe ich dir getan? Nichts! Ich werde gehen, und jeder, der mich daran hindern will, bekommt dieses Eisen in das Herz!«

Old Shatterhand hielt ihn trotzdem mit der Linken fest, entriß ihm mit einem schnellen Griff seiner rechten Hand das Messer und wiederholte: »Du bleibst! Wir warten, bis Winnetou zurückkehrt; dann wird es sich entscheiden, ob du gehen darfst oder nicht. Kauere dich wieder hin, wo du vorhin gehockt hast. Ein Versuch zur Flucht bringt dir eine Kugel.«

Er schleuderte ihn nach der betreffenden Stelle hin; der Indsman stürzte dort nieder; er wollte sich aufraffen, besann sich aber anders und blieb kauern. Old Shatterhand setzte sich wieder zum Essen nieder und legte den gespannten Revolver neben sich, um seiner Drohung Nachdruck zu geben.

Das unterbrochene Abendmahl wurde fortgesetzt, doch kam das Gespräch nicht mehr in Fluß. Nach einiger Zeit kehrte der Scout zurück und setzte sich an seinen Platz. Da er den Indianer in derselben Stellung fand, die dieser vorher eingenommen hatte, so ahnte er nicht, was inzwischen geschehen war. Der Verwalter und der Aufseher, die bei ihm saßen, erzählten es ihm; er hörte es und blieb äußerlich ruhig, obgleich er innerlich große Sorge hatte, von Winnetou belauscht worden zu sein.

Als der Apatsche vorhin durch die Hintertür geglitten war, hatte er sich in einem weiten Bogen nach vorn geschlichen, in der Meinung, dort den Scout bei irgendeinem Streich zu ertappen. Die breite, offene Tür des Shops war hell erleuchtet, und wenn man sie, immer weiter gehend, unausgesetzt im Auge behielt, mußte man jeden Menschen sehen, der sich zwischen ihr und diesem Auge befand.

Winnetou schlug seinen Bogen weiter und immer weiter, vergeblich! Er blieb oft halten und lauschte in die Nacht hinaus, ebenso vergeblich. Er kehrte zurück und begann von neuem, wieder ohne Erfolg. Darüber verging die Zeit, bis er eine Gestalt von seitwärts her kommen und sich dem Shop nähern sah; als sie die Tür erreichte und hineinging, erkannte er, wer es war.

»Uff! Das war der Scout«, sagte er zu sich selbst. »Er scheint doch nichts Heimliches vorgehabt zu haben; darum habe ich hier umsonst nach ihm gesucht. Winnetou hat sich einmal geirrt. Old Shatterhand wird sich sehr darüber wundern.«

Er gab sich nun keine Mühe, unbemerkt zurückzukehren, sondern benutzte die vordere, helle Tür. Als der Scout ihn kommen sah, fühlte er seinen Puls schneller gehen. Jetzt mußte es sich zeigen, ob der Apatsche etwas erlauscht hatte oder nicht: Dieser setzte sich neben Old Shatterhand, der ihm das Ergebnis des Verhörs mitteilte und am Schluß leise fragte: »Hat mein roter Bruder Glück gehabt?«

»Winnetou konnte weder Glück noch Unglück haben, weil er sich im Irrtum befand. Es hat gar nichts vorgelegen.«

»Aber das Zeichen, das der Scout dem Roten gab?«

»Das war vielleicht kein Zeichen, sondern eine unwillkürliche Armbewegung.«

»So hätte auch ich mich geirrt, und das möchte ich kaum annehmen. Und dieser Indsman da ist kein Upsaroka, sondern ein Komantsche.«

»Hat er dir, oder mir, oder einem anderen etwas getan?«

»Bis jetzt freilich noch nicht.«

»So darf man ihn auch noch nicht als Feind behandeln. Mein Bruder Shatterhand mag ihn freigeben.«

»Nun wohl, weil du es willst; aber ich tue es nur ungern.«

Er sagte dem Roten, daß er sich entfernen könne. Dieser stand langsam auf und forderte sein Messer zurück. Als er es erhalten hatte, steckte er es mit den Worten in den Gürtel: »Dieses Messer hat heute mehr Arbeit bekommen, denn ich habe bei mir einen neuen Schwur getan. Old Shatterhand wird bald erfahren, ob dieser auch so sonderbar ist wie vorher die anderen!«

Nach dieser Drohung entfernte er sich raschen Schrittes. Das Gesicht des Scouts hatte während der letzten Minute einen höchst beunruhigten, ja ängstlich gespannten Ausdruck angenommen; jetzt aber veränderte es sich in der Weise, daß in seinen Zügen ein offenbarer, nicht zu beherrschender Hohn zu lesen war. Winnetou flüsterte Old Shatterhand zu: »Mein Bruder sehe den Mestizen an!«

»Ich sehe ihn.«

»Er verlacht uns!«

»Leider wird er Veranlassung dazu haben.«

»Ja. Seine Handbewegung vorhin war also doch ein Zeichen für den Indianer, den du für einen Komantschen hieltest. Wir haben uns nicht geirrt.«

»Du hast ihn draußen nicht gefunden. Wer weiß, was für eine Teufelei da ausgeheckt worden ist. Desto schärfer müssen wir ihn von jetzt an im Auge behalten. Ich bin überzeugt, daß er ein gefährlicher Mensch ist.«

Old Shatterhand hatte recht, wenn er den Mestizen einen gefährlichen Menschen nannte, und es war draußen wirklich eine Teufelei verabredet worden.

Als der Scout den Schuppen verlassen hatte, war er zunächst vorsichtig aus dem Lichtkreis gewichen, den die brennenden Feuer hinaus ins Freie warfen. Dann gerade senkrecht von dem Shop aus weitergehend, hatte er ungefähr dreihundert Schritte zurückgelegt, bis er eine leise Stimme hörte, die seinen Namen nannte; aber es war nicht der Name, den er hier im Camp trug, sondern ein ganz anderer, denn die Stimme erklang: »Komm hierher, Ik Senanda[1]! Hier stehen wir.«

Er war also wirklich der, für den ihn Winnetou gehalten hatte, der halbblütige Enkel des »Schwarzen Mustangs«, des »grimmigsten« Häuptlings der Komantschen.

Als er dem Ruf folgte, sah er bald drei Indianer vor sich stehen, von denen der eine sich durch eine ungemein hohe und kräftige Gestalt auszeichnete. Das war der Häuptling selbst, der ihn mit den Worten begrüßte: »Willkommen, du Sohn meiner

[1] »Böse Schlange«

Tochter! Ich sandte Kita Homascha[1], den listigsten meiner Krieger, in das Haus, damit du wissen möchtest, daß ich gekommen bin und auf dich warte. Hast du mit ihm gesprochen?«

»Kein Wort. Seine bloße Ankunft war für mich genug.«

»Du hast klug gehandelt, denn man hätte vielleicht Argwohn schöpfen können. Wir haben hier einen guten Platz und können nicht überrascht werden, weil wir bei der Helle der offenen Tür einen jeden sehen, der aus dem Hause tritt. Auch haben wir es ja nur mit Leuten zu tun, die nichts vom Leben des Wilden Westens verstehen.«

»Du irrst. Es sind Männer hier, die es sehr genau kennen.«

»Uff! Wer sollte das sein? Sage es!«

»Zuerst kamen zwei sehr lange und sehr dürre Reiter, die bis morgen hierbleiben. Der eine nannte sich Timpe, und der andere scheint ebenso zu heißen.«

»Timpe? Pshaw! Kein tapferer Krieger hat jemals diesen oder einen ähnlichen Namen gehört.«

»Dann aber kamen noch zwei andere: Winnetou und Old Shatterhand!«

»Uff, uff! Die hat der böse Manitou hierhergeführt.«

»Nicht der böse, sondern der gute. Erst erschrak ich freilich auch; dann aber, als ich sie sprechen hörte, kam Freude über mich.«

»Du wirst mir sagen, was du gehört hast, aber nicht hier. Wir müssen fort.«

»Fort? Warum?«

»Weil ich weiß, wie solche Männer denken und handeln! Haben sie mit dir gesprochen?«

»Winnetou fragte mich aus. Er glaubte nicht, daß ich Yato Inda heiße und hielt mich für den Sohn deiner Tochter.«

»Der Apatsche hat also Verdacht geschöpft und wird dir jetzt folgen, um dich zu beobachten. Wir müssen uns sofort eine andere Stelle suchen.«

»Wir sehen ihn ja, wenn er aus der hellen Tür hervortritt.«

»Du kennst ihn nicht. Er berechnet alles und weiß, daß ein Feind, der dieses Camp beschleicht, sich gerade dieser Tür gegenüber aufstellen wird, weil er da alles sehen kann. Winnetou wird also hierherkommen, und zwar nicht durch die erleuchtete Tür. Gibt es noch einen zweiten Ausgang?«

»Eine kleine Tür, die hinter dem Vorratsraum liegt.«

»Er wird diese benutzen und sich dann im Dunkeln hierherschleichen. Wir müssen nach der anderen Seite hinüber. Komm!«

Sie huschten in einem weiten Bogen rechts um den Shop, während Winnetou den seinigen links herum schlug und sie also nicht mehr vorfand. Dort blieben sie unter einem Baum stehen, und der Scout erzählte, was er gehört hatte. Der Häuptling hörte ihm mit größter Spannung zu und sagte dann, vor Freude beinahe laut werdend: »Nach dem Alder-Spring wollen sie? Morgen abend werden sie dort sein? Wir ergreifen sie; wir ergreifen sie dort; sie können uns gar nicht entgehen! Welch einen Jubel wird es bei uns geben, wenn wir diese kostbare Beute geschleppt bringen und sie martern, daß sie heulen wie geschundene Kojo-

[1] »Zwei Federn«

ten! Diese beiden Skalpe sind viel mehr wert als die vielen Zöpfe, auf die es eigentlich abgesehen ist!«

Er erging sich in noch weiteren Ausdrücken der Freude, bis sein Enkel ihn unterbrach: »Ja, wir werden sie ganz gewiß fangen und zu Tode martern; aber willst du deshalb auf die Chinesen verzichten, die ich euch in die Hände liefern sollte?«

»Nein, du bist ja deshalb in den Dienst der Männer vom Feuerroß getreten, und wir sind heute hierhergekommen, um dich zu fragen, ob es nicht bald geschehen kann.«

»Ich bin an jedem Tag bereit, hoffe aber, daß ihr das mir gegebene Wort halten werdet!«

»Wir halten es. Oder meinst du, daß ich den Sohn meiner Tochter betrügen werde? Alles Geld und alles Gold und Silber ist dein; alles andere, die Kleider, die Werkzeuge, die Vorräte, und besonders die Skalpe der Männer mit den langen Zöpfen, gehört uns. Wir sind es gewöhnt, daß die Bleichgesichter uns alles rauben; wir müssen vor ihnen weichen, denn sie sind mächtiger als wir; nun aber kommen auch diese Gelbhäute und bauen Brücken und Eisenwege auf dem Boden, der uns gehört; sie werden alle ihr Leben lassen müssen, und die Krieger der Komantschen werden den Ruhm haben, die ersten roten Männer zu sein, welche die neuen Skalpe der langen Zöpfe besitzen. Wir verzichten nicht darauf, und du wirst uns jetzt alle Auskunft erteilen, die zu einem Überfall nötig ist.«

Nun folgten ausführliche Auseinandersetzungen über Örtlichkeit und die einzelnen Teile des Camps, über die Art und Weise, wie der Überfall vorzunehmen sei, und über die Beute, die zu erwarten war. Dann gab der »Schwarze Mustang« seinen beiden Begleitern das Zeichen, wieder zu ihm zu stoßen, denn sie hatten sich nach den Seiten hin entfernt, um als Wächter dafür zu sorgen, daß er nicht überrascht und entdeckt wurde.

Das Ergebnis dieser geheimen Zusammenkunft war, daß zunächst morgen abend Old Shatterhand und Winnetou mit Kas und Has am Alder-Spring gefangengenommen werden sollten; die Zeit des Angriffs der Komantschen auf Firwood-Camp werde man dann dem Scout durch einen Boten melden. Hierauf verabschiedete er sich von den drei Verbündeten und kehrte nach dem Shop zurück.

Der »Schwarze Mustang« suchte mit den beiden Komantschen eine nahe Stelle aus, wo der Verabredung gemäß die Rückkehr des nach dem Shop gesandten Boten zu erwarten war. Er stellte sich bald darauf ein und berichtete voller Ingrimm, wie Old Shatterhand mit ihm verfahren war. Als er hörte, daß dieser mit Winnetou überfallen werden sollte, zischte er vor Freude zwischen den Zähnen hervor: »Er soll es bereuen, daß er sich an mir vergriffen hat, denn ich werde es sein, der ihm die fürchterlichsten Qualen bereitet!«

Eben schickten sich die Roten an, die Stelle zu verlassen und zu den Pferden zu gehen, die sie versteckt hatten, da hörten sie Schritte. Augenblicklich warfen sie sich auf den Boden nieder, obgleich dieser naß und schlammig war. Aber sie lagen den beiden Männern, die vorüber wollten, gerade im Wege; der eine stürzte über den Häuptling weg und riß den andern mit sich nieder. Im Nu wurden sie ergriffen und festgehalten.

»Schreit nicht, sonst kostet es euer Leben!« befahl der Häuptling. »Wer seid ihr?«

»Wir sind Arbeiter«, antwortete der eine angstvoll.

»Steht auf; aber tut keinen einzigen Schritt von hier fort, wenn euch euer Leben lieb ist! Warum schleicht ihr so heimlich hier herum? Wenn ihr Arbeiter seid, die zu diesem Camp gehören, braucht ihr das doch nicht zu tun!«

»Wir sind nicht geschlichen!«

»Doch! So leise und gebückt geht kein Mensch, der sich sehen lassen will. Was habt ihr da in den Händen?«

»Gewehre.«

»Gewehre? Wozu brauchen Arbeiter Gewehre? Zeigt her; ich will sie sehen!«

Er entriß sie ihnen, betastete sie und hob dann jedes einzelne empor, um es gegen den Himmel besser betrachten zu können.

»Uff, uff, uff!« ließ er sich dann zwar leise, aber im Tone freudigen Erstaunens hören. »Diese drei Gewehre sind hier im Westen wohlbekannt. Die Flinte mit den vielen Nägeln muß die Silberbüchse Winnetous, unseres Feindes, sein. Und wenn das richtig ist, so gehören die beiden anderen dem Bleichgesicht Old Shatterhand; es ist der Henrystutzen und der Bärentöter. Habe ich richtig vermutet?«

Die Chinesen schwiegen auf diese an sie gerichtete Frage. Sie sahen, daß sie Indianer vor sich hatten, und fürchteten sich. Sie zitterten förmlich und waren sogar zu feig, einen Fluchtversuch zu wagen.

»Redet!« fuhr er sie an. »Gehören diese Gewehre Old Shatterhand und Winnetou?«

»Ja«, hauchte derjenige von ihnen, der bis jetzt gesprochen hatte.

»So habt ihr sie gestohlen?«

Der Gefragte schwieg abermals.

»Ich sehe, daß ihr Wagare-Saritsches[1] seid, denen solche Männer ihre Gewehre niemals anvertrauen würden. Wenn du es nicht gestehst, stoße ich dir das Messer augenblicklich in den Leib! Sprich!«

Da beeilte sich der Chinese zuzugeben: »Wir haben sie heimlich genommen.«

»Uff! Also doch! Winnetou und Old Shatterhand müssen sich sehr sicher fühlen, daß sie sich hier von ihren Gewehren getrennt haben. Ihr seid Diebe. Wißt ihr, was ich mit euch tun werde? Ihr habt den Tod verdient!«

Da warf sich der Chinese auf die Knie nieder, hob die Hände und flehte: »Töte uns nicht!«

»Wir sollten euch freilich das Leben nehmen; aber wir werden euch laufenlassen, wenn ihr tut, was ich euch befehle.«

»Sage es, o sage es! Wir werden gehorchen!«

»Gut! Warum habt ihr die Gewehre gestohlen? Ihr könnt sie doch nicht brauchen, denn ihr seid keine Jäger.«

[1] Gelbe Hunde = Chinesen

»Wir wollten sie verkaufen, denn wir haben gehört, daß sie sehr, sehr viel Geld wert seien.«

»Wir kaufen sie euch ab.«

»Wirklich? Wirklich? Ist das wahr?«

»Ich bin der Häuptling der Komantschen. Mein Name lautet Tokvi Kava, was in der Sprache der Bleichgesichter ›Schwarzer Mustang‹ heißt. Habt ihr von mir gehört?«

Jawohl, sie hatten von ihm gehört, und zwar so viel Schlimmes, daß der Chinese tief erschrocken antwortete: »Der ›Schwarze Mustang‹?! Ja, wir kennen dich!«

»So wirst du wissen, was für ein großer und berühmter Häuptling ich bin, und daß alles, was ich sage, stets die Wahrheit ist. Ich kaufe dir die Gewehre ab.«

»Wieviel gibst du uns dafür?«

»Mehr, als jeder andere euch geben würde.«

»Was?«

»Euer Leben. Ein solcher Diebstahl wird mit dem Tod bestraft; ich schenke euch aber für die Flinten das Leben.«

»Das Leben? Nur das Leben?« fragte der Zopfträger zitternd und enttäuscht.

»Ist das nicht genug?« zischte ihn der Rote an. »Können solche Burschen, wie ihr seid, mehr bekommen als das Leben? Was wollt ihr noch?«

»Geld.«

»Geld! Also Metall! Wenn ihr Metall wollt, könnt ihr auch dies haben, nämlich das Eisen unserer Messer; sie sind so scharf und spitz, daß ihr genug davon bekommen werdet. Wollt ihr es?«

»Nein, nein! Verschone uns!« stöhnte der Chinese. »Wir wollen leben; behalte die Gewehre!«

»Das ist dein Glück, du gelbe Kröte! Und nun höre, was ich dir noch befehle! Old Shatterhand und Winnetou werden sehr bald merken, daß ihre Flinten fort sind; es wird sich ein großer Lärm erheben; sie werden suchen und fragen. Was werdet ihr da tun?«

»Wir werden schweigen.«

»Das müßt ihr. Kein Wort dürft ihr sagen, kein einziges Wort, sonst nehmen sie euch das Leben, weil ihr die Diebe seid. Aber auch von uns dürft ihr nicht sprechen, denn wenn sie erfahren, daß ihr uns getroffen und mit uns gesprochen habt, so erraten sie alles, und ihr seid doch verloren. Werdet ihr diesem meinem Befehl gehorchen?«

»Wir werden schweigen, als ob wir tot wären!«

»Das fordere ich von euch, denn wenn ihr verrietet, daß wir hiergewesen sind, würden wir kommen und Rache nehmen; ihr würdet unter tausend Qualen am Marterpfahl sterben. Und nun noch eine Frage: Sind euch die Namen Iltschi und Hatatitla[1] bekannt?«

»Nein.«

»So heißen die Pferde von Winnetou und Old Shatterhand. Wißt ihr, wo diese stehen?«

[1] »Wind« und »Blitz«

»Im Schuppen, der dort hinter uns liegt. Wir hörten, daß sie dorthin geschafft wurden.«

»So sind wir mit euch fertig. Also denkt an meine Warnung und schweigt! Jetzt könnt ihr gehen!«

Er gab jedem von ihnen einen Fußtritt, und dann verschwanden sie schleunigst im Dunkel der Nacht, froh darüber, daß ihnen wenigstens das Leben geblieben war.

»Uff! Glücklicher konnten wir nicht sein!« sagte der Häuptling im Tone größter Befriedigung zu seinen Leuten. »Wir haben das Zaubergewehr, den Bärentöter und die Silberbüchse. Nun werden wir uns auch noch die Hengste holen, die außer meinem Mustang nicht ihresgleichen haben.«

»Will Tokvi Kava nach dem Schuppen gehen?« fragte derjenige, der unter dem Namen Juwaruwa als Spion im Shop gewesen war.

»Meint mein Bruder, daß ich die Pferde stehen lassen soll? Wenn mein Mustang nicht wäre, so würden sie die besten Pferde von einem großen Wasser bis zum anderen sein. Wir holen sie, denn sie sind wohl ebensoviel wert wie die Gewehre, die wir den gelben, langzopfigen Burschen abgenommen haben.«

Sie schlichen sich lautlos nach dem Schuppen, dessen Tür kein wirkliches Schloß, sondern nur einen Riegel hatte, und lauschten. Drinnen ließen sich vereinzelte Hufschläge vernehmen, wenn ein Pferd mit dem Bein stampfte. Es war finster im Innern. Ein Wächter schien nicht da zu sein, sonst wäre der Raum erleuchtet gewesen. Der Häuptling schob den Riegel zurück, öffnete die Tür ein wenig, stellte sich so, daß er von innen nicht gesehen werden konnte und rief halblaut einige Male in englischer Sprache hinein, als ob er ein Bekannter des etwa doch anwesenden Postens sei. Es erfolgte keine Antwort. Nun traten die vier Indianer ein.

Die Pferde der beiden Timpes waren ganz nach hinten geschafft worden; die Rapphengste standen fast ganz vorn. Der Häuptling erkannte dies trotz der Dunkelheit sehr bald.

»Sie stehen hier«, sagte er. »Nehmt euch in acht! Reiten dürfen wir sie nicht, denn sie kennen uns nicht; wir müssen sie führen, und werden ohnehin draußen mit ihnen zu tun bekommen, sobald sie merken, daß es fortgehen soll, und ihre Herren nicht dabei sind.«

Die Rapphengste wurden vorsichtig losgebunden und langsam hinausgeführt. Sie folgten den Komantschen zwar ohne sich zu widersetzen, aber doch in einer Weise, die zeigte, daß sie Verdacht geschöpft hatten. Die Tür wurde wieder verriegelt, und dann entfernten sich die Indsmen mit ihrem kostbaren Raub. Der tiefe, weiche Schlamm, den der Regen gebildet hatte, ließ die Schritte der Menschen und der Tiere nicht hörbar werden.

Tokvi Kava fühlte sich außerordentlich befriedigt von dem Streich, den er den beiden berühmten, von ihm aber so sehr gehaßten Männern heute spielen durfte. Er war seiner Sache vollständig sicher und hegte die Überzeugung, am heutigen Abend ganz fehlerlos schlau gehandelt zu haben. Und doch irrte er sich. Er hatte in seiner Rechnung einiges vergessen, nämlich den Scharfsinn der beiden Bestohlenen und die vorzüglichen Eigenschaften sowie die ebenso gute Dressur der Pferde, die nicht gewohnt waren, ohne Erlaubnis ihrer Herren fremden Menschen zu gehorchen.

Der größte Fehler jedoch, der von ihm begangen worden war, bestand darin, daß er den Chinesen seinen Namen genannt hatte. Er nahm zwar mit Sicherheit an, daß sie nichts verraten würden, aber einem Winnetou und seinem weißen Freunde gegenüber war das eine unverzeihliche Unvorsichtigkeit.

2. *Der schwarze Mustang*

Lieber Leser, hast du einmal von dem »weißen Mustang« gehört? Es ist viel über ihn geschrieben und viel von ihm erzählt worden. Zahlreiche weiße Jäger und rote Männer haben behauptet, den »weißen Mustang« gesehen zu haben, und wirklich, sie hatten ihn gesehen und doch auch wieder nicht gesehen; der »weiße Mustang« war eine Sage, ein Märchen, ein Gebilde der Phantasie, dem allerdings wirklich Gesehenes zugrunde lag.

Zur Zeit, als noch Büffel- und Pferdeherden zu tausend und aber tausend Stück die weiten Prärien bevölkerten und während des Frühlings nord-, zur Herbstzeit aber südwärts zogen, konnte es einem vorsichtigen Jäger glücken, den »weißen Mustang« zu Gesicht zu bekommen, aber nur einem vorsichtigen, der sich anzuschleichen verstand. Denn der »weiße Mustang« war der erfahrenste und klügste unter allen Leithengsten, die jemals an der Spitze einer wilden Pferdeherde gestanden haben. Sein Auge durchdrang den dichtesten Busch; sein Ohr hörte das leise Schleichen des Wolfes Tausende von Schritten weit, und seine tiefroten Nüstern erfaßten den Geruch des Menschen aus noch viel größeren Entfernungen. Aus einer von dem »weißen Mustang« angeführten und bewachten Herde hat sich selten ein Jäger ein Pferd mit dem Lasso herausholen können. Nie hat man den »weißen Mustang« grasen sehen. Er hatte keine Zeit dazu. Stets und stets und ohne Unterlaß flog er in anmutigen und doch so kräftigen Sprüngen rund um seine ruhig weidende Herde, um beim geringsten Anzeichen der Gefahr jenes schrille, trompetenartige Wiehern hören zu lassen, auf das augenblicklich alles wie im Sturm von dannen stob.

Einigemal soll es gelungen sein, ihn von der Herde abzuschneiden; man wollte ihn fangen, ihn allein. Er entwich nur im Galopp; die Verfolger ritten unter äußerster Kraftentfaltung ihrer Tiere, konnten ihn aber trotzdem nicht einholen, und als er dann endlich, sich lang streckend, wie ein Pfeil entflog und fern am Horizont verschwand, sahen sie ein, daß er sie nur geäfft hatte, um sie von seiner Herde fortzulocken. Ein kühner Vaquero[1], ein Meister im Reiten, wollte ihn einmal allein getroffen und auf einen tiefen Canon[2] zugejagt haben; der »weiße Mustang« soll ohne Bedenken in die mehrere hundert Fuß tiefe Schlucht hinabgesprungen und unten ruhig weitergetrabt sein. Der Vaquero beteuerte es mit allen ihm geläufigen Schwüren und

[1] Berittener Hirt [2] Senkrecht abfallende Schlucht

Flüchen, und alle, die es hörten, glaubten es. In einer Gesellschaft sehr ernster und erfahrener Westmänner berichtete ein Haziendero aus der Sierra, er habe einmal das ungeheure Glück gehabt, den »weißen Mustang« mit einer ganzen Tropa wilder Pferde in einen Korral[1] zu locken, aber der wunderbare Schimmel sei wie ein Vogel über die zwanzig Fuß hohe Umzäunung hinweg und hinausgeflogen; niemand zweifelte daran.

So erzählten die Alten, und so erzählten die Jungen; der »weiße Mustang« schien nicht nur unverletzlich, sondern sogar unsterblich zu sein, bis er schließlich mit der letzten Pferdeherde, die man beisammen sah, von der Savanne verschwand. Die unerbittliche »Kultur« hat die Büffel und die Mustangs hingemordet, doch noch heute taucht hier und da irgendein alter Westmann auf, um zu behaupten, daß der nie erreichbare Schimmel keine Erfindung sei, denn er selbst habe ihn auch gesehen.

Ja, er war keine Erfindung, und dennoch eine Schöpfung der Einbildungskraft; es hat ihn nie gegeben, und doch ist er vorhanden gewesen; die ihn gesehen haben, haben sich nicht getäuscht, aber doch geirrt, denn der »weiße Mustang« ist nicht *ein* Pferd, sondern mehrere, viele Pferde gewesen.

Jede wilde Mustangherde hatte einen Anführer, der stets ein Hengst, und zwar der kräftigste und klügste von allen war, denn er mußte diese Stelle mit Gewalt und List erkämpfen und sich erhalten. Hatte er alle seine Mitbewerber aus dem Feld geschlagen, so gehorchte ihm die ganze Truppe bis zum jüngsten Fohlen herab. Wenn man nun schon bei uns behauptet, daß die Schimmel die härtesten Pferde seien, so galt das in der Prärie erst recht. Dazu kam, daß die hellen Mustangs von den Jägern geschont wurden; es fiel keinem Menschen ein, sich einen Schimmel zum Reiten zu fangen, weil ein solches Tier weithin sichtbar ist und den Reiter in Gefahr bringt. Diese Pferde konnten sich also zur vollen Kraft auswachsen. Ferner liegt oder lag es im Instinkt jedes heller gefärbten Pferdes, vorsichtiger zu sein als ein dunkleres. Sodann braucht eine Herde einen Anführer, der sich durch seine Färbung unterscheidet und mit dem Auge leicht zu finden ist. Je höher der Offizier steht, desto glänzender die Abzeichen seiner Würde. Was der Mensch durch Kunst erreicht, das bietet dem Tier die Natur. Aus diesen Ursachen mag es gekommen sein, daß, wie jeder Westmann weiß, fast jede größere wilde Pferdeherde von einem Schimmel angeführt wurde.

Wenn nun diese hellen Leithengste die kräftigsten, schnellsten, ausdauerndsten und bissigsten Tiere waren, so mußte es ihnen leichter als jedem anderen Pferd werden, einer etwaigen Nachstellung zu entgehen. Jeder Westmann hatte einen solchen Schimmel gesehen und seine Schnelligkeit und Klugheit bewundert; er erzählte davon und hörte andere das gleiche erzählen; das Leben auf der unendlichen Savanne erregt die Phantasie; es waren viele Schimmel gewesen, aber nach und nach schuf die Einbildungskraft aus ihnen einen einzigen, den – »weißen Mustang«, der allüberall gesehen worden, aber nie zu fangen gewesen war.

[1] Hohe Einzäunung zum Einfangen wilder Pferde und Rinder

Zur Zeit Winnetous und Old Shatterhands gab es auch einen »schwarzen Mustang«, mit dem es fast dieselbe und doch auch wieder eine andere Bewandtnis hatte. Er war kein wildes, sondern ein geschultes, ein sogar außerordentlich gut dressiertes Pferd, das sich im Besitz des Häuptlings der Naiini-Komantschen befand. Auch von ihm erzählte man sich die wunderbarsten Dinge. Es besaß alle guten Eigenschaften in bisher noch nie dagewesenem Maße; es war noch in keinem Kampf verwundet worden, noch nie gestolpert oder gar gefallen, noch nie von einem Verfolger eingeholt worden und noch nie gestorben. Das Pferd hatte schon zur Zeit der Ahnen gelebt; es war mit dem Großvater aus allen Kämpfen unverletzt hervorgegangen; es hatte den Vater heil durch Not und Tod getragen, und bewährte sich nun bei dem jetzigen Häuptling in so vorzüglicher Weise, daß er, um sich und das Tier zugleich zu ehren, den Namen Tokvi Kava, der »Schwarze Mustang«, angenommen hatte.

Wie die Indsmen fest überzeugt waren, der Henrystutzen Old Shatterhands sei eine Zauberflinte, so fest behaupteten sie auch, natürlich die eingeweihten Angehörigen des Naiinistammes ausgenommen, daß der »schwarze Mustang« ein Zauberpferd sei. Dieser Glaube nun brachte dem Besitzer des Pferdes Ansehen und Vorteile. Man hütete sich, mit ihm persönlich oder mit seinem Stamm anzubinden, denn man hielt ihn für ebenso unverletzlich wie sein Pferd; er war nicht zu besiegen. Er war ein kluger Mann und nützte diese Scheu in schlauer Weise aus; die Erfolge stellten sich ein und machten ihn immer zuversichtlicher. Sein Stolz und seine Rücksichtslosigkeit wuchsen; er wurde der grausamste Feind aller Weißen und gegnerischen Roten und glaubte schließlich selbst daran, daß es keinen Menschen gebe, der sich mit ihm messen könne.

Natürlich hatte man sich auch unter diesem »schwarzen Mustang« nicht ein, sondern mehrere Pferde zu denken; sie waren Abkömmlinge voneinander, gleich gezeichnet und von gleicher Vortrefflichkeit. Diese Vortrefflichkeit konnte nicht geleugnet werden, und so war es begreiflich, daß der Häuptling, als er im Firwood-Camp die beiden Rappen Old Shatterhands und Winnetous stahl, so stolz behauptete: »Wenn mein Mustang nicht wäre, so würden sie die besten Pferde von einem großen Wasser bis zum anderen sein.« Er meinte damit den Atlantischen und den Stillen Ozean, also nach seiner Ausdrucksweise ganz Nordamerika. Ob er mit dieser Behauptung recht hatte, darüber hätte man vielleicht streiten können.

Im Camp ging man an diesem Abend nicht so zeitig wie sonst schlafen. Die Anwesenheit der berühmten Gäste hielt die Leute auch nach dem Essen wach. Der Engineer saß mit Winnetou, Old Shatterhand und den beiden Timpes an dem einen Tisch, wo Erzählung auf Erzählung folgte. An dem anderen saßen der Aufseher und der Verwalter, meist still zuhörend und nur zuweilen ein Wort mit in die Unterhaltung werfend. Zu ihnen hatte sich der Mestize wieder gefunden, der sich ganz stumm verhielt, doch um so schärfer auf alles lauschte, was gesprochen wurde. Winnetou und Old Shatterhand schienen seine Anwesenheit nicht zu beachten; er bemerkte keinen einzigen Blick, den sie zu ihm herübersandten, und doch hatten sie ihn so scharf im Auge, daß ihnen keine seiner Bewegungen und Mienen entgehen konnte.

Eben gab Kas eines seiner Abenteuer zum besten, als Winnetou ihm zuwinkte, zu schweigen und zu lauschen.

Sie horchten und hörten bald schnelle Hufschläge näher kommen, die ganz vernehmlich den tiefen Schlamm hochspritzen und dann draußen vor der Tür anhielten. Ein eigentümliches, freudiges Schnauben erklang.

»Uff!« rief Winnetou, während er rasch aufstand. »Das sind keine fremden Pferde.«

Old Shatterhand erhob sich ebenso schnell von seinem Sitz und stimmte bei: »Nein, keine fremden, das sind unsere Hengste. Wie kommen sie hierher? Was sagt Ihr dazu, Mister Engineer? Ihr habt doch, als wir von dem Schuppen fortgingen, dessen Tür selbst verriegelt?«

»Ja, das habe ich getan. Es muß irgendein Arbeiter das Tor geöffnet haben; da sind die Pferde entwichen.«

»Entwichen? Sie waren fest angebunden! Dieser Jemand hat nicht nur die Tür geöffnet, sondern auch die Tiere losgebunden, und das ist jedenfalls ein seltsames Verhalten. – Erlaubt, Sir, daß ich mir einmal dieses Windlicht nehme!«

Diese Bitte war an den Shopman gerichtet, der an seinem Ladentisch hockte. Über ihm hing eine gläserne Windlaterne, die Old Shatterhand vom Nagel nahm und anbrannte, um dann mit Winnetou hinauszugehen. Die anderen folgten neugierig, auch der Mestize, der freilich nichts davon wußte, daß sein roter Großvater vorhin die beiden Hengste gestohlen hatte.

Diese standen wirklich draußen und bewillkommneten ihre Herren mit den Zeichen großer Aufregung. Sie schnaubten, wehten mit den Schwänzen, ließen ihre Ohren spielen, gingen mit den Vorderbeinen hoch, gerade wie Hunde, die ihren Besitzer freudig begrüßen. Old Shatterhand leuchtete sie an und rief dann betroffen aus: »Alle Wetter! Was ist das? Die Pferde kommen nicht aus dem Schuppen! Seht doch den Schmutz und Schlamm, der hier sogar dick auf dem Rücken liegt! Sie sind galoppiert; sie sind weit fortgewesen! Aber wo und mit wem?«

»Mit wem?« fragte der Engineer. »Mit niemandem, natürlich! Wem sollte es einfallen, in solchem Wetter und solcher Finsternis mit fremden Pferden spazierenzureiten?«

»Reiten? Möchte wissen, wer es fertigbrächte, sich ohne unsere Erlaubnis auf eines dieser Pferde zu setzen! Es hat niemand darauf gesessen, denn seht, die Sitze sind mit Kot bespritzt.«

»Also habe ich ja recht! Es hat jemand den Schuppen aufgemacht; da rissen sich die Tiere los und gingen davon. Sie sind ein Stück herumgerannt und nun wiedergekommen; das ist alles. Ich werde aber untersuchen, wer hieran die Schuld trägt. Es hat des Nachts kein Mensch im Schuppen etwas zu suchen.«

An dem Zügel des einen Pferdes hing ein fest angeknoteter Riemen, der wahrscheinlich eine Schleife gebildet hatte, nun aber zerrissen war. Old Shatterhand untersuchte ihn, warf dem Apatschen einen raschen bedeutungsvollen Blick zu und sagte dann zu dem Engineer: »Ihr habt recht, Sir; die Pferde haben sich losgerissen. Kommt mit! Wir müssen sie fester anbinden. Die anderen Gentlemen brauchen sich natürlich nicht weiter zu bemühen.«

Er sagte das mit einer solche Ruhe und Überzeugung, daß die beabsichtigte Wirkung nicht ausblieb. Der Aufseher und der Verwalter kehrten mit dem Mestizen an ihre Plätze in den Shop zurück. Kas und Has wollten ihnen folgen; da flüsterte ihnen Old Shatterhand zu: »Fangt mit dem Halbblut ein Gespräch an, und laßt ihn nicht eher heraus, als bis wir wiedergekommen sind!«

»Warum, Mister Shatterhand?« fragte Kas.

»Das werdet Ihr später erfahren. Nur haltet ihn fest; aber seid freundlich und zutraulich mit ihm!«

»Aber wenn er unbedingt heraus will? Sollen wir da Gewalt anwenden?«

»Nein. Das soll vermieden werden. Aber es kann Euch doch nicht schwerfallen, ihn durch eine fesselnde Geschichte festzuhalten!«

»Denke es auch. Werde einige wundervolle Sachen erzählen und dabei gute Witze machen, genauso wie bei Timpes Erben. Komm, alter Has!«

Sie gingen hinein. Winnetou nahm die Pferde bei den Zügeln, um sie zu führen. Old Shatterhand leuchtete voran; der Engineer ging neben ihm und sagte, während er den Kopf schüttelte: »Ich verstehe Euch nicht, Sir. Erst tut Ihr plötzlich so ruhig und gebt mir recht, und dann erteilt Ihr diesen beiden Gentlemen Aufträge, als ob man Yato Inda gar nicht trauen dürfe.«

»Ich habe mich verstellt, denn es gilt, vorsichtig zu sein. Die Pferde sind gestohlen und fortgeschafft worden, haben sich aber unterwegs losgerissen.«

»Unmöglich!«

»Es ist so; ich versichere es Euch!«

»Und wenn es so wäre, könnte da Yato Inda der Dieb gewesen sein?«

»Nein; aber sein Helfershelfer. Doch kommt nur erst nach dem Schuppen, da werden wir erfahren, wer den Diebstahl ausgeführt hat!«

»Wie wollt Ihr das ermitteln?«

»Der weiche Erdboden wird es mir sagen.«

Sie waren während dieser Worte in die Nähe des Schuppens gekommen. Der Engineer wollte schnell vollends hin. Old Shatterhand aber hielt ihn am Arm zurück und warnte: »Nicht so rasch! Ihr könnt uns sonst alles verderben.«

»Was?«

»Die Spuren, die ich sehen will. Wenn Ihr hineintretet, sind sie nicht deutlich zu erkennen.«

»Richtig! Unsereiner denkt eben an solche Vorsichtsmaßregeln nicht.«

Old Shatterhand machte einen Bogen, um nicht geradewegs, sondern von hinten an die Tür zu kommen und dadurch die mutmaßlichen Spuren zu schonen. Dann ging er bis zur Tür und leuchtete umher. Winnetou ließ die Pferde stehen, kam zu ihm hin und bückte sich mit nieder.

»Uff!« rief er aus. »Das sind indianische Mokassins gewesen!«

»Dachte es mir!« nickte Old Shatterhand. »Es waren Rote hier. Aber wie viele?«

»Das wird mein Bruder sehen, wenn wir die Fährte von dem Schuppen weg verfolgen. Hier sind die Menschen- mit den Pferdespuren vermischt.«

»Jetzt noch nicht fort! Wollen noch hier bleiben! Die Hufstapfen zeigen deutlich, daß die Pferde langsam gegangen sind. Das hätten sie nicht getan, wenn sie entflohen wären, nachdem sie sich losgerissen hatten. Sie sind sehr vorsichtig aus dem Schuppen geführt worden.«

»Er ist verriegelt«, bemerkte Winnetou, während er auf die Tür zeigte.

»Ein weiterer Beweis, daß ein Diebstahl vorliegt. Wer sollte die Tür sonst verriegelt haben!«

Sie öffneten die Tür und gingen hinein. Es war nichts zu sehen; die Diebe hatten keine Spur zurückgelassen. Darum wurden nun die Pferde hineingeschafft und wieder angebunden, worauf die drei Männer die Untersuchung draußen fortsetzten, indem sie die Fährte vom Schuppen weg verfolgten. Nach wenigen Schritten schon teilte sie sich: nach rechts führten Menschen- und Tierschritte, von links her gab es nur Menschenspuren.

»Da sind sie gekommen«, sagte Old Shatterhand. »Sieht mein Bruder Winnetou, wie viele es gewesen sind?«

Der Apatsche betrachtete die Eindrücke genau und antwortete dann: »Diese roten Männer waren so unvorsichtig, nicht hintereinander zu gehen, darum ist ganz deutlich zu sehen, daß es vier Männer waren. Gehen wir noch weiter! Die Fährte geht nach der hinteren Seite des Shops.«

Nach kurzer Zeit gelangten sie an die Stelle, wo die beiden Chinesen mit den Indianern zusammengetroffen waren. Sie war breit ausgetreten und wurde von Old Shatterhand sorgfältig beleuchtet.

»Uff!« rief Winnetou. »Hier haben die roten Männer einige Zeit gestanden und mit zwei Zopfmännern gesprochen. Man sieht die Spur der dicken, geraden Sohlen der gelben Leute ganz genau.«

»Sagte ich es nicht!« meinte da der Engineer. »Es sind Arbeiter im Schuppen gewesen!«

»Unsinn!« widersprach Old Shatterhand. »Im Schuppen waren sie nicht, denn ihre Spuren führen nicht bis hin, wie Ihr seht. Es sind Indianer hiergewesen, Komantschen jedenfalls. Das ist keine Kleinigkeit für Euch!«

»Pshaw! Jedenfalls arme Teufel, die vielleicht Eßwaren stehlen wollten und unglücklicherweise an eure Pferde geraten sind.«

»Wenn es so wäre, wollte ich es loben. Ich fürchte aber, daß es noch ganz anders kommen wird. Diese Roten scheinen mit Euren Chinesen im geheimen Einverständnis zu stehen.«

»Oho!«

»Ja! Ihr seht ja, daß sie miteinander gesprochen haben. Wenn kein Einverständnis zwischen ihnen vorläge, hätten die Indianer die Chinesen ausgelöscht.«

»Meint Ihr, Sir?«

»Gewiß! Und seht: erst haben nur drei Rote hier gestanden, der vierte ist aus der Richtung des Shops zu ihnen gekommen. Erratet Ihr, welcher das war?«

»Etwa dieser Juwaruwa, den Ihr nicht fortlassen wolltet?«

»Ja, der war es.«

»So möchte ich nur wissen, welche von meinen Chinesen hiergewesen sind. Diese Langzöpfe werden sich freilich hüten, etwas einzugestehen!«

»Wir werden es trotzdem erfahren. Einstweilen wollen wir von ihnen absehen und uns nur mit den Roten beschäftigen. Kommt!«

Sie folgten der jetzt nur noch dreifachen Fährte, bis sie an den Ort kamen, wo Tokvi Kava mit dem Mestizen zuletzt gesprochen hatte und von wo aus dieser nach dem Shop zurückgegangen war. Dann wurden sie von der Spur nach der vorderen Seite des Shops geleitet, dorthin, wo die Komantschen auf den Mestizen gewartet hatten. Als auch diese Stelle einer Untersuchung unterworfen worden war, sagte Old Shatterhand: »Jetzt ist mir alles klar. Es kamen vier Komantschen hierher. Drei warteten, und der vierte ging in den Shop, um dem Mestizen ein Zeichen zu geben, daß er herauskommen solle. Dieser Mensch ging hierher; da sie sich aber hier nicht sicher fühlten, wandten sie sich nach der Hinterseite des Shops. Darum hat Winnetou hier vergeblich gesucht und nichts gefunden. Der Mestize besprach sich mit den drei Roten und kehrte dann zu uns zurück; sie aber gingen nach der Stelle, wo sie den Juwaruwa erwarteten. Dieser kam, und als sie sich nun ganz entfernen wollten, stießen sie auf die beiden Chinesen.«

»Was hatten die aber dort zu suchen?« fragte der Engineer. »Wollen wir ihre Spur nicht auch untersuchen?«

»Jetzt noch nicht. Wir müssen vorher zu dem Mestizen. Er soll fliehen.«

»Fliehen?« staunte der Engineer. »Welch ein Gedanke! Entweder ist er der brave Mensch, für den ich ihn halte, und da braucht er nicht zu fliehen, oder er ist ein Schurke, der uns an die Indianer verraten will, und da darf man ihn nicht entkommen lassen.«

»So denkt Ihr, ich aber denke anders. Er ist der Enkel des Komantschenhäuptlings Tokvi Kava und hat sich unter ehrlicher Maske bei Euch eingeschmeichelt, um Euch seinem roten Großvater zu überliefern. Dieser hat heute vier Boten zu ihm geschickt, um die Zeit und Art des Überfalls zu bestimmen. Ich möchte sogar behaupten, daß Tokvi Kava mit hiergewesen ist. Was sagt mein Bruder Winnetou dazu?«

»Der ›Schwarze Mustang‹ war da«, antwortete der Apatsche mit einer solchen Bestimmtheit, als hätte er ihn gesehen.

»Gewiß! Denn nur solch ein Krieger wie er konnte auf den Gedanken kommen, unsere Pferde zu stehlen. Er hat gehört, daß wir hier sind, und wird den Überfall des Camps einstweilen aufgeben, bis wir diesen verlassen haben. Zu Eurer Sicherheit aber ist unbedingt erforderlich, zu erfahren, was gegen Euch im Werke liegt, und wann es ausgeführt werden soll. Das könnt Ihr aber nicht hören, wenn der Mestize hierbleibt.«

»Sir«, antwortete der Engineer ungläubig, »ich weiß, wer Ihr seid, und was ich von Euch zu halten habe, aber Ihr redet für mich in Rätseln. Ich muß Euch zu meinem großen Schrecken glauben, daß die Roten etwas gegen uns vorhaben, denn sonst hätten sie keine Kundschafter hergeschickt; aber was ich darüber wissen muß, kann ich doch am besten und am sichersten von dem Mestizen erfahren, wenn er wirklich, wie Ihr behauptet, der Verbündete der Roten ist.«

»Ihr denkt, er sagt es Euch?«

»Ich zwinge ihn dazu!«

»Pshaw! Ich wüßte nicht, wie Ihr das anfangen wolltet! Es gibt nur das eine sichere Mittel, alles zu erfahren: wir müssen ihm Angst einjagen, daß er sich aus dem Staube macht.«

»Aber, wenn er fort ist, erfahren wir doch erst recht nichts, Mister Shatterhand!«

»Im Gegenteil. Habt Ihr nicht gehört, daß wir morgen nach dem Alder-Spring wollen?«

»Ja.«

»Der Mestize hat es auch gehört und wird es den Roten mitgeteilt haben. Ich bin überzeugt, daß sie hinreiten, um uns aufzulauern und zu fangen. Wir werden uns aber nicht erwischen lassen, sondern vielmehr sie belauschen.«

»Sir, das ist gefährlich!«

»Für uns nicht, und für Euch hat es den Zweck, daß Ihr dann wißt, woran Ihr seid.«

»Wie werde ich es denn erfahren? Wollt Ihr etwa wiederkommen?«

»Wenn wir erfahren, daß Ihr Euch in Gefahr befindet, kommen wir ganz gewiß zurück, um Euch beizustehen. Nur müßt Ihr heute den Mestizen laufen lassen.«

»Und wenn er nicht läuft?«

»Er läuft! Wo pflegt er zu schlafen? Etwa bei den Arbeitern?«

»Nein. Er hat sich da hinten an dem Gebüsch ein halbindianisches Wigwam errichtet.«

»Um nicht beobachtet zu werden. Ganz richtig! Er hat ein Pferd?«

»Ja. Es ist stets in der Nähe dieses Wigwams angepflockt.«

»Gut! Mein Bruder Winnetou wird sich jetzt dorthin begeben und sich verstecken, um ihn bei der Flucht zu beobachten. Wir hingegen gehen in den Shop und werden ihm die nötige Angst einjagen. Vorher aber beschreibt Ihr Winnetou genau, wo das Wigwam liegt.«

Winnetou hatte zu der ganzen Unterhaltung nur wenige Worte beigetragen; er hörte jetzt die Beschreibung des Platzes schweigend an und huschte dann fort. Das war so seine Art und Weise und für Old Shatterhand der Beweis, daß er mit allem, was dieser gesagt und geplant hatte, einverstanden war. Als er sich entfernt hatte, gingen die beiden nach dem Shop. Sie fanden den Mestizen in reger Unterhaltung mit den beiden Timpes; er warf einen mißtrauisch forschenden Blick auf den weißen Jäger, aber dieser tat so, als hätte er ihn nicht bemerkt. Der gute Kas hielt in der Erzählung, die er eben vortrug, inne und erkundigte sich: »Nun, Mister Shatterhand, wie habt Ihr es im Schuppen gefunden?«

»Von einem Pferdediebstahl war keine Rede. Wir hatten vergessen, die Tür zu verriegeln, und da muß irgendein Tier hineingeraten sein und die Hengste ängstlich gemacht haben. Sie haben sich losgerissen und das Weite gesucht, sich aber glücklicherweise wieder hierhergefunden. Darüber können wir also beruhigt sein, um so weniger aber über einen anderen Umstand.«

»Über welchen?«

»Es sind Rote hiergewesen.«

»Einer doch wohl nur? Ich meine diesen sogenannten Juwaruwa, der da im Shop war.«

»Er war nicht allein. Es gehörten noch drei andere Rote zu ihm, die draußen auf ihn warteten.«

»Alle Wetter!« rief Kas, indem er seinen Strohhut weit aus der Stirne schob. »Noch drei andere! So ist dieser Bursche also wohl doch ein Spion gewesen?«

»Ich bin überzeugt davon und behaupte, daß sich hier im Camp ein Verbündeter von den Roten befindet.«

»All devils! Wenn das wahr wäre! Wer könnte das sein?«

»Ihr werdet es gleich erfahren. Kommt mal alle mit, Mesch'-schurs; ich will euch etwas zeigen!«

»Wo ist Mister Winnetou?« fragte Kas, indem er mit den anderen aufstand.

»Im Schuppen bei den Pferden, um zu wachen, daß sie nicht wieder aufgeregt werden.«

Sie gingen alle hinaus, auch die weißen Arbeiter; der Mestize aber blieb sitzen. Da wandte sich Old Shatterhand in der Tür nach ihm um und sagte: »Ich habe alle aufgefordert, mitzugehen!«

Sein drohendes Auge sagte noch mehr, als diese Worte enthielten. Das Halbblut stand kleinlaut auf und kam hinterher. Old Shatterhand trug die Laterne wieder und führte die Männer zu der Fährte, die der Mestize gemacht hatte, als er aus dem Shop zu den auf ihn wartenden Komantschen gegangen war. Er leuchtete nieder und sagte: »Seht euch diese Stapfen an, Mesch'schurs! Es sind die Spuren eines Halunken, der euch alle ins Verderben führen will. Ich werde euch nachher die Füße zeigen, die ganz genau in diese Eindrücke passen.«

»Ins Verderben führen?« fragte der Aufseher erschrocken. »Wieso?«

»Er verkehrt mit feindlichen Indianern, die wahrscheinlich das Camp überfallen wollen, und hat sich unter einem falschen Namen bei euch eingeschmuggelt, um ihnen die Sache leicht zu machen.«

»Indianer? Ist das möglich?«

»Ja, der Rote, der vorhin hier war, war ein Spion von ihnen, der ihn hinausschicken sollte. Wir sahen, daß sie Zeichen miteinander wechselten.«

»Wer ist der Schuft? Den Kerl lynchen wir! Sagt es, Sir, sagt es!«

»Später! Erst will ich euch Beweise geben. Ihr seht, daß ich seinen Stapfen folge, und werdet bald erfahren, wohin sie führen.«

Old Shatterhand ging auf der Spur weiter, und sie folgten ihm, bis er stehenblieb, auf den Boden leuchtete und sagte: »Seht her! Hier haben drei Indianer gestanden und auf ihn gewartet, während der vierte, der sich Juwaruwa nannte, sich bei uns im Shop befand und ihm heimlich zuwinkte. Überzeugt euch genau, daß diese Eindrücke von Indianern stammen!«

Da sagte Has, während er seinen langen schwarzen Schnurrbart grimmig auseinanderzog: »Das bedarf gar keiner besonderen Überzeugung, Sir. Man sieht es doch gleich mit dem ersten Blick, daß es sich um Rote handelt. Alle Wetter! Das Camp steht in Gefahr. Zeigt uns den Burschen, damit wir ihn ein wenig aufhängen! Es gibt hier Bäume genug, die hübsche, starke Äste haben.«

»Wartet nur noch ein kleines Weilchen! Wir müssen der Spur noch weiter folgen.«

Der Mestize stand dabei und hörte natürlich alles, was gesprochen wurde. Old Shatterhand ließ den Schein der Laterne zuweilen über sein Gesicht gleiten und sah dabei den irren, ängstlichen Blick, mit dem das dunkle Auge um sich sah.

Es ging weiter, hinter dem Shop herum, wo Old Shatterhand wieder stehenblieb und erklärte: »Dann sind sie hierhergeschlichen und lange hier stehengeblieben, wie ihr aus den Spuren erseht. Hier haben sie von uns und von dem Überfall gesprochen, den sie planen. Dann sind die drei Roten ein Stück weitergegangen, um auf den Juwaruwa zu warten, der da zu ihnen stieß. Der Verräter aber ist von hier nach dem Shop zurückgekehrt.«

»Wer ist es, wer, wer, wer?« wurde rundum im Kreise gefragt.

»Sogleich, sogleich werdet ihr es erfahren! Nur wollen wir der Fährte noch ein Stückchen folgen, bis sie so deutlich wird, daß ich euch zeigen kann, wie genau sein Fuß hineinpaßt. Kommt, Mesch'schurs!«

Während er die Männer wieder nach der vorderen Seite des Shops führte, paßte er mit scharfem Blick auf den Mestizen auf. Dieser folgte langsam nur noch einige Schritte und tat dann einige schnelle Sprünge auf die Seite; er war nicht mehr zu sehen. Nun war es Zeit. Der Mischling durfte nicht zu Atem und noch viel weniger auf den Gedanken kommen, hierzubleiben, um sich zu verstecken und die Bewohner des Camps zu belauschen. Darum blieb Old Shatterhand schon nach kurzer Zeit stehen und sagte: »Hier ist die Stelle, wo ihr es erfahren sollt. Yato Inda mag her zu mir kommen und – ah«, unterbrach er sich, »wo ist der Mestize?«

»Der Mestize?« wurde gefragt. »Ist er es etwa? Ist er es?«

»Natürlich der! Er heißt nicht Yato Inda, sondern Ik Senanda und ist ein Enkel des ›Schwarzen Mustangs‹. Dieser will das Camp überfallen und hat ihn hergeschickt, um die beste Gelegenheit dazu auszuspähen.«

Da erhob sich ein Schreien, Brüllen und Rufen nach dem Entflohenen, das weithin durch das Tal schallte. Old Shatterhand aber rief mit seiner mächtigen Stimme: »Wozu dieser unnütze Lärm! Er ist nach seinem Wigwam gelaufen, um sein Pferd zu holen und zu fliehen. Eilt ihm nach, damit er nicht entkommt!«

»Nach seinem Wigwam!« rief einer immer lauter als der andere. »Ja, nach seinem Wigwam! Ihm nach, dorthin, daß wir ihn fangen!«

Sie rannten fort und Old Shatterhand blieb mit dem Engineer allein zurück.

»Nun, was sagt Ihr dazu?« fragte er lächelnd.

»Er ist wirklich geflohen! Wir müssen Gott danken, daß er Euch zu uns geführt hat. Doch horcht! Hört Ihr nichts, Sir?«

»Ja, dort drüben rennt sein Pferd; er reitet fort, getrieben von der Angst vor dem Richter Lynch. Es wird ihm nicht einfallen, sich hier zu verstecken, um uns zu belauschen. Wir sind ihn los.«

»Aber für wie lange! Er wird zu den Komantschen reiten und mit ihnen wiederkommen.«

»Dann reiten wir ihm nach und sind noch vor ihm wieder hier. Ihr braucht keine Sorge zu haben. Hört Ihr das Brüllen Eurer Leute? Sie suchen noch nach ihm und finden ihn nicht. Ah, nun lassen sie ihren Ärger an seinem Wigwam aus!«

Sie sahen drüben am Gebüsch eine erst kleine Flamme aufzüngeln, die aber trotz der vom Regen zurückgebliebenen Nässe bald größer und größer wurde. Die Arbeiter hatten das Wigwam angebrannt. Beim Schein des Feuers sahen die beiden Winnetou auf sich zukommen. Als er sie erreichte, blieb er stehen und sagte: »Winnetou lag auf der Lauer und hörte den Mestizen gelaufen kommen und in sein Wigwam treten. Da erschallte das Rachegeschrei der Männer, und das Halbblut stürzte vor Angst wieder hinaus, rannte zu seinem Pferd, stieg auf und ritt davon. Ich habe das Sausen seines Atems gehört und daraus vernommen, daß seine Angst groß war.«

»Wir können also unsere unterbrochene Forschung wiederaufnehmen«, folgerte Old Shatterhand, »ohne befürchten zu müssen, dabei heimlich von ihm beobachtet zu werden.«

Die Arbeiter kehrten jetzt von der ergebnislosen Verfolgung des Mestizen zurück. Sie wollten von Old Shatterhand Auskunft über seinen Verdacht und was mit diesem zusammenhing, haben; er forderte sie auf, in den Shop zu gehen und dort eine kurze Zeit zu warten; er werde bald nachkommen und ihnen alles erklären. Dann wandte er sich mit Winnetou, dem Engineer und den beiden Timpes wieder nach der Hinterseite des Shops, wo er vorhin die Spuren der zwei Chinesen gesehen hatte, ohne ihnen zu folgen. Sie fanden sie beim Schein der Laterne leicht wieder und gingen ihnen nach.

Sie hatten angenommen, daß diese Fährte um zwei Ecken des Gebäudes nach dem Eingang zum Shop führen werde, sahen aber bald, daß dies nicht der Fall war, denn sie ging weiter bis zur Wohnung des Engineers, und zwar nach der hinteren Seite derselben. Dort lehnte eine Leiter, die bis zum Dach ging, an der Mauer.

»Uff!« rief der Apatsche dem Engineer zu. »Lehnt diese Leiter immer hier?«

»Nein«, antwortete der Gefragte, wobei er bedenklich den Kopf schüttelte.

»Lehnte sie aber vielleicht schon da, als wir vorhin im Inneren dieses Hauses waren?«

»Ich weiß nichts davon. Die Sache kommt mir außerordentlich verdächtig vor. Wer mag das gewesen sein?«

»Die Chinesen natürlich!« antwortete Old Shatterhand. »Ihr seid wahrscheinlich bestohlen worden, Sir, und wir mit!«

»Uff, uff!« stimmte der Apatsche bei. »Unsere Gewehre sind verschwunden.«

»Ja, sie sind fort«, bestätigte Old Shatterhand ohne alle Aufregung.

»Und das sagt Ihr in einem so ruhigen Ton, als ob es sich nur um einige Zündhölzer anstatt um die drei kostbarsten Gewehre des Wilden Westens handelte!«

»Was könnte die Aufregung nützen? Sie würde nur schaden. Je ruhiger wir die Sache hinnehmen, desto eher und sicherer bekommen wir unsere Gewehre wieder.«

»Ich kann es mir nicht denken, aber wenn es wirklich so ist, dann müssen die Spitzbuben die Gewehre sofort herausgeben, und ich jage sie fort, nachdem ich sie habe halb oder dreiviertel totprügeln lassen!«

»Sie können sie nicht herausgeben.«

»Nicht? Warum?«

»Weil sie das Gestohlene nicht mehr haben. Die Spuren der beiden Chinesen stoßen mit denen der Komantschen zusammen und gehen dann gleich wieder zurück. Die Roten haben die Gewehre erhalten.«

»So denkt Ihr, daß die Flinten eigens für die Indianer gestohlen worden sind!«

»Möglich! Wahrscheinlich aber haben die Chinesen den Diebstahl für sich ausgeführt; als sie dann fortgingen, um die Gewehre zu verstecken, sind sie auf die Indianer gestoßen und von diesen gezwungen worden, die Waffen herzugeben.«

»Aber wir haben ja noch gar keine Gewißheit, daß es sich wirklich um eure Gewehre handelt. Kommt, wir wollen hineingehen und nachsehen! Hoffentlich habt Ihr Euch getäuscht.«

»Wir täuschen uns nicht. Seht hier diese drei Eindrücke im schlammigen Boden! Sie können nur von Gewehrkolben herrühren. Die Diebe haben, als sie von der Leiter kamen, sich die Hände auf einen Augenblick frei gemacht und die Büchsen an die Mauer gelehnt. Drei Stück, ein großer, ein mittlerer und ein kleinerer Eindruck; das ist der Bärentöter, die Silberbüchse und der Henrystutzen. Weitere Beweise brauchen wir nicht.«

»Es ist wahr; es ist wirklich wahr!« rief der Engineer aus, als er die drei Löcher im Schlamm angesehen hatte. »Wahrhaftig, das sind Chinesen gewesen! Welche zwei aber mögen es unter so vielen gewesen sein?«

»Wir werden sie entdecken. Im Kopfe eines guten Westmanns gibt es genug Haken, woran man solche Spitzbuben aufhängen kann.«

»Wollen es hoffen, Sir. Ich möchte nur wissen, wie die Halunken auf diesen Gedanken gekommen sind: sie brauchen diese Waffen doch gar nicht; sie können gar nicht mit ihnen umgehen. Welchen Zweck hatten sie eigentlich dabei?«

»Das ist mir freilich auch ein Rätsel, das sich aber schon noch lösen lassen wird.«

Da sagte Kas, der Blonde: »Ich weiß nicht, ob es ein guter oder ein alberner Gedanke von mir ist, Sir, aber mir ist soeben eine Art von Erklärung eingefallen.«

»Welche?«

»Ehe Ihr kamt, war die Rede von Euch. Wir sprachen da natürlich auch von Euren Gewehren, und daß sie von einem so hohen Wert sind, daß man ihn eigentlich gar nicht bestimmen kann. Sollten einige von diesen gelben Zopfmännern das gehört haben und dadurch auf den Gedanken geraten sein, die kostbaren Waffen zu stehlen, um sie später zu einem hohen Preis zu verkaufen?«

»Hm! Dieser Gedanke ist gar nicht dumm, Mister Timpe. Vielleicht habt Ihr das Richtige getroffen. Die beiden Abteilungen des Shops sind nur durch einen dünnen Verschlag voneinander getrennt, durch den das, was gesprochen worden ist, leicht gehört werden konnte. Und wenn ich mich nicht irre, saßen zwei Chinesen ganz nahe an diesem Verschlag auf einer Bank allein.«

»Das ist richtig«, stimmte der Engineer bei. »Das waren die beiden Firsthands[1], deren wir uns als Vermittler bedienen.«

»Muß man da nicht annehmen, daß sie ehrliche Leute sind?« fragte Old Shatterhand.

»Das nicht, Sir! Diese Burschen sind alle Halunken, vom ersten bis zum letzten. Sie stehlen nur dann nicht, wenn es nichts zu stehlen gibt, und ihr Hauptgrundsatz ist der, daß es keine Sünde und Schande, sondern vielmehr ein gutes Werk und eine Ehre ist, den Weißen so oft wie möglich zu übervorteilen. Daß ein Chinese es bis zum Firsthand gebracht hat, ist gar kein Grund, daraus zu schließen, daß er ehrlicher als die anderen sei, sondern gerade im Gegenteil: er ist pfiffiger, und also darf man ihm noch weniger trauen. Wollen wir uns die beiden einmal gründlich vornehmen?«

»Ja. Zunächst aber treten wir hier in das Haus, damit Ihr Euch überzeugen könnt, daß die Gewehre verschwunden sind.«

Der Engineer schloß die Tür auf und brannte drinnen ein Licht an. Bei dessen Schein sah man nicht nur, daß die Gewehre fehlten, sondern erkannte auch die Art und Weise, in der sie gestohlen worden waren, denn in der Decke war ein Loch, durch das die Diebe Zugang gefunden hatten.

Nun kehrte man zurück. Die Arbeiter waren alle noch munter. Selbst diejenigen, die sich vorher niedergelegt hatten, saßen wieder an den Tischen, um sich über das Vorgefallene zu unterhalten. Die beiden Firsthands hatten ihre vorigen Plätze eingenommen; sie fühlten sich nicht sicher und betrachteten die Eintretenden mit ängstlich forschenden Blicken. Old Shatterhand forderte sie kurz und in bestimmtem Ton auf: »Kommt einmal mit uns hinein in die andere Abteilung!«

Sie standen auf und folgten. Dabei raunte der eine dem anderen zu: »Schuet put tek!«

Dem scharfen Ohr des Westmanns entgingen diese Worte nicht; als er sie hörte, breitete sich ein leises befriedigtes Lächeln über sein Gesicht. Der Sprecher hatte sich seiner heimatlichen, also der chinesischen Sprache bedient und dabei sehr leise gesprochen; er war also vollständig davon überzeugt, nicht verstanden worden zu sein, denn selbst falls seine Worte an irgendein Ohr gedrungen sein sollten, gab es doch hier, so weit von China entfernt und mitten in der Wildnis, gewiß keinen Menschen, der des Chinesischen mächtig war. Er ahnte nicht, daß Old Shatterhand sich während seiner langen und weiten Reisen auch in China aufgehalten hatte und die Sprache dieses Landes verstand.

Als sie dann in der kleinen Abteilung vor ihm standen, ließ er

[1] Vorarbeiter

seinen durchdringenden Blick scharf über sie gleiten und sagte, wobei er seinen Revolver aus dem Gürtel zog und den Hahn drohend knacken ließ: »Ihr befindet euch in einem fremden Lande. Kennt ihr dessen Gesetze?«

Sie hoben die Augen frech zu ihm auf, und der eine antwortete: »Dieses Land hat sehr viele Gesetze; welche davon meint Ihr, Sir?«

»Die sich auf den Diebstahl beziehen.«

»Die kennen wir.«

»So sagt einmal, womit der Diebstahl bestraft wird.«

»Mit Gefängnis.«

»Ja, aber nicht hier in dieser Gegend. Wer hier im Wilden Westen Waffen oder Pferde stiehlt, der wird entweder erschossen oder aufgehängt. Wißt ihr das?«

»Wir haben davon gehört; aber es geht uns nichts an, denn wir werden uns nie an einem fremden Gut vergreifen.«

»Lüge nicht!«

»Was sprecht Ihr, Sir? Ich habe nicht gelogen! Wir haben vernommen, daß Ihr ein großer und berühmter Mann seid; aber auch wir sind keine gewöhnlichen Leute, sondern Firsthands, die sich nicht beleidigen lassen!«

»Pshaw! Dein Ton soll bald anders werden, Bursche! Wenn ihr aufrichtig gesteht, werden wir glimpflich mit euch verfahren; leugnet ihr aber, so habt ihr keine Nachsicht zu erwarten. Ihr habt unsere drei Gewehre gestohlen!«

Der Mann zeigte eine möglichst unbefangene Miene, schüttelte verwundert den Kopf und antwortete: »Gewehre gestohlen? Wir? Wie kommt Ihr auf diese unbegreifliche Vermutung? Sind Euch Eure Gewehre abhanden gekommen?«

Er sagte das in einem so kindlich aufrichtigen und unschuldigen Ton, daß Old Shatterhand ausholte und ihm eine derbe Ohrfeige verabreichte; der Getroffene flog zwischen den Stühlen hindurch bis an den fernen Schenktisch, wo er Mühe hatte, sich langsam aufzuraffen. Der Jäger würdigte ihn keines weiteren Blickes, sondern wandte sich an den anderen: »Du hast jetzt gesehen, wie ihr Lüge und Frechheit beantworte. Sage also die reine Wahrheit! Ihr habt unsere Gewehre gestohlen!«

»Nein!« behauptete trotzdem der Gefragte.

»Ihr seid in das Haus des Engineers eingestiegen?«

»Nein!«

»Als ihr dann die Gewehre verstecken wolltet, sind sie euch von Indianern abgenommen worden?«

»Nein!« behauptete der Chinese zum drittenmal, aber weit weniger zuversichtlich als bisher.

»Mensch, ich warne dich! Dein Kumpan hat dich zwar aufgefordert zu leugnen, aber es ist weit besser für dich, aufrichtig zu sein.«

»Wann soll er mich aufgefordert haben, Sir?«

»Vorhin, als ihr von euren Plätzen aufstandet.«

»Ich weiß nichts, Sir!«

»Du weißt es, denn du hast gehört, daß er leise zu dir ›schuet put tek‹ sagte!«

»Ja, das hat er gesagt.«

»Nun, was bedeuten die chinesischen Worte?«

»Sie heißen: ›Komm, wir gehen mit!‹ Er sagte das, weil wir mit Euch gehen sollten.«

»Höre, du bist ein Pfiffikus, aber mich täuschst du nicht. Kommen heißt ›lai‹ und gehen heißt ›k'iu‹; schuet put tek aber heißt: ›es darf nichts gestanden werden.‹ Willst du das etwa leugenen?«

Der noch am Schenktisch stehende Chinese hatte sich bis jetzt die schmerzende Wange gehalten; nun aber schlug er erschrocken die Hände zusammen; der andere war zwei, drei Schritte zurückgefahren, starrte den Jäger mit weit geöffneten Augen an und fragte stockend und entsetzt: »Wie? Ihr – Ihr – könnt – – könnt – – könnt – – chinesisch sprechen?«

Old Shatterhand benutzte dieses Entsetzen, den Burschen zu überrumpeln, indem er schnell fragte: »Wer war der Indianer, der euch die Gewehre abgenommen hat?«

Der Chinese ging gedankenlos in die Falle, denn er antwortete ohne Überlegung: »Er nannte sich ›Schwarzer Mustang‹, Häuptling der Komantschen.«

»Put yen put jii, put yen put jii!« schrie der erste Chinese vom Schenktisch her.

Dieser ängstliche Zuruf heißt soviel wie: »Kein Wort reden, kein Wort reden!«

»Tien na, agai yn – mein Himmel, o wehe, wehe!« rief sein Kumpan, der jetzt einsah, was für einen Fehler er begangen hatte.

»Schweigt!« lachte Old Shatterhand. »Ihr habt ja gehört, daß euer Chinesisch euch nichts nützt! Ihr seid jetzt überführt und werdet heute abend erschossen oder aufgehängt, wenn ihr noch weiterleugnet. Erzählt ihr uns aber genau, wie es geschehen ist, so werden wir euch das Leben schenken.«

»Das Leben schenken?« fragte der zweite Chinese, der weniger hartköpfig als der erste war. »Was wird aber dann unsere Strafe sein?«

»Das richtet sich ganz nach eurer Aufrichtigkeit. Wenn ihr nichts, aber auch gar nichts verschweigt, so kommt ihr jedenfalls besser weg, als ihr es selbst verlangen könnt.«

»So werde ich es sagen; ja ich erzähle es!«

Der Chinese warf einen fragenden Blick zu seinem Genossen hinüber, der ihm bejahend zuwinkte, denn er sah nun ein, daß es geraten sei, den in den Schmutz geratenen Karren nicht weiter hineinzuschieben. Er wagte sich, die brennende Wange wieder haltend, näher heran, und nun erzählten beide, halb freiwillig und halb sich ausfragen lassend, wie sich die Sache ereignet hatte. Als sie alles gestanden hatten, wandte sich der eine von ihnen an Old Shatterhand: »Nun wißt Ihr alles, Sir; wir haben Euch nichts mehr zu sagen und wir sind überzeugt, daß Ihr uns die Strafe ganz erlassen werdet.«

Da fuhr der Engineer ihn an: »Was fällt dir ein, du Dieb? Die Strafe ganz erlassen! Keineswegs! Doch will ich Gnade vor Recht ergehen lassen und euch nur hundert Hiebe zudiktieren.«

Infolge dieser Drohung erhoben beide ein lautes Wehegeschrei. Winnetou ließ ein verächtliches »Uff« hören und wurde von Old Shatterhand gefragt: »Welche Strafe hat mein roter Bruder diesen Dieben zugedacht?«

Der Apatsche blickte einige Augenblicke lang vor sich nieder; dann ging ein eigentümliches Halblächeln über seine bronzenen Züge. »Diese«, antwortete er, indem er mit beiden Händen die Bewegung des Skalpierens machte.

Die Weißen wußten, was er meinte und zeigten sehr ernste Gesichter; die Chinesen hatten die Geste nicht verstanden und sahen Old Shatterhand fragend an.

»Kniet hier vor mir nieder, eng nebeneinander!« befahl er ihnen.

Sie gehorchten.

»Nehmt eure Mützen ab!«

Sie zogen ihre niedrigen, schirmlosen Mützen von den Köpfen. Im nächsten Augenblick blitzte sein Messer; die anwesenden Arbeiter und Beamten schrien erschrocken auf, denn sie glaubten, daß er Ernst mache. Zwei schnelle Griffe mit der linken Hand nach ihren Köpfen und zwei ebenso rasche Schnitte mit der rechten Hand, und er hatte ihnen – – – nicht die Kopfhäute, sondern die Zöpfe abgeschnitten.

Die Zuschauer atmeten erleichtert auf, die Chinesen aber waren zunächst ganz starr vor Schreck. Für einen »Sohn des Himmels« ist es nämlich die größte Schande, seinen Zopf einzubüßen; er gibt unter Umständen lieber das Leben her. Darum waren diese beiden zuerst geradezu bewegungslos; dann stülpten sie plötzlich die Mützen auf die kahlen Köpfe, sprangen auf und rannten laut jammernd fort. Ein allgemeines Gelächter folgte ihnen.

Nur Old Shatterhand und Winnetou lachten nicht; der erstere erklärte vielmehr in sehr ernstem Ton: »Die Szene mag euch lächerlich erscheinen; sie ist es aber nicht, Mesch'schurs. Die Chinamänner sind nach ihren Begriffen viel strenger bestraft, als wenn sie von irgendeiner Jury zu mehrjähriger Gefängnisstrafe verurteilt worden wären.«

»Was? Ist das möglich?« fragte der Engineer. «Und wenn es so wäre, so gelten hier nicht chinesische Begriffe, sondern unsere Gesetze. Ihr habt sie in Eurer Weise bestraft; ich werde dieser Strafe noch einen Nachtrag folgen lassen.«

»Welchen?«

»Ich jage sie fort; ich kann in meinem Dienst keine Spitzbuben brauchen.«

»Ihr werdet gar nicht in die Lage kommen, sie fortzuschicken. Dadurch, daß sie keine Zöpfe mehr haben, sind sie unmöglich geworden; sie dürfen sich nicht mehr sehen lassen und werden in dieser Nacht gewiß verschwinden.«

»Wenn das so ist, well, da will ich mich zufrieden geben, aber auch aufpassen, damit nicht mit ihnen noch verschiedenes verschwindet. Diese beiden Zöpfe jedoch werde ich zum Andenken an mich nehmen.«

Er bückte sich, um sie aufzuheben. Old Shatterhand aber nahm sie ihm aus der Hand und sagte: »Erlaubt, Sir! Diese Zöpfe wird ein ganz anderer bekommen.«

»So? Wer?«

»Tokvi Kava, der große und berühmte Häuptling der Komantschen.«

»Der? Warum?«

»Um ihn zu blamieren und zu ärgern.«

»Das verstehe ich nicht!«

»Und es ist doch sehr leicht zu verstehen. Winnetou hatte einen ganz besonderen Grund, als er vorhin durch das Zeichen des Skalpierens diese beiden Zöpfe verlangte. Ihr seid doch wohl jetzt überzeugt, daß der ›Schwarze Mustang‹ Euer Camp überfallen will?«

»Ja.«

»Worauf wird er es da wohl abgesehen haben? Etwa auf Eurer Geld?«

»Schwerlich; das wird sich wohl dieser Yato Inda für seine Verräterei ausbedungen haben; die Roten brauchen keine Dollars; es wird wohl mehr auf unsere Waffen und Munition gerichtet sein.«

»Das allerdings, aber auch auf die Chinesenzöpfe.«

»Meint Ihr?«

»Ja. Wer diese Indsmen so kennt, wie wir sie kennen, der weiß genau, wie sie denken und was sie wollen. Eine so große Anzahl ellenlanger Skalpe! Welch eine Beute, und welch eine Ehre! Das soll ihnen aber nicht gelingen, und weil ich niemals ein Unmensch gewesen bin und mit jedem meiner Brüder fühle, gleichviel, ob er von weißer oder roter Farbe ist, so werde ich dem ›Schwarzen Mustang‹ als Entschädigung diese beiden Zöpfe feierlichst überreichen.«

»Hallo, ist das ein Wort! Welch ein Ärger muß das für den ›Mustang‹ sein! So etwas kann sich nur ein Old Shatterhand ausdenken!«

»Da irrt Ihr Euch. Der Gedanke stammt vielmehr von Winnetou.«

»Winnetou? Habe ja kein Wort davon gehört!«

»Aber seinen Wink habt Ihr gesehen.«

»Sollte er dabei wirklich an den ›Schwarzen Mustang‹ gedacht haben?«

»Gewiß! Wir beide pflegen uns nämlich auch ohne Worte zu verstehen. Gibt mir mein roter Bruder recht?«

Er wickelte, während er diese Frage an Winnetou richtete, die Zöpfe zusammen und steckte sie ein. Der Apatsche antwortete: »Mein Bruder Shatterhand hat mich genau verstanden. Es wird die größte Demütigung für den Häuptling der Komantschen sein, diese Zöpfe ohne Häute von uns zu erhalten.«

»Das mag ja sein«, gab der Engineer in gedehntem Ton zu; »aber so leicht, wie es gesagt ist, kann es nicht gemacht werden. Ehe man den ›Mustang‹ mit den Zöpfen ärgern kann, muß erst sein Angriff hier abgeschlagen werden und er in unsere Gefangenschaft geraten sein. Ihr tut, als ob dies so einfach sei wie für einen Professor das Buchstabieren; mir aber wird himmelangst, wenn ich nur daran denke. Ja, wenn ich so viele Weiße hätte wie mein Kollege in Rocky-Ground! Der hat weit über achtzig Mann, alle wohlbewaffnet; bei den dortigen Sprengarbeiten sind Chinesen nicht zu brauchen.«

»Rocky-Ground?« fragte Old Shatterhand. »Hieß dieser Ort schon früher so?«

»Nein; er wurde von uns so genannt.«

»Ist er weit von hier entfernt «

»Nein. Mit der Maschine ist man in anderthalb Stunden dort.«

»Hm! Die hiesige Gegend ist mir leidlich bekannt, und Winnetou kennt sie noch besser. Freilich bin ich, seit Ihr hier arbeitet, nicht dagewesen und habe also keine Ahnung, wie Eure Strecke läuft. Könnt ihr mir nicht den früheren Namen der dortigen Gegend sagen? Es genügt der Name eines Tales, eines Berges oder Flusses.«

»Der Rocky-Ground schneidet durch den Fuß eines Berges, der keinen englischen Namen hatte; von den Roten wird er Ua-pesch genannt. Was das heißen soll, weiß ich nicht.«

»Uff! Ua-pesch!« rief Winnetou, als ob dieser Name sehr wichtig sei und ihn auf einen guten Gedanken bringe. Als infolgedessen alle ihn ansahen, machte er mit der Hand eine abwehrende Bewegung und fügte hinzu: »Mein Bruder Shatterhand mag an meiner Stelle sprechen. Er weiß es ebenso genau wie ich.«

Die Blicke richteten sich auf den Bezeichneten. Dieser nickte befriedigt lächelnd vor sich hin und sagte zum Engineer: »Ihr wißt nicht, was Ua-pesch bedeutet? Genau dasselbe, wie der Name, den Ihr der Sache gegeben habt, natürlich Steintal oder Felsental. Ihr wißt, daß wir nach dem Alder-Spring wollen. Habt Ihr eine Ahnung, wo diese Stelle liegt?«

»Nein. Ich weiß nur, daß Ihr morgen abend dort eintreffen wollt; es muß also wohl einen Tagesritt von hier sein.«

»Allerdings ein Tagesritt, weil man durch Täler und Schluchten sehr viele Wendungen zu machen hat. Die Bahn aber scheint in gerader Richtung durchzuschneiden, wie ich höre, denn man braucht ungefähr drei Stunden, um zu Pferde von Eurem Rocky-Ground nach dem Alder-Spring zu kommen. Eure Auskunft gibt uns gegen die Komantschen eine Karte in die Hand, die sie gewiß nicht übertrumpfen können.«

»Das würde mich riesig freuen. Wollt Ihr es uns nicht erklären?«

»Sagt vorher, in welcher Verbindung Ihr mit Rocky-Ground steht!«

»Wir haben zunächst telegraphische Verbindung, so daß ich jeden Augenblick depeschieren kann.«

»Schön! Und die Bahn? Geht der Schienenweg bis hin?«

»Ja, schon seit zwei Wochen. Wir befinden uns hier am Ende des vorläufigen Schienenstranges.«

»Welcher Art sind die Wagen?«

»Natürlich noch nicht Personen-, sondern nur Bau- und Materialwagen.«

»Werden auch genügen. Habt Ihr solche Wagen hier?«

»Ein ganzes Dutzend.«

»Und eine Maschine?«

»Nein; die ging gegen Abend nach Rocky-Ground zurück.«

»Befindet sich also jetzt bereits dort?«

»Ja.«

»So habt die Güte, zu gehen und nach dieser Lokomotive zu telegraphieren!«

»Was? Wie? Telegraphieren?« fragte der Engineer.

»Ja. Ich will Euch kurz sagen, wie die Sache stand, ehe wir heute hier ankamen, und wie sie jetzt steht. Der ›Schwarze Mustang‹

wollte das Camp überfallen und sandte seinen Enkel, den Mestizen, unter falschem Namen her, um die Gelegenheit auszuspionieren. Heute abend kamen sie heimlich hier zusammen, um den Tag des Angriffs zu bestimmen. Dieser wäre wahrscheinlich aber noch nicht so bald erfolgt, wenn nicht wir uns hier befunden hätten, und der Mestize nicht entlarvt worden wäre; die Roten hätten sich Zeit genommen. Jetzt aber wissen sie, daß wir sie durchschauen, und werden den Streich ausführen, ehe Ihr ihn durch Anlegung von Befestigungen und sonstige Maßregeln unmöglich machen könnt. Ich bin sogar überzeugt, daß der Überfall gleich heute geschehen würde, wenn es da nicht ganz bedeutende Hindernisse gäbe.«

»Hindernisse?« fiel der Engineer ein. »Ich denke, gerade die gibt's heute am allerwenigsten. Wenn die Roten in diesem Augenblick kommen, sind wir verloren!«

»Ja, wenn! Sie können aber nicht kommen, denn sie sind nicht da! Ich setze meinen Kopf zum Pfand, daß der ›Schwarze Mustang‹ nur mit wenigen Kriegern hiergewesen ist; sein Lager befindet sich sehr weit von hier. Dazu kommt, daß er uns hier weiß. Der Mestize ist ihm nach und wird ihm sagen, was geschehen ist. Der Häuptling ist also überzeugt, daß wir in dieser Nacht auf der Hut sein werden. Er hat erfahren, daß ich mit Winnetou morgen nach dem Alder-Spring will. Der Besitz unserer Personen ist ihm viel mehr wert als alle Beute, die er hier machen könnte. Er wird also schleunigst dorthin reiten, um uns gefangenzunehmen. Er denkt sich das sehr leicht, weil er sich im Besitz unserer gefürchteten Waffen weiß. Noch leichter wird es ihm dünken, dann, wenn wir in seine Hände gefallen sind, schleunigst hierher zurückzukehren und sich die langen Chinesenskalpe zu holen. Aufschieben darf er das nicht, denn sonst richtet Ihr Euch zur Verteidigung ein. Es gilt nun, ihm zuvorzukommen. Ich muß mit Winnetou eher als er am Alder-Spring sein. Wir müssen ihn beschleichen, seine Krieger zählen und ihn belauschen, um zu erfahren, in welcher Weise er handeln will.«

»Aber, Sir«, fiel da der Engineer ein, »das ist ja ungeheuer gefährlich! Wenn er Euch ertappt, so seid Ihr verloren!«

»Er wird uns nicht ertappen; darauf könnt Ihr Euch verlassen. Ein Westmann kann nur von einer ihm unbekannten Gefahr überrascht werden, nicht von einer, die er kennt. Ein höchst glücklicher Umstand ist der, daß Euer Rocky-Ground so nahe am Alder-Spring liegt. Wir fahren, sobald die Maschine hier angekommen ist, dorthin, und von da aus reiten wir nach dem Spring, den wir schon früh erreichen. Dort richten wir uns so ein, daß wir alles beobachten können, ohne selbst bemerkt zu werden. Ich bin überzeugt, daß es uns gelingt, den ›Mustang‹ zu belauschen. Hören wir, daß Euch Gefahr droht, so reiten wir schnell nach Rocky-Ground und bringen die sämtlichen dortigen Arbeiter auf der Bahn hierher, um die Komantschen in Empfang zu nehmen.«

Bei diesen Worten fuhr der Engineer von seinem Sitz auf und rief in frohem Ton: »Alle Wetter, das ist ein köstlicher Gedanke! Die Weißen von dort zur Hilfe hierher! Da kann es uns ja gar nicht fehlen, denn dann schießen wir die roten Halunken vom ersten bis zum letzten Mann nieder!«

»Ihr stimmt mir also bei?«

»Natürlich! Ihr habt vollständig recht, Mister Shatterhand. Ich bin Euch außerordentlich dankbar dafür und werde Sorge tragen, daß Ihr in Rocky-Ground nach Verdienst empfangen werdet.«

»Hm! Was beabsichtigt Ihr da?«

»Ich werde, sobald Ihr abfahrt, telegraphieren, daß Old Shatterhand und Winnetou, die zwei berühmtesten Männer des Westens, kommen.«

»Das werdet Ihr nicht tun, weil Ihr damit unseren ganzen Plan gefährden würdet. Es braucht niemand zu wissen, wer wir sind und was wir wollen; es könnte den Komantschen verraten werden. Denkt an den Mestizen, der Euer ganzes Vertrauen besaß!«

»Well! So werde ich ganz einfach melden, daß vier Passagiere kommen. Aber es wäre ein ganz verteufeltes Unheil, wenn Ihr Euch in Beziehung auf die heutige Nacht irrtet!«

»Was wollt Ihr damit sagen?«

»Ich meine: wenn die Komantschen doch heute kämen, und Ihr wäret fort!«

»Sie kommen nicht! Aber tut immerhin, was Ihr für Eure Pflicht haltet!«

»Ja, was ist denn da meine Pflicht?«

»Laßt an verschiedenen Seiten des Camps mehrere Feuer anbrennen, und setzt Wachen dazu. Sollten sich die Komantschen wider alles Erwarten in der Nähe befinden, so werden sie sehen, daß wir auf der Hut sind und sich nicht heranwagen.«

»Ja, das ist das beste; das werde ich tun.«

Er entfernte sich, um zu depeschieren und die nötigen Befehle zu erteilen, und bald brannten trotz der herrschenden Nässe sechs mächtige Feuer, die das ganze Camp erhellten. Von Schlaf war natürlich keine Rede. Die Vorbereitungen zur Bahnfahrt wurden zeitig getroffen. Für die vier Passagiere und ihre Pferde genügte ein sehr geräumiger Werkzeugwagen, worin einige bequeme Sitze hergestellt wurden. Als die Meldung kam, daß die Maschine in Rocky-Ground abgegangen sei, wurden die Pferde in den Wagen gebracht und für deren Besitzer noch ein steifer Grog als Abschiedstrunk gebraut. Nach Verlauf von anderthalb Stunden kam die Lokomotive angedampft; der Wagen wurde angehängt; die vier Reisenden nahmen Abschied und stiegen ein.

Obgleich das Gleis nur vorläufig angelegt war und eine beträchtliche Dunkelheit herrschte, flog der kurze Zug mit rascher Geschwindigkeit dahin; das war so amerikanische Weise und Sorglosigkeit. Es tauchte während der ganzen Fahrt kein einziges Licht auf, weil es keinen Haltepunkt gab. Berge, Täler, Prärien und Wälder waren nicht voneinander zu unterscheiden; es schien, als ob der Zug ohne Unterlaß durch einen endlosen Tunnel brauste, und so waren die vier Männer froh, als endlich die Maschine ihre schrille Stimme hören ließ und auch die Lichter des Ziels vorn auftauchten.

Es brannten auch hier mehrere Feuer, bei deren Schein man zunächst ein langgestrecktes, niedriges Gebäude erkannte, das einen sehr breiten Eingang hatte. Das Innere schien mehrere Abteilungen zu besitzen, deren eine erleuchtet war. Am Pfosten der Tür lehnte eine schmale, nicht hohe Gestalt, die in das lederne Gewand eines Westmanns gekleidet war. Eine zweite Person stand näher am Gleis, trat, als der Zug hielt, an den Wagen heran, schob dessen halboffene Tür vollends zurück und sagte: »Rocky-Ground! Steigt aus, Mesch'schurs! Bin doch neugierig, welcher Art von Menschen der Kollege im Firwood-Camp eine nächtliche Sonderfahrt veranstalten läßt.«

»Werdet es gleich sehen und erfahren, Sir«, antwortet Old Shatterhand. »Ich vermute natürlich, daß Ihr hier beamtet seid?«

»Bin der Engineer, Sir. Und Ihr?«

»Ihr werdet unsere Namen hören, wenn wir drinnen beim Licht sind. Habt Ihr einen Platz, vier Pferde gut unterzustellen?«

»Werden sehen. Kommt nur erst selbst heraus!« Er sah, als sie ausstiegen, einem nach dem anderen ins Gesicht und brummte dann enttäuscht: »Hm! Lauter Unbekannte! Sogar ein Roter dabei! Habe etwas anderes gedacht!«

»Habt in uns wohl Vorgesetzte oder so etwas Ähnliches erwartet?« lachte Old Shatterhand. »Millionenaktionäre, was? Nehmt es nicht übel, daß wir einfachen Menschen Eure Nachtruhe stören! Werden gleich weiterreiten; dann könnt Ihr wieder schlafen.«

»Weiterreiten? Dann seid Ihr wohl nur so etwas wie Jäger oder Fallensteller?«

»Allerdings.«

»Und da mutet mir mein Kollege zu, mitten in der Nacht mich eines –«

Er wurde unterbrochen. Der schmächtige Mann an der Tür war näher getreten und sagte: »Bin selbst auch neugierig, was für Mannskinder so mitten in der Nacht mit Sonderzug im Wilden Westen –« Er hielt inne. Old Shatterhand hatte ihm den Rücken zugekehrt, drehte sich aber bei dem Klang dieser bekannten Stimme schnell um. Der Kleine erblickte sein Gesicht, unterbrach sich mitten in der Rede und rief: »Old Shatterhand! Old Shatterhand!«

»Der Hobble-Frank!« antwortete dieser, gerade ebenso erstaunt.

»Und Winnetou! Winnetou!« rief Frank weiter, als er nun auch den Apatschen erkannte.

»Uff!« antwortete dieser. Er sagte nur dieses eine Wort, aber es lag darin alles, was er bei dieser unerwarteten Begegnung empfand.

»Wahrhaftig, sie sind es! Old Shatterhand und Winnetou!« wiederholte der Kleine begeistert. »Kommt in meine Arme; kommt an mein Herz, Mesch'schurs!« Er schlang seine Arme bald um den einen, bald um den andern und rief dabei dem Beamten zu: »Seht, Mister Engineer, das sind die beiden hochberühmten Westmänner, von denen ich Euch während des ganzen heutigen Abends erzählt habe. Wie hätte ich ahnen können, daß ich sie so schnell danach hier treffen würde!«

Der Engineer hatte eine ganz andere Haltung angenommen; er antwortete verbindlich: »Dieser Eurer Erzählung hätte es gar nicht bedurft, Mister Frank. Ich kenne diese beiden Gentlemen schon seit langer Zeit, allerdings nur ihrem Ruf nach, der durch die ganzen Staaten geht. Ich eile, alle meine Leute zu wecken, und –«

»Halt!« unterbrach ihn da Old Shatterhand. »Wir wünschen unerkannt zu bleiben. Die Gründe dafür werdet Ihr bald erfahren. Wir wollen nicht lange hier rasten; da wir aber unseren guten Frank so unerwartet getroffen haben, wird es wohl ein Stündchen oder auch noch länger dauern, bis wir fortreiten. Also sagt, habt Ihr einen Ort, wo wir unsere Pferde sicher einstellen können?«

»Oh, Mister Shatterhand, ich werde eure Pferde gerade wie Menschen behandeln, denn ich weiß, was für edle Tiere Ihr und Winnetou reitet. Wir nehmen sie mit hinein in die Halle, wo ihr, wenn ich euch darum bitten darf, die Güte haben werdet, meine Gäste zu sein.«

Was er »Halle« nannte, war das schon erwähnte langgestreckte Gebäude. Der erleuchtete Teil bildete den Restaurationsraum für die Bewohner von Rocky-Ground. Daneben gab es ein Gelaß zur Aufbewahrung besserer Güter; es war jetzt leer, und hier wurden die Pferde untergebracht. Man hatte sie also fast unter den Augen und konnte ihrer sicher sein.

Als sie hierauf in die Restauration traten, erhob sich der Boardkeeper[1] verschlafen hinter seinem Tisch. Er war nicht zu Bett gegangen, weil er geglaubt hatte, von den erwarteten Gästen etwas zu verdienen.

Noch ehe man sich setzte, hielt es Old Shatterhand für angezeigt, Kas und Has mit dem Hobble-Frank bekanntzumachen. Er sagte also zu dem letzteren in deutscher Sprache: »Lieber Frank, es ist mir vergönnt, in diesen beiden Herren zwei Landsleute vorzustellen.«

»Was, wirklich? Also Deutsche?«

»Sogar Sachsen!«

»Ist es die Möglichkeit! Sachsen? Woher denn?«

»Hier Herr Hasael Benjamin Timpe aus Plauen im Vogtland.«

»Das freut mich ungeheuer, ja wirklich ungeheuer. Und der andere Herr?«

»Ist Herr Kasimir Obadja Timpe, ein Vetter von ihm aus Hof.«

»Aus Hof? Hm! Soso! Das gehört doch eegentlich nach Bayern; es liegt also eene geographisch-ornithologische Landkartenverwechslung vor. Aber in diesem Fall macht es keenen Schaden, weil die Eisenbahnlinie von Plauen nach Hof ganz sächsisch is. Ich kann also Herrn Kasimir Obadja immerhin als Landsmann gelten lassen. Welcher von den beeden is denn eegentlich der wirkliche Vetter, der eene oder der andere?«

»Beide, lieber Frank, natürlich beide.«

»Alle beede also? Hm, ja! Schwer auseinanderzuhalten! Hoffentlich gibt es nich noch mehr Leute, welche ooch Timpe heeßen!«

Die beiden Vettern hatten schon von den Eigenheiten des Hobble-Frank gehört, weshalb Kas lächelnd antwortete: »Oh, Timpes, gibt's noch mehr. Nämlich Rehabeam Zacharias Timpe, Petrus Micha Timpe, Markus Absalom Timpe, David Makkabäus Timpe, Tobias Holofernes Timpe, Nahum Samuel Timpe, Josef Habakuk Tim –«

»Alle guten Geister! Wenn Sie jetzt nur noch een eenziges Mal Timpe sagen, schieße ich Sie geradewegs über den Haufen; ich

[1] Wirt

muß mein Leben retten! Tun Sie mir den Gefallen, und schreiben Sie an das sächsische Ministerium, um sich eenen anderen Namen herüberschicken zu lassen, sonst kann ich unmöglich mit Ihnen verkehren!«

»Das können wir uns leichter machen. Wir lassen uns nämlich von guten Freunden bei den abgekürzten Vornamen nennen, also Kas und Has anstatt Kasimir und Hasael. Wollen Sie?«

»Ja, das lasse ich mir eher gefallen, so eenen guten Freund sollen Sie gern an mir haben. Setzen wir uns jetzt, und – ah, was is denn das?«

Diese Frage galt den vollen Tellern und Flaschen, die der Keeper jetzt auf den Tisch stellte; er winkte nach dem Engineer hin, und dieser erklärte, daß er es für eine hochgeschätzte Ehre halten würde, wenn die Gentlemen seine Gäste sein wollten. Nach amerikanischer Ansicht wäre es eine große Beleidigung gewesen, diese Einladung zurückzuweisen; darum wurde sie angenommen. Hobble-Frank und die Timpes sprachen den Gaben wacker zu; Old Shatterhand aß wenig und nahm nur ein Gläschen Wein; Winnetou verzichtete ganz auf den Trank. Er wußte gar wohl, daß das »Feuerwasser« der größte Feind des roten Mannes ist, und fügen wir hinzu, des weißen Mannes auch!

Während des Mahles wogte die Unterhaltung erregt hin und her. Old Shatterhand wollte vor allen Dingen wissen, welchem Umstand er sein heutiges Zusammentreffen mit Frank zu verdanken hatte. Dieser antwortete:

»Wenn man zu Hause mal an Ihre Tür klopft, um Sie zu besuchen, sind Sie gewöhnlich ausgeflogen. Man muß Ihnen also nachfliegen, wenn man mit Ihnen sprechen will. Ich hatte verschiedene kleene Anliegen an Sie und setzte mich also offs Elbschiff, um zu Ihnen zu fahren. Als ich ankam, waren Sie fort, und man sagte mir, daß Sie herüber seien, um mit Winnetou zusammenzutreffen. Aber wo, das wußte man nich. Da packte mich das Savannenfieber; ich schloß meine Villa ›Bärenfett‹ und dampfte Ihnen nach. Ich wußte ja, daß ich bei den Mescalero-Apatschen gewiß erfahren würde, in welcher Gegend Sie zu finden sind. Wir fuhren so weit, wie es ging, den Arkansas hinauf, und nahmen dann Pferde, um über Santa Fé nach dem Rio Pecos zu reiten.«

»Wir? Du bist also nicht allein?«

»Nee. Mein Vetter Droll war natürlich mit.«

»Die gute ›Tante Droll‹? Wo steckt er denn? Wo hast du ihn gelassen?«

»Ich habe ihn gar nicht gelassen. Und wo er schteckt? Im Bette!«

»Aber, Frank, warum weckst du ihn denn nicht?«

»Weil dem lieben Kerl das bißchen Schlaf zu gönnen is. Er is nämlich krank.«

»Krank? Da muß ich ihn sehen! Hier im Wilden Westen krank, das ist etwas ganz anderes als daheim! Ist's gefährlich?«

»Gefährlich nich, aber sehr schmerzhaft, wie es scheint. Wir sind wegen der Schmerzen, die Droll auszustehen hatte, mit Ach und Krach bis nach Fort Aubrey gekommen, wo es eenen Arzt gab, der ihn untersuchen mußte. Der erklärte die Krankheit für sciatica[1].«

»Aber man hat doch früher bei Droll von dieser Krankheit nichts gemerkt; sie ist also neu bei ihm?«

»Ja, er hat sie jetzt zum erschtenmal.«

»Hat der Arzt die Ursache herausgefunden?«

»Der? Das hat er gar nich nötig, denn ich habe sie ihm gesagt.»

»Du?«

»Ja, ich! Oder meenen Sie etwa, daß ich so etwas, was klar off allen Fingern liegt, nich sehen kann? Da müßte ich doch mit ägyptologischer Blindheit geschlagen sein!«

»Nun, worin besteht diese Ursache?«

»Sie beschteht in eenem Pferde, welches sich das Schtolpern nich abgewöhnen kann.«

»Wieso?« fragte Old Shatterhand ernsthaft, obgleich er das Lachen verbeißen mußte.

»Ich habe bereits gesagt, daß wir von Arkansas aus zu Pferd waren. Mein Tier war nich übel und ich habe es heute noch: mit Drolls Gaul aber waren wir betrogen worden; er war een Schtolperer, wie er im Buche steht. Geschtolpert mußte nämlich sein, und wenn es keenen Graben, keenen Steen und keene Wurzel gab, der oder die im Weg lag, da schtolperte das Vieh wenigstens über seine eegenen Beene weg.«

»Wer kauft aber auch so ein Tier!«

»Wenn man een Pferd haben muß und nur een Schtolperer zu haben is, was macht man da?«

»Aber es will mir noch immer nicht gelingen, dieses Stolpern mit dem Ischias in Verbindung zu bringen.«

»Das is eene ganz dumme Geschichte, und sie kam ganz plötzlich wie vom Himmel herunter. Wir ritten zwischen Büschen im hohen Gras, ganz fröhlich und wohlgemut, und ahnten nich, daß das verderbliche Schicksal in der Gestalt eenes im Grase verborgenen Boomschtumpfes über unseren Häuptern schwebte. Da schtolperte Drolls Racker mit den Vorderbeenen und tut vor Schreck eenen gewaltigen Satz zur Seite. Droll, der ohne jede blasse Idee ganz leicht und locker im Sattel sitzt, wird abgeworfen, und zwar so, daß er off den Schtumpf grad und genauso wie off eenen Schtuhl zu sitzen kommt. Dabei gab's zweerlee zu hören, nämlich eenen lauten Schrei und eenen gewaltigen Krach. Den Schrei hat Droll ausgeschtoßen; aber wer so gewaltig gekracht hat, ob Droll oder ob der Boomschtummel, das is ungewiß. Ich gloobe aber, Droll is es ooch gewesen, denn seine Glieder scheinen selbst heute noch nich ganz richtig an Ort und Schtelle zu sein. Er konnte nich offschtehen; ich war ihm zwar behilflich, sich aus dem niedrigen Erdgeschoß in een höheres Schtockwerk zu erheben, aber er sank immer wieder in sein eegenes, schmerzliches Selbst zusammen. Er quoll von Seufzern über, so daß der Wunsch, an seiner Schtelle zu sein, in meinem ooch gefühlvollen Innern tief verschlossen blieb. An alledem war der vermaledeite Schtolperer schuld.«

Der gute Frank erzählte dies nicht etwa deshalb, um seine Zuhörer zu unterhalten, in so drastischer Weise, sondern es lag das

[1] Hüftweh, Ischias

so in seiner Eigenheit. Er war von Mitleid mit seinem Vetter Droll durchdrungen und ahnte nicht, daß seine Darstellungen geeignet waren, eher Lachen als Mitleid zu erregen. Die beiden Timpes hingen mit ihren Blicken an dem kleinen Kerl, und es war ihnen deutlich anzusehen, daß er ihnen gefiel.

»Ich beginne zu begreifen«, sagt Old Shatterhand. »Erzähle weiter!«

»Was nun folgt, is noch schmerzlicher als das bisherige: ich habe mir alle mögliche Mühe gegeben, meinen Droll wieder in das richtige Geschick zu bringen; ich habe an seinen Beenen gezerrt und gezogen; ich habe sie geschüttelt und gerieben; ich habe ihn hinten geschoben und gestoßen, bis er endlich aufgesprungen is, aber vor Schmerzen, sagte er, und nich etwa deshalb, weil es besser geworden war. Dann habe ich ihm mühsam off das Pferd geholfen, off das meinige nämlich und nich off das seinige, denn er hat von Schtund an das Schtolpern nich mehr vertragen. Sein bleiches Gesicht is zusammengefallen; seine Oogen sind in ihre Höhlen zurückgetreten, und seine Geschtalt hat in zwee Tagen gewiß fünf oder sechs Pfund verloren. Zwee ganze Tage; nun denken Sie sich! So lange haben wir zugebracht, bis wir in Fort Aubrey ankamen. Diese zwee Tage vergesse ich in meinem ganzen Leben nich! Dieses Ach und Weh! Dieses Seufzen und Klagen! Dieses Wimmern und Leiern! Mir wollte das Herz in Schtücke zerbrechen, doch schtolperte ich off meinem Gaul immer mutig und ergeben nebenher. Die Schmerzen schteigerten sich in der Weise, daß ich meinem Schöpfer dankte, als wir das Fort endlich in Sicht bekamen. Dort machte sich der Arzt über ihn her, mit Schröpfköpfen, Senfteigen und spanischen Fliegen; der arme Teufel hat sogar Terpentinöl trinken müssen!«

»Ist es besser geworden?« fragte Old Shatterhand.

»So nach und nach. Als eene Woche vergangen war, hatten wir ihn soweit, daß an eenen langsamen Weiterritt zu denken war. Er hat es ausgehalten, bis hierher, fühlte aber, als wir hier ankamen, daß er sich eenige Tage Ruhe gönnen müsse.«

»Wie lange seid ihr nun hier?«

»Seid vorgestern. Morgen wollten wir wieder fort.«

»Wohin?«

»Nach Santa Fé.«

»Das sagtest du schon; ich meine aber, wohin ihr zunächst von hier aus wolltet.«

»Über den Alder-Spring nach dem Ratongebirge hinauf.«

»Hm.«

»Warum hmsen Sie?«

»Weil der ›Schwarze Mustang‹ mit einer bedeutsamen Komantschenschar morgen dort sein wird. Ihr wäret ihm wahrscheinlich in die Hände geritten.«

»Der ›Schwarze Mustang‹, der ›Jägerschinder‹?« fragte der Engineer erschrocken. »Was hat der am Alder-Spring zu suchen, so nahe bei uns? Sollte das vielleicht uns hier gelten, Mister Shatterhand?«

»Nein, nicht euch, sondern Winnetou und mir. Er weiß, daß wir dorthin kommen wollen, und will uns abfassen.«

»All devils! Welch ein Glück, daß ihr das erfahren habt! Nun werdet ihr euch natürlich hüten, hinzureiten?«

»Im Gegenteil; wir reiten nun grad erst recht hin, und es ist leicht möglich, daß auch Ihr hinkommt.«

»Ich? Na, wenn ich aufrichtig sein soll, so will ich Euch sagen, daß ich mich darüber freuen würde, wenn ich Gelegenheit fände, diesen Halunken einige Pfund Pulver auf die roten Häute zu knallen, aber an den Haaren herbeiziehen würde ich diese Gelegenheit doch nicht.«

»Ist auch gar nicht nötig, denn sie kommt ganz von selbst. Es handelt sich nämlich um Euren Kollegen und seine Leute im Firwood-Camp: er soll von den Komantschen überfallen werden. Das ist der Grund, weshalb wir im Sonderzug zu Euch gekommen sind. Wir wollen uns Eure Hilfe erbitten.«

»Die sollt Ihr haben, voll und gern. Darum also, darum! Ja, dieser gute Kollege ist zwar ein ganz tüchtiger Engineer, aber in Indianersachen weder erfahren noch ein Held. Er kann sich aber auf mich und meine Leute verlassen.«

»Wieviel Arbeiter habt Ihr hier?«

»Gegen neunzig, lauter Weiße, die gut dreinschlagen können und mit ihren Gewehren umzugehen verstehen. Aber wollt Ihr mir nicht sagen, wie die Sache gekommen ist und wie sie steht? Bin neugierig, was Ihr erzählen werdet.«

Der Engineer war tatkräftiger und mutiger als sein Kollege im Firwood-Camp, und Old Shatterhand hegte die Überzeugung, in ihm einen tüchtigen Helfer zu finden. Er beschrieb ihm die Ereignisse des vergangenen Abends, zog seine Schlüsse daraus und erklärte die Absichten, die er nun verfolgte. Als er geendet hatte, sprang der Engineer auf, streckte ihm die Hand entgegen und sagte: »Topp, Sir, schlagt ein! Ihr sollt mich und alle meine Leute haben, jetzt gleich oder später, ganz so, wie Ihr wollt.«

Und der Hobble-Frank ließ sich in seiner deutschen Muttersprache also vernehmen: »Mich auch! Diesem dunkelschwarzen ›Mustang‹ soll sein letztes Brot gebacken sein! Wenn ich eenmal grimmig bin, da bin ich richtig grimmig. Jetzt gehe ich, um noch eenen brauchbaren Helden unseres neunzehnten Jahrhunderts zu holen, der dabei nich fehlen darf.«

Er stand auf und verschwand durch den Ausgang. Als er nach kurzer Zeit zurückkam, brachte er Droll mit. Man sah es diesem an, daß er in der letzten Zeit gelitten hatte, doch waren seine Augen munter und seine Bewegungen ließen nicht darauf schließen, daß er gegenwärtig Schmerzen leide. Er freute sich riesig über das ebenso unerwartete wie wunderbare Zusammenfinden und erklärte, unbedingt mit nach dem Alder-Spring reiten zu wollen, sein Zustand möge es gestatten oder nicht.

Dies gab Winnetou, der bis jetzt kein Wort gesprochen hatte, Gelegenheit, eine Reihe von Fragen an ihn zu richten, die bewiesen, daß der Apatsche bedeutende Kenntnisse über den Bau und die Krankheiten des menschlichen Körpers besaß. Es stellte sich heraus, daß es sich bei Droll um Ischias handelte. Winnetou stand auf, zog seine kleine Ledertasche heraus, worin er allerlei Arzneizeug mit sich zu führen pflegte, sah den Inhalt durch und sagte dann in seiner ruhigen Weise: »Mein Bruder Droll mag mich zu seinem Lager führen; sein Leiden soll ihn nicht mehr belästigen!«

Er ging mit ihm fort. Schon nach kurzer Zeit hörten die Anwesenden einen schrillen, durchdringenden Schrei.

»Das war Droll!« rief der Hobble-Frank aus. »Was hat Winnetou mit ihm vor? Ich muß hin zu meiner Tante Droll, denn so een Schrei, der schneidet mir grad wie een Sägewerk durch die Seele.«

Er sprang auf und wollte fort; Old Shatterhand aber hielt ihn fest und sagte: »Bleib hier, lieber Frank! Winnetou weiß gar wohl, was er tut, und gerade für derartige Leiden gibt es bei den Indianern Mittel, von denen selbst unsere besten Ärzte keine Ahnung haben!«

Gleich darauf trat, wie um diese Worte zu bestätigen, Winnetou wieder ein und sagte: »Unser Bruder Droll mußte einen sehr starken, aber auch sehr kurzen Schmerz erleiden, um schnell geheilt zu werden. Jetzt ruht er von ihm aus, aber schon nach einer Stunde wird er so gesund sein, wie er gewesen ist.«

Nach Verlauf der angegebenen Zeit stellte es sich heraus, daß Winnetou recht gehabt hatte. Droll kam und erklärte in seiner Altenburger Mundart: »Is das nich großartig, meine Herre? Ich fühle mich, als ob ich neugebore wäre. Was Winnetou gemacht hat, das weeß ich nich; aber ob er die Nerve nur ausgedehnt oder ganz zerrisse hat, das ist mir egal. Nu kann ich wieder reite, und der »Schwarze Mustang« soll erfahren, daß die Tante Droll noch derb an ihrem Platze is!«

3. Am Erlenquell

Der Ua-pesch, an dessen Fuß die Station Rocky-Ground lag, war bis zu seiner Höhe mit dichtem Wald bestanden. Die Wasser dieses Berges sammelten sich unten zu einem ziemlich breiten Bach, der südöstlich floß und später nach Norden bog. An dieser Biegung vereinigte sich mit ihm ein kleinerer Bach, der am Fuße eines anderen Berges entsprang, der schon damals Corner-Top[1] hieß und auch heute noch diesen Namen führt.

Die erwähnte Bezeichnung hatte ihren guten Grund. Sowohl der Ua-pesch wie auch der Corner-Top bildeten Ecken; sie waren die Endberge zweiter langgestreckter Höhenzüge, die zwischen sich ein breites und sehr langes Tal einschlossen, dessen Krümmungen so zahlreich waren, daß die Eisenbahningenieure es vorgezogen hatten, nicht ihm zu folgen, sondern zwischen Firwood-Camp und Rocky-Ground einen kürzeren Weg durch die Felsen zu sprengen. Denn Firwood-Camp lag unweit des Anfangs dieses Tals, von ihm nur durch eine Querberglagerung getrennt.

Von da oben herunter, also dieses vielgewundene Tal entlang, mußten die Komantschen kommen, denn es gab für sie keinen anderen Weg nach dem Alder-Spring. Diese Quelle lag, von hohen Erlen umgeben, am Fuße des Corner-Top und bildete später den vorhin erwähnten kleinen Bach, der sich mit dem größeren an dessen Biegung vereinigte. Hatte das Tal die beiden Endberge

[1] Eckgipfel

hinter sich, so bildete es eine weite, ebene Prärie, durch die die vereinigten beiden Wasserläufe flossen. Aus deren saftigem Gras erhoben sich Büsche, die wie Kulissen vor- und hintereinandergeschoben erschienen und das Anschleichen oder Verbergen selbst größerer Trupps ungemein begünstigten.

Vergegenwärtigte man sich, was im Firwood-Camp geschehen war, und was für Absichten die Beteiligten hegten, so war es nicht schwer, vorauszusehen, was der heutige Tag zu bringen hatte.

Die Komantschen waren überzeugt, daß Old Shatterhand und Winnetou nach dem Alder-Spring reiten würden, und hatten sich vorangemacht, sie dort zu erwarten und gefangenzunehmen. Um dies zu erreichen, mußten die Roten bei Männern, wie die Genannten waren, außerordentlich vorsichtig sein. Diese durften nicht ahnen, daß die Komantschen sich an der Erlenquelle befanden, und auch bei ihrer Ankunft durfte kein Umstand verraten, daß der »Schwarze Mustang« mit seiner Schar anwesend war. Darum verstand es sich von selbst, daß die Indsmen sich nicht geradewegs nach der Quelle begaben, sondern sich in deren Nähe verbergen würden; aber wo, das war die wichtige Frage.

Für Winnetou und Old Shatterhand war es nicht schwer, sich in die Gedanken und Berechnungen ihrer Gegner zu versetzen. Weil der Alder-Spring auf der rechten Seite des Tales lag, würden sich die Indianer wohl nach der linken halten und eine Strecke hinaus in die Prärie reiten, um dann umzukehren und von der entgegengesetzten Seite zu kommen. Auf diese Weise wurde es vermieden, durch verräterische Spuren Verdacht zu erregen. Von der Prärie her in der Nähe der Quelle angekommen, würden sich die Komantschen verstecken, um ihre Gegner zu erwarten, zu beschleichen, zu umzingeln und dann zu überfallen. Wer den Indsmen zuvorkommen und sie selbst beobachten wollte, mußte also noch weiter als sie in die Prärie hinausreiten und einen noch bedeutenderen Bogen schlagen. Das war es, was Old Shatterhand und Winnetou sich sagten, und aus diesem Grunde geschah es, daß sie nach ihrem Aufbruch von Rocky-Ground nicht dem Ua-pesch entlang ritten, sondern, sobald es Tag geworden war, weit nach links abschwenkten und den Weg hinaus in die Savanne nahmen.

Es war nach dem gestrigen Gewitter heute ein wunderschöner Morgen angebrochen. Die Sonnenstrahlen verwandelten jeden Tropfen, der an den Halmen oder Blättern hing, in einen Brillanten; die Luft war kräftig, frisch und rein, und die Natur lag rundum in Schönheit schweigend ausgebreitet. Ein Ritt durch solch eine Gegend und solch einen Morgen mußte ein Hochgenuß für jeden Menschen sein – nur nicht für einen Westmann, der die Absicht hatte, feindliche Indianer zu beschleichen. Das zeitweilige Schnauben und Stampfen der Pferde wurde von der heutigen Luft weit fortgetragen, und das feuchte, schwere Gras hatte eine Fährte zur Folge, die vielleicht noch am Abend deutlich zu lesen war. Das sind Umstände, die einem Savannenmann sehr gefährlich werden können.

Die sechs Reiter hatten den Ua-pesch genügend weit hinter sich, darum bogen sie jetzt in der Absicht, sich dem Corner-Top zu nähern, nach Süden um. Der Alder-Spring lag an der Westseite dieses Berges; Winnetou und Old Shatterhand ritten so, daß sie ihn von Osten erreichen mußten; auf diese Weise verhinderten sie, daß ihre Spuren später von den Roten gesehen werden konnten. Der Corner-Top war auf seiner Höhe nicht voll bewaldet, es gab da Stellen, von denen aus man weithin Umschau halten konnte, und so war es also gar nicht schwer, die Ankunft der Komantschen zu bemerken.

Endlich war der Bogen quer durch die Prärie geschlagen und der Berg an seinem östlichen Fuße erreicht. Es wurde ein gutes Versteck gesucht und gefunden, wo sich die vier anderen mit den Pferden verbergen konnten, während Winnetou und Old Shatterhand nach oben stiegen, um von dort aus das Tal zu überwachen.

Vier Sachsen miteinander im Wilden Westen, in einem Dickicht des Corner-Top! Gewiß ein seltsamer Zufall! Der Hobble machte darüber die Bemerkung: »Es is grad, als hätte uns das Schicksal absichtlich zusammengeleimt.«

»Sie haben recht, lieber Frank«, bestätigte Has.

»Das will ich meenen. Ich habe nämlich immer recht. In dieser Beziehung werden Sie mich bald durchschauen, während ich in jeder anderen Beziehung merschtenteels undurchdringlich bin. Für gewöhnlich halte ich meine Geistesblitze in ihrer Kapsel eingeschlossen, und nur selten können Menschen in die Tiefen meines Verstandes eindringen und die dortigen Schätze wie off den Fittichen eines Paternosterwerkes herausholen. So eene bevorzugte und weihevolle Stunde is in diesem Oogenblick für euch gekommen. Ihr werdet nämlich gern wissen wollen, off welche Weise wir heute mit den Komantschen fertig zu werden gedenken. Ich bin bereit, euch die nötigen Offschlüsse angedeihen zu lassen und erteile euch die Erlaubnis, euch mit euren Fragen vertrauensvoll an mich zu wenden. Schprich du zuerscht, lieber Vetter Droll!«

Droll kannte den Wert der Aufschlüsse, die zu erwarten waren, darum schüttelte er den Kopf und sagte: »Warum denn ich zuerscht, lieber Frank? Ich bin gern bereit, den Vorrang diesen beeden zu überlassen. Der Mensch soll höflich sein.«

»Da haste Recht! Ich habe eenen Professor der Zoologie gekannt, der sagte immer: ›Die Höflichkeit ist diejenige Angewohnheit, die mer sich nich abgewöhnen soll.‹ Und was een Fachmann sagt, das hat schtets guten Grund und Boden. Also mag nun Kas mal sagen, was er von mir wissen will.«

»Ich?« fragte der Genannte. »Ich will nichts wissen!«

»Was? Nischt, gar nischt? Is das möglich?« fragte Frank in höchster Verwunderung.

»Gar nichts«, nickte Kas.

»Und Sie, Has?«

»Auch nichts«, antwortete dieser.

»Ooch nischt? Sprechen Sie etwa im Ernst?«

»Gewiß.«

Da machte Frank zunächst ein Gesicht, als sei etwas ihm vollständig Unbegreifliches geschehen; dann nahmen seine Züge den Ausdruck des Bedenkens und hierauf des Zornes an, und er rief erbost aus: »Is so etwas die Möglichkeet? Hat jemals schon een

Mensch so was erlebt? Nischt wollen sie von mir wissen, gar nischt! Kann es denn wirklich existierende Menschen geben, die von dem Prärie- und Bärenjäger Heliogabalus Morpheus Edeward Franke nischt zu hören und nischt zu lernen haben? Da liegen wir im Hinterhalt, um die Indianer zu belauschen; wir haben die Absicht, sie zu überlisten und zu besiegen, diese Absicht kann nur durch die Mitwirkung meiner erfahrenen Persönlichkeit in die unschätzbarste Erfüllung gehen, und da leben menschliche Wesen off der Erde, die der Ansicht sind, daß sie nischt von mir zu hören brauchen!« –

Während sich diese launige Unterhaltung unten im Versteck weiterspann, erreichten Old Shatterhand und Winnetou den Gipfel des Corner-Top. Dort gab es, wie bereits erwähnt, mehrere lichte Stellen, von denen aus man eine weite Fernsicht hatte. Eine dieser Lichtungen, die nach Westen lag, war außerordentlich geeignet für den Zweck der beiden Freunde. Man konnte von hier oben aus das Tal, worin die Komantschen herabkommen mußten, bis zu seiner nächsten Krümmung, die weit über eine englische Meile entfernt war, überblicken. Hier ließen sie sich nieder.

Sie saßen wortlos nebeneinander, eine Stunde, zwei, ja drei Stunden lang, und keiner hielt es für nötig, auch nur eine Silbe hören zu lassen, obgleich sie einem Ereignis entgegensahen, bei dem es sich um Tod und Leben handelte. Hätte es jemand gegeben, der sie unbemerkt beobachtete, der wäre sicher der Meinung gewesen, daß sie von keiner anderen Absicht hierhergeführt worden seien als von derjenigen, sich da niederzulegen und auszuruhn. Keine Bewegung ihrer Gesichter, kein Blick ihrer Augen verriet, daß ihre ganze Aufmerksamkeit scharf nach Westen gerichtet war, und daß auf der ganzen Strecke, soweit das Tal überblickt werden konnte, nichts ihren scharfen Blicken zu entgehen vermochte. Es ist die große Kunst des Westmanns, selbst bei der äußersten Anspannung aller seiner Fähigkeiten und Gefühle äußerlich vollständig teilnahmslos zu erscheinen. Es gibt oder gab manchen berühmten Savannenläufer, der seine schönsten Erfolge und seine Errettung aus den größten Gefahren hauptsächlich dem Umstand zu verdanken hatte, daß er sein ganzes Äußere, jedes Glied seines Körpers so in der Gewalt hatte, daß man ihm das, was er dachte oder empfand, was er erstrebte oder zu leisten vermochte, unmöglich zutrauen konnte.

Die beiden hatten die Lider tief gesenkt, und weil sie keines ihrer Glieder bewegten, hatte es den Anschein, als schliefen sie; trotzdem aber war es sicher, daß sie ganz genau die Drossel hörten, die hinter ihnen, wohl zwanzig Schritte entfernt, einen Wurm aus der Erde zog, und daß sie ebenso deutlich den Aasgeier sahen, der jetzt wie ein halbgroßer Punkt am westlichen Himmel erschien.

»Uff!« sagte Winnetou einfach.

»Well!« nickte Old Shatterhand ebenso einfach, »sie kommen.«

»Trotz dieser Worte war kein lebendes Wesen in dem Tal zu sehen, das noch geradeso leer und öde lag wie zuvor; aber die Art und Weise, wie der Geier sich in der Luft bewegte, verriet dem Kenner, daß sich unter ihm irgendwelche Wesen befinden mußten, von denen er Beute erwartete. Er schwebte noch etwas links über der Talkrümmung, kam ihr aber schnell näher. Als er sie erreicht hatte und sich gerade über ihr befand, bog ein Reiter unter ihm um die Ecke, blieb einen Augenblick halten, um das Tal zu überblicken, und ritt dann, als er nichts Verdächtiges bemerkte, weiter; ihm folgten zwei, fünf, zehn, zwanzig, vierzig, achtzig und noch mehr Reiter, die deutlich zu erkennen waren, obgleich der Entfernung wegen ihre Pferde nur die scheinbare Größe von kleinen Hunden hatten. Wie außerordentlich scharfe Augen Winnetou besaß, bewies er dadurch, daß er trotz dieser Kleinheit sagte: »Sie sind es wirklich, die Komantschen.«

»Ja«, stimmte Old Shatterhand bei. »Tokvi Kava reitet an ihrer Spitze.«

»Dieser Häuptling der Komantschen bildet sich ein, ein außerordentlich schlauer Krieger zu sein, und begeht doch einen Fehler, den weder ich noch mein Bruder Shatterhand begreifen kann.«

»Well. Er kommt vom Firwood-Camp und ist der Überzeugung, daß auch wir heute früh dort aufgebrochen sind und hinter ihm kommen werden. Dabei denkt er nicht daran, daß wir die Spuren, die seine Krieger in dem feuchtschweren und hohen Grase zurücklassen, bemerken müssen. Lächerlich!«

Auch über das sonst so ernste und unbewegte Gesicht des Apatschen glitt ein leises, halb verächtliches und halb mitleidiges Lächeln, als er hinzufügte. »Und dabei will er Old Shatterhand und Winnetou fangen! Uff!«

»Schau, sie tun genauso, wie wir dachten, sie wenden sich nach der anderen Seite des Tales, damit wir, wenn wir nach ihnen kommen, nicht denken sollen, daß sie eigentlich herüber an den Corner-Top und nach dem Alder-Spring wollen, um uns da abzufangen.«

Die Komantschen ritten an der jenseitigen Talwand hin, bis sie den äußersten Fußpunkt des Ua-pesch erreichten; aber auch da änderten sie ihre Richtung nicht, sondern zogen in die Prärie hinaus, als wollten sie ganz über diese hinaus nach einem entfernten Ziel.

»Sie werden nach einiger Zeit den von uns vermuteten Bogen schlagen und hierherkommen«, fuhr Old Shatterhand fort. »Einer von uns beiden muß hinab, um ihnen zu folgen, der andere hat noch hier oben zu bleiben.«

Er sagte nicht, warum der andere noch bleiben sollte; aber Winnetou erriet es sofort, denn er neigte zustimmend seinen Kopf und sagte: »Um auf Ik Senanda aufzupassen, der die weißen Männer von der Bahn des Feuerrosses betrügen und verraten wollte. Er ist gestern abend den Komantschen nach und hat sie wegen der Finsternis nicht finden können, doch weil er den Weg kennt, wird er heute, als es hell geworden war, auf ihre Spur gestoßen sein und bald nach ihnen hier eintreffen. Mein weißer Bruder mag hier warten, um ihn kommen zu sehen; ich steige hinab, um zu erfahren, welches Versteck die Komantschen wählen.«

Er ging, und Old Shatterhand blieb allein zurück. Es verstrich wieder eine Stunde und abermals eine, ohne daß der erwartete Mestize erschien. Er hätte eigentlich nun da sein müssen, doch verlor der Beobachter nicht die Geduld, denn es waren zehn und hundert verschiedene Veranlassungen möglich, die den verräterischen Halbindianer unterwegs festgehalten haben konnten. Nach abermals einer halben Stunde endlich sah er ihn kommen und der Fährte der Komantschen nach der gegenüberliegenden Seite des Tales folgen. Da der Scout auf dieser Spur ritt, mußte er den ganzen Umweg der Komantschen hinaus in die Prärie machen; er konnte also kaum eher als in einer Stunde unten am Corner-Top eintreffen. Old Shatterhand durfte seinen Posten nun verlassen und stieg so rasch wie möglich zu seinen Gefährten hinab. Er fand sie da, wo er sie verlassen hatte, und Winnetou war bei ihnen. Als er berichtete, daß er das Halbblut habe kommen sehen, bemerkte der Apatsche: »Er hat sich sehr verspätet. Ahnt mein Bruder, was ihn aufgehalten hat?«

»Es gibt viele Gründe, die seinen Ritt verlangsamt haben können«, antwortete Old Shatterhand.

»Vielleicht ist er nicht gezwungen worden, sondern hat sich freiwillig verweilt.«

»Hm, du meinst, daß er sich nach seiner eiligen Flucht vom Camp eines andern besonnen und wieder umgekehrt ist, um uns zu belauschen? Würde gar nicht schaden!«

»Was sagen Sie da?« fragte der Hobble-Frank, als er diese Worte hörte. »Von eenem Feinde beobachtet zu werden, is aber doch schtets eene Sache, für die man sich bedanken muß?«

»Nein, wenigstens in diesem Falle nicht.«

»Das is mir so unverständlich, daß ich es nich begreifen kann, obgleich ich sonst een sehr offenes Gemüt und eene noch viel öffentlichere Fassungsgabe besitze. Wenn er uns belauscht hat, so weeß er doch zum Beispiel, daß wir gar nich das Tal heruntergeritten kommen, weil wir mit der Eisenbahn gefahren sind.«

»Wenn er das wüßte, gerade dieses wäre mir lieb. Du wirst wahrscheinlich die Gründe bald erfahren. Ich werde mich jetzt mit Winnetou entfernen, um die Komantschen zu behorchen. Bleibt hier zurück, verhaltet euch still und verlaßt diesen Ort auf keinen Fall eher, als bis wir zurückgekommen sind!«

»Wenn Sie nu aber nich zurückkommen?«

»Wir kommen, wenigstens einer von uns; darauf könnt ihr euch verlassen.« Und sich an Winnetou wendend, fragte er: »Weiß mein roter Bruder, wo sich die Feinde gelagert haben?«

»Ich weiß es«, antwortete der Häuptling der Apatschen.

»Ist es weit von hier?«

»Nein. Mein Bruder mag mir folgen!«

Sie legten die Gewehre, die sie sich an Stelle ihrer gestohlenen vom Engineer ausgeborgt hatten und die ihnen beim Anschleichen hinderlich gewesen wären, ab und gingen. Winnetou führte seinen weißen Freund zunächst wohl zehn Minuten lang, ohne sonderliche Vorsicht anzuwenden, durch den Wald; dann erreichten sie eine Stelle, wo die stehenden Bäume aufhörten; desto mehr aber sahen sie gefallene Bäume vor sich liegen. Die Riesen des Waldes lagen, aus der Erde gewuchtet, mit gewaltigen Wurzelballen und arg zerschmetterten Kronen wirr neben- und durch- und übereinander. Es war ein Windbruch, einer jener Hurrikane, die man im Wilden Westen, besonders in seinen südlichen Gegenden, häufig findet. Hurrikan ist der plötzlich ausbrechende Orkan, der einen verhältnismäßig schmalen und scharf begrenzten Strich durcheilt und alles vor sich niederreißt, und Hurrikan nennt man auch den Verwüstungsbereich dieses Sturmes.

Zwischen den niedergeschmetterten und erstorbenen Stämmen war neuer, junger Pflanzenwuchs schon ziemlich hoch aufgeschossen, so dicht, daß es selbst für ein Wild unmöglich schien, da hindurchzukommen.

»Hier durch?« fragte Old Shatterhand.

Winnetou nickte bejahend und fügte leise hinzu: »Links hier ist der Felsen; da können wir nicht hinauf; rechts draußen liegt die Prärie, wo die Pferde der Feinde grasen, da würden uns die Wächter sehen; jenseits des Hurrikans, der hier nicht über zweihundert Schritt breit ist, lagern die Krieger; wir müssen also durch.«

»Ist mein roter Bruder schon drüben gewesen?«

»Ja. Mein weißer Bruder wird sehr bald den tief versteckten Weg sehen, den ich mir habe bahnen müssen.«

»Weißt du, wo sich der Häuptling befindet?«

»Ich weiß es. Vielleicht kommen wir so weit an ihn, daß wir hören können, was er spricht.«

Er huschte einige Schritte am Rande des Windbruchs hin, legte sich dann auf die Erde nieder und schob sich in das dichte Zweig- und Blätterwerk hinein. Old Shatterhand zögerte nicht, ihm nachzukriechen. Da zeigte sich wieder einmal, welch ein unvergleichlicher Mann der Apatsche war. Er hatte in der kurzen Zeit mit dem Messer einen zwei Fuß breiten Weg gebahnt, die hindernden Äste, Zweige und Schößlinge abgeschnitten und auf den Boden niedergedrückt und dabei so viel Laubwerk stehen lassen, daß es ein Dach über dem Schleichpfade bildete und ihn vollständig unsichtbar machte. Es war unmöglich gewesen, diesen Weg geradeaus zu führen; er bog bald nach dieser und bald nach jener Seite um die gestürzten Bäume herum, ging bald nach rechts und bald nach links, je nach den Schwierigkeiten, die Bodenform und Pflanzenwirrwarr dem Apatschen entgegensetzt hatten, und war eine Leistung von Kraft und Geschicklichkeit, die selbst Old Shatterhand in Staunen versetzte.

Da Winnetou so unvergleichlich vorgearbeitet hatte, brauchten sie ihre Messer jetzt nicht oft in Anwendung zu bringen und hatten vorzugsweise darauf acht zu geben, daß sich das Gesträuch nicht über ihnen bewegte und dadurch zum Verräter wurde. Sie fanden zwei Giftschlangen im Wege; die erste floh, und die zweite wurde durch einen schnellen, wohlgezielten Messerhieb des Apatschen getötet. Nach längerer Zeit nahm Old Shatterhand, der die Luft langsam und prüfend einsog, den Rauch eines Lagerfeuers wahr; sie näherten sich dem Platz, wo sich die Komantschen befanden.

Nun ging es eine Strecke weiter bis zu einer Stelle, an der Winnetou dem heimlichen Pfad eine doppelte Breite gegeben hatte. Er winkte den Gefährten zu sich, bog die Schößlinge vorsichtig ein wenig auseinander und ließ Old Shatterhand durch die entstandene Lücke blicken.

Wie erstaunte dieser, als er Tokvi Kava nicht weiter als fünf Schritte vor sich liegen sah! Die beiden Lauscher befanden sich am Rande des Windbruchs und damit zugleich am Rande einer kleinen Einbuchtung der Prärie. Ein starker, abgestorbener Baumstamm ragte, am Boden liegend, zu ihrer Linken aus dem Wirrwarr des Hurrikans heraus, und das unter ihm hervor- und neben ihm emporschießende Gras bildete ein weiches Lager, auf dem sich der Häuptling lang ausgestreckt hatte; er schlief. Weiterhin sah man seine Krieger liegen, gleichfalls schlafend; sie waren ermüdet und fühlten sich sicher unter dem Schutz der Wachen, die sie nach der Prärie hin aufgestellt hatten. Der Häuptling hatte nach der Gewohnheit aller Weißen und Roten im wilden Westen sein Gewehr griffbereit neben sich liegen. Am Baumstamm lehnte ein langer, schmaler Pack, dessen Hülle in der Decke Tokvi Kavas bestand, die sorgfältig mit einem Lasso umschlungen war. Old Slatterhands Augen blitzten, als er dies Paket erblickte, und er raunte Winnetou zu: »In der Decke dort stecken unsere Gewehre!«

»Ja, der Häuptling schläft und alle anderen schlafen; wir könnten sie uns holen.«

»Fällt uns nicht ein!«

»Howgh! Wir müssen sie jetzt noch liegen lassen, denn die Komantschen dürfen nicht ahnen, daß ihr Aufenthalt entdeckt ist. Es wird mir wirklich sehr schwer, aber wir müssen dem Gebot der Klugheit folgen. Horch! War das nicht eben ein Ruf?«

»Die Stimme eines Wächters«, nickte Winnetou. »Der Scout wird bei den Posten draußen angekommen sein.«

Der Ruf, den Old Shatterhand und Winnetou gehört hatten, wurde von mehreren Stimmen wiederholt. Die Schläfer erwachten und sprangen in die Höhe; auch der Häuptling richtete sich auf. Es war so, wie Winnetou gesagt hatte; der Mestize kam geritten. Als er den Häuptling sitzen sah, lenkte er sein Pferd zu ihm hin und stieg bei ihm ab. Tokvi Kava sagte im Ton der Verwunderung: »Du bist es, Sohn meiner Tochter! Habe ich dir erlaubt, uns nachzueilen?«

Da nicht gleich eine Antwort erfolgte, fuhr er fort: »Habe ich dir nicht befohlen, die Bleichgesichter zu beobachten und bei ihnen auszuharren, bis wir kommen oder ich dir einen Boten sende?«

»Das hast du«, antwortete der Gefragte gelassen. »Aber der Vater meiner roten Mutter wird einsehen, daß ich nicht anders konnte.«

»Es müssen sich wichtige Dinge ereignet haben, daß du es wagst, vom Firwood-Camp hierher zu kommen! Ich werde hören, was du zu deiner Entschuldigung sagst.«

»Du bist der Vater meiner Mutter und kennst mich seit dem Augenblick meiner Geburt. Habe ich dir jemals Grund zum strengen Tadeln gegeben? Warum empfängst du mich mit Vorwürfen, ohne vorher zu wissen, warum ich komme?«

»Weil es sich um den wichtigsten Fang, den wir jemals machen können, handelt, und um die größten Feinde unseres Stammes, nämlich den Häuptling der Apatschen, und das verhaßte Bleichgesicht, das sich Old Shatterhand nennt.«

»Du wirst sie nicht fangen«, antwortete sein Enkel so gelassen wie vorher.

»Nicht?« fuhr der Häuptling fort. »Warum?«

»Weil sie fort sind. Sie haben schon gestern das Camp verlassen.«

»Uff, uff, so müssen wir uns darauf vorbereiten, denn sie können jeden Augenblick hier eintreffen!«

»Sie treffen nicht ein; sie kommen gar nicht hierher.«

»Nicht – hier – her?« dehnte der Häuptling betroffen. »Wohin wollen sie denn?«

»Das weiß ich nicht, jedenfalls aber sehr weit fort von hier, denn sie sind mit dem Wagen des Feuerrosses gefahren. Das tun die weißen Jäger nur dann, wenn ihr Weg sehr, sehr lang ist, sonst reiten sie.«

»Mit dem Feuerroß? Weißt du das gewiß?«

»Ja, Ich sah sie in den Wagen steigen und sah darauf, daß das Feuerroß mit ihnen in größter Eile davonrannte.«

»Uff, uff, uff! Sie wollten doch hierher nach dem Alder-Spring! Was mag sie plötzlich fortgetrieben haben?«

»Die Angst.«

»Schweig! Winnetou und Old Shatterhand sind mir verhaßt im höchsten Grad, aber Angst und Furcht, die kennen sie nicht.«

»Ja, sie nicht, aber du mußt bedenken, daß zwei andere Blaßgesichter bei ihnen weilen, die nicht so mutig sind wie sie; diesen zuliebe sind sie so schnell anfgebrochen, denn sie haben erfahren, daß das Camp von den roten Kriegern überfallen werden soll.«

»Uff, uff! Wie sollen sie es erfahren haben? Wer hat es ihnen verraten? Solltest du selbst so unvorsichtig gewesen –«

Da gab der Enkel zum erstenmal seinen Gleichmut auf und fiel ihm zornig in die Rede: »Sprich nicht von mir! Hast du mich jemals unvorsichtig gesehen? Deine eigene Unvorsichtigkeit war es, die alles verraten hat und uns um den großen Fang gebracht hat!«

Da legte der Alte die Hand an seinen Gürtel und rief: »Vergiß nicht, mit wem du redest, Knabe, sonst wird mein Messer dich die Ehrfurcht lehren, die du dem Vater deiner Mutter und dem berühmtesten Kriegshäuptling der Komantschen schuldig bist! Wie darfst du dich unterstehen, mir, dem ›Schwarzen Mustang‹, eine Unvorsichtigkeit vorzuwerfen!«

»Weil du mich wegen eines Fehlers tadelst, den du selbst begangen hast! Sag, hätten wir Old Shatterhand und Winnetou heute abend gefangen, wenn sie hierher gekommen wären?«

»So sicher, wie ich dich hier neben mir habe.«

»Dann wäre alles, was ihnen gehörte, unsere Beute gewesen?«

»Ja.«

»Auch die Pferde?«

»Auch die.«

»Warum hast du da nicht gewartet bis heute abend? Warum hast du dich da schon gestern abend an diesen Pferden vergriffen?«

»Ver–grif–fen«, wiederholte der Häuptling langsam das Wort, um sich den Vorwurf, den er hörte, zurechtzulegen. »Was weißt du davon?«

»Ich weiß alles. Zwar hat Kita Homascha, den du zu mir in den Shop schicktest, einen kleinen Verdacht erregt, aber es gelang mir schnell, das Mißtrauen zu zerstreuen, denn die Bleichgesichter konnten uns nichts beweisen. Da aber schnaubten plötzlich die Pferde Winnetous und Old Shatterhands draußen vor der Tür und erregten Aufsehen ohnegleichen. Wohl waren die Bleichgesichter klug genug, so zu tun, als ob sie glaubten, die Pferde hätten sich losgerissen, mich aber vermochten sie nicht zu täuschen: die Tiere waren nicht selbst entwichen, sondern gestohlen worden. Von wem? Willst du es etwa leugnen?«

Der Häuptling blickte vor sich hin und verzog keine Miene; er sagte weder ja noch nein. Sein Enkel fuhr fort: »Dein Schweigen gibt mir recht. Natürlich suchten nun die Bleichgesichter nach den Dieben.«

»Die waren doch längst fort!« fiel der Alte ein.

»Waren auch die Spuren fort? Old Shatterhand und Winnetou fanden eure Spur, sie fanden meine Spur, und sie fanden auch Kita Homaschas Spur. Sie errieten sofort unser Einvernehmen und unsere Absichten, aber es gelang mir glücklicherweise noch, ihnen zu entspringen. Ich eilte zu meinem Pferd und jagte davon. Wäre ich geblieben, so hätten sie mich aufgehängt. Ich war schon weit fort, da kam mir der Gedanke, heimlich zurückzukehren, um zu erlauschen, ob Winnetou und Old Shatterhand vielleicht nun ihren Plan, nach dem Alder-Spring zu reiten, aufgegeben hätten. Es war sehr gut, daß ich dies tat, denn ich sah sie mit ihren Pferden in den Wagen des Feuerrosses steigen und fortfahren. Sie kommen also nicht nach dem Alder-Spring. Als sie fort waren, verließ auch ich nun Firwood-Camp und ritt hierher, um dir zu sagen, was geschehen ist. Jetzt bin ich da, nun tadle mich, wenn du mich tadeln kannst! Howgh!«

Er hatte seinen Bericht beendet und wartete nun auf das, was sein Großvater sagen würde. Dieser hielt den Kopf eine ganze Weile gesenkt; dann hob er ihn mit einer schnellen, energischen Bewegung wieder empor und warf einen forschenden Blick um sich. Das, was er sagte, konnte von keinem Unberufenen gehört werden, denn die Ankunft des Halbbluts hatte den anwesenden Kriegern zwar gesagt, daß etwas geschehen oder im Werke sein müsse, aber keiner von ihnen hatte es gewagt, sich dem gefürchteten Häuptling ohne besondere Aufforderung zu nähern. Es hatte also auch niemand die Vorwürfe vernommen, die von dem Enkel gegen den Alten ausgesprochen worden waren. Dieser letztere begann mit unterdrückter Stimme: »Ja, ich habe die Pferde aus dem Schuppen geholt. Iltschi und Hatatitla sind so berühmte Pferde, daß die Weisheit meines Alters sich in die Torheit der Jugend verwandelte. Ich wollte und mußte sie sofort haben, ohne daran zu denken, daß sie heute mit den Gefangenen doch mein Eigentum sein würden. In deinen Adern fließt mein Blut, und darum wirst du unseren Kriegern nicht mitteilen, welche Folgen diese schnelle Tat nach sich gezogen hat!«

»Ich werde schweigen«, erklärte der Junge.

»Wissen Old Shatterhand und Winnetou«, fuhr der Rote fort, »wieviel Personen wir gestern im Firwood-Camp waren?«

»Ja.«

»Wissen sie aber auch, wer es war?«

»Nein. Sie wissen nur, daß es feindliche rote Männer waren.«

»Wußten sie von unserer Absicht, das Camp zu überfallen?«

»Sie vermuten es nur. Aber ich muß dir sagen, daß sie mir meinen Namen Ik Senanda ins Gesicht warfen; sie glaubten nicht, daß ich Yato Inda heiße.«

»So sind sie überzeugt, daß du mein Enkel bist und daß ich

es bin, der das Camp überfallen will! Was sagten sie zu dem Verlust ihrer drei Gewehre!«

»Ihre Gewehre?« fragte das Halbblut erstaunt. »Haben sie diese verloren?«

»Ja.«

»Uff, uff, uff! Wo?«

»Im Firwood-Camp. Ich habe sie gefunden.«

»Du – hast – sie – gefunden – du – du – du? Die Gewehre von Old Shatterhand und Winnetou?« stieß der Mestize in höchster Überraschung hervor.

»Ich!« nickte Tokvi Kava, indem seine Augen vor Freude funkelten.

»Die Silberbüchse Winnetous?«

»Ja.«

»Das kleine Zaubergewehr Old Shatterhands?«

»Ja.«

»Und den großen Bärentöter?«

»Ja.«

»Wo, wo, wo sind jetzt diese kostbaren Waffen? Sage es mir! Schnell!«

»Hier«, antwortete der Häuptling, indem er auf das Paket deutete.

»Uff, uff, uff! Heute blickt der große Manitou mit strahlendem Angesicht auf die Krieger der Komantschen herab! Das ist eine Beute, um die uns alle Stämme der roten Nation beneiden werden! Wie sind diese unvergleichlichen Waffen in deine Hände gekommen?«

»Durch Diebe, die sie gestohlen hatten und die sie mir geben mußten.«

Er erzählte den Vorgang und brach dann, als er kaum geendet hatte, in den Ausruf aus: »Uff, uff! Daran habe ich nicht gedacht. Old Shatterhand und Winnetou sind fort, obgleich ihnen diese Gewehre gestohlen wurden. Ist das nicht auffällig? Steckt vielleicht eine große List dahinter? Diese beiden werden ihre Waffen nicht freiwillig lassen, sondern alles wagen, um sie wieder zu erlangen!«

Sein Enkel schüttelte den Kopf und behauptete: »Sie werden nichts, gar nichts wagen.«

»Weshalb denkst du das?«

»Wer ein gesundes Hirn hat, muß ganz dasselbe denken. Wodurch sind diese Schakale so berühmt geworden? Nur durch ihre Gewehre. Womit haben sie ihre Taten verrichtet? Mit ihren Gewehren. Durch diese Gewehre wurden sie Helden, aber ohne diese sind sie nichts. Man hat ihnen diese Waffen gestohlen, da fühlen sie, daß sie nichts mehr vermögen, daß sie bei dem Überfall des Camps nicht widerstehen können, sondern untergehen müssen; darum sind sie so schnell entflohen. Nun weiß ich, warum sie es aufgegeben haben, nach dem, Alder-Spring zu reiten, und weshalb sie Firwood-Camp so plötzlich verließen. Die Angst hat sie fortgetrieben, so weit wie möglich, die Angst vor uns und die Furcht vor dem sicheren Untergang!«

Die Überzeugung und Begeisterung des Jungen riß den Alten mit sich fort; er stimmte bei: »Uff, uff, du hast wahr gesprochen!

Sie sind heulend davongeeilt wie Hunde, die Schläge bekommen sollen. Ihre Personen sind uns entgangen, aber ihre Waffen haben wir. Nun müssen wir uns die Skalpe der vielen gelben Männer holen. Man wird davon sprechen, daß wir das Camp überfallen wollen, man wird nach Hilfe senden. Wir müssen uns also beeilen. Da Old Shatterhand und Winnetou heute nicht kommen, haben wir hier nichts zu suchen, sondern werden sogleich aufbrechen. Unsere Pferde sind zwar ermüdet, aber wenn wir so reiten, daß wir nach Anbruch des Abends die Stelle erreichen, die die Bleichgesichter Birch-Hole nennen, so werden die Tiere nicht unter uns zusammenbrechen.«

»Also willst du doch, wie ich dir geraten habe, im Birch-Hole auf den Augenblick des Überfalls warten?«

»Ja, denn kein Ort eignet sich so gut dazu wie dieser. Ich führe meine Krieger dorthin, und während sie da warten, beschleiche ich das Camp, um zu erfahren, zu welcher Zeit wir es an leichtesten umzingeln können, so daß uns kein einziges Bleich- und Gelbgesicht entkommen kann. Du aber wirst hier bleiben.«

»Nicht mitreiten?« fragte der Mestize erstaunt. »Warum?«

»Weil du dort bekannt bist, was uns leicht verraten könnte. Und noch einen anderen Grund gibt es, der für mich noch viel wichtiger ist, nämlich die drei Gewehre hier.«

»Wieso diese Gewehre?«

»Wir kommen auf dem Rückweg wieder hierher. Soll ich sie erst nach dem Camp und dann wieder mit zurückschleppen? Dazu sind sie zu kostbar. Ich sage dir, daß diese drei Waffen mir lieber sind als alle Skalpe, die wir in Firwood-Camp erbeuten können. Darum will ich sie keiner Gefahr aussetzen und lasse sie hier, bis wir morgen wiederkommen. Du sollst als Wächter dabei bleiben, denn einen zuverlässigeren gibt es nicht.«

Der Mestize fühlte sich durch dieses Vertrauen sichtlich sehr geschmeichelt, trotzdem brachte er den Einwand vor: »Dennoch möchte ich mitziehen, denn ich will den Teil der Beute haben, den du mir versprochen hast.«

»Den wirst du erhalten. Ich habe es gesagt, und was ich verspreche, ist wie ein Schwur.«

»Also Gold und Geld?«

»Ja. Du bist der Sohn meiner Tochter und mein einziger Erbe. Ein kluger Mann muß an alles denken. Der Überfall wird wahrscheinlich ungefährlich sein; aber es kann mich trotzdem eine Kugel oder eine Klinge treffen; dann sollst du der Besitzer dieser Gewehre sein, die leicht in andere Hände kommen könnten, wenn ich nicht dich hier bei ihnen zurückließe. Ich habe es gesagt und so soll es geschehen. Howgh!«

Als der Mestize dies hörte, zögerte er nicht länger, seine Einwilligung zu geben. Der Häuptling hielt mit einigen hervorragenden Kriegern, bei denen sich auch Kita Homascha befand, der sich im Camp den Namen Juwaruwa beigelegt hatte, einen kurzen Kriegsrat ab. Dann ritt er mit seinen Komantschen davon, wieder ins Tal hinein, aus dem sie herabgekommen waren. Ik Senanda, sein Enkel, blieb mit den drei gestohlenen Gewehren allein zurück.

Kaum war nach Entfernung seiner Genossen eine kleine Weile vergangen, die er dazu benutzte, sein Pferd abzusatteln und anzukoppeln, so konnte er seine Neugierde nicht länger zügeln; er wand den Lasso von dem Paket, öffnete es und nahm die Gewehre vor, um sich an ihrem Anblick zu weiden. Mit welcher Wonne Winnetou und Old Shatterhand, die natürlich noch immer ganz nahe hinter den Schößlingen steckten, ihm zusahen, läßt sich leicht denken. Sie beobachteten, mit welcher Begierde der Mestize die Waffen betrachtete, wie seine Augen dabei funkelten, und hörten seine abgerissenen Ausrufe des Entzückens.

Freilich sollte er dieses Entzücken nicht gar lange genießen, sondern sehr bald auf unerwartete Weise aus ihm gerissen werden. Winnetou bog nämlich die Schößlinge leise, leise auseinander und schob sich unhörbar zwischen ihnen hindurch. Old Shatterhand folgte ihm mit derselben Vorsicht. Dann richteten sie sich auf. Einige Schritte, die selbst des Mestizen so außerordentlich scharfes Ohr nicht zu hören vermochte, und sie standen hinter ihm.

»Guten Tag, Ik Senanda«, sagte Old Shatterhand.

Aufs höchste erschrocken fuhr das Halbblut herum und sah den Sprecher und Winnetou neben sich stehen. Sein Entsetzen bei ihrem Anblick war so groß, daß er kein Wort hervorbrachte und für den Augenblick nicht der geringsten Bewegung fähig war.

»Ja«, nickte ihm Old Shatterhand spöttisch zu, »wir sind hier, um die Gewehre wieder zu holen.«

Endlich kam wieder Bewegung in die Gestalt des Spions; aber er sprang nicht etwa auf, um einen Versuch der Flucht zu machen, o nein, dazu hielt ihn der große Schreck noch zu sehr und zu fest gefangen, sondern er stand langsam auf, wie einer, dessen Glieder an einer schmerzhaften Lähmung leiden, und stieß abgerissen und silbenweise die Worte hervor: »Old – Shat–ter–hand und Win–ne–tou! Wahr–haf–tig – wahrhaftig – sie sind es – sie sind es wirklich.«

»Ja, wir sind es wirklich«, lächelte ihm der Jäger stolz in das vor Angst verzerrte Gesicht. »Aus deinen Zügen starrt der bleiche Schreck uns an. Du hast uns fangen wollen und jetzt schlotterst du vor Angst!«

Die Verachtung, die aus dieser Rede sprach, gab dem Mischling seine Selbstbeherrschung wieder. Er trat, die drei Gewehre noch immer in den Händen, einen Schritt zurück und antwortete: »Was bildest du dir ein? Ich? Angst vor euch? Mir kann weder Winnetou noch Old Shatterhand Furcht einflößen. Und eure Gewehre wollt ihr wieder haben? Uff! Versucht doch einmal, ob ihr sie bekommt!«

Noch während er diese Worte sprach, wandte er sich zur blitzschnellen Flucht. Er konnte diese nicht zu Pferde ergreifen, weil sein Tier angekoppelt war und es zu viel Zeit erfordert hätte, es loszubinden; er war also gezwungen, es im Stich zu lassen und zu Fuß zu entweichen. Er sprang in raschen, weiten Sätzen eine Strecke am Rande des Hurrikans hin, um dann in dessen Gewirr einzudringen. Aber er hatte seine Rechnung ohne seine beiden Gegner gemacht. Er hatte kaum den vierten oder fünften Sprung getan, so war er von Old Shatterhand eingeholt, von Winnetou sogar überholt und wurde von beiden gepackt und festgehalten. Der weiße Jäger zog den Revolver und sagte: »Halt! Du kommst wieder mit zurück und setzt dich nieder. Beim geringsten weiteren Fluchtversuch jage ich dir eine Kugel zwischen die Rippen! Du wärst der richtige Bursche dazu, uns zu entwischen!«

Sie brachten ihn wieder nach der Stelle, wo er vorher gesessen hatte und wo seine Flinte noch lag, nahmen ihm ihre Gewehre und sein Messer ab und drückten ihn auf den Boden nieder. Er bebte vor Wut, sah aber ein, daß jeder Widerstand ihm jetzt nur schaden müsse, und daß es am besten sei, sich zu fügen.

Old Shatterhand legte zwei Finger zwischen die Lippen, ließ einen schrillen, weithin hörbaren Pfiff ertönen und setzte sich dann mit Winnetou zu dem Gefangenen. Ohne zunächst ein weiteres Wort zu sprechen, warteten sie auf die Herbeikunft ihrer Kameraden, denen der Pfiff gegolten hatte. Der Hobble-Frank und Droll wußten von früher her, welche Bedeutung dieses Zeichen Old Shatterhands für sie hatte, und es dauerte auch gar nicht lange, so kamen sie mit den zwei Timpes um den Windbruch herumgeritten. Sie überschauten die Lage mit schnellen Blicken, und während sie ihre Pferde anhielten und abstiegen, sagte Frank: »Potz Sapperlot, hat das eene grandiose Wendung hier genommen! Die Roten sind fort, und dafür hat sich dieser Himbeerfritze bei uns zu Gaste geladen! Wo sind sie denn hin, und wer is der sanfte Urian, meine Herren, dem es an Ihrer Seite so außerordentlich gut zu gefallen scheint?«

»Das ist ja der Scout, der die Bewohner von Firwood-Camp den Komantschen ans Messer liefern wollte!« rief Kas aus.

»Der? Hm, den will ich mir doch eenmal genau betrachten!« Und rund um den Gefangenen herumgehend und ihn musternd, fuhr er fort: »Een allerliebster Jüngling is dieser Mensch, das muß man sagen. Wie haben Sie denn das Männchen geangelt, Herr Shatterhand?«

Der Genannte erklärte ihnen in kurzen Worten, was hier geschehen war.

»So, so«, meinte der Hobble-Frank, »wenn er so mir nischt, dir nischt, die Gewehre erben wollte, so mußte er doch warten, bis die seligen Besitzer den irdischen Schtoob von ihren jenseitigen Füßen geschüttelt hatten. Ich schlage vor, wir reiben ihm seine Erbansprüche mit Senfteig ein. Verdient hat ersch ja mehr als genug. Was sagen Sie dazu, Herr Shatterhand?«

»Er wird seiner Strafe nicht entgehen, lieber Frank. Warte es nur ab!« erwiderte Old Shatterhand und wandte sich an den Gefangenen: »Gib uns zunächst einmal deinen richtigen Namen an!«

Das Halbblut warf ihm einen tückischen Blick zu und entgegnete in lässigem Ton: »Meinen richtigen Namen habt ihr gehört. Ich heiße Yato Inda, und meine Mutter gehörte dem Stamme der Pinal-Apatschen an.«

»Das ist Lüge. Du bist Ik Senanda, der Enkel des ›Schwarzen Mustangs‹.«

»Beweist es doch!«

»Diese Aufforderung enthält eine Frechheit, durch die du deine

Lage nicht verbesserst. Warum verkehrst du heimlich mit den Komantschen?«

»Beweist mir, daß ich dies getan habe!«

»Pshaw! Warum bist du geflohen, als du bemerktest, daß wir die Spuren des ›Schwarzen Mustangs‹ richtig lasen?«

»Ich bin nicht geflohen. Mein Ritt war keine Flucht aus Angst vor euch, sondern er wurde in der besten Absicht unternommen. Ich sah die fremden Spuren geradeso wie ihr; ich hörte euren Verdacht. Ihr waret nur die Gäste des Camps und hattet keine Verpflichtungen; ich aber hatte die Bewohner zu beschützen, und darum folgte ich augenblicklich dem Verdacht, indem ich fortritt, um die Feinde auszuspähen.«

»Ach, das hast du nicht ganz schlecht gemacht. Du bist also fortgeritten, um zu erkunden, wo sich die Komantschen befanden? Wie war es möglich, sie in der Finsternis der Nacht zu entdecken?«

»Wer so fragt, der kann kein Westmann sein!«

»Well! Du sprichst in einem sehr stolzen Ton. Wie bewundere ich dich, daß du den Feinden bis hierher hast folgen und dann gar mit ihnen sprechen können, ohne daß sie dich getötet oder wenigstens festgenommen haben!«

»Darüber braucht ihr gar nicht so zu staunen. Die Komantschen wissen nämlich nicht, daß ich mütterlicherseits von ihren Feinden, den Pinal-Apatschen abstamme; ich habe mich auch stets mit ihnen auf scheinbar guten Fuß gestellt; sie halten mich also für ihren Freund und haben mich auch heute ohne alle Feindseligkeit bei sich empfangen.«

»Schön! Wie aber kamen unsere Gewehre in deine Hände?«

Diese Frage brachte den Mestizen in Verlegenheit, doch suchte er dies zu verbergen und antwortete schnell: »Gerade das ist ein Punkt, der euch von meiner Ehrlichkeit und Freundschaft überzeugen muß. Gestern abend sah ich eure Waffen, die ich noch nicht kannte; heute erblickte ich sie wieder bei den Komantschen, und der ›Schwarze Mustang‹ rühmte sich, daß er sie euch gestohlen habe. Um euch zu eurem Eigentum zu verhelfen, stahl ich sie ihm wieder, und er ist von hier fortgeritten, ohne es zu bemerken.«

»Dann muß ich bekennen, daß dies ein Meisterstück von dir ist, das nachzuahmen wohl keinem anderen Menschen gelingen würde. Du scheinst ein Ausbund von Klugheit zu sein, während der ›Schwarze Mustang‹, der sich diese Gewehre abnehmen läßt, ohne es zu gewahren, jedenfalls ein Ausbund von Dummheit ist. Du wolltest sie uns also wiederbringen?«

»Ja.«

»Wie willst du es dann aber erklären, daß du mit ihnen zu entfliehen versuchtest, als du uns vorhin hier erblicktest?«

»Das war nur vor Schreck über euer plötzliches Erscheinen, denn ich hatte euch nicht sofort erkannt.«

»Nicht erkannt? Und doch nanntest du unsere Namen!«

Das Halbblut blickte eine Weile finster vor sich nieder und rief dann in gut gespieltem Zorn aus: »Fragt nicht nach Dingen, die ihr nicht zu verstehen scheint! Wenn man sich ganz allein und sicher hier in der Wildnis glaubt und plötzlich von Personen überrumpelt wird, von denen man annehmen muß, daß sie sich weit von hier befinden, so ist es doch sehr leicht zu erklären, daß man in der ersten Überraschung anders handelt, als man bei ruhiger Überlegung handeln würde. Wenn ihr das nicht einseht, so ist es für mich unnütz, noch ein Wort zu verlieren!«

»Ja, ich bitte dich allerdings, kein weiteres Wort zu verlieren, obgleich wir nicht nur dies, sondern noch vieles andere einsehen. Du scheinst anzunehmen, daß wir uns dir sofort nach unserer Ankunft hier gezeigt haben, befindest dich da aber im Irrtum. Wir steckten schon hier, ehe du geritten kamst. Wir haben schon vorher den ›Schwarzen Mustang‹ beobachtet und dann jedes Wort gehört, das du mit ihm gesprochen hast. Er nannte dich den Sohn seiner Tochter; er übergab dir unsere Gewehre, die du ihm gestohlen haben willst. Was sagst du dazu, Ik Senanda?«

»Ich sage es wieder und kann es gar nicht anders sagen: ich bin nicht Ik Senanda, sondern Yato Inda; ihr habt eure Gewehre wieder und nun verlange ich, sofort von euch freigelassen zu werden!«

»Gemach, gemach, my boy! Da du noch immer leugnest, so können wir dich erst recht nicht freigeben, sondern wir werden dich deinem lieben Großvater vor die Augen stellen, um zu erfahren, ob auch er so feig und niederträchtig ist, sein eigen Fleisch und Blut zu verleugnen.«

Da blitzte das Auge des Mestizen heimtückisch auf, und er fragte: »Ihr wollt mich zum ›Schwarzen Mustang‹ bringen? Versucht doch, ob ihr das fertigbringt!«

»Wir bringen es fertig, darauf kannst du dich verlassen! Aber es wird freilich in ganz anderer Weise geschehen, als du es wünschest. Verrechne dich nicht! Du hoffst, durch den ›Mustang‹ aus unseren Händen befreit zu werden; dein zärtlicher Grand-father aber wird mit sich selbst genug zu tun haben, denn er wird ebenso sicher unser Gefangener werden, wie du es geworden bist.«

»Das wird er nicht! Kein Old Shatterhand und kein Winnetou wird es jemals fertigbringen, den ›Schwarzen Mustang‹ zu ergreifen, dessen Ruhm weit über alle Täler und über alle Berge geht!«

»Ah! Jetzt fällst du aus der Rolle! Doch ereifere dich nicht! Wir haben noch ganz andere Kerls ergriffen, als dieser alte Mustang ist, von dem du ganz richtig sagst, daß sein Ruhm über alle Täler und Berge gehe; er scheint aber wie die Luft darüber hin zu gehen, denn man bemerkt hier unten nichts davon.«

»Brüstet euch nicht! Er ist der Häuptling der Naiini-Komantschen, der tapfersten Krieger dieses großen Volkes. Und selbst wenn ihr wirklich so wahnsinnig sein wolltet, ihnen nachzureiten, um mit ihnen zu kämpfen, ihr würdet sie doch nicht einholen, denn sie haben einen großen Vorsprung; ehe ihr sie erreichen könnt, ist Firwood-Camp ein Raub der Flammen geworden!« Und der Scout schlug ein höhnisches Gelächter an.

Old Shatterhand legte ihm schwer die Hand auf die Schulter und sagte: »Lach jetzt immerhin, Mannikin[1]; es wird bald die

[1] Knirps

Zeit kommen, da dir das Lachen ganz vergeht! Zunächst werden wir diesen schönen Ort verlassen, wo du auf deinen Großvater warten solltest; du wirst ihn wahrscheinlich schon bald wiedersehen. Jetzt binden wir dich auf dein Pferd, und ich rate dir, dich ohne Widerstreben drein zu fügen, denn es gibt für uns der Mittel viele, dich zum Gehorsam zu zwingen!«

Der Mestize besaß nicht den Mut, Widerstand zu leisten. Übrigens hoffte er mit Bestimmtheit, daß seine Gefangenschaft von keiner langen Dauer sein werde.

Er war überzeugt, daß man mit ihm der Fährte der Kommantschen folgen und also in das erwähnte Tal einbiegen werde. Zu seinem Erstaunen aber schlugen Winnetou und Old Shatterhand eine beinahe entgegengesetzte Richtung ein, indem sie nicht um den Corner-Top bogen, sondern sich nach dem Ua-pesch wendeten. Er konnte sich den Grund, einen solchen Umweg einzuschlagen, gar nicht denken, zumal fast nur im Galopp geritten wurde, was doch auf große Eile schließen ließ. Später freilich sah er das Bahngleis aus der offenen Prärie herüberkommen; es bog nach dem Felsental ein, und als die Reiter ihm folgten, begann eine Ahnung in ihm aufzudämmern, die ihn mit nicht geringer Besorgnis erfüllte. Sein Gesicht nahm einen bedenklichen Ausdruck an. Der Hobble-Frank bemerkte das, weil der Gefangene zwischen ihm und Droll ritt; selbstverständlich sorgte er in würdevoll komischen Belehrungen dafür, daß sich die Besorgnis des Halbbluts noch steigerte.

4. *Die Birkenschlucht*

Als man die Haltestelle in Rocky-Ground erreichte, war Mr. Swan, der wackere Engineer, der erste, der die Reiter empfing. »Halloo!« rief er ihnen entgegen, »Schon wieder zurück? Und glücklich gewesen, wie ich sehe? Wie ist es denn gegangen: Habt ihr die Komantschen ge–«

Er hielt mitten in der Rede inne, als er den gefesselten Scout erblickte, fuhr dann aber, sichtlich erfreut, schnell fort: »All devils, das ist ja Mr. Yato Inda, der hellgefärbte Gentleman! Und gebunden? Ist er Euer Gefangener, Sir?«

»Ja«, nickte Old Shatterhand. »Habt Ihr vielleicht einen Ort, wo wir ihn unterbringen können, ohne daß er Lust bekommt, spazieren zu gehen?«

»Habe einen solchen Ort, einen ganz vortrefflichen, Sir. Wen ich dahin einquartiere, der kann an keinen unerlaubten Ausflug denken. Will Euch die Stelle zeigen.«

Die Stelle, die er meinte, war ein Brunnen, der sich in Arbeit befand. Obgleich schon ziemlich tief, hatte er noch kein Wasser. Als der Mestize hörte, daß er da hinabgelassen werden sollte, erhob er ein großes Lamento, was ihm aber nichts nützte. An den Rand des Brunnens geführt, um gebunden und dann hinabgelassen zu werden, stellte er sich gar zur Wehr. Da meinte der Engineer zu Old Shatterhand: »Sollen wir etwa ein solch gefährliches

Geschöpf wie dieser Kerl ist, mit Samt und Seide anfassen? Es ist zwar Euer Gefangener; seine Schandtat galt aber uns Leuten von der Eisenbahn. Erlaubt mir, Sir, ihn zu Verstand zu bringen!«

»Macht mit ihm, was Ihr für gut und richtig haltet«, antwortete der Gefragte. »Ich habe ihn Euch übergeben und mag nichts mehr mit ihm zu schaffen haben. Nur sorgt dafür, daß es ihm unmöglich ist, uns heute noch Schaden zu machen!«

»Was das betrifft, Mister Shatterhand, so könnt Ihr Euch heilig darauf verlassen, daß er nicht aus diesem Brunnen kommt, als bis ich ausdrücklich die Erlaubnis dazu gebe. Also zieht ihm den Strick unter den Armen hindurch, und dann hinab mit ihm!«

Als hierauf der Scout wieder mit den gebundenen Händen und Füßen um sich stieß, wurde er an eine Eisenbahnschwelle befestigt und dann nicht eher mit ihr in den Brunnen hinabgelassen, als bis er unter einer tüchtigen Tracht von Stockschlägen still geworden war.

Der Engineer hatte übrigens in der Zeit vom Morgen an bis jetzt an alles gedacht. Seine Arbeiter hatten ihre Gewehre nachgesehen; eine Maschine war geheizt worden, und es standen Wagen zu einer Fahrt nach Firwood-Camp bereit.

Die sechs Westmänner erhielten, während ihre Pferde abgerieben, gefüttert und getränkt wurden, ein so ausgezeichnetes Mittagsmahl, wie es unter den dortigen Verhältnissen möglich war, und erzählten dabei dem Engineer, was sie heute früh erlebt hatten.

»Das ist besser, viel besser gegangen, als ich glaubte«, sagte er dann. »Es freut mich ungeheuer, daß wir diesen halbblütigen Schurken in unsere Hände bekamen! Und die Roten sind wirklich nach dem Camp zurück, um es zu überfallen? Wir werden ihnen gern dabei behilflich sein. Freu mich riesig darauf, wirklich riesig!«

»Ich habe allerdings auf Euch und Eure Leute gerechnet«, bemerkte Old Shatterhand, »denn der dortige Engineer scheint allerdings kein Held zu sein.«

»Habt recht, Sir. Von den Chinesen wollen wir gar nicht reden, denn die rennen beim Erscheinen des ersten Indianers in alle Winde hinaus. Und die paar Weißen dort sind gar nicht der Rede wert.«

»Am allerbesten wäre es da wohl, wenn wir die Sache auf uns allein nehmen könnten und die Leute von Firwood nicht eher etwas zu erfahren brauchten, als bis wir mit den Roten fertig sind.«

»Warum sollte das nicht gehen? Wir werden über neunzig Männer sein, und ich denke, daß wir keinen Grund haben, uns vor den Roten zu fürchten.«

»Hm, glaube es auch nicht. Ist Euch das Birch-Hole bekannt, wohin der ›Schwarze Mustang‹ seine Leute führen will?«

»Geradeso wie meine eigene Tasche, Sir. Es ist eine tiefe Felsenschlucht, die hinter dem Camp in den Berg einschneidet. Das Gestein steigt auf allen Seiten fast senkrecht in die Höhe, und es gibt nur den einen schmalen Eingang, wo eine alte, sehr hohe, Birke steht, von der die Schlucht ihren Namen hat.«

»Dann ist es nicht sehr pfiffig von dem ›Schwarzen Mustang‹, seine Leute gerade dort unterzubringen.«

»Warum? Es gibt kein besseres Versteck für sie, und er ahnt doch nicht, daß wir diese seine Absicht kennen. Mir scheint also, er hat ganz gut gewählt.«

»Mir nicht. Kann man die Seiten der Schlucht erklettern?«

»Bloß an einer Stelle, aber auch nur am Tage. Bei Nacht möchte ich es keinem raten, dem sein ganzer Hals noch einen Vierteldollar wert ist.«

»Gut! Und ist es möglich, von außen her auf die Ränder der Schlucht zu gelangen?«

Da hob der Engineer schnell den Kopf, warf einen forschenden Blick in Old Shatterhands Gesicht und erwiderte: »Ah, Sir, ich glaube den Plan zu erraten, den Ihr hegt! Ihr wollt uns auf die Ränder der Schlucht aufstellen und, wenn die Roten heimlich in diese eingedrungen sind, auch den Eingang besetzen. Wie?«

»Und wenn es so wäre?«

»So hättet Ihr das Beste erdacht, was sich erdenken läßt, denn wenn wir das tun, so stecken die Indsmen in dem Birch-Hole wie die Krebse in einer Reuse und müssen sich einzeln herauslangen und die Hälse abdrehen lassen, wenn wir wollen.«

»Das habe ich allerdings auch gedacht. Also, können Eure Leute hinauf?«

»Yes und abermals yes. Aber ist Mister Winnetou mit diesem Plan einverstanden?«

Der Häuptling der Apatschen hatte bis jetzt kein Wort gesprochen. Jetzt sagte er: »Old Shatterhand und Winnetou haben stets die gleichen Gedanken. Der Plan meines weißen Bruders ist gut und soll ausgeführt werden. Howgh!«

»Well!« nickte der Engineer. »Ich bin natürlich ganz dabei. Wir kommen zeitig genug hin, um noch bei Tage und ehe die Indsmen eintreffen können, auf die Felsen zu steigen. Aber dann, wenn es dunkel geworden ist, müssen wir auch wissen, woran wir sind. Wäre es da nicht gut, für Beleuchtung zu sorgen?«

»Das ist freilich wünschenswert«, antwortete Old Shatterhand. »Stehen Euch denn hierzu Mittel und Werkzeuge zur Verfügung, Mister Swan?«

»Wird alles in schönster Ordnung sein, Mister Shatterhand. Als es galt, die hiesige Strecke schnell fertig zu bringen, haben wir häufig des Nachts bei Fackellicht arbeiten müssen, und davon sind viele Fackeln übrig. Wir haben auch Petroleumfässer von verschiedener Größe.«

»Fässer fortzuschaffen, würde uns zu beschwerlich sein, und doch wäre es außerordentlich vorteilhaft für uns, wenn wir gerade am Eingang der Schlucht ein solches Faß in Brand stecken könnten. Über eine solche Flammenfackel könnten sich die Komantschen unmöglich herauswagen.«

»Well, so wird Rat geschafft. Wir haben ja Tragen, Stricke und sonst alles, was dazugehört, ein oder mehrere Fässer leicht mitzunehmen.«

»Gut! Aber bedenkt dabei, daß kein Geräusch verursacht und keine in die Augen fallende Spur hervorgebracht werden darf!«

»Keine Sorge! Ich habe da Männer, auf die ich mich verlassen kann. Seid Ihr einverstanden?«

»Ja. Macht alles fertig, und sorgt dafür, daß wir zeitig an dem Birch-Hole ankommen!«

Bei der großen Umsicht des Engineers waren die Vorbereitungen schnell getroffen. Die Pferde blieben unter sicherer Aufsicht zurück, und an den Brunnen, in dem der Scout steckte, wurde auch ein Wächter gestellt. Dann dampfte der vollbesetzte Zug ab, natürlich ohne daß dies nach Firwood-Camp telegraphiert worden war. Die Bahnarbeiter beteiligten sich alle mit Freuden an dem Unternehmen, und als man an dem vorherbestimmten Punkt ankam und dort ausstieg, gab es keinen, der um den Ausgang des willkommenen Abenteuers oder um sich selbst besorgt gewesen wäre. Die Stelle, von der aus der Zug wieder zurückfuhr, lag so weit von dem Camp entfernt, daß man von dort aus nicht bemerkt werden konnte. Die Bahn beschrieb hier eine Krümmung um die Höhe, in die die Birkenschlucht eingeschnitten war; die Männer befanden sich hinter dieser Höhe, während das Camp vor ihr und der Eingang zur Schlucht an der Seite des Camps lag. Wenn man von dem Ort aus, wo der Zug gehalten hatte, emporstieg, kam man, vom Walde gedeckt, an den Rand der Schlucht hinauf; dies bot keine Schwierigkeit, weil es jetzt noch hell am Tage war. Schwerer war es, die zwei Petroleumfässer, die der Engineer mitgenommen hatte, unbemerkt und ohne Spuren zu hinterlassen, nach dem Schluchteingang zu schaffen und dort so zu verstecken, daß sie später den Späheraugen und auch den Nasen der Indianer entgehen mußten.

Die Ausführung dieses heimlichen Planes, von dessen Gelingen soviel abhing, übernahm Winnetou. Old Shatterhand aber führte die kampfeslustigen Männer zur Höhe empor, um sie dort aufzustellen und ihnen die notwendigen Verhaltungsmaßregeln zu erteilen.

Oben angekommen, befand man sich unter dichtstehenden Bäumen. Deckung war also mehr als genug vorhanden. Mit Genugtuung sah Old Shatterhand, wie steil die Felswände in die Schlucht abfielen. Waren die Komantschen einmal da unten und drin, so gab es für sie kein Entkommen. Er verteilte die Leute rund um die vielleicht fünfhundert Schritt lange und durchschnittlich fünfzig Schritt breite Schlucht und gab jeder Gruppe diejenigen Weisungen, die ihrer Stellung angemessen waren. Vor allem mahnte er zur größten Ruhe und Vorsicht und machte sie mit den verschiedenen Zeichen und Signalen bekannt, die später in der Nacht notwendig sein konnten und deren Bedeutung sie genau wissen mußten. Dann stieg er vorn, an der nach dem Camp gelegenen Seite hinab, um den Apatschen zu suchen.

Dieser lag, auf ihn wartend, nicht weit vom Eingang hinter einem ziemlich dichtgewachsenen Busch und winkte ihn zu sich heran. »Winnetou hat seine Arbeit getan. Die Männer, die der Engineer mitnahm, sind starke und anstellige Leute. Die Fässer liegen ganz nahe hier und so gut versteckt, daß mein weißer Bruder sehr scharf blicken müßte, um sie zu finden.«

»Und der Engineer selbst?«

»Er steckt mit den Trägern der Fässer dort unter dem Tannendickicht. Du kannst leicht hin zu ihm, wenn du ihn während meiner Abwesenheit sprechen willst.«

»Während deiner Abwesenheit? Du willst den Komantschen entgegen, um zu melden, wann sie kommen?«

»Ja. Sie werden sich so leise heranschleichen, daß es gut ist, sie schon vorher beobachtet zu haben.«

»Auch handelt es sich um den Häuptling, der gesagt hat, daß er selbst es sein will, der das Camp beschleicht. Seiner müssen wir uns vor allen Dingen bemächtigen.«

»Winnetou hat genug Riemen, ihn zu binden, von Rocky-Ground mitgebracht. Ich will jetzt gehen, denn es wird bald dunkel werden. Old Shatterhand mag an dieser Stelle auf meine Rückkehr warten.«

Er huschte fort und verschwand unter den nächsten Bäumen, ohne im weichen Moose eine Spur seines Fußes zurückzulassen. Old Shatterhand legte sich, von den Zweigen vollständig bedeckt, nieder; er konnte jetzt nichts weiter tun, als ruhig warten.

Es lag eine tiefe Stille rundumher; nur von dem nicht sehr fernen Camp klang zuweilen irgendein Geräusch herüber. Die Dämmerung brach herein, und Winnetou war noch nicht viel über eine Viertelstunde fort, so gehörte das scharfe, wohlgeübte Auge Old Shatterhands dazu, von dem Ort aus, an dem er lag, den Eingang zu der Schlucht noch zu erkennen. Erst von jetzt an war die Ankunft der Komantschen zu erwarten, denn es mußte als selbstverständlich angenommen werden, daß sie sich hüten würden, ihre Annäherung noch bei Tageslicht zu bewerkstelligen. Sie hätten sich da der größten Gefahr ausgesetzt, von einem auswärts herumstreifenden Bewohner des Camps gesehen und entdeckt zu werden, wodurch das Gelingen ihres Unternehmens in Frage gestellt worden wäre.

Es wurde schließlich so dunkel, daß Old Shatterhand nur noch einige Schritte weit sehen konnte. Desto weiter reichte sein Gehör, denn je weniger der eine Sinn beschäftigt ist, desto schärfer empfindet der andere. Da vernahm er etwas wie das Streichen eines langen Halmes über niedrige Gräser; er horchte mit doppelter Spannung.

»Das kann nur Winnetou sein«, dachte er, und wirklich, da erhob sich vier Schritte vor ihm die Gestalt des Apatschen aus dem hohen Moos. Er kam vollends herbei, kroch unter den Busch und sagte leise: »Sie kommen.«

»Weißt du, wo sie die Pferde gelassen haben?«

»Sie haben sie mit.«

»Welch eine Unvorsichtigkeit von ihnen! Die Pferde läßt man doch unter Aufsicht von Wächtern viel weiter zurück, als die Entfernung von hier nach dem Camp beträgt. Ein einziges Wiehern oder nur Schnauben kann alles verraten.«

Diese Söhneder Komantschen nennen sich zwar Krieger, sind aber keine.« Obgleich Winnetou diese Worte leise sprach, war ihm doch der Ton der Geringschätzung deutlich anzuhören.

»Uns kann es nur lieb sein, denn die Pferde werden die Verwirrung, die wir anrichten, verdoppeln. Horch, jetzt schnaubt eines!«

Es näherte sich ein erst unbestimmtes und nach und nach immer deutlicher werdendes Geräusch; es war das dumpfe Stampfen von Hufen im weichen Moos oder Gras. Die Komantschen kamen nach Indianersitte einer hinter dem andern, und jeder führte sein Pferd am Zügel, wie die beiden Lauscher bemerkten. Am Eingang der Schlucht blieben sie halten. Es schienen einige hineinzugehen, um zu erkunden, ob alles sicher sei. Nicht lange nachher ließen sich unterdrückte Rufe der Aufforderung hören, worauf sich die Gänsemarschkolonne wieder in Bewegung setzte. Sie drang in die Schlucht ein, wegen der Dunkelheit so langsam, daß es über eine Viertelstunde dauerte, bis der letzte Mann vorüber war.

Old Shatterhand und Winnetou huschten unter dem Busch hervor und krochen näher nach der Felsenkante, die die eine Seite des Zuganges bildete. Sie hatten kaum fünf Minuten dort gelegen, so vernahmen sie Schritte, die wieder zurückkamen. Es erschienen drei Männer, die so nahe bei ihnen stehen blieben, daß sie den einen von ihnen genau erkannten; es war Tokvi Kava, der Häuptling, der den beiden andern den Befehl erteilte: »Ihr bleibt hier, um die Tür zu dieser Felsenschlucht zu bewachen, und stecht jeden Menschen, der sich naht, augenblicklich mit dem Messer nieder. Unsere Krieger müssen der Pferde wegen mehrere Feuer anzünden, und wenn jemand deren Schein auch nur von weitem sähe, wären wir verraten. Die Zeit des Überfalls ist noch nicht gekommen, denn die Bleichgesichter werden noch nicht alle unter dem Dach, wo sie Feuerwasser trinken, beisammen sein; dennoch gehe ich jetzt, ihre Wohnungen zu beschleichen. Achtet nicht darauf, wenn ich lange fortbleibe, denn ich komme erst dann wieder, wenn der Augenblick naht, an dem sie alle sterben müssen. Howgh!«

Nach diesen Worten entfernte er sich mit langsamen, fast unhörbaren Schritten. Er glaubte natürlich, ganz unbeobachtet zu sein, war aber doch nicht allein, denn ihm folgten Winnetou und Old Shatterhand, möglichst tief gebückt und dabei so leise auftretend, daß er ihre Tritte nicht hören konnte.

Dies war nicht etwa leicht. Man konnte höchstens zwei Meter weit sehen; sie durften ihn gar nicht aus den Augen lassen und hatten sich also ganz nahe hinter ihm zu halten. Blieb er stehen, so hielten auch sie an und duckten sich bis tief auf die Erde nieder; ging er dann wieder weiter, so setzten auch sie ihren Weg fort. Das Rollen eines kleinen Steines oder das Knicken des dünnsten Zweigleins hätte alles verderben können.

Endlich waren sie aus der Hörweite der beiden Wächter gekommen. Dabei hatten sie sich dem Camp bereits so weit genähert, daß sie die Helligkeit, die aus der offenen Tür des Herbergs- und Wirtschaftsgebäudes drang, von weitem sehen konnten.

»Jetzt!« raunte Old Shatterhand dem Apatschen zu.

»Uff!« stimmte dieser ebenso leise bei.

Es folgten zwei weite Sprünge vorwärts, die der Komantsche hören mußte; er drehte sich um, bekam aber im selben Augenblick schon den Faustschlag Old Shatterhands an die Schläfe, so daß er steif und schwer zu Boden fiel. Er hatte einen Schrei ausstoßen wollen, brachte es jedoch nur zu einem zwar scharfen, aber rasch verklingenden Hauch, der, wenn er ja gehört wurde, viel eher für den Flügelschlag eines schlafmüden Vogels als für den unterdrückten Schrei eines Menschen gehalten werden konnte.

Zu gleicher Zeit kniete Winnetou auf ihm, um ihm die Beine zusammen- und die Arme auf den Rücken festzubinden. Old Shatterhand riß eine Handvoll Gras ab, schob es dem Bewußtlosen in den Mund und band einen Fetzen, den er ihm vom Jagdrock lang herunterriß, darüber, so daß er später den Grasknebel mit der Zunge nicht aus dem Mund stoßen und dadurch Raum zum Schreien bekommen konnte. Darauf warf er sich den langen, knochigen, schweren Mann über die Schulter und schritt mit ihm, gefolgt von dem Apatschen, davon, nach der Schlucht zurück.

Natürlich wandten sie sich nicht geradewegs ihrem Eingang zu, sondern hielten sich mehr nach links, so daß sie nach dem Tannendickicht kamen, unter dem der Engineer mit seiner Abteilung lag. Dieser war zwar ein kluger und umsichtiger Herr, aber doch kein Westmann und hätte, als er die beiden Gestalten so unerwartet ganz nahe bei sich auftauchen sah, wahrscheinlich eine Unvorsichtigkeit begangen, wenn ihm nicht Old Shatterhand mit unterdrückter Stimme bedeutet hätte: »Still! Wir sind es. Macht keinen Lärm, Mister Swan!«

»Ah, Ihr! Wen bringt Ihr denn da geschleppt?«

»Den ›Schwarzen Mustang‹«, antwortete der Gefragte, während er seinen Gefangenen auf den Boden niedergleiten ließ.

»Den Häuptling dieser roten Halunken? Das ist echt Old Shatterhand und Winnetou! Aber er bewegt sich nicht. Ist er etwa tot?«

»Nein. Meine Hand ist ihm etwas unzart an den Kopf geraten, und da hat er das Bewußtsein verloren.«

»Ah, Euer Jagdhieb, Sir! Was tun wir mit dem Häuptling?«

»Wir legen ihn lang auf die Erde hin und binden ihn da an den Stämmen fest.«

»Aber wenn er erwacht, wird er schreien!«

»Das kann er nicht, denn ich habe ihm einen hübschen Sucking-Bag[1] zwischen die Zähne gesteckt. Also, bindet ihn recht fest, und gebt gut auf ihn acht! Wir müssen wieder fort.«

»Wohin?«

»Noch zwei Rote holen, die am Eingang Wache halten. Solange die dort sitzen, sind sie uns im Wege.«

Er legte sich mit Winnetou auf den Boden nieder und schob sich mit ihm nach der Stelle hin, wo sie vorhin gelegen hatten, als der »Schwarze Mustang« aus der Schlucht getreten war. Als sie diesen Ort erreichten, sahen sie die Wächter fast zum Greifen nahe vor sich sitzen. Die beiden Komantschen unterhielten sich miteinander über gleichgültige Dinge. Darum verschwendeten die beiden auch keine Zeit damit, sie zu belauschen, sondern warfen sich sofort über sie her, um sie unschädlich zu machen, was ihnen mit Hilfe der Überraschung sehr leicht gelang. Als sie sie dann dem Engineer brachten, sagte dieser: »Schon fertig mit ihnen? Hört einmal, Mesch'schurs, ihr macht verteufelt wenig Federlesens! Gibt es vielleicht noch mehr Rote, die ihr mir auf diese Weise bringen wollt?«

»Nein«, antwortete Old Shatterhand. »Wir werden die anderen gleich auf einmal fangen.«

[1] Zulp, Saugbeutel

»Die Zeit dazu ist da?«

»Ja.«

»Gott sei Dank! Ich bin weder Squatter noch Trapper und darum nicht gewöhnt, so lange hier im Grünen zu liegen. Sagt also, was ich zunächst zu tun habe!«

»Laßt eins der Petroleumfässer nach dem Eingang schaffen und dort anbrennen. Die Fackel wird die Komantschen so erleuchten, daß sie schnell erkennen werden, wie es mit dem beabsichtigten Überfall steht.«

»Well! Wollen nur schnell diese beiden Roten auch anbinden.«

Als dies geschehen war, brachte er mit seinen Leuten das Faß zwischen dem Gebüsch hervorgerollt; es wurde nach dem Eingang geschafft und angezündet. Natürlich erfolgte eine Explosion, die den oberen Boden zersprengte; die Dauben aber hielten zusammen, so daß nur ein Teil des Öls auf die Erde floß und, sich dort verbreitend, weiterbrannte. Die Flamme füllte rasch die ganze Öffnung zwischen den Felsen aus und leuchtete nicht nur bis in den hintersten Teil der Schlucht hinein, sondern mußte auch nach der anderen Seite hin im Camp gesehen werden, wo jedenfalls auch die Explosion gehört worden war.

Diese war mit einem kanonenschußähnlichen Knall erfolgt und hatte die Komantschen aus ihrer Ruhe und Sicherheit gewaltsam aufgeschreckt. Noch fragten sie sich, was für ein Krach das gewesen sei, als sie gleich darauf die Flamme hoch emporlodern sahen. Die Schlucht wurde taghell erleuchtet. Die Indsmen waren zunächst stumm vor Schreck, dann brachen sie in ein Heulen aus, von dem man nicht sagen konnte, ob es ein Kriegs- oder Angstgeheul war. Sie drängten nach dem Feuer, wo der einzige Ausgang aus dem Tal lag; aber schon füllte ihn die Glut von einer Seite bis zur anderen. Zugleich krachten Schüsse herein, die zwar, von Old Shatterhand abgefeuert, absichtlich niemand treffen sollten, aber um so deutlicher sagten, daß der einzige Weg zur Flucht nicht nur vom Feuer verwehrt, sondern auch von bewaffneten Feinden besetzt worden sei.

Die Roten wichen also wieder zurück, nach dem hinteren Teil der Schlucht, und richteten ihre Augen nach den Seitenwänden empor, um zu sehen, ob man vielleicht dort hinauf entweichen könnte. Da aber bemerkten sie etwas, was ganz und gar nicht geeignet war, sie zu beruhigen und ihren Mut zu erhöhen. Old Shatterhand hatte nämlich den Befehl gegeben, die mitgebrachten Fackeln anzuzünden, sobald man das Petroleumfaß brennen sähe. Dieser Weisung war Folge geleistet worden, und nun sahen die Indianer den Rand der Felsen rundum mit flammenden Lichtern besetzt und hörten drohende Stimmen von oben herunterschallen. Eine dieser Stimmen übertönte alle anderen: »Hurra, hurra, das Faß da unten brennt! Jetzt is der Oogenblick gekommen, wo der Rummel losgehen kann. Schteckt die Fackeln an, schteckt sie alle an! Helle muß es werden, helle wie zu Aschermittwoch früh halb elfe! Laßt ihnen een Licht offgehen, daß es unter ihren Schkalpen endlich an zu dämmern fängt, daß sie den Herrn Heliogabalus Morpheus Edeward Franke vor sich haben, mit dem sie keene Kirschen essen können. Droll, siehste, wie sie loofen und rennen! Hörschte, wie sie heulen und duten? Droll, Droll, wo biste denn mit deiner Anwesenheet hingekommen? Ich vermisse deine Allgegenwart. Wo schteckste denn eegentlich, heh?«

Da antwortete der Angerufene von der anderen Seite herüber: »Hier bin ich, hier, Vetter Frank! Hier sieht mer alles besser, als da drüben. Wennste eenen Überblick haben willst, so komm rasch herüber!«

»Nee, ich bleibe, wo ich bin. Mach nur Radau, tüchtigen Radau, daß die Pferde da unten wilde werden und ihre Herren zwischen die Fußzehen schtrampeln. Schießen sollen wir leider nich, aber Schteene nunter, Schteene, das wird die Rothäute rasch mürbe machen!«

Zum Glück für die Komantschen bestand der Boden da oben aus festen Felsplatten. Hätte es Steingrus oder Geröll gegeben, so wäre es ihnen übel ergangen. Dennoch fand sich hie und da ein einzelner Stein, der herabgeworfen wurde und nicht ohne Wirkung blieb. Es wurden Menschen und Pferde getroffen; die ersteren heulten vor Schmerz, und die letzteren schlugen mit den Hufen um sich, rissen sich los und galoppierten hin und her, die schon bestehende Verwirrung noch vergrößernd.

Kaum waren zwei oder drei Minuten nach dem Anbrennen des Fasses vergangen, so waren alle Indianerpferde scheu, und es gab in der Schlucht eine Szene wildester Verwirrung. Und da kamen nun auch die Bewohner des Camps herbeigerannt, um zu erfahren, auf welche Weise das nächtliche und unbegreifliche Feuer entstanden sei. Einer der ersten von ihnen war Mr. Leveret, der dortige Engineer. Er erblickte zu seinem Erstaunen Old Shatterhand und Winnetou, bei denen nebst anderen sein Kollege aus dem Rocky-Ground stand.

»Ihr hier, Mesch'schurs, ihr?« fragte er ganz atemlos. »Und da brennt ein Petroleumfaß! Was hat das zu bedeuten?«

»Das bedeutet, daß wir die Roten räuchern wollen, Mister Leveret«, antwortete Swan.

»Die Roten? Welche Roten, Sir?«

»Die Komantschen, die euch überfallen und ermorden wollten.«

»Heavens! Sollte das etwa heute schon geschehen?«

»Natürlich, heute schon. Nun aber stecken sie drin in der Schlucht, deren Ränder von meinen Arbeitern besetzt sind, und hier macht ihnen das Feuer den Ausweg zur Unmöglichkeit.« Und er berichtete dem Überraschten kurz den Zusammenhang.

Dieser war herzlich froh, sich an dem gefährlichen Abenteuer nicht beteiligen zu müssen und zog sich rasch ins Camp zurück, um seine erschreckten Leute zu beruhigen. Er vermochte es aber nicht, sie auftragsgemäß dort zurückzuhalten, und mehr und mehr Chinesen drängten sich bergan, um die Höhe zu ersteigen. Dabei rissen sie Knüppel aus den Büschen und hoben Steine auf, sie mit hinaufzunehmen; sie schrien in ihrer Muttersprache wirr durcheinander und schoben sich hin und her. Es war ein großes Glück für die Indianer, daß Old Shatterhand Chinesisch verstand. Die Abkömmlinge aus dem Reiche der Mitte hatten erfahren, daß sie von den Roten hatten überfallen und skalpiert werden sollen. Bei einem offenen Angriff wären sie gewiß alle wie Spreu auseinandergestoben; hier aber sahen sie ihre Feinde eingeschlossen und unfähig, Gegenwehr zu leisten; das verlieh ihnen einen Mut, von dem sie sonst keine Spur besaßen. Die Feigheit verwandelt sich sehr leicht in Blutdurst, wenn sie sich außer Gefahr befindet, und Gefahr gab es hier nicht im geringsten. Man konnte die Indsmen aus ganz sicherer Entfernung von oben herab durch Würfe töten. Darum drängten die Chinesen nach der Höhe, um sie wie im Sturm zu ersteigen.

»Mein Bruder mag schnell mit mir kommen!« forderte Old Shatterhand den Apatschen auf.

»Diese gelbe Schar wird vor uns zurückweichen, sobald wir ihnen nur in die schiefen Augen sehen«, antwortete Winnetou, der die Absicht seines weißen Freundes sofort erkannte.

Sie eilten miteinander an dem Feuer vorbei und schwangen sich von Stein zu Stein so rasch an der steilen Felsenwand empor, daß sie die Chinesen schnell überholten, weil diese einen Umweg über die bequemere Lehne des Berges eingeschlagen hatten. Der Engineer Swan war mit seiner ganzen Arbeiterabteilung unten stehen geblieben, folgte ihnen aber mit den Blicken und sagte, sich an seine Leute wendend: »Die Gelben wollen die Roten lynchen, wie es scheint, und die beiden Jäger versuchen dies zu verhindern.«

Das Feuer leuchtete bis zum Bergeshang hinauf, wo die zwei Westmänner jetzt den Chinesen entgegentraten. Unten in der Schlucht und oben auf der Höhe war tiefe Stille eingetreten, denn alle erkannten, um was es sich handelte, und waren auf den Ausgang dieses Zwischenspiels höchst neugierig.

Man hörte die gebieterische Stimme Old Shatterhands erschallen; die Chinesen achteten nicht auf ihn, sie drängten vorwärts. Seine Stimme erklang abermals, mit demselben Mißerfolge. Da zogen er und Winnetou die Revolver aus den Gürteln, das wirkte für kurze Zeit; die Schar der Chinesen kam zum Stehen, aber nicht lange, so drängten die Hintersten auf die Vordersten ein, die fortgeschoben wurden. Das war ein kritischer Augenblick. Wirklich schießen wollten die beiden doch nicht, sie hatten die Waffen nur gezogen, um ihnen zu drohen; aber ihren Befehlen Gehorsam verschaffen, das mußten sie doch auch, wenn es nicht zu dem beabsichtigten Blutbad kommen sollte. Man sah, daß sie die Revolver wieder einsteckten; was sie dann taten, konnte man nicht deutlich und im einzelnen erkennen, aber man hörte deutlich ihre Stimmen: hörte ferner die Chinesen schreien, man sah einen dichten Haufen durcheinander stoßender oder gestoßener Menschen, bemerkte einzelne der vordersten Chinesen durch die Luft fliegen und in den Haufen der Ihrigen fallen; es schoß bald rechts, bald links einer wie eine Bombe aus diesem Haufen heraus und kollerte den Berg hinunter; diesen einzelnen folgten mehrere; schon flogen sie zu zweien und zu dreien bergab, sich aneinander haltend und doch miteinander hinunterreißend, manche wurden wie von einer Feder kerzengerade emporgeschleudert, um dann wieder niederzufallen und weiter fortzukugeln. Das anfängliche Wutgeschrei verwandelte sich nach und nach in ein Klagegeheul; Schmerzensrufe und Jammertöne erschollen; der Haufen wurde kleiner, weil seine Bestandteile noch ohne Aufhören auseinanderflogen und den Hang hinunterrollten; es war, als ob es in seiner Mitte einen unsichtbaren und auch unwiderstehlichen Sprengstoff gebe, dessen chemische Zusammensetzung ganz darauf berechnet sei, mit Chinesenleibern Ball zu spielen; die Zahl der bergab Kugelnden vergrößerte sich um so mehr, je kleiner diejenige der Zurückbleibenden wurde, und endlich nahm der erwähnte Sprengstoff die Gestalt Old Shatterhands und Winnetous an, die nun wieder sichtbar wurden und eine letzte Gewaltanstrengung machten, deren Wirkung zwar für die Betreffenden nicht angenehm, dafür aber für die Zuschauer desto erfreulicher und ergötzlicher war.

Ein riesiger Quirl schien mitten in die Chinesen geraten zu sein und sich in verhängnisvoller Tätigkeit zu befinden, natürlich verhängnisvoll für sie, denn sie wurden in einer Weise bald durch-, bald auseinandergetrieben, daß ihnen Hören und Sehen vergehen mußte; es sah aus, als sei die Erde unter ihren Füßen nicht mehr haltbar, denn es gingen mehr und immer mehr Standpunkte verloren; man bemerkte Beine seitwärts, Beine oben, Köpfe seitwärts, Köpfe unten, bis schließlich alles, aber auch alles ins Gleiten, Rutschen, Wanken, Fallen, Kollern und Kugeln kam, so daß eine ganze Chinesenlawine talabwärts ging. Sie fuhr hernieder, erst langsam, dann schneller und immer schneller, und als sie unten angekommen war, gab es ein gewaltiges Wimmern und Klagen im Nanking- und Kantondialekt, und es verwickelten sich soviel menschliche Gliedmaßen ineinander, daß es für jeden einzelnen Sohn der Mitte ganz bedeutender Selbstkenntnis und anatomischer Geschicklichkeit bedurfte, um die abseits geratenen Teile seines lieben Ichs wieder zusammenzubringen.

Alles, was einen Zopf trug, war mehr oder weniger schnell und pünktlich da unten angelangt; oben aber standen Winnetou und Old Shatterhand. Soviel Weiße es hier gab, aus soviel Kehlen wurde ihnen Bravo zugerufen. Sie stiegen herab, und als sie unten anlangten, war kein einziger Chinese mehr zu sehen; sie alle hatten Angst bekommen, daß die Quirlerei hier unten fortgesetzt werden könnte, und waren fortgelaufen. Als der Engineer die beiden Westmänner mit einer Lobpreisung empfangen wollte, fiel ihm Old Shatterhand in die Rede: »Diese Gefahr für die Roten ist vorüber, aber es gibt noch eine zweite für sie, die ihnen nicht von den Gelben, sondern von den Weißen droht, die sich ganz oben auf der Höhe befinden. Sie werfen Steine herab, was wir nicht länger dulden dürfen.«

»Aber, Sir, diese Komantschen sind doch Mörder! Tut es Euch denn wehe, wenn den einen oder anderen dieser Burschen ein Steinchen trifft?«

»Nein; aber auch Verbrecher sind schließlich Menschen und als Menschen zu behandeln. Wer Tiere quält, taugt nichts; wer aber Menschen unnütz wehe tut, der ist noch viel weniger wert; das ist so meine Meinung, nach der ich zu handeln pflege, und ich denke, daß Ihr diesem Beispiel wenigstens so lange folgt, wie ich hier bei Euch bin. Schickt also zwei Männer hinauf, den einen rechts, den anderen links, die Ungebühr abzustellen. Es soll sich jeder ruhig verhalten und nicht eher etwas Feindseliges unternehmen, als bis ich das Zeichen dazu gebe!«

»Well! Werden dann aber auch die Roten Ruhe geben?«

»Sie werden sich hüten, vor Tagesanbruch etwas zu unternehmen, zumal sich ihr Häuptling in unserer Gewalt befindet.«

»Das wissen sie doch nicht!«

»Wir binden die beiden gefangenen Posten los und schicken sie zu ihnen in die Schlucht. Es ist auch an der Zeit, nun mit dem ›Schwarzen Mustang‹ zu sprechen. Laßt ihn und die zwei andern hierher holen, wo es hell ist und wir leichter und auch schärfer beobachten können als dort im Dunkeln. Sagt ihnen keinen Namen, und legt sie hier so nieder, daß ihre Gesichter vom Feuer beschienen werden! Ich möchte sie deutlich sehen, wenn sie uns erkennen.«

»Darf ich ihnen antworten, wenn sie mich etwas fragen, zumal dem Häuptling?«

»Ja, aber nur Unwichtiges und Allgemeines. Wir werden uns ein Stück entfernen und dann unbemerkt von hinten herantreten, um zu hören, in welcher Weise er mit Euch spricht und wie er über seine Lage denkt.«

Der Engineer begab sich nach dem Tannendickicht, und Old Shatterhand ging mit Winnetou eine kleine Strecke fort, um von dem »Schwarzen Mustang« nicht sogleich erblickt zu werden. Es dauerte nicht lange, so wurde dieser nach der angegebenen Stelle gebracht und dort mit den beiden Posten in der vorhin angedeuteten Weise niedergelegt. Sie lagen mit den Köpfen so, daß Winnetou und Old Shatterhand hinter ihnen standen und also von ihnen nicht gesehen werden konnten. Langsam und leisen Schrittes näherten sich die beiden. Der Engineer stand vor den drei Gefangenen, blickte sie forschend an und sagte nichts. Der Häuptling ärgerte sich über diesen Blick; eigentlich hätte er nach Indianerart auch schweigen sollen. Aber die Verachtung, die aus dem Gesicht des Beamten zu ihm sprach, empörte ihn so sehr, daß er seiner Würde nicht gedachte, sondern ihn zornig anfuhr: »Was schaust du uns so an? Kannst du nicht reden, oder klebt dir aus Angst vor uns der Mund zusammen?«

»Angst vor euch?« lachte der Gefragte. »Bilde dir nichts ein! Du bist ein Mordbube, den wir nachher mit einem recht guten und dauerhaften Strick aufhängen werden.«

»Du weißt nicht, was du redest! Ich bin Tokvi Kava, der oberste Häuptling der Naiini-Komantschen.«

»Wenn du der oberste dieser Schurken bist, so wird dein Rang zwar gern von uns berücksichtigt werden, doch nur in der Weise, daß wir dich ein Stück höher hängen als deine Leute.«

»Prahlt nicht! Wohl bin ich gebunden, aber ihr werdet mich sofort wieder freigeben müssen, sonst werden mich meine Krieger holen und euch dadurch bestrafen, daß sie Firwood-Camp verbrennen, alle seine Bewohner töten und die Schienen des Feuerrosses aus der Erde reißen.«

»Willst du, daß ich dich vor diesen deinen zwei Kriegern verlache? Du wagst es, mir zu drohen, obgleich du vor mir liegst wie eine Schlange, der die Giftzähne genommen sind! Über dein Schicksal entscheiden Old Shatterhand und Winnetou!«

Da lachte der Häuptling laut und höhnisch auf und sagte: »Du nennst diese Namen, um mich bange zu machen; ich aber weiß, daß sich diese beiden Krieger gar nicht hier befinden. Ja, sie waren gestern abend hier, aber aus Angst vor mir sind sie mit dem Wagen des Feuerrosses davongeeilt.«

Da fiel sein Auge auf den weißen Jäger, der langsam hinter ihm hervortrat.

»Uff, uff!« rief der Häuptling erschrocken. »Das ist Old Shatterhand!«

»Ja, das bin ich. Und wer ist der, den du hier neben mir siehst?«

Winnetou war ihm nachgekommen und stellte sich an seine Seite. Als der Komantsche ihn erblickte, entfuhr ihm der Ausruf des vermehrten Schrecks: »Und Winnetou, der Häuptling der Apatschen! Wo kommen diese beiden Männer her?«

Da nickte ihm Old Shatterhand mit seiner freundlichsten Miene zu und antwortete: »Du wirst dich außerordentlich freuen, zu hören, daß wir gerade von daher kommen, woher auch du gekommen bist, nämlich vom Alder-Spring!«

»Ich war nicht am Alder-Spring!«

»Aber ganz in seiner Nähe, nämlich beim Hurrikan am Corner-Top, um uns heute abend am Alder-Spring zu fangen.«

Jetzt begann dem Komantschen die Erkenntnis zu dämmern, daß seine Lage viel schlimmer war, als er bisher angenommen hatte. Er war gebunden, also vollständig machtlos; er sah das Feuer hoch und breit lodern, das seinen Leuten den Ausgang aus der Falle verwehrte; aber er wußte noch nicht, daß die Höhen der Schlucht rundum besetzt waren; deshalb ließ er die Hoffnung noch nicht sinken und knirschte wütend hervor, während er an seinen Fesseln zerrte: »Wäre ich nicht gebunden, ich würde dich zermalmen, wie der Grizzlybär den Kojoten, der ihn ankläfft, mit einem einzigen Schlag seiner Tatze zu Brei zerschlägt! Ich verlange, freigelassen zu werden!«

»Wollen noch etwas damit warten! Da du dich so stolz den obersten Häuptling der Naiini-Komantschen nennst, so denke ich, daß du auch viel zu stolz sein wirst, die Unwahrheit zu sagen. Ihr seid hierher gekommen, um das Camp zu überfallen?«

»Nein!«

»Du hattest Ik Senanda, deinen Enkel, hierher geschickt, diesen Überfall vorzubereiten?«

»Nein!«

»Du warst gestern abend hier und hast mit ihm gesprochen?«

»Nein!«

Dieses dreimal Nein hatte einen so bestimmten, abweisenden, stolzen Klang, daß der Engineer zornig ausrief: »Diese Unverschämtheit! Ich habe große Lust, ihm seine alte Jacke ausziehen zu lassen, damit seine rote Haut Bekanntschaft mit einem guten Stock machen kann!«

Old Shatterhand fuhr, noch immer zu dem Häuptling gewendet,

fort: »Es ist wirklich eine Feigheit sondergleichen, in einer solchen Lage so bestimmt zu leugnen. Kannst du auch leugnen, deinen Enkel heute vormittag ganz allein am Corner-Top zurückgelassen zu haben?«

Der Häuptling schloß für einen Augenblick die Augen, als müsse er einen plötzlichen Schreck verbergen; dann antwortete er höhnisch: »Old Shatterhand scheint träumen zu können, ohne daß er schläft!«

»Pshaw! Du hast ihn dort gelassen, um unsere gestohlenen Gewehre zu bewachen.«

»Uff, uff!« fuhr da der Komantsche trotz seiner Fesseln halb empor.

»Gibst du das zu?«

»Nein!«

»Tokvi Kava, Feigling, ich verachte dich! Um dir die Dummheit deines Leugnens zu beweisen, will ich dir etwas zeigen. Da schau her! Das hattest du wohl nicht erwartet?«

Old Shatterhand hatte nämlich, ehe er sich vorhin sehen ließ, seine Gewehre hinter dem Gefangenen niedergelegt. Jetzt holte er die Waffen heran und zeigte sie dem Häuptling. Dieser vergaß vor Schreck, daß er gefesselt war; er stieß einen Schrei aus und wollte aufspringen.

»Well, das scheint zu helfen!« lachte der Jäger.

»Die – die – die Zauberbüchse, – der – Bärentöter und – die – die Silberflinte!« stammelte Tokvi Kava. »Wo – wo – wo ist Ik Senanda, der Sohn meiner Tochter?«

»Er ist unser Gefangener. Wir haben ihn am Corner-Top ergriffen, denn wir waren schon dort, ehe er kam!«

»Das – das – kann nicht sein!«

»Du wirst es glauben müssen. Wir fuhren mit dem Feuerroß nach dem Rocky-Ground und ritten von dort nach dem Alder-Spring, wo wir schon eher ankamen als du. Wir sahen alles, was ihr tatet, und hörten alles, was gesprochen wurde, denn ich lag mit Winnetou nur vier Schritte weit von dem Baumstamm, an dem du dich ausgestreckt hattest, in dem Dickicht des Windbruchs.«

»Uff, uff, uff!«

»Ja, uff, uff, uff! Willst du nun noch immer bei deinem unsinnigen Leugnen beharren?«

Der Komantsche blickte still und finster vor sich nieder, bis ihm der scheinbar rettende Gedanke an seine Leute kam. Da sagte er: »Tokvi Kava kennt keine Furcht; er hat nicht aus Angst geleugnet.«

»Du gibst also zu, uns bestohlen zu haben?«

»Ja.«

»Du gestehst, daß du Firwood-Camp überfallen wolltest?«

»Ja.«

»Was hättest du mit den Bewohnern dieses Ortes gemacht?«

»Wir hätten sie getötet und skalpiert.«

»Alle?«

»Alle!«

»Zounds!« rief da der Engineer aus. »Mich auch?«

Für den Komantschen war es jetzt ganz gleich, ob er einen

mehr oder einen weniger hatte umbringen wollen; er antwortete in gleichgültig stolzem Ton: »Ich weiß nicht, wer du bist; aber hätten wir dich mit ergriffen, so wärest du auch mit skalpiert worden.«

»Danke sehr, danke, wirklich herzlich, mein lieber roter Sir! Für dieses liebenswürdige Geständnis werde ich mich ganz besonders bei Euch bedanken. Sagt doch, Mr. Shatterhand, was wir jetzt mit diesem ehrenwerten Gentleman und seinen Leuten tun werden!«

»Zunächst werden wir ihm Gelegenheit geben, seine und die Lage seiner Leute kennenzulernen«, antwortete der Gefragte. »Wir führen ihn nach dem Rande der Schlucht hinauf, von wo aus er alles überblicken kann.«

»Und dann?«

»Dann wird er wohl seinen Leuten den Befehl erteilen müssen, sich zu ergeben.« Er wandte sich zu den beiden gefangenen Posten und fragte: »Ist euch die Sprache der Bleichgesichter bekannt?«

Der eine antwortete: »Wir haben verstanden, was gesprochen worden ist.«

»Well! Ihr sollt jetzt in die Schlucht gehen, um den Kriegern der Komantschen zu sagen, daß wir ihren Häuptling ergriffen haben, und daß wir sie alle, wenn sie sich wehren, niederschießen werden. Ich führe den Häuptling auf die Höhe, damit er sich überzeugen kann, daß jeder Widerstand euer Verderben herbeiführen muß. Er mag dann entscheiden, was für ihn und euch das beste ist.«

»Von wem werden wir das erfahren? Wenn ein Bleichgesicht es uns sagt, werden wir es nicht glauben.«

»Ich werde ihm erlauben, es euch selbst zu sagen. Er mag von der Höhe herabsprechen, so daß alle seine Krieger es hören können. Seid ihr damit einverstanden?«

»Ja.«

»So werde ich euch jetzt eure Fesseln abnehmen lassen. Die Flamme ist hier an dieser Seite des Eingangs nicht so hoch und breit, daß sie euch gefährlich werden könnte; ihr kommt mit einem einzigen Sprung hindurch.«

»Sollen wir zurückkehren und wieder gefesselt werden?«

»Nein, ihr könnt in der Schlucht bleiben. Sagt euren Kriegern, was ihr gehört und gesehen habt! Wenn ihr das tut, werden sie einsehen, daß es für sie gar nichts anderes geben kann, als abzuwarten, wofür ihr Häuptling sich entscheidet.«

Während ihnen die Fesseln abgenommen wurden, stellte sich Winnetou mit angelegtem Gewehr so, daß ein Entrinnen nicht möglich war. Der eine von ihnen nahm einen Anlauf und sprang an derjenigen Stelle durch das Feuer in die Schlucht, wo es am wenigsten breit war, und der andere folgte ihm sogleich. Hierauf zog Old Shatterhand noch einige Eisenbahner mehr herbei, um den Eingang während seiner Abwesenheit unter scharfer und hinreichender Bewachung zu wissen, und dann wurden dem Häuptling der Komantschen die Füße von den Banden befreit, um ihm zu ermöglichen, mit auf den Berg zu klettern. Die Hände blieben ihm natürlich auf dem Rücken festgebunden.

So stiegen die beiden Westmänner mit Tokvi Kava den Berg hinauf. Er hätte durch einen Versuch, zu entspringen, nicht nur sein Leben, sondern auch seine eingeschlossenen Krieger in die größte Gefahr gebracht und folgte deshalb ohne Widerstreben bis hinauf zu einer Stelle, von wo aus die ganze Schlucht mit einem Blick zu überschauen war. Das war derselbe Ort, an dem sich der Hobble-Frank befand. Als er die drei Männer kommen sah und Tokvi Kava an seinem Federschmuck erkannte, tat er einen Freudensprung und rief aus: »Hurra, da bringen sie eenen gebracht, der, wenn mich meine angeborene Pfiffigkeit nich ganz im Stiche läßt, der Häuptling dieser roten Kriegspfadbrüder is! Habe ich's erraten, Herr Shatterhand?«

»Ja, er ist's«, antwortete der Gefragte.

»Freut mich, freut mich ungeheuer! Denn sobald wir den Hauptgimpel gefangen haben, gehen uns die anderen Sperlinge ganz von selber off den Leim. Off welche Weise haben Sie ihn denn bei der Schkalplocke erwischt?«

»Nachgeschlichen und niedergeschlagen, lieber Frank.«

»Nachgeschlichen und niedergeschlagen! Das klingt so eenfach und selbstverständlich, als wenn die Köchin im Gasthaus zur goldenen Bratwurscht von der Katze sagt: Erst abgeschtochen, dann braungebraten und nachher als Hase offgefressen! Da schteht er nu und schtaunt grad wie die Kapelle von Schiller in das Tal von Uhland hinab! Wie mir scheint, kommt ihm unsere schöne Fackel- und Gasbeleuchtung sehr bedenklich vor!«

Der kleine lustige Wirrkopf hatte nicht unrecht. Wenn Tokvi Kava bis jetzt auf die Hilfe der Seinen gerechnet hatte, so mußte er nun einsehen, daß diese Rechnung falsch war. Sie hockten, mit ihren Pferden auf das ärgste eingeengt, da unten in der Schlucht, und der einzige Weg zur Freiheit wurde ihnen durch das noch immer hochlodernde Feuer verschlossen. Dieses Feuer konnte bis zum frühen Morgen und noch länger unterhalten werden; das wußte er, denn er hatte gesehen, daß noch ein großes, volles Petroleumfaß unten lag.

Und wenn er die Wände der Schlucht betrachtete, so sah er zwar eine Stelle, an der man heraufklettern konnte; ja, ein einzelner Mann, für den oben kein Feind stand; aber eine so große Anzahl von Indsmen – an die Pferde dabei gar nicht zu denken! Und oben brannten Feuer und Fackeln, so daß alles tageshell beleuchtet war, und da zählte er eine wohlbewaffnete Menge Bleichgesichter, bereit, jeden Versuch, die Wand zu ersteigen, zurückzuweisen. Er sann hin und sann her; er suchte in seinen Gedanken nach irgendeiner Möglichkeit; es gab keine. Freilich dachte er einen Augenblick daran, daß seine Indianer ihre Pferde besteigen und im Galopp den Ausgang durch das Feuer erzwingen könnten; aber er mußte auch diesen Ausweg fallen lassen. Erstens hatte er die Wachen gesehen, die draußen vor dem Feuer standen, und zweitens konnten alle Bleichgesichter, die er hier oben sah, mit ihren Kugeln die ganze Schlucht bis hin zum Feuer bestreichen; es wäre keinem einzigen Roten gelungen, zu entkommen, denn es hätte nur einer einzigen Salve bedurft, um den Ausweg mit den Leichen von Indianern und Pferden zu verstopfen.

Dieses niederdrückende Ergebnis seines Nachdenkens nahm ihn so in Anspruch, daß er gar nicht daran dachte, seine Züge zu beherrschen, und darum stand ihm die Enttäuschung so deutlich auf dem Gesicht geschrieben, daß zwar Winnetou und Old Shatterhand darüber schwiegen, dafür aber der kleine Hobble-Frank nicht umhin konnte, zu bemerken: »Jetzt macht er een Gesicht, grad so wie der Frau von Zappelheimern ihre Gans; als die nämlich fortfliegen wollte, da bemerkte sie, daß sie gar keene wirkliche Gans, sondern een Briefbeschwerer war. Er mag's anfangen, wie er will, er kann die Flügel doch nicht –«

»Uff, uff!« ließ sich da der Häuptling hören, und zwar viel lauter, als er es jedenfalls beabsichtigt hatte. Er erwachte aus seinem Brüten wie aus einem Schlaf und fuhr über seinen eigenen Ausruf zusammen.

Old Shatterhand wendete sich wieder zu ihm und fragte: »Nun, hat Tokvi Kava darüber nachgesonnen, ob es für ihn und seine Komantschen einen Weg zur Freiheit gibt?«

»Ja«, antwortete der Indsman. »Es gibt einen solchen Weg.«

»Ah! Welchen?«

»Deine Gerechtigkeit.«

»Berufe dich ja nicht auf sie! Wenn ich nur auf sie höre, bin ich gezwungen, euch zu verurteilen! Von dem beabsichtigten Blutbad will ich gar nicht sprechen. Aber welche Strafe ruht nach dem Gesetz der Savanne auf dem Pferdediebstahl?«

Der Gefragte antwortete nach einigem Zögern: »Der Tod; aber eure Pferde sind wieder zu euch zurückgekehrt!«

»Und welche Strafe ruht auf dem Diebstahl von Waffen?«

»Auch der Tod; aber ihr habt euch eure Gewehre wieder geholt!«

»Das ändert nichts an deiner Schuld. Dein Leben ist verwirkt.«

»So wollt ihr mich töten?« fuhr der Häuptling zornig auf.

»Wir sind keine Mörder. Wir töten nicht, sondern wir bestrafen, denn du hast Strafe gewollt und verlangt.«

»Uff! Wann hätte ich sie verlangt?«

»Als du Gerechtigkeit fordertest.«

Der Komantsche ließ den Kopf wieder sinken und schwieg. Er wußte, daß er nicht umsonst die Milde dieser beiden menschenfreundlichen Männer anrufen würde; aber sein Stolz sträubte sich dagegen, es zu tun. Nach einer Weile fragte er: »Wo ist Ik Senanda, den du gefangen hast?«

»An einem sicheren Ort, wo er auf sein Urteil wartet. Du weißt, daß man Spione zu hängen pflegt.«

»Uff! Seit wann ist Old Shatterhand ein solch grausamer Mensch geworden?«

»Seit du Gerechtigkeit von mir gefordert hast; denn die Gerechtigkeit verlangt euer Blut. Gnade willst du ja nicht!«

Wieder sank der Häuptling ratlos in sich zusammen. Er konnte sich und seine Leute weder mit List noch durch Gewalt retten. Eine dumpfe Wut kochte in ihm auf und ein wilder, heimtückischer Durst nach Rache erfüllte ihn. Langsam, aber mit unbeweglichen Zügen hob er den Kopf und fragte mit unsicherer Stimme: »Was versteht Old Shatterhand unter Gnade?«

»Die Erteilung einer milderen oder gar den Erlaß der ganzen Strafe.«

»Würdet ihr uns die Strafe ganz erlassen?«

»Nein; das ist unmöglich.«

»Aber das Leben könnten wir erhalten?«

»Vielleicht. Winnetou und ich, wir trachten nicht nach eurem Leben. Aber es wird nicht leicht sein, die anderen Weißen zur Nachsicht zu bewegen; doch hoffen wir, es zu erreichen, wenn du das Deinige nicht versäumst, ihren Zorn zu besänftigen.«

»Was sollen wir tun?«

»Euch ergeben.«

»Ergeben?« fuhr er auf. »Bist du toll!«

»Ich habe dich hierher geführt, um dir zu beweisen, daß euer Widerstand uns keinen Tropfen Blutes kosten wird, euch aber augenblicklich ins Verderben führt. Diesen Zweck habe ich erreicht. Wenn ich das Zeichen gebe, gehen alle unsere Gewehre los; man wird euch die Skalpe nehmen, und eure Seelen werden dann in den ewigen Jagdgründen verurteilt, unsere Diener und Sklaven zu sein. Du hast es nicht anders gewollt. Komm!«

»Wo wollst du hin?«

»Wieder hinab. Du sollst die Folgen deines Trotzes sehen. Komm!«

Er faßte ihn am Arm, scheinbar um ihn mit sich fortzuziehen; aber Tokvi Kava riß sich los, wich einen Schritt zurück und fragte, während seine dunklen Augen aufglühten: »Du kannst uns nur dadurch retten, daß wir uns ergeben?«

»Ja.«

»Wir dürfen leben bleiben?«

»Ich hoffe es.«

»Und zu unserem Stamm zurückkehren?«

»Wenn euch das Leben geschenkt wird, ja. Du glaubst doch nicht, daß man Lust haben wird, euch hier zu behalten.«

»Und wenn wir frei fortziehen, fürchtest du da nicht unsere Rache?«

»Pshaw! Wer wird sich vor euch fürchten! Du sprichst von Rache? Wenn wir euch das Leben retten, seid ihr uns da nicht vielmehr Dankbarkeit statt Rache schuldig?«

»Rette uns; dann wirst du sehen, was wir tun!«

»Gut. Siehst du, daß man da rechts am Felsen emporsteigen kann?«

»Ja.«

»Der Pfad ist so schmal, daß nicht zwei nebeneinander kommen können. Sag deinen Kriegern, daß einer nach dem anderen hier heraufklimmen soll, doch ohne Waffen. Sie werden natürlich alle zunächst gefesselt werden, bis wir über sie beraten. Dann soll –«

»Gefesselt?« unterbrach ihn der Häuptling, zornig auffahrend.

»Ja. Wenn dir das nicht paßt, so mögen sie sterben. Du bist ja auch gefesselt!«

»Uff! Old Shatterhand ist ein schrecklicher Mensch. Er spricht so sanft und ruhig, aber sein Wille ist hart wie ein Fels!«

»Sehr gut, daß du dies einsiehst! Verhalte dich danach! Also, bist du einverstanden, daß sie gefesselt werden?«

Der Gefragte zögerte einige Augenblicke; dann reckte er sich stolz und hoch empor und antwortete, vor Grimm fast schreiend: »Ja!«

»Well! Aber sag ihnen, daß wir jeden, der nicht alles unten ablegt und die geringste Waffe heraufbringt, sofort töten werden!«

Man sah deutlich, daß der Häuptling vor Wut zitterte. Er erkundigte sich noch: »Wenn ich tue, was du willst, wird da der Sohn meiner Tochter auch leben bleiben und die Freiheit erhalten?«

»Wahrscheinlich.«

»So laß mir die Fesseln abnehmen, daß ich hinunter zu meinen Kriegern steigen kann!«

»Ah, du willst selbst hinab?«

»Du hast es gehört.«

»Warum?«

»Es genügt nicht, daß ich einige Befehle von hier hinabrufe. Wenn sie sich ohne Waffen euch ausliefern sollen, muß ich ihnen meine Gründe sagen.«

»Well«, antwortete Old Shatterhand, wobei er ihn lächelnd musterte. »Magst du eine Hinterlist dabei verfolgen, mir gleich. Ich erteile dir die Erlaubnis, hinabzusteigen; aber von dem Augenblick an, wo du den Grund erreichst, werden die Läufe von neunmal zehn Gewehren auf euch gerichtet sein, und wenn ich nach fünf Minuten rufe und du kommst nicht als erster wieder herauf, geht jeder dieser Läufe zweimal los. Ich hab's gesagt, und so geschieht's. Jetzt geh!«

Er band ihm selbst die Hände los. Winnetou hatte sich mit keinem Wort an der Unterhaltung beteiligt; jetzt, als der Komantsche Miene machte, hinabzusteigen, legte er diesem die Hand an den Arm und sagte: »Was Old Shatterhand gesagt hat, ist wie ein Schwur, den auch ich halten werde. Wenn er dich ruft und du nicht sofort kommst, ist es meine Kugel, die dich trifft! Ich habe es gesagt. Howgh!«

Der Komantsche drehte sich, ohne zu antworten, von ihm ab und begann den Abstieg, der ihn zu den Seinen führte. Als er unten angekommen war und die ersten Worte zu seinen Leuten sprach, erhob sich ein lautes Geheul. Das war ihre Antwort auf seine Mitteilung, daß sie sich zu ergeben hätten. Um ihn gegen ihren etwaigen Widerspruch zu unterstützen, gab Old Shatterhand mit weithin schallender Stimme einige kurze Befehle. Da kamen alle Weißen, die sich auf der anderen Seite befanden, auf die seinige herüber, bereit, die einzeln heraufkommenden Komantschen zu empfangen und zu fesseln, und alle richteten ihre Gewehre nach unten, um auf Old Shatterhands Befehl sofort Feuer zu geben. Auch die am Eingang stehenden Weißen richteten ihre Gewehre auf die Eingeschlossenen.

Was die Chinesen betraf, so waren sie zwar auf den Ausgang des Abenteuers unendlich neugierig, aber ihre Haut zu Markte zu tragen, fiel ihnen gar nicht ein. Sie hatten sich in der Ferne gelagert, um beim geringsten Zeichen von Gefahr aufzuspringen und auszureißen, und nicht nur die Komantschen waren es, die ihnen diese Furcht einjagten, sondern sie konnten noch immer den weißen Jäger und den roten Apatschen nicht vergessen, die nur durch die Kraft ihrer Arme ihren dichten Haufen auf dem Felsen oben so plötzlich in eine abwärts rollende Lawine verwandelt hatten.

Tante Droll war auch mit von der anderen Seite herübergekommen. Er hatte sich neben seinen Vetter Frank niedergestreckt, hielt wie dieser die Mündung seines Gewehrs über den Rand der Schlucht hinab und erkundigte sich: »Hast du, Vetter Frank, alles gehört, was hier gesproche worde is?«

»Wie kannste nur so fehlerhaft fragen!« antwortete der Kleine. »Ich bin doch dabei geschtanden und habe meine Ohren. Warum sollte ich denn da nischt gehört haben?«

»Daßte Ohre hast, das is mer nich ganz unbekannt; aber mancher hat zwee Ohre, ohne daß er höre will, was er höre soll. Is das nich der Häuptling der Komantsche gewese?«

»Ja.«

»Und es is mit ihm verhandelt worde?«

»Ja.«

»Off was hat er sich denn einlasse müsse?«

»Die Komantschen müssen sich ergeben. Sie kommen eenzeln da am Felsen roffgeklettert und werden sogleich gefesselt, wenn sie hier oben aus der Unterwelt geschtiegen sind.«

»Du, das is wieder mal sehr pfiffig von unserem alten Shatterhand! Hätte se roffschteige könne, wie se wolle, gleich viele so hinter'nander, so hätte das für uns gefährlich werde könne; da se aber so eenzeln komme müsse, könne se uns keen Schaden mache. Es ist doch gleich was andersch, wenn mer in de richtige Gesellschaft kommt! Seit mer gestern Old Shatterhand und Winnetou getroffe habe, werde mer nu wieder was erleben könne!«

»So? Und mit mir kannste wohl nischt erleben? Höre mal, ich bitte mir diejenige reschpektvolle Hochachtung aus, off welche een Mann wie ich Anspruch erheben kann! Das merke dir in Zukunft ganz ergebenst! Habe ich dir etwa deshalb geschtattet, als mein leibhaftiger Vetter geboren zu werden, daß ich mir die gute Laune verderben lassen soll? Behauptet dieser Mensch, bei mir nischt erleben zu können!«

»Na, sei nur gut!« bat Droll. »Ich hab's gar nich so gemeent! Wer wird nu gleich bei jedem Wort so wie 'ne Bombe platze!«

»Schweig, alter Generalschtabsgimpel! Wie kannste es nur wagen, mich mit eener Bombe in eenem Stelldichein zu versammeln!«

»Weilste grad so schnell platzest wie sie.«

»Platzen! Was für een Ausdruck für so eene bedeutende Wissenschaftlichkeet, wie ich es bin! Weeßte denn nich, du Grünschnabel, daß du dich in meiner geehrten Anwesenheit gewählt ausdrücken mußt?«

Droll kratzte sich hinter dem Ohr und erwiderte verlegen: »Ach, lieber Frank, ich schtamme nu eenmal aus dem Altenburgischen und bin nich in Moritzburg gebore.«

»Leider, leider ja! Die liebe Schöpfung hat uns mit so ganz

verschiedenen Geistesgaben ausgeschtattet, obgleich du mein wirklicher Vetter bist. Ich bin dir in allen Stücken über und kann eegentlich gar nich begreifen, wie unsere beederseitigen Eltern off den komischen Gedanken haben kommen können, grad uns zwee beede durch so eene nahe Verwandtschaftlichkeet zu verbinden.«

»So? Da willst also nischt mehr von mir wisse?«

»Sei doch so gut und frag nich so dämlich! Ich habe dich gerade deshalb so lieb, weil du dümmer bist als ich. Wo wollte ich denn mit sämtlichen Schtrahlen meiner Weisheet hin, wenn ich niemand hätte, den ich damit erleuchten könnte? Es macht mich doch gerade das so glücklich, daß alle meine Worte wie een Regen sind, der mit seinen Tropfen die geistig Armen erfrischt. Aber paß off! Old Shatterhand scheint jetzt rufen zu wollen.«

Die gegebene Frist war vorüber, und der Erwähnte bog sich jetzt über die Felsenkante vor, legte die Hand an den Mund und rief in die Schlucht hinab: »Tokvi Kava, eta haueh!«[1]

Der Häuptling hörte den Ruf, gab, wie man sah, seinen Leuten noch einen letzten Befehl und wandte sich dann von ihnen ab, um der Aufforderung Old Shatterhands nachzukommen. Er stieg an derselben Stelle herauf, wo er hinabgeklettert war, und während er dies tat, sah man, daß seine Leute alle ihre Waffen auf einen Haufen zusammenlegten. Er schien ihnen gesagt zu haben, in welchen Zwischenräumen sie ihm folgen sollten, denn sie standen unten bereit, und erst als er oben ankam, folgte ihm langsam der nächste. Ob es vom Steigen war oder von der Aufregung, die ihm der Widerspruch seiner Krieger verursacht hatte, man sah es ihm an, daß seine Pulse klopften, als er, die Hände auf dem Rükken zusammenlegend, mit heiserer Stimme sagte: »Tokvi Kava hat sein Wort gehalten; hier fesselt mich wieder! Aber nehmt euch in acht, daß wir euch nicht auch einmal Riemen an die Hände legen! Wenn das geschieht, dürft ihr sicher sein, daß ihr unter der Sonne nichts mehr zu suchen habt!«

Er wurde gebunden und ein Stück fortgeführt. Der ihm folgte, wurde auch gefesselt, und dann Rücken an Rücken mit dem nächsten zusammengebunden. Indem man die Gefangenen auf diese Weise zu zweien aneinander befestigte, wurde man ihrer doppelt sicher.

Und so erging es auch allen anderen Komantschen, die – einer nach dem andern – zur Höhe hinaufstiegen. Als sie endlich sämtlich abgefertigt waren, lagen weit über fünfzig zusammengebundene Indianerpaare auf der Erde. Tokvi Kava rief Old Shatterhand zu sich und sagte: »Es ist mir schwer geworden, meine Krieger zur Fügsamkeit zu bewegen. Wirst du dir nun auch Mühe geben, den Bleichgesichtern unser Leben abzuringen?»

»Ich werde sogar mehr halten, als ich dir versprochen habe«, antwortete der Jäger. »Ich sagte dir, daß ich meinen Einfluß geltend machen wolle. Jetzt, da du uns so gehorsam gewesen bist, gebe ich dir das feste Versprechen, daß euch euer Leben und eure Freiheit sicher ist.«

Da stieß der Komantsche ein schrilles Gelächter aus und rief,

[1] »Komm herauf, Tokvi Kava!«

während ein Blitz unendlichen Hasses aus seinem Auge über Old Shatterhand hinschoß: »Gehorsam? Ich euch? Ist der Löwe dem Hund oder der Büffel dem Stinktier gehorsam? Was denkst du, wer du bist? Eine eiterige Beule, die ich aus dem Leib der bleichen Rasse herausschneiden werde, um sie im einsamsten Winkel der Savanne verfaulen zu lassen! Und was ist Winnetou? Der verachtetste und feigste unter den Apatschen. Ein Gift, das ich voll Ekel ausspucken und mit dem Fuße in die Erde scharren werde! Hast du im Eise des vergangenen Winters den letzten Rest deines Gehirns erfrieren lassen, daß du zu behaupten wagst, der ›Schwarze Mustang‹ sei dir gehorsam gewesen? Ich schwöre dir beim großen Manitou und bei den Geistern aller unserer Häuptlinge, denen wir in die ewigen Jagdgründe folgen werden, daß die Zeit kommen wird, in der ihr erfahren werdet, wer zu befehlen und wer zu gehorchen hat!«

Die einzige Erwiderung Old Shatterhands war die ruhige Frage: »Willst du dich vielleicht um das Leben reden? Noch bist du unser Gefangener und nicht frei!«

»Pshaw!« lachte er verächtlich. »Tokvi Kava läßt sich von dir nicht bange machen! Old Shatterhand hat gesagt, daß uns unser Leben und unsere Freiheit sicher sei!«

»Ach! So fest verläßt du dich auf mein Wort? Weißt du, welche Ehre du mir damit erweist? Ja, du darfst uns ungestraft lästern, weil ich dir mein Wort gegeben habe. Weil du weißt, daß Old Shatterhand keine Unwahrheit sagt, bist du überzeugt, frech gegen mich sein zu dürfen. So wie jetzt du, so bellt der Hund, dem man die Zähne ausgebrochen hat, daß er nicht beißen kann.«

»Und dieser Hund bist du!« schrie der Komantsche wütend. »Sieh hier meinen Fuß! Er wird dir bald den Tritt versetzen, der dich vor Schmerz zum Heulen bringt!«

»Du darfst viel wagen, weil du mein Versprechen hast«, mahnte ihn Old Shatterhand ruhig lächelnd. »Doch treibe es nicht zu weit! Wenn du dich nicht zu beherrschen weißt, werdet ihr es zu bereuen haben.«

»Zu bereuen? Dieses Wort gibt dir deine Schwäche ein. Sag, was du willst, ich verlache deine Drohung!«

Da wurde das Gesicht des weißen Jägers ernst, und seine Stimme klang schwer, als er sagte: »Well, ganz wie du willst! Ich werde allerdings halten, was ich versprochen habe, aber kein Wort, keine einzige Silbe mehr. Wie ich das meine, wirst du erfahren. Ich hatte mir vorgenommen, noch milder zu verfahren, als ich durch mein Versprechen verpflichtet war; das ist nun vorbei, und meine Mahnung wird sich bald erfüllen; die Reue wird schnell kommen!«

Statt aller Antwort zog der Komantsche den Kopf zwischen die Schultern und schnellte sich trotz der Fesseln ein Stück empor, um Old Shatterhand anzuspucken, was ihm auch gelang. Da ballte Winnetou, der sonst so ruhige, überlegene Mann, den nichts aus der Fassung bringen konnte, die Faust und rief zornig: »Scharlih, er hat dich mit seinem Geifer besudelt. Wer soll ihn dafür züchtigen, du oder ich?«

»Nicht du, sondern ich, aber anders, als du denkst«, antwortete sein weißer Freund. »Er ist nicht wert, daß ihn deine Hand berührt.«

Auch die anderen waren tief empört über die unglaubliche Frechheit des Komantschen, der jetzt, da er seines Lebens sicher war, den nur mit Mühe so lange verschlossenen Grimm hervorbrechen ließ. Eine Menge Stimmen der Weißen ließen sich, schnelle Vergeltung fordernd, hören. Kas, der lange Blonde, ließ seinen kleinen Kopf von einer Seite auf die andere gehen; sein Stumpfnäschen schien noch einmal so groß geworden zu sein; seine sonst so gutmütigen Mausäuglein blitzten, und unternehmend zog er die Schaftstiefel an seinen Storchbeinen empor, wobei er sich mit lauter Stimme erbot: »Mister Shatterhand, das ist zu stark; das könnt Ihr ganz unmöglich dulden! Ich bin bereit, ihm das große Maul zu stopfen.«

»Womit?«

»Mit einem Riemen, den ich ihm um den Hals lege; dann bringen wir ihn hoch, dort an den Baum, der einige so schöne Äste hat, die jedenfalls nur zu dieser Rangerhöhung so hübsch gewachsen sind. Wenn ihm dann der Atem ausgeht, kann ich nicht dafür. Hätte er ihn für etwas Besseres aufgespart! Wer nicht hören will, der muß fühlen; das ist ein altes, gutes Wort, und das gab es damals schon bei Timpes Erben!«

»Danke! Wenn er geboren worden ist, um aufgehängt zu werden, so wird er schon eine dazu passende Schlinge finden, ohne daß gerade wir es sein müssen, die sie ihm um den Hals legen.«

»Was?« rief der Hobble-Frank. »Er soll Sie in dieser Weise beleidigt und mit faulen Erdäpfelschalen beworfen haben, ohne daß er seinen Lohn dafür bekommt? Das kann ich nich dulden, das geht mir gegen den Schtrich, wie dem Pudel, wenn er von hinten nach vorn gebürschtet wird! Es gibt am südlichen Firmament eene helle Schtelle, von der das Gesetz der Wiedervergeltung tief herunter hängt. Viele können seine Buchstaben lesen, viele aber ooch nich. Zu denen, die es lesen können, gehöre natürlich in erschter Linie ich, und so halte ich es für meine Pflicht –«

»Hier kann nur von meiner Pflicht die Rede sein, nicht von der deinigen, lieber Frank«, unterbrach Old Shatterhand den Redefluß des kleinen Mannes. »Überlasse es also mir, diesem roten Burschen auf seine Frechheiten zu antworten!«

»Das tu' ich aber nich; das tu' ich wirklich nich, denn wenn ich Ihnen die Macht und Gewalt des Oberschtaatsanwalts überlasse, so weeß ich schon im voraus, daß die Rothaut den prachtvollsten Milchreis mit Austerntunke anstatt tüchtige Prügel kriegt.«

»Keine Sorge, Frank! Dieses Mal denke ich nicht daran, Nachsicht zu üben.«

»So? Also werden Sie endlich ooch eenmal gescheit? Zwar sehr schpät, aber doch! Haben Sie wirklich eene Schtrafe für ihn?«

»Ja.«

»Da bitte ich Sie um die große Gewogenheet und Gefälligkeet, mich dabei als den erschten Tragödien- und Soubrettensänger mitwirken zu lassen! Befehlen Sie also gütigst, Herr Inschpektor und Direktor, wann der Vorhang offschteigen soll! Das verehrte

Publikum trampelt schon mit allen Beenen, und das ganze Haus is ausverkooft!«

»Gut, dein Wunsch soll erfüllt werden. Kas und Has mögen den Häuptling so fest halten, daß er den Kopf nicht bewegen kann, und du schneidest ihm mit deinem Messer den ganzen dicken Haarschopf herunter, läßt aber eine Strähne stehen, an die wir diese schönen ostasiatischen Zierden festbinden können.«

Er zog bei diesen Worten die Zöpfe der zwei chinesischen Gewehrdiebe aus der Tasche.

»Hurra, die beeden Kang-Keng-King-Kongzöpfe! Die hatte ich beinahe ganz vergessen! Hurra, hurra, ist das een großartiger Gedanke! Ich bin so erfreut und so entzückt, als ob heute mein Geburtstag wäre! Dem Manne kann sofort geholfen werden, nämlich von dem Schopfe und zu den Zöpfen! Kommen Sie her, Herr Timpe Nummer eens und Timpe Nummer zwee! Passen Sie off, meine Herren, das große Werk kann beginnen. Der Vorhang geht in die Höhe. Ich schpiele den Barbier von Sevilla ohne Borschtenpinsel und Seefenschaum, und der Komantsche wird den ›geschundenen Raubritter‹ geben. Beim erschten Offzug singe ich ihn an: ›Reich mir die Hand, mein Leben!‹ und hierauf trägt er die Gnadenarie aus ›Robert und Bertram‹ vor. Dann beginnt der Chor der Rachebrüder: ›Schab, Hobble, schab, der Schopf der muß herab!‹ Sodann fällt er ein: ›Leise, leise, lieber Frank, sonst wird meine Kopfhaut krank!‹ aus dem Freischütz, wenn ich mich nicht irre oder wenn sich Weber nich geirrt hat. Am Schluß des erschten Aktes das Terzett: ›Mond, ich grüß dich tausendmal, der Komantsche is nu kahl!‹ Wenn kurze Zeit schpäter der Vorhang wieder hochgezogen wird, schtimme ich mit Harmoniumbegleitung an: ›Weint mit ihm des Schmerzes Träne, fadendünne ist die Strähne!‹ worauf er ganz alleene mit dem Doppelquartett antwortet: ›Weil ich sonsten ohne Hut mich nich sehen lassen kann, lieber Hobble, sei so gut, bind, mir die Chinesen dran!‹ Das tu' ich natürlich ooch, weil meine Rolle es so mit sich bringt und wenn es geschehen is, fallen sämtliche Mitschpieler und Zuschauer mit dem ganzen Orchester in den Lobgesang ein: ›Jubelt laut, ihr roten Brüder, denn die Zöpfe bammeln nieder! Euer Häuptling is entzückt, daß sein Schädel ward geschmückt; führt ihn im Triumph nach Haus, die Komödie is nu aus!‹ worauf das Publikum offschteht und der Vorhang niedergeht. In dieser Weise denke ich mir das Festprogramm, und nu, meine Herrschaften und übrigen Gentlemen, mag das Schtück beginnen!«

Der kleine, lustige Kerl war ganz begeistert von der Aufgabe, die ihm zugeteilt worden war. Er hatte seinen launigen Vortrag zwar in deutscher Sprache gehalten und konnte also nur von den Deutschen vollständig verstanden werden, doch waren seine Gebärden und sein Mienenspiel so bezeichnend gewesen, daß auch die anderen Weißen sich denken konnten, was er meinte; die Roten aber schienen nichts zu ahnen.

Der Häuptling allerdings sah die Blicke, die sich auf ihn richteten; er sah das Bowiemesser in der Hand des Hobble-Frank, und er sah die chinesischen Zöpfe, die dieser von Old Shatterhand erhalten hatte. Er mußte schließen, daß es mit diesen Gegenständen auf ihn abgesehen sei, aber was man vorhatte, das konnte er sich doch nicht denken. Es wurde ihm bange, und diese Bangigkeit steigerte sich, als Kas und Has rechts und links von ihm niederknieten und ihn ganz unheimlich verheißungsvoll mit ihren Blicken maßen.

»Was wollt ihr hier? Was soll mit mir geschehen?« fragte er sie.

An ihrer Stelle antwortete Old Shatterhand: »Du sollst ein Geschenk von mir erhalten, weil du so freundlich und höflich zu mir gewesen bist.«

»Welches Geschenk?«

»Ihr seid hierher gekommen, um euch die Skalpe der gelben Männer zu holen, habt sie aber leider nicht bekommen können, weil die Chinesen sie selbst behalten wollten. Da du denken kannst, wie sehr ich dir gewogen bin, wirst du einsehen, wie leid es mir tut, daß auch du als Häuptling auf den Besitz eines solchen Skalpes verzichten sollst. Mein gutes Herz hat es darum möglich gemacht, dich nicht nur mit einem Zopf, sondern sogar mit diesen zwei Zöpfen überraschen zu können. Ich hoffe, daß du diese Gabe dankbar von mir entgegennimmst!«

Tokvi Kava ließ ein zweifelhaft klingendes »Uff!« hören, da er keine andere Antwort geben konnte, weil er nicht wußte, welche Absicht sich hinter den freundlichen Worten des Sprechers verbarg.

Dieser fuhr fort: »Zöpfe gehören natürlich an den Kopf, und so denke ich, daß es dir lieb ist, wenn ich sie da anbinden lasse, wo du sie zum Andenken an mich tragen wirst.«

»Uff, uff!« antwortete er da, zornig werdend. »Skalpe hängt man nicht auf den Kopf, sondern an den Gürtel. Und das sind gar nicht Skalpe, sondern nur Haare der feigen Gelbhäute ohne Haut daran. Ein Krieger, der solche Haare trüge, würde von den Kindern und von den alten Weibern verlacht und verspottet werden!«

»Du wirst sie aber dennoch tragen, denn ich schenke sie dir und bin gewohnt, daß meine Gaben geachtet werden!«

»Behalte sie; ich mag sie nicht!«

»Ob du sie magst oder nicht, danach frage ich nicht. Sie sind für dich bestimmt, und ich werde sie dir jetzt anheften lassen.«

»Wage es, dies zu tun!« schrie der Rote auf. »Vergiß nicht, daß ich ein Häuptling bin!«

»Pshaw! Du bist seit vorhin in meinen Augen nichts als eine rote Fratze, an die ich die Zöpfe der Chinesen hängen werde, zur ernstgemeinten Mahnung an deine Krieger, damit keiner wieder Winnetou und Old Shatterhand zu beleidigen wagt!«

Die Augen Tokvi Kavas wurden stier; er biß die Zähne zusammen und zischte zwischen ihnen hervor: »Ich warne dich. Wage es ja nicht, den Kopf eines Kriegshäuptlings mit diesem Abfall gelber Hunde zu beleidigen!«

»Du sprichst von einem Wagnis und willst mich warnen? Ich habe dich vorhin auch gewarnt. Du hast nicht auf mich gehört. Jetzt kommen die Folgen: du wirst diesen ›Abfall gelber Hunde‹ tragen, und ich will dir das so bequem wie möglich machen. Du bist nicht bloß mit der Skalplocke, sondern mit dem vollen Haar geschmückt; dieses Haar und zugleich die Zöpfe, das wäre zu viel für deinen

Kopf; darum werde ich dir jetzt den Schopf abschneiden lassen, um Platz für die Haare der Chinesen zu bekommen.«

Jetzt erschrak Tokvi Kava tödlich. Seine Augen wollten zwischen den Lidern hervorquellen; seine Züge nahmen den Ausdruck eines wilden Tieres an; er richtete sich trotz der Fesseln halb empor, und mit vor unsagbarem Grimm bebender Stimme schrie er laut auf: »Meinen Schopf willst du abschneiden lassen? Meinen Schopf, die Zierde meines Hauptes, den Ausdruck der Kraft und den Sitz der Adlerfedern, die meine Würde verkünden und von meinem Ruhm sprechen! Der, der soll abgeschnitten werden?«

»Ja, und zwar sofort.«

»Wage es, wage es doch, wenn du dafür eines Todes sterben willst, der so viele Martern hat, wie die Schmerzen von tausend zu Tode gequälten Menschen!«

»Pshaw! Diese deine Drohung hält mich keinen Augenblick auf, das zu tun, was ich mir vorgenommen habe. Legt ihn nieder und haltet ihn fest!«

Diese Weisung galt den beiden Timpes, die ihr sofort folgten. Sie zogen den aufgerichteten Oberkörper des Komantschen auf den Boden nieder und hielten ihn da, ohne sich anstrengen zu müssen. Er leistete in diesem Augenblick keinen Widerstand. Lang ausgestreckt lag er da, hatte die Augen geschlossen und murmelte halblaut vor sich hin: »Nein, er wird es nicht wagen; er kann es nicht wagen; er darf es nicht tun. Einem Häuptling den Schopf abschneiden, das ist noch nicht geschehen, solange es rote Krieger und solange es weiße Menschen gibt!«

»Wenn es wirklich noch nicht geschehen sein sollte, so wird es jetzt geschehen«, beharrte Old Shatterhand auf seinem Willen. »Fang an, Frank! Wir wollen zum Schluß kommen!«

»Ganz recht«, antwortete der Kleine, während er die Zöpfe einstweilen weglegte und mit dem Messer in der Hand zum Häuptling trat. Dieser hörte die Schritte, öffnete die Augen und sah ihn kommen. Nun erkannte er, daß das für unmöglich Gehaltene doch geschehen sollte, und diese Erkenntnis gab ihm Riesenkraft. Er warf, obwohl ihm die Hände auf dem Rücken zusammengebunden waren, mit einer Doppelbewegung seines Oberkörpers die beiden Timpes von sich ab. Sie faßten ihn freilich sofort wieder und strengten all ihre Kräfte an, ihn niederzuhalten; doch er war ihnen durch die gewaltige Aufregung, in der er sich befand, für den Augenblick so überlegen, daß noch zwei andere Männer auf ihn knien mußten, ehe sein Kopf so festgehalten wurde, daß man das Werk beginnen konnte. Hobble-Frank säbelte emsig drauf los. Kaum hielt der Kleine die erste abgeschnittene Strähne in der Hand, so hörte der Widerstand auf und der Körper des Komantschen streckte sich wie im Tode. Es kam nach der übermäßigen Anstrengung das Gefühl völliger Ohnmacht über ihn, und er ergab sich in sein Schicksal, ohne sich ein einziges Mal zu regen. Er ließ sogar ohne Widerstreben seinen Kopf, wie der Hobble-Frank es brauchte, bald nach rechts, bald nach links wenden, so daß man hätte glauben können, er sei betäubt. So wurde ihm der ganze, sehr dichte und lange Schopf mit Ausnahme eines dünnen Restes heruntergeschnitten. Als dies geschehen war, hob Frank die beiden Zöpfe in die Höhe und rief: »Dem Verdienste seine Krone! Passen Sie off, meine Herrschaften, jetzt kommt die Krönung!« Und geschickt befestigte er beide Zöpfe am Kopfe des »Schwarzen Mustangs«.

Was nun folgte, spottet jeder Beschreibung. Die Weißen erhoben ein Jubelgeschrei, das gar nicht enden wollte. Die Roten aber brüllten und heulten; sie zerrten und rissen an ihren Banden, sie schnellten sich empor, um sie zu zersprengen, sie wälzten sich wütend hin und her, obgleich sie zu zweien zusammengebunden waren. Die Weißen hatten vollauf zu tun, die trotz ihrer Fesseln wie Fische hin und her schnellenden Indianer am Boden festzuhalten. Erst allmählich legte sich der Lärm. Tokvi Kava hatte sich an dem Geschrei nicht beteiligt, sondern war bewegungslos liegen geblieben. Nun richtete er sich halb empor und sagte mit einer unnatürlichen Ruhe, aber mit heiserer Stimme: »Ihr habt euch gerächt. Jetzt gebt uns frei!«

Da sagte Winnetou, der sich bisher schweigsam verhalten hatte: »Es muß zunächst beraten werden, was mit den Komantschen zu geschehen hat. Schleift sie den Berg hinab und schafft sie in die Schlucht, wo wir sie noch sicherer haben als hier!«

Der »Schwarze Mustang« bäumte sich auf und zischte: »Ihr habt nichts zu beraten, Old Shatterhand hat uns das Leben versprochen!«

»Das Leben!« antwortete Winnetou verächtlich. »Wenn dem Häuptling der Apatschen geschehen wäre, was dir geschehen ist, so möchte er gar nicht mehr leben. Du aber wimmerst nach der Fortdauer deiner Schande, und sie sei dir gewährt!«

»Hund!« brüllte der Komantsche auf, »ich wimmere nicht. Ich will nur leben, um mich an euch rächen zu können, wie sich noch nie ein roter Krieger gerächt hat!«

»Pshaw! Tue es! Wie sehr wir deinen Zorn verachten und wie wenig wir deine Rache fürchten, zeigen wir euch dadurch, daß wir euch das Leben schenken.«

Er wandte sich ab und ergriff die Hand Old Shatterhands, um mit ihm den Abhang hinabzusteigen und ohne sich umzusehen, ob der Befehl, die Gefangenen hinabzuschleifen, ausgeführt wurde.

Es läßt sich denken, daß dies nicht in der zartesten Weise geschah, obgleich man sich hütete, sie dabei zu verletzen, weil man wohl wußte, daß dies nicht in der Absicht des Apatschen lag. Unten wurde das Feuer auf einer Seite so eingedämmt, daß zwischen ihm und dem Felsen Raum blieb, die Gefangenen hindurchzuschaffen; diese wurden paarweise nebeneinander niedergelegt, und dann wollten sich die Bahnarbeiter über die untenliegenden Waffen hermachen. Old Shatterhand aber wehrte ab, indem er befahl: »Halt! Es bleibt jetzt noch alles liegen. Noch wißt ihr nicht, was über diese Sachen beschlossen wird!«

Mit leisem Widerstreben gehorchte man.

Eigentlich waren es vier Personen, die über das Schicksal der Komantschen zu entscheiden hatten, nämlich die beiden soeben Genannten und die beiden Engineers von Rocky-Ground und Firwood-Camp, aber der letztere hatte seine Haut in Sicherheit gebracht und ließ sich nicht wieder sehen. Also setzten sich die drei übrigen zusammen nieder, um sich zu besprechen. Swan, der Engineer, ergriff ohne Zögern das Wort: »Es ist doch ganz selbstverständlich, daß diese Burschen sterben müssen, und da schlage ich vor, weil Pulver und Blei doch Geld kosten und Riemen hier umsonst zu haben sind, daß wir sie alle hübsch nebeneinander an die Bäume hängen. Ich bin überzeugt, Mesch'schurs, daß ihr derselben Meinung seid.«

Über das ernste Gesicht des Apatschen glitt ein leises Lächeln, doch antwortete er nicht, weil er gewohnt war, bei solchen Gelegenheiten Old Shatterhand das Wort zu lassen. Dieser nickte, auch lächelnd, dem Engineer zu und sagte: »Well, Sir! Es freut mich sehr, daß Ihr uns so richtig eingeschätzt habt. Auch wir sind natürlich vollständig überzeugt, daß sie sterben müssen, weil wir Menschen nun einmal alle sterblich sind.«

»Hm! Wie meint Ihr das, Mister Shatterhand?«

»Sie müssen sterben, früher oder später, weil sie eben sterbliche Menschen sind; wir haben aber kein Recht, ihren Tod herbeizuführen.«

»Wieso?«

»Weil wir, nämlich Winnetou und ich, ihnen versprochen haben, daß niemand getötet werden soll.«

»Habt Ihr dieses Versprechen nicht etwas vorschnell gegeben, Sir?«

»Denke es nicht! Die beste und gerechteste Strafe ist stets diejenige, die es dem Verbrecher unmöglich macht, seine Tat zu wiederholen. Wir müssen also den Komantschen die Gelegenheit oder die Macht nehmen, so bald wieder an einen Überfall zu denken. Dies geschieht dadurch, daß sie den beabsichtigten Einbruch in das Camp mit ihren Waffen und Pferden bezahlen müssen.«

»Egad! Das ist nicht übel; das leuchtet mir ein! Wer aber soll diese Sachen bekommen?«

»Ihr und Eure Arbeiter. Ich betrachte das als Straf- und Gerichtskosten, die als Belohnung für euren Beistand unter euch verteilt werden.«

»Sehr gut! Und die Leute von Firwood-Camp?«

»Von denen bekommen nur diejenigen etwas, die sich uns schließlich noch angeschlossen haben.«

»Das sind so wenige, daß wir das, was sie bekommen, gern abgeben können. Aber meint ihr nicht, daß die Roten dennoch versuchen werden, sich an euch zu rächen?«

»Gewiß. Aber es wird ihnen schwerfallen. Sie müssen diese Gegend schimpflich verlassen, zu Fuß; sie müssen sich während der Rückkehr nach ihren Weidegründen höchst armselig behelfen, weil sie keine Waffen haben; sie können nicht jagen, sondern höchstens Schlingen legen; sie werden sich meist von Wurzeln, Beeren und wilden Früchten zu ernähren haben; das hält sie lange unterwegs. Hierher, nach dem Schauplatz ihres beispiellosen Verlustes, kommen sie jedenfalls nicht so bald zurück. Dafür aber wehe, dreifach wehe mir und Winnetou, wenn wir jemals das Unglück haben sollten, ihnen in die Hände zu fallen!«

»Habt ihr denn keine Angst?«

»Angst? Fällt uns gar nicht ein! Wenn man sich im Wilden Westen vor allem, was geschehen kann, ängstigen wollte, käme man aus der Angst gar nicht heraus. Also sind wir einig? Habt Ihr, Mr. Swan, unserm Beschluß noch irgend etwas beizufügen?«

»Werde mich wohl hüten!« lachte dieser. »Bin ganz zufrieden. Was aber soll mit dem Scout geschehen, der bei uns im Brunnen steckt?«

»Haut ihn tüchtig durch und laßt ihn dann laufen!«

»Soll besorgt werden, Sir, ganz gehörig besorgt! Meine Leute werden sich über die Beute freuen, die sie bekommen. Die Pferde brauchen sie wohl kaum; aber wenn wir sie mit der Bahn einige Stationen zurückschaffen, können wir sie verkaufen und ganz hübsche Preise erzielen.«

»Da muß ich bemerken, daß wir, nämlich meine Gefährten und ich, von der Beute nichts beanspruchen als nur zwei Pferde, die ich für Frank und Droll aussuchen werde, weil diese beiden schlecht beritten sind.«

»Well! Sucht die besten aus! Sie sind euch wohl zu gönnen, denn daß wir die Roten so hübsch festgenommen haben, ist doch nur euer Verdienst. Ich nehme an, daß die Beratung nun zu Ende ist.«

»Ja. Ich will dem Häuptling deren Ergebnis mitteilen. Wir werden fürchterliche Wutausbrüche zu hören bekommen, machen uns aber nichts daraus.«

Er stand auf und begab sich mit Winnetou und dem Engineer nach der Stelle, wo Tokvi Kava lag, bei dem die beiden Timpes, Droll und Frank sich niedergesetzt hatten, um ihn im Auge zu haben. Der neugierige Hobble wartete nicht, bis er etwas zu hören bekam, sondern fragte: »Was hat denn nu der Reichstag«, dabei deutete er auf Winnetou und Old Shatterhand, »und das Unterhaus«, dabei deutete er auf den Engineer, »für eenen Beschluß gefaßt?«

»Wirst es gleich hören«, antwortete Old Shatterhand kurz. Und sich an Tokvi Kava wendend, verkündete er laut, um von allen Roten gehört zu werden: »Die Söhne der Komantschen haben den Tod verdient, weil sie die Leute von Firwood-Camp ermorden und skalpieren wollten, aber wir haben ihnen ihr Leben versprochen und werden unser Wort halten.«

Da warf schon jetzt der Häuptling die geheuchelte Gleichgültigkeit von sich und rief: »Uff, uff! So nimm uns die Fesseln ab und gib uns frei, damit wir fortreiten können!«

»Wer kein Pferd hat, kann nicht reiten«, lautete die ebenso ruhige wie einfache Entgegnung.

»Wir haben welche!« antwortete der Häuptling halb selbstbewußt und halb unsicher.

»Ihr habt keine mehr, denn eure Pferde und auch alle eure Waffen werden uns gehören.«

»Unsere Pferde und Waffen?« schrie der Rote. »Du willst uns bestehlen?«

»Schweig!« donnerte ihn da der Jäger an. »Ihr seid Raubmörder, und wir haben euch besiegt. Trotzdem wollte ich nicht streng mit euch verfahren; aber ihr habt uns, trotz meiner Warnung, wiederholt verhöhnt und beleidigt; du glaubtest nicht, daß darauf die Strafe folgen werde und höhntest weiter. Du hast deshalb deinen Haarschopf eingebüßt, und außerdem werden euch alle Pferde und Waffen genommen. Wenn dann der Tag angebrochen ist, könnt ihr gehen. Das Leben, das ich euch versprochen habe, nehmt ihr mit; alles andere aber laßt ihr hier. Ich habe gesprochen. Howgh!«

Da fauchte ihn der Häuptling grimmig wie eine Wildkatze an: »Wie würdest du lachen, wenn ich auf meinem schwarzen Mustang hierhergekommen wäre! Obgleich deine Hand nicht wert ist, nur seinen Geifer zu berühren, wäre er doch dein Eigentum geworden. So aber mußt du auf das beste Pferd, das es von einem Ende bis zum andern gibt, verzichten. Ich verlache dich!«

»Und ich lache noch mehr über dich«, antwortete der weiße Jäger. »Du hast ja deutlich gesagt, was dein Rappe wert ist. Ein Pferd, welches geifert, taugt nichts. Du magst deinen Tschatlo ruhig behalten!«

Der Komantsche hatte Old Shatterhand ärgern und seinen Neid wecken wollen. Nun mußte er, anstatt dieses zu erreichen, eine solche Antwort hören. Tschatlo heißt Frosch. Welche Beleidigung, seinen berühmten Mustang einen Frosch zu nennen! Grimmig fuhr er auf: »Du selbst hast Geifer im Munde! Der böse Manitou hat dich nur gemacht und gesandt, um alles zu verschimpfen und in Unrat zu verwandeln. Meinst du, daß dein Hengst und der Rappe Winnetous berühmt seien? Sie sind gegen meinen Mustang wie zwei Finger eines Grabindianers, der nur von Kammas, Schmutz und Wurzeln lebt, gegen die siegreiche Lanze eines Komantschenkriegers!«

Old Shatterhand verzichtete auf eine abermalige Entgegnung und entfernte sich, um für Frank und Droll die beiden besten Pferde der Besiegten auszusuchen. Hierauf wurden die übrigen Tiere und dann auch die Indianerwaffen nach dem Los verteilt, damit keiner sagen könne, er sei übervorteilt worden. Während dies geschah, saß der Hobble-Frank mit seinem Vetter und den beiden Timpes im eifrigen Gespräch beisammen. Da Old Shatterhand und Winnetou mit den letzteren reiten wollten, so erging er sich selbstverständlich in Versicherung der großen Taten, die er im Interesse von Kas und Has ausführen wollte.

»Ich bin Heliogabalus Morpheus Edeward Franke«, sagte er, »und ihr werdet mich kennenlernen. Meine Wohnung am Schtrande der Elbe derheeme heeßt Villa Bärenfett, denn es is keen eenziger Bär in ganz Amerika dick und fett geworden, ohne daß ich ihm nich mit meiner Büchse den Totenschein ausgeschtellt habe. Alle diese Bären sind mit Leichenwagen Nummer eens so nach und nach in meinem Magen begraben worden, und . . .«

»Mit Haut und Haar?« unterbrach ihn Kas.

»Schprechen Sie doch nich solche Unsinnigkeiten, Sie ausgewanderter Baron Timpe von Timpelsdorf. Mutet mir der Mensch zu, die Bären mit den Fellen gefressen zu haben! Denken Sie etwa, daß mein Magen een Kürschnerladen is oder een Vorratsraum für Reisepelze, Pelzschtiefeln, Boas und Bisamkragen? Haben Sie denn eegentlich schon eenen Bären gesehen?«

»Natürlich!«

»Ja, natürlich! Nämlich in dem ABC-Buch und in der Bilderfibel. Ich aber habe sie geschossen!«

»Auch in der Fibel?«

»Schweigen Sie gehorsamst schtill, wenn Leute schprechen, deren

Worte Sie mit ehrfurchtsvoller Andacht anzuhören und zu bewundern haben! Seien Sie nur ja recht untertänig und zuvorkommend zu mir, denn ohne meine giedige Mitwirkung werden Sie Ihre Erbschaft nie erhalten. Aber weil das liebenswürdige Schicksal Ihnen so gnädig gewesen is, Sie in meinem Vaterlande, also als meinen Landsmann, geboren werden zu lassen, fühle ich een königlich sächsisches Rühren in meinem edlen Herzen und will mich in Freundlichkeet und mütterlicher Geduld um Ihre Person bemühen.«

»Ich bin Ihnen dafür ungemein dankbar.«

»Nun, das freut mich. Ich werde mich also Ihrer Persönlichkeit und Ihrer Erbschaft annehmen, grad so, wie sich der eene Zwilling – das bin ich – des andern Drillings – das sind Sie – anzunehmen hat. Verhalten Sie sich nach den Vorschriften, die mir angeboren sind, da werden Sie es zu etwas bringen und als een geachteter Mensch und angesehener Timpe in Ihre Heimat zurückkehren können!«

Seine Rede wäre wahrscheinlich in dieser Weise fortgesetzt worden, wenn nicht Winnetou jetzt plötzlich mit einer schnellen Bewegung seine Silberbüchse nach oben angelegt und abgedrückt hätte. Der Schuß krachte. Old Shatterhand war noch mit der Verlosung beschäftigt. Er drehte sich rasch um, sah den Apatschen mit dem Gewehr stehen und fragte, den Blick sofort auch nach oben richtend: »Warum hast du geschossen?«

»Es sah jemand von der Felsenkante herab«, antwortete Winnetou.

»Hast du getroffen?«

»Nein; der Kopf verschwand, als ich den Finger anlegte.«

»Hast du ihn deutlich gesehen?«

»Ja. Es war kein weißer Mann.«

»Also ein Indianer?«

»Winnetou weiß es nicht genau. Der Kopf war nur so lange zu sehen, als ich meine Büchse heben konnte; dann verschwand er.«

»Hm! Es ist niemand mehr oben, der zu uns gehört. Mein roter Bruder mag mit mir hinaufgehen. Der Mann, der es gewesen ist, wird zwar nicht warten, bis wir hinaufkommen, aber es ist doch geraten, einige Posten aufzustellen, denn man kann mit größter Leichtigkeit von da oben aus einen von uns niederschießen.«

Sie stiegen hinauf und nahmen die beiden Timpes mit, um ihnen Posten anzuweisen. Als sie dann nach einiger Zeit wieder herunterkamen und Frank sie fragte, erfuhr er, daß sie niemand gefunden hatten. Oben war es jetzt dunkel, und nach Spuren zu suchen, hätte selbst bei Tageslicht zu nichts geführt, weil die Eisenbahner alles niedergetreten hatten und also eine Einzelfährte, wenigstens in der Nähe der Schlucht, nicht unterschieden werden konnte.

Das war gegen Morgen, und bald begann der Tag zu grauen. Man konnte nicht die Absicht haben, sich lange und unnütz mit den Indianern zu befassen; so ganz nahe beim Camp wollte man ihnen die Freiheit denn doch nicht geben; sie waren zwar nun waffenlos, aber bei ihrer großen Zahl und bei der Feigheit der Bewohner dieses Ortes konnten sie, wenn sie einen Massenangriff versuchten, ihnen doch gefährlich werden. Darum wurde beschlossen, sie eine tüchtige Strecke in die Prärie hinauszuschaffen und dann nach und nach in einzelnen Abteilungen freizugeben. Dort war das Gelände offen, und man konnte sie weit sehen und beobachten. Sie mußten sogar annehmen, daß man ihnen heimlich folgen werde, und so stand zu erwarten, daß ihnen schon die Vorsicht verbieten werde, aus Rachsucht nach dem Camp zurückzukehren.

Während also Swan, der Engineer, sich nach dem Camp begab, um nach Rocky-Ground zu telegraphieren, daß man den Zug wieder senden solle, gaben Winnetou und Old Shatterhand den Eisenbahnern die nötigen Anweisungen. Man band die Indianer auseinander und gab ihnen die Füße frei, sorgte aber dafür, daß ihnen die Hände um so fester auf dem Rücken gefesselt waren, worauf jeder an den Bügel eines Pferdes gebunden wurde; dann stiegen die Bahnarbeiter auf und ritten mit ihren Gefangenen davon. Die anderen, nämlich Old Shatterhand und seine Gefährten, gaben ihnen eine halbe Stunde lang das Geleit, bis sie den Wald hinter sich hatten und kehrten dann zurück, um den Zug zu erwarten.

Jetzt endlich kam Leveret, der Engineer, wieder zum Vorschein. Als er erfuhr, wie die Komantschen bestraft worden waren, zeigte er sich von der Begnadigung zwar nicht recht erbaut, fügte sich aber darein. Bald kam der Zug und man stieg ein, wobei man natürlich auch die beiden neuen Pferde Franks und Drolls mitnahm.

Es war nur noch die Bestrafung des Mestizen zu erwarten, die dem Hobble-Frank sehr am Herzen lag, denn, während der Zug dahinrollte, wandte er sich an Old Shatterhand: »Jetzt habe ich eene Bitte, die Sie mir beileibe nich abschlagen dürfen.«

»Welche?«

»Sagten Sie nich, daß dieser Ik Senanda, der sich Yato Inda nannte, Haue bekommen und nachher freigelassen werden soll?«

»Ja.«

»Hören Sie, das is doch eegentlich gar keene hinreichende Schtrafe für so eenen erbärmlichen Schtaatsverräter! Prügel kriegt mal jeder Schuljunge, ohne daß er een Mestize is; Prügel haben hoffentlich ooch Sie von Ihrem Vater gekriegt, obgleich Sie damals nich die Absicht hatten, den Komantschen so een Schock Chinesen auszuliefern, und ich, so großartig ich schon damals mit meinen Naturgaben veranlagt und ausgezeichnet war, habe doch wirklich ooch die denkwürdige Erfahrung machen müssen, daß es sorgsame Väter und sogar freundliche Mütter gibt, welche die Rute da abschneiden, wo sie angewachsen is und damit unverantwortlicherweise dahin hauen, wo sie ihr Lebtage gar nich anwachsen kann; von dieser Wahrheet bin ich sehr häufig höchst schmerzlich in meinem Innern und off meinem Äußern berührt worden, obwohl es mir niemals in den Sinn gekommen is, mich off Firwood-Camp als Scout und Verräter anschtellen zu lassen. Also, verehrtester Herr Shatterhand, wenn Sie nur halbwegs noch een bißchen Sinn für Gerechtigkeet im Herzen haben, da müssen Sie einsehen, daß Prügel alleene für diesen Halunken viel zuwenig sind. Ich gebe mir darum die herablassende Ehre, Ihnen eenen Vorschlag zu machen, der mir tief im Gemüte liegt und den ich loslassen muß, wenn mein gefühlvolles Herz nich dran erschticken und zugrunde gehen soll wie een Kanarienvogel, der mit Paprika und Zwiebelsamen gefüttert wird.«

Alle, außer Winnetou, lachten über die Art und Weise, wie der Kleine sich auszudrücken beliebte, und Old Shatterhand fragte: »Welchen Vorschlag willst du hören lassen?«

»Das können Sie sich eegentlich selber denken, zumal ich weeß, daß Ihre Kenntnisse ooch nich ganz von Pappe sind. Man kann nämlich, zumal bei dem Prügeln, die Strafe dünner und ooch dicker offtragen; ich schtimme hier nich für das Dünne, sondern für das Dicke.«

»Du meinst also einen stärkeren Stock?«

»Das meene ich weniger. Ich kann aus meiner eegenen Erfahrung heraus bezeugen, daß een dünner Stock viel weher tut als een dicker, weil er nämlich besser schwippt; wissen Sie, meine Herren, een dicker wirkt bekanntlich nur off diejenige Höhenlage, die man Epidermis nennt, een dünner aber geht durch und durch, so ähnlich, wie das Licht beim Photographieren durch die ganze Linse geht und dann das schöne Bild zuschtande bringt. Nee, ich meene vielmehr etwas anderes. Zur Prügelstrafe muß noch eene andere kommen, oder wir geben ihr eene Dauer und Nachdrücklichkeit, die dem Verbrechen angemessen is. Der Kerl schteckt doch im Brunnen. Wir gießen so viel Wasser hinein, daß es ihm an die Lippen geht und er nur immer nach Luft zu schnappen hat. Das is doch wenigstens eene ehrliche Todesangst, obgleich er nich daran schterben wird. Wenn er die so eenige Stunden ausgeschtanden hat und durch und durch naß geworden is, dann ziehen wir ihn heraus und halten mit den Hieben nich eher, aber ja nich eher off, als bis er wieder trocken geworden is. Off diese Weise erkältet er sich nich und hat ooch schpäter keenen Grund, uns vorzuwerfen, daß wir das, was sein Vater früher an ihm versäumt hat, nich tüchtig nachgeholt haben. Verdient hat er das mehr als genug; quod erat demimonschtrum!«

Er hielt inne, denn es brach jetzt ein solches Gelächter aus, daß er seine eigenen Worte nicht mehr hören konnte. Er wartete, darüber ergrimmt, bis es sich gelegt hatte, und rief dann aus: »Nee, so eene Zucht und Unhöflichkeit hat man noch nich erlebt! Wenn Ihnen meine offrichtig gemeente Schtrafprozeßordnung nur Schpaß anstatt der beabsichtigten Abschreckung bereitet, so wasche ich meine Hände in Unschuld. Sagen Sie mir doch nur eenen eenzigen Grund, warum ich dazu verurteilt bin, so een höllisches Hohngelächter anhören und erdulden zu müssen. Mit Leuten, die mich und meine edlen Vorschläge belachen, kann ich nich verkehren. Howgh!«

Er schob sich zürnend in die hinterste Ecke des Wagens. Old Shatterhand konnte die Betrübnis des Kleinen, obgleich sie eigentlich komisch war, nicht lange mit ansehen und fragte nach einer Weile: »Hast du deinen Vorschlag ganz aufgegeben, lieber Frank?«

Der Moritzburger warf ihm einen noch halb zornigen, halb schon versöhnlichen Blick zu und antwortete: »Haben Sie nur keene Sorge! Ich werde gar niemals wieder eenen Vorschlag machen!«

»Das sollte mir leid tun. Du weißt doch, daß ich viel auf deine Ansichten gebe.«

Da nahm die Freundlichkeit im Auge des Hobble noch mehr zu,

und es klang unter einem erlösenden Seufzer: »Das sagen Sie doch jedenfalls nur deshalb, um mich wieder gut zu machen. Sie haben mich mit unversöhnlichem Zorn erfüllt, mich, der ich doch Ihr größter Freund und Gönner bin! Wer so zart besaitet is, wie ich, dem darf man nich mit eenem Violinbaß-Fiedelbogen kommen, sondern der muß sanft angeklimpert werden wie zum Beischpiel eene Guitarre oder eene Mandoline. Ich bin tief gekränkt. Deshalb bleibe ich hier in meiner Ecke und lass' mich von keenem Mississippi und Amazonasschtrom herausschwemmen. Ein gebildeter Mensch soll ooch Charakter haben!«

»Das ist sehr richtig! Und weil du nicht nur überhaupt Charakter, sondern sogar einen sehr guten hast, so denke ich, daß du nicht lange mehr dort hinten sitzen bleiben wirst.«

Durch dieses Lob geschmeichelt, rückte der Kleine schon ein wenig näher und sagte, viel freundlicher als vorher: »Is das wirklich Ihre Überzeugung, verehrtester Herr Shatterhand? Sollte mich freuen, wenn es so wäre. Ich sage Ihnen, es würde nich nur für die anderen, sondern ooch für Sie sehr gut sein, wenn Sie erkennen und einsehen lernen, daß ich nich so ganz ohne bin.«

»Das sehe ich nicht nur ein, sondern ich weiß es schon seit langer Zeit!«

»So?« flötete der Kleine, indem er wieder näherrückte. »Am Ende is es doch vielleicht nur een Irrtum, wenn ich denke, daß ich von Ihnen verkannt werde. Da will ich es doch noch eenmal versuchen, ob in Ihrem Verhalten die von mir gewünschte Besserung zu schpüren is!«

Er rückte abermals näher, so daß er nur noch einen Schritt von Old Shatterhand zu sitzen kam, und fuhr eifrig und ganz freundlich fort: »Also, was meinen Vorschlag betrifft, wie soll es da werden? Sind Sie geneigt, ihn in der gewünschten Ausführung gutzuheeßen?«

»Ja, lieber Frank.«

Da gab sich der vollständig versöhnte Hobble einen solchen Ruck, daß er eng an Old Shatterhand zu sitzen kam, und rief, während sein Gesicht vor Freude und Genugtuung strahlte, aus: »Es is doch keen Bär een solcher Tolpatsch, daß er nich wenigstens eenmal etwas Gescheites tut! Ich kann Ihnen jetzt das Zeugnis geben, daß meine Ehre vollschtändig wiederhergeschtellt is. Also es bleibt bei dem, was ich vorgeschlagen habe?«

»Wahrscheinlich. Natürlich kommt es dabei mit darauf an, wie er sich gegen uns verhält!«

»Ganz richtig! Und weil ich weeß, daß sein Verhalten nich mehr als alles zu wünschen übriglassen wird, so wollen wir alles begraben, was unsere Geister und Gemüter trennt, und wenn Ihre Worte ja eenmal von eenem unverschtändigen Menschen angezweifelt oder gar verlacht werden sollten, wie es vorhin mir in diesem Wagen geschehen is, so wenden Sie sich nur getrost an mich! Ich bin der Mann, der es verschteht, Ihnen diejenige Achtung zu verschaffen, off welche Sie als mein treuer Freund und Gefährte Anspruch erheben können!«

Es war bei der Urkomik seines Verhaltens und seiner Worte beinahe rührend, zu beobachten, welche Mühe sich die anderen gaben, den Ernst zu behaupten, der unbedingt nötig war, wenn ein Rückfall in seinen Zorn verhütet werden sollte. Sie brachten es auch glücklich fertig, und so verlief die weitere Fahrt, ohne daß er wieder Veranlassung fand, sich über die Fehler und geistigen Gebrechen der Menschheit insgesamt und im einzelnen auszusprechen. Rocky-Ground wurde in bester Stimmung erreicht, und wenn es irgendeine Schwierigkeit gab, war es nur die, die beiden Indianerpferde unverletzt aus dem Wagen zu schaffen. Sie waren diese Art des Transportes nicht gewöhnt, und es hatte in Firwood-Camp große Mühe gemacht, sie hineinzubringen.

Die Leute, die man hier zurückgelassen hatte, waren dabei behilflich, ohne zunächst eine Meldung zu machen, und erst als die Pferde glücklich auf dem Erdboden gelandet waren und der Engineer nun die Frage aussprach, ob sich etwas Ungewöhnliches ereignet habe, antwortete einer, während er sich verlegen in den Haaren kraulte: »Well! Da Ihr danach fragt, Sir, so muß ich nun wohl heraus damit: es ist ein Pferd gestohlen worden!«

»Welches?« wurde da sofort von sechs Personen fast gleichzeitig gefragt. Da die Eisenbahner keine Pferde besessen hatten, konnte das gestohlene nur einem der sechs Jäger gehören. Wie schlimm, wenn es einer der beiden Rapphengste Winnetous und Old Shatterhands war!

Es gab einen Augenblick der größten Spannung, bis er antwortete: »Es war ein Rotfuchs, Mesch'schurs.«

Man konnte jetzt einen mehrfachen Hauch der Erleichterung hören. »Gott sei Dank!« rief Frank in wahrer Begeisterung aus. »Vetter Droll, das is dein Schtolperfritze, dem du dein Hüftweh zu verdanken hattest. Der mag immerhin geschtohlen sein. Du hast ja een viel besseres Tier dafür!«

»Nun langsam mit dem Urteil, Frank!« mahnte da Old Shatterhand. »Es handelt sich hier weniger um das Pferd als um den Dieb. Ich ahne, wer es ist. War es etwa der gefangene Mischling, den wir in den Brunnen hineingesteckt haben?«

»Ja, Sir«, antwortete der Mann verlegen, an den diese Frage gerichtet war.

»Wie kommt der aus dem Brunnen heraus? Das kann nur die Folge einer ungeheuren Nachlässigkeit von euch sein!«

»Die ich streng bestrafen werde!« fügte der Engineer hinzu. »Ich hatte doch einen Wächter an den Brunnen gestellt! Wo ist er? Er steht nicht mehr dort, und ich sehe ihn auch sonst nirgends.«

»Er hat sich aus Angst einstweilen aus dem Staub gemacht, bis, wie er sagte, die erste Hitze bei Euch vorüber sei, Mister Engineer.«

»Da kann er lange warten. Ich lasse ihn, wenn er wiederkommt, prügeln, daß er daran denken wird! Nun ist der Scout über alle Berge und wir haben das Nachsehen! Hoffentlich ist er noch nicht sehr weit, und wir können ihn noch einholen. Macht Euch schnell fertig, und . . .«

»Gemach, Sir, gemach!« unterbrach ihn Old Shatterhand. »Überstürzung kann hier zu gar nichts führen. Wenn meine Ahnung mich nicht trügt, so ist er jetzt schon so weit fort, daß alle Verfolgung Eurerseits vergeblich ist. Ich denke, er ist von hier nach dem Firwood-Camp geritten.«

»Uns gerade in die Hände? Unmöglich! Er müßte nicht bei Sinnen gewesen sein!«

»Pshaw! Er wußte die Komantschen in Gefahr und ritt hin, sie heimlich zu warnen, ist aber glücklicherweise zu spät gekommen. Er war es jedenfalls, der von oben herunterblickte und nach dem Winnetou geschossen hat, ohne ihn zu treffen.«

»So ist's«, stimmte der Häuptling der Apatschen bei. »Es war nur ein Augenblick, daß ich ihn sah; ich hob zwar schnell das Gewehr, aber er zog ebenso rasch den Kopf zurück.«

»Müssen uns darein schicken! Ich denke übrigens, daß dieser Bursche uns schon wieder vor die Läufe kommen wird. Lassen wir ihn einstweilen fort sein! Er wird beobachtet haben, daß seine Komantschen freigelassen werden, und ihnen nachreiten, um sich mit ihnen zu vereinigen. Wenn mir daran läge, ihn zu fangen, wollte ich ihn bald haben; aber wir hatten uns ja vorgenommen, ihm die Freiheit zu geben, und so mag er sie auch ohne vorherige Prügel genießen.«

»Aber es tut doch meinem Herzen wehe«, bemerkte Frank, »daß wir ihn nicht einweichen und dann ausklopfen konnten!«

»Er wird später vielleicht zu dieser Klopferei zu finden sein; tröste also dein betrübtes Herz, lieber Frank! Jetzt verlangt es mich vor allen Dingen zu erfahren, wie es ihm möglich gewesen ist, aus dem Brunnen zu entkommen und dann gar auch das Pferd zu stehlen. Hoffentlich seid Ihr imstande, es uns zu erzählen, Mann!«

Der Eisenbahner fuhr unter dem scharfen, strengen Blick Old Shatterhands zusammen, doch antwortete er: »Ich bin nicht schuld daran, Sir; das könnt Ihr mir getrost glauben. Der Clifton war's, der den Brunnen bewachen sollte und sich von den Chinesen übertölpeln ließ.«

»Chinesen? Sind Chinesen dagewesen?«

»Yes, Mister Shatterhand, zwei Stück waren es, zwei ganze Stück.«

»Ah, das sind höchstwahrscheinlich unsere Gewehrdiebe gewesen. Hatten sie ihre Zöpfe hinten herunterhängen?«

»Habe keinen Zopf zu sehen bekommen; dafür aber hatten sie Geld, schöne Dollars, Halb- und Vierteldollars. Damit gingen sie in den Room zum Keeper[1] und ließen sich geben, was ihr Herz begehrte oder was vorhanden war.«

»Und Ihr seid natürlich so freundlich und vorsichtig gewesen, tüchtig mit ihnen zu zechen, nicht?«

»Ich nicht, aber der Clifton, Sir. Ihr müßt nämlich wissen, daß er sie gut kannte, denn er hat in Firwood-Camp gearbeitet, ehe er hier von Mister Swan angestellt wurde. Es wird am besten sein, wenn ich Euch alles so der Reihe nach erzähle, wie es geschehen ist.«

»Ja, tut das! Sagt alles der Wahrheit gemäß!«

»Ich kann es nicht anders erzählen, als wie es geschehen ist, Sir. Es war gegen Abend und wollte gerade dunkel werden. Wir hatten unsere Arbeit getan und machten Feierabend, da kamen die Chinesen, die der Teufel reiten möge, weil sie uns diesen

[1] Wirt

Streich gespielt haben. Clifton saß als Wächter am Brunnen und hatte das Ende des Strickes, an dem der Mischling unten angebunden war, um den nächsten Baum geschlungen. Sie sahen ihn, und weil sie ihn von Firwood-Camp her gut kannten, gingen sie zu ihm hin, um ihn zu begrüßen. Wir anderen folgten ihnen, denn wir waren doch neugierig, was die Chinesen hier bei uns in Rocky-Ground wollten. Wir erfuhren, daß sie des geringen Lohnes und der schlechten Behandlung wegen ihre Stellung in Firwood-Camp aufgegeben hätten und sich nun eine neue suchen wollten.«

»Und das habt Ihr geglaubt?« fragte Old Shatterhand. »Sie waren doch die Vormänner der chinesischen Arbeiter und gerade sie sollten unzufrieden gewesen sein! Das war doch verdächtig!«

»Mag sein! Wir sind einfache Werkleute und haben nicht studiert. Von uns kann man nicht verlangen, daß wir uns jeden Kniff und Pfiff so schnell zurechtlegen. Clifton sagte ihnen, daß sie wahrscheinlich hier bei uns Stellung bekommen könnten; aber sie wollten nicht hier bleiben, sondern mit dem nächsten zurückfahrenden Bauzug ein gutes Stück weiter nach dem Osten hinein.«

»Das glaube ich sehr gern, sie haben ihre Zöpfe verloren, sind also geschändet und müssen sich nach einer Gegend wenden, wo keine Chinesen sind. Weiter!«

»Sie blieben natürlich da, um den Bauzug zu erwarten, und gingen nach dem Trinkraum, wo sie sich beim Keeper zwei Schlafstellen ausmachten. Sie hatten, wie ich schon sagte, Geld mit und ließen sich nicht lumpen. Wir mußten mit ihnen trinken; da kamen wir ins Sprechen und erzählten ihnen, daß Ihr hier gewesen und dann fortgefahren wäret, um Firwood-Camp zu schützen. Sie horchten nicht wenig auf; aber, Sir, von Euch und Winnetou schienen sie nichts wissen zu wollen; das hörten wir aus verschiedenen Äußerungen, die sie taten.«

»Das glaube ich wohl. Sie haben uns bestohlen und ihre Strafe dafür bekommen; deshalb sind sie ja fort vom Camp. Ich durchschaue sie. Sie haben gehört, daß wir beide es waren, die den Mestizen gefangennahmen; da ist ihnen der Gedanke gekommen, sich dadurch an uns zu rächen, daß sie ihn befreiten.«

»Möglich, daß sie diesen Streich nicht uns, sondern euch haben spielen wollen. Vielleicht ist es noch dazu auch aus einer Art von Freundschaft geschehen, denn sie schienen in Firwood-Camp mit ihm auf gutem Fuß gestanden zu haben. Kurz und gut, sie trugen auch Clifton Schnaps hinaus, eine tüchtige Flasche voll und dann noch eine. Später suchten sie ihn noch einmal auf, und es dauerte eine geraume Weile, ehe sie wieder hereinkamen. Da setzten sie sich, was uns später aufgefallen ist, nicht wieder auf ihre früheren Plätze, sondern so, daß wir, um Raum zu gewinnen, die Tür zumachen mußten und nicht mehr hinaussehen konnten, wo die Pferde standen. Nach einiger Zeit hörten wir ein auffälliges Wiehern, Schnauben und Stampfen. Es mußte mit den Pferden etwas los sein, und wir gingen hinaus, obgleich die Chinesen uns davon abhalten wollten. Da waren die beiden schwarzen Hengste losgebunden und der Rotfuchs fehlte. Losgerissen hatte er sich nicht, das sahen wir; er war also nicht selbst entwischt, sondern fortgeführt worden. Aber von wem? Wir waren ja alle beisammen, außer Clifton, der beim Brunnen wachte. Wir gingen zu ihm, ohne auf die Chinesen zu achten; da lag er total betrunken und fast besinnungslos am Boden und bei ihm der Strick, an dem der Mestize gehangen hatte; wir sahen auch die Riemen da liegen, mit denen diesem die Hände und die Füße zusammengebunden gewesen waren. Natürlich erschraken wir gewaltig und suchten von Clifton zu erfahren, was geschehen war; aber wir konnten nichts aus ihm herausbringen, da er nur unverständliches Zeug lallte. Um ganz sicherzugehen und uns zu überzeugen, wurde ich an dem Strick in den Brunnen hinabgelassen, und da fand ich es freilich ganz so, wie ich es befürchtet hatte: der Mestize war fort.«

»Dachte es mir!« sagte Old Shatterhand. »Die Chinesen haben ihn, als Clifton vollständig betrunken war, herausgezogen und von den Fesseln befreit. Dann sind sie wieder in den Trinkraum gegangen und haben schlauerweise dafür gesorgt, daß die Tür zugemacht werden mußte, damit der Mestize sich eines von den Pferden stehlen könne. Gab es dort Licht?«

»Ja, es brannte eine Laterne bei den Tieren.«

»Da hat er natürlich sehen können, welche Pferde die besten waren, und sich, wie sein Großvater, an unsere Rappen gemacht, ist aber dabei auch nicht glücklicher gewesen als dieser; sie haben sich zwar losbinden lassen, sich aber dann gewehrt, und dadurch ist ein Lärm entstanden, der ihn zur höchsten Eile trieb, wenn er sich nicht erwischen lassen wollte. Er nahm also dann dasjenige Pferd, das ihm am bequemsten stand, und das ist der Rotfuchs gewesen.«

»Das ist richtig, Sir; denn dieses Pferd stand der Tür am nächsten.«

»So hat er gerade das schlechteste erwischt; aber er ist jedenfalls ein guter Reiter und kennt die Gegend zwischen hier und Firwood-Camp genau, sonst hätte er sich ja nicht als Scout engagieren lassen können. Dadurch ist es ihm möglich geworden, trotz der Dunkelheit nach dem Birch-Hole zu entkommen, freilich viel zu spät für die Absichten, die er dabei verfolgte. Was sagten dann nachher die Chinesen zu seiner Flucht?«

»Nichts sagten sie, oder, um mich anders auszudrücken: was sie zueinander gesagt haben, die Halunken, das konnten wir nicht hören; denn als wir uns von der Flucht des Gefangenen überzeugt hatten und uns nach ihnen umsahen, waren sie fort.«

»Wohin?« fragte der Engineer.

»Das konnten wir nicht wissen, denn es war ja finstere Nacht.«

»Alle Wetter! Ob man nicht vielleicht ihre Spuren finden kann? Wir müssen versuchen, diese Schurken einzufangen!«

»Laßt sie laufen, Mister Swan!« rief ihm Old Shatterhand zu. »Sie sind der Mühe gar nicht wert, die wir uns geben müßten, wenn wir sie fassen wollten. Unser Werk ist ja über alles Erwarten gut gelungen; wir haben Firwood-Camp errettet, ohne daß nur einem von uns dabei die Haut geritzt worden ist; alles andere, und zumal die Tat der beiden Chinesen, ist von so geringer Bedeutung, daß es lächerlich wäre, unsere Zeit dadurch zu versäumen, daß wir ihnen nachlaufen.«

»Hm! Es juckt mich zwar in allen zehn Fingern nach ihnen,

aber ich sehe ein, daß Ihr nicht unrecht habt, Mister Shatterhand. Mögen sie also laufen! Aber diesen Clifton werde ich mir vornehmen. Wo ist er denn hin? Wißt Ihr das?«

»Nein«, antwortete der Eisenbahner. »Als er einige Stunden geschlafen hatte und auf einmal aufwachte, sagten wir ihm, wie er sich von den Chinesen hatte betölpeln lassen. Da wich der Rausch von ihm, und er wurde vor Schreck sofort nüchtern. Natürlich schimpfte er auf sie, was er nur schimpfen konnte, aber dadurch brachte er weder sie noch den Mestizen zurück; da trat die Angst bei ihm ein. Er sagte, daß er sich nicht eher wieder sehen lassen wolle, als bis bei Euch der erste Zorn vorüber sei, band seine Siebensachen zusammen und ging fort.«

»Ihr hättet ihn nicht gehen lassen sollen!«

»Mit welchem Recht hätten wir ihn festhalten können, Sir? Etwa Gewalt anwenden? Er war ja kein Verbrecher, und wir sind keine Polizisten.«

»Ganz richtig!« stimmte Old Shatterhand ihm bei. »Höchstwahrscheinlich wird auch er nicht wiederkommen, und es hat auch keiner von uns allen einen Grund, sich nach ihm zu sehnen. Und wenn er je zurückkehren sollte, so gebt ihm einen tüchtigen Verweis, Mister Swan, und laßt es dabei bewenden! Jetzt wollen wir hineingehen, um zunächst nach unseren Pferden zu sehen; dann essen wir und schlafen tüchtig aus, weil wir die ganze Nacht durchwachen mußten. Morgen früh werden wir Euch Lebewohl sagen.«

»Schon?« fragte der Engineer. »Ihrkönnt euch doch wohl denken, daß ich euch gern länger hier bei uns haben möchte!«

»Davon sind wir überzeugt. Wir werden Euch stets in gutem Andenken behalten, Sir; für jetzt aber gibt es nichts, was uns hier halten könnte, und wir haben wichtige Aufgaben vor uns.«

»Das ist wahr«, nickte Kas. »Wir müssen nach Santa Fé hinauf. Unser betrügerischer Vetter Nahum Samuel Timpe scheint kein Mann zu sein, der längere Zeit an einem Ort bleibt; das böse Gewissen treibt ihn hin und her, und wenn wir hier unnütz unsere Zeit verschwenden, so müssen wir gewärtig sein, daß er schon wieder fort ist, wenn wir hinkommen. Ist das nicht auch deine Meinung, Vetter?«

»Natürlich ist sie es«, antwortete Has auf die an ihn gerichtete Frage. »Je eher wir zu unserem Geld kommen, desto besser ist's für uns. Glücklicherweise haben Mister Shatterhand und Winnetou sich unserer Sache angenommen; das macht mir mehr Hoffnung, als ich vorher hatte, sie glücklich zu Ende zu bringen.«

Während die beiden Timpes dies zueinander sagten, standen Frank und Droll noch bei ihnen. Die anderen waren inzwischen in das Gebäude getreten. Dieser Umstand nämlich, daß Winnetou und Old Shatterhand seine Worte nicht hören konnten, veranlaßte den Hobble, der Ansicht, die Has soeben ausgesprochen hatte, eine seiner berühmten Bemerkungen folgen zu lassen: »Ich weeß gar nich, warum Sie nur immer von anderen Leuten reden! Die Familie Timpe scheint an eener Erbkrankheit zu leiden, die gar nich kuriert werden kann, nämlich an eener kolossalen Eenseitigkeit.

»Wieso Einseitigkeit?« fragte Kas.

»Ich meene die Seite, die schtets off Old Shatterhand und Winnetou gerichtet is. Sie haben nur immer davon zu reden, daß Sie von diesen beeden Herren in hervorragendster Weise unterstützt zu werden hoffen. Ich gebe zwar ooch ganz gerne zu, daß diese Ansicht nich ganz schief ist, aber ich will Sie dennoch eenmal ersuchen, sich ooch ergebenst eenmal off die andere Seite zu wenden, nämlich off die Seite, wo ich schtehe und wo ich zu finden bin, ich der allgemein verehrte Hobble-Frank aus Moritzburg! Sagen Sie mal, trauen Sie mir denn ganz und gar nischt zu?«

»O doch, Mister Frank«, antwortete Has.

»Das scheint mir aber gar nich so, ganz untertänigster Herr Hasael Benjamin Timpe! Ich habe mich schon vorhin herabgelassen und Ihnen versichert, daß ich mich Ihrer annehmen und erbarmen will; ich habe Ihnen überzeugend bewiesen, daß mir Ihre Erbschaft höher schteht als mein eegenes Kleingeld und nu muß ich, schon nach so wenigen Schtunden, plötzlich mit anhören, daß Sie alle Ihre Hoffnungen immer wieder off andere Leute und Persönlichkeeten setzen!«

Die beiden Vettern hatten so viel Gewalt über sich, nicht zu lachen; sie zeigten die ernstesten Gesichter, und Kas antwortete, wobei er dem Kleinen die Hand beruhigend auf die Schulter legte: »Aber, bester Herr Franke, Sie ereifern sich da ganz unnötigerweise. Wir kennen Sie und wissen also ganz genau, wie groß die Vorteile sind, die wir von Ihrer Hilfe zu erwarten haben.«

»So? Das wissen Sie also? Warum schprechen Sie denn da immer von Old Shatterhand und Winnetou, aber nich von mir?«

»Weil man über das, was man für selbstverständlich hält, nicht viel zu reden pflegt. Und Ihre Vorzüge sind doch alle selbstverständlich! Nicht?«

Da begann das Gesicht des Hobble vor Wonne zu strahlen; er machte eine so majestätische Handbewegung, wie sie nur ihm möglich war, und sagte: »O bitte, bitte, Herr Timpe! Sie tun mir so viel Ehre an! Meine schprichwörtliche Bescheidenheit kann nur mit Widerstreben von diesem wohlverdienten Lob Besitz ergreifen. Wenn Sie in Ihrer Anerkennung fortfahren wollen, so widerschtrebt es meiner bekannten Verschwiegenheit, Ihnen die Gelegenheit dazu abzuschneiden. Also schprechen Sie weiter, immer weiter! Reden Sie, wie Ihnen der Schnabel gewachsen is! Und hiermit schließe ich unseren Freundschaftsbund. Hängen Sie sich an meine Arme, denn Sie sind mein Küchlein, und ich bin die Henne! Folgen Sie mir später durchs ganze Leben und jetzt in das Speisezimmer hinein, denn ich vermute, daß das Essen schon losgegangen is. Also kommen Sie, Herr Timpe Hasael und Herr Timpe Kasimir!«

Er, der Kleine, stellte sich zwischen sie, und die zwei Meter langen Menschen mußten bei ihm einhängen und sich von ihm in die Wirtschaft führen lassen, was einen überaus komischen Anblick bot.

Da, wo die Sierra Moro mit den Ausläufern des Ratongebirges einen beinahe rechten Winkel bildet, lagen zwei Indianer am Wasser eines Baches. Der eine von ihnen war seinem Aussehen nach gewiß über sechzig Jahre alt und trug einen Lederfetzen um den Kopf gewickelt. Sein eingefallenes Gesicht zeigte den Ausdruck ungewöhnlicher Verbissenheit; neben ihm lag eine Flinte. Der andere war nicht so alt, hatte sein spärliches, aber langes Haar in einen Schopf gewunden und trug den Stempel der List und Verschlagenheit in seinen ebenfalls eingefallenen Zügen; in dem breiten Riemen, der seinen Gürtel bildete, steckte ein Messer. Diese beiden Rothäute hatten sonderbarerweise keine Waffen außer der Flinte des Alten und dem Messer des Jüngeren. Ihr Aussehen war dasjenige von Leuten, die längere Zeit ungewöhnliche Entbehrungen, vielleicht gar Hunger und Durst erlitten haben und dabei keine Gelegenheit fanden, ihre Kleidung auszubessern, denn ihre Anzüge waren zerrissen und die Mokassins hingen beinahe in Fetzen an ihren Füßen.

Das Gras war, soweit man sehen konnte, an beiden Seiten des Baches niedergetreten, und kräftigere Lagerspuren zeigten, daß die Roten sich hier und da niedergelegt hatten, um mit den Händen in das Wasser zu langen. Die weggeworfenen Schalen eines wilden Kürbisses verrieten, in welcher Weise sie gezwungen gewesen waren, ihren Hunger zu stillen. Wenn ein Indianer wilden Kürbis verzehrt, grün, so wie er ihn am Wasser findet, so muß es schlimm, sehr schlimm mit ihm stehen!

Der Alte legte sich wieder nieder und sah, den Kopf nicht ganz vorschiebend, in das Wasser. Das dauerte eine ganze Weile; dann richtete er sich wieder auf und sagte: »Uff! Fische sind da, aber mit den Händen kann man sie nicht greifen, und wir haben keinen Haken, um Angeln zu machen. Mein Magen schmerzt; er wird krank von dem halben Kürbis, den ich habe schlingen müssen.«

»Und Kita Homascha könnte ein ganzes Büffelkalb aufessen, wenn er es hätte«, murrte der andere.

»Der große Geist hat uns verlassen!« knirschte der Alte. »Tokvi Kava, der große Häuptling der Komantschen, muß Hunger leiden! Niemand wird es glauben wollen!«

»Wer trägt daran die Schuld? Winnetou und Old Shatterhand, denen ich das nie und nimmer vergessen werde!«

Der Alte war also der »Schwarze Mustang«, und der Indianer, der bei ihm saß, jener Kundschafter, der im Firwood-Camp entlarvt wurde. Ein teuflischer, unbeschreiblich häßlicher Ausdruck ging über das Gesicht des Häuptlings, als er antwortete: »Er muß uns in die Hände fallen, denn wir wissen, wohin er will, und werden ihm den Weg verlegen, diesem weißen Schakal, der sich Old Shatterhand nennt und der noch mehr Schuld an unserem Unglück trägt als Winnetou, der Schakal der Apatschen. Wehe ihnen!«

»Hältst du es wirklich für so gewiß, daß wir sie fangen werden?«

»Ja.«

»Du wirst mir erlauben müssen, daran zu zweifeln. Wir mußten gehen; sie aber besitzen schnelle Pferde.«

»Aber unser Weg führte so gerade über die Berge wie ein ausgespannter Lasso, während sie ihrer Pferde wegen viele Bogen reiten und lange Umwege machen müssen. Der ›Schwarze Mustang‹ kennt alle Berge und Täler dieser Gegend; er hat genau den Weg berechnet, auf dem die Feinde kommen werden. Wir haben einen Vorsprung vor ihnen, und wenn Ik Senanda zurückkehrt und alles mitbringt, was wir brauchen, müssen der Apatsche und die fünf weißen Kojoten, auf die wir warten, in unsere Hände fallen.«

»Ob er alles bringen wird? Pferde, Pulver, Blei, Flinten, Messer, Kleider und Fleisch?«

»Er wird!«

»Wenn sie im Lager erfahren, was geschehen ist, werden sie erbost sein.«

»Uff! Glaubst du, daß er so dumm sein wird, etwas zu sagen? Der große Geist gebe, daß er kommt und Fleisch mitbringt! Er weiß, wo wir in diesen Tagen lagern, und da er gestern nicht eingetroffen ist, muß er heute kommen.«

»Ik Senanda hat uns seine Flinte und sein Messer zurückgelassen, die einzigen Waffen, die wir haben – über hundert Krieger, die essen wollen!«

»Darf ein Krieger über Hunger klagen?« verwies ihm der Häuptling seine Worte.

»Niemand hört es als nur du, und du hungerst auch. Ich fürchte keinen roten oder weißen Feind, keinen wilden Büffel und keinen Bären, aber der Hunger ist ein Feind, der im Leibe steckt; mit ihm kann man nicht kämpfen; gegen ihn hilft weder List noch Tapferkeit, er raubt dem Mutigsten das Leben, ohne daß man es ihm hindern kann. Darum ist es keine Schande, von ihm zu sprechen und über ihn zu klagen.«

»Du hast recht«, stimmte der Häuptling bei. »Er wohnt auch in meinem Leibe und zerfrißt mir die Eingeweide. Du sagtest, daß du dich vor keinem Feinde fürchtest; auch ich habe bis vor kurzem jeden Gegner besiegt, da aber kam ein Feind, der mich überwand, und darum müssen wir Hunger leiden.«

»Wer ist es?«

»Er wohnt, wie der Hunger, auch in meinem Innern; es ist der Zorn, den ich gegen Old Shatterhand hegte und nicht besiegen konnte.«

»Uff, uff!« stimmte der andere bei. Er fügte kein Wort hinzu, aber in dem Ton dieses Ausrufs lag alles, was er sagen wollte.

»Ja, dieser Zorn war der Feind, der mich überwand«, fuhr der Häuptling fort. Bei dem ungeheuren Stolz, den er sonst besaß, war es nur dem Hunger möglich, ihn zu dieser Selbstanklage zu bringen. »Hätte ich Old Shatterhand nicht verhöhnt, hätte ich geschwiegen und die spätere Rache erwartet, so hätte uns dieses Bleichgesicht Pferde und Waffen gelassen; wir hätten heimlich in der Nähe von Firwood-Camp bleiben und auf die Feinde warten können, sie befänden sich jetzt schon in unseren Händen!«

»Da hast du die Wahrheit gesagt. So aber sitzen wir hier und hungern. Wir sind aus dem Lager gegangen, um Fleisch zu holen, haben aber nichts geschossen oder gefangen und nur einen Kürbis gefunden, den wir gegessen haben. Wenn die anderen im Schlingenlegen auch so unglücklich gewesen sind wie wir, wird uns der Hunger bald verzehren. Wieviel Pulver hast du noch?«

»Für höchstens zehn Schüsse.«

»So mag Ik Senanda ja heute kommen, sonst sterben wir an dem Feinde, der in unserem Innern wohnt, denn es ist – uff!«

Er unterbrach sich selbst und ließ diesen Ausruf nicht laut, sondern mit unterdrückter Stimme hören.

»Was ist?« fragte Tokvi Kava.

»Schau dorthin!« antwortete Kita Homascha mit dem Ausdruck der Freude im Gesicht und deutete bachaufwärts.

Der Häuptling wandte den Blick nach der angedeuteten Richtung und machte sofort auch ein anderes, froheres Gesicht. »Büffel!« flüsterte er.

»Ja, sechs Stück! Ein Bulle, drei Kühe und zwei Kälber!«

»Wir bekommen Fleisch!« Bei diesen Worten griff er nach dem Gewehr; aber seine Hand zitterte, entweder vor Kraftlosigkeit oder vor Aufregung.

»Du zitterst!« warnte ihn der andere. »Wenn dein Schuß nicht sicher ist, geht uns das Fleisch verloren!«

»Schweig! Es war der Hunger; aber ich werde sicher treffen!«

»Die Büffel gehen dem Wasser nach; sie werden hierherkommen, denn sie bringen den Wind.«

»Ja, die Luft kommt mit ihnen, und wir brauchen also nur hier unter dem Busch liegenzubleiben.«

Beide duckten sich nieder und beobachteten mit fast fieberhafter Spannung die Tiere, die rasch näher kamen; sie schienen sich auf der Wanderung zu befinden und bogen die Köpfe nur zuweilen nieder, um ein Maul voll Gras zu nehmen.

Der Bulle war ein altes, mächtiges und sehr häßliches, weil fast haarloses Tier. Sein hartes, zähes Fleisch konnte kaum genossen werden, und doch mußte gerade er geschossen werden, denn hätte Tokvi Kava nach der Güte des Fleisches sich richten und eine Kuh schießen wollen, so wäre er und sein Gefährte von dem rachsüchtigen und wütenden Bullen auf die Hörner genommen und zerstoßen und zertreten worden. Das Gewehr hatte allerdings zwei Läufe, aber es war ein Schrotlauf dabei.

Die Tiere kamen nahe am Wasser herunter, der Bulle voran, die Kühe mit den Kälbern hinterher. Sie waren noch hundert, dann fünfzig, endlich nur noch dreißig Schritte entfernt, ohne etwas zu merken. Die Kühe verließen sich auf ihren Führer, und dieser schien die Empfindlichkeit der Nase verloren zu haben.

Tokvi Kava legte an; er zitterte jetzt nicht mehr, schoß aber noch nicht, denn er hatte den Büffel gerade von vorn. Der Indianer und jeder erfahrene Jäger nämlich gibt dem Büffel die Kugel am liebsten von der Seite unterhalb der Schulter ins Herz, weil ihr Weg da nur durch Fleischteile geht.

Sie kamen noch zehn Schritte näher; da aber schien die eine Kuh Verdacht zu fassen; sie blieb stehen und sog die Luft so laut ein, daß der Bulle es hörte. Er drehte sich halb nach ihr um und bot dem Häuptling also die Seite und die beschriebene Stelle, auf die er es abgesehen hatte. Der Schuß krachte sofort. Der Büffel bekam einen sichtbaren Ruck durch den ganzen Körper, dann stand er still und bewegungslos, bis er den Kopf tiefer und tiefer senkte; nun lief ein krampfhaftes Zittern über ihn hin, und er brach zusammen, ohne einen einzigen Laut von sich gegeben zu haben. Er war direkt ins Herz getroffen worden.

Der Häuptling hatte, sobald der Schuß losgegangen war, in größter Eile wieder geladen. Die Kühe wendeten sich, als sie den Knall hörten, zur Flucht; die eine rannte, gefolgt von ihrem Kalb, fort; das andere Kalb aber blieb ahnungslos stehen und trottete dann sogar neugierig zu dem toten Büffel hin. Bald kehrte seine Mutter, von Liebe und Sorge getrieben, wieder um, und stieß es mit der Nase fort, erhielt aber in diesem Augenblick den zweiten Schuß des Häuptlings, und zwar auch in das Herz, so daß sie nach einigen Sekunden zusammenbrach.

Nun sprangen die beiden Indianer, laute Jubelrufe ausstoßend, auf und zu ihrer Beute hin. Das Kalb machte einige unbeholfene Sätze hin und her und wurde dann mit dem Kolben niedergeschlagen.

»Uff, uff, uff!« rief der Häuptling aus. »Mein roter Bruder sieht, daß ich nicht gezittert habe. Beide Kugeln sitzen im Herzen, und nun haben wir Fleisch für alle unsere Männer!«

»Ja, das Fleisch der Kuh ist gut«, meinte der andere.

»Man kann auch das Fleisch eines Bullen essen, wenn man sonst nichts anderes hat!«

»Brechen wir die Tiere jetzt gleich auf?«

»Nein, denn diese Arbeit dauert für zwei Männer zu lang. Wir holen unsere Krieger herbei. Ich werde gehen und mein Bruder mag bleiben.«

Er entfernte sich, nachdem er noch einen hungrigen, lüsternen Blick auf die drei Tiere geworfen hatte, von denen der Büffel allein weit über zweitausend Pfund wiegen mochte. Wer es nicht selbst gesehen hat, der glaubt es gar nicht, welch ungeheure Menge Fleisch so ein ausgewachsener Bison aufweist.

Sein Weg führte ihn am Bach abwärts. Er ging rasch und ohne jede Vorsicht, die im Wilden Westen fast zu jeder Zeit erforderlich ist. Tokvi Kava mußte also fest überzeugt sein, daß sich kein feindliches menschliches Wesen in der Nähe befand.

Er war mit dem Gefährten im Tal aufwärts gegangen und kehrte nun abwärts nach dem Lager zurück, das sich am Ausgang des Tals befand. Er hatte ungefähr zwei englische Meilen zurückzulegen, und so dauerte es ziemlich lange, ehe er es erreichte.

Da lagen die Komantschen, die Firwood-Camp in so schimpflicher Weise hatten verlassen müssen und ebenso abgerissen und ausgehungert aussahen wie er selbst. So viele ihrer da waren, von doppelt so viel Augen wurde er mit verlangenden Blicken empfangen; sie litten alle Hunger. Er bemerkte auch diejenigen, die vorhin fortgegangen waren, um nach den Schlingen zu sehen, in denen man irgendein Wild zu fangen beabsichtigte. Er brauchte gar nicht nach dem Ergebnis zu fragen, denn er sah, daß sie nichts mitgebracht hatten. Sie sprangen auf, und er bekam, ganz der indianischen Zurückhaltung entgegen, die begierige Frage zu hören: »Hat Tokvi Kava etwas geschossen? Hat er Fleisch gemacht?«

»Ja«, antwortete er. »Der Hunger hat ein Ende. Ich habe einen Büffel und eine Kuh erlegt und ein Kalb dazu.«

Da wurden hundert Freudenrufe laut, und es gab eine Aufregung, die die Roten so ganz in Anspruch nahm, daß sie den Reiter, der sich mit einigen Packpferden dem Lager von der anderen Seite näherte, nicht eher sahen, als bis er sie fast erreicht hatte. Es war Ik Senanda, der Enkel des Häuptlings, der nach den Weidegründen der Komantschen geschickt worden war, um Waffen und sonstige Bedarfsmittel mitzubringen.

Diese Sendung des Mestizen war der einzige Ausweg für den Häuptling gewesen, den Seinen die erlittene Schande einigermaßen zu verbergen und sich als Anführer zu behaupten. In seiner jetzigen Verfassung durfte er sich dort keineswegs sehen lassen; hatte er aber wieder Pferde und Waffen, so konnte er Winnetou und Old Shatterhand samt ihren Begleitern gefangennehmen, was ihm eine große Ehre eintrug; unternahm er dann noch schnell einen glücklichen Zug gegen irgendwelche Feinde, mochten das nun Weiße oder die nächstlagernden Apatschen sein, so konnte die fürchterliche Schlappe vergessen werden und alle seine jetzigen Sorgen und Befürchtungen waren behoben. Es kam also alles auf den Erfolg an, den die Sendung seines Enkels hatte, und es läßt sich denken, mit welcher Sehnsucht und Spannung er dessen Rückkehr entgegenblickte.

Als nun Tokvi Kava sah, daß Ik Senanda nur wenige Packpferde am Zügel mit sich führte, entfärbte er sich; seine rote, verwitterte Haut wurde aschgrau. Auch die Freude der anderen Komantschen über die erlegten Büffel verstummte. Als das Halbblut vom Pferd gestiegen war und sich dem Häuptling näherte, ging dieser eine Strecke fort, um sich bei einem Busch niederzusetzen, so entfernt von seinen Leuten, daß diese nicht hören konnten, was für eine Botschaft ihm gebracht wurde. Ik Senanda ging ihm nach und setzte sich schweigend bei ihm nieder. Der Häuptling sah ihm mit einem eigentümlichen, leeren Blick ins Gesicht und fragte dann mit hohler, vor Enttäuschung rauh klingender Stimme: »Wo sind die Reitpferde?«

»Man gab mir keine«, lautete die Antwort.

»Wo sind die zehnmal zehn Gewehre und Messer?«

»Ich erhielt nur zweimal zehn.«

»So hast du verraten, was in Firwood-Camp geschehen ist!«

»Ich habe nichts verraten!«

»Man hat aber meinem Befehl nicht gehorcht und muß also dort unsere Schande kennen!«

»Man kennt sie. Man kannte sie schon, als ich kam.«

»Von wem? Wenn ich erfahre, wer es gewesen ist, werde ich ihm die Kopfhaut bei lebendigem Leib vom Schädel ziehen!«

Seine Fäuste ballten sich und seine Augen blitzten vor Zorn.

»Du wirst diese Kopfhaut nicht bekommen«, antwortete sein Enkel. »Das Feuerroß rannte hundertmal schneller, als wir gelaufen sind, und hat die Botschaft überall hingetragen.«

»Kommt das Feuerroß etwa auch zu den Naiini-Komantschen?«

»Nein, aber es läuft nicht weit von ihnen vorüber und hält dort einigemal an Orten an, die von den Bleichgesichtern Station genannt werden. Auf einer solchen Station sind einige von unseren Kriegern gewesen und haben alles erfahren.«

»Uff! Das Feuerwasser und das Feuerroß, beide hat der böse Geist ins Land der roten Männer gesandt, um sie zu verderben. Man wird sehr bald von einem großen Wasser[1] bis zum andern wissen, daß man mir den Schopf genommen hat, und so wird mein Name von jetzt an sein wie der Hauch, der von einem Aas aufsteigt, von dem kein Geier fressen will. Aber ich werde mich rächen, furchtbar rächen an allen, die mich zum Aas gemacht haben!«

»Du bist berühmt und wirst berühmt bleiben«, tröstete ihn sein Enkel. »Wir werden Winnetou und Old Shatterhand fangen und dann die Apatschen überfallen; sie müssen uns ihre Häute, Waffen und Pferde geben, und dann dürft ihr nach den Jagdgründen des Stammes zurückkehren.«

»Uff! Jetzt dürfen wir das nicht?«

»Es wurde mir in der Beratung der Alten gesagt, ihr sollt vorher eure Schande durch eine Ruhmestat auslöschen!«

»Uff, Uff!«

Er legte die Hand an die Augen und blieb eine lange Zeit so sitzen; dann ließ er sie wieder sinken und sagte: »Ich bin reich. Warum hast du auch mir weiter nichts gebracht als ein Gewehr?«

»Ich durfte nicht.«

»Ich bin ohne Pferd und besitze doch viele Pferde. Wurde es dir auch verboten, eines für mich mitzunehmen?«

»Ja.«

Da richteten sich seine Augen mit angstvollem Ausdruck auf das Gesicht seines Enkels, und er fragte, vor Angst fast stotternd, was er für eine Antwort erhalten werde: »Aber mein schwarzer Mustang, mein Hengst, der für mich mehr bedeutet als das Leben, will man auch ihn mir vorenthalten?«

»Auch ihn. Man sagte, deiner Unvorsicht dürfe man das kostbarste Tier des Stammes nicht anvertrauen.«

Da sprang der Alte auf; die Wut trieb ihn in die Höhe. Ik Senanda aber hob warnend den Finger und sagte in beruhigendem Ton: »Tokvi Kava ist ein großer Häuptling; er weiß, daß ein Krieger sich beherrschen muß; sollen die Leute, die dort sitzen und alle auf uns sehen, denken, daß er es verlernt habe, der Herr seiner Gedanken und Gefühle zu sein?«

Er setzte sich wieder, doch dauerte es einige Zeit, bis er äußerlich ruhig schien und zustimmend entgegnete: »Der Sohn meiner Tochter hat recht. Ich will jetzt nicht an den Schmerz denken, den man mir bereitet, aber ich werde es später all denen gedenken, die ihn mir bereitet haben! Hast du außer dem, was ich jetzt von dir hörte, vielleicht eine Botschaft an mich auszurichten?«

»Nein.«

»Uff! Es nannten sich so viele alte Krieger meine Freunde, und ich habe sie wirklich für Freunde gehalten. Läßt auch keiner von ihnen mir etwas durch dich sagen?«

»Keiner!«

»So sollen sie alle erfahren, wie Tokvi Kava solch falsche Freundschaft vergilt! Du bist mein Enkel und noch jung; aber du hast

[1] Meer

Mut und besitzt ebensoviel List wie ich. Wenn du zu mir sprechen willst, so sprich! Hast du mir einen Vorschlag zu machen?«

»Nein. Du bist derjenige, der zu befehlen hat, und ich gehorche. Was du sagst, ist gut, und was du beschließt, wird von uns ausgeführt werden.«

Der Mestize sagte das im Ton aufrichtigster Ergebenheit und senkte dabei den Kopf als Zeichen, daß er sich ihm mit seinem ganzen Denken und Tun zu eigen gebe; ein scharfer Beobachter hätte aber wahrscheinlich die leichten, doch verräterischen Falten bemerkt, die sich um seine Mundwinkel legten. Er war, wie fast alle Mischlinge, kein vertrauenswürdiger Mensch, und wenn es sich um seinen Vorteil handelte, galt ihm sein Großvater auch nicht viel mehr, als jede andere Person. Dieser aber hielt ihn, die nahe Verwandtschaft ganz abgerechnet, für seinen besten Freund und hegte gegen ihn nicht den geringsten Argwohn. Auch jetzt blickte er ihn vertrauensvoll an und sagte: »Ich weiß, daß du für mich dein Leben hingeben würdest und daß du bei unserem Stamm für mich gesprochen hast. Daß du nicht mehr erreichen konntest, liegt nicht in deiner Schuld. Komm, laß uns wieder zu den anderen gehen, die erfahren müssen, was der Stamm beschlossen hat!«

Er ahnte nicht, daß Ik Senanda beim Rat der Alten tückisch gegen ihn aufgetreten war, denn es war der größte Wunsch des Mestizen, selbst Häuptling der Naiini zu werden. Sie kehrten also zu ihren Leuten zurück, die zwar schon aus dem Verhalten des »Schwarzen Mustangs« und seines Enkels erraten hatten, was für eine Botschaft eingetroffen war. Als er sie ihnen nun mitteilte, wurden sie in die tiefste Niedergeschlagenheit versetzt. Sie fühlten jetzt ihre schlimme Lage und mit ihr den Hunger noch deutlicher als vorher, und so war ihnen der Befehl des Häuptlings, talaufwärts bis dahin zu ziehen, wo die von ihm erlegte Jagdbeute lag, sehr willkommen. Ehe sie aufbrachen, wurden die wenigen Gewehre, die Ik Senanda mitgebracht hatte, an die besten Schützen verteilt.

Da der Enkel des Häuptlings auch eine Anzahl Messer mitgebracht hatte, ging das Zerlegen der Büffel schnell vonstatten, und bald brannten mehrere Feuer, woran jeder sein Fleischstück briet. Das übriggebliebene Fleisch wurde verteilt, und dann brach man sofort auf, um Old Shatterhand und seinen Begleitern einen Hinterhalt zu legen.

Man wanderte wieder am Bach abwärts bis an den vorigen Lagerplatz, um dann längs der Ausläufer der Sierra Moro südwärts zu ziehen.

Es war am Nachmittag, als der Zug über eine grasige Ebene marschierte, wo die Komantschen auf eine Fährte trafen; es mußten über zwanzig Reiter, und zwar Weiße gewesen sein, weil ihre Pferde alle beschlagen waren, und ihre Richtung war dieselbe, die auch die Roten innehatten. Aus der Beschaffenheit der Spuren konnte man ersehen, daß die Schar vor kaum einer Stunde hier vorübergekommen war. Die Komantschen dachten bei dieser Spur sofort an die Gelegenheit, sich in den Besitz von Pferden und Waffen zu setzen, und machten sich also sehr eifrig an die Verfolgung der Reiter.

Die Fährte, die erst längere Zeit neben den Bergen dahinlief, näherte sich diesen später und führte dann gegen Abend zwischen sie hinein. Als Tokvi Kava dies bemerkte, sagte er zu seinem Enkel: »Diese Bleichgesichter sind keine unerfahrenen Leute, denn sie wenden sich, da es bald dunkel wird, nach den Höhen, um nicht auf der offenen Ebene, wo ihre Feuer weit zu sehen wären, übernachten zu müssen. Es wird uns also wohl nicht leicht werden, sie zu überrumpeln, zumal wir so wenig Waffen haben.«

»Pshaw! Unsere Zahl ist über dreimal so groß wie die ihre, und was nicht mit Gewalt zu machen ist, werden wir durch List erreichen.«

»List ist zu allen Zeiten und besonders für uns jetzt mehr wert als Gewalt. Wir müssen vor allen Dingen das Lager der Bleichgesichter beschleichen, ehe wir bestimmen können, was wir tun.«

Die Berge hatten Wald, der zahlreiches Gebüsch in die Ebene vorschob. Als die Komantschen dieses Gebüsch erreichten, suchten sie sich einen zum Lagern geeigneten Platz, und darauf ging der Häuptling mit Ik Senanda fort, um die Weißen aufzuspüren. Die Dämmerung brach schon herein, und so durften sie annehmen, daß sie nicht weit zu gehen haben würden. Und wirklich waren sie kaum eine Viertelstunde vorwärts geschlichen, so nahmen sie den Geruch von Rauch wahr.

»Wir sind ihnen nahe«, flüsterte der Alte seinem Enkel zu. »Nun müssen wir aber warten, bis es ganz dunkel ist.«

Als die Dämmerung in die Nacht übergegangen war, schlichen sie weiter. Sie hörten bald ein kleines Wasser murmeln, und dann leuchtete ihnen zwischen den Bäumen der Schein eines Feuers entgegen, um das die Weißen einen Kreis gebildet hatten. In ihrer Nähe gab es einen grasigen Fleck, wo sich die Pferde befanden. Dieser wurde von zwei Männern bewacht, die ihre Gewehre schußbereit hielten; das war ein sicheres Zeichen, daß es die Komantschen nicht mit Neulingen oder unvorsichtigen Leuten zu tun hatten.

Für geübte Indianer war es gar nicht schwer, ganz nahe an die Weißen heranzukommen, weil die starken Baumstämme prächtige Deckung boten. Die beiden Kundschafter krochen so weit hin, wie es sich mit ihrer eigenen Sicherheit vereinbaren ließ, und konnten dann, jeder hinter einem Baum steckend, nicht nur die Weißen aus der Nähe deutlich sehen, sondern auch alles hören, was gesprochen wurde.

Ein alter, verwetterter Bursche mit schneeweißem Haar und langem, hellgrauem Vollbart schien der Anführer der Bleichgesichter zu sein; er war eine charakteristische Gestalt mit scharf markierten Gesichtszügen und hatte jedenfalls schon manches Abenteuer glücklich überstanden. Seine scharfen Augen zeigten trotz seines Alters eine jugendliche Lebhaftigkeit, und wenn er sprach, geschah dies so bestimmt und überlegt, als sei er stets gewohnt zu befehlen. Er wurde von seinen Gefährten, wie die beiden Roten hörten, merkwürdigerweise »Majestät« genannt.

Die anderen waren fast ohne Ausnahme Männer, denen man gleichfalls zutrauen konnte, die für den Westen nötige Erfahrung zu besitzen. Der jüngste unter ihnen, ein schmal gebauter, außerordentlich in die Länge gedehnter blonder Lockenkopf, schien der Spaßmacher der Gesellschaft zu sein und gefiel sich in heiteren

Redewendungen; er wurde kurzweg Hum genannt. Eben als die Kundschafter ihre Lauscherplätze eingenommen hatten, hörten sie ihn sagen: »Ihr scheint Euch hier sehr sicher zu fühlen, Majestät, denn Ihr stellt keine Posten aus. Ich glaube, hierher grenzt das Gebiet der Komantschen. Wünscht Ihr, von diesen ehrenwerten Gentlemen um Thron und Leben gebracht zu werden?«

»Mein Thron ist hier der Platz, auf dem ich sitze, und ich möchte wohl den Roten sehen, der es fertigbrächte, ihn unter mir wegzuziehen! Befinde mich ja in der Gesellschaft von dreißig Untertanen, von denen jeder ein Held und Ritter ist. Von wegen der Komantschen aber habt Ihr recht, lieber Hum. Wollte euch nur Zeit zum Essen lassen; dann werden wir, wie gewöhnlich, Wachen ausstellen: sieben Stunden schlafen und stündlich abwechseln, gibt vier Posten; das ist genug, wenn sie nicht stehenbleiben, sondern die ihnen überwiesenen Viertelkreise immerfort abschreiten. Werden es so halten, bis wir uns in den San Juan-Mountains befinden.«

»Wo wir Millionäre aus uns machen!« fügte Hum hinzu, wobei er lustig lachte.

»Denke allerdings, daß wir dies trotz Eures Spottens tun werden.«

»Da mir die Erbschaft meines reichen Onkels zu Wasser wurde, habe ich ganz und gar nichts dagegen, daß Ihr mir erlaubt, den noch reicheren Staat Colorado mit zu beerben.«

»Well! Da Ihr wieder einmal davon sprecht, was hatte es denn eigentlich für eine Bewandtnis mit diesem Onkel? Hat er Euch enterbt? Das wäre ihm, da Ihr ein so wackerer Bursche seid, nicht in das Grab hinunter zu verzeihen!«

»Enterbt hat er mich nicht, aber doch ums Erbe gebracht. Er galt für reich, denn er verstand es, sich den Anschein dazu zu geben; mein Vater aber, obgleich ein tüchtiger Geschäftsmann, brachte es zu nichts, warum, das werdet Ihr gleich hören. Als er starb, hinterließ er mir außer Schulden nicht einen baren Cent; der Onkel, der keine Kinder hatte, und den ich bat, mir auf die Beine zu helfen, vertröstete mich darauf, daß ich sein Alleinerbe sei. Ich plagte mich noch einige Jahre weiter, bis auch er starb; da hinterließ er mir außer seinem vollständig leeren Geldkasten sein Kassenbuch; ich steckte meine Nase hinein und bekam den Schnupfen, und zwar was für einen! Der liebe Onkel war nämlich so pfiffig gewesen, meinen gutmütigen Vater für sich arbeiten zu lassen, ohne ihm lange Jahre hindurch auch nur einen Dollar auszuzahlen. Mein Vater hatte geglaubt, daß sein Geld bei dem Bruder sicher stehe, und dann, als er kurz vor seinem Tod die Pleite erfuhr, wollte er den Onkel nicht dadurch bloßstellen, daß er mir dessen Schlechtigkeit enthüllte. So konnte ich also den letzteren nicht beerben und bin auch um das Geld gekommen, das ich geerbt hätte, wenn der Vater weniger vertrauensselig gewesen wäre.«

»Schöner Onkel das! Hatte also alles hübsch durchgebracht? Wie hieß er denn?«

»Geht mich nichts an, kenne den Namen nicht!«

»Was? Ihr kennt ihn nicht? Es ist ja doch auch der Eurige!«

»Allerdings.«

»Na also! Werdet doch Euren eigenen Namen nicht vergessen haben! Wir nennen Euch den langen Hum. Was Hum bedeuten soll, habt Ihr uns nicht gesagt, und Euren Familiennamen verschweigt Ihr ganz und gar. Warum?«

»Warum? Darum! Eben weil es auch der Name meines lieben Onkels war, an den ich nicht gerne erinnert werde.«

»Hm! Wenn Ihr so eine ausgeprägte Abneigung gegen Onkels besitzt, so können wir freilich nichts dagegen haben; was aber die ins Wasser gefallene Erbschaft betrifft, so könnt Ihr Euch trösten, denn Ihr werdet droben in den San Juan-Bergen von Colorado mehr als hundertfachen Ersatz dafür finden!«

»Wenn auch nicht gerade hundertfachen, aber etwas werden wir doch finden, Majestät, denn Ihr seid nicht der Mann, ehrliche Leute an der Nase so weit hinauf in die Rocky Mountains zu führen.«

»Nein, so ein Mensch bin ich wirklich nicht. Habe den Plan der Mine genau im Kopf: sie wird uns reich machen, wenn auch nicht ganz so reich, wie wir sein würden, wenn wir das Glück hätten, hier in der Sierra Moro die geradezu großartige Bonanza of Hoaka zu entdecken.«

»Habe schon oft von ihr gehört. Sonderbarer Name! Bonanza ist spanisch, of ist englisch und Hoaka scheint indianisch zu sein. Nicht?«

»Ja.«

»Was bedeutet dieses Wort?«

»Kann es nicht sagen, denn ich habe noch keinen Menschen, auch keinen Indianer, gefunden, der es wußte und es übersetzen konnte. Aber die Bonanza ist unwiderlegliche Wirklichkeit, und es hat schon Hunderte von Gambusinos gegeben, die nach ihr gesucht haben. Einige von ihnen sind ihr so nahe gewesen, daß sie große Goldklumpen gefunden haben, aber noch keinem ist es gelungen, den eigentlichen Platz, wo solche Klumpen massenhaft liegen, zu entdecken. Befinden uns gerade jetzt in der betreffenden Gegend, und wenn wir morgen weiterreiten, werden wir die Punkte berühren, wo die erwähnten Funde gemacht wurden. Es ist sogar möglich, daß wir jetzt nahe bei der berühmten Bonanza lagern. Denkt euch nur, wenn wir sie durch einen glücklichen Zufall fänden!«

Durch diese Worte wurden alle Anwesenden begeistert; sie ließen sich in den verschiedensten Ausrufen hören, und Hum meinte lustig: »Ich werde beim Einschlafen an sie denken; vielleicht träumt mir dann von ihr, und ich zeige euch den Weg. Was meint ihr dazu, Mesch'schurs?«

»Wäre ein feiner Traum!« antwortete Majestät. »Ist es übrigens nicht geradezu unbegreiflich, daß es Menschen gibt, die diese Bonanza kennen und sie doch nicht ausbeuten?«

»Gibt es welche? Ist das wahr?« wurde rundum gefragt.

»Ja, es ist wahr; es gibt Indianer, die den Ort kennen, ihn aber aus Haß gegen die Weißen Geheimnis bleiben lassen; nur wenn sie einmal etwas von den Bleichgesichtern kaufen und bezahlen müssen, gehen sie hin, um sich eine Handvoll kleiner Nuggets zu holen; die großen Stücke aber lassen sie liegen. Man ist gerade hier in dieser Gegend auf solche stockdummen und hirnverbrannten Menschen gestoßen. Ich sprach kürzlich in Albuquerque mit einem Pater, dem ein Roter im Estrecho de cuarzo begegnet ist. Der Indianer hatte Hunger, und der Pater gab ihm Brot und Fleisch. Da zog der Rote einen Lederbeutel aus der Tasche und gab ihm ein Stück reines Naturgold, also ein Nugget, das wenigstens fünfzig Gramm gewogen hat, und der Beutel ist ganz voll solcher Stücke gewesen, die einen gewaltigen Wert ausmachten. Was sagt ihr dazu?«

»Hat denn der Pater nicht gefragt?« erkundigte sich einer.

»Natürlich hat er gefragt; er erhielt aber selbstverständlich keine Auskunft, sondern nur den kurzen Bescheid: ›Ich habe es mir aus der Bonanza of Hoaka geholt, lebt wohl!‹ Mit diesen Worten hat sich der Pater abspeisen lassen, und der Bursche ist darauf rasch davongegangen.«

»Da hätte der Pater ihn festhalten und zwingen sollen, zu gestehen, wo die Bonanza liegt!«

»Ein Pater, also ein Geistlicher? Das darf er nicht, das würde gegen Amt und Lehre sein!«

»Was schert mich Amt und Lehre! Wenn ich einen solchen Roten träfe, ich würde ihn erstechen, wenn er es mir nicht sagte. Aber wo liegt denn dieser Estrecho de cuarzo? Wißt Ihr es, Majestät? Und wie heißt die Übersetzung von diesem Namen?«

»Es ist spanisch und heißt so viel wie Enge des Quarzes, und ich kenne den Ort, denn ich will Euch aufrichtig sagen, daß ich auch zu denen gehöre, die vergeblich nach der Bonanza of Hoaka gesucht haben. Bin sogar im Estrecho gewesen, habe aber nichts entdeckt, obgleich ich darauf hätte schwören mögen, daß ich da dem Fund nahe sei. Denkt euch nur den Namen! Quarz! Das ist doch gerade das Gestein, das dem Gold als Hülle dient. Und Enge! Dieses Wort sagt ja deutlich, wie die Bonanza entstanden ist! Es gab in der Enge früher einen Wasserfall, der die Körner und Klumpen aus dem Gestein wusch und in ein Loch zusammenspülte. Da liegen sie nun, im Wert von vielen Millionen, und man braucht nur hineinzugreifen und sie herauszunehmen, wenn man weiß, wo das Loch ist. Es ist ein Gedanke, der einen geradezu verrückt machen könnte! Und wenn es auch Spaß macht, kann ich euch morgen diesen Estrecho de cuarzo zeigen, denn der Weg führt uns nahe dabei vorüber.«

Auch diese Worte brachten eine Aufregung hervor, die sich gar nicht legen wollte. Der Anführer konnte ihr nur dadurch ein Ende machen, daß er in befehlender Weise sagte: »Laßt es jetzt gut sein, Señores! Ihr habt gegessen, und es müssen nun die vier Posten aufgestellt werden, denn es fällt mir gar nicht ein, den Komantschen weiter zu trauen, als ich sie mit meinen Augen erreichen kann. Ihr redet so laut, daß man es eine ganze Meile weit hört! Wenn ihr nicht Ruhe gebt und still seid, bekommt ihr morgen den Estrecho nicht zu sehen!«

»Well, Ihr sollt Ruhe haben, Majestät!« antwortete Hum in der ihm eigenen lachenden Weise. »Haltet also die Mäuler, Gentlemen, Señores und Mesch'schurs! Ihr habt gehört, daß ich schlafen und von der Bonanza träumen will! Wer mich im Schlaf und im Traum stört, darf sich morgen keinen Goldklumpen holen. Also gute Nacht, Majestät, gute Nacht!«

Er schob sich den Sattel als Kopfkissen zurecht, streckte sich aus, legte das geladene Gewehr griffbereit neben sich und schloß die Augen. –

»Komm!« flüsterte der »Schwarze Mustang« seinem Enkel zu. Sie huschten vorsichtig fort, und es war die höchste Zeit, daß sie dies taten, denn die vier Posten entfernten sich vom Feuer, und einer von ihnen kam kaum eine halbe Minute nach ihrer Entfernung da vorbei, wo sie gesteckt hatten. Wären sie noch dagewesen, so hätte er sie unbedingt sehen müssen.

Als sie den Lagerplatz der Weißen weit genug hinter sich hatten, blieb der »Mustang« stehen und fragte seinen Begleiter: »Hast du alles verstanden?«

»Alles«, antwortete er.

»Ich nicht jedes Wort, aber den Sinn ihrer Reden weiß ich ganz genau. Wir werden morgen die Skalpe, die Pferde, die Waffen dieser Bleichgesichter bekommen und dazu alles, was sie sonst noch bei sich haben. Howgh!«

Er sagte das so bestimmt, als sei er seiner Sache ganz und gar sicher. Ik Senanda war weniger überzeugt; er warnte: »Du wirst gesehen und gehört haben, daß diese Bleichgesichter keine Greenhorns sind, die sich leicht überlisten lassen!«

»Ich überliste sie doch!«

»Ich halte es für besser, sie heute noch zu überfallen.«

»Du redest wie ein junger Krieger, ich aber wie ein Weiser, der gelernt hat, alles genau abzuwägen. Es gehen vier Wachen unaufhörlich rund um den Lagerplatz, sie würden unser Kommen bemerken. Sodann schlafen diese Männer mit den Gewehren in der Hand; sie würden alle, sobald ein Posten ruft, kampfbereit aufspringen und viele von uns niederschießen; ich aber will unsere Krieger schonen, damit mir nicht noch weitere Vorwürfe werden, wenn ich zu unserem Stamm zurückkehre; es soll das Blut keines einzigen Komantschen hier vergossen werden.«

»So bin ich begierig zu erfahren, wie du dies anfangen willst!«

»Du hast gehört, was sie von der Bonanza sprachen?«

»Ja.«

»Ich kenne diese Bonanza nicht, und es hat mir noch niemand ihren Namen genannt, aber ich weiß, wo sich unser Schapo-Gaska[1] befindet.«

»Uff!« entfuhr es da dem Mestizen. »Was meinst du mit diesem Versteck?«

»Ahnst du es nicht? Du kennst es ebenso wie ich. Wenn du jetzt nach dem Versteck aufbrichst, um hinzureiten, kannst du morgen früh schon wieder beim Estrecho de cuarzo sein. Ich werde mit unseren Kriegern die ganze Nacht gehen, um zu derselben Zeit dort einzutreffen.«

»Willst du dort sein, wenn die Bleichgesicher kommen?«

»Noch viel eher, schon am Morgen oder Vormittag, während sie erst gegen Abend kommen können. Paß auf, was ich dir sage! Du holst aus unserem Schapo-Gaska so viel Nuggets, wie nötig sind, kommst nach dem Estrecho und läßt dich dort, nachdem wir dir das Pferd abgenommen haben, von den Bleichgesichtern

[1] Versteck des Goldes

finden. Sie müssen das Gold sehen und werden dich nach der Bonanza fragen; nach langem Weigern führst du sie an den Estrecho, wo wir sie einschließen werden, daß sie sich gar nicht wehren und auch nicht entfliehen können.«

»Uff!« sagte da Ik Senanda, wobei er kaum ein Lächeln unterdrücken konnte. »Das hast du von Old Shatterhand gelernt!«

»Ein kluger Krieger wird sogar von seinem größten Feind lernen! Wir machen viel Holz zum Brennen bereit; sobald die Bleichgesichter sich im Estrecho befinden, verstopfen wir mit dem Holz seinen Eingang und brennen es an. Dann sind sie genauso gefangen, wie wir es im Birch-Hole waren, und müssen sich uns genau in derselben Weise gefangengeben.«

Ik Senanda sagte nichts, er dachte nach.

»Hältst du diesen Plan für schlecht?« fragte da sein Großvater.

»Nein, aber es gibt etwas dabei, was mir nicht gefällt.«

»Was?«

»Die Weißen werden mich töten.«

»Meinst du, daß ich den Sohn meiner Tochter einer Gefahr überliefere, die ihm das Leben kostet?«

»Ich meine, daß du zwar nicht den Willen dazu hast, daß es aber dazu kommen wird. Sobald diese Leute sehen, daß sie überlistet worden sind, werden sie mich natürlich für einen Verräter halten und sich an mir rächen.«

»Sie werden sich nicht rächen können, weil du ihnen entwichen sein wirst, ehe sie zu der Erkenntnis kommen, daß sie gefangen sind.«

»Kann ich ihnen denn entfliehen, wenn ich gefesselt bin?«

»Denkst du denn, daß sie dich fesseln werden?«

»Ja. Ich muß mich doch scheinbar zwingen lassen, ihnen die Bonanza zu verraten; sie müssen also annehmen, daß ich es nicht gutwillig tue, und werden sich meiner Person versichern.«

»Aber nicht dadurch, daß sie dich binden. Du bist zu Fuß, während sie Pferde haben. Sie werden denken, daß sie dich, falls du fliehen wolltest, nach wenigen Schritten einholen würden, und dir also keine Banden anlegen. Sobald sie sich im Estrecho befinden, beobachtest du den Eingang zu diesem und kommst augenblicklich zu uns gerannt, wenn du bemerkst, daß wir mit dem Brennholz erschienen sind.«

Der Mestize schien nur halb beruhigt zu sein; sein Großvater gab sich Mühe, sein Bedenken zu zerstreuen, und dies gelang ihm schließlich auch, besonders durch die Bemerkung: »Und wenn es dir nicht gelänge, ihnen zu entfliehen, so habe ich doch mit ihnen geradeso zu verhandeln, wie Old Shatterhand im Birch-Hole mit mir verhandelt hat, und meine erste Bedingung, sie zu schonen, würde natürlich die sein, daß sie dich ausliefern müßten.«

»Schonen? Ich denke, du willst ihnen das Leben nehmen?«

»Das werde ich auch; aber solchen Feinden darf ich Gnade versprechen, ohne daß es unbedingt nötig ist, Wort zu halten. Sind die Bleichgesichter jemals wahr und aufrichtig gegen uns gewesen?«

»Nein.«

»Bist du nun einverstanden?«

»Ja. Ich werde tun, was du von mir verlangst, denn du kannst den Sohn deiner Tochter nicht verlassen, und alle Krieger der Komantschen werden meinen Mut preisen, daß ich meine Freiheit und mein Leben gewagt habe, um dir diese weißen Männer in die Hände zu liefern.«

»So komm!«

Sie kehrten nun nach dem Platz zurück, wo die Komantschen auf sie warteten. Dort angekommen, teilte der »Schwarze Mustang« ihnen in kurzen Worten ihre Beobachtungen und Beschlüsse mit. Die Roten durften nun nicht ausruhen und schlafen, sie hatten vielmehr einen anstrengenden Nachtmarsch vor sich, aber trotzdem nahmen sie die Rede des Häuptlings mit Jubel auf, der allerdings nicht in laute Ausrufe ausartete. Sie bekamen da Gelegenheit, Pferde, Waffen und dreißig Skalpe zu erbeuten. Sie brachen schon nach wenigen Minuten nach dem Estrecho de cuarzo auf, während der Mestize nach dem Schapo-Gaska seines Großvaters ritt.

Ihr Weg war deshalb beschwerlich, weil sie einen großen Teil bei Nacht zurücklegen mußten und gezwungen waren, Gegenden zu durchwandern, die ihrem Marsch Schwierigkeiten boten, denn die bessere und bequemere Strecke durften sie nicht einschlagen, da diese wahrscheinlich von den Weißen benutzt wurde, die dann möglicherweise die Spuren der Komantschen entdecken konnten.

Sie marschierten also unverdrossen die ganze Nacht über die Berge und durch unbequeme Täler und Schluchten. Als es Tag wurde, machten sie einen kurzen Halt, um etwas auszuruhen und ein Stück kaltes Büffelfleisch zu verzehren. Dann ging es wieder weiter, und zwar mit solchem Eifer, daß sie um die Mitte des Vormittags in der Nähe des Estrecho anlangten.

Die Gegend, wo dieser lag, war für ihre Zwecke sehr günstig. Es gab da einen schmalen, dicht bewaldeten Höhenzug, der sich von West nach Ost erstreckte. Kurz vor seinem Ende lag ein tiefer, von Nord nach Süd verlaufender Einschnitt, der durch die langsam fortfressende Tätigkeit des Wassers, aber auch durch einen plötzlichen Ausbruch vulkanischer Gewalten entstanden sein konnte und den letzten, steil und wirr abfallenden Teil der Höhe von ihr trennte. Der genannte schmale Bergzug bildete also eine in die Ebene verlaufende Zunge, von der die äußerste Spitze abgeschnitten war. Die Zunge war, wie bereits erwähnt, dich bewaldet, die abgeschnittene Spitze aber, jedenfalls aus ganz natürlichen Gründen, vollständig kahl. Sie bestand aus hartem Quarzfelsen, in dessen Masse eine stellenweise kaum zehn Schritt breite Rinne hineinführte, um plötzlich scharf umzubiegen und dann schon nach wenigen Metern vor einer senkrecht aufsteigenden Felswand zu enden. Auch die Seiten dieser Rinne stiegen so glatt und steil empor, daß es keine einzige Stelle gab, die erklettert werden konnte. Es war, als habe die Natur hier mit einer riesigen Steinsäge gearbeitet, um dem menschlichen Fuß auch nicht den kleinsten Anhalt zu bieten. Es gab auch keinen Baum, keinen Strauch, überhaupt keine Pflanze, die für ihre Wurzeln hier Platz und Nahrung gefunden hätte.

Dieser Einschnitt war der Estrecho de cuarzo, von dem »Majestät« gemeint hatte, daß er von einem früher hier arbeitenden Wasserfall gebildet sein müsse.

Die Komantschen zogen sich nach ihrer Ankunft in den Wald hinein, ohne sich dem Eingang zum Estrecho zu nähern; das taten sie, um Spuren zu vermeiden. Nur ihr Häuptling schlich nach der Enge, um sich zu überzeugen, daß er sich mit seinen Leuten ganz allein in dieser Gegend befand. Als er mit einem befriedigenden Ergebnis zu ihnen zurückkehrte, waren sie schon fleißig damit beschäftigt, für die später beabsichtigten Feuer dürres Holz zu sammeln und zu großen, aber leicht tragbaren Bündeln zu vereinigen.

Nicht viel später sahen sie den Mestizen über die Ebene geritten kommen. Er konnte nicht genau wissen, wo sie sich befanden, und wurde also herbeigeholt. Als er sein fast zum Zusammenbrechen ermüdetes Pferd, das er vor den Weißen nicht sehen lassen durfte, übergeben hatte, zeigte er dem »Mustang« die mitgebrachten Nuggets, bekam von diesem noch einige eingehendere Verhaltensmaßregeln und entfernte sich dann, um seine nicht ungefährliche Rolle zu spielen. –

Die Weißen, die nicht ahnten, welch große Gefahr ihrer im Estrecho wartete, hatten, da sie nichts zum zeitigen Aufbruch drängte, bis in den Morgen hinein geschlafen und dann ihren Lagerplatz verlassen, ohne eine Spur der beiden Feinde zu bemerken, von denen sie beschlichen und belauscht worden waren. Sie ritten bis Mittag, wo sie, weil es sehr heiß geworden war, ihren Pferden und auch sich selbst eine Stunde Ruhe gönnten; dann ging es weiter, bis sie vielleicht noch drei englische Meilen von dem Estrecho entfernt waren. Ihr Weg führte sie jetzt in eine Talsenkung hinab, wo sie einen einzelnen Baum stehen sahen. Der Anführer, der mit Hum, seinem Liebling, voranritt, deutete dorthin und sagte: »Seht ihr den Baum da unten? Kenne ihn; er ist mein Merkzeichen, dem ich entnehme, daß wir, wenn wir so langsam wie jetzt weiterreiten, in einer Stunde beim Estrecho ankommen werden.«

Die Männer richteten infolge dieser Worte ihre Blicke auf den Baum, und einer von ihnen, der sehr scharfe Augen hatte, meinte: »Ich sehe außer dem Baum noch etwas, Majestät. Wenn ich nicht irre, liegt ein Tier darunter. Es kann auch ein Mensch sein.«

»Hm! Ein einzelner Mensch hier, in dieser entlegenen und doch so gefährlichen Gegend? Sollte es etwa gar ein Gambusino sein, der von der Bonanza gehört hat und hier nach Gold sucht? Den wollen wir uns scharf betrachten!«

Schon nach kurzer Zeit sahen sie, daß es allerdings ein Mensch war, der lang ausgestreckt unter dem Baum lag und zu schlafen schien. Um ihn zu überraschen, stieg der Anführer mit noch einigen seiner Begleiter vom Pferd und ging mit ihnen leise voran, während die anderen langsam nachgeritten kamen.

Der Mann unter dem Baum mußte fest schlafen, denn er hörte die sich Nähernden nicht, die ihn sogleich umringten, als sie den Baum erreichten. Ein Stück Leder, das er wie einen Beutel zusammengefaltet hatte, steckte in seinem Gürtel, aber nicht ganz; der obere Teil blickte daraus hervor; er war ein wenig auseinandergegangen und ließ die Augen der Weißen auf ein mehr als haselnußgroßes Stück gediegenen Goldes fallen.

»Tempestad!« entfuhr es den Lippen des Anführers. »Der Mann hat Nuggets! Er ist ein Halbfarbiger, wahrscheinlich ein Mestize. Nuggets! Hier in der Nähe des Estrecho! Sollte –?! Dem müssen wir sofort auf den Zahn fühlen!«

Jetzt kamen die Männer zu Pferde heran. Das Hufgetrappel weckte den Schläfer. Er schlug die Augen auf, sah die Weißen und sprang ganz erschrocken in die Höhe. Wie unwillkürlich fuhr er mit der Hand nach dem Gürtel; er fühlte, daß der Beutel sich ein Stück hervorgeschoben hatte, und stopfte ihn so ängstlich schnell und hastig zurück, daß man Verdacht fassen mußte, auch wenn man das Gold nicht gesehen hatte. Es war natürlich kein anderer als Ik Senanda, der seine Rolle ausgezeichnet spielte. Die Weißen gingen auch ohne Mißtrauen in die Falle; ihr Führer fragte in strengem Ton: »Darf man vielleicht fragen, wer du bist, halbroter Boy?«

»Ich heiße Yato Inda«, antwortete der Gefragte. Er gab sich also den vertrauenerweckenden Namen, den er sich schon im Firwood-Camp beigelegt hatte.

»Yato Inda? Das bedeutet ›guter Mann‹, wenn ich mich nicht täusche. Wer war dein Vater?«

»Ein weißer Jäger.«

»Und deine Mutter?«

»Eine Tochter der Apatschen.«

»Da stimmt der Name. Zu welchem Zweck treibst du dich denn hier in dieser Gegend herum, die den Komantschen gehört und wo es gar keine Apatschen gibt?«

»Mein Stamm will mich nicht mehr dulden.«

»Weshalb?«

»Weil ich ein Freund der Bleichgesichter bin.«

»Hm! Du bist also ein Ausgestoßener? Auch das stimmt, denn du hast nur ein Messer; man hat dir also das Gewehr genommen.«

»Yato Inda wird zu den Bleichgesichtern gehen und sich dort ein Gewehr kaufen.«

»So! Daß die Roten dich ausgestoßen haben, ist ein Umstand, der dich uns empfiehlt; aber wenn du ein Gewehr kaufen willst, mußt du doch Geld haben?«

»Yato Inda braucht kein Geld.«

»Nicht? Glaubst du, daß man dir ein Gewehr schenken wird?«

»Nein. Die Bleichgesichter verschenken nichts; aber sie sind auch zufrieden, wenn sie für Gewehre und Feuerwasser nicht rundes Geld, sondern goldene Nuggets bekommen.«

»Ah, Feuerwasser! Du scheinst das wohl sehr gern zu trinken?«

»Sehr!« antwortete der Mestize im aufrichtigsten und unbefangensten Ton.

»So hast du also zwar kein rundes Geld, aber dafür goldene Nuggets?«

»Yato Inda hat keine, aber er wird so lange suchen, bis er welche findet.«

»Das klingt doch gerade, als ob du nach der berühmten Bonanza of Hoaka suchtest!«

Majestät glaubte, das sehr pfiffig gesagt zu haben; der noch schlauere Mestize ließ ihn bei dieser Meinung und erwiderte, wobei er ein dummstolzes Gesicht zeigte: »Hat mein weißer Bruder auch von dieser Bonanza gehört? Er scheint sie für eine Lüge, für eine Erfindung zu halten?«

»Das tue ich allerdings, denn so viel Gold, wie da beisammenliegen soll, kann es gar nicht auf einer Stelle geben.«

»Uff!« rief der Mestize noch viel selbstbewußter aus. »Es ist keine Unwahrheit. Diese Bonanza ist wirklich vorhanden.«

»Wirklich? Kennst du sie etwa?«

»Ich weiß, wo sie ist, und – uff, uff!« verbesserte er sich in erschrockenem Ton, »ich weiß, daß sie vorhanden ist.«

Man kann sich denken, wie groß die Spannung war, mit der die Weißen dieses Verhör verfolgten, und wie sehr ihr Anführer innerlich triumphierte, als der Mestize sich in dieser Weise verplapperte. »Majestät« trat rasch einen Schritt näher an das Halbblut heran und sagte: »Du hast dich versprochen; du hast mehr gesagt, als du wolltest. Du weißt nicht nur, daß es eine Bonanza of Hoaka gibt, sondern du weißt auch, wo sie liegt!«

»Ich – ich – weiß – das nicht, denn ich – darf es nicht sa –«

»Sagen, du darfst es nicht sagen! Jetzt ist es heraus; jetzt habe ich dich, Bursche! Wo liegt die Bonanza? Wirst du es gestehen?«

»Ich – ich kann nichts gestehen, denn – denn ich weiß es nicht.«

»So! Schurke, der du bist, ich werde dir beweisen, daß du uns belügst. Paß auf!«

Er fuhr ihm mit einem schnellen Griff nach dem Gürtel und riß den Beutel heraus. Da dieser nicht zusammengenäht war, sondern nur aus einem zusammengefalteten Leder bestand, ging er dabei auseinander, und mehr als eine Handvoll Nuggets, die er enthielt, fielen auf die Erde nieder. Der Mestize stieß einen Schrei des Entsetzens aus und bückte sich schnell nieder, um die auf dem Boden zerstreuten Goldkörner eiligst zusammenzulesen; aber die Weißen waren noch rascher als er; die von ihnen nächststehenden warfen sich nieder und rissen die Nuggets an sich, ehe er eines davon zu erlangen vermochte. »Majestät« packte ihn mit beiden Händen am Arm, riß ihn empor und donnerte ihn an: »Siehst du jetzt, Halunke, daß du überführt worden bist? Wo hast du diese Nuggets her?«

Der Mestize öffnete den Mund, antwortete aber nicht; er tat, als könne er vor Schreck kein Wort hervorbringen und stotterte erst dann, als die Frage einige Male wiederholt worden war: »Diese – diese Nuggets habe – habe ich gefunden.«

»Natürlich! Das wissen wir auch! Aber wo?«

»Dort – dort – da – gestern – da fand ich den Beutel im Wald.«

»Im Wald? Den Beutel? So einen Beutel voller Nuggets wirft niemand im Walde weg. Du hast das Gold aus der Bonanza und wirst uns sofort sagen, wo sie liegt!«

»Das – das – kann ich nicht sagen!«

»So! Werde dir gleich beweisen, daß du es sagen kannst! Ich gebe dir eine einzige Minute Zeit. Wenn wir dann noch keine Antwort haben, bekommst du so viel Kugeln in den Leib, wie wir hier Flinten haben! Also entscheide dich!«

Die Weißen richteten alle ihre Gewehre auf ihn; da rief er in vortrefflich gespieltem Schreck: »Schießt nicht, schießt nicht! Ihr habt ja gehört, daß ich ein Freund der Bleichgesichter bin! Ich habe deshalb ohne Gewehr und Pferd den Stamm verlassen müssen; soll ich deshalb nun auch noch getötet werden?«

»Nicht deshalb, sondern deines Leugnens wegen. Wenn du wirklich ein Freund der Weißen bist, so sei aufrichtig!«

»Ich darf nicht! Es ist den roten Männern streng verboten, die Bonanza zu verraten.«

»Du bist kein Indianer, sondern ein Halbblut, also ist es dir nicht untersagt. Und wenn ich ein Indsman wäre und würde von meinem Stamm ausgestoßen, so würde ich mich auf alle Weise zu rächen suchen. Dazu hast du jetzt die allerbeste Gelegenheit, indem du uns sagst, wo die Bonanza of Hoaka liegt.«

»Rache? Ah – ah – uff! Rache!« rief er, als stünde er jetzt im Begriff, sich eines Besseren zu besinnen.

»Ja, Rache, Rache für die bittere Beleidigung, die man dir angetan hat!«

Der Mestize stand noch unentschlossen da; seine Miene zeigte deutlich, daß er mit sich kämpfte, und als die Weißen alle ermunternd auf ihn einsprachen, sagte er in bereits willigerem Tone: »Wenn ich – auch wollte – ich kann – kann es doch nicht verraten!«

»Warum nicht?«

»Weil – weil – weil ich eben ausgestoßen worden bin. Ich darf nie zu meinem Stamm zurückkehren; ich muß zu den Bleichgesichtern gehen und bei ihnen wohnen und leben; dazu brauche ich aber Gold, viel Gold, weil man den Weißen alles bezahlen muß. Das aber würdet ihr mir nehmen, wenn ich euch verriete, wo die Bonanza liegt!«

»Welch eine Dummheit! Wieviel Gold wird wohl in der Bonanza zu finden sein?«

»Uff!« rief er, wie unbedacht triumphierend. »So viel, daß fünfzig Pferde es nicht forttragen könnten.«

»Ist es die Möglichkeit!« schrie Majestät da förmlich auf. »Ist das wahr? Ist's wirklich wahr?«

»Ja. Ich habe es liegen sehen.«

»Wann?«

»Schon oft, und heute vormittag zum letztenmal.«

»Hört ihr es, ihr Männer? Habt ihr's gehört? Nehmt euch um Gottes willen zusammen, daß euch nicht der Verstand überschnappt! So eine Masse, so eine ungeheure Masse von Gold! Das reicht ja zu, um die ganzen Vereinigten Staaten zu kaufen! Und da denkt dieser dumme Mensch, daß er alles allein nur für sich braucht, um eine Flinte und Feuerwasser bezahlen zu können! Mensch, ich sage dir, wenn du nur so viel Gold hast, wie du mit deinen Händen zu tragen vermagst, kannst du dir die größten Wünsche erfüllen und Feuerwasser trinken, solange du lebst! Aber du sollst gar nicht so wenig davon bekommen. Wenn du uns die Bonanza zeigst, so werden wir teilen; du bekommst die eine Hälfte, und wir nehmen die andere; dann kannst du alle deine Apatschen auslachen und herrlicher leben als der Präsident, den ihr den weißen Vater nennt!«

»Herrlicher – als der – als der weiße Vater? Ist das wahr?« fragte er so freudetrunken, als ob er sich das Leben des Präsidenten noch tausendmal wonniger vorstellte, als das Leben in den ewigen Jagdgründen.

»Ja, ja! Ich gebe dir hiermit den heiligsten Schwur darauf. Du wirst dann alles, alles bekommen, was dein Herz begehrt.«

»Auch Feuerwasser, soviel ich nur trinken will?«

»Mehr, viel mehr Feuerwasser, als selbst der Mississippi fassen könnte! Nur sage schnell, wo sich die Bonanza befindet!«

Sein Gesicht war verklärter und immer verklärter geworden; es war klar, daß er jetzt ganz nahe daran stand, das kostbare Geheimnis zu verraten, doch sprach er noch einen letzten Gedanken aus: »Ihr seid über dreißig Krieger, und ich bin allein und ohne Waffen. Wenn ich euch die Bonanza zeige, werdet ihr alles für euch nehmen und mich fortjagen, so daß ich gar nichts bekomme!«

»Das ist Unsinn. Wir sind ehrliche Leute und geben dir die Hälfte. Ich habe es gesagt und werde mein Wort halten! Sagst du es uns aber nicht, so wirst du ohne Gnade und Barmherzigkeit erschossen, und zwar sofort, auf der Stelle, hier auf demselben Platz, wo du stehst. Also wähle rasch! Entweder den Tod oder so viel Feuerwasser, wie du in deinem ganzen Leben trinken kannst.«

Die Majestät war unbeschreiblich aufgeregt, und die anderen Weißen waren es nicht minder. Über fünfzig Pferdelasten gediegenes Gold! Das war ja kaum auszudenken! Ihre gierigen Blicke sogen sich jetzt förmlich an den Lippen des Halbbluts fest. Bei diesem schien die abermalige Androhung des Todes ebensosehr den Ausschlag zu geben, wie die Hoffnung auf einen ganzen Mississippi voll Feuerwasser. Er antwortete zum Entzücken aller: »Yato Inda will euch sein Vertrauen schenken, er will glauben, daß er sich die Hälfte des Goldes nehmen darf, und wird euch zeigen, wo die Bonanza of Hoaka liegt!«

Da brach ein allgemeiner Jubel aus, ein Jubel, wie ihn der Westmann mit dem Worte »shout« zu bezeichnen pflegt. Selbst Majestät focht mit den Armen wie mit Windmühlenflügeln in der Luft herum und tat einen Freudensprung nach dem anderen, trotz seines Alters, seines grauen Bartes und seines schneeweißen Haupthaars. Nur ein einziger besaß Gewalt genug über sich, seine Aufregung einigermaßen zu beherrschen, nämlich der lange Hum, dessen Gesicht zwar auch vor Freude strahlte, der aber so laut in den Lärm der anderen hineinrief, daß ihn alle hörten: »Mylords und Gentlemen, Señores und Mesch'schurs! Es steht uns eine ungeheure Freude bevor, aber unsere Rechtlichkeit soll nicht geringer sein. Wir haben diesem Mann die Hälfte des Goldes versprochen, und ich denke, daß wir ihm dieses Versprechen halten werden!«

»Ja, ja; ja, ja!« lachte die Majestät, und »ja, ja; ja, ja!« lachten auch die anderen.

Das Lachen sagte mehr als deutlich, daß sie gar nicht daran dachten, dies zu tun. Der Mestize stellte sich, als sei ihm dieses Lachen gar nicht auffällig; er erklärte vielmehr: »Wenn ich euch jetzt nach der Bonanza führen soll, braucht ihr gar nicht weit mit mir zu reiten.«

»Nicht weit?« fragte die Majestät. »Dachte es mir! Die Bonanza liegt im Estrecho, nicht wahr?«

»Ja.«

»So würden wir sie nun finden, auch ohne daß du sie uns zeigst!«

»Nein«, antwortete er jetzt in zuversichtlichem Ton. »Ihr könntet trotzdem viele, viele Jahre danach suchen und würdet sie doch nicht finden.«

»So komm und geh voran! Aber versuche ja nicht, dich aus dem Staub zu machen! Du würdest sofort von unseren Kugeln durchlöchert werden!«

Der Mestize tat, als hätte er diese Drohung gar nicht gehört und machte sich ohne Weigern auf den Weg; er wußte ja, daß sie ihrem sicheren Untergang entgegengingen. Die Ausführung seines Plans war ihm viel, viel leichter gelungen, als er es sich vorgestellt hatte.

Es versteht sich ganz von selbst, daß die betörten und vertrauensseligen Weißen jetzt nur noch von der Bonanza sprachen. Hum war still, er ritt ganz hinterher und ging mit sich zu Rate, wie er es wohl anzufangen habe, seine Gefährten zu einem ehrlichen Verhalten zu bewegen. Nach einiger Zeit gesellte sich die Majestät zu ihm, um ihn lachenden Mundes zu fragen: »Das, was Ihr vorhin von der Rechtlichkeit sagtet, ist doch wohl nur ein Scherz von Euch gewesen? Nicht?«

»Nein, Sir. Dieser Mann liefert uns ohne alle Gegenleistung die Hälfte seiner Schätze aus; da würden wir ja die armseligsten Schurken sein, wenn wir ihm das gegebene Versprechen nicht hielten.«

»Also war es Eure wirkliche und ernste Meinung? Pshaw! Bin niemals unehrenhaft gewesen und werde es auch nie sein; aber jedermann weiß, daß man den Indianern kein Versprechen zu halten braucht.«

»Das ist so schändlich gedacht, Sir, daß ich – hm! Überdies ist dieser Yato Inda kein Indsman; sein Vater war ein Weißer!«

»Das ist ja erst recht ein Grund, sich nichts, gar nichts aus ihm zu machen, denn diese Mischlinge sind noch viel schlimmer, verräterischer und treuloser als die reinblütigen Indianer. Er mag uns die Bonanza zeigen, und dann kann er gehen, wohin es ihm beliebt.«

»Ohne seine Hälfte!«

»Natürlich ohne sie! Ihm so eine schauderhafte Menge Gold zu lassen, das würde ja der reine Wahnsinn von uns sein!«

»Ich gebe es nicht zu, daß er betrogen wird!«

»Laßt Euch nicht auslachen! Ihr könnt ja doch nichts gegen uns übrigen erreichen!«

»O doch!«

»Was denn? Was habt Ihr vor?« klang es jetzt in scharfem Ton.

»Was ich tun oder lassen werde, das wird sich ganz nach Eurer Ehrlichkeit richten.«

»Soll das etwa eine Drohung sein, Sir?«

»Wenn Ihr nicht rechtlich mit dem Mestizen verfahrt, ja, dann ist es eine Drohung!«

Winnetou nannte das Gold deadly-dust[1], weil er schon in zahlreichen Fällen erfahren hatte, welches Unglück das schnell und leicht erworbene Metall den »glücklichen« Findern gebracht hatte. Auch hier, wo man die Bonanza noch gar nicht zu Gesicht bekommen hatte, zeigten sich schon die Folgen der Gier nach dem Besitz. Der Anführer, dessen Liebling Hum bisher immer gewesen war, warf alle Freundschaft hinter sich und drohte, während sein Gesicht den Ausdruck unerbittlicher Feindschaft annahm: »Wagt es ja nicht etwa, den Mestizen zu warnen oder sonst etwas gegen uns vorzunehmen! Wenn es sich um die Bonanza of Hoaka handelt, verstehe ich keine Spur von Spaß, und die anderen denken da geradeso wie ich. Ich will Euch warnen und Euch sagen: eine Kugel würde Euch sicher sein!«

Nach dieser Drohung, die er im vollsten Ernst meinte, trieb er sein Pferd an, um wieder bei dem Halbblut an der Spitze des Zuges zu reiten, und Hum blieb als letzter zurück, ja, er verlangsamte die Schritte seines Pferdes noch mehr, denn die nahe vor ihm reitenden Gefährten hatten sein Gespräch mit dem Anführer gehört und wandten sich zu ihm zurück, um ihn mit nicht weniger schweren Drohungen zu bedenken. Schließlich verlor er die anderen aus den Augen. Er hatte nicht etwa weniger Verlangen nach dem vielen Gold als sie, aber der Ärger über den Betrug, den sie ausführen wollten, ließ ihn zögern, ihnen in gleicher Eile nach dem Estrecho zu folgen.

So kam es, daß er die Felsen, die die Bonanza bergen sollten, später zu Gesicht bekam als sie. Als sein Auge darauf fiel, stutzte er und hielt sein Pferd an; einen Augenblick später sprang er sogar aus dem Sattel, um nicht so leicht bemerkt zu werden, denn er sah dort beim Estrecho Gestalten hin und her laufen, die er unmöglich für seine Kameraden halten konnte. Gleich darauf zuckte eine helle Flamme empor, und es drang ein vielstimmiges Geheul zu ihm herüber, was ihm bewies, daß er Indianer vor sich hatte.

Er erschrak. Zum Glück brach eben jetzt die Dämmerung herein, die die Roten hinderte, ihn zu sehen, und außerdem waren diese so mit dem Estrecho beschäftigt, daß sie gar keine Aufmerksamkeit mehr für die Richtung hatten, wo er sich befand. Sie glaubten, alle Weißen in der Falle zu haben.

Hum wollte versuchen, seine Gefährten zu retten. Um nicht von den Indianern bemerkt zu werden, wartete er, bis es vollständig dunkel geworden war, und ritt dann weiter, aber nicht geradewegs auf das jetzt noch deutlicher als vorher sichtbare Feuer zu, sondern er hielt sich mehr nach links, nach Osten, um in sicherer Entfernung hinter irgendeinem Felsen sein Pferd anzupflocken und sich dann vorsichtig anzuschleichen.

Die Flamme brannte an der westlichen Seite der Felsenspitze; er ritt der östlichen zu und fand dort einen verborgenen Winkel, wo er sein Pferd zurückließ. Er brauchte längere Zeit, sich den Roten wieder zu nähern, weil er sich mit Vorsicht bewegen mußte. In westlicher Richtung hinhuschend, gelangte er endlich an die Bodenvertiefung, die die Spitze des Estrecho von dem Haupt-

[1] Tödlicher Staub

höhenzug abschnitt. Er legte sich nieder und kroch bis an die Ecke, von der aus er linker Hand von sich das Feuer in einer Entfernung von vielleicht zweihundert Schritten brennen sah. Es loderte so hoch und breit empor, daß sein Schein bis zu ihm drang. Weiter durfte er sich unmöglich wagen, denn er sah eine ganze Anzahl von Roten unaufhörlich beschäftigt, neue Holzbündel in die Flammen zu werfen.

Das waren aber nicht die einzigen Indianer. Die Helligkeit stieg auch an den Felsen empor, und als er seine Augen nach dort richtete, erblickte er noch viele andere Indsmen, die aus irgendeinem ihm noch unbekannten Grunde da hinaufkletterten und sich auf die Höhe zu verteilen schienen. Dann hörte er eine Stimme herunterschallen. Der Wortwahl und dem Ausdruck nach mußte der Sprecher ein Roter sein, denn er gebrauchte jenes Gemisch von Englisch und Indianisch, dessen sich nur die Indianer zu bedienen pflegen. Hum konnte zwar nicht jedes einzelne Wort verstehen, aber doch den Sinn der Rede verfolgen, und dieser lautete, kurz zusammengefaßt: »Legt alle eure Waffen von euch, und zieht euch in den Hintergrund des Estrecho zurück! Wer einen Schuß tut oder sich sonst gegen uns wehrt, der muß am Marterpfahl sterben; wer sich aber ohne Widerstand ergibt, dem werden wir Freiheit und Leben schenken!«

»Ah, jetzt weiß ich es!« dachte Hum. »Die Weißen sind von Indianern bei der Bonanza eingeschlossen worden. Bonanza? Hm! Da geht mir nicht nur ein einziges tallowcandle[1], sondern gleich ein ganzer chandelier[2] auf! Es gibt gar keine Bonanza hier, sondern dieser schurkische Mestize hat für die Roten den Spion gemacht und uns mit seinen Nuggets nur deshalb betört, um uns ihnen in die Hände zu treiben. Wie gut ist's, daß ich ein ehrlicher Mensch bin, denn wenn ich das nicht wäre, so säße ich jetzt ebenso tief in der Skalpiertinte wie sie! Sie müssen heraus aus der Patsche, und das kann nur durch mich geschehen! Aber wie? Sie sind nur dreißig, während es mir scheint, daß die Indsmen dreimal soviel zählen.«

Er sann eine Weile über eine mögliche Weise nach, seinen Gefährten Hilfe zu bringen, und sagte sich dann: »Es ist schwer, ungeheuer schwer, wenn nicht ganz und gar unmöglich. Hin zum Feuer kann ich nicht, und hier an den Felsen hinauf kann ich auch nicht, weil es dort oben fast ebenso hell ist wie hier unten. Hm, was hier an der nördlichen Seite unmöglich ist, bringe ich vielleicht an der südlichen fertig.«

Er kehrte um und eilte am Felsen hin zurück, um dessen Spitze zu umbiegen und so nach der anderen Seite zu kommen, als plötzlich eine kleine, schmächtige Gestalt vor ihm auftauchte und ihn, überraschenderweise in deutscher Sprache, anrief: »Halt, geliebter Unbekannter! Mit wem loofen Sie denn so um die Wette? Lassen Sie Ihre Beene gefälligst schtehen, sonst schieße ich Sie augenblicklich hier mit meiner Flinte durch und durch!«

Hum war des Deutschen mächtig. Es war ein Deutscher, der zu ihm sprach, also jedenfalls keine feindliche Person; aber Hum war derart von dem Gedanken eingenommen, rasch nach der

[1] Talglicht [2] Kronleuchter

anderen Seite des Estrecho zu kommen, daß er weder daran dachte, wie seltsam und unerklärlich diese plötzliche Begegnung war, noch sich die Zeit nahm, der Aufforderung Folge zu leisten und stehenzubleiben. Er antwortete nur hastig, auch in deutscher Sprache: »Lassen Sie mich! Ich habe keine Sekunde zu versäumen!«

Während er hierauf weitereilte, hörte er dieselbe Stimme hinter sich: »Der hat das Loofen ooch von keener Gartenschnecke gelernt! Na, weit kommt er nich; ich seh den Hieb schon sitzen!«

Hum wußte nicht, was das bedeuten sollte, erfuhr es aber nach wenigen Augenblicken, denn noch waren diese Worte kaum verklungen, so richtete sich eine zweite Gestalt vor ihm empor, hielt ihn mit einer Hand im Laufe auf und schlug ihm die andere Faust so an den Kopf, daß er lautlos zusammenbrach. Er befand sich nun vorläufig in einer nicht besseren Lage als seine Gefährten, die er hatte retten wollen.

Diese waren ihm, wie schon erwähnt, vorausgeritten und unter der Führung des Mestizen an den hohen Quarzfelsen gekommen, in den der Estrecho de cuarzo schmal und tief einschnitt. Sie folgten ihm auch ohne Besinnen und mit vollem Vertrauen hinein und schöpften auch dann noch keinen Verdacht, als er stehen blieb und, sie an sich vorüberweisend, sagte: »Die Bleichgesichter mögen absteigen und dort hinter der Biegung der Schlucht ihren Pferden die Beine zusammenhobbeln. Ich werde bis dahin die verborgene Mine schnell öffnen, um ihnen die Bonanza dann gleich zeigen zu können.«

Er kniete dabei an der Felswand nieder und begann, in dem dort am Boden angesammelten Steingrus zu wühlen, als ob er da den Eingang zur Bonanza freilegen wolle. Sie ritten auch bis zum letzten Mann an ihm vorüber, und nur Majestät, der aus dem Sattel gestiegen war, blieb bei ihm stehen und fragte neugierig: »Hier also liegt das Gold so massenhaft vergraben?«

»Ja«, nickte der Mischling.

»So will ich dir helfen, damit es schneller geht!«

»Das Loch ist hier so eng, daß nur ein einzelner Mann graben kann.«

Er beabsichtigte, den Anführer zu beschäftigen, um dessen Aufmerksamkeit von sich abzulenken, und dieser ging in seiner Ungeduld auch ahnungslos auf den Gedanken ein, indem er ihm gebot: »So tritt zur Seite! Ich will es selber machen.«

Er kauerte sich nieder und begann mit den Händen das Geröll eifrig zu entfernen. Der Mestize sah ihm nur eine ganz kurze Zeit zu, trat dann leise einige Schritte zurück und überzeugte sich mit einem schnellen Blick, daß keiner von den Weißen, die alle noch mit den Pferden beschäftigt waren, auf ihn achtete. Geräuschlos huschte er nach dem Eingang der Schlucht zurück.

In diesem Augenblick wandte sich die Majestät nach ihm um. »Zounds!« schrie er, »der Mestize!« Im Aufspringen riß er den Revolver aus dem Gürtel. Der Schuß krachte und mit einem Fluch stürzte Ik Senanda nieder.

Unheimlich brach sich der Knall an den Wänden der Schlucht, um gleich darauf in dem Donner weiterer Schüsse seine Antwort zu finden. Am Eingang der Schlucht stieg eine Flamme auf, die sich in einigen Sekunden so vergrößerte und verbreiterte, daß sie den schmalen Spalt vollständig ausfüllte, und draußen hinter dem Feuer erhob sich das durchdringende Kriegsgeheul der Komantschen.

Majestät war sofort auf den Mestizen zugesprungen, hatte ihn mit starken Armen gepackt und schleifte ihn trotz seines Sträubens und Umsichschlagens dem Hintergrund der Schlucht zu. »Sind von Indianern umzingelt!« rief er. »Schnell wieder hinter die Biegung, wo wir nicht getroffen werden können, und helft mir, den verräterischen Kerl zu fesseln!«

Rasch folgte man seinem Geheiß, und im Nu waren dem Halbblut die Hände auf dem Rücken gebunden. Mit leisem Stöhnen kauerte er inmitten der Weißen, und aus der Schußwunde an seinem Knie sickerte Blut hervor.

»Scheinen da böse in der Falle zu sitzen, Männer«, sagte die Majestät heiser. »Der Schuft hier war ein Spion und hat uns hereingelockt. Soll sich aber nicht lange darüber freuen, meine ich. Werden einen hübschen Strick an ihn verschwenden! Vor allem müssen aber einige von euch an die Ecke, um von dort aus mit ihren Büchsen den Eingang zu sichern, damit keine Rothäute hereinschleichen.«

Dies geschah, und nun blickte er prüfend an den Felswänden empor.

»Hier kann keine Eichkatze hinauf, noch viel weniger ein Mensch«, sagte einer der Männer. »Aber seht einmal, gerade wie für diesen Burschen geschaffen ragt da eine Felsnase hervor. So gut für den Strick wie ein Baumast!« Und kaltblütig wickelte er seinen Lasso ab, um ihn über den Felsvorsprung zu werfen.

»Recht so, Fred«, sagte Majestät, »und du, mein halbroter Boy, mach dich bereit, denn du hast jetzt noch fünf Minuten, dich für die Ewigkeit zu rüsten. Wenn wir schon verloren sind, so sollst du uns wenigstens vorangehen!«

Der Mestize war während dieser ebenso plötzlichen, wie furchtbaren Vorbereitungen aschfahl geworden und stammelte mit bebenden Lippen: »Was – wollt ihr? Gebt mich – frei! Ihr – verkennt mich! Ich – bin – unschuldig!«

»Das kannst du drüben in der Ewigkeit erzählen; hier hat's keinen Zweck. Du bist durchschaut. Durch deine Flucht hast du dich verraten.«

»Ich – bin – nicht – geflohen – ich wollte – mich – nur – umsehen, weil ich ein – verdächtiges Geräusch gehört – hatte!«

»Ja, dieses Geräusch war so verdächtig, daß du jetzt gelyncht wirst. Halte dich nicht mit unnützen Redensarten auf, denn die erste Minute ist um!«

Zwei der Männer zerrten Ik Senanda an die Bergwand unterhalb der Felsnase, über die bereits die Schlinge herunterbaumelte.

»Ihr irrt euch, ihr irrt euch wirklich!« rief er voller Angst. »Ich bin ein Freund der Weißen, ihr dürft es glauben! Seid ihr Mörder? Wenn ihr mich losbindet, werdet ihr sehen, daß ich euch gegen die Indianer helfe!«

»Möchten diesen Versuch lieber nicht machen, mein Junge«,

brummte Majestät, indem er einen Blick auf die altertümliche und unförmige Nickeluhr warf, die er aus seinem Wams hervorgezogen hatte. »Vergiß nur nicht, daß dir jetzt nur noch drei Minuten bleiben!«

Dem Mestizen trat der Schweiß auf die Stirn; trotz seines Sträubens warf man ihm mit geschickten Händen die Schlinge um den Hals und zog sie mit einem leichten Ruck zusammen.

»Ich will euch Gold geben, viel Gold«, stöhnte er, »wenn ihr mir das Leben schenkt! Ohne mich werdet ihr die Bonanza of Hoaka niemals finden!«

»Das glauben wir dir gern«, nickte Majestät, »aber auch mit deiner Hilfe hätten wir sie wohl schwerlich entdeckt. Und jetzt wäre uns dein Gold auch nichts mehr nütze, denn nun handelt es sich um unsere Skalpe!«

»Auch diese kann ich retten, wenn ihr mir vertraut. Tokvi Kava wird euch freilassen, sobald ich für euch spreche!«

»Ah, nun hast du dich wieder verraten! Woher weißt du, daß er es ist, der uns eingeschlossen hat? Du hast uns also dem schlimmsten von allen, diesem Jägerschinder, ausgeliefert. So haben wir nichts zu hoffen, aber auch dein Wimmern um Gnade ist vergeblich.«

»Wenn ihr mich freigebt, wird euch nichts geschehen. Mordet ihr mich aber, so ist euch der grausamste Martertod gewiß! Seid klug und verderbt nicht euch selbst, indem ihr mir mein Leben nehmt!«

»Nun bekennst du also Farbe! Wir lassen uns nicht betören. Statt zu schwätzen, solltest du dich auf das Jenseits vorbereiten. Noch eine Minute! Macht euch bereit, Mesch'schurs!«

Diese Worte galten den beiden Männern, die das andere Ende des Lassos fest gepackt hielten, um den Gefesselten im entscheidenden Augenblick in die Höhe zu ziehen.

Das Halbblut bäumte sich vor Verzweiflung auf und versuchte sich trotz seiner Kniewunde zu erheben und loszureißen; mehrere Leute mußten ihn niederzwingen, denn die Todesangst verdoppelte seine Kräfte.

»Ihr dürft mich nicht töten! Ich schreie um Hilfe! Tokvi Kava! Tok–vi Ka–va! Komm – zu Hi . . .!«

»Die letzte Minute ist um«, sagte Majestät, der unbeweglich dabeigestanden hatte, ruhig. »Zieht an, Boys!«

Ein kräftiger Ruck riß den Körper Ik Senandas in die Höhe. Einen Augenblick noch versuchten die Füße des Taumelnden den Boden zu halten, dann schwebte er bereits in der Luft. Er bewegte sich in krampfhaften Zuckungen, doch wurden diese schwächer und schwächer; der Körper begann sich zu strecken. Das Halbblut war tot.

Mittlerweile hatte sich die Dämmerung niedergesenkt, und hier an der Felsenenge war es noch dunkler als draußen im Freien. Der Hilferuf des Mestizen war ungehört verklungen, denn das Geschrei der Indianer hatte fortgedauert und man vernahm, wie sie den Felsen beiderseits erklommen und die Ränder der Schlucht besetzten. Dann wurde es allmählich ruhig.

Die Weißen hatten den Körper des Mestizen herabgelassen und ihn nach dem hintersten Ende der Schlucht geschafft. Jetzt berieten sie sich flüsternd, auf welche Weise sie aus der Falle entrinnen könnten. Die Felswände waren vollkommen unersteigbar, und deshalb wollte man auf Majestäts Vorschlag hin versuchen, zu Pferd nach dem Eingang der Schlucht zu reiten und im Galopp durch das Feuer zu brechen.

Kaum hatten sie aber einige Meter durchmessen, so hörten sie eine laute, befehlende Stimme, die ihnen von der Höhe herab zurief: »Halt, die Bleichgesichter mögen ja nicht weiter reiten! Ich bin Tokvi Kava, der Häuptling der Komantschen, und habe sechsmal fünfzig Krieger bei mir. Ihr könnt nur einzeln durch das Feuer springen und würdet ebenso einzeln von uns niedergeschossen werden!«

»Alle Teufel«, knirschte Majestät, während er sich zurück an seine Leute wandte. »Habt ihr gehört, was er sagte? Der Mensch hat recht. Auch so ist nichts zu machen. Wir können nicht hinaus. Er wird unsere Skalpe wollen, und wir können von Glück sagen, wenn er sich so weit bereden läßt, daß wir mit dem nackten Leben davonkommen!«

Abermals ließ sich die Stimme des »Schwarzen Mustangs« vernehmen: »Wenn die Bleichgesichter sich wehren, sind sie verloren. Ich werde ihnen aber das Leben schenken, wenn sie sich uns ergeben.«

Nun sprangen die Weißen ab und hielten abermals eine kurze Beratung, deren Ergebnis war, daß mit den Roten verhandelt und durch List möglichst viel Zugeständnisse von ihnen erlangt werden sollten. Darum rief jetzt Majestät dem Häuptling zu: »Was habt ihr gegen uns, daß ihr uns als Feinde behandelt? Wir haben euch doch nichts getan!«

»Alle Bleichgesichter sind unsere Feinde«, erhielt er zur Antwort. »Es gibt für euch keinen einzigen Weg zur Flucht, und ihr könnt euer Leben nur dadurch retten, daß ihr euch uns ohne Gegenwehr ausliefert. Werft die Waffen weg und gebt euren Gefangenen frei!«

»Behold! So weit sind wir noch lange nicht! Es ist ja wahr, daß ihr uns eingeschlossen habt; aber versucht es doch einmal, uns hier herauszuholen! Grad unsere Gewehre werden euch da beweisen, daß es ein Unsinn ist, uns als wehrlose Gefangene zu betrachten.«

»Uff! Sieh dich in deinem Gefängnis doch erst einmal ordentlich um! Hier oben auf den Felsenkanten stehen über zehnmal zehn Krieger der Komantschen, bereit, auf einen Wink von mir ihre Kugeln auf euch herabzusenden.«

»Fatale Lage!« flüsterte da die Majestät. »Wenn es so ist, so putzen sie uns von da oben aus weg, ohne daß wir ihnen auch nur einen von unseren Zähnen zeigen können. Wollen doch einmal hören, was er uns für Bedingungen stellt!«

Und sich wieder nach obend wendend, rief er laut: »Ihr mögt so viele sein, wie ihr wollt; wir fürchten uns nicht. Aber ich habe gehört, daß Tokvi Kava ein tapferer und gerechter Häuptling ist, der niemals Feindschaft hegt gegen Menschen, die ihn nicht beleidigt oder gar beschädigt haben. Darum bin ich überzeugt, daß du die jetzige Feindseligkeit sofort einstellen wirst, wenn du hörst, wer wir sind, und daß wir in dieser Gegend nichts suchen, sondern sie nur rasch durchreiten wollen. Ich bin also bereit, mit dir zu sprechen.«

»So komm heraus! Meine Krieger werden dich heraufführen.«

»Der stolze Häuptling der Komantschen kann nicht im Ernst verlangen, daß ich zu ihm gehe. Wir sind nur dreißig Mann, während er, wie er selbst sagt, dreihundert Krieger bei sich hat. Ich würde alles auf das Spiel setzen, wenn ich mich von hier entferne, er hingegen wagt gar nichts, wenn er zu uns herein in den Estrecho kommt.«

»Ich bin Häuptling und habe es nicht nötig, einem Bleichgesicht nachzulaufen«, antwortete der Mustang stolz. »Aber ich will euch Kita Homascha als Unterhändler senden. Werdet ihr ihn frei zurückkehren lassen, sobald es ihm beliebt?«

»Ja.«

»Auch wenn er nicht mit euch einig wird?«

»Auch dann.«

»Sprichst du die Wahrheit?«

»Ja. Ich versichere dir, daß ich keine Hintergedanken habe.«

»Wir glauben an den großen Geist, den ihr Gott nennt; was ihr bei ihm schwört, müßt ihr halten. Versprich mir also bei eurem Gott, daß ihr Kita Homascha, wenn er gehen will, nicht anrührt.«

»Ich schwöre und verspreche es dir.«

»So wird er kommen.«

Es dauerte eine kleine Weile, bis das brennende Holz am Eingang der Schlucht ein wenig beiseite geschoben wurde, so daß zwischen der Flamme und dem Felsen eine Lücke entstand, die Kita Homascha durchsprang. Mit stolzen Schritten und mit erhobenem Haupt kam der Rote auf Majestät zu und beide setzten sich nieder. Es war inzwischen tiefe Nacht geworden, und der langsam steigende Mond und das hellflackernde Feuer warfen ein spärliches Licht in die Schlucht.

Der alte Westmann wußte, daß nach der Ansicht der Indianer der Sieger das Gespräch zu beginnen hat; darum schwieg er und wartete, bis Kita Homascha nach längerer Zeit die Verhandlung durch die Frage einleitete: »Die Bleichgesichter haben eingesehen, daß es Wahnsinn wäre, sich gegen uns zu wehren?«

»Nein«, antwortete der Weiße, »das haben wir noch nicht eingesehen.«

»So seid ihr ohne Hirn geboren. Kein Mensch kann diese Felsen erklettern und kein Pferd und kein Reiter wird durch die Glut des Feuers kommen. Von dort oben aber sehen zweimal hundert Augen auf euch herab, und hundert Gewehre sind bereit, euch zu vernichten.«

»Pshaw! Diese Gewehre fürchten wir nicht. Es gibt hier im Estrecho überhängende Stellen genug, die uns Schutz vor euren Kugeln bieten.«

»Wie lange wird dieser Schutz währen?« meinte der Rote verächtlich, »es ist gar nicht nötig, daß wir Kugeln an euch verschwenden. Wir haben draußen Wasser und Wild, soviel wir wollen, ihr aber nicht. Wir brauchen nur zu warten, bis ihr von Hunger und Durst hinausgetrieben werdet.«

»Das kann lange dauern!«

»Uff! Je länger es dauert, desto mehr wird unsere Nachsicht schwinden und dann dürft ihr auf kein Erbarmen mehr rechnen.

Wenn ihr euch aber jetzt ergebt, werdet ihr erfahren, daß noch Gnade in unseren Herzen lebt!«

»Was verlangt ihr von uns?«

»Wir haben das Beil des Krieges gegen alle Bleichgesichter ausgegraben und wir müßten euch also eigentlich am Marterpfahl sterben lassen. Tokvi Kava hat mich aber beauftragt, euch Leben und Freiheit anzubieten, wenn ihr euren Gefangenen herausgebt und alle eure Waffen abliefert.«

»Die Pferde etwa auch?«

»Nein, die Krieger der Komantschen sind so reich an guten Pferden, daß sie die schlechten, die ihr habt, mit Verachtung von sich weisen.«

»Und unser übriges Eigentum?«

»Pshaw, alles was ihr besitzt, ist für uns so wertlos, wie die dürren Grashalme, die der Wind von dannen trägt. Wir wollen eure Waffen, weiter nichts!«

»Aber dann können wir nicht jagen, um uns zu erhalten, und sind ganz wehrlos gegen Feinde, falls uns solche begegnen!«

»Ihr behaltet ja eure Pferde, und das nächste Fort der Bleichgesichter liegt nicht sehr weit von hier. Ihr könnt es schnell erreichen und dann dort alles, was ihr braucht, bekommen. Entscheidet euch rasch, denn der ›Schwarze Mustang‹ wird nicht allzulange warten.«

»Ich muß erst mit meinen Leuten reden.«

Majestät stand auf und zog sich mit seinen Gefährten hinter die Biegung der Schlucht zurück, während der Indianer ruhig und bewegungslos sitzen blieb.

Der Alte unterrichtete seine Gefährten, soweit sie der Unterredung nicht schon gelauscht hatten, von deren Inhalt und flüsterte: »Die haben keine Ahnung, daß wir den halbblütigen Schuft haben baumeln lassen! Sie verlangen seine Auslieferung und wollen auch unsere sämtlichen Waffen haben. Eine verteufelte Geschichte, Mesch'schurs! Die einzige Hoffnung besteht fast nur darin, daß der lange Hum entkommen ist; er muß hinter uns zurückgeblieben sein, und wenn sie ihn erwischt hätten, so hätte dies der rote Halunke da vorn sicher schon gegen uns ausgespielt.«

Sie beratschlagten und kamen zu dem Entschluß, sich nur dann auf die Forderungen Tokvi Kavas einzulassen, wenn man ihnen wenigstens einige Gewehre und Messer ließe. Den Tod des Mestizen wollten sie den Indianern verheimlichen und ihn auf ein Pferd gebunden in der Dunkelheit »als Geisel« mit sich führen, unter dem Versprechen, ihn später freizulassen.

Majestät erhob sich und kehrte mit schweren Schritten und mit gesenktem Kopf zu Kita Homascha zurück. »Was habt ihr beschlossen?« fragte dieser.

»Wir wollen auf eure Bedingungen eingehen, wenn ihr uns wenigstens drei Gewehre und zehn Messer laßt, damit –«

In diesem Augenblick ertönten hoch über ihnen Stimmen. Man hörte ein dumpfes Gewirr und darauf den lauten Ruf:

»Zurück, ihr Komantschen! Hier steht Winnetou, der Häuptling der Apatschen, und wird Old Shatterhands Zaubergewehr zu jedem sprechen lassen, der sich zu nahen wagt!«

Ein Wutschrei antwortete ihm: »Und hier steht Tokvi Kava, der Häuptling der Komantschen! Jetzt naht euch die Rache; eure Skalpe sind mein! Drauf auf sie, ihr Krieger der Naiini!«

»Kommt nur heran, wenn ihr Mut habt, ihr roten Halunken!« entgegnete eine überschnappende Stimme. »Die Tante Droll wird euch huldvoll aufnehmen. Wart, du Spitzbube, du wirst gleich hinabbefördert!«

Man hörte das Geräusch eines herabstürzenden Gegenstandes, und gleich darauf krachte ein menschlicher Körper in unmittelbarer Nähe Majestäts auf den Felsenboden nieder. Der Schein des flakkernden Feuers ließ erkennen, daß es ein Indianer war.

»Uff, uff!« rief Kita Homascha erschrocken, »das ist –«

»Hast du ihm den Weg in die ewigen Jagdgründe gezeigt, Vetter Droll?« tönte oben eine weitere Stimme. »Paß uff, gleich wird noch eener in der Versenkung verschwinden!«

Und ein zweiter Körper sauste in die Tiefe hinab, unten schwer und dumpf aufschlagend. Ein dritter und vierter folgten, und mehrere rasch aufeinanderfolgende Schüsse zeigten, daß Winnetou die Zauberbüchse sprechen ließ. Dann wurde es stiller. Der Mond, der eine Zeitlang hinter Wolken verschwunden war, trat soeben wieder hervor, und die Untenstehenden erblickten die dunklen Umrisse zweier Menschen, die an der Kante des Felsens schwer miteinander rangen. Plötzlich wurde der eine in die Höhe gerissen und gleich darauf sauste er in einem weiten Bogen durch die Luft. Entsetzt trat Kita Homascha zurück; gleich als wenn er seinen Augen nicht trauen wollte, beugte er sich zu dem Zerschmetterten nieder und sagte tonlos: »Tokvi Kava, der große Häuptling der Komantschen, ist tot!«

Ein Lasso fiel über die Felswand herab, und ein Mann glitt an ihm auf den Felsenboden hernieder, um auf den roten Unterhändler zuzuschreiten.

»Uff, uff«, rief dieser, »Old Shatterhand!«

»Ja, ich bin es. Euer Schurkenstreich ist durchkreuzt, und der Häuptling und noch andere Komantschen haben ihn mit dem Leben bezahlt. Ich nehme an, daß du berechtigt bist, die mit diesen wackeren Mesch'schurs begonnene Verhandlung mit mir fortzusetzen.«

Der Rote hatte sich mit der den Indianern eigenen Kaltblütigkeit gefaßt: »Kita Homascha ist der Stellvertreter des toten Häuptlings. Was hat mir Old Shatterhand zu sagen?«

»Geh hinaus zu deinen Kriegern und befiehl ihnen, sich rasch zehnmal zehn Schritte weit vom Eingang der Schlucht zu sammeln. Wenn ihr dies tut, habt ihr keine weiteren Feindseligkeiten zu befürchten, und wir werden euch erlauben, eure Toten mit fortzunehmen; folgt ihr nicht, so werden unsere Gewehre weiter sprechen, und das Klagen und Jammern in den Hütten der Komantschen wird noch größer und lauter werden. Beeile dich, denn wir erwarten euren Bescheid in kürzester Zeit!«

Kita Homascha schritt, ohne ein Wort zu sagen, dem Ausgang zu, und Majestät trat linkisch und voller Staunen näher. »Good evening, Mister! Das ging ja so schnell, daß meiner Mutter Sohn mit seinem wurmstichigen Verstand gar nicht nachkommt. Ich bin noch ganz starr vor Staunen, Sir. Ihr seid wirklich Old Shatterhand?«

»Denke es! Darf ich auch Euren Namen hören?«

»Mein Name ist Euch jedenfalls ganz unbekannt; er kommt mir selbst so selten zu Ohren, daß ich ihn beinahe vergessen habe. Man pflegt mich nur Majestät zu nennen.«

»Ah, Majestät! Wenn Ihr das seid, so habe ich von Euch gehört. Ihr sollt ein ganz sattelfester und fährtengerechter Westmann sein, und so wundert es mich um so mehr, daß Ihr Euch von dem Mustang und seinem Enkel so ahnungslos habt hinter das Licht führen lassen!«

»Von seinem Enkel? Kenne ich gar nicht!«

»Ihr kennt ihn nur zu gut. Der Mestize, der euch hierhergeführt hat, ist der Sohn eines Weißen, dessen Squaw die Tochter des Mustangs war.«

»Der – der – ist der Enkel des Jägerschinders? Alle Wetter, wer hätte das gedacht! Na, der ist ja seinem Großvater glücklich ins Jenseits vorausgegangen!«

»Wie sagt Ihr? Das Halbblut ist tot? Wir haben die Roten belauscht und hörten aus ihren Gesprächen, er sei in eure Gefangenschaft geraten!«

»Ist er wohl, Sir, war es aber nicht lange. Fanden eine schöne Schlinge, in die wir ihn seinen Kopf stecken ließen, bis ihm der Atem ausging. Dort hinten liegt der Bursche, wenn Ihr ihn sehen wollt! Aber, woher wißt Ihr, daß uns dieser Halunke hierhergeführt hat?«

»Seine Fährte und eure Spuren haben es mir gesagt. Ihr seid von ihm und dem Häuptling an eurem Lagerplatz belauscht worden.«

»Wirklich! Ist es so? Und wir dummen Menschen haben das nicht bemerkt? Waren eben bereit, den Komantschen unsere Waffen auszuliefern. Mußten das tun, wenn wir unser Leben retten wollten.«

»Euer Leben dadurch retten? Wieso?«

»Wir sollten eigentlich getötet werden; aber der Häuptling ließ uns gegen Auslieferung der Waffen nicht nur das Leben, sondern auch die Freiheit versprechen.«

»Und das habt ihr ihm geglaubt? Der hat sicherlich nicht die Absicht gehabt, sein Versprechen zu erfüllen, sondern euch nur waffenlos machen wollen, um euch dann in aller Gemächlichkeit töten zu können!«

»Tempestad!! Das glaubt Ihr?«

»Ich glaube es nicht nur, sondern ich bin überzeugt davon. Mir scheint, daß ihr die Hauptsache gar nicht wißt. Wieviel Komantschen glaubt ihr wohl, hier gegen euch zu haben?«

»Dreihundert.«

»Es sind nur hundert, und diesen hatten wir die Waffen und die Pferde abgenommen. Infolgedessen ziehen sie nun herum, sich Waffen und Skalpe zu holen. Beides wollten sie euch nehmen und eure Pferde dazu.«

»Alle Teufel! Da haben wir uns schön hinters Licht führen lassen. Aber, Mister Shatterhand, ich bin noch immer nicht aus dem Staunen heraus, Euch hier zu sehen. Wie seid Ihr denn hierhergekommen?«

»Auf die einfachste Weise von der Welt. Wie wir, nämlich ich, Winnetou und vier andere Westmänner, mit dem Mustang zusammengetroffen sind, werdet ihr noch hören; daß wir den Komantschen dabei die Waffen und die Pferde abgenommen haben, wißt ihr schon. Sie hatten erfahren, daß wir nach Santa Fé wollten; darum stand zu erwarten, daß sie uns auf diesem Weg auflauern würden, um sich zu rächen; mithin schauten wir fleißig nach ihrer Fährte aus. Heute früh erreichten wir ihren gestrigen Lagerplatz und sahen da auch den eurigen und daß ihr beschlichen worden wart. Natürlich folgten wir ihnen wieder und kamen gerade hier an, als das Feuer angebrannt wurde, das euch den Ausgang aus dem Estrecho verwehren sollte. Wir huschten näher, und dabei wurde einer eurer Gefährten von mir niedergeschlagen. Er nennt sich Hum und war vor Eifer, euch zu retten, so unvorsichtig, daß ich ihn als Feind betrachten mußte.«

»Der gute Mensch! Wir haben ihn schlecht behandelt, und dafür wollte er uns retten! Er ist klüger als wir gewesen sind und auch besser!«

»Das ist freilich wahr. Ich habe ihn auch schnell wieder freigegeben. Dann schlichen wir uns auf den Felsen, und es gelang Winnetou, die Roten zu belauschen. Die meisten Indianer waren am Eingang der Schlucht aufgestellt, und die wenigen, die mit Tokvi Kava oben auf der Felswand standen, genügten nicht, um diese vollständig zu überwachen. Dennoch wurden wir entdeckt, als wir näher herankamen, und es entspann sich ein Handgemenge, das ihr ja beobachtet habt. Der Häuptling, dem ich mich selbst entgegengestellt hatte, war der letzte, der herabsauste, die übrigen sind geflohen. Schon vorher hatten wir drei Lassos zusammengebunden, an denen ich mich nunmehr herunterließ, um euch Bescheid zu sagen. Der Ausgang wird nicht lange auf sich warten lassen, denn seht, da kehrt Kita Homascha zurück.«

Der Unterhäuptling kam langsam näher; kein Zug seines Gesichts verriet, was in ihm vorging, als er sprach:

»Wir sind bereit, auf eure Bedingungen einzugehen, denn wir haben nicht genügend Waffen, um euch Widerstand leisten zu können. Tokvi Kava hat seinen Plan mit dem Leben bezahlt. Die Krieger der Komantschen haben sich weitab von der Schlucht zurückgezogen. Old Shatterhand wird erlauben, daß einige von uns unbewaffnet näher kommen, um die Toten zu bergen, damit wir sofort heimziehen können!«

Mit kurzen Worten gab der Weiße seine Einwilligung, und bald sah man einige Rothäute nahen und die Leichen fortschaffen. Schon kurze Zeit später überzeugten sich die Weißen, daß die Indianer sich in einer langgezogenen Einzellinie von dannen machten.

Nun schürten sie das von den Rothäuten angezündete Feuer fort, an dem sie sich niedersetzten, um das Ereignis dieses Abends gründlich durchzusprechen. Als Majestät dabei die Bonanza of Hoaka erwähnte, fragte ihn Old Shatterhand: »So war es also nicht auf den Estrecho, sondern auf diese Bonanza abgesehen?«

»Yes, Sir. Die Bonanza sollte eben hier in dem Estrecho zu finden sein.«

»So!« lächelte der Jäger. »Kennt ihr die Bedeutung dieses Namens?«

»Nein. Es gibt überhaupt keinen Menschen, der das weiß.«

»Es gibt doch welche. Winnetou weiß es, und auch ich kann es euch sagen. Hoaka ist ein Wort aus der Acomasprache und bedeutet soviel wie Himmel. Bonanza of Hoaka heißt also Bonanza des Himmels. Während die golddürstigen Bleichgesichter hier überall herumstöberten, um das gleißende Metall zu finden, und dabei meist zugrunde gingen, predigten die alten Padres von den wahren Schätzen, die nur im Himmel zu suchen sind. Dadurch hat sich der Ausdruck Bonanza of Hoaka herausgebildet; er lebt in der Sage; er spukt in den Köpfen der Diggers und Gambusinos, und er hat sogar, wie ich höre, Besitz von euren Köpfen ergriffen, Mesch'schurs.«

»So, also so ist die Sache!« meinte Majestät höchst enttäuscht. »Einer Täuschung, einer alten Sage wegen haben wir uns dem Martertod nahe gebracht. Der einzige Gewinn ist derjenige, daß diese schöne Gegend nunmehr von zwei großen Schurken befreit wurde!«

»Das ist freilich wahr«, stimmte der Hobble-Frank bei. »Jetzt kann sich der ›Schwarze Mustang‹ seinen Haarschopf in den ewigen Jagdgründen nachwachsen lassen! Gaudeamus Igelkur!«

Der lange Hum kannte den Kleinen und seine Eigentümlichkeiten noch nicht; er hielt es darum für angezeigt, den kuriosen Fehler des Hobble zu verbessern, und sagte also: »Verzeiht, Mr. Franke! Es heißt nicht Gaudeamus Igelkur, sondern Gaudeamus igitur!«

Da blitzte ihn der Moritzburger mit zornigen Augen an und antwortete mit fauchender Stimme: »So? So? I, was Sie da nich sagen! Heernse, mein Gutester, wissen Sie vielleicht, wie ich heeße?«

»Ja, Sie haben es mir doch gesagt. Ihr Name ist Franke.«

»Franke? Bloß Franke? Nur Franke? Da muß ich aber sehr bitten! Ich bin nämlich geboren und getooft als Heliogabalus Morpheus Edeward Franke, Präriejäger aus Moritzburg. Verschtanden? Nun sagen Sie mir doch eenmal Ihren Namen!?«

»Ich heiße Hum.«

»Hum? Hum! Das ist ja gar keen Name. Sie müssen doch anders heeßen! Das is ja gerade, wie bei Timpes Erben, nich wahr, Kas?«

Da horchte der lange Hum auf und fragte rasch: »Timpe? Wie kommen Sie zu diesem Namen?«

»Ich? Ich komme gar nich dazu; er is nich meiner. Ich wollte mich ooch bedanken! Wenn ich Timpe hieße, so schpränge ich da ins Meer, wo das Wasser am dicksten is!«

»Aber Sie haben vielleicht jemand gekannt, der Timpe hieß?«

»Ja; ich habe allerdings zwee solche bedauernswerte Personen gekannt; ich kenne sie sogar noch.«

»Drüben in Ihrem Vaterland?«

»Nee, hier in Amerika. Sie brauchen sich nur die beeden Jünglinge anzusehen, da den kastanienbraunen Has und dort den semmelblonden Kas; die sind schon seit langer Zeit ganz hoffnungslos mit dem unheilvollen Namen Timpe behaftet.«

»Wirklich? Sie, Sie heißen Timpe?« fragte Hum, während er sich an die beiden Vettern wandte.

»Ja«, antwortete Kas. »Ich heiße Kasimir Obadja Timpe, und

dort mein Vetter nennt sich Hasael Benjamin Timpe. Sie scheinen unsere Namen zu kennen?«

»Allerdings. Aber sagen Sie mir vorher, aus welchem Grund Sie Ihr Vaterland verließen?«

»Wir haben nicht nötig, es zu verschweigen. Wir suchen hier nach einer Erbschaft, um die wir betrogen worden sind.«

»Betrogen? Wieso? Von wem?«

Es war Hum anzusehen, daß der Gegenstand dieses Gesprächs seine ganze Aufmerksamkeit in Anspruch nahm. Kas antwortete: »Ein Vetter ist uns damit durchgebrannt. Er hieß Nahum Samuel Timpe und soll jetzt in Santa Fé stecken. Darum sind wir nach dieser Stadt unterwegs, um den Betrüger zu entlarven.«

»All devils! Von wem soll die Erbschaft stammen?«

»Von unserem Oheim Josef Habakuk Timpe, der kinderlos in Fayette gestorben ist.«

»Meine Herren, das ist mir wirklich sehr, sehr interessant. Sagen Sie mir nur noch, woher Sie wissen, daß dieser Onkel ein Vermögen hinterlassen hat!«

»Von meinen Vettern Petrus Micha Timpe und Markus Absalom Timpe in Plauen, die gerade hunderttausend Taler erhalten haben.«

»Und da sind Sie herüber, um sich auch Ihren Teil zu holen?«

»Ja. Erst habe ich wiederholt geschrieben, ohne aber Antwort zu erhalten, und so machte ich mich dann auf, um den Betrüger zu fassen, der mit der ganzen Summe durchgebrannt ist.«

Da ließ Hum ein schallendes Gelächter hören und rief in verschiedenen Pausen dazwischen: »Und deshalb wollen Sie nach Santa Fé? Das ist gar nicht notwendig. Sie können ihn hier fangen, hier am Estrecho, wo Sie sitzen!«

»Was? Wie? Sie scherzen! Sie machen sich lustig über uns!« fragten Kas und Has schnell durcheinander.

»Es ist mein völliger Ernst, obgleich ich lache. Merken Sie denn noch immer nichts? Sie haben Ihre Vornamen Kasimir und Hasael in Kas und Has abgekürzt. Ich werde Hum genannt, das ist die Abkürzung von Nahum. Mein Name ist nämlich Nahum Samuel Timpe, und ich bin der betrügerische Vetter, den Sie suchen. Nun greifen Sie rasch zu!«

Has und Kas waren zunächst sprachlos vor Erstaunen; der stets redefreudige Hobble-Frank aber rief begeistert aus: »Jetzt haben wir ihn! Jetzt is uns der richtige Kriminal-Timpe in das Garn geloofen! Wenn er nich sofort das Geld berappt, hängen wir ihn off wie eene Fledermaus, nämlich mit dem Koppe abwärts nach dem Innern der Mutter Erde gerichtet. Da sieht man wieder: der Hochmut kommt schtets vor dem Fall. Geaudeamus Igelkur, Herr Hum!«

Nun sprangen Kas und Has auf, um mit Fragen, Vorwürfen und Drohungen auf Hum einzustürmen. Dieser hörte aber gar nicht darauf, sondern zog einen sorgfältig verwahrten Papiersack aus der Tasche, entnahm ihm einen Brief und reichte ihnen diesen, dabei immer lachend, mit den Worten hin: »Diese jetzt wertlosen Papiere, die mich aber viel Geld gekostet haben, sind die ganze Hinterlassenschaft des Onkels Josef Habakuk. Sie sollen Sie alle sehen und prüfen; jetzt aber lesen Sie zunächst einmal dieses Schreiben, das der edle Erblasser damals aus Plauen erhalten hat. Es kam kurz vor seinem Tod an, und ich habe es geerbt. Es ist das einzige Erbstück, das ich nicht mit meinem Vermögen zu bezahlen gehabt habe. Sie können es behalten.«

Die beiden fielen begierig über den Brief her; sie lasen ihn zu gleicher Zeit; aber je weiter sie darin kamen, desto länger wurden ihre Gesichter, und als sie fertig waren, ließen sie ihn fallen und sahen Hum aus tief enttäuschten Gesichtern an.

»Nun, bin ich ein Betrüger?« fragte Hum. »Der Oheim hat mich selbst um mein ganzes Erbe betrogen, und Ihre Vettern haben sich einen Spaß mit Ihnen gemacht, weil die Timpes in Plauen mit den Timpes in Hof verfeindet waren. Die in Plauen hatten das Glück, hunderttausend Taler in der Lotterie zu gewinnen, und machten ihren Verwandten in Hof weis, sie hätten diese Summe von Onkel Josef Habakuk geerbt. Sie schrieben dem Onkel kurz vor seinem Tod diesen Brief darüber, in dem sie sich über euch lustig machten, und so spaßhaft diese Sache ist, es tut mir doch leid, daß sie so weit getrieben wurde, bis sie uns hier im Wilden Westen zusammenführte. Wenn ihr mich nun noch verhaften wollt, so stehe ich euch gern zur Verfügung.«

Obgleich der Brief den unumstößlichen Beweis der Unschuld Nahums führte, bedurfte es doch einer ganzen Weile, bis Kas und Has sich in die neue Anschauung der Sache fanden. Es wurde ihnen nicht leicht, auf die Hoffnung, doch noch zu ihrem Erbe zu gelangen, nun gänzlich zu verzichten. Da stand Hum endlich auf und streckte ihnen beide Hände entgegen und sagte: »Laßt es euch doch nicht grämen! Ihr bekommt nur ein eingebildetes Vermögen nicht; ich aber habe durch Josef Habakuk ein wirkliches Vermögen verloren, das mein Vater mir hinterlassen hätte, wenn er nicht von seinem Bruder betrogen worden wäre; der brave Onkel hat sein und mein Geld durchgebracht. Habe ich mich dreinfinden müssen, so wird es wohl auch euch möglich sein, einer Hoffnung zu entsagen, die überhaupt doch ganz unbegründet war. Ihr habt dafür anstatt eines betrügerischen Verwandten einen ehrlichen Vetter gefunden, der sich riesig darüber freut, mit euch hier zusammengetroffen zu sein, und gern bereit ist, alles Heil und Unheil des Lebens mit euch zu teilen. Und das ist, denke ich, doch wohl auch etwas wert!«

Das griff dem kleinen Hobble tief in die Seele. Er, der soeben noch davon gesprochen hatte, daß Hum verkehrt aufgehängt werden solle, rief jetzt begeistert aus: »Was schtehen Sie denn da wie zwee gebackene Pflaumen vor der Küchentür! Dieser liebe und vortreffliche Hum hat mir ganz aus dem Herzen geschprochen. Es gibt nischt Besseres in der Welt als eenen Vetter, den man hochachten kann; ich habe diese Erfahrung hier an meinem Vetter Droll gemacht. Schperren Sie sich also nich so lange gegen den glücklichen Konsumverein der Freundschaftlichkeit, sondern schlingen Sie die Hände kräftig ineinander; und lassen Sie mich den erschten Schritt der Versöhnung tun, indem ich Ihnen aus Fridolins Gang nach dem Drachen zurufe:

›Ich sei, gewährt mir die Bitte,
In eurem Bunde der Vierte!‹«

Die Verwechslung, deren Frank sich schuldig machte, erregte allgemeine Heiterkeit. Kas und Has mußten in das Lachen der anderen einstimmen und griffen endlich nach Hums Händen, wobei der erstere sagte: »Du hast recht, Vetter; es gibt für uns keinen Grund, dir länger zu zürnen, und das Geld hätte uns ja vielleicht auch nicht glücklich gemacht. Wir stehen ja hier an der Bonanza of Hoaka, aus deren Namen wir lernen sollen, daß es andere Schätze gibt, nach denen man trachten sollte. Wir wollen fortan gut zusammenhalten, so gut, daß man, um eine treue Freundschaft zu bezeichnen, einst sagen wird: Grad wie bei Timpes Erben!«

»Ja, wie bei Timpes Erben!« stimmte der Hobble bei. »Ich habe zwar diesem Namen bis jetzt keinen Beigeschmack abgewinnen können, aber was kein Verschtand der Verschtändigen sieht, das merkt der Rheumatiker, wenn es zieht. So sage ich denn meiner bisherigen Abneigung Lebewohl, und da Sie sich durch lauter abgekürzte Namen auszeichnen, so werde ich, als vierter im Bunde, diesem Beispiel folgen und ooch zwee Silben schtreichen. Sagen Sie also in Zukunft nur Heliogabalus Morpheus Edeward zu mir; das Franke können Sie weglassen; der Erdkreis weeß es dennoch ganz genau, daß man den weltberühmten Frank darunter zu verschtehen hat. Ich habe geschprochen. Howgh!«

JOE BURKERS, DAS EINAUG

1. »Tötendes Feuer«

Ein kleines Feuer brannte am Bighorn-Fluß, und an ihm saß einsam ein Mann in Trapperkleidung. Lange, graue Haare fielen auf die breiten Schultern; seine reckenhafte Gestalt zeigte Ruhe und Gelassenheit, und nur sein feuriges Auge verriet, daß ihm nichts entgehen konnte, was um ihn her vorging.

Soeben hatte er seine Mahlzeit, die aus einigen gebratenen Fischen bestand, beendet und sein Kalumet in Brand gesteckt. Er tat noch etwas Holz in die Flamme, wickelte sich in seine Decke und legte sich nieder.

Es war ein stiller, abgelegener Ort. Der Fluß bildete hier eine seeartige Erweiterung mit mehreren tiefen, schmalen Buchten, an deren einer der Jäger gelandet war und sein Kanu befestigt hatte. Schon wollte es dunkel werden, aber noch waren die ernsten, tiefen, schwermütigen Stimmen des Urwalds zu vernehmen.

Der einsame Mann lauschte der Abendhymne des Waldes, jenem leisen, aber sonoren Säuseln, das von tiefgestimmten Aeolsharfensaiten zu kommen scheint. Es umgibt und umklingt einen von allen Seiten; es kommt aus allen Richtungen, und doch kann man nicht sagen, wo es beginnt und wo seine Noten geschrieben stehen. Dazu erklang im leichten Rhythmus das Plätschern und Glucksen der Wellen. Ein Eichkätzchen kam am Stamm einer Rüster herab, betrachtete den Fremdling mit seinen kleinen neugierigen Äuglein, und kehrte dann beruhigt in seinen Kober zurück. Zuweilen sprang in dem Schein, den das Feuer über das Wasser warf, ein Fisch empor und fiel mit lautem Klatschen wieder in sein Element zurück. Die brennenden Zweige prasselten in der Glut; eine Copperhead, zu den Kreuzottern gehörend, raschelte davon; sie hatte vielleicht ihre Sommerwohnung gerade in der Nähe des Feuers gehabt und machte sich jetzt aus dem Staub. Ein aus dem ersten Schlaf geweckter Käfer arbeitete sich mit fast unhörbarem Rascheln durch das abgefallene Laub; eine kleine Moskitenschar tanzte um den aufsteigenden Rauch einen bewegten Reigen und ließ dabei ein feines silbernes Klingen hören, das plötzlich durch das unstete, heftige Summen eines großen, dicken Nachtfalters unterbrochen wurde, der mit tölpelhafter Rücksichtslosigkeit mitten unter sie hineinschoß, aber auch sofort seine Strafe erlitt: er versengte sich die Flügel und fiel in die Flamme. Gegenüber, auf der anderen Seite der schmalen Bucht, erhob ein Frosch seine Stimme; er mußte ein riesenhafter Kerl sein, denn sein Quaken war ein förmliches Brüllen zu nennen. Er schien sich über die Gegenwart des Trappers höchst beleidigt zu fühlen, denn er ließ nicht jenes kurze, tief befriedigte »Quak!« oder jenes langgezogene, glückselige »Qua–aaak!« hören, mit dem ein normal gestimmter Froschbariton sein breites Maul aus dem Wasser schiebt, sondern es war ein höchst ärgerliches Belfern, ein unwilliges, aller Rücksicht und Hochachtung bares Lärmen, was er vernehmen ließ, die reinste, ausgesprochenste Schimpferei, und – doch halt, was war das?

Der Frosch brach plötzlich ab, und es war zu hören, daß er in das Wasser zurückfuhr. Er war gestört worden, aber wodurch? Von wem?

Wer sich jahrelang und unter tausend Gefahren im »Wilden Westen« aufgehalten hat, der weiß jeden, auch den kleinsten Laut der Natur zu beurteilen. Ein Zweig knackte drüben, ein dürrer, dünner Zweig, der auf dem Boden gelegen hatte; der Jäger hörte es deutlich, und so leise dieser Ton gewesen war, sagte er ihm doch, daß er von dem Fuß eines Menschen verursacht worden sei. Zerbricht ein Ästchen, ein Zweig in der Höhe, so hat dies wenig zu bedeuten, denn es ist vom Wind oder von einem Tier geknickt; knackt das Holz aber am Boden, so ist die Möglichkeit vorhanden, daß ein Mensch in der Nähe ist. Und ein alter Waldläufer weiß an dem Geräusch sehr genau zu entscheiden, ob der Zweig von dem biegsamen Fuß eines schleichenden Tieres oder dem weniger federnden Schritt eines Menschen zerbrochen wurde. Er weiß sogar durch langjährige Übung zu bestimmen, ob das Geräusch durch die hartsohligen Stiefel eines Weißen oder den weichen, nachgiebigen Mokassin eines Indianers hervorgebracht ist.

Der Mann da drüben jenseits der Bucht war sicherlich ein Indianer, und dies konnte für den Trapper keineswegs ein beruhigender Gedanke sein. –

Wer gerecht denkt, darf das Verhalten der Weißen gegenüber den Roten nicht billigen. Auch der Indianer ist ein Mensch und im Besitz seiner Menschenrechte; es ist sündhaft, ihm die Daseinsberechtigung abzusprechen und die Mittel zum Leben nach und nach zu entziehen. Man halte im Vereinigten-Staaten-Kongreß noch so schöne Reden; man sende dem sogenannten »Wilden« Agenten und alle möglichen anderen Sorten von »Zivilisatoren« – der Unparteiische wird die Rede von der Tat zu unterscheiden wissen.

Der Indianer befand sich ehedem im vollständigen Besitz des Landes; er war Herr des Bodens und seiner Erzeugnisse; er lebte auf ihm nach seiner eigenen Art und Weise und fühlte sich wohl dabei. Keine einzige indianische Überlieferung spricht von einem solchen Blutvergießen, wie es kurz nach der Einwanderung der Weißen begann und bis in die jüngste Vergangenheit fortgesetzt wurde. Die ersten Weißen wurden fast wie Götter aufgenommen und geehrt, aber diese Götter zeigten bald sehr menschliche oder vielmehr unmenschliche Eigenschaften. In Mexiko und Peru wurden Fluren und Felder verwüstet, Städte und Dörfer zerstört und dadurch, daß man die Wasserleitungen in Trümmer legte, das Land in eine große Öde verwandelt; fieberhafte Goldgier, Verrat und maßlose Selbstsucht haben das Leben von Millionen friedlicher Menschen vernichtet und die Geschichte um die Fortentwicklung einer eigenartigen, wohlberechtigten Kulturform gebracht. Und in den Vereinigten Staaten? Der Indianer soll sterben, und er wird also sterben; es ist daher unnütz zu philosophieren; aber man beurteile ihn nicht nach Berichten aus zehnter und zwölfter Hand, auch nicht nach seinen jeweiligen Feindseligkeiten, zu denen er immer wieder getrieben wird; man suche ihn auf, vertraue sich ihm an und lerne ihn kennen! Er ist enthaltsam, gerecht, wahr, treu und tapfer. Hat man ihn betrogen und getäuscht, so verurteile man ihn nicht, wenn er Gleiches mit Gleichem vergilt. Treibt man ihn, ohne ihm Wort zu halten, aus einer »Reservation« in die andere, so wundere man sich nicht, daß er sich nicht zum heimatlosen »Ewigen Juden« geboren fühlt, sondern das kleine, ihm zugesagte Stückchen desjenigen Landes verteidigt, das einst ihm ganz gehörte. Der Indianer liegt im Sterben, tausendfach verwundet und verletzt; sein Scheiden ist kein friedliches; sein Todeskampf ist vielmehr fürchterlich. Das Feuerwasser, die Pocken und andere ähnliche Geschenke der Weißen haben seine Kräfte noch nicht zur Neige gebracht; er, der einstige Riese, ist noch stark genug, manchen Angreifenden im gewaltigen Todeskampf zu erdrücken. Sein hartes Sterbebett ist das Felsengebirge, in dessen Schluchten und Cañons die letzten Kämpfe stattfinden. Er weiß, daß die Pueblos, Zuni, Queres und alle, die sich ergeben haben, den langsamen, ehrlosen Tod des Verschmachtens, der Entartung gestorben sind oder noch sterben werden; er aber will sterben wie ein Held, das Schwert in der Faust. Alle sogenannten friedlichen Indianer verschwinden nach und nach, ohne ihren Namen und das Gedächtnis einer männlichen Tat zu hinterlassen; aber die Komantschen und Apatschen im Süden und die Sioux im Norden werden, vertrieben aus ihren Savannen, sich in die Rocky Mountais zurückziehen und Schritt um Schritt im Blut ihrer Feinde waten, bis man den letzten von ihnen niederschlägt. Diese Kämpfe werden jahrhundertelang im Munde fernerer Generationen fortleben, und um jeden Schädel, den der Pflug oder der Spaten des Landmannes aus der Erde stößt, wird die Sage ihr Gewebe spinnen, und die Urenkel der Sieger, gerechter als ihre Ahnen, werden dem erschlagenen Indsman ihre Teilnahme widmen und vielleicht auch – die Folgen dieses Totschlages zu tragen haben. –

Der grauhaarige Westmann wußte, daß Soldaten des flußabwärts liegenden Forts Custer unlängst mit einer Schar Sioux vom Stamm der Tetongs zusammengestoßen waren. Die Rothäute hatten Büffel gejagt, und es gilt als Savannengesetz, daß die Jagd dem gehört, der sie zuerst unternommen hat; dennoch aber hatten die Dragoner, die ebenfalls »Fleisch machen« wollten, sofort Anspruch auf die Beute erhoben. Es war zu einem Kampf gekommen, und die Indianer hatten unter Zurücklassung zahlreicher Gefallener den überlegenen Waffen der Feinde weichen müssen. Mit Gewißheit stand zu erwarten, daß die Sioux diesen Friedensbruch rächen würden, und darum hatte der Jäger jetzt, als er in seiner Nähe das Knacken eines Zweiges vernahm, alle Veranlassung, auf der Hut zu sein.

Er hielt die Augen scheinbar geschlossen, blickte aber unter den gesenkten Lidern scharf hinüber, wo das Geräusch sich hatte hören lassen. Die Bucht war hier höchstens zwanzig Fuß breit, und der jenseitige Rand des Gesträuchs wurde vom Feuer hell erleuchtet. Man mußte sehr scharfe, geübte Sinne besitzen, um in einer solchen Lage das Richtige zu treffen; oft aber tut der einfache Instinkt mehr als alle Schärfe der Wahrnehmung. Da drüben wurden einige Zweige langsam beiseite geschoben; zwei dunkelgrüne Augen erschienen, schlossen sich aber sofort wieder. Es war also ein alter, erfahrener Krieger, der sich dort anschlich; er wußte, daß man des Abends das Leuchten zweier Augen recht gut bemerken kann, und ließ deshalb die seinigen nur kurz aufblitzen. Fünf- oder sechsmal erschien ihr Glanz, dann erhielten die zur Seite geschobenen Zweige ihre ursprüngliche Lage wieder: der Rote hatte sich überzeugt, daß der Waldläufer allein war.

Dieser hatte nur die Augen, nicht aber das Gesicht gesehen, wußte also nicht, ob es mit Kriegsfarben bemalt war, ob der Lauscher sich in friedlicher oder feindlicher Absicht hier befand. Jedenfalls war es geraten, das Schlimmere anzunehmen. War er allein? Kam er als Spion hier an den Fluß? Oder weilte eine Indianerschar in der Nähe, die das Feuer bemerkt und ihn abgeschickt hatte, um zu sehen, wer daran lagerte? Es war zu vermuten, daß er allein sei. Als Späher schicken die Indsmen nämlich meist junge Leute aus, die sich üben sollen; dieser Mann aber war alt und erfahren. Jetzt schlich er sich jedenfalls um die Bucht, um sich dem Jäger unbemerkt zu nähern. Dann mußte einer von zwei Fällen eintreten: kam er in Frieden, so schritt er plötzlich zwischen den Bäumen hervor, um mit stolzem Gruß am Feuer Platz zu nehmen und dem Weißen zu sagen, daß er doch vorsichtiger sein möge; kam er aber als Feind, so galt es das Leben.

Der Westmann wartete eine Weile, dann schlug er sachte seine Decke auseinander und raffte sie, ohne sich zu erheben oder das geringste Geräusch zu verursachen, so am Boden hin, daß es von weitem den Anschein hatte, als liege er noch darunter; dann nahm er seine Büchse und kroch in das Dunkel der Bäume hinein.

Der Rote mußte von links herbeikommen; der Weiße fand unter einigen eng beisammenstehenden wilden Kirschensträuchern ein ausgezeichnetes Versteck. Bei Tageslicht wäre die kleine Bucht recht gut in fünf Minuten zu umgehen gewesen; bei dem jetzt herrschenden Dunkel aber und bei der Vorsicht, die der Indianer beobachten mußte, konnte er vor einer Viertelstunde nicht beim Feuer sein. Diese Zeit verstrich. Der Waldläufer verließ sich allein auf sein gutes Gehör und hielt die Augen geschlossen; jener hätte ja ihren phosphoreszierenden Glanz bemerken können. Ein ganz leises, fast unmerkbares Wehen verriet sein Kommen: es war kein Geräusch, sondern nur der Luftdruck, den seine Bewegung hervorbrachte. Und da, da trat auch der Geruchssinn in Tätigkeit: dem Weißen näherte sich ein eigentümlicher unangenehmer Geruch; der Rote hatte ein Opossum erlegt, ausgeweidet und gegessen. Dieses Beuteltier gibt eine übelriechende Ausdünstung von sich und wird von den Indianern nur dann gegessen, wenn es nichts anders gibt. Daß die Rothaut einen solchen Braten nicht verschmäht hatte, war der sicherste Beweis, daß er sich auf dem Kriegspfad befand; er hatte, um Zeit,

Mühe und Umwege zu vermeiden, das erste Opossum aus einem Baumloch hervorgeholt und an diesem Fleisch seinen Hunger gestillt.

Jetzt war er so nahe, daß ihn der Westmann fast mit der Hand erreichen konnte. Er kroch an ihm vorüber, langsam und lautlos, mit dem Leib am Boden wie eine Schlange. Wer dieses Anschleichen noch nicht versucht hat, glaubt gar nicht, welch eiserne Muskeln und stählerne Nerven dazu gehören, sich mit langgestrecktem Körper nur auf den Spitzen der Füße und Finger über die Erde hinzuschieben. Würden dabei die Sohlen der Füße, die Teller der Hände oder gar das Knie benutzt, so würde wiederholtes Geräusch ganz unvermeidlich sein. Als vorhin der Zweig knackte, waren jedenfalls die Muskeln des Roten ermüdet gewesen, und er hatte infolgedessen den Boden für einen Augenblick mit den Knie berührt. Die Stelle, wohin man die Hände setzen will, wird vorher mit den Fingerspitzen sorgfältig untersucht, ob da nichts Zerbrechliches vorhanden ist. Genau auf dieselbe Stelle kommen dann im Weiterschleichen die Fußspitzen zu ruhen. Mancher gute Schütze und brave Westmann bleibt während seines Lebens doch ein schlechter Anschleicher. »La-yatishi – mit den Fingern sehen«, nennen die Navajos sehr bezeichnend diese für den Feind so gefährliche Fertigkeit.

Jetzt war er vorüber, und jetzt galt es zu handeln. Der Weiße ließ die ihm hinderliche Büchse unter den Büschen liegen und kroch ihm nach; er erreichte ihn und schnellte sich auf seinen langgestreckten Körper. Mit der Linken sein Genick umspannend, schlug er ihm mit dem Griff seines Revolvers auf den Hinterkopf – der Rote brach ohnmächitg zusammen. Nun nahm der Sieger seinen Lasso vom Gürtel und schlang ihn dem Bewußtlosen so um Arme und Beine, daß er sich nicht bewegen konnte; nachdem er seine Büchse geholt hatte, trug er den Gefesselten nach dem Feuer. Hier legte er ihn nieder und fachte die Glut von neuem an, um das Erwachen genau beobachten zu können

Es dauerte lange, ehe jener die Augen aufschlug; aber trotz der scheinbar gefährlichen Lage, in der er sich befand, verriet kein einziger Zug seines ehernen Gesichts eine Spur von Überraschung oder Schreck. Er schloß die Augen wieder und blieb wie leblos liegen, aber leise und heimlich spannte er seine Muskeln, um die Festigkeit der Fesseln zu prüfen. Er trug den bloßen Haarschopf eines gewöhnlichen Indianers und war nur mit Hemd, Hose und Mokassins bekleidet, alles aus Leder gefertigt. In seinem Gürtel steckte ein Messer und ein Tomahawk, der Medizinsack und ein Kugelbeutel. Dieser bewies, daß er sein Gewehr, vielleicht auch sein Pferd in der Nähe versteckt hatte, um sich ungehindert anschleichen zu können. Der Waldläufer wußte, daß der Gefangene auf keinen Fall das Gespräch beginnen werde, und fragte daher in jenem Gemisch von Englisch und Indianisch, das längs der Indianergrenze in Gebrauch ist:

»Was wollte der rote Mann bei meinem Feuer?«

»Tscha-tlo!« antwortete er knirschend.

Dieses Wort stammt aus dem Navajo-Dialekt und bedeutet Frosch, Großmaul, Quaker, unnützer Redner, Feigling; es enthielt also eine Beleidigung, die der Fragende aber überhörte. Warum sprach dieser Mann im Navajo? Er sah mehr wie ein Sioux aus.

»Du hast recht, dich über diesen Frosch zu ärgern«, war die Entgegnung, »er hat dich verraten. Hättest du ihn nicht gestört, so wärst du nicht mein Gefangener. Was denkst du wohl, was ich nun mit dir tue?«

»Ni niskii tsetsetsokhiskhan shi – töte und skalpiere mich!« antwortete er.

»Nein, das tue ich nicht«, sagte der Trapper. »Ich bin nicht dein Feind; ich bin ein Freund aller roten Männer. Ich nahm dich nur gefangen, um mich vor Schaden zu bewahren. Zu welchem Volk gehörst du?«

»Shi tenuai!« Das Wort tenuai heißt »Männer«, so nennen sich die Navajos; er meinte also: »Ich bin ein Navajo.«

»Warum sagst du mir die Unwahrheit? Ich kenne die Sprache der Tenuai; du sprichst sie nicht gut. Deine Aussprache verrät mir, daß du ein Mann der Tetongs bist. Rede deine eigene Sprache oder die Sprache der Weißen! Ich liebe die Wahrheit und werde dir auch die Wahrheit sagen!«

Da richtete der Gefesselte zum erstenmal das Auge voll und forschend auf den anderen und sagte: »Die Bleichgesichter sind über das große Wasser herübergekommen. Dort gibt es lichthaarige, die Engländer, und dunkelhaarige, die Spanier. Zu welchen gehörst du?«

»Zu diesen nicht und zu jenen auch nicht!« lautete die Antwort.

»Das ist gut! Sie sind Lügner mit lichtem Skalp und Lügner mit dunklem Skalp. Aber zu welchem Stamm gehörst du denn?«

»Ich gehöre zu dem großen Volk der Germans, die Freunde der roten Männer sind und noch niemals ihre Wigwams angegriffen haben.«

»Uff!« sagte er überrascht. »Die Germans sind gut. Sie haben nur einen Gott, nur eine Zunge und nur ein Herz.«

»Kennst du sie?«

»Nein«, antwortete er. »Aber ich habe von zwei großen weißen Jägern gehört, die Krieger der Germans sind. Sie töten den Grizzly mit dem Messer; ihre Kugeln gehen nie fehl, und sie reden die Sprache aller Indianer. Sie sind die Freunde der roten Männer.«

»Wie heißen sie?«

»Man nennt sie Old Firehand und Old Shatterhand. Winnetou, der Häuptling der Apatschen, ist ihr Blutsbruder!«

»Würdest du das Kalumet mit ihnen rauchen?«

»Sie sind große Häuptlinge; ich müßte warten, bis sie selbst mir die Pfeife des Friedens anböten.«

»Sage mir deinen Namen!«

»Man nennt mich Pokai-po, das ›Tötende Feuer‹.«

»So bist du der zweite Häuptling der Sioux vom Stamm der Tetongs!«

»Ich bin es«, antwortete er mit stolzer Einfachheit.

»Ich habe von dir gehört! Ein Häuptling der Sioux soll nicht gefesselt vor mir liegen. Du bist frei!«

Er nahm ihm den Lasso von den Gliedern. Der Befreite richtete sich empor, blickte ihn ganz erstaunt an und sagte:

»Warum gibst du mich frei? Warum tötest du nicht den größten Feind aller Bleichgesichter?«

»Weil du ein tapferer und gerechter Krieger bist. Du bist der Feind der Bleichgesichter nur deshalb geworden, weil sie selbst ihre Freundschaft mit euch gebrochen haben. Aber es gibt sehr große und mächtige Völker der Bleichgesichter, und darunter sind viele, die Freunde der roten Männer sind. Du darfst nicht alle weißen Männer hassen, weil einige falsch und untreu waren. Du wolltest mich überfallen, ich aber nahm dich gefangen; dein Skalp gehörte mir, ich aber gab dich frei. Laß uns die Pfeife des Friedens rauchen und dann als Brüder voneinander scheiden!«

Der Westmann griff zur Pfeife und stopfte sie. Der Indianer war sicher froh, mit heiler Haut zu entkommen, aber dennoch fragte er sich im stillen, ob es sich mit seiner Häuptlingsehre vertrage, von einem unbekannten Weißen die Pfeife angeboten zu erhalten. Darum forschte er:

»Bist du denn ein Häuptling der Weißen, und wie lautet dein Name?«

»Das ›Tötende Feuer‹, braucht sich nicht zu schämen, das Kalumet mit mir zu rauchen. Ich bin Old Firehand.«

Die Indianer sind gewohnt, selbst die überraschendste Nachricht mit der größten äußerlichen Ruhe aufzunehmen; aber kaum war der Name genannt, so sprang der Häuptling in die Höhe und rief:

»Old Firehand! Redest du die Wahrheit?«

»Kann das ›Tötende Feuer‹ von einem anderen überlistet und besiegt werden? Der Häuptling der Sioux mag Platz nehmen neben mir; oder soll Feindschaft zwischen uns beiden sein?«

»Wir wollen Brüder sein«, sagte er in feierlichem Ton. »Deine Feinde sind meine Feinde, und meine Brüder sind deine Brüder. Du wirst willkommen sein in allen Zelten der Sioux, und unser Leben ist wie ein einziges; einer soll für den anderen sterben!«

Von diesem Augenblick an konnte der Trapper sicher sein, einen neuen Freund gewonnen zu haben, der jederzeit bereit war, sein Leben für ihn hinzugeben. Er rauchte die Pfeife an, blies den Rauch nach den vorgeschriebenen Richtungen und reichte sie dem Häuptling dann hin. Dieser wiederholte die Zeremonie und rauchte den Inhalt des Kopfes schweigend zu Ende. Der Ton zu dem Kopf der Pfeife stammte aus den heiligen Steinbrüchen des Nordens, und jede ausgestoßene Rauchwolke galt als ein unverbrüchlicher Schwur zum Großen Geist, die geschlossene Freundschaft bis zum Tode treu zu halten. Die Freundschaft der »Bleichgesichter« wird oft auch bei Tabaksqualm und Spiritusduft geschlossen, aber was ist sie wert? Sie hört auf, sobald der Qualm sich verzogen und der Spiritus sich verflüchtigt hat!

Jetzt gab es keine Geheimnisse mehr zwischen beiden, und Old Firehand erfuhr nun, was Pokai-po an den Bighorn geführt hatte. »Die Krieger der Tetongs kamen an die Pässe des Gebirges, um den Büffel zu jagen, der dort vorüberzieht«, berichtete der Häuptling. »Sie hatten eine gute Jagd, denn der Büffel nahte mit seinen Frauen und Kindern in einer großen Herde, wie man sie seit vielen Sommern nicht gesehen hatte. Die Söhne der Tetongs sind stark und tapfer, darum lagen die Büffel und die Kühe zu großen Scharen tot am Boden. Da aber kamen die Bleichgesichter, die bunte Kleider tragen[1], und verlangten, daß man die Büffel ihnen überlasse. Sie hatten mehr Feuergewehre als die roten Männer. Diese wehrten sich, mußten aber weichen und ließen dreimal fünf und noch drei Tote zurück. Waren die Bleichgesichter in ihrem Recht?«

»Nein«, mußte der Westmann antworten.

»Das denken die roten Männer auch. Darum haben sie den Medizinmann gefragt und einen Großen Rat gehalten. Der Große Geist hat ihnen einen Sieg verheißen, wenn sie die verräterischen Bleichgesichter angreifen. Nun sind sie ausgezogen, um den Feind zu bestrafen. Sie liegen im Wald und Pokai-po ist aufgebrochen, nach Fort Custer zu gehen, um zu sehen, wie viele Feinde sich dort befinden und was man tun muß, um die festen Wohnungen der Bleichgesichter zu erobern.«

Dieser Sioux sah Old Firehand heute zum erstenmal, und dennoch vertraute er ihm alles an. War es da zu verwundern, daß dieser ihn seiner Freundschaft für würdiger hielt als diejenigen, die seine Rache so – gelinde gesagt – unbesonnen herausgefordert hatten? Aber durfte der Weiße dem Anschlag ruhig zusehen?

»Wird mein Bruder Old Firehand mit mir zu den Kriegern der Tetongs kommen, um das Fort zu überfallen?« fragte »Tötendes Feuer« nach einer Weile.

»Nein«, lautete die aufrichtige Antwort.

»Warum nicht? Du hast mit mir ja das Kalumet geraucht!«

»Ich bin dein Freund, aber auch alle Bleichgesichter sind meine Brüder.«

Es wurde dem Jäger nicht leicht, diese Worte auszusprechen, und er bekam denn auch sofort die Folgerung zu hören:

»Du sagtest selbst, daß sie unrecht gehandelt haben, und dennoch willst du der Bruder der Verräter und Lügner sein! Ich freute mich, als ich vernahm, daß du Old Firehand seist, aber ich sehe, daß es schwer ist, der Freund eines Bleichgesichts zu werden!«

Was sollte der Weiße antworten? Wie konnte er diesem einfachen Wilden beweisen, daß es jetzt seine Pflicht sei, das Vorhaben an die Bedrohten zu verraten. »Ihr wollt die Bleichgesichter töten, weil Manitou es euch befohlen hat?« fragte er.

»Ja.«

»Nun wohl! Auch ich muß meinem Manitou gehorchen, und er sagt, daß er allein der Rächer sei.«

»Warum hat denn dieser Manitou nicht bereits längst seine roten Kinder gerächt? Oder ist dein Manitou ein anderer als der meinige? Das ›Tötende Feuer‹ ist in den Städten der Bleichgesichter gewesen und hat die Reden ihrer Priester vernommen. Kennt Old Firehand diese Reden? Wer Menschenblut vergießt, der soll auch sterben, sagt euer Buch. Deshalb sollen auch die Bleichgesichter im Fort sterben! Einer soll den anderen lieben, sagt euer Buch. Warum wurden dreimal fünf und noch drei Krieger der

[1] Soldaten

Tetongs getötet, die doch nichts Böses getan hatten? Ihr sollt gehorchen euren Häuptlingen, sagt euer Buch. Wenn ein roter Mann zu euch kommt und einen tötet, so wird auch er getötet, denn eure Häuptlinge sagen, daß sie das Recht dazu haben. Wenn aber ihr zu uns kommt und tötet zehnmal zehn Männer von uns, so dürfen wir euch nicht töten, denn unsere Häuptlinge haben kein Recht dazu, sagen die eurigen. Sind denn die roten Männer räudige Hunde und Kojoten? Es mag Bleichgesichter geben, die uns nicht für Kojoten halten, und du gehörst zu ihnen. Ich weiß, daß du mir recht gibst, daß dir aber dein Glaube gebietet, die bösen Bleichgesichter des Forts zu warnen. Gehe hin und tue es!«

Er erhob sich und schaute halb trotzig und halb traurig in das Feuer. Auch der andere stand auf und fragte:

»Wo stehen die Krieger der Tetongs?«

»Am Flusse aufwärts.«

»Wie groß ist ihre Zahl?«

»Zehnmal zehn, dreimal genommen, und noch fünfmal zehn dazu.«

Ein Weißer hätte im gleichen Fall diese beiden Fragen nicht mit solcher Offenheit beantwortet. Old Firehand versetzte:

»Ich werde die Bleichgesichter nicht warnen, sondern du selbst sollst es tun.«

»Das ›Tötende Feuer‹ soll seine Feinde warnen?« fragte er ganz erstaunt.

»Ja. Du setzest dich in mein Kanu und fährst mit mir nach dem Fort. Dort verlangst du Genugtuung für deine erschlagenen Krieger. Erhältst du sie nicht, so habe ich meine Schuldigkeit getan, und du kannst den Ort überfallen, ohne daß ich ein Wort sage.«

Der Rote blickte sinnend vor sich nieder und sagte: »Sie werden das ›Tötende Feuer‹ ergreifen und festhalten.«

»Du bist mein Bruder; ich verspreche dir, daß du gehen kannst, sobald du willst.«

»Sie sind treulos; sie werden es dir versprechen, aber nicht Wort halten. Kannst du dann das ›Tötende Feuer‹ in Schutz nehmen?«

»Glaubst du, daß Old Firehand sich vor diesen Bleichgesichtern fürchtet? Wenn sie mir nicht Wort halten, so werde ich mit Büchse und Tomahawk mit ihnen reden.«

»Ich glaube dir und werde kommen, ganz allein, aber nicht in deinem Kanu, sondern auf dem Roß, wie es einem Häuptling der Sioux geziemt. Enokh e-i anash – lebe wohl!«

Im nächsten Augenblick war er im Dunkel des Waldes verschwunden. Dies lag ganz und gar in der indianischen Art und Weise, obwohl ein Europäer der Ansicht gewesen wäre, daß es noch gar vieles zu besprechen gab. Der Wilde redet weniger und handelt desto mehr.

An Schlaf durfte Old Firehand jetzt freilich nicht denken, denn es galt, zur rechten Zeit im Fort zu sein. Es war anzunehmen, daß der Häuptling sehr bald aufbrechen werde.

Der Jäger verlöschte das Feuer, band das Kanu los und begann die Fahrt flußabwärts. Das ging sehr schnell, und der Morgen war noch nicht zwei Stunden alt, so tauchte das Fort am Zusammenfluß des Bighornflusses mit dem Little Bighorn River auf.

Als der Westmann das Kanu angebunden hatte und die Höhe

langsam emporstieg, bemerkte er eine Art von Lager, das vor dem Pfahlwerk des Forts errichtet war. Es bestand aus einfachen Zweighütten und schien eine Schar von Trappern als Bewohner zu haben, denn es lag eine Menge von Präriewaffen und anderen zur Pelztierjagd erforderlichen Gegenstände umher.

Acht bis zehn von ihnen standen beisammen und übten sich im Schießen. Sie hatten ein kleines Brett an den Stamm eines Nußbaumes genagelt und mit Kreide ein Zentrum gemalt, wohin sie zielten. Old Firehand wollte vorübergehen, nachdem er ihnen ein »Guten Morgen« geboten hatte. Da stellte sich ihm der eine in den Weg. Er duftete trotz der frühen Morgenstunde bereits gewaltig nach Brandy und brüllte ihn mit einer Stimme an, als ob er eine englische Meile von ihm entfernt stehe:

»Holla, Master, hier geht man nicht vorbei! Wir haben einen Schießstand errichtet, wo gewettet wird. Der schlechteste Schuß gibt einen Drink, jedem ein volles Glas, und ein jeder, der sich außerhalb des Forts befindet, muß mitmachen.«

Es war ein außerordentlich widerlicher Kerl, den schon die Natur nicht gerade mit Schönheit ausgestattet hatte. Zu allem Überfluß aber mußte er sich einmal in einem schlimmen Kampf befunden haben, denn er hatte einen Hieb erhalten, der ihm die rechte Seite des Gesichts vollständig abgeschabt hatte; auch fehlte ihm das rechte Auge. Er war schauderhaft anzusehen mit seiner bebarteten linken und der rohfleischfarbenen rechten Gesichtshälfte.

»Man muß mitmachen? Wer hat das bestimmt, Sir?« fragte der Ankömmling.

»Ich, Master«, antwortete er. »Ihr müßt nämlich wissen, daß ich der Anführer dieser ehrenwerten Gentlemen bin. Sind nach Fort Custer gekommen, um neue Munition zu kaufen und werden dann wieder ein wenig Biber fangen.«

»So wünsche ich euch viel Glück im Geschäft, Sir. Good bye!«

Er wollte gehen, jener aber hielt ihn am Arm fest.

»Zounds! Wollt Ihr wohl stehen bleiben und einen Drink mit uns schießen! Ich habe Euch gesagt, daß ein jeder muß!« meinte er.

»Pshaw! Und ich sage Euch, daß ich nicht will!« Er sah ihm scharf und drohend ins Auge, schüttelte den Arm ab und ging.

»Ah, ein Gentleman, der zwar ein Schießzeug trägt, aber nicht schießen kann!« lachte der andere höhnisch, und die anderen stimmten in sein Gelächter ein. »Seht ihn an! Der ungeschlachte Kerl hat gewichste Stiefel wie ein Dancingmaster und eine Haltung, wie ein Noblingkutscher. Werden ihn schon noch zwingen, uns zu zeigen, was er mit seiner Sonntagsbüchse zu leisten vermag!«

Old Firehand beachtete dieses Geschwätz nicht und trat durch das geöffnete Tor in das Fort, wo er sich sofort beim Major melden ließ. Dieser hatte sich soeben von seiner Nachtruhe erhoben und empfing ihn mürrisch.

»Wie kommt es, Sir, daß Ihr mich in aller Frühe schon stört? Was wollt Ihr?«

»Euch warnen!«

»Was soll das heißen?«

»Fort Custer soll überfallen werden!«

»Ah!« rief er erbleichend. »Von wem?«
»Von dem Häuptling der Tetongs. Er steht mit dreihundertfünfzig Indianern hier in der Nähe. Zufälligerweise ist er mein Freund und hat mir versprochen, aus Rücksicht auf unsere Freundschaft vorläufig von jeder Feindseligkeit abzusehen. Er wird heute das Fort besuchen, um Genugtuung zu verlangen. Wird ihm diese verweigert, so stehe ich für nichts.«
»Oh, Sie haben übrigens ja auch sonst für gar nichts zu stehen«, antwortete der Major. Er hatte sich von der ersten Überraschung erholt und fügte hinzu: »Ihr Ton kommt mir recht eigentümlich vor!«
»Ich gehe auf den Ton ein, den Sie selbst anschlugen. Ich traf den Häuptling im Wald und habe mich beeilt, Sie zu benachrichtigen.«
»Sie trafen ihn im Wald, Sir? Wie kommen Sie dazu, der Freund eines Häuptlings der Tetongs zu sein? Habe gehört, daß Sie gestern Ihr Pferd hier einstellten und sich ein Kanu mieteten. Kommt mir wirklich verdächtig vor. Wer sind Sie überhaupt?«
»Mein Name ist Winter, Sir, und ich bin ein Trapper. Hatte Lust, eine kleine Bootsfahrt zu machen.«
»Sehr seltsam! Haben Sie sonst noch Wünsche?«
»Es ist den Indianern unrecht geschehen; ich habe für das Fort getan, was ich tun konnte. Genauere Auskunft kann ich nicht geben, denn einen Verrat an meinem Freund werde ich nicht begehen.«
»Ah, Sie wollen nicht sagen, wo die Rothäute stehen?«
»Nein.«
»Ich werde Sie zwingen.«
»Pshaw! Es ist mir nicht angst! Ich kenne die Verhältnisse hierorts so genau, daß ich sogar dem Häuptling freies Geleit versprochen habe.«
Das war dem Offizier denn doch zu viel. »Sind Sie bei Sinnen, Sir!« rief er. »Ich werde den Häuptling ganz im Gegenteil festhalten; er wird als Geisel hierbleiben!«
»So werde ich ihm entgegenreiten, um ihm zu sagen, daß er nicht kommen soll!«
»Ich werde Sie daran zu verhindern wissen!« drohte er.
»Versuchen Sie das, Major! Zunächst werde ich jeden niederschießen, der es wagt, seine Hand an mich zu legen, und sodann werde ich einen wahrheitsgetreuen Bericht der Tetong-Angelegenheit nach Washington senden. Man wird dort einsehen, daß man sich nicht stets zu wundern braucht, wenn die Indsmen zu den Waffen greifen.«
Der Offizier starrte den Sprecher erschrocken an, und als dieser Miene machte, zu gehen, rief er: »Halt, Sir! Ich kann in dieser Sache erst dann etwas unternehmen, wenn ich mich mit dem Offizierskorps beraten habe.«
»Gut, tun Sie das, und geben Sie mir dann Nachricht, ob der Häuptling freies Geleit haben soll oder nicht!«
Old Firehand verließ ihn und ging nach dem Store, wo er sich einen kleinen Raum gemietet hatte. Im Stall stand dort sein Mustang; er hatte lange ausgeruht und wieherte freudig auf, als

der Jäger ihn in den Hof zog, um ihn zu satteln. Dies tat er, weil er auf alles gefaßt sein wollte. Er füllte die Satteltaschen mit seinen Habseligkeiten und begab sich in seine Kammer zurück, um das Kommende abzuwarten. Nach einiger Zeit sandte man ihm einen Unteroffizier mit der Botschaft, daß man beschlossen habe, dem Häuptling freies Geleit zu bewilligen.

Die Stube, wo er sich befand, lag dicht neben dem Wirtschaftsraum; es herrschte dort ein ungewöhnlicher Lärm, und er nahm wahr, daß die fremden Trapper ihn verursachten. Einmal waren zwei von ihnen in den Hof hinausgetreten und unterhielten sich mit gedämpften Stimmen. Sie standen etwas abseits von der einfachen Bretterwand, und so hörte er nur einige abgebrochene Sätze von ihrer Unterredung.

»Prachtvoller Mustang . . . mehr wert, als alle unsere Klepper.«

»Wem mag er gehören?« fragte der andere.

»Jedenfalls einem der Offiziere.«

»Da dürfen wir uns nicht daran wagen . . . armseliges Leben nun . . . lange keinen Fang gemacht . . . verspielt . . . Helming . . . wird es wohl glücken.«

»Ist es wirklich der Bruder von . . . ?«

»Sicher . . . Burkers kennt ihn ganz genau . . . seit Jahren am oberen Sheyenne River . . . gut erkundigt.«

»Wird ein feines Geschäft . . . nur keiner überleben, sonst . . . an den Tag kommt.«

Jetzt erhob sich in der Schenk- und Ladenstube abermals ein greulicher Lärm, so daß kein weiteres Wort zu verstehen war, und dann verließen die beiden den Hof. Über was hatten sie sich unterhalten? Je mehr der Westmann über das Gehörte nachdachte, desto verdächtiger kam es ihm vor. Es sollte etwas nicht an den Tag kommen, und darum sollte keiner leben bleiben. Trieben diese als Fallensteller maskierten Leute etwa gar das Handwerk von Bushheaders, die besonders gern einsame Farmen oder Reisende überfallen, die mit Goldsand aus Kalifornien über die Berge herüberkamen? Während er über das Belauschte nachsann, hörte er draußen auf dem Platz lautes Rufen:

»Ein Roter, ein Roter, ein Häuptling kommt!«

Dieser Ruf wurde auch im Store vernommen, und alle dort Anwesenden eilten hinaus, um den Indianer zu sehen. Old Firehand tat dasselbe und sah wirklich das »Tötende Feuer« bereits die Anhöhe heraufsprengen. Er war ganz allein; draußen aber, wohl eine englische Meile entfernt, hielten drei Reiter mitten auf einer lichten Stelle, von wo aus man das Fort im Auge haben konnte.

Der Häuptling sah heute ganz anders aus. Sein prächtig aufgezäumter Rappe trug eine langwallende Mähne und schleifte den Schweif fast an der Erde hin. Der Reiter hatte sein Haar zu einem helmartigen Schopf gewunden, worin drei Adlerfedern, die Zeichen der Häuptlingswürde, steckten. Die Nähte seiner Leggins und seines Jagdhemdes waren ganz mit dem Haar erlegter Feinde befranst, an seinem Gürtel hingen nicht weniger als dreizehn in Zöpfe geflochtene Skalpe schuppenartig nebeneinander, und sein Mantel bestand ganz aus dem köstlichen Fell der gelben Ratte, die jetzt fast ausgestorben ist. Bewaffnet war er mit Messer, Tomahawk, doppelläufiger Büchse nebst Bogen und Köcher.

Als er durch das Tor eintrat, eilte ihm alles entgegen. Er trug zwar nicht die Kriegsfarben im Gesicht, aber das Kommen eines Tetong war jetzt unter allen Umständen bedeutungsvoll.

Old Firehand trat an sein Pferd heran und streckte ihm die Hand entgegen.

»Hos takh-shon enokh – guten Morgen!« grüßte der Häuptling. »Ich komme allein. Erhält das ›Tötende Feuer‹ freies Geleit?«

»Ja«, antwortete der Weiße. »Man hat es mir versprochen.«

»Mein Bruder glaube nicht alles, was man sagt! Der Häuptling der Tetongs wird seine Waffen nicht ablegen.«

Da trat ein Unteroffizier herbei und sagte dem Tetong, daß er im Beratungssaal erwartet werde, vorher aber die Waffen abzulegen habe. Der Häuptling würdigte ihn keines Blicks, sondern wandte sich an seinen weißen Freund:

»Wo ist dieser Ort?«

»Ich werde dich führen«, sagte der Gefragte.

»Halt!« gebot der Unteroffizier. »Der Zutritt ist außer dem Häuptling einem jeden anderen verboten.«

Old Firehand sagte kein Wort, sondern nahm den Rappen Pokai-pos beim Zügel und führte ihn nach dem Beratungssaal. Dieser war nichts anderes als die Turnhalle der Mannschaft, in die man jetzt einige Stühle gesetzt hatte. Der Häuptling sprang vom Pferd und trat ein; der Unteroffizier aber meinte: »Ich habe Befehl, das Pferd des Roten fortzubringen!«

»Es gehört mir!« antwortete der Jäger und führte das Tier nach dem Store, wo er es neben seinem eigenen an einen Haken band. Dort wartete er ruhig.

Eine Wache von vier Mann stand am Eingang zur Halle Wacht, und an der anderen Seite des Platzes hielten noch sechs Mann sich bereit, auf einen Wink zu Hilfe zu eilen. Man plante offenbar einen Verrat.

Es verging wohl eine halbe Stunde, da erscholl im Saal ein Pfiff; die vier Mann Wache traten sofort ein, und die sechs anderen setzten sich auch von fern her in Bewegung. Alle Neugierigen, die sich bisher in einer ehrerbietigen Entfernung gehalten hatten, drängten sich herbei. Schnell stieg Old Firehand auf seinen Mustang, ergriff den Rappen des Tetong beim Zügel und ritt auf die Halle zu. Er war eher dort als die sechs Dragoner.

»Get you gone – packt euch! Fort!« rief er und drängte die Pferde zwischen die Menge hinein.

Sobald er die Tür erreichte, sprang er ab, trat ein und zog auch die Tiere nach, die nun mit dem hinteren Teil ihrer Leiber den Eingang so ausfüllten, daß kein Mensch durch konnte. Ein Blick in das Innere der Halle zeigte den Stand der Angelegenheit. Der Pfiff hatte die vier Dragoner gerufen, um den Häuptling zu entwaffnen und gefangenzunehmen; die sechs anderen sollten nachkommen, konnten aber nun nicht eintreten.

Der Tetong stand mit erhobenem Tomahawk in der Ecke, bereit, denjenigen zu töten, der die Hand an ihn legte; doch aller Augen waren jetzt auf den Westmann gerichtet.

»Was ist das! Was wollen Sie, Sir?« rief ihm der Major entgegen.

»Sie an Ihr Wort erinnern«, antwortete der Westmann. »Sie versprachen mir freies Geleit für den Häuptling der Tetongs.«

»Das hat er erhalten; er hat frei hereingedurft.«

»Ah! Aber er darf nicht frei hinaus?«

»Nein, denn so viel habe ich nicht versprochen.«

»Gut, Sir! Pokai-po, bite ta-taa – komm her zu mir!«

Der Gerufene wollte sich in Bewegung setzen, da aber zog der Major den Revolver und richtete ihn auf den Jäger.

»Hinaus, sonst schieße ich!« gebot er.

»Pshaw!« antwortete dieser, während er gerade auf ihn zuschritt. »›Tötendes Feuer‹, sage diesen Männern, wer ich bin!«

»Old Firehand!« erwiderte der Indianer.

»Old Firehand!« wiederholten die Offiziere verblüfft. Der bloße Name tut oft mehr, als sein Träger jemals zuwege bringen kann.

»Ja. Old Firehand bin ich, Mesch'schurs«, sagte der Westmann. »Wollen Sie es glauben oder soll ich es Ihnen beweisen? Ich habe meinem roten Freund freies Geleit versprochen, und ich werde es ihm geben. Vorher erlauben Sie mir, an Ihrer Beratung mit teilzunehmen. ›Tötendes Feuer‹ spricht nicht gut englisch, und Sie verstehen die Dialekte der Sioux nicht genug; ein Dolmetscher ist notwendig. Beginnen wir also! Ob mit den Waffen oder mit der friedlichen Unterhandlung, das steht in Ihrem Belieben!«

Mancher wird in diesem Verhalten ein großes Wagnis erblicken, aber es war keins. Old Firehand kannte seine Leute. Die Yankees hatten vor einem Trappernamen eine solche Scheu, daß die Unterhandlung begonnen wurde. Dank der Bemühungen Old Firehands verzichtete der Häuptling auf die Sühne, die er vor Ankunft des Trappers verlangt hatte; er hatte das Leben von achtzehn Weißen beansprucht; je einen Weißen für jeden gefallenen Tetong; der Westmann aber brachte es dahin, daß er achtzehn Karabiner verlangte, und sie wurden ihm – ganz gegen das Gesetz – bewilligt.

Nun gab Old Firehand den Eingang wieder frei. Es hatte kein Mensch eintreten können, weil die beiden Pferde ihre Stellung mit den Hinterhufen verteidigten. Als sie die Halle verließen, ertönte aus der vorderen Reihe der Neugierigen eine Stimme:

»Warum schlägt man diese Rothaut nicht tot? Was will sie hier unter Gentlemen? Teert und federt sie!«

Der Sprecher war kein anderer als der einäugige Fallensteller, der den Waldläufer zum Schießen hatte zwingen wollen.

»Ja, teeren, federn!« brüllten seine Gesellen.

Sofort streckten sich zehn bis zwanzig Arme nach dem Indianer aus. Wie auf Verabredung drängte sich ein breiter Keil von Menschen im Nu zwischen beide, so daß Old Firehand von ihm getrennt wurde. Dieser sah das Schlachtbeil seines roten Freundes blitzen, ein vielstimmiger Schrei der Wut erscholl.

»Major, ich mache Sie verantwortlich!« rief er dem Offizier zu, der erschrocken in seiner Nähe stand.

Er ließ den Rappen, den er noch gefaßt hielt, los und sprang auf seinen Mustang. Es fielen bereits Revolverschüsse. Er nahm das Pferd hoch und gab ihm beide Sporen; es schnellte mit einem weiten Satz mitten in den Menschenknäuel hinein, und nun gebrauchte er den Kolben seiner Büchse ebenso kräftig wie die Hufe seines braven Tieres. Der Indianer hatte sich verteidigt, war aber von der Menge in seinen Bewegungen gehemmt, gedrückt und niedergerissen worden. Er wehrte sich noch am Boden mit aller Kaltblütigkeit eines Indsman. Old Firehands Hiebe machten ihm Luft. Pokai-po schnellte empor, die Büchse, die ihm entfallen war, wieder in der Hand; ihr Kolben krachte auf die Köpfe der Angreifer nieder. Alles schrie und brüllte durcheinander; Messerklingen blitzten, Revolverschüsse knatterten. Gar mancher wurde dadurch verletzt, aber die beiden Freunde blieben unversehrt und Old Firehand rief dem Häuptling zu:

»To-ok kava – spring aufs Pferd!«

Dieser verstand ihn trotz des Geheuls rund umher und flog zu seinem Rappen, der, scheu geworden, mit allen vieren um sich schlug. Mit einem Satz schwang er sich auf.

»Ustai nai – komm, mir nach!« Mit diesen Worten trieb der Westmann sein Pferd zum Sprung an; der Rote tat dasselbe durch den einfachen Schenkeldruck, da er die herabhängenden Zügel noch nicht hatte fassen können. Er stieß den gellenden Triumphschrei der Sioux aus, und dann schossen beide davon, über den Platz hinweg und auf das Tor zu. Es war verschlossen, aber seitwärts waren die Planken niedriger.

»Ho-ho-hi!« rief der Häuptling und flog hinüber; der Weiße ihm nach.

Ein vielstimmiger Schrei des Erstaunens erscholl, dann rasten die Pferde die Anhöhe hinab und in die Ebene hinein. Bald konnten sie die Tiere langsamer gehen lassen, denn niemand folgte ihnen.

2. Old Zach

Und wieder saß Old Firehand eines Abends beim Lagerfeuer; diesmal war er aber nicht allein, denn sein Pferd weidete ganz in der Nähe. Es ist immer eine Beruhigung, ein gutes Tier bei sich zu haben, da es oft schärfere Sinne hat als selbst der geübteste Jäger. Ein Mustang wittert die Annäherung eines jeden feindseligen Wesens und tut dies dem Besitzer durch ängstliches Schnauben kund.

Der Westmann hatte die Gegend von Fort Custer verlassen und befand sich jetzt am östlichen Arm des Powder River, um von da über die Blackhill hinüberzugehen nach den Wassern des White River, an denen er Winnetou, den Häuptling der Apatschen, zu treffen hoffte.

Als er mit dem »Tötenden Feuer« das Fort verlassen hatte, waren sie auf die drei Vorposten gestoßen, ohne weiter belästigt worden zu sein. Von da ritten sie den Bighornfluß aufwärts und trafen bald auf die Schar der Tetongs, die ihres Anführers mit Ungeduld harrte.

Es wurde sofort eine Beratung gehalten, deren Ergebnis dahin lautete, zunächst einmal abzuwarten, ob der Major sein Versprechen einlösen würde. Dieser schien sich die Sache doch ruhig und reiflich überlegt zu haben, denn wirklich trafen die als Sühnegeld versprochenen Gewehre tags darauf ein, zugleich mit einer Art Entschuldigung; der Offizier ließ dem Häuptling sagen, er bedauere den neuerlichen Vorfall und hätte die rauflustigen Trapper sogleich aus dem Fort jagen lassen.

Damit war der Friede mit der Besatzung wiederhergestellt, aber die Wut über die dem »Tötenden Feuer« von den Bushheaders zugefügte Schmach blieb zurück. Die Indsmen schworen, sich an den Landstreichern rächen zu wollen und brachen sofort auf, die Spur des »Mannes mit dem halben Gesicht« und seiner Gefährten zu suchen. Old Firehand hatte keinen Grund, diesem Vorgehen entgegenzutreten, und trennte sich in herzlicher Freundschaft von Pokai-po.

Er ritt noch weiter flußaufwärts und wandte sich dann bald nach Osten. Nach einem zweitägigen Ritt war er nun an seinem heutigen Lagerplatz angelangt und wollte anderntags über die Blackhills gehen.

Seine Abendmahlzeit war beendet und er ließ nun, da es nicht kühl war und er hier von Mücken nicht belästigt wurde, sein Feuer ausgehen. Soeben war er im Begriff einzuschlafen, als sein Pferd auf jene Weise schnaubte, die die Anwesenheit von etwas Verdächtigem melden soll. Er lauschte, konnte aber nichts bemerken, obwohl sich das Schnauben wiederholte.

Nun erhob er sich und trat zu dem Tier. Es rieb den schöngebauten Kopf an seiner Schulter, öffnete die Nüstern und sog die Luft ein, die leise von Süd herunterstrich. Old Firehand folgte dieser stillen Aufforderung, – wirklich, die Luft roch brenzlig, sie führte Rauch mit sich. Stammte dieser Geruch noch von seinem bereits verlöschten Feuer, oder gab es da südwärts eine zweite Lagerstätte?

Er mußte sich überzeugen und schlich in der angegebenen Richtung vorwärts. Seines Pferdes, das er zurückließ, war er natürlich sicher. Es war angehobbelt und hätte, ohne gefesselt zu sein, den Platz nicht eher verlassen, als bis sein Herr zu ihm zurückkehrte.

Je weiter er vorkam, desto stärker wurde der Geruch; der Rauch wurde dichter, und endlich sah er den hellen Schein des Feuers zwischen den Bäumen leuchten. Er verdoppelte die Vorsicht und erblickte nun, hinter einer mächtigen Eiche stehend, zwei Männer, die am Feuer lagen. Sie waren Weiße und trugen die dauerhafte Kleidung des Wilden Westens. Beide hatten ihre Waffe bei der Hand liegen, sahen aber gutmütig und keineswegs verdächtig aus. Old Firehand schob sich unhörbar noch weiter vor, stand dann auf und war nach raschen Schritten neben ihnen.

»Good evening, Mesch'schurs!« grüßte er. »Habt ihr nicht noch einen Platz bei euch am Feuer?«

Sie hatten bei seinem Erscheinen sofort ihre Büchsen ergriffen, waren aufgesprungen und standen jetzt schußbereit im Anschlag. Beide waren mittelgroße, kräftige Männer. Der eine hatte ein glattrasiertes, scharfgeschnittenes Gesicht mit einer ziemlich langen spitzen Nase, während der andere einen breiten struppigen Vollbart trug, aus dem ein mächtiger Riechkolben hervorlugte.

»Stop, Sir!« sagte der Spitznasige. »In welcher Absicht lauft Ihr hier in diesem alten Walde spazieren?«

»Spazieren?« bekräftigte der Besitzer des Riechkolbens.

»Tut eure Guns beiseite, Mesch'schurs!« erwiderte Old Firehand. »Bin nur ein einsamer Westläufer, der sich freut, Kameraden gefunden zu haben.«

»Oho! Ihr seht nicht aus wie ein Westläufer, schätze ich! An Euch ist alles so sauber und blitzblank, daß Ihr vom Westen noch gar nicht viel gesehen haben könnt. Woher kommt Ihr, he?«

»Von Fort Custer.«

»Ah! Und wohin wollt Ihr?«

»Hinüber nach dem White River, um einen Freund zu treffen, der mich dort erwartet.«

»Wer ist dieser Freund?«

»Winnetou, der Apatsche.«

»Good luck! Ist's wahr? Ihr kennt Winnetou? Müßt uns das erklären! Sagt uns aber vorher, zu welcher gesegneten Gesellschaft Ihr gehört?«

»Ich bin allein.«

»Allein? Will gejagt sein, wenn das wahr ist! Seht mir ganz und gar nicht aus wie ein Mann, der das Herz dazu hat. Wäre auch einen ganzen Kürbis[1] unvorsichtig von Euch.«

»Unvorsichtig von Euch!« wiederholte der Schwarzbärtige.

»Danke, Sir; haltet mich wohl für ein Greenhorn?«

»So ähnlich! Euer Rock hat weder Flick noch Fleck, Euer Gürtel und was daran hängt, glänzt von Metall und Lack, und Eure Fowling-piece[2] ist so blank geputzt, als käme sie soeben erst aus dem Store. Ist aber selbst für einen erfahrenen Backwoodsmann[3] ein Wagnis, so allein nächtlicherweise in diesem schönen Wald umherzugondeln. Gibt da gar schlimme Leute, nicht nur rote, sondern auch weiße! Aber wo habt Ihr Euer Pferd?«

»Euer Pferd?« ließ sich auch sein Gefährte vernehmen.

»Ganz in der Nähe am Fluß.«

»So holt es! Werde mitgehen und wehe Euch, wenn Ihr uns etwa belogen habt!«

Old Firehand ging, und der Spitznasige schritt dicht hinter ihm her. Als sie den Lagerplatz erreichten, wo jener sein Pferd zurückgelassen hatte, und nunmehr seine Büchse und Decke vom Boden aufhob, meinte sein Begleiter:

»Wahrhaftig, habt die Wahrheit gesagt! Aber Mann, Ihr scheint entweder großen Mut zu haben oder die Gefahren, die Euch hier drohen, zu unterschätzen.«

»Macht Euch keine Sorgen, Master! Habe diese schwierige Gegend schon oft kreuz und quer durchstreift und fühle mich hier wie zu Hause!«

»Egad, seid ein sonderbares Menschenkind. Habt aber ein gutes Pferd, das muß ich sagen. Nur der Mann, der Mann macht mich stutzig. Nehmt Euer Tier und kommt mit zum Feuer! Können dann sehen, was wir uns zu erzählen haben!«

Als sie zurückkamen, sagte der Spitznasige zu seinem Gefährten: »Ned Gourd, altes Coon[4], der Mann da ist wirklich ganz allein und

[1] Trapperausdruck für »viel« oder »sehr«. [2] Vogelflinte [3] Hinterwäldler
[4] Abkürzung von Racoon (Waschbär) – wird im Westen mit verschiedensten Bedeutungen gebraucht

behauptet, den Wald sehr genau zu kennen. Wollen uns jetzt aber setzen und zunächst miteinander bekannt machen! Also wer seid Ihr, Sir?«

»Mein Name ist Winter, und ich bin ein Deutscher, habe mich aber schon länger im Westen aufgehalten, als der blanke Lauf meiner Büchse und mein Äußeres vermuten lassen.«

»Hm, Eure Freundschaft mit Winnetou möchte ja darauf hinweisen. Werdet uns davon berichten. Was uns betrifft, so tun unsere eigentlichen Namen nichts zur Sache, denn wir sind ziemlich weit bekannt unter der Bezeichnung ›the both Neds‹[1]. Ich bin Ned Knife[2], wie man mich wegen meiner schönen langen Nase getauft hat, und dieser hier ist Ned Gourd[3], und wenn Ihr das runde Ding in seinem Gesicht betrachtet, so wird Euch die Richtigkeit dieser Bezeichnung einleuchten.«

»Einleuchten«, bestätigte der Schwarzbärtige.

»Habt vielleicht schon von uns gehört, Sir. Sind Fallensteller und gehören zur Gesellschaft von Old Zach[4], der da oben nahe beim Sheyenne River haust. Haben diesmal einen größeren Jagdausflug gemacht und bringen dem Alten eine Menge Felle mit. Wird eine helle Freude daran haben, der gute Zach Helming!«

»Helming?« fragte Old Firehand überrascht. »Von wem sprecht Ihr da?«

»Sagte es ja eben: von unserem Cornel[5], Old Zach. Weshalb tut Ihr so erstaunt?«

»Kannte den Mann bisher noch nicht«, sagte Old Firehand, »habe aber den Namen Helming neulich in einer Unterhaltung gehört, die mich schließen läßt, daß ihm eine böse Gefahr droht.«

»Alle Wetter, müßt uns das erzählen, Mann!«

Old Firehand berichtete kurz von seinem Aufenthalt im Fort Custer und von den Bushheaders, die er dort getroffen und deren Gespräch er in Bruchstücken belauscht hatte. Ned Knife sah zunächst eine Weile sinnend vor sich hin, dann blickte er auf und sagte:

»Spracht da vorhin von dem Führer der Burschen, der mit Euch einen Drink schießen wollte. Wollt Ihr uns nicht die Gesichtsnarbe, die Ihr erwähnt habt, noch etwas genauer schildern?«

»Der Kerl hatte tatsächlich nur ein halbes Gesicht«, erwiderte Old Firehand. »An der rechten Seite fehlt die Haut mit fast dem ganzen Fleisch und außerdem noch das Auge. Er muß sich einmal unter einem sehr scharfen Messer befunden haben.«

»Damned! Hast du gehört, Ned Gourd, altes Coon? Er ist's! Werden uns endlich auf seine Fährte setzen können! Wird uns die alte Schuld bezahlen müssen, schätze ich!«

»Bezahlen müssen«, nickte Ned Gourd.

»Was wollt ihr damit sagen?« fragte Old Firehand. »Seid also früher schon einmal mit dem Mann zusammengestoßen?«

»Will es meinen, Sir. Müßt nämlich wissen, daß Old Zach früher noch einen Bruder hatte, den Hugh[6], der drüben in den Diggings[7] von Kalifornien viel Gold gemacht hatte. Sind gerade vier Jahre her, da brach Hugh Helming auf, unseren Zach zu besuchen. Ist

[1] Die beiden Eduards [2] Englisch, sprich »neif« (Messer) [3] Kürbis [4] Zacharias [5] Colonel (Oberst, Anführer) [6] Hugo [7] Goldminen

aber niemals bei ihm eingetroffen, schätze ich! Hatte seine guten Gründe, denn zu der Zeit, da er erwartet wurde, lag er als toter Mann im Walde.«

»Mann im Walde«, erklang Ned Gourds Echo.

»Der Mord hat sich gar nicht allzu fern von Old Zachs hide-spot[1] ereignet, nur so einen halben Tag weit. Wir beide, nämlich dieser alte Ned Gourd und ich, waren zufällig in der Nähe, hörten rufen und kamen gerade noch rechtzeitig, um von dem Sterbenden den Hergang zu erfahren. Hugh Helming hatte viel Gold mit herübergebracht, wollte sich zur Ruhe setzen. Unterwegs schloß sich ihm ein einäugiger Kerl an, der sich Joe Burkers nannte, und der war der Täter. Hat den alten Mann im Schlaf überfallen, niedergestochen und ausgeraubt, knapp bevor wir eintrafen. Nahmen den letzten Gruß für Old Zach entgegen und machten uns gleich auf, den Mord zu rächen; hatten aber leider keine Pferde, während der Bube sein eigenes ritt und die beiden Tiere Hugh Helmings mitgenommen hatte. Waren ihm jedoch dicht auf den Fersen. Wollte es der Satan, daß ich mir den Fuß verrenkte, als wir ihn beinahe gestellt hatten. Ned Gourd, dieser alte Bursche, folgte ihm allein und kam mit ihm ins Handgemenge. Der Kerl hatte gerade Rast gemacht, als er ihn erreichte. Leider ging Neds Kugel fehl, weil das Einaug im letzten Augenblick den Kopf wendete, so sagt Ned Gourd; glaube aber, daß das alte Coon nicht richtig gezielt hat, hihihi! Bevor der feige Schuft seine Pferde lospflocken konnte, war mein Ned schon bei ihm und traf ihn mit der Schneide seines Tomahawks längs der Wange hinab, so daß er für alle Zeit gezeichnet war. Kriegte aber mein Ned selbst einen Schuß in die Seite, der ihm noch lange zu schaffen machte und der ihn hinderte, den Flüchtigen aufzuhalten. Kehrte als wunder Mann zu mir zurück, und wir sind dann beide erst nach langem Mühen bei Old Zach gelandet.«

»Old Zach gelandet«, bekräftigte der andere.

»Zach Helming machte sich natürlich sofort mit den übrigen Männern zur Verfolgung auf«, fuhr Ned der Erste fort, »konnte ihn aber nicht finden, weil mittlerweile der Regen die Spuren verwischt hatte. Haben dann während der letzten vier Jahre noch gar oft Böses von Joe Burkers, dem Einaug, gehört. Tauchte erst bei Fort Benton wieder auf, wo er großtat und mit Nuggets nur so um sich warf. Soll viele Tausende von Dollar verspielt und verschleudert haben. Aber als Old Zach racheglühend bei Fort Benton eintraf, war der Vogel schon wieder ausgeflogen. Später sah man ihn unten in Santa Fé, dann in Bentsfort, und überall, wo er war, geschahen große Räubereien. Nie aber hat ihn Old Zach oder einer von unseren Leuten stellen können; war stets zu spät. – Also jetzt hat er eine ganze Bande beisammen und will uns selbst einen Besuch abstatten. Hoffe, daß es ihm wohl bekommt!«

»Wohl bekommt!« bemerkte Ned der Zweite gedankenschwer.

»Werdet wohl mit uns reiten, Mann, schätze ich. Aber sagt mal, wieviel Tramps[2] hat denn der Bursche mit sich?«

»Es werden wohl nicht weniger als vierzig sein«, erwiderte Old Firehand.

»Tempstead! Ist eine hübsche Anzahl, nachdem wir, Euch mit-

[1] Versteck (Lager von Fellen) [2] Landstreicher

gerechnet, nur ein Dutzend zählen. Müssen einen schönen Plan schmieden, schätze ich, um die Burschen ins Garn zu locken.«

»Garn zu locken«, brummte der Schwarzbärtige.

»Wir werden vielleicht noch andere Helfer finden«, war Old Firehands Antwort, »denn ich kann euch verraten, daß hinter dem Kerl Pokai-po, der Häuptling der Tetongs, mit einer Schar seiner Krieger herzieht, um sich für einen an ihm verübten Schimpf zu rächen.«

»Hört mal, Mann, ist aber gar nicht hübsch zu hören, was Ihr uns da sagt. Da kriegen wir es ja auch mit den Sioux zu tun, selbst wenn deren Tomahawks das Einaug und seine Tramps vorher auffressen.«

»Vorher auffressen«, pflichtete der andere Ned bei.

»Habt keine Sorge, die Tetongs tun uns nichts. Ich habe dem ›Tötenden Feuer‹ einen Dienst erwiesen und mit ihm dicke Freundschaft geschlossen!«

»Bless my soul, Ihr seid ein sonderbares Menschenkind. Wie kommt Ihr zur Freundschaft mit Winnetou und dann wieder mit den Tetongs, die doch seine Feinde sind?«

Der Gefragte berichtete in kurzen Zügen sein Zusammentreffen mit Pokai-po und die darauf folgenden Ereignisse in Fort Custer. Ned Knife klatschte sich freudig auf die Schenkel und sagte voller Bewunderung:

»Aber, Sir, das geht nicht mit rechten Dingen zu! Habe Euren Namen Winter noch niemals in diesen gesegneten Jagdgründen vernommen, und Ihr wollt trotz Eurer blitzblanken Büchse und Eurer Greenhorn-Kleidung die wundersamsten Abenteuer bestanden haben. Heraus mit der Sprache, wer seid Ihr denn eigentlich?«

»Habe es Euch schon gesagt, ich heiße Winter. Hier im Westen bin ich allerdings besser bekannt unter dem Namen Old Firehand!«

»Old Firehand! Nun wird es klar in meinem alten Kopf. Ned Gourd, altes Coon, wo hast du denn deine Augen gehabt, daß du deinen Ned Knife immer so unbeholfen weiterplaudern ließest! Muß Euch die Hand drücken, Sir! Ist uns ein großes Glück und eine riesige Freude, Euch getroffen zu haben. Werden jetzt wohl die Sioux gar nicht brauchen, um dem Einaug das Handwerk zu legen!«

»Das Handwerk zu legen«, rief auch Ned Gourd begeistert, indem er sich der linken Hand Old Firehands bemächtigte, während sich die Rechte bereits im Besitz Ned Knifes befand, der sie kräftig schüttelte.

»Laßt es gut sein, Mesch'schurs! Ich verspreche euch, mit zu Old Zach zu reiten und Joe Burkers einen warmen Empfang zu bereiten. Mit Winnetou, den ich eigentlich treffen wollte, bin ich nicht auf einen bestimmten Tag verabredet, und so kann ich mein Zusammentreffen mit ihm getrost um eine kleine Weile hinausschieben. Wollen jetzt aber nicht mehr lange wach bleiben, denn wir haben morgen ein tüchtiges Stück Arbeit vor uns. Wir müssen uns sputen, daß uns der einäugige Schuft nicht zuvorkommt und euren Old Zach ungewarnt und unvorbereitet antrifft!«

Gar so schnell waren die beiden anderen denn doch nicht zum Schlafen bereit, und Old Firehand mußte noch manche Frage über sich ergehen lassen, bis sie sich endlich zur Ruhe legten. Kaum aber stieg die Sonne im äußersten Osten empor, so waren alle drei schon wieder rüstig und bestiegen ihre Pferde, um der Behausung Old Zachs entgegenzureiten. Sie hielten auf die Grenze zwischen Wyoming und Dakota zu. Es war ein böser Weg über die Schwarzen Berge hinüber, immer durch unwirtliche Gegenden. Spät am Nachmittag tauchte vor ihnen Wald auf, der so hochstämmig war, daß sie zwischen den Bäumen genugsam Platz zum Reiten fanden. Das Gelände stieg an; sie hatten eine ziemliche Höhe zu überwinden und gelangten schließlich auf eine Art von Hochebene, wo der Hochwald in niederes, von Gras unterbrochenes Buschwerk überging. Jetzt machten die beiden Neds eine plötzliche Schwenkung. Der Spitznasige galoppierte eine kurze Strecke voraus, zeigte mit dem Arm vor sich und sagte: »Da sind wir.«

Sie hielten am Rande eines tiefen, eirunden Beckens, dessen Wände von steil aufsteigenden Felsen gebildet wurden. Es hatte ganz das Aussehen, als sei diese Einsenkung der ausgebrannte Krater eines feuerspeienden Berges. Fast hundert Meter tief unter ihnen lag auf dem Boden dieses Kraters der Sheyenne-See, der einen Durchmesser von sicherlich einer guten Wegstunde hatte. Er besaß keinen Zufluß, doch mußten sich mehrere Quellen in der Tiefe befinden, denn er hatte einen ziemlich bedeutenden Abfluß, der an der Nordostseite des Beckens die Felsen durchbrach und sich, wie Ned Knife erklärte, in den nahen Sheyenne River ergoß. Dieser Abfluß erfolgte durch einen Felsenspalt, der eine Weite von höchstens zwei Metern hatte und die einzige Gelegenheit bot, ohne besondere Schwierigkeit von außen her unten an den See, also in das Innere des einstigen Kraters, zu gelangen. In der Nähe dieser Ausgangsmündung war auch die einzige Stelle, wo man ohne allzu große Gefahr von oben herab in den Abgrund klettern konnte; dort zog sich nämlich eine zwar steile, aber doch gangbare Rinne zur Talsohle herab, offenbar dadurch entstanden, daß sich zur Winterszeit die Bergwasser hier oben sammelten und ihren Weg hinunter bahnten. Sonst zeigte sich nirgends die Möglichkeit, mit Pferden hinabzukommen, und selbst einem geübten Bergsteiger wäre dies schwergefallen. Im Norden und Westen schossen zwar aus dem Gestein einzelne Tannen schlank und hoch empor, doch konnte ein sorgsamer Beobachter bald erkennen, daß die gefährlichen Ecken, Risse, Spalten und Löcher von Ranken und Dorngewächs nur trügerisch ausgeglichen wurden. Südlich aber blickten die scharfen Zinnen des Kessels fast senkrecht in die Tiefe nieder; es gab zwar hier und da einen Vorsprung, einen schmalen Absatz oder eine sonstige Unebenheit, aber zum Auf- und Abstieg mußte man geradezu Todesverachtung besitzen.

Die drei Männer hielten auf die östlich liegende Wasserrinne zu, in deren zur Zeit trockenem Lauf sie bei großer Vorsicht und nicht ohne Mühe langsam hinab zum See gelangten. Von dort ritten sie hinein in den Felsspalt, den sich der Abfluß geschaffen hatte und der so eng war, daß er neben dem wildschäumenden Fluß nur Raum für einen einzigen Reiter bot. Der Weg war hart und felsig und in der bereits hereingebrochenen Dämmerung sehr beschwerlich.

Nach etwa einer Viertelstunde wurde der abwärts fließende

Wasserlauf noch durch einen weiteren kleinen Bach gespeist, der links aus einer Einbuchtung der Felsen hervorkam und dessen Mündung von Buschwerk umrahmt war. Ned Knife erklärte Old Firehand, daß hier der Eingang zu Old Zachs hide-spot sei, das also sowohl vom See wie vom Sheyenne River her zu erreichen war.

Gerade während er halblaut sprach, tönte aus dem Dickicht neben der Bachmündung eine Stimme herüber:

»Who is there?«

»The both Neds, altes Coon«, antwortete der Spitznasige, »wirst uns doch wohl noch kennen, Jack Hopkins? Haben einen guten Freund mitgebracht, wirst dich wundern, wenn du seinen Namen hörst!«

Nun tauchte der Kopf des Wächters hinter den Büschen auf, und nach kurzer Begrüßung lenkten die drei ihre Pferde in das Wasser und ritten in den Cañon des Seitenbaches hinein. Schon nach wenigen Minuten verbreiterte sich die Seitenschlucht, und vor ihnen lag ein großer, baumbewachsener, in weitem Umkreis von Felswänden eingeschlossener Platz.

In der Mitte hatte sich eine jener kleinen Lichtungen gebildet, die man mit dem Namen Storm-gap zu bezeichnen pflegt und die dadurch entstehen, daß eine vom Wind oder vom Alter gefällte Riesenbaumwurzel ihre weniger hohe Umgebung mit sich niederreißt und so mitten im Urwald einen Platz bildet, der mit Hilfe von Axt und Feuer eines Jägers in ein hiding-hole oder hide-spot umgewandelt werden kann, das von den Jägern gern als dauernder Lagerort und als Versteck vor den Nachspürungen der Indianer benutzt wird. Dort brannte ein »weißes Feuer«[1], um das sich mehrere echte Woodlandgestalten gelagert hatten. Im äußersten Hintergrund hatte sich neben den hohen und dichten Fichtenstämmen viel Buschwerk angenistet, unter dem abseits der kleine Bach vorbeikam, der sich rechts vorbeischlängelte und durch den Cañon hinaus zum Abfluß des Sheyenne-Sees ergoß. Weiter links, gerade am Rand des den freien Platz abschließenden Dickichts, lag eine kleine Blockhütte, unter deren Tür ein Mann stand.

»Old Zach, Sir!« meinte Ned der Erste, nach ihm deutend. »Kommt, wir wollen zunächst zu ihm!«

»Zu ihm!« wiederholte Ned der Zweite.

Sie ließen ihre Pferde an das Ufer steigen und sprangen ab. Old Firehand mit seiner hünenhaften Gestalt erregte da die Aufmerksamkeit aller.

Old Zach kam ihnen einige Schritte entgegen. Er gab Old Firehand an Reckenhaftigkeit nur wenig nach. Langes, weißes Haar wallte ihm bis auf die breiten Schultern herab; der Strahl seiner großen, blauen Augen war noch vom Alter nicht ermattet. Sturm und Wetter, Schnee und Regen, Hitze und Kälte hatten seine festen Züge gegerbt, und sein ganzer Körper zeugte von einer Kraft, die weder Zeit noch Anstrengungen zu schwächen vermocht hatten. Ned Knife kam mit gewichtigen Schritten auf ihn zu, um ihm die große Neuigkeit ins Ohr zu flüstern. Des Alten Augen leuchteten Old Firehand eine Weile an:

[1] So nennt man ein nach Gewohnheit der Weißen von großen Scheiten genährtes und hochloderndes Lagerfeuer

»Willkommen, Sir, bei uns schlichten Fallenstellern! Meine alten Augen freuen sich, einen der berühmtesten Helden des Westens zu schauen. Mein treuer Ned Knife meldet mir soeben, was Euch hierher zu uns geführt hat. Ich halte es für den seligsten Tag meines Lebens, Old Firehand begrüßen zu dürfen und zugleich die Kunde zu erhalten, daß der Mörder meines armen Bruders naht. Ihr wißt, Sir, was dieser Joe Burkers mir angetan hat, und ich hoffe, daß auch sein zweites Auge bald verlöschen wird.«

Er streckte Old Firehand die Hand entgegen, in die dieser kräftig einschlug.

Die beiden Neds nahmen jetzt die Pferde an den Zügeln, um sie links unter die Bäume zu führen, wo sie bei den Tieren der anderen weiden konnten und wo auch ein Schuppen für sie errichtet war.

Old Zach und Old Firehand aber waren in das Blockhaus getreten. Der erstere legte die Hand an den Mund und ließ den heulenden Ruf des Präriehuhns vernehmen, der seine sämtlichen Männer heranrief. Die Hütte bestand nur aus zwei Räumen, einem größeren Vorraum, der als Wohnzimmer diente, und einer kleineren, dahinter gelegenen Stube, die einfache Lagerstätten enthielt. Der Vorraum, worin sich nun die ganze Schar bis auf den Wache haltenden Jack Hopkins befand, war höchst einfach gezimmert, ohne jede Kunstfertigkeit. Die Ritzen zwischen den einzelnen Wandbalken waren mit Moos verstopft, und Licht fiel nur von zwei engen kleinen Luken zu beiden Seiten der Tür herein. Ein Teil der Wände aber war mit Fellen und mit Waffen aller Art behangen. In der Hütte stand ein langer ungefüger Tisch und an ihm mehrere Bänke und einige Holzklötze, die als Stühle dienten.

»Hört, Boys«, begann Old Zach, »der Mann, den ihr hier bei uns seht, ist kein Geringerer als Old Firehand!«

Ein freudiges Staunen lief durch die kleine Schar, und unter allen möglichen und unmöglichen Ausrufen drängten sie sich an den Genannten heran, um ihm ebenso herzlich wie urwüchsig ihre Hochachtung auszusprechen. Bald aber legte sich dieser Beifallssturm, denn der Cornel fuhr fort:

»Was diesen von uns allen bewunderten Westmann in unsere einfache Ansiedlung führt, ist in kurzen Worten folgendes: Joe Burkers, das Einaug, das wir vier Jahre hindurch vergeblich suchten, und mit dem wir eine schwere Rechnung auszugleichen haben, rückt an der Spitze von etwa vierzig Buschkleppern heran, um uns mordgierig zu überfallen und die Früchte unserer Arbeit einzuheimsen. Wie dies alles kam und woher Old Firehand dies weiß, werden euch diese beiden Neds hier berichten. Vielleicht sind wir nicht ganz auf unsere eigenen Fäuste angewiesen, denn dem Einaug soll ein Trupp befreundeter Roter auf der Spur sein. Wollen aber für alle Fälle die nötigen Vorkehrungen treffen! Ein jeder von euch weiß, was er zu tun hat und wie wir einem solchen Angriff begegnen werden! Selbstverständlich und mit Freuden trete ich den Oberbefehl für die Dauer des Kampfes an Old Firehand ab. Vor allem muß noch jemand hinaus zu Jack Hopkins, um ihn zu verständigen und der Wache beizustehen. Wat[1] Rawley, schnall dir

[1] Walter

den Gürtel fest und begib dich hinaus! Alle zwei Stunden wird Ablösung erfolgen.«

»Vergeßt auch nicht«, fügte Old Firehand hinzu, »das ›weiße Feuer‹ rot[1] zu machen! Im übrigen aber, Mesch'schurs, haltet euch bereit, denn obgleich wir die Feinde wohl noch nicht sofort zu erwarten haben, müssen wir dennoch mit unvorherzusehenden Ereignissen rechnen.«

Die kleine Schar verteilte sich wieder, und nur Old Zach und Old Firehand blieben in vertraulichem Gespräch beisammen. Man hatte ihnen eine gebratene Hirschkeule vorgesetzt, und während des Essens berichtete Old Zach über die von ihm für den Fall eines Angriffs vorbereiteten Sicherheitsmaßregeln.

»Wenn es aber ganz schlimm wird, so habe ich noch ein furchtbares Mittel an der Hand«, schloß er. »Seht her, Sir!«

Er trat in die hintere Kammer des Blockhauses und öffnete dort eine kleine unscheinbare Tür, die ins Freie, in das anschließende Dickicht führte. Dann wandte sich Zach Helming um und zog an einer daneben angebrachten Büffelhautschnur: der vordere Eingang fiel in die starken Riegel. Nun schob er eine der schlichten Lagerstätten zur Seite, und ein kleines im Boden befindliches Loch zeigte sich, von dem eine schmale, unscheinbare Rinne nach der Wand lief; bei näherem Zusehen konnte man darin eine Lunte erkennen.

»Begreift Ihr das, Sir?«

Old Firehand bejahte. Die Vorrichtung war angebracht, um den Feind in die Blockhütte zu locken, darin einzuschließen und, während der Besitzer nach hinten entkam, in die Luft zu sprengen. Die »dark and bloody grounds«[2] sind kein Boden für die Blume des Erbarmens.

»Die Felle sind in Felslöchern verborgen«, fuhr der Alte fort, »wenn es nötig ist, kann ich also ruhig zum Äußersten schreiten und die Lunte anzünden.«

»Well, Sir«, nickte Old Firehand, »hoffentlich werden wir dieses letzte Hilfsmittel nicht gebrauchen. Nun will ich aber mal hinaus zu den Posten und dann auch vielleicht noch weiter, um mich mit der Gegend etwas bekannt zu machen und nach den Tramps auszuspähen.«

In diesem Augenblick erscholl draußen der Schrei des Präriehuhns; gleich darauf ertönte ein Schuß, und ein Schrei gellte durch die Nacht. Die beiden Männer eilten durch das Blockhaus nach vorn und gleich den anderen Männern gegen den Eingang der Schlucht zu, wo man noch mehrere Schüsse krachen hörte. In hastigem Lauf kam Wat Rawley keuchend zurück.

»By god, Cornel, die Kerle sind schon da. Haben den armen Jack Hopkins gerade ausgelöscht, als ich bei ihm ankam. Konnte den Eingang nicht halten und mich nur mit knapper Not retten. Sie sind dicht hinter mir.«

Und da hörte man auch schon das Geräusch brechender Äste und vieler näher kommender Schritte; auch leise Rufe wurden laut. Im fernen Dunkel am Rand der Lichtung wurden Gestalten sichtbar.

[1] »Rotes Feuer« pflegt man jene schwach glimmende Lagerfeuer zu nennen, das nach Art der Roten von kleinen trockenen Scheiten genährt wird, die man langsam und stets nur mit den Spitzen nachschiebt [2] Die finsteren und blutigen Gründe

»Rasch hinein in die Hütte!« rief Old Zach, und gedankenschnell huschten die Überfallenen in den schützenden Raum. Einer sank, noch bevor er ihn erreichen konnte, von feindlichen Kugeln getroffen, zu Boden, doch auch mehrere Angreifer stürzten, von den Schüssen der Überraschten ereilt, aufstöhnend nieder. Die Fallensteller hatten den Eingang zu ihrer schützenden Behausung zugeworfen und rafften hastig die an den Wänden hängenden Waffen und sonstigen Wertgegenstände zusammen, um mit ihnen nach dem jenseitigen Ausgang, der in das Dickicht weiterführte, zu flüchten. Kaum hatte der letzte von ihnen den rückwärtigen Raum verlassen, so hörte man schon die Feinde eindringen, denn das Öffnen der nur notdürftig verschlossenen Tür hatte ihnen keine Schwierigkeiten gemacht.

Zacharias Helming hatte mit seinem Punks[1] die verborgene Lunte in Brand gesteckt und dann die Hintertür mit schweren Außenriegeln verschlossen. Jetzt stand er hinter dem Blockhaus und lauschte einige Sekunden; dann zog er rasch die erwähnte Schnur, und auch der vordere Eingang schloß sich wieder schnell und fest; die kunstvoll gearbeiteten Sicherheitsriegel sperrten die Eingeschlossenen von der Außenwelt ab, und ihre ängstlichen Rufe zeigten bald, daß sie sich der Gefahr bewußt wurden und mit verzweifelten Axtschlägen dem Gefängnis zu entrinnen suchten, unterstützt von der Schar derjenigen, die das Blockhaus noch nicht betreten hatten. »Mindestens die Hälfte befindet sich in der Hütte«, flüsterte Old Zach, »und das Verderben wird über sie kommen! Vorwärts, Boys, leise durchs Dickicht, um das hide-spot herum und im Bach wieder nach vorn!«

Er eilte voran, und Old Firehand und die übrigen Gefährten folgten ihm geräuschlos durch den ins Gestrüpp gebahnten Schleichweg, der auf einem Bogen abseits in den Quellbach mündete, in dessen Wasser die kleine Schar ebenso langsam und vorsichtig wieder auf die Lichtung zuschlich. Da, wo der Bach aus dem Buschwerk ins Freie trat, war der verborgene Weg durch einige Büsche geschickt verdeckt, und diese erlaubten einen Ausblick auf den Lagerplatz.

Es waren nur wenige Minuten vergangen. Vor dem Blockhaus stand ein Teil der Angreifer, um den Eingeschlossenen mit ihren Tomahawks den Weg ins Freie zu bahnen, während einige, durch Bäume verdeckt, das Dickicht mit ihren Flinten überwachten. Plötzlich erfolgte eine furchtbare Entladung, die die Erde weithin erzittern machte und sich an den Felswänden in einem mehrfachen unheimlichen Echo brach; eine riesige Feuersäule stieg trichterförmig da auf, wo das Blockhaus gestanden hatte, und riß dessen Trümmer mit sich in die Luft. Wer sich in der Blockhütte befunden hatte, mußte zerschmettert sein, aber auch zwei der Außenstehenden waren von der Sprengung mit erfaßt und getötet worden. Die übrigen prallten vor Entsetzen laut aufschreiend zurück und flüchteten sich zu ihren hinter den Bäumen verborgenen Gefährten.

Da ertönte vom Eingang der Schlucht her ein wildes, markerschütterndes Geheul. »Ho-ho-hi!« erscholl der indianische

[1] Präriefeuerzeug

Schlachtruf, und Angreifer wie Verteidiger hörten die Tetongs durch die dämmernde Nacht herbeieilen.

»Pokai-po!« klang aus dem Dickicht eine mächtige Stimme. »Hier steht Old Firehand mit weißen Jägern und zwischen uns und deinen Kriegern die letzten Überlebenden der Tramps von Fort Custer! Drauf auf sie, ihr Sioux!«

Er bog die Sträucher zurück und trat aus dem Bach, um sich auf die bedrängten Bushrangers zu werfen.

»Hang it all!« ließ sich jetzt auch Joe Burkers vernehmen. »Old Firehand verdanken wir diese Falle! Wart, Bursche, das sollst du büßen!«

Er eilte hinter dem ihn bergenden Baum hervor und dem Westmann entgegen. Da tauchte neben diesem die Gestalt Old Zachs auf, der sich mit furchtbarer Wucht auf den Einäugigen stürzte. Beider Tomahawks trafen sich und zerschmetterten, und gleich darauf hielten sich die beiden Todfeinde in wildem Ringen gepackt.

Es war Old Firehand nicht möglich, dem Alten zu Hilfe zu eilen, denn ihm stellten sich, ebenso wie den anderen, einige andere Tramps wutschnaubend entgegen; die langen grauen Haare wehten ihm mähnenartig um den Kopf; seine Augen sprühten vor Kampfeslust, und wen sein Beil erreichte, der war verloren. Der letzte seiner Gegner sank zu Boden, und aufatmend wandte er sich dem noch immer mit Joe Burkers ringenden Helming zu, dem auch die beiden Neds zu Hilfe zu eilen suchten. Bevor die Freunde den beiden erbitterten und sich wild hin- und herreißenden Kämpfern nahen konnten, sank Old Zach mit einem erstickten Ausruf zu Boden, und Joe Burkers fiel halb über ihn, bemüht, sein Messer aus der Brust des unter ihm Liegenden zu reißen.

Inzwischen waren aber die Tetongs herangekommen und hatten die letzten der Tramps niedergemacht. Mit raschen Sätzen schnellte »Tötendes Feuer« heran. »Es rächt sich Pokai-po!« rief er schrill. Er faßte mit der linken Hand den taumelnden Burkers bei den Haaren; in der rechten blitzte sein Messer. Drei, rasche blitzschnelle Schnitte, ein kräftiger Ruck, und er hielt die Kopfhaut des lebendig Skalpierten in der Hand. Mit einem gräßlichen Schrei sank dieser über Old Zachs leblose Gestalt, um gleich darauf von den wütenden Roten weggerissen und abseits geschafft zu werden.

Old Firehand kniete neben dem sterbenden Helming nieder. Dieser schlug matt die Augen auf, und sein brechender Blick traf den Jäger voll Dankbarkeit. »Mit mir ist's aus, aber mein armer Bruder ist gerächt. Grabt unter dem Platz, wo mein Lager stand, nach, Sir, werdet dort mein – Testament finden. Seid gut – zu meinen – – treuen, braven – Leuten . . .!«

Sein Blick wurde starr, und Old Firehand schloß ihm bewegt die Augen.

Den beiden Neds und den übrigen Fallenstellern standen die Tränen in den Augen. Die Rothäute hatten sich auf einen Wink ihres Häuptlings leise vom Kampfplatz zurückgezogen. Pokai-po lehnte in einiger Entfernung mit verschränkten Armen an einem Baum und blickte mit so viel Mitgefühl auf die kleine Gruppe, wie er als Indianer zeigen durfte.

Bald darauf traf man die Vorbereitungen, die Toten zu beerdigen. Old Zach wurde mit seinen beiden Leuten, die gleich ihm gefallen waren, unter einem überhängenden Felsen begraben, während man die Leichen der Tramps mit Hilfe der Roten durch den Cañon an den See schaffte, um ihnen abseits von der letzten Ruhestätte der gefallenen Verteidiger ein gemeinsames Grab zu schaufeln; auch Joe Burkers, das Einaug, befand sich unter ihnen, denn die Rothäute hatten ihn ebenso ausgelöscht wie alle seine Gefährten.

Hier hatte sich eines der zahllosen, furchtbaren Dramen abgespielt, wie sie im Wilden Westen des achtzehnten und neunzehnten Jahrhunderts so häufig waren. Mit dem Hingang der roten Rasse werden sie weniger und weniger; doch darf man nicht glauben, daß das untergehende rote Volk als der alleinige Urheber solcher Geschehnisse betrachtet werden muß. Der Indianer hat den Kampf, schlicht und furchtbar, wie es seiner Art entsprach, geliebt, aber er war freimütig, stolz und gerecht, solange ihm nicht durch die Tücke und Hinterlist weißer Eindringlinge gleichfalls Bosheit und Verschlagenheit aufgedrängt wurden.

»Tötendes Feuer« und seine Krieger trennten sich bald in freundschaftlicher Weise von Old Firehand und den Fallenstellern, um sich heimwärts in die Jagdgründe der Tetongs zu begeben. Die Weißen aber warteten, bis das Feuer des Blockhauses verglomm und sich die Möglichkeit bot, an der Stelle, wo sich Old Zachs Lagerstätte befunden hatte, nachzugraben. Man fand dort in Pergament eingeschlagen das Testament des alten Fallenstellers, und es zeigte sich, daß dessen Reichtum durch Hörensagen weit überschätzt worden war. Nuggets und ungeprägtes Gold besaß er überhaupt nicht, wohl aber hatte er ein stattliches Guthaben auf einer Bank in Santa Fé, und hiervon war seinen treuen Leuten ein erheblicher Teil vermacht, während alles übrige mildtätigen Zwekken dienen sollte.

Old Firehand besprach sich mit den Fallenstellern, und man beschloß, zunächst Winnetou aufzusuchen und hierauf gemeinsam nach Santa Fé zu ziehen, um dort Old Zachs letzten Willen zu erfüllen. »Und dann, meine ich, ihr guten Leute«, sagte Old Firehand, »kommt ihr mit mir hinüber nach dem Mankizita, wo ich selbst ein hide-spot besitze und mit einer wackeren Schar von Westleuten der Jagd lebe. Wer einmal an die ›dark and bloody grounds‹ gewöhnt ist, der kann sie ja doch nicht mehr lassen mit all ihren Wonnen, Schrecken und Geheimnissen!«

»Soll ein gutes Wort sein, Sir«, fiel Ned der Erste ein, indem er ihm herzhaft die Hand schüttelte. »Laßt Euch im Namen all dieser Männer für Euer Angebot danken. Werdet es nie bereuen, uns in die Reihe Eurer Gefährten aufgenommen zu haben. Haben unseren Old Zach sehr lieb gehabt, wir einfachen Leute; werden lange um ihn trauern, Euch aber ebenso treu dienen wie ihm!«

»Treu dienen wie ihm!« bekräftigte Ned der Zweite, während ihm eine Träne der Wehmut und der Rührung in den schwarzen Bart rollte.

DER GITANO

Der Superkargo[1] lehnte sich gemächlich in seinem Klubsessel zurück, und aufmerksam lauschten die übrigen Schiffsgäste seiner Erzählung:

Es war am 29. Juli 1875. Zwei Tage vorher hatte Don Carlos[2] bei Tolosa über die Brigaden Dorregarrays große Heerschau gehalten und diesen neue Pläne über den fortzusetzenden Widerstand nach Navarra gesandt. Ich selbst war bei dieser Gelegenheit so glücklich gewesen, den damals so vielgenannten, um nicht zu sagen, berühmten Mann zu sehen, hatte auch um eine kurze Audienz gebeten, war aber abgewiesen und zu General Mondiri geschickt worden.

Das Saragossische Haus, das ich vertrete, hatte vor längerer Zeit mehrere bedeutende Lieferungen an die Carlisten bewerkstelligt und trotz mehrmaliger Erinnerungen noch keine Zahlung erhalten. Deshalb war ich von dem Chef der Firma beauftragt worden, nach Tolosa zu gehen und womöglich mit dem Präsidenten selbst zu sprechen. Leider kehrte ich unverrichteter Sache zurück und mußte dabei noch Gott danken, mit heiler Haut davongekommen zu sein, da ich von verschiedenen Seiten nur zu deutlich den guten Willen erkannt hatte, dem unwillkommenen Mahner einen der nur zu wohl bekannten »Carlistenstreiche« zu spielen.

Deshalb wählte ich nicht die gewöhnliche, über Pamplona, Sanguesso und Egea nach Saragossa führende Straße, auf der es von Carlisten wimmelte, sondern schloß mich einer Maultierkarawane an, die nach Alfaro ging, und wollte von diesem Ort womöglich auf den Wellen des Ebro mein Ziel erreichen.

Der Mulero[3] war ein Asturier von finsterem Aussehen. Er sprach wenig, fluchte aber desto mehr und hatte nach seiner Ansicht auch genügende Ursache dazu. Schon seit langen Jahren hatte er mit den Contrabandistos[4] an der französischen Grenze in Verbindung gestanden, von denen er in Ochagavia die Warenballen in Empfang nahm, um sie über Tafalla und Alfaro nach Soria zu bringen, von wo aus sie von einem Geschäftsfreund nach Valladolid expediert wurden. Bei seiner letzten Reise war er unter die Carlisten geraten und hatte nicht nur seine Ladung, sondern auch die besten seiner Maultiere eingebüßt, so daß er nur mit dem ingrimmigsten Haß an die »Banditen des räuberischen Habenichts« dachte.

Unterwegs hatten sich uns zwei Gitani[5] zugesellt, die meine ganze Aufmerksamkeit in Anspruch nahmen. Es war ein noch

[1] Unter Superkargo versteht man die Bevollmächtigten des Eigentümers einer Schiffsfracht, der die Ladung nach ihrem Absatzhafen zu begleiten hat, um sie hier für Rechnung seines Auftraggebers zu verkaufen und meist auch aus dem Erlös eine Rückladung zu beschaffen. [2] Spanischer Kronprätendent; seine Anhänger pflegt man als Carlisten zu bezeichnen [3] Maultiertreiber [4] Schleichhändler [5] Zigeuner

junger Mann von ungefähr sechsundzwanzig Jahren und ein Mädchen, das acht Jahre weniger zählen mochte. Beide waren von außerordentlicher Schönheit und trugen jene stolze, selbstbewußte Haltung zur Schau, durch die sich der Bewohner Neukastiliens auszeichnet. Ganz besonders fiel mir die achtungsvolle Sorglichkeit auf, die der Gitano für seine Begleiterin zeigte und womit er ihr den beschwerlichen Ritt auf dem steilen, holprigen Saumpfad zu erleichtern suchte. Wenn sein dunkles Auge forschend auf ihrem leichtgebräunten Angesicht ruhte, so antwortete ihm jedesmal ein leises Lächeln, worin trotz seines beruhigenden Ausdrucks doch eine nur mit Mühe unterdrückte Besorgnis nicht zu verkennen war; und wenn er mit ihr sprach, was immer nur halblaut geschah, so daß ich die Worte nicht verstehen konnte, so hatte der Ton seiner Stimme stets einen beruhigenden und beschwichtigenden Klang, und ich kam schließlich zu der Überzeugung, daß die beiden Leute sich unter dem Einfluß irgendeiner Gefahr befinden mußten.

»Santa madre de dio!« seufzte der Mulero, »das ist eine Hitze, wie ich sie zwischen diesen Felsen noch nie erlebt habe. Danken wir den Heiligen, daß wir sogleich an die Estancia meines Freundes Diego Bonamaria kommen, wo wir uns im Schatten niederstrecken und ausruhen können. Das ist auch ein Ort, wo die carlistischen Teufel gehaust haben wie die Wilden. Das Haus angesteckt, die Bewohner umgebracht, und alles mitgenommen, was nicht niet- und nagelfest war. Möchten sie dafür tausend Jahre länger im Fegefeuer brennen!«

Der Ritt ging noch um eine Ecke, und dann sah man die Estancia vor sich liegen, oder vielmehr: früher hätte man sie vor sich liegen sehen können; jetzt bemerkte man nur einen Trümmerhaufen, aus dem die vier brandgeschwärzten Umfassungsmauern hervorragten.

»Da seht hin, Señor, und Ihr müßtet kein Mensch sein, wenn Eure Hand nicht unwillkürlich nach dem Messer zuckte, um es dem ersten dieser Schurken, der uns begegnet, in die Rippen zu stoßen. Meine Seidenballen und Madrini[1] mögen immer zum Teufel sein; ich werde diese Scharte doch in irgendeiner Weise wieder auszuwetzen wissen; aber daß diese Barbaren meinen Freund Diego Bonamaria gemordet haben, das kann ich ihnen nie vergessen und das werde ich den Burschen durch einige Messerstiche vergelten.«

Man stieg ab, überließ die Tiere, nachdem sie abgezäumt und an den Vorderfüßen gefesselt waren, ihrem eigenen Instinkt und suchte sich zwischen den eingefallenen Mauern einen kühlen Winkel, um ein kurzes Schläfchen zu halten.

Wieder sorgte der Gitano mit der größten Aufmerksamkeit für die Bequemlichkeit seiner Reisegefährtin. Sie dankte ihm mit einem warmen Blick ihrer seelenvollen Augen, und bald breitete der erquickende Schlaf seine weichen Schwingen über sie.

Der Zigeuner schlief nicht. Vielmehr lehnte er sich in aufrecht sitzender Stellung, der man es anmerkte, daß er zu wachen gesonnen war, an die Mauer, und auch meine Augen wollten sich

[1] Maultiere

nicht schließen, da ich immer und immer wieder den Blick auf die schöne Gruppe vor mir richten mußte. Der Gitano Spaniens ist ein stolzer Gesell, mit dem sich sein umherstreichender Verwandter in Ungarn nicht messen kann; in der Haltung, den Zügen, dem ganzen Wesen dieses jungen Mannes lag überdies etwas so Achtunggebietendes, daß es mir schwer wurde, mir ihn als einen Angehörigen jenes Stammes zu denken, der zur ewigen Heimatlosigkeit verdammt zu sein scheint.

Da plötzlich richtete sich sein Kopf in die Höhe, die stolzen Brauen zogen sich aufwärts, und die Hand fuhr nach der Brust. Draußen ertönte das Getrappel von Pferden, und laute Stimmen wurden vernehmlich; Sporengeklirr und Säbelgerassel näherten sich unserem Zufluchtsort, und bald stand eine Anzahl buntgekleideter, kriegerisch aussehender und gut bewaffneter Leute vor uns, die uns mit neugierigen und mißtrauischen Blicken musterten.

»Hollah! Was treibt sich denn da für ein Gesindel herum?« fragte der vorderste von ihnen. »Wißt ihr nicht, daß das Passieren von Schleich- und Nebenwegen höchst verdächtig ist?«

Der Mulero war erwacht und hatte sich erhoben, während die Gitani ebenso wie ich in ihrer ruhenden Lage verharrten.

»Da habt Ihr ein wahres Wort gesprochen«, antwortete er, indem sein sonnverbranntes Gesicht den Ausdruck offenen Hasses zeigte. »Diese Wege geht nur der ehrliche Maultiertreiber; sie sind nur für ihn da, und wer außer ihm sie benutzt, der hat gewöhnlich zehn Finger zuviel.«

»Sage noch ein solches Wort, Mensch, und du bist verloren!« herrschte der andere ihn an. »Siehst du denn nicht, daß wir Soldaten Seiner tapferen Majestät, des Königs Carlos sind und das Recht haben, dich sofort über den Haufen zu schießen?«

»Oho, wen nanntet Ihr als König? Doch, das geht mich ja nichts an; Euren edlen Ritter Don Quichotte mögt Ihr meinetwegen nennen, wie Ihr wollt. Wenn sich aber Gesindel hier herumtreibt, so werde ich, der weitbekannte Mulero Fernando Lunez, mit meiner ehrenwerten Gesellschaft einen anderen Ort suchen, wo wir ruhen und der Gefahr, zu diesen Leuten gezählt zu werden, entgehen können. Geht uns also aus dem Weg . . .«

»Halt«, fiel ihm der Carlist in die Rede. »Du bleibst und gehst keinen Schritt von hier! Du hast den König beschimpft und also ein todeswürdiges Verbrechen begangen. Don Enrico de Calanda y Munilla, der im Heere Sr. Majestät des Königs Carlos die Stelle eines Colonels bekleidet und uns vorausgeschickt hat, um ihm hier einen Ruheplatz zu bereiten, wird in einer Viertelstunde hier sein und über dein Schicksal entscheiden. Du bist unser Gefangener!«

Über das Angesicht des Mulero glitt jenes stolze Lächeln, das nur der Spanier in dieser mimischen Vollendung in der Gewalt hat. Seine Hand näherte sich dem Gürtel, aus dem der Griff des Dolches hervorragte, und mit einer geringschätzenden Drehung des Kopfes entgegnete er:

»Die Sonne hat Euch den Verstand verbrannt! Wer ist denn Euer Don Enrico de Calanda y Munilla eigentlich? Ich kenne ihn nicht. Jedenfalls auch einer von den Bandistos, die arme Muleros überfallen, um ihnen Sack und Pack abzunehmen. Macht Platz hier!«

»Keinen Schritt weiter!«

»Wahrt Euch! Wer mich anrührt, bekommt sechs Zoll kaltes Eisen in den Leib. Mein Eigentum zwar habt Ihr mir schon geraubt; mich selbst aber bekommt Ihr nicht!«

Er zog den Dolch; aber gleich darauf krachte auch ein Schuß, der bestimmt war, ihn zu treffen. Doch hatte er sich blitzschnell zur Seite gewandt, und so flog die Kugel an ihm vorbei und in die Mauer. Im nächsten Augenblick stak sein Dolch in der Brust dessen, der auf ihn geschossen hatte, und es entspann sich ein Kampf, der, da die Zahl der Gegner zu groß war, mit der Niederlage des Mulero endete.

Während dieses Vorganges hatte ich weniger ihn, als vielmehr den Gitano beobachtet.

Bei den mutigen Worten unseres Führers leuchteten seine Augen, und seine Gestalt zuckte unter der Absicht, sich blitzschnell zu erheben. Aber ebenso schnell legte sich die Hand des Mädchens auf seinen Arm, und als er die Angst erblickte, die sich in ihren Mienen aussprach, ließ er sich langsam wieder niedersinken, und ich hörte jetzt zum erstenmal deutlich seine Worte:

»Nur aus Rücksicht auf Euern Wunsch und Eure Sicherheit, Señorita!«

Der Mulero wurde unter den gräßlichsten Mißhandlungen gebunden, und auch uns hätte ein ähnliches Schicksal getroffen, wenn die Leute nicht für ihren nahenden Colonel zu sorgen gehabt hätten. So aber begnügte man sich, uns streng zu bewachen, und richtete, nachdem die Leiche des Erstochenen unter Drohungen und Verwünschungen beiseite geschafft worden war, einen Ruheplatz für den erwarteten Offizier her.

Kaum war dies vollendet, so bemerkten wir einen Trupp Reiter, deren müde Pferde sich den steilen Berg heraufarbeiteten. An ihrer Spitze ritt auf einem andalusischen Rapphengst, dessen zierlich kraftvollen Bewegungen man nicht die mindeste Erschöpfung ansah, ein Offizier, der seinen militärischen Abzeichen nach der Colonel sein mußte. Den Schluß des kleinen Trupps bildeten einige Maultiere, die hoch und schwer beladen waren.

Noch war der Offizier nicht abgestiegen, so machte man ihm schon die Meldung des Vorgefallenen. Ohne den Rapport vollständig anzuhören, riß er das Pferd herum und drängte es zu dem Ort, wo die Leiche lag. Nachdem er sich mit einem raschen Blick von der Wahrheit des Gemeldeten überzeugt hatte, spornte er den Hengst über die nächstliegende Mauerbresche und hielt nach einem kühnen Satz dicht vor unseren Augen. Den Mulero mit flammenden Blicken messend, rief er:

»Du bist es also, der es gewagt hat, einen Soldaten meines Regiments zu ermorden? Bete zur heiligen Madonna, in einer Viertelstunde hast du ausgelebt!«

»Sorgt für Eure eigene Seele, die meinige wird ihren Weg schon finden.«

Der Offizier schien diese derbe Antwort keiner Entgegnung wert zu halten und wandte seinen Blick auf uns anderen. Nachdem sein Auge mit verächtlichem Ausdruck über die beiden Zigeuner hinweggeglitten war, haftete es forschend auf mir.

»Erhebt Euch, Mann! Oder wißt Ihr nicht, daß man mit einem königlichen Offizier nicht im Liegen spricht?«

»Entschuldigung, Señor; das Sprechen soll wohl erst beginnen.«

»Unternehmt es ja nicht etwa, mich zu korrigieren! Wer seid Ihr?«

Ich gab ihm die Passierkarte, die mir von meinem Chef ausgestellt worden war, machte ihn mit der Ursache meiner Reise bekannt und teilte ihm mit, daß ich beabsichtige, nach Saragossa zu gehen.

»Das ist nicht wahr! Wie kommt Ihr sonst an diesen Ort hier, da Euch Euer Weg doch nach Pamplona führen würde? Ihr treibt Euch in Gesellschaft von Mördern hier in den Bergen herum! Macht Euch gefaßt, mit . . .«

Er stockte mitten in der Rede. Sein Blick war auf die gegenüberliegenden Höhen gefallen und schien dort auf etwas zu haften, was Wichtigkeit genug haben mußte, seine gespannte Aufmerksamkeit in Anspruch zu nehmen.

Ich folgte der Richtung seines Auges und bemerkte eine kleine Truppe Militär, die seitwärts zwischen den Bergen hervorgekommen war und nun denselben Weg einschlug, den wir geritten waren. Sie bestand aus einem Offizier mit sechs Mann Soldaten und war jedenfalls bestimmt, eine Erkundung der umliegenden Gegend vorzunehmen. Wir befanden uns auf einem höheren Punkt als sie, und da die Carlisten durch die Trümmer der Ruine und nebenstehendes Gesträuch Deckung fanden, konnten sie nicht bemerkt werden.

»Habt acht, Leute; da drüben kommt der Feind!« kommandierte der Colonel, der in den Nahenden sofort Regierungstruppen erkannt hatte. »Es ist eine Streifwache, die wir ausheben müssen. Nunez, du gehst mit drei Mann zurück bis an die Stelle, wo sich der Weg um die Felsen biegt, und schießt jeden nieder, der uns etwa entkommen sollte, und du, Pedrillo, schleichst dich vorwärts, bis du etwa genügend Deckung zu einem Hinterhalt hast, um dafür zu sorgen, daß dem Feind der Rückweg abgeschnitten ist. Ich selbst lege mich mit den übrigen hier in die Ruine, und es müßte mit dem Teufel zugehen, wenn uns einer von ihnen entginge. Schafft die Tiere beiseite und haltet ein scharfes Auge auf die Gefangenen! Wer sich von ihnen rührt, wird niedergeschossen.«

Es wurde dem Befehl mit der größten Schnelligkeit Folge geleistet, und kaum waren einige Sekunden vergangen, so lag der kleine Platz leer vor dem Gemäuer, und tiefe Stille herrschte ringsumher.

Der Befehl des Obersten, jeden von uns, der sich bewegen werde, niederzuschießen, hatte auf mich keinen großen Eindruck gemacht. Ich war vollständig unbeteiligt bei der Sache und konnte also ruhig liegenbleiben. Anders schien es bei dem Gitano zu sein.

Mit scharfem Auge war er jeder Bewegung der Carlisten gefolgt, und als jetzt der Augenblick der Entscheidung nahte, spiegelten sich widerstreitende Empfindungen auf seinem schönen Angesicht ab. Um dies die Wächter nicht merken zu lassen, hatte er sich zur Seite gewandt, und so war es mir möglich, ihn und seine Begleiterin genau zu beobachten.

Sie flüsterten leise und hastig miteinander, und während er ihr einen Entschluß mitzuteilen schien, sprach sie mit einem so flehenden Ausdruck zu ihm, daß der Zug von Entschlossenheit, der sich in seinen Mienen spiegelte, mehr und mehr schwand und er sich endlich mit einem langsamen Neigen des Hauptes in ihren Willen ergab.

Mit dankbarem Lächeln blickte sie zu ihm auf, und als bedürfe es noch einer Begründung ihrer Bitte, entfuhr es halblaut ihren Lippen: »Es sind zu viele!«

Er antwortete mit einem überlegenen Schütteln des Kopfes und legte sich dann lauschend in die Ecke zurück.

Jetzt vernahm man nahende Schritte. Die hinter den Trümmern im Anschlag knienden Carlisten hielten ihre Blicke auf den Punkt gerichtet, wo ihre nichtsahnenden Gegner erscheinen mußten, und jeder Augenblick konnte diesen jetzt den sicheren Tod bringen. Schon trat der erste von ihnen um die Ecke, die auch wir vorhin passiert hatten, und sofort legten sich die Finger der im Hinterhalt Liegenden zum Schuß an die Drücker; da aber ertönte ein kurzer, scharfer Pfiff, und in demselben Augenblick warf sich der Erschienene zurück, und der Platz war wieder leer wie vorher.

Überrascht und zornig war der Oberst bei dem verräterischen Pfiff aufgesprungen und hatte das Auge auf uns geworfen. Aber er schien nicht genau zu wissen, aus welcher Richtung der Laut gekommen war, und zudem durfte jetzt keine Zeit verloren werden, wenn die Gewarnten nicht entkommen sollten.

Schnell gab er deshalb die nötigen Befehle und stürmte dann, eine hinreichende Wache bei uns zurücklassend, vorwärts.

Der Hinterhalt mußte die Zurückkehrenden schon aufgenommen haben, wie die rasch hintereinander fallenden Schüsse bewiesen, und da es dann plötzlich wieder ruhig wurde, so waren die Überfallenen entweder glücklich entkommen oder niedergemacht worden. Ich glaubte das erstere annehmen zu dürfen, wurde aber sofort eines anderen belehrt; denn mitten in die augenblickliche Stille hinein erscholl jetzt ein lautes Jubelgeschrei, und nach einigen Augenblicken der Ungewißheit und des Wartens von unserer Seite, kehrten die Carlisten zurück, den feindlichen Offizier als Gefangenen in ihrer Mitte.

Seine Uniform hing in Fetzen um den Körper, und das Blut strömte ihm aus mehreren Wunden. Er mußte wacker gekämpft haben und jedenfalls mit dem Colonel zusammengekommen sein; denn auch dieser war verwundet und warf Blicke auf ihn, in denen sich Haß und Rachelust nur zu deutlich aussprachen.

»Bindet ihn und schafft ihn einstweilen zu den anderen dort! Er ist nichts anderes als sie, ein Spion, und wird also auch mit ihnen aufgeknüpft.«

»Hoffentlich sind diese Worte nur eine Folge des Schmerzes, den Euch Eure Wunde verursacht, Colonel. Ich bin weder ein Spion, noch sonst ein Mensch, der gewohnt ist mit Stricken in

Berührung zu kommen, und Ihr werdet nicht weniger als ich wissen, wie man Offizieren zu begegnen hat«, antwortete der Gefangene, und seine hohe, stolze Gestalt schien bei dieser Entgegnung zu wachsen.

»Pah! Gebt Euch keine Mühe, mich mit den Regeln der Höflichkeit bekanntzumachen. Wir befinden uns nicht im Salon, und wer Blut vergießt, dessen Blut wird wieder vergossen. Auge um Auge, Leben um Leben! Warum ergebt Ihr Euch einer Sache, die die angestammten Rechte Sr. Majestät mit Füßen tritt!«

Verächtlich zuckte der Leutnant, denn in diesem Range stand der Gefangene, nach den Abzeichen seiner Uniform zu schließen, die Achseln und wandte sich, um zu uns zu treten. Kaum aber hatte er einen Blick auf den Zigeuner geworfen, der, den Finger mahnend an die Lippen gelegt, in der Ecke lehnte, so trat er erschrocken einen Schritt zurück, faßte sich aber sofort wieder und fragte, zurückblickend:

»Wollt Ihr mich wirklich zu solcher Gesellschaft verurteilen?«

»Geht nur immer zu! Sie ist ehrenwert für einen Mann, dem die Kugel bestimmt ist.«

Der so Abgewiesene nahm Platz auf einem der wirr übereinander liegenden Steine und versuchte, das aus seiner nicht bösartigen Wunde fließende Blut zu stillen. Schon beim ersten Blick auf ihn war mir eine ganz frappante Ähnlichkeit zwischen ihm und dem Zigeuner aufgefallen, und sein Erschrecken bei dessen Anblick machte eigentümliche Gedanken in mir rege.

War diese Ähnlichkeit wirklich nur zufällig, so mußten sie sich doch kennen, wie mir das Verhalten beider bewies, und wenn ich mir die Lage überdachte, so kam ich zu der Überzeugung, daß ich vor einem Ereignis stand, das auch auf meine eigene Lage von Einfluß sein konnte.

Hart neben mir lag der gefesselte Mulero. Es hatte bisher geschienen, als ergebe er sich in sein Schicksal; aber jetzt bemerkte ich an seinen Mienen, daß er mir etwas zu sagen wünschte. Deshalb streckte ich mich lang auf die Erde und suchte mit möglichster Unbefangenheit mein Ohr so weit wie möglich in seine Nähe zu bringen.

»Stricke zerschneiden!« flüsterte er mir zu. Ich winkte bejahend mit den Augen und beschloß, ihm den Wunsch zu erfüllen, obwohl ich mich in nicht geringe Gefahr damit brachte.

Er wälzte sich etwas auf die Seite, um mir Gelegenheit zu geben, zu den auf dem Rücken gebundenen Händen zu gelangen. Dabei fuhr sein Auge beobachtend über die Umgebung, und ich bemerkte, daß dabei ein Blitz freudiger Überraschung über sein Gesicht fuhr.

Schnell folgte ich der Richtung seines Auges und gewahrte einen Männerkopf, der vorsichtig hinter der eingestürzten Wand hervorlugte und mit ermunterndem Nicken sofort wieder verschwand. Das machte den Gebundenen unvorsichtig.

»Santa Maria de Ragunna, mein Freund Diego Bonamaria! Er ist den Schuften also doch entkommen und wird uns retten«, sprach er ziemlich vernehmlich, so daß der nächstsitzende Wächter sofort herbeitrat.

»Was habt ihr miteinander zu sprechen!« schalt er und fuhr,

zu mir gewendet, fort: »Rückt fort von hier, dorthin an die Mauer; es ist hier nicht der Ort zum Plaudern!«

Wohl oder übel mußte ich diesem Befehl Folge leisten; kaum aber hatte ich den Platz erreicht, so vernahm ich über meinem Kopf, wo sich eine Öffnung in dem Umfassungsgemäuer befand, eine Stimme, deren Worte jedenfalls mir galten.

»Haltet Euch ruhig, Señor, damit die Bandistos nicht merken, daß jemand mit Euch spricht!«

Es war Bonamaria, der sich um die Ruine herumgeschlichen und diesen Ort gewählt hatte, sich uns verständlich zu machen. Ich schloß die Augen und hielt meine Gesichtszüge vollständig unbeweglich.

»Ich komme aus Tudela, wohin ich geflohen war, und wollte sehen, was aus meinem Eigentum geworden ist. Dort liegt Martinez Campos mit seinen Scharen und hat eine Abteilung in die Berge geschickt, um die Gegend abzusuchen. Ich werde diese Leute aufsuchen und sie hierherführen, um euch zu befreien und mich zu rächen. Sagt dies meinem Freund Fernando Lunez, wenn Ihr könnt, und sucht den Aufbruch zu verschieben. Addio, Señor!«

Obwohl diese Worte einen höchst erfreulichen Eindruck auf mich machten, suchte ich dies natürlich zu verbergen. Glücklicherweise waren die Carlisten jetzt mit dem gefangenen Offizier beschäftigt, der sich nicht binden lassen wollte, auf einen Wink des Zigeuners aber nachgab.

»So«, sagte feindselig lachend der Colonel: »Obwohl auch wir die löbliche Eigentümlichkeit haben, gefangenen Offizieren Achtung und Rücksicht zu erweisen, dürft Ihr doch auf so etwas nicht rechnen, und das habt Ihr Eurem Bruder zu danken.«

»Meinem Bruder?« fragte der Gefangene wie verwundert.

»Niemand anderem, Don Ramirez. Da Ihr nicht bei derselben Abteilung gestanden habt, mag Euch wohl unbekannt sein, wie ich zu dieser Äußerung komme. Er ist vom General Jovellar als Spion nach Tolosa gesandt worden, um unsere Streitkräfte kennenzulernen. Unglücklicherweise wurde er von einem unserer Offiziere, der ihn kannte und sah, entdeckt und zum Tode verurteilt. Dieses Urteil scheint sich aber seiner Zustimmung nicht erfreut zu haben; denn eine Viertelstunde vor der Hinrichtung war er verschwunden und mit ihm eine der jungen Damen, die der Major Resibo veranlaßt hatte, den Bahnwagen zwischen Saragossa und Barcelona zu verlassen und mit ihm zu gehen, um in ihnen eine Anweisung auf die Kasse ihrer Herren Väter zu besitzen. Natürlich hat man alles in Bewegung gesetzt, um der Entflohenen habhaft zu werden, bisher aber ohne Erfolg. Da Ihr nun denselben Namen tragt, wie Euer Bruder, so dürft Ihr es uns nicht verargen, wenn wir für Eure Person eine etwas unliebenswürdige Aufmerksamkeit haben.«

»Die Schuld meines Bruders ist nicht die meinige, obgleich ich an seiner Stelle ebenso gehandelt hätte. Übrigens bin ich nicht ein Mörder, sondern Kriegsgefangener, und werde an der geeigneten Stelle Genugtuung zu verlangen wissen!«

»Das werde ich Euch nicht verwehren; doch wird Euch dazu wohl wenig Zeit übrigbleiben.«

Bei diesen Worten wandte er sich ab und trat zu dem Zigeuner, der jetzt scheinbar teilnahmslos in der Ecke gelehnt hatte.

»Jetzt zu dir, Bursche! Wer war es, der vorhin gepfiffen hat?«

Der Gefragte blieb unbeweglich liegen und blickte mit einem Ausdruck, in dem ein leiser Spott kaum zu verkennen war, zu dem Frager empor.

»Wendet Euch an eine andere Adresse, Señor! Ich laufe nicht zum Pfeifen in der Welt herum.«

»Kommst du mir so, Halunke? Wahre deine Zunge und gib Antwort auf meine Frage, sonst werde ich dir den Mund zu öffnen wissen. Übrigens hast du dich zu erheben, wenn ich mit dir spreche. Also, wer hat gepfiffen?«

»Was geht das mich an?« fragte der Bedrohte ruhig, wobei er trotz der Aufforderung des Offiziers in seiner Stellung verharrte. »Ich glaube nicht, daß es mir gegolten hat.«

»Steh auf, sage ich dir, oder ich lasse dich peitschen, bis du höflich wirst. Gestehe, daß du es selbst gewesen bist!«

»Warum fragt Ihr dann, wenn Ihr das so genau wißt?« entgegnete der Gitano, indem er sich langsam erhob und gähnend die schlanken Glieder streckte, als befände er sich in der sicheren Mitte der Seinen und nicht in einer so lebensgefährlichen Lage.

»Damit hast du deine Schuld eingestanden und wirst den Lohn des Verräters haben. Bindet ihn!«

Sofort traten einige der Leute herbei, um der Weisung zu gehorchen. Er streckte ihnen mit einem ruhigen überlegenen Lächeln die Hände entgegen und verzog keine Miene, als sie ihm die Arme in einer Weise zusammenschnürten, die ihm jedenfalls Schmerzen verursachen mußte.

Das Mädchen hatte sich erhoben und trat mit einer angstvollen, abwehrenden Bewegung auf den Colonel zu. Dieser warf einen langen Blick auf die schöne Gestalt der Bittenden und sprach dann:

»Spare deine Worte, mein Schätzchen; sie werden ihm und dir nichts helfen. Übrigens ist es jammerschade, daß ein so niedliches Kind wie du seine Schönheit nicht besser zu verwerten weiß. Ich werde dir Gelegenheit dazu geben, und wenn du verständig und gehorsam bist, wird Don Enrico de Calanda y Munilla vergessen, in welcher Gesellschaft er dich getroffen hat.«

Trotz der Bräune ihres Gesichtes war doch die glühende Röte zu bemerken, die es bei diesen Worten überzog. Der Offizier, dies mißdeutend, fuhr fort:

»Deine gegenwärtige Gesellschaft taugt nicht für dich. Geh hin zu meinen Leuten und nimm teil an dem Mahl, das sie eben bereiteten. Darauf wird die Hinrichtung des Mörders vorgenommen werden. Über die anderen mag ein Kriegsgericht entscheiden.»

Er winkte einem der Seinigen, der herzutrat und die Widerstrebende mit sich fortzog.

Unwillkürlich warf ich dabei einen Blick auf den Zigeuner. Ganz gegen meine Erwartungen blieben seine Züge unbeweglich. Die unfreiwillige Entfernung seiner Begleiterin schien ihn nicht zu berühren, vielmehr bemerkte ich, daß seine Aufmerksamkeit mehr auf mich als auf sie gerichtet war.

Man hatte ihn in meiner Nähe placiert, so daß wir uns bei einiger Vorsicht verständlich machen konnten. Während der Colonel seinen Ruheplatz suchte und die anderen mit dem einfachen Mahl beschäftigt waren, raunte er mir hastig zu, während er nach der über mir befindlichen Maueröffnung winkte:

»Was wollte der?«

Er hatte also Bonamaria gesehen und in ihm jedenfalls einen uns freundlich gesinnten Mann erkannt.

»Es ist der Besitzer dieses Hauses. Er holt Militär!« antwortete ich.

»Ist welches in der Nähe?«

Ich nickte und winkte nach der Richtung zu, die der Estanciero eingeschlagen hatte.

Da erscholl aus der Gruppe der Carlisten ein lauter Schrei. Mit einem Satz schnellte der Gitano in die Höhe. Einer der Leute hatte seinen Arm um das Mädchen gelegt und versuchte, ihr einen Kuß aufzudrängen. Sie wehrte sich dagegen und wiederholte, während die anderen roh lachten, ihren Hilferuf.

Schon stand der Zigeuner vor dem Colonel.

»Señor«, sprach er, »ich werde nicht zugeben, daß man meine Schwester beschimpft. Daß Ihr sie von mir wegnahmt, mußte ich leiden, denn ich befinde mich in Eurer Hand. Aber wenn Ihr nicht sofort gebietet, daß Eure Untergebenen von ihr lassen, werde ich selbst sie gegen Mißhandlungen in Schutz nehmen!«

Erstaunt blickte der Offizier den jungen Mann an, der vor ihm stand, nicht wie ein gefesselter Abkömmling einer mißachteten Rasse, sondern wie ein Herr und Gebieter, dem man Gehorsam zu leisten hat.

»Bist du wahnsinnig, Mensch«, rief er, »oder hat die Angst dich betrunken gemacht?«

»Angst?« fragte der Gitano, indem er mit einem geringschätzenden Blick die Gestalt seines Gegners übermaß. »Don Enrico de Calanda y Munilla ist zwar ein tapferer Offizier, und es ist zu beklagen, daß er seinen Arm einer so ungerechten Sache gewidmet hat, aber mir Furcht einzuflößen, dazu ist er der Mann denn doch nicht! Ich wiederhole also, Señor, daß ich jedem, der es zum zweitenmal wagen sollte, das Mädchen anzurühren, eine Kugel durch den Kopf jagen werde. Jetzt wißt Ihr, was Ihr zu tun habt.«

»Ja, das weiß ich, mein Söhnchen. Ich werde dich um etwas fester schließen lassen und dir sodann im Irrenhaus ein ruhiges Zimmerchen verschaffen, wo du den Helden spielen kannst, ohne ausgelacht zu werden. Gebt ihm noch einen Strick mehr um den Arm!«

Der Zigeuner trat einen Schritt zurück und warf einen so überwältigenden Blick auf die beiden Männer, die herzutraten, um dem Befehl zu gehorchen, daß sie unwillkürlich stehenblieben und ihren Gebieter unentschlossen ansahen.

»Wer wagt es?« fragte er. »Ich habe mich vorhin binden lassen, Don Enrico, weil es mir Spaß machte und ich die Gelegenheit benützen wollte, einmal die Festigkeit Eurer Zwangsmittel zu erproben. Ihr sollt sofort sehen, daß sie nicht bedeutend ist.«

Er machte eine Bewegung, die Arme aus den Fesseln zu ziehen. Da sprang der Colonel empor, um ihn daran zu hindern, erhielt aber einen so gewaltigen Fußtritt in den Unterleib, daß er mit einem Schmerzenslaut niederstürzte und einige Sekunden bewegungslos und wie gelähmt liegenblieb.

Mit einem kräftigen Ruck riß der Gitano den Arm aus der jedenfalls schon vorher gelockerten Schlinge, sprang in den Winkel zurück, wo er gelegen hatte, und zog unter den dort liegenden Steinen zwei Revolver hervor, die er beim Erscheinen der Carlisten dort versteckt und die man deshalb nicht bei ihm bemerkt und gefunden hatte. Er hob den einen empor, drückte los, und der erste der Männer, die ihn zu fassen drohten, stürzte, durch die Brust geschossen, nieder. Ihm folgte der nächste, und noch hatte der Colonel sich nicht erholt, so sah er schon vier seiner Leute in ihrem Blute liegen.

Sowenig ich sonst kriegerische Geschicklichkeit besitze, das Beispiel des Gitano elektrisierte mich und riß mich aus dem Gleichmut, den ich bisher bewahrt hatte. Ich zog ein Messer, trat zu dem gefangenen Offizier und hatte in zwei Augenblicken sowohl seine Bande als auch diejenigen des Maultiertreibers durchschnitten.

»Gracias a Dios!« rief der letztere. »Jetzt sollt ihr den Mulero Fernando Lunez kennenlernen.«

Er sprang empor und warf sich mit geballten Fäusten mitten unter die Carlisten hinein. Während dieser kurzen Zeit hatte der Gitano dem sich auf ihn stürzenden Colonel den Degen entrissen und lehnte nun, gegen eine bedeutende Übermacht kämpfend, an der ihn deckenden Mauer.

Ein Glück war es, daß die Feinde unvorsichtigerweise keine Ladung in den Gewehren hatten und in der Hitze des Augenblicks auch nicht an Schießen dachten. Kaum von den Banden befreit, standen wir alle vier im blutigen Handgemenge, und ich bemerkte gar wohl, daß dessen Ausgang sehr zweifelhaft war. Trotz der vier Gefallenen kämpften wir doch gegen eine fünffache Übermacht, und schon faßte ich den Entschluß, mich auf eines der angekoppelten Pferde zu werfen und auf ihm das Weite zu suchen, als hinter uns eine Salve abgegeben wurde, die ein halbes Dutzend unserer Feinde niederstreckte.

Im nächsten Augenblick sprang eine Anzahl Männer, die an ihrer Uniform als Regierungstruppen kenntlich waren, zwischen uns, und nun bekam das Gefecht allerdings eine andere Wendung.

»Hollah, Freund Diego, bist zu rasch gekommen!« rief der Mulero. »Ich hätte das Vergnügen, diese Schurken hinüber zu befördern, gern allein gehabt. Immer drauf, Männer, und laßt keinen durch! Da hast du eins! Das ist für meine Madrina, die ihr mir gestohlen habt. Du auch eins! Das ist für die Seidenballen, und dieser Hieb da für die Zigarren!«

So gab er, während er mit seinen sehnigen Armen unter den Feinden aufräumte, seinen Worten Ausdruck, und bald lagen sämtliche Gegner außer einem, tot oder schwer verwundet, am Boden.

Dieser eine war der Colonel, der, als eben der letzte der Seinigen fiel, von dem Gitano mit dem Knopf des ihm entrissenen Degens einen Schlag erhielt, der ihn betäubte. Er griff mit beiden Händen in die Luft und schien die Besinnung zu verlieren. Aber seine starke Natur überwand schnell die Schwäche, und eben wollte er sich wieder auf den Gegner stürzen, als dieser einige Schritte zurückwich.

»Don Enrico, Ihr habt Euch brav gehalten, obwohl Ihr seht, daß ich Euch überlegen bin. Nehmt Pardon und eine ehrenvolle Gefangenschaft; denn mein nächster Hieb wird Euch zur Leiche machen!«

»Ein Offizier nimmt keinen Pardon von einem Zigeuner!«

»Das ist wahr; aber von dem Leutnant Milio de Algora könnt Ihr ihn nehmen.«

»Was!« rief, mitten im Ausfall erstaunt innehaltend, der Colonel, »Ihr wäret –«

»Milio de Algora, der Spion, der mit einer Señorita eine Viertelstunde vor der Exekution entflohen ist, wie Ihr vorhin meinem Bruder erzähltet.«

»Dann aber ist die Zigeunerin –«

»Die Tochter Jovellars, den Ihr haßt und fürchtet und deshalb durch den Raub seines Kindes schädigen wolltet. Nehmt Ihr Pardon?«

»Ich sehe, daß der Widerstand vollständig unnütz ist. Ich bin Euer Gefangener.«

»Gut; ich gewähre Euch eine Gefangenschaft ohne Strick. Nehmt Platz und laßt Euch verbinden!«

Mit den letzten Worten wandte er sich zu seinem Bruder und führte diesen, nachdem die ersten freudigen Grüße und die darauffolgenden Fragen und Antworten ausgetauscht waren, zu dem Mädchen, das sich während des Kampfes in größter Angst zurückgezogen hatte und nun mit glücklichem Lächeln auf seinen Retter zutrat.

»Hier, Donna Elvira, stelle ich Euch meinen Bruder Ramirez vor, den Ihr so gerne kennenlernen wolltet. Er hat lange Zeit in Granada, dem Paradies der Zigeuner, gestanden und wird meiner Ansicht beistimmen, daß er heute die schönste der Gitanas begrüßen darf.«

»Mein Bruder spricht die Wahrheit, Donna de Jovellar, und außerdem ist es mir die größte Ehre, der Tochter unseres verdienten Generals meine Huldigung darbringen zu dürfen.«

»Dank, Señor! Obgleich sich die Eigenschaften meines bisherigen Ritters als vollkommen ausreichend erwiesen, ist mir unter den jetzigen Verhältnissen der Schutz Eures Armes nicht unwillkommen. Ich bitte Euch, Eurem Bruder zu helfen, die arme, flüchtige Zingarietta[1] zu ihren Eltern zu bringen, die sich in bangen Sorgen um das Schicksal ihres Kindes befinden!«

Da trat der Mulero an der Seite des Estanciero zu den dreien. »Verzeiht, Señor«, sprach er zu Ramirez. »Wir sind etwas neugierig gewesen und haben eine wichtige Entdeckung gemacht.«

»Welche?«

»Das eine der Maultiere trägt zwei Fäßchen, die, nach ihrer Schwere zu schätzen, Gold und Silber enthalten müssen. Der Colonel winkte dem Treiber, sich unbemerkt davonzuschleichen und machte mich dadurch aufmerksam. Die anderen Tiere tragen Tabak und dergleichen Sachen.«

»Wir werden die Fässer untersuchen«, antwortete Milio, »und

[1] Zigeunermädchen

wenn sich Eure Vermutung bestätigt, so sollt Ihr die übrigen Tiere mitsamt ihrer Ladung als Entschädigung für den Verlust Eurer Mula bekommen.«

Erstaunt und zweifelnd blickte ihn Fernando Lunez an. Er hatte vorhin in der Hitze des Gefechts die kurzen Worte nicht gehört, die der Gitano mit dem Colonel wechselte. Es war ihm deshalb unbegreiflich, wie der arme Zigeuner so sprechen konnte. Dieser lächelte freundlich und fuhr fort:

»Eigentlich steht mir freilich das Recht, über unsere Beute zu verfügen, nicht zu; aber ich werde mein Verfahren verantworten können; und was Euern Freund hier betrifft, so werde ich ihm, dem wir unsere Rettung verdanken, aus meinen Privatmitteln so viel zur Verfügung stellen, daß er seine Estancia wieder aufbauen kann, wenn die Gegend wieder sicher ist.«

»Aber, Herr, wer seid Ihr denn, daß Ihr so sprechen könnt?«

»Es ist mein Bruder Milio de Algora«, erwiderte Ramirez an Stelle des Gefragten, »und Ihr könnt also glauben, was er sagt.«

»Ein Algora ist er!« rief der Erstaunte. »Jetzt verstehe ich alles. Mein Vetter Alfonso Clarino ist Stallmeister bei Eurem Vater und ich ein dummer Teufel, daß ich Euch für einen Gitano gehalten habe. Diego, alter Bursche, schämst du dich nicht, daß dein Freund Fernando Lunez so unklug war?«

»Laß es gut sein und mache mir lieber Platz, damit ich mich auch bedanken kann! Señor, mit großer Freude nehme ich Euer Anerbieten an, das mich in den Stand setzt, aus diesen Trümmern wieder ein neues Heim entstehen zu lassen.«

»Also gut! Für jetzt werden wir wohl noch eine kleine Strecke beisammen bleiben; denn Ihr geht doch wohl mit nach Alfano? Und Ihr, Don Enrico«, wandte er sich an den gefangenen Offizier, »könnt Ihr mir vielleicht sagen, was ihr geladen habt?«

»In der Hauptsache Lebensmittel«, war die Antwort.

»So? Und was trägt dort jenes Maultier, dessen Treiber sich auf Euren Befehl entfernen sollte?«

»Ich bin in Eurer Hand. Tut, was Euch beliebt, Señor Milio!«

»Das tue ich auf jeden Fall. Ist der Rapphengst dort Euer Eigentum?«

»Nein. Er gehört der Armee der Carlisten.«

»So werdet Ihr also durch den Verlust des Tieres nicht geschädigt. Ihr begleitet uns bis Alfaro, wo Ihr weitere Bestimmungen erhalten werdet.« Und zu mir gewendet fuhr er fort: »Euer Weg führt Euch, wie ich gehört habe, nach Saragossa. Wollt Ihr vielleicht die Güte haben und meinem Vater, der auf seinem Schloß bei Allagon wohnt, eine Nachricht von uns überbringen?«

»Gern, Señor!«

»Danke. Damit Ihr schnell vorwärts kommt, sollt Ihr als Andenken an das heutige Abenteuer den Hengst haben.«

Meine Dankesworte überhörend, trat er wieder zu seiner Begleiterin. Das verheißungsvolle Augenleuchten, mit dem sie ihn empfing, war ihm jedenfalls ein besserer Dank als meine trockenen Worte, und ich schloß mich der bald aufbrechenden Truppe mit der Überzeugung an, daß er seine schöne Gitana als besten Preis für die bewiesene Tapferkeit empfangen werde. –

AN DEN UFERN DER DWINA

1. Diamanten

Es war das prächtige Haus von Ustjug Weliki[1], das die alte fromme Gräfin Briatoff mit ihrer schönen Tochter Paulowna bewohnte, und die gediegene Einrichtung dieses gräflichen Hauses war ganz geeignet, ein sprechendes Zeugnis von dem unerschöpflichen Reichtum der beiden Damen zu geben.

Der Sommer neigte sich zur Rüste, und der Herbst begann mit seinem Früchtesegen die Äste und Zweige der Obstbäume zu beschweren, so daß sie sich tief herab zur Erde beugten und, um nicht zu brechen, fester Stützen bedurften. Paulowna erging sich in den Laubwegen des hinter dem Hause gelegenen Gartens. An ihrer Seite schritt ein Mann, der sich bemühte, sie mit einem angelegentlichen Gespräch zu fesseln.

Er mochte in den Dreißigerjahren stehen, war groß, kräftig und schlank gebaut, hatte eine Adlernase, einen etwas scharfen Blick, eine hohe breite Stirn, frische volle Lippen, aber er machte keinen angenehmen Eindruck. Man konnte sich nicht klarwerden, ob ein gewisser, allzustark hervortretender Zug des Bewußtseins geistiger Überlegenheit, oder ein nicht zu verkennender Ausdruck von Spott, oder ein zugleich lauernder und durchbohrender Blick der schwarzen Augen seinem Gesicht etwas Unbehagliches, ja fast Unheimliches verlieh.

Es war der Oberst Graf Milanow, von dem man sich erzählte, er sei ein Günstling des Zaren, aber in seinen Vermögensverhältnissen so zerrüttet, daß er Mühe habe, sich dem Drängen seiner unzähligen Gläubiger zu entziehen. Wäre seine fromme Tante, die Gräfin Briatoff, ohne Erbin gewesen, so hätte ihm deren Hinterlassenschaft einst zufallen müssen; da dieser Weg der Rettung ihm aber nicht zu Gebote stand, so befand er sich gegenwärtig auf Urlaub bei ihr, um seinem Glück auf eine andere Weise unter die Arme zu greifen: er bemühte sich, Paulowna zu erklären, daß er ohne sie und ihre Gegenliebe nicht zu leben vermöge.

Sie hatte ihr kleines, weißes Händchen auf seinen Arm gelegt und hörte ihn mit einer Miene an, die so still, so unbeweglich war, daß man hätte meinen sollen, der Gegenstand ihres Gesprächs sei ein so alltäglicher, daß es sich nicht der Mühe verlohne, darüber auch nur eine Wimper zu zucken.

»Wie gesagt, teueres Kusinchen, ich sterbe vor Begierde, dich als mein ewiges Eigentum betrachten zu dürfen. Soll ich mit Mama sprechen?«

»Sage vorher, mein teurer Kusin, wieviel Minuten die Ewigkeit eines Offiziers zu dauern pflegt?«

»Du scherzest bei einer so hochwichtigen Veranlassung, Paulowna?«

[1] Kreisstadt im westlichsten Teil des russischen Gouvernements Wologda

»Sind deine Ewigkeiten wirklich so sehr wichtig? Mir scheinen sie, aufrichtig gestanden, weniger wertvoll. Ich kenne dein bewegtes Leben am Hof und fühle in mir nicht die geringste Begabung für das Interessante und Abenteuerliche. Ich werde deinen Liebhabereien nie genügen können und trete das Glück, das du mir bietest, an eine Würdigere ab.«

»Ist dies dein endgültiger Entschluß, Paulowna?«

»Mein endgültiger. Es wäre mir lieber gewesen, du hättest ihn erraten, statt mich zu dieser Äußerung zu veranlassen.«

Er antwortete nicht, aber aus seinen dunklen Augen zuckte ein drohender, wenngleich von ihr nicht bemerkter Blitz auf sie hernieder.

Eine Zeitlang noch schritten sie schweigend nebeneinander her; dann verabschiedete sich Paulowna, um die Mutter aufzusuchen; der Graf aber schritt dem hinteren Teil des Gartens zu, der von dichtem Gebüsch bestanden war. Kaum hatte er das Dickicht erreicht, ertönte daraus der krächzende Ruf eines Raben. Er antwortete mit einem leisen Pfiff, und sofort drängte sich zwischen den Zweigen ein junger, schmächtiger Mann hervor, aus dessen Zügen die verkörperte List und Verschlagenheit zu lesen war.

»Alles besorgt, Iwan?«

»Alles, Herr.«

»Den Brief geschrieben und abgegeben?«

»Ja.«

»In der neuen Livree?«

»Die mir ganz vortrefflich paßt«, nickte der Gefragte.

»Du verstehst dich auf das Frisieren?«

»Ausgezeichnet. Das Fräulein wird der Gräfin zum Verwechseln ähnlich sehen.«

»Und du kennst die Pforte, die vom Garten in den Keller führt?«

»Die Nachschlüssel waren schon gestern fertig. Ich habe mir heute nacht jeden Winkel des Hauses ganz genau betrachtet.«

»Gut, so geh an deinen Posten! Für eure Sicherheit werde ich sorgen. Du bist der Petersburger Polizei entsprungen. Gelingt der Streich, erhältst du von mir eine hinreichende Summe, ins Ausland zu verschwinden; gelingt er aber nicht, so liefere ich dich zurück und du bist verloren.«

Es war Iwan Wessalowitsch, ein berüchtigter Petersburger Gauner. Er verbeugte sich mit slawischer Demut vor dem Günstling des Zaren, der ihm, dem Verbrecher, Zuflucht gewährte, und verschwand dann lautlos wieder im Gebüsch.

Der Graf kehrte langsam in das Wohnhaus zurück und ließ sich bei der Gräfin Mutter melden, um ihr seinen Morgengruß darzubringen. Sie empfing ihn mit jener vornehmen Freundlichkeit, die man für entfernte Verwandte zu haben pflegt, ohne ihnen weitere Rechte einzuräumen. Er schien diese Zurückhaltung, die die alte, würdige Dame dem verschwenderischen Neffen gegenüber zeigte, nicht zu bemerken und nahm an einem der Fenster Platz, um der Vorlesung, die er unterbrochen hatte, scheinbar aufmerksam zuzuhören.

Die Gesellschafterin der Gräfin, ein junges Mädchen von derjenigen Schönheit, die einen meist nur vorübergehenden, aber desto glühenderen Eindruck zu machen pflegt, las mit wohlklingender, salbungsvoller Stimme aus einer prachtvoll gebundenen Heiligenlegende vor. Es war dies die tägliche Lektüre der Gräfin, und es erforderte einen so ausgezeichneten Menschenkenner, wie der Graf es war, um hinter den gläubig frommen, kindlich einfältigen Zügen der schönen Vorleserin etwas zu vermuten, was mehr auf den Genuß des irdischen Lebens als auf das Jenseits gerichtet war.

»Bis hierher, meine gute Maschka«, meinte endlich die Gräfin. »Leg dir das Zeichen ein, damit wir morgen fortfahren können. Oh, diese Schilderung ist herrlich und erbauend! Der Herr tut Großes über unser schwaches Verstehen, wenn wir ihn im rechten Glauben darum bitten.«

»So ist es, meine gnädige Gräfin«, antwortete das Mädchen mit einem frommen Aufschlag ihres seelenvollen Auges. »Der Herr erhalte Ihnen dies selige Gottvertrauen in der Einsamkeit, die meine schwache Kraft vergebens Ihnen zu erleichtern sucht!«

»Ich danke dir, mein liebes Kind! Leider findet meine Tochter an unseren religiösen Übungen nicht soviel Gefallen, wie ich es gerne sehen würde, und nimmt nur selten an den Vorlesungen teil. Jetzt aber ist es für mich Zeit, zur Kirche zu fahren. Heute ist es an dir, unsere täglichen Krankenbesuche zu machen.«

Ein gnädiges Neigen ihres Kopfes und sie verließ das Zimmer. Mit einigen raschen, leisen Schritten stand der Graf vor der Gesellschafterin.

»Maschka, du bist ein listiger Satan! Hast du noch Mut?«

Ihr Auge blitzte jetzt ganz anders, als es vorhin geblitzt hatte. »Mut? Pah! Ist alles vorbereitet?«

»Alles.«

»Und mein Anteil?«

»Wird dir noch heute ausgezahlt.«

»Dann vorwärts! Ich habe für die Alte den Wagen zu bestellen; ich für meinen Teil aber verzichte auf einen solchen. Demut erhöht die Werke der Liebe.« Es war ein höhnisches und zugleich schadenfrohes Lachen, das ihre schönen Züge entstellte.

»So geh! Ich werde die Dienerschaft beschäftigen, bis der Streich gelungen ist.«

Die Gesellschafterin ging in ihr Zimmer, zog sich zum Ausgehen um und verließ in demselben Augenblick das Haus, als die Gräfin in den Wagen stieg. Eine Zeitlang der Straße folgend, bog sie dann in ein schmales Seitengäßchen ein, das hinter den Gärten dahinführte. Bald gelangte sie an ein kleines Pförtchen, das sie durchschritt und hinter sich verschloß. Sie befand sich im Garten des gräflichen Hauses.

»Maschka!« flüsterte es neben ihr im Buschwerk.

»Iwan!«

Er trat hervor, faßte sie bei der Hand und zog sie, immer gedeckt von den Zweigen, fort bis an die Kellertür. Er öffnete mit dem Nachschlüssel und führte sie durch Keller, Flur und über die Treppe, bis wieder in ihr Zimmer zurück, das sie unbemerkt erreichten. Hier öffnete er das Paket, das er unter dem Arm mitgebracht hatte. Es enthielt eine Perücke, Locken, eine falsche Nase und verschiedene Büchsen und Schächtelchen.

»Schnell, setz dich! Wir haben nur noch zehn Minuten Frist.«

Sie nahm auf einem Stuhl Platz, und unter seinen kunstfertigen Händen hatte sie sich bald in eine alte Dame verwandelt, die bei einigermaßen schwacher Beleuchtung recht gut für die Gräfin gehalten werden konnte.

»Nun das Kleid!«

Sie eilten in das Ankleidezimmer der Gräfin. Maschka legte ein seidenes Gewand an und Iwan warf sich in eine Livree, die er in seinem Paket mitgebracht hatte. Dann stellte er sich an das Fenster, um durch die feinen Gardinen die Straße zu beobachten.

»Bisher ging alles ganz vortrefflich«, meinte das Mädchen. »Die Hauptsache ist, daß der Graf die Dienerschaft beschäftigt.«

»Trage um ihn nur keine Sorge! Es ist ja seine eigene Sache, daß er sein möglichstes tut.«

»Und das gnädige Fräulein? Wenn sie uns überrascht!«

»Auch daran habe ich gedacht; aber sie ist unschädlich. Der Deutsche ist bei ihr. Ich sah ihn kommen.«

»Dann werden sie wohl für nichts anderes mehr Augen und Ohren besitzen. Aber –, da kommt der Juwelier! Rasch an die Tür, Iwan, damit er nicht klingelt!«

Leise, kaum hörbare Schritte ließen sich einige Augenblicke später aus dem mit einem dicken Teppich belegten Vorsaal bemerken. Iwan trat in das Vorzimmer, hinter ihm ein Herr, der einen kleinen Koffer trug.

»Ich werde Sie sofort anmelden!« meinte der verkleidete Diener, während er im Sprechzimmer verschwand.

Als er zurückkehrte, winkte er dem Juwelier, einzutreten. Dieser sah sich der Gräfin gegenüber. Mit einer Verbeugung trat er auf sie zu.

»Gnädige Frau hatten heute die Güte, durch dero Diener mir eine Karte zu senden, worin –«

»Worin ich Sie ersuchte«, fiel sie ihm in das Wort, »mir einiges von Ihren Vorräten zur Ansicht zu bringen. Ich bin nämlich in der Lage, Ihnen mitteilen zu können, daß meine Tochter sich in nächster Zeit verheiraten wird, eine dringende Veranlassung für mich, Ihre kunstfertige Hand in Anspruch zu nehmen. Leider hinderte mich eine kleine Unpäßlichkeit, Sie in Ihrem Atelier aufzusuchen, daher sandte ich Ihnen meine Karte mit dem Wunsch, Sie bei mir zu sehen.«

»Dieser Wunsch war mir Befehl. Ich habe das Beste ausgelesen, um es Hoheit vorzulegen.«

»So kommen Sie!«

Sie führte ihn in das abgelegene Boudoir. Er merkte nicht, daß der Diener ihm leise durch die samtenen Türvorhänge folgte, und öffnete das Köfferchen. Kaum aber war dies geschehen, so erhielt er einen Schlag über den Kopf, daß er sofort besinnungslos zu Boden stürzte. Iwan beugte sich über ihn.

»Gut getroffen! Herunter mit der Maske! Dort steht das Waschzeug!«

Er vertauschte die Livree im Handumdrehen mit seinem vorigen Anzug und half dann Maschka beim Reinigen ihres von den verschiedenen Farbstoffen bedeckten Gesichtes.

»Nun fort, und zwar schnell. Du mußt zu deinen Kranken, um nötigenfalls dein Alibi beweisen zu können!«

Sie verließen das Haus auf demselben Weg, auf dem sie es betreten hatten. –

2. *Gegenspiel*

Paulowna hatte, von ihrem Morgenspaziergang zurückkehrend, die Mutter nur kurz begrüßt. Es hatte sich zwischen den beiden, die einander doch so innig liebten, eine Art Entfremdung eingeschlichen, seit die jetzige Gesellschafterin das Haus betreten und sich durch ihr frömmelndes Gebaren das unbegrenzte Vertrauen der Gräfin erworben hatte. Paulowna fühlte eine unwillkürliche, aber unbesiegbare Abneigung gegen Maschka, und je mehr sich die Mutter an diese anschloß, desto mehr zog sich die Tochter aus dem Gesellschaftszimmer zurück.

Auch jetzt hatte sie nur den gewöhnlichen Morgengruß ausgesprochen und sich dann in ihre Gemächer begeben. Hier sollte sie nicht lange in Einsamkeit verbleiben. Das Mädchen trat ein und meldete den Baron von Felsen.

Der Eintretende war ein junger, stattlich gebauter Mann von einnehmendem Äußeren und gewinnenden Manieren. Er schritt auf Paulowna zu und ergriff ihre Hand, auf die er seine Lippen drückte.

»Guten Morgen, meine Gnädigste! Darf ich Ihnen im Vorübergehen meine Aufwartung machen?«

»Im Vorübergehen? Behandelt man die Freundschaft auf eine so eilige Weise?«

»Dann soll ich wohl gestehen, daß ich nur um dieses Grußes willen auf den Flügeln der Morgenröte herbeigeeilt bin?«

»Nur die Wahrheit sollen Sie gestehen, Baron. Übrigens scheinen die Flügel Ihrer Morgenröte etwas lang zu sein. Es ist zehn Uhr; ich machte bereits einen Spaziergang und –«

»Und –«

»Und zwar unter sehr interessanten Umständen. Der Graf suchte mich im Garten.«

»Ah, und er fand Sie?«

»Natürlich. Und dann machte er mir den ehrenvollen Vorschlag, Frau Gräfin zu werden.«

»Ah –!« Der Baron war aufgesprungen. Er ergriff ihre beiden Hände und blickte ihr mit sichtlicher Spannung in die guten, ehrlichen Augen.

»Was hast du ihm geantwortet, Paulowna?«

»Ich deutete ihm, allerdings in höflichen Worten, an, daß ich darauf verzichte, die Nachfolgerin vieler zu werden. Er wird meine Hand niemals erhalten.«

»Nein, niemals; dieses kleine, liebe Händchen ist bestimmt, einen ganz anderen mit der höchsten Seligkeit zu beglücken.«

»Du sprichst sehr bestimmt. Kennst du ihn vielleicht, diesen anderen?

»Bin ich's doch selbst!« jubelte er, sie warm umfassend.

»Wie kühn! Sind alle Deutschen so?«

»Um so köstlichen Preis gewiß. Leider ist diese Kühnheit nicht zureichend, den Himmel zu erstürmen. Dein Held, Paulowna, ist auch zuweilen auf die List angewiesen.«

»Wegen der Gesellschafterin?«

»Wegen dieser. Auf meine Erkundigung sind aus Petersburg heute Briefe eingetroffen, die ganz übereinstimmend sagen, daß eine ganz ähnliche Person den berüchtigten Iwan Wessalowitsch bei seiner Flucht unterstützt habe und mit ihm verschwunden sei. Ich lasse sie bewachen. Wer macht heute die Krankenbesuche?«

»Sie wechselt mit Mama und mir zwischen diesen Besuchen und dem Gottesdienst. Mama steigt eben ein; sie fährt zur Kirche. Und – schau«, meinte sie, ihn zum Fenster ziehend, »da geht die Gesellschafterin zu ihren Kranken.«

»Ich muß Aufklärung haben. Trifft der Verdacht zu, so benutzt sie jedenfalls diese Besuche, um ihre sonstigen Verbindungen weiterzupflegen. Mein Diener hat sich dort in den Hausgang jenes Eckhauses gestellt; er wird sie beobachten.«

Sie blieben am Fenster und bemerkten, daß aus der Tür des angegebenen Hauses ein Mann trat, welcher der Gesellschafterin von weitem folgte. Nicht lange darauf aber sahen sie ihn eilig zurückkommen und dann langsam vorüberschreiten. Als er den Baron am Fenster sah, gab er ein leises, für einen Dritten unbemerkbares Zeichen mit der Hand.

»Ich soll zu ihm kommen, Paulowna. Er hat etwas Wichtiges entdeckt.« Rasch entfernte er sich, eilte leisen Schrittes über den Flur und verließ das Haus, um zu dem Diener zu stoßen.

»Was gibt's, daß du mich rufst?«

»Die Dame ist in eine Seitengasse eingebogen und durch eine kleine Mauerpforte in den Garten der Gräfin zurückgekehrt.«

»Ah – dann hat sie etwas Geheimnisvolles vor! Hat sie die Pforte von innen verschlossen?«

»Ja.«

»Sie wird das Haus wohl auf dem gleichen Weg wieder verlassen. Komm!«

Sie gelangten bald in das Gäßchen und an die Pforte. Die Mauer war nicht hoch. Sie wurde übersprungen, und dann verbargen sich beide im dichten Gebüsch des Gartens.

Es verging eine geraume Zeit, ehe sie etwas Verdächtiges bemerkten; dann ertönte das Geräusch von sich leise nähernden Schritten. Die Gesellschafterin drang durch das Dickicht, hinter ihr ein junger, schlanker Mensch mit einem Paket unter dem Arm. An der inneren Seite der Pforte blieben sie stehen.

»Hast du alles?« fragte das Mädchen.

»Alles.«

»Die Juwelen bekommt der Graf noch heute. Er setzt sie leichter in Gold und Noten um, als wir es könnten.«

»Er hat mich auf den Abend bestellt.«

»Aber wenn er uns übervorteilt?«

»Das kann er nicht; ich habe ihn im Sack. Jetzt aber vorwärts! Du gehst zuerst; ich warte noch einen Augenblick, damit wir nicht beisammen gesehen werden.«

Er öffnete die Pforte, blickte hindurch, ob der Weg frei sei und gab ihr dann einen Wink, zu gehen.

»Morgen mußt du in die Kirche. Ich werde dort neben dir niederknien und dir alles mitteilen. Auf Wiedersehen!«

Sie ging, und auch er entfernte sich in wenigen Sekunden.

Kaum war er um die Ecke verschwunden, so sprangen die beiden Lauscher über die Mauer zurück und folgten ihm. »Das Mädchen können wir lassen, Feodor; sie ist uns sicher. Ihn aber nehmen wir fest; es ist offenbar ein Diebstahl im Haus der Gräfin geschehen.«

Iwan Wessalowitsch schritt langsam die Straße dahin. Zwei Polizisten begegneten ihm; er ging ohne Scheu an ihnen vorüber und unterließ es auch, sich nach ihnen umzublicken. Der Baron aber hielt sie an.

»Kennen Sie mich, meine Herren?«

»Ich hatte die Ehre, den Herrn Baron bereits einmal in unserer Kanzlei zu sehen«, erwiderte der eine.

»Gut. Sie haben von Iwan Wessalowitsch gehört?«

»Ah, was soll's mit ihm?«

»Wollen Sie ihn fangen?«

»Selbstverständlich mit Freuden. Es ist ein Preis auf seinen Kopf gesetzt. Wo können wir ihn finden?«

»Er ist Ihnen soeben begegnet.«

»Vielleicht irren der Herr Baron – –?«

»Möglich, daß ich mich irre. Jedenfalls aber ist der Mann dort vorn mit dem Paket unter dem Arm ein Dieb, der aus dem Haus der Gräfin von Briatoff kommt. Ich fordere Sie auf, ihn sofort festzunehmen. Schnell, ehe er entkommt, ich verantworte es!«

Der dringenden Aufforderung eines solchen Mannes mußte unbedingt Folge geleistet werden. Die Schutzleute eilten vorwärts und hatten Iwan nach einigen Augenblicken erreicht. Der russische Polizist ist außerordentlich höflich, aber ebenso hartnäckig und ausdauernd.

»Wo kommst du her, mein Brüderchen?« fragte der eine, dem jungen Menschen die Hand auf die Schulter legend.

»Von da her!« antwortete der Gefragte, mit ruhiger Miene nach rückwärts winkend.

»Und wo willst du hin, mein Brüderchen?«

»Dorthin!« nickte er nach vorwärts.

»Schön, schön, meine Seele. Wir gehen auch mit dorthin!«

»So geht! Ich finde meinen Weg allein.«

»Das wissen wir. Aber wir beide könnten deinen Weg nicht finden, darum bleiben wir bei dir. Komm, Brüderchen, komm!« Iwan warf einen raschen Blick vorwärts und zur Seite und griff dann blitzschnell in die Brusttasche. Ein Schuß krachte – die Ladung ging fehl, denn ein kräftiger Arm hatte von hinten den seinen gepackt, und zu gleicher Zeit fühlte er sich so fest umschlungen, daß ihm nicht die geringste Bewegung möglich war. Der Baron und Feodor waren unbemerkt herangetreten und hatten im entscheidenden Augenblick Hilfe gebracht. Der Schuß hatte eine Menge Menschen herbeigelockt. Der Gefangene wurde gefesselt und nach dem Polizeihaus abgeführt. Baron von Felsen begab sich mit seinem Diener ebenfalls dorthin. –

Die Kirche war aus. Die Gräfin Briatoff kehrte in ihre Wohnung zurück. Die Dienerschaft eilte herbei, um die Gnädige aus dem Wagen zu heben und in ihre Gemächer zu geleiten. Der Hausmeister schritt voran, um die Türen zu öffnen.

»Ich danke!« wandte sie sich, im Salon angekommen, wie gewöhnlich an die Leute zurück, um sie zu verabschieden. Dann trat sie, von ihrer Zofe gefolgt, in ihr Ankleidezimmer. Gleich darauf aber vernahmen die sich zurückziehenden Leute zwei laute Schreie des Erschreckens und stürzten sofort wieder herbei.

Die Gräfin hielt schaudernd die Hände vor das Gesicht: auf dem Teppich lag ein Mann mit blutendem Kopf, und in dem Raum herrschte eine Unordnung, die bewies, daß er der Schauplatz irgendeines ungewöhnlichen Ereignisses gewesen sei.

»Wer ist der Mann – was hat er hier gewollt – wie ist er hereingekommen?« stammelte die vor Entsetzen zitternde Herrin.

Niemand wußte es, niemand vermochte Auskunft zu erteilen. Der ganzen Gesellschaft hatte sich eine Verwirrung bemächtigt, die erst beim Eintritt des Grafen und der Tochter des Hauses etwas gemildert wurde. »Was geht hier vor – was hat der Lärm zu bedeuten?« forschte er.

Die Gräfin zeigte lautlos auf den betäubt daliegenden Mann.

Milanow wandte sich an den Hausmeister, der ihm nur unzulängliche Auskunft geben konnte.

»Entsetzlich! Hier wurde irgendeine Tat verübt, über die nur dieser Mann Bericht zu erstatten vermag.« Er bog sich zu ihm nieder, um ihn zu untersuchen. »Er lebt, holt Wasser, Essig, Essenzen herbei! Man muß ihn zur Besinnung bringen, damit er Aufklärung erteilt.«

»Mama, ich kenne ihn!« rief Paulowna. »Es ist der Geschäftsführer des Juweliers Obrenowicz.«

»Der – mein Gott, das ist kein Dieb, kein Räuber. Was ist hier vorgegangen?!«

Niemand vermochte zu antworten, niemand hatte etwas Verdächtiges gehört.

Endlich schlug der Verwundete unter den sorgfältigen Belebungsversuchen die Augen auf, die erst ausdruckslos im Zimmer umherstierten und dann nach und nach Leben und Besinnung gewannen.

»Die Gräfin – wo ist sie – wo sind meine Juwelen?« fragte er langsam und mit halblauter Stimme.

Seine Worte waren allen ein Rätsel, bis er sich weiter erklärte, wobei sich dann herausstellte, daß er das Opfer eines abgefeimten Betrugs geworden sei.

Jetzt trat die Gesellschafterin ein, die von ihren Krankenbesuchen zurückkehrte. Die Gräfin eilte sogleich auf sie zu.

»Denke dir, meine gute Maschka, was während unserer Abwesenheit geschehen ist! Eine verwegene Gaunerin hat sich hier eingeschlichen und an meiner Stelle diesen Herrn empfangen, um ihm Juwelen im Wert von fast einer Million Rubel zu entwenden!«

»Unmöglich«, rief die Angeredete, vor Schreck und Erstaunen die Hände faltend. »Wie könnte der Böse dies fromme Haus zu einer so entsetzlichen Tat ausersehen!«

»Mein Kind, er geht umher wie ein brüllender Löwe und hat sich selbst durch unsere Gebete nicht abschrecken lassen. Aber der Herr wird die Missetat heimsuchen und unsere schwachen Augen öffnen, damit wir die Täter finden und entdecken. Man durchsuche das ganze Haus!«

»Halt!« ertönte es da unter der Tür. »Man bleibe, damit keine Spur verwischt werde!« Es war der Baron von Felsen, der rasch eintrat. Ohne den Grafen eines Blickes zu würdigen, schritt er auf die Gräfin zu. »Was ist geschehen, gnädige Frau?«

»Willkommen, Baron! Sie sind Diplomat, und Ihr Scharfsinn vermag vielleicht Licht in die schwarze Dunkelheit zu bringen.«

»Pah –«, fiel hier Graf Milanow wegwerfend ein. »Um hier klar sehen zu können, dazu bedarf es keines deutschen Diplomaten. Dieser Mann ist durch eine gefälschte Karte zur Gräfin bestellt worden, um Juwelen vorzuzeigen. Die Gauner haben sich in Anwesenheit der Dame mit Hilfe von Nachschlüsseln einzuschleichen vermocht und ihm die Kostbarkeiten abgenommen. Der Streich ist mit einer außerordentlichen Frechheit entworfen und ausgeführt worden; das übrige aber geht niemand etwas an, sondern ist Sache der Polizei.«

»Das ist Ihre Meinung, Graf«, erwiderte von Felsen kalt und überlegen. »Die meinige aber lautet anders. Erzählen Sie, mein Herr!«

Der Juwelier wiederholte seinen Bericht und endete mit der Klage: »Ich bin für alle Zeiten zugrunde gerichtet, wenn nicht die Täter entdeckt und die Juwelen gerettet werden.«

»Beruhigen Sie sich«, sagte der Baron. »Vielleicht sind sie schon heute oder morgen wieder in Ihrem Besitz!«

»Ah –«, dehnte der Graf verächtlich, »die deutsche Diplomatie scheint allmächtig zu sein!«

»Das nicht«, klang die scharfe Erwiderung, »aber ehrlich und scharfsinnig genug, um sich weder durch Schönheit, noch durch Titel und Anmaßung blenden zu lassen. Ich nehme an, daß die Täter entweder selbst hier im Hause wohnen oder ihre Mitschuldigen haben.«

»Hahaha«, lachte der Graf. »Es sollte mich nicht wundern, wenn Ihr großartiger Spürsinn sich sogar auf mich richten würde.«

»Selbst wenn dies so wäre, Graf, würde doch infolge Ihrer Stellung jede Anklage von vornherein erfolglos sein.«

»Herr Baron«, fiel die Gräfin ein, »ich kenne meine Dienerschaft; niemand von ihnen ist einer solchen Tat fähig. Ich pflege mich nur mit Leuten zu umgeben, denen jede Sünde ein Greuel ist.«

»Meine Gnädige, ich achte und liebe die Frömmigkeit Ihrer Angestellten, wenn sie wahr ist und aus dem Herzen kommt; ist sie aber erkünstelt, so wird sie gefährlicher als die größte

Gottlosigkeit. Gestatten Sie mir, Sie von einer Heuchlerin zu befreien!«

Er trat zum Schrank und öffnete ihn.

»Eine Diebin hat hier Ihre Rolle gespielt und dieses Kleid dabei getragen. Sie sehen, es ist nur in höchster Eile wieder an seinen Platz gehängt worden. Die Gaunerin hat sich mit Hilfe von falschen Haaren und so weiter der gnädigen Frau ähnlich gemacht, und nun, bitte: Sie bemerken die Spuren davon noch deutlich in diesem erbleichenden Gesicht! Fräulein Maschka, Sie hätten sich sorgfältiger abschminken sollen!«

Ein Schrei drang von aller Lippen. Die Gräfin hob abwehrend die Arme empor, und die Angeschuldigte trat mit beleidigter Miene einen Schritt zurück, als fühle sie sich über jeden Verdacht erhaben; aber in diesem Augenblick erschien auch schon ein Polizeikommissar auf der Schwelle der Tür und kam auf sie zu.

»Mein schönes Töchterchen«, meinte er lächelnd, während er auf den ihm folgenden Beamten deutete, »dieser Mann hier hat dir ein Paar schöne Armspangen mitgebracht; erlaube, daß ich sie dir schenke!«

Sie wurde gefesselt. Niemand wagte zu widerstehen.

»Graf«, unterbrach der Baron die Stille der allgemeinen Erstarrung, »ich ließ Iwan Wessalowitsch verhaften, als er mit diesem frommen Fräulein aus dem Hause schlich. Die Juwelen, die sie bei sich hatten, können nun nicht in Gold und Noten umgesetzt werden, sondern kommen in die Hände des rechtmäßigen Besitzers zurück. Die deutsche Diplomatie hat ganz dieselbe Ansicht wie die Baronin Paulowna: Sie arbeiten in diesem Hause umsonst!« –

3. Heimzahlung

Der Oberst, Graf von Milanow, saß in seinem Zimmer seines Palasts zu Petersburg und beschäftigte sich sehr angelegentlich damit, den Rauch seiner duftenden Zigarre in wohlgeformten Ringeln gegen die Decke zu blasen. Er schien sehr guter Laune zu sein, wie seine aufgeheiterte Miene bewies, und diese fröhliche Stimmung wurde erhöht, als sich leise die Tür öffnete und Maschka hereinhuschte.

»Bist du jetzt wieder ausgesöhnt mit unserem Mißgeschick?« fragte sie, während sie sich schelmisch an ihn schmiegte. »Du siehst so vergnügt aus! Schade war's doch, daß der Streich mit den herrlichen Juwelen mißlang!«

»Sei ruhig davon! Die Hunderttausende, die sie an Wert besaßen! Ich hätte mit ihnen meinen Gläubigern den Mund gestopft.«

»Und mir wäre die armselige Haft erspart geblieben, an die ich lebenslang denken werde.«

»Und die Verbannung nach Sibirien?«

»Pah, der Günstling eines Zaren ist allmächtig. Aber sag mir nun endlich, wohin hast du eigentlich unseren Iwan flüchten lassen?«

»Er ist ins Ausland für immer.«

»Welches Aufsehen muß unsere Befreiung erregt haben!«

»Keines. Die Behörde weiß es nicht anders, als daß ihr auf dem Weg nach Sibirien entsprungen seid.«

»Könnten wir doch diesen unverschämten Deutschen mit seiner schmachtenden Paulowna an unserer Stelle dorthin schicken!«

»Meinst du –?« dehnte der Graf mit einer Miene, über die ein Mephisto-Lächeln zuckte.

»Ja, wenn es möglich wäre!«

»Sagtest du nicht soeben, der Günstling eines Zaren sei allmächtig?«

»Das soll heißen?«

»Unsere Wünsche begegnen sich wie immer, so auch hier.«

»Ah –!«

»Du kennst meine Verhältnisse. Die Gräfin Briatoff ist gestorben, man sagt, infolge der Aufregung, in die sie damals infolge der Enttäuschung über deine Frömmigkeit versetzt wurde. Dieser Baron Felsen hat Paulowna geheiratet, natürlich mit ihrem ganzen, unermeßlichen Vermögen. Begegnete ihnen etwas Menschliches, so – gehörte die Grafschaft mir.«

»Folglich?«

»Folglich habe ich ein Plänchen ersonnen, beide nach Sibirien verschwinden zu lassen.«

»Das ist ja großartig! Aber wie?«

»Durch eine Verwechslung.«

»Ah, herrlich! Und mit wem?«

»Mit Iwan und dir. Ich muß diesem Deutschen beweisen, daß seine Diplomatie sich mit der russischen Klugheit nicht zu messen vermag.«

»Aber man wird, man muß die Verwechslung entdecken!«

»Gewiß, aber zu spät. Es ist noch Winter; sie halten die fürchterlichen Anstrengungen nicht aus, sie sterben, sie – pah, ich bin der Erbe und werde die Sache schon anzufassen wissen!«

»Es gehört sehr viel Mut und noch mehr Klugheit dazu. Wann soll sich denn dieser Plan verwirklichen?«

»Wenn der Baron nach Bjelyjegrad reist.«

»Was ist Bjelyjegrad?«

»Eins seiner Güter. Es liegt jenseits der Dwina und mitten in den herrlichsten Forsten. Er war noch nicht dort, doch weiß ich aus sicherer Quelle, daß er in Begleitung seiner Frau vielleicht schon in wenigen Tagen hingehen wird, um einige große Jagden abzuhalten.«

»Jetzt begreife ich. Nur deshalb hat es geheißen, daß wir auf der Flucht nach Sibirien entsprungen seien.«

»Dein Scharfsinn bringt dich auf die richtige Spur. Einen kaiserlichen Erlaß zu erhalten, ist mir leicht, und selbst wenn das nicht wäre, so kann ich stets zu den Blanketts[1] des kaiserlichen Sekretariats.«

»Du, ich möchte die Verhaftung mit ansehen!«

»Kannst du! Ich hätte mir auch ohne diesen deinen Wunsch die Genugtuung nicht versagt, sie im Schlitten der Verbannten

[1] Unausgefüllter Vollmachtschein mit Unterschrift

zu sehen und ihnen zu zeigen, wem sie es zu verdanken haben. Der Gouverneur von Wologda ist mir zu Dank verpflichtet; meine Wünsche sind für ihn Befehl.«

Es war einige Wochen später, als über die unwegsame, hartgefrorene und beschneite Fläche eines der raschen russischen Dreigespanne den Niederungen der Waga, eines Nebenflusses der Dwina, zusauste. Im Innern des Schlittens saßen ein Herr und ein junge Dame, beide vorsorglich in kostbare Pelze eingehüllt.

»Ho – hü, mein Liebchen, mein Täubchen, schnell, mein Engel, immer rascher, du Abgott meiner Seele – lauf, mein Schätzchen«, so feuerte der bärtige Kutscher nach der Art aller sarmatischen Pferdelenker in zärtlichen Ausdrücken seine Tiere zur Eile an.

Es wurde in rasendem Lauf Strecke um Strecke zurückgelegt, bis in der Ferne ein dunkler Gegenstand aus der weißen, schimmernden Schneefläche tauchte, der sich beim Näherkommen als eine Fährhütte erwies. Sie stand an dem Ufer der Waga.

Der Herr des Schlittens ließ vor ihr halten und der Fährmann eilte herbei.

»Ist das Eis fest genug?«

»So fest wie Eisen, Herr.«

»Weißt du es gewiß?«

»Gewiß, Väterchen. Erst gestern ist eine vornehme Herrschaft hinüber, und heute ist die Kälte größer.«

»Wer war diese Herrschaft?«

»Ein Herr und ein Weibchen. Der Kutscher stieg ab und holte heißen Tee von meinem Feuer. Der Herr ist Oberst und heißt Graf Milanow.«

Der Frager stutzte. »Hast du den Namen recht gehört?«

»Genau, mein Väterchen.«

»Wie weit ist's bis zur Dwina?«

»Wenn die Pferde aushalten, ist vor Nacht noch Schloß Dwianka erreicht.«

»Dahin will ich.«

»Der Oberst auch.«

»Ah –!« Er warf einen nachdenklichen Blick auf die neben ihm sitzende Dame. »Hat er selbst es dir gesagt?«

»Nein, der Kutscher.«

»Gut, ich danke. Hier hast du etwas zum Tee!« Er warf ihm ein Geldstück zu und gab dann das Zeichen, die Fahrt fortzusetzen.

»Was sagst du zu der Reise des Obersten, Paulowna?«

»Zufall, oder nicht?«

»Vielleicht. Hm –! Der Gouverneur ist auf Dwianka anwesend, wie ich hörte. Wir sahen uns in Paris und dann in London; wir waren Freunde pour passer les temps, aber ich weiß nicht, ob er sich meiner noch erinnern wird. Ich wollte ihn aufsuchen und fahre auf keinen Fall vorüber, selbst wenn der Oberst bei ihm ist. Die Nacht ist da und der Wald voller Wölfe; wir müssen bei ihm absteigen.«

Er legte sich in die Kissen zurück und schwieg. Die Begegnung mit Milanow schien ihn doch mehr zu beschäftigen, als er merken lassen wollte.

Die Aussage des Fährmannes erwies sich als zuverlässig. Noch war die Nacht nicht vollständig hereingebrochen, so erhoben sich vor den Reisenden die dunklen Mauern von Schloß Dwianka. Der Schlitten lenkte durch das breite, offene Tor in den geräumigen Hof ein und hielt vor dem Portal, zu dem eine Freitreppe emporführte. Ein graubärtiger Beamter kam herbei.

»Dieses Schloß gehört dem Grafen Sorgeneff?«

»So ist es, Herr.«

»Ist der Graf zugegen?«

»Ja.«

»Melde uns!«

Er entnahm seiner Brieftasche eine Karte und reichte sie dem Mann. Dieser klatschte einige Male laut in die Hände und sofort eilten mehrere Diener herbei, um der Herrschaft aus dem Schlitten zu helfen.

Der Kutscher lenkte das Fahrzeug in eine Wagenremise, ließ sich für seine Pferde einen Stall anweisen, versorgte sie und begab sich dann nach der Bedientenstube. Hier verneigte er sich vor dem in einer Ecke hängenden Bild eines Schutzheiligen, grüßte die Anwesenden und nahm an einem der schmalen, kleinen Fenster Platz.

Ganz gegen die Gewohnheit der redseligen Großrussen hatte man kaum einige kurze Worte für ihn; er mußte sich Essen und Trinken selbst fordern und ging endlich verdrießlich wieder dem Stall zu, um nach seinen Pferden zu sehen. Der Schein der Laterne fiel dort auf ein bekanntes Gesicht.

»George, ist's möglich – du hier?«

»Theodor, also wirklich, ich habe dich sofort erkannt, wenn du auch diesen verteufelten russischen Bart trägst. Ich wußte schon seit einer Woche, daß der Baron von Felsen kommen werde. Ich muß dich sprechen, aus alter Freundschaft, aber im Verborgenen.«

Er löschte die Laterne aus und zog ihn hinter einige Strohbündel. –

Nach einiger Zeit trat Theodor, der seinen Herrn gegenwärtig als Kutscher begleitete, in den Hof hinaus, schritt die Treppe empor und begab sich in die Gemächer, die dem Baron mit seiner Gattin angewiesen waren. Beide hatten sich soeben in Gesellschaftskleider geworfen, um sich zum Abendessen zu rüsten.

»Herr Baron!«

»Nun?«

»Der Oberst ist da.«

»Ich weiß es, obgleich Graf Sorgeneff es verheimlichen will.«

»Der Graf hat von dem Obersten vor acht Tagen diese Zeilen erhalten.«

Er überreichte, ihn auseinanderfaltend, einen Brief. Der Baron las ihn und konnte ein plötzliches Erbleichen nicht verbergen. »Wer gab dir dies Schreiben?«

»George, der Leibdiener des Grafen Sorgeneff. Wir kennen uns von Paris und London her; er hat ihn seinem Herrn entwendet, um uns zu warnen.«

»Um Gottes willen, was ist es?« fragte die Baronin ängstlich.

»Nichts als eine neue Schlechtigkeit von seiten des Obersten. Du weißt, daß die beiden Verbrecher Iwan und Maschka auf der Flucht nach Sibirien entsprungen sind. Wir sollen mit ihnen verwechselt und jenseits der Dwina festgenommen werden, um nach Nertschinsk zu gehen. Der Befehl, zwei Personen, die mit einem auf Baron und Baronin von Felsen lautenden Paß reisen, sofort festzunehmen und schleunigst unter Abschließung von allem Verkehr über den Ural zu transportieren, ist vom Zaren unterzeichnet und von dem Obersten dem Grafen eigenhändig übergeben worden. Dieser ist Gouverneur und hat das jenseitige Ufer besetzen lassen. Darum also tat er so außerordentlich zurückhaltend, daß er sich kaum die Mühe gab, uns zum Abendbrot einzuladen. Eine so verräterische Gastfreundschaft kann nur ein Russe üben!«

»Gibt es keine Rettung?« fragte die Baronin, zitternd vor Angst.

»George meinte«, fiel Feodor oder Theodor, wie sein deutscher Name lautete, ein, »es ist das beste, sofort wieder anzuspannen und heimlich umzukehren. Ein Glück, daß uns die Freundschaft dieses braven Menschen noch zur rechten Zeit warnt!«

»Hm – ja – doch –«, besann sich der Baron – »ach, wenn ich ihn in die eigene Grube stürzte? Wird dieser George einmal unbemerkt zu mir kommen können?«

»Ich werde sehen!«

Feodor entfernte sich und brachte den Verlangten nach kurzer Zeit herbeigeführt.

»Sie sind ein Franzose?« fragte diesen der Baron.

»Ja. Der Graf Sorgeneff nahm mich in Paris in seine Dienste. Aber ich hasse diesen Russen.«

»Warum bleiben Sie bei ihm?«

»Mein Gehalt ist gut, und in einem russischen Hauswesen kann man sich leicht ein Sümmchen zurücklegen. Ich möchte mich bald zur Ruhe setzen.«

»Ah so! Wollen Sie sich diese Tausendrubelnote verdienen?«

»Tausend Rubel? Gern, sofort! Aber wodurch?«

»Reist der Oberst allein? Ich hörte, eine Dame sei bei ihm. Der Fährmann an der Waga berichtete mich so.«

»Es ist eine Dame bei ihm, ob Gemahlin oder Schwester oder – ich weiß es nicht.«

»Gemahlin jedenfalls nicht, aber es fördert meinen Zweck. Hier ist mein Paß. Er lautet auf Baron und Baronin von Felsen. Wenn Sie ihn mit dem Paß des Obersten umzutauschen vermögen, gehört die Note Ihnen.«

Der Diener besann sich. Ein pfiffiges Lächeln glitt über seine klugen Züge.

»Ich verstehe Sie vollkommen, Herr Baron. Der Verräter soll an Ihrer Stelle nach Sibirien gehen. Verdient hat er es und es soll mir auch, abgesehen von der Belohnung, eine Befriedigung gewähren, ihn mit seinem eigenen Schmutz zu waschen. Vertrauen Sie mir den Paß an. Sie gehen jetzt zur Tafel, die nicht lange währen wird, denn später wird für den Obersten gedeckt. Während er da aus seinem Zimmer abwesend ist, werde ich sehen, was zu machen ist.«

»Schön. Ich werde mir nicht das geringste Mißtrauen merken lassen. Jetzt gehen Sie. Man könnte Sie leicht vermissen!«

George und Feodor traten ab.

»Du spielst ein gefährlich Spiel«, meinte Paulowna besorgt.

»Nicht gefährlicher als das seine. Ich durchschaue ihn. Nicht nach Sibirien, sondern in den Tod will er uns schicken, damit dein Erbe seine Schulden decke. Er soll in die Schlinge gehen, die er mir stellt und der Gouverneur – pah, das wird sich finden!«

Sie beendeten ihre Toilette und standen eben im Begriff, sich nach dem Speisesaal zu begeben, als Feodor eintrat. »Herr Baron, eine außerordentliche Neuigkeit!«

»Welche?«

»Ich war neugierig, den Obersten, der sich verbirgt, zu sehen. George führte mich in sein Zimmer, das von demjenigen des Obersten nur durch eine Tür getrennt ist. Ich hörte leise sprechen und blickte durch das Schlüsselloch. Raten Sie, wen ich erblickte!«

»Nun?«

»Maschka, die Gesellschafterin! Ich sah sie deutlich. Und später hörte ich sogar auch ihre Stimme.«

»Das wäre ja ganz seltsam!« meinte Paulowna.

»Dem Obersten ist alles zuzutrauen«, wandte der Baron ein. »Er war der Mitschuldige der beiden Gauner, wie mir deren Gespräch an der Gartenpforte bewies. Er vermag viel und kann sie gerettet haben. Iwan ist verschwunden; Maschka aber darf bei ihm bleiben, bis – bis sie ihm lästig wird. Und das Gerücht von dem Entspringen auf der Reise nach Sibirien wurde ausgestreut, um seinen jetzigen Plan einzuleiten. Je mehr ich darüber nachdenke, desto mehr glaube ich, daß du dich nicht geirrt hast, Feodor. Aber dann ist der Oberst verloren. Seine Reise geht durch Bjelyjegrad, wo ich Gerichtsherr bin; ich eile ihm voraus und werde beider Personalien feststellen. Der Zar soll den ganzen sauberen Plan erfahren!«

Er reichte Paulowna den Arm, um sie zum Abendbrot zu führen. Nur der Hausherr war dort anwesend. Es ging sehr einsilbig zu, und die Speisen wurden kaum berührt. Der Baron versicherte, daß er und seine Gemahlin sehr ermüdet seien und erhob sich, »gute Nacht« wünschend.

In ihre Zimmer zurückgekehrt, legte sich die Baronin zur Ruhe; Felsen aber löschte sein Licht aus und harrte im Dunkeln auf George. Es vergingen einige Stunden, bis dieser kam.

»Herr Baron, es ist gelungen.«

»Wirklich?«

»Ja. Der Oberst hatte die Brieftasche mit den Papieren in der Tasche seines Pelzes. Hier ist sein Paß, an dessen Stelle sich der Ihrige befindet!«

Der Baron brannte das Licht an, um sich von der Echtheit des Ausweispapiers zu überzeugen.

»Es ist richtig, hier haben Sie die Geldnote.«

»Danke! Noch eins. Um acht Uhr morgens ist es noch finster. Schon eine halbe Stunde früher wird der Oberst abreisen, um Ihnen drüben zu begegnen, wenn Sie sich im Transportschlitten befinden.«

»Ah, er will auf mich warten und sich an meinem mutmaßlichen Grimm weiden. Ihrer Hilfe habe ich es zu verdanken, daß es anders kommt. Wann werden Sie Ihren Dienst verlassen?«

»Wahrscheinlich schon im Frühjahr.«

»Sollten Sie irgendwelcher Hilfe bedürfen, so sprechen Sie in Petersburg bei mir vor. Gute Nacht!«

»Werde nicht verfehlen. Gute Nacht!« –

Noch ruhte am anderen Morgen tiefe Dunkelheit auf der Umgebung des Schlosses, als ein Schlitten leise aus dem Tor gelenkt wurde. In seinem Innern saß der Oberst mit Maschka.

Im Walde angekommen, der sich bis zur Dwina zog, hieb der Kutscher auf die Pferde ein, die sich sofort in den ihnen geläufigen gestreckten Galopp setzten.

»Endlich, endlich sind wir der Genugtuung nahe!« meinte der Oberst.

Maschka schwieg; aber ihr Triumph war nicht geringer als der seine.

Der Schnee leuchtete; der Morgen dämmerte herein. Es war vollständig hell, als der Schlitten das Ufer des Flusses erreichte. Am jenseitigen Ufer waren mehrere in regelmäßigen Zwischenräumen aufgestellte Posten zu sehen, die sich beim Anblick des Schlittens an einem diesem gerade gegenüberliegenden Punkt vereinigten.

»Fahr zu! Das Eis hält«, gebot der Oberst.

Der Schlitten ging im Trabe über den Fluß. Auf der jenseitigen Höhe angekommen, gewahrte der Oberst ein zweites Geschirr, das in der Nähe unter den Bäumen hielt.

»Halt!« gebot der Anführer der Kosaken.

Der Kutscher gehorchte dem Ruf.

»Den Paß!«

Der Oberst zog die Brieftasche hervor, nahm den Paß heraus und reichte ihn hin. Der Offizier warf einen Blick hinein. »Aussteigen!«

»Wieso?«

»Aussteigen!«

»Wieso? frage ich.«

»Aussteigen, sage ich!«

»Oho, den Grund will ich wissen!«

Der Offizier langte ruhig nach seinem Sattel, um den Kantschu loszumachen. »Aussteigen, sonst helfe ich nach!«

»Was soll die Knute? Fort mir ihr, und zwar augenblicklich. Der Oberst Graf von Milanow könnte euch sonst schlecht verstehen!«

»Oberst –? Graf Milanow? Ist das Ihr Paß?«

»Zum Teufel, ja!«

»Schön! Hier steht Baron von Felsen nebst Gemahlin! Heraus aus dem Schlitten! Ich bin Hetman und weiß, was ich zu tun habe.«

Er hielt dem Obersten den Paß vor das Gesicht. Dieser las die Namen; ein fürchterlicher Schlag durchzuckte seinen Körper, und ehe er sich nur auf Gegenwehr besinnen konnte, war er seiner Waffen beraubt, mit seiner Begleiterin aus dem Schlitten gerissen und zu dem anderen geschleppt, der mit ihnen unter zahlreicher Bedeckung davonsauste. –

Nach kurzer Zeit kam ein anderer Schlitten über den Fluß herüber. Kein »Halt!« erscholl, niemand hielt ihn auf; die Kosaken hatten den, auf den sie warteten und waren fort. Nur der Schnee zeigte deutliche Spuren des vorübergegangenen Ereignisses.

»Gefangen!« jubelte der Baron. »Vorwärts, Feodor, damit wir sie umfahren und in Bjelyjegrad erwarten können.«

Es mußte zu diesem Zweck ein Umweg gemacht werden. Aber die Pferde waren gut und hatten sich ausgeruht. Am Nachmittag wurde das Schloß erreicht.

Die Bewohner der Besitzung waren von der Ankunft ihres Herrn unterrichtet und hatten sich versammelt, um ihm einen festlichen Empfang zu bereiten. Sie wurden auf das Schloß geladen, in dessen Räumen ihnen der Baron ein Festmahl bereiten ließ.

Währenddessen und als es bereits dunkel war, fuhr ein Schlitten vor, der von einer Kosakengruppe scharf bewacht wurde. Der Anführer stieg ab und ließ sich, ohne vorher weiter zu fragen, bei dem Besitzer des Schlosses melden. Unterwegs wurde ihm vom Bedienten dessen Namen genannt.

Voll Überraschung eilte er auf den Schloßherrn zu. »Herr Baron, Ihr Name ist schmählich mißbraucht worden!«

»Inwiefern?« fragte Felsen.

»Zwei Verbrecher, nach Sibirien verbannt, entsprangen während des Transportes. Man fing sie wieder. Sie hatten sich in den Besitz eines Passes gesetzt, lautend auf *Sie* und Ihre Gemahlin.«

»Ah! Sie kamen, um frische Pferde zu verlangen?«

»Ja.«

»Zugestanden, doch kann ich die Pferde nicht eher verabfolgen, als Sie die Verbrecher mir vorgeführt haben.«

»Das darf ich nicht.«

»Sie meldeten mir ja selbst, daß sie meinen Namen mißbraucht haben.«

»So ist es.«

»Dann verfallen die Leute zunächst meiner Gerichtsbarkeit.«

Der Hetman besann sich. »Werden Sie mir dieselben wieder ausliefern?«

»Sofort. Kennen Sie den Namen und Stand der Leute?«

»Nein. Wer nach Sibirien geht, ist tot. Sie wurden mir übergeben und ich bringe sie nach Nertschinsk. Weiter weiß ich nichts.«

»Gut. Geben Sie Ihre Befehle und lassen Sie sich verabreichen, was Sie und Ihre Mannschaft bedürfen!«

Der Baron rief Paulowna und seinen Diener herbei.

Nach einigen Minuten erschien der Oberst und die Gesellschafterin, von Kosaken geführt und bewacht.

»Ihr habt Euch eines Passes bedient, der auf meinen –«

»Baron!« brüllte der Oberst, die Fäuste ballend, »ich werde –«

»Ruhe!« donnerte ihm dieser entgegen, und sich zu dem Hetman wendend, fügte er hinzu: »Sie haben die Knute. Ich verbiete diesen beiden Personen jedes Wort!«

Der Kosakenoffizier griff zu dem erwähnten Werkzeug, um es bei der leisesten Widersetzlichkeit in Anwendung zu bringen. Der Oberst schäumte, aber er mußte sich fügen.

»Ihr habt euch eines Passes bedient, der auf meinen Namen lautet. Da ihr dem Kaiser gehört, so kann ich euch nichts tun, aber ich muß um Auslieferung des Papieres ersuchen.«

Der Hetman griff ohne Widerrede in seine Uniform und überreichte den Paß. Er konnte ihn nicht verweigern.

»Ich habe nur noch zu bemerken, daß ich mit Hilfe dieser zwei Zeugen eure Identität vor Sr. Majestät dem Zaren erhärten werde. Der Herrscher aller Reußen wird Aufklärung erhalten darüber, wie Diamanten verloren gehen und Verbrecher beim Transport entspringen. Fort mit euch!« –

Eine Reihe von Jahren war vergangen. Der Baron von Felsen hatte mit seiner Gattin eine Reise nach Deutschland unternommen und bei dieser Gelegenheit Wiesbaden berührt.

Ein reicher und, wie es hieß, vornehmer Russe machte der Bank viel zu schaffen. Die Farbe, die er setzte, gewann sicher. Felsen wurde neugierig, ihn zu sehen, und begab sich in die Spielsäle. Der Blick des Spielers fiel auf ihn und Felsen bemerkte, daß seine Hand zitterte und eine tiefe Blässe sein Gesicht überzog. Er wandte sich ab. Noch aber hatte er den Saal nicht verlassen, so legte sich eine Hand auf seinen Arm und eine leise Stimme bat: »Baron, bitte, verraten Sie mich nicht!«

Der Angeredete maß die Gestalt des Sprechers mit Eiseskälte. »Mein Herr, Sie haben doch wohl nichts dagegen, daß ich Sie durchaus nicht kenne!«

Er schüttelte die Hand ab und trat ins Freie. Es war der vormalige Oberst, Graf von Milanow, dem der Kaiser erlaubt hatte, Sibirien zu verlassen, doch unter der Bedingung, sich von Rußlands Grenzen fernzuhalten.

Maschka, die schöne, brave Gesellschafterin, war schon während des Transportes dem sibirischen Winter erlegen. Der kalte Norden bedeckte das Grab der Juwelenfreundin mit seinen flimmernden Kristallen.

Iwan Wessalowitsch blieb verschollen. Man hat niemals von ihm gehört. Aber es gibt eine ewige Gerechtigkeit, die verordnet hat, daß eine jede Sünde den Keim der Vergeltung in sich trägt. –

VON MURSUK BIS KAIRWAN

1. Der Tedetu

»Das ist der deutsche Effendi, dessen Ankunft mein Geschäftsfreund mir in Tripolis gemeldet hat«, sagte Manasse Ben Aharab, als er mich seiner Tochter vorstellte.

Sie reichte mir die Hand und sprach: »Du bist uns sehr willkommen, Effendi. Der Brief, den wir erhielten, hat uns viel von dir erzählt. Wir erfuhren, daß du weit über die Erde gewandert bist und mehr erlebt und erfahren hast als viele andere Menschen. Ich habe mich auf dein Kommen gefreut, denn wir leben hier sehr einsam, weil wir niemanden haben, dem wir Freund sein möchten. Bleib recht lange in unserem Hause, dessen Wirtin ich bin! Ich werde mich bemühen, daß es dir bei uns gefallen möge.«

Das Mädchen was sehr schön. Als ihr Vater mich zu ihr führte hatte sie sich von einem rotsamtenen Polster erhoben, das sich rundum an die vier Wände des Gemachs schmiegte. Sie trug ein weites, weißseidenes Frauenbeinkleid, das mit goldenen Spangen an den feinen Knöcheln befestigt war und um die Hüften von einem blaßblauen reich in Gold gestickten Gürteltuch gehalten wurde. Die nackten, rosig schimmernden Füße steckten in niedlichen, violettseidenen Pantöffelchen. Um den Oberkörper schloß sich eine enganliegende, dunkelblauseidene Jacke, die anstatt der Knöpfe von schwergoldenen Ketten zusammengenestelt war. Das blauschwarze, dichte Haar hing in langen, schweren Zöpfen weit herab; Nadeln mit großen, silbernen Knöpfen glänzten darin und über die Stirn breitete sich ein loses Diadem von Goldstücken verschiedener Größe. An den kleinen Händen funkelten Ringe von gewiß sehr hohem Wert. Nicht dieser Reichtum aber war es, der mich fesseln konnte. Man kann reich sein an Erfahrung, an Ehren, an Bildung – auch an Geld, und gerade dieser letztere Reichtum ist an sich der wertloseste. Allein dieser äußere Reichtum wurde hier unterstützt durch einen Ausdruck von Hoheit und Würde, der auf den feingezeichneten Lippen lagerte; und aus den mandelförmig geschnittenen, großen, dunklen Augen leuchtete ein ruhiger, offener, nachdenklicher Blick, der noch mehr auf Geist und Gemüt schließen ließ.

Übrigens zählte Rahel, so hieß das Mädchen, erst fünfzehn Jahre; doch ist dies ein Alter, in dem die Bewohnerinnen des heißen Südens bereits als Erwachsene gelten dürfen.

Ich war von Tripolis nach Mursuk, der Hauptstadt der Provinz Fezzan, gekommen und bei dem reichen jüdischen Handelsherrn Manasse Ben Aharab, an den ich gute Empfehlungen hatte, abgestiegen. Er nahm mich mit großer Gastfreundlichkeit auf und tat es nicht anders: ich mußte in seinem Hause wohnen und wurde geradezu wie ein Sohn gehalten. Das bedeutete einen ungewöhnlichen Vorzug, denn er lebte außerordentlich zurückgezogen, vermutlich aus dem Grunde, weil die Bevölkerung von Mursuk meist aus Mohammedanern besteht, von denen der Jude bekanntlich noch viel geringer als der Christ geachtet wird.

Manasse war Witwer und Rahel sein einziges Kind. Beide taten alles mögliche, um mir den Aufenthalt in Mursuk angenehm zu machen, und ich fand eine Bewirtung, wie ich sie mir in dieser afrikanischen Oase nicht gedacht hatte. Da mich meine Reise tief in die Wüste hinein führen sollte, so war ich gezwungen, zunächst einige kurze und dann immer größere Ausflüge zu unternehmen, um mich wieder an das Wüstenklima zu gewöhnen, und jeder dieser Ausflüge war von einem besorgten Abschied begleitet, während meine Rückkehr stets eine aufrichtige und ungezwungene Freude wachrief.

Um bei diesen meinen Ausflügen nicht völlig allein zu sein, hatte ich mir einen Begleiter gesucht, wobei mir Manasse Ben Aharab einen seiner Diener, namens Ali, empfohlen hatte. Dieser war noch jung, vielleicht 23 Jahre alt und ein sehr brauchbarer Mensch. Er sprach mehrere arabische Dialekte und hatte keinen Familienanhang, der ihn örtlich binden konnte; er war treu, ergeben und, was die Hauptsache ist, ehrlich.

Nur einen Fehler besaß er, der mir aber mehr Spaß als Verdruß bereitete: er hatte einige Bücher gelesen und glaubte infolgedessen, ein sehr gelehrter Mensch zu sein. Auch für einen großen Helden hielt er sich, wozu ich freilich der Wahrheit gemäß bemerken muß, daß er allerdings Mut besaß. Infolge dieses seines Selbstbewußtseins war er mit dem einfachen Namen Ali nicht zufrieden und kam, wie dies dort im Süden so Sitte ist, bei jeder halbwegs passenden Gelegenheit auf seine Vorfahren zu sprechen, indem er seinem Namen diejenigen seiner nächsten Ahnen anhängte. Dann hieß er nicht bloß Ali, sondern Ali el Hakemi Ibn Abbas er Rumi Ben Hafis Omar en Nasafi Ibn Sadek Kamil el Batal. Je länger solch ein arabischer Name ist, desto größer ist die Ehre für den Betreffenden; wer aber die Namen seiner Vorfahren nicht kennt, wird nicht geachtet. Dazu kam, daß Batal so viel wie »Held« bedeutet; man kann sich also denken, welch gewichtigen Nachdruck er auf dieses Schlußwort legte.

Was mich betrifft, so wurde ich hier, wie schon auf meinen früheren Reisen, Kara Ben Nemsi genannt. Kara klang an meinen Vornamen an und bedeutet »Schwarz« und Ben Nemsi heißt »Sohn der Deutschen«. Ich trug einen dunklen Bart und war ein Deutscher; daher dieser Name.

Den letzten Ausflug vor meiner endgültigen Weiterreise wollte ich nach dem Wadi Kouhr machen; ein ziemlich weiter Ritt, der über eine Woche in Anspruch nahm. Wadi heißt Tal und auch Fluß. Meist sind damit diejenigen Wasserläufe gemeint, die sich zur Regenzeit bilden und dann wieder versiegen. Diese Flüsse sind zuweilen gefährlich. Der Regen in den Tropen ist ein ganz anderer als bei uns. Er gießt nicht nur, sondern er fällt wie eine geschlossene Masse vom Himmel herab; im Nu bildet sich der Fluß und stürzt sich gleich einer vorwärtsschießenden Mauer ins Tal hernieder. Befindet sich darin ein Zeltlager, so ist alles verloren, was nicht augenblicklich fliehen kann.

Man darf sich die Sahara nicht als ein ununterbrochenes ödes Sandmeer denken. Ja, es gibt da schier endlose Sandflächen; aber es erheben sich auch einzelne Berge oder steinige Höhenzüge. Und Wasser ist auch vorhanden. Wo ein Quell zutage tritt, da bildet sich eine Oase mit dem üppigsten Pflanzenwuchs. Oft braucht man nur einige Meter tief graben, um auf Wasser zu treffen, das freilich meist nicht von guter Beschaffenheit ist; doch wird es um so besser, je tiefer man gräbt; das haben die Franzosen durch ihre artesischen Brunnen bewiesen. Vor Jahrhunderten war die Sahara weit mehr bevölkert und bebaut als jetzt. Noch heute trifft man in der trostlosen Öde auf Römerbauten, die der wandernde Sand aber leider immer mehr verschüttet.

Eigenartig sind die Bijara mektumin, die »geheimen« Brunnen, an denen man vorüber, ja über die man sogar hinwegreiten kann, ohne zu ahnen, daß man sich in so großer Nähe des ersehnten Elements befindet. Ein weitab von der Karawanenstraße streifender Beduine entdeckt durch Zufall einen wasserhaltigen Ort, gräbt den Sand auf, füllt seinen Schlauch, tränkt sein Kamel, breitet seine Decke über das schmale Loch und wirft den Sand wieder darauf. Von nun an besitzt er einen Punkt, wo er rasten und sich erholen kann, und hält ihn geheim. Er verrät ihn nur dann, wenn er Nutzen davon haben kann. Diese versteckten Quellen befinden sich meist im Besitz von Räubern oder auch ganzen Raubkarawanen, denen ein solcher Bir[1] große Sicherheit bietet, weil sie es dann nicht nötig haben, die an den Karawanenwegen liegenden Brunnen aufzusuchen und sich dabei in Gefahr zu begeben.

Meine jugendliche Wirtin hatte mich vor unserem Aufbruch mit allem Nötigen versehen, ohne daß es mich etwas kostete. Beritten waren wir leidlich, denn ich hatte zwei gute Reitkamele gekauft, sogenannte Hedschân, während das Lastkamel Dschemel genannt wird. Freilich mußten sie außer uns auch noch die Wasserschläuche tragen, weil ich angewiesen war, sparsam zu sein, und also kein Dschemel kaufen wollte. Es gab, wie gewöhnlich, einen längeren Abschied mit herzlich gemeinten Bitten und Ermahnungen.

»Effendi«, sagte Rahel, »sei nur ja vorsichtig und nimm dich in acht, denn dein jetziges Ziel liegt nahe der Gegend, wo das Gebiet der räuberischen Tibbu beginnt. Wenn du mit ihnen zusammenträfest, wärest du verloren.«

»Laß dein Herz keine Sorge um mich tragen, O Blume der Oase! Ich fürchte mich nicht.«

»Ja, ich weiß gar wohl, daß du dich nicht fürchtest«, meinte sie eifrig, »du hast den Löwen und sogar den schwarzen Panther geschossen, der noch weit gefährlicher ist; du hast mit vielen Feinden gekämpft und bist stets Sieger gewesen; aber dein Körper zeigt noch heute die Narben der Wunden, die du bekommen hast, und wie leicht kann ein Messer oder gar eine Kugel tiefer gehen als bisher. Versprich mir, daß du vorsichtig sein willst; gib mir deine Hand darauf!«

»Hier ist die Hand; ich verspreche es.«

[1] Brunnen

Sie nahm meine Hand in ihre beiden kleinen Hände, sah mir mit feuchten Augen in das Gesicht und fuhr fort: »Du weißt, daß wir dich liebhaben und sehr, sehr traurig sein würden, wenn dir ein Unglück geschähe. Denke ja daran, Effendi!«

»Sei gewiß, daß ich dies keinen Augenblick vergessen werde, o schönste der Rosen von Mursuk!«

»Nicht dieses Wort! Du weißt, daß du mich nicht so nennen sollst. Du sollst nur denken, daß ich gut und deine Freundin bin. Allah jabarik fik; Allah jesellimak – Gott segne dich; Gott erhalte dich!«

Nach diesen Worten wandte sie sich ab und entfernte sich. Ihr Vater entließ mich in gleich freundlicher Weise; dann ritten wir an den Palmen-, Granaten-, Oliven-, Feigen-, Pfirsich- und Aprikosengärten der Stadt vorüber und zum Tor hinaus. Zwischen Wassermelonenfeldern ging es dann ostwärts weiter, wo bald der Pflanzenwuchs verschwand und unsere Kamele im Sand zu waten begannen.

Was unsere Kleidung und Waffen anbelangt, so trug ich Hose und Jacke von einem leichten, dunkelgrauen Stoff und darüber den mantelartigen weißen Haïk mit Kapuze. An den Turban hatte ich zum Schutz der Augen vorn einen blauen Schleier befestigt. Ali war ähnlich gekleidet; er besaß außer einem Messer und seinen zwei Pistolen eine lange, einläufige arabische Flinte. Ich hatte meine lange und oft bewährten Waffen bei mir: das Bowiemesser, zwei Revolver, den schweren Bärentöter, aus dem eine gutgezielte Kugel genügte, um einen Löwen niederzustrecken, und endlich meinen Henrystutzen, mit dem ich fünfundzwanzig Schüsse abgeben kann.

Die ersten drei Tage unseres Rittes verliefen ohne jede Störung. Das Wadi Kouhr liegt in der Libyschen Wüste, südöstlich von Mursuk und südwestlich von der Oase Kufarah. Die Libysche Wüste ist jener Teil der Sahara, der als der unwegsamste und gefährlichste bekannt ist. Uns machte sie zwar ein tiefernstes, aber doch kein feindseliges Gesicht.

Wir hatten seit Mursuk keinen Menschen zu sehen bekommen und wünschten auch nicht, jemandem im Wadi Kouhr zu begegnen. In jenen Gegenden gewöhnt man sich daran, in jedem Menschen, den man trifft, einen Feind zu erblicken. Nach dem Wadi aber mußten wir, denn dort gab es Wasser, um unsere Schläuche, die leer geworden waren, wieder zu füllen. Übrigens kannte ich das Wadi nicht, und auch Ali war noch niemals dort gewesen.

Der dritte Tag neigte sich zur Rüste; wir waren so schnell geritten, daß wir nach meiner Berechnung das Ziel unbedingt vor Nacht erreichen mußten, wenn wir keine falsche Strecke eingeschlagen hatten, und doch ließ sich nichts sehen, was auf die Nähe des Wadi hätte schließen lassen können. Schon wollte Ali bedenklich werden; er sagte:

»Effendi, wir hätten doch einen Führer mitnehmen sollen. Wenn wir heute das Ziel verfehlen, wissen wir nicht, nach welcher Richtung es zu finden ist, und stehen vor dem Tod des Verdurstens.«

»Hab' keine Sorge«, antwortete ich ihm. »Da, schau hinauf gen Himmel, gerade vor uns! Da gibt es ein Zeichen, daß wir uns auf dem richtigen Weg befinden. Kennst du die beiden Vögel, die da ihre Kreise ziehen?«

»Ja; es ist ein Schahin[1] mit seiner Frau. Sollte der wirklich die Nähe des Wadi bedeuten?«

»Gewiß; leider auch die Nähe von Menschen. Der Schahin folgt gern den Karawanen, und aus der Richtung, in der er oben fliegt, kann man folgern, wohin sich unten die Karawane bewegt, obgleich man sie noch nicht zu sehen vermag. Diese beiden Falken schweben langsam im Kreise; sie bewegen sich nicht fort, folglich sind die Menschen unter ihnen nicht im Reiten begriffen, sondern sie lagern.«

»Allah! Wie du das so sicher sagen kannst! Du bist wirklich kein ungeschickter Mensch, Effendi; dieses Lob muß ich dir geben. Was das zu bedeuten hat, wirst du wohl wissen?«

»Ja, nämlich nicht viel.«

»Ajjuha – oho! Ich bin ein Mann, der alles kennt, was es auf Erden gibt; ein solches Lob aus meinem Mund ist also ein Vorzug, der nicht jedem zuteil wird. Ich hoffe jedoch, daß du nicht darüber stolz wirst und dich überhebst, denn die Bescheidenheit ist die größte Zierde wahrhaft großer und gebildeter Männlichkeit. Auch der Prophet ist, was du als Christ nicht wissen kannst, niemals stolz gewesen.«

»Meinst du nicht, daß die Bescheidenheit auch dir zur Zierde gereichen würde?«

»Allerdings«, nickte er. »Besitze ich sie etwa nicht?«

»Ist es bescheiden, wenn du behauptest, alles zu kennen, was es auf Erden gibt?«

»Ja, denn ich habe mich nicht überhoben, sondern die Wahrheit gesagt. Bringe mir doch einmal etwas, was ich nicht kenne!«

»Hast du unseren Weg nach dem Wadi gekannt? Kannst du sagen, wer da vor uns lagert?«

Da fuhr er sich mit der Hand hinter das Ohr, kratzte sich dort verlegen und antwortete: »Du verlangst zu viel von mir, Effendi. Wie kann ich alle Menschen, die Väter ihrer Ahnen und die Urahnen ihrer Großväter, kennen! Ich habe gesagt, daß ich alles kenne, aber nicht, daß ich allwissend bin. Doch schau, kommt dort nicht ein Reiter geritten?«

Wir hatten das Wadi vor uns zu suchen; er deutete aber nach rechts, nach Süden, woher ein Reiter nahte. Dieser wollte jedenfalls auch nach dem Wadi; aber als er uns sah, hielt er sein Kamel für einen Augenblick an und verließ dann seine bisherige Richtung, um auf uns zuzulenken.

Als er uns so nahe gekommen war, daß wir ihn und sein Tier deutlich erkennen konnten, sah ich, daß er ein vornehmer und reicher Mann sein mußte, denn er ritt ein graues Bischarinhedschîn, eines jener kostbaren Reitkamele, die kaum zu kaufen sind. So ein Hedschîn kann, wenn es eine Stute ist und überhaupt veräußert wird, nach deutschem Geld dreißigtausend Mark und noch mehr kosten; mit einem solchen Tier kann man an einem Tag zwischen neunzig und hundert Kilometer zurücklegen. Ihren Namen haben diese Hedschân von den Bischarînnomaden, die

[1] Falke

am oberen Nil wohnen. In der Sahara werden sie meist von den Tibbu gezüchtet, die dafür bekannt sind, daß sie die schönsten Reitkamele besitzen.

Und zu diesem Volk der Tibbu schien der Reiter zu gehören, der jetzt auf uns zukam. Seine Hautfarbe war fast so dunkel wie die eines Negers; man hätte ihn leicht für einen solchen halten können, wenn er nicht eine gerade Nase und schmale Lippen gehabt hätte. Seine Gestalt schien, soweit der weiße, faltige Burnus dies erkennen ließ, lang und schlank, aber sehr kräftig zu sein; sein Haar hing ihm in langen Zöpfen auf den Rücken herab. Anstatt des Turbans trug er ein rotes Kiffije[1]; eine lange, einläufige Flinte lag quer vor ihm auf dem Sattel. Zehn Schritte vor uns hielt er sein Hedschîn an, machte eine leichte Handbewegung nach der Brust und grüßte: »Sallam! Wohin geht euer Weg?«

Sein Blick ruhte finster und forschend auf uns. Der Mann gefiel mir nicht. Wenn der Beduine so kurz grüßt, ist das stets ein sicheres Zeichen, daß er keine freundliche Absicht hegt.

»Sallam«, antwortete ich ebenso kurz. »Wir wollen nach Wadi Kouhr.«

»Kennt ihr es?«

»Nein; wir waren noch niemals dort.«

»Maschallah – Wunder Gottes! – Wie habt ihr euch zurechtfinden können?«

»Allah ist der Führer der Seinen. Wer ihm vertraut, geht niemals irr.«

Er machte eine verächtliche Armbewegung und bemerkte: »Allah wohnt im Himmel. Er wird nicht vor dir hergeritten sein, um dir den Weg zu zeigen. Woher kommt ihr?«

»Von Mursuk.«

Es ging, als ich diesen Ort nannte, ein schnelles Leuchten über sein Gesicht; dann fragte er: »Wohnst du dort?«

»Nein. Ich habe nur längere Zeit dort gerastet.«

»So wirst du dennoch die Stadt und ihre Bewohner kennengelernt haben. Hast du vielleicht einen jüdischen Tagir[2] gesehen, der Manasse Ben Aharab heißt?«

»Ja. Ich war sein Gast und habe bei ihm gewohnt.«

Wieder bemerkte ich jenes blitzartige Leuchten, das über sein Gesicht zuckte. Dann erhellten sich seine bisher finsteren Züge, und er sagte in viel freundlicherem Ton: »Danke Allah, daß dem so ist; Manasse ist mein Freund, und da du der seinige bist, heiße ich dich willkommen. Folge mir!«

Er hatte nur zu mir gesprochen, wohl weil er erriet, in welcher Stellung sich Ali zu mir befand. Diesen schien das zu ärgern, denn als der Fremde jetzt sein Kamel wendete, ergriff er schnell das Wort.

»Halt, warte noch! So rasch, wie du meinst, geht das nicht. Wir müssen wissen, wer du bist.«

Da drehte sich der Angeredete wieder nach uns um, betrachtete ihn mit zusammengezogenen Brauen und fragte: »Wer bist denn du, daß du so zu mir zu sprechen wagst?«

»Wagst? Ist es ein Wagnis, mit dir zu reden? Ich kenne keinen

[1] Kopftuch [2] Kaufmann

Menschen, vor dem ich mich zu fürchten hätte, denn ich bin Ali el Hakemi Ibn Abbas er Rumi Ben Hafis Omar en Nasafi Ibn Sadek Kamil el Batal! Verstanden? El Batal!«

Er wiederholte diesen Beinamen und betonte ihn stark, weil das Wort, wie bereits bemerkt, »der Held« bedeutet. Der Fremde ließ ein leises Lächeln über seine Mundwinkel gleiten und antwortete:

»Ja, el Batal; ich höre es, du bist der Nachkomme dieses Mannes; aber der Enkel oder Urenkel eines Helden kann ein großer Feigling sein. Was bist du denn?«

»Ich? Ich bin ein großer Krieger und ein großer Alim[1]. Es gibt auf Erden keine Wissenschaft, die meinem Auge verborgen wäre. Wie ist dein Name und zu welchem Stamm gehörst du?«

Das Lächeln des anderen wurde stärker und, wie mir es schien, zugleich spöttischer; er antwortete ihm nicht, sondern wandte sich zu mir: »Ist dieser Mann mit dem langen Namen dein Freund oder dein Diener?«

»Das letztere«, antwortete ich der Wahrheit gemäß und innerlich erstaunt über den Scharfblick, den er durch diese Frage verriet.

»So sag ihm, daß ein freier Mann sich nicht von einem Menschen, der bezahlt wird, ausfragen läßt. Du bist der Herr, und dir will ich Auskunft geben: Ich bin ein Tedetu und werde Tahaf genannt. Und nun komm; ich werde dich zu meinen Leuten führen.«

Er wendete abermals um und ritt davon. Während wir ihm folgten, drängte Ali sein Kamel nahe an das meinige und raunte mir zu:

»Was hast du getan, Effendi! Du hast mein Angesicht schamrot gemacht. Mußtest du ihm sagen, daß ich dein Diener bin?«

»Ja«, antwortete ich.

»Warum?«

»Weil es dir nichts schaden kann, wenn du einmal an die Wahrheit erinnert wirst, Prahlhans.«

»So gibst du also nicht zu, daß ich ein Gelehrter bin?«

»Nein.«

Um weiteren Vorwürfen zu entgehen, lenkte ich mein Kamel von ihm weg und an die Seite des Tedetu. Tedetu ist die Einzahl von Tibbu; ein einzelner Mann vom Tibbuvolk wird also nicht Tibbu, sondern Tedetu genannt. Er beobachtete mich, als ich nun neben ihm ritt, scharf von der Seite her. Ich sah, daß sein Blick besonders an meinen beiden Gewehren hing; solche Waffen waren ihm natürlich unbekannt. Er redete nichts, und auch ich hielt es nicht für nötig, ein Gespräch mit ihm anzuknüpfen. Erst nach längerer Zeit sagte er:

»Du wirst unser Gast sein und kennst meinen Namen. Willst du mir nicht den deinigen nennen?«

»Ich heiße Kara Ben Nemsi.«

»Ben Nemsi? So bist du wohl aus einem fremden Land?«

»Ja, aus dem Bilâd el Almân[2].«

»Also kein Fransâwi[3]?«

»Nein.«

»Ich habe von dem Bilâd el Almân gehört. Es regiert da ein

[1] Gelehrter [2] Deutschland [3] Franzose

großer Sultan, der Wi-hel[1] heißt und die Fransâwi besiegt hat. Diese sind unsere Feinde; darum ist jeder Almâni unser Freund und meine Leute werden sich freuen, dich zu sehen. Natürlich bist auch du ein Krieger?«

»Eigentlich nicht.«

»Was denn? Ich sehe doch, daß du viele Waffen trägst.«

»Ich habe sie nur, um mich zu verteidigen, wenn ich angegriffen werde. Ich bin ein Musannif[2], also ein Mann des Friedens.«

Da maß er mich mit einem halb verächtlichen, halb mitleidigen Blick und rief aus: »Allah erhalte dir den Verstand! Du trinkst daheim schwarze Tinte und trägst hier zwei Flinten auf dem Rücken? Hat dir die Glut der Sonne das Gehirn verbrannt? Wer kein Krieger ist, ist auch kein Mann. Ein Musannif muß bei den alten Weibern sitzen. Du bist doch stark und kräftig; der Prophet muß dich schlecht erleuchtet haben!«

Das war grob. Ich antwortete: »Ich verlange kein Licht von ihm, denn ich bin kein Muslim, sondern ein Christ.«

Ich wußte recht gut, was ich tat, als ich ihm das so offen sagte. Dieser Mann mit dem stolzen Auge und dem verächtlichen Lächeln irrte sich in mir. Ich ritt mit so bescheidener Miene neben ihm her; wahrscheinlich lernte er mich recht bald ganz anders kennen. Er drängte sein Hedschîn ein Stück von mir weg und rief aus:

»Allah bewahre mich! Ein Christ bist du, ein verdammter Giaur, den der Teufel –«

»Uskut – schweig!« unterbrach ich ihn, während ich mich im Sattel aufrichtete. »Du hältst deinen Glauben für den richtigen und ich den meinigen. Wenn du mich ungläubig nennst, kann ich dich mit demselben Recht ebenso heißen. Ich tue es nicht, weil wir Christen gewohnt sind, höflich zu sein. Einen Giaur lasse ich mich nicht nennen; das merke dir ja!«

Er sah ganz erstaunt zu mir herüber; ein solches Auftreten hatte er mir nicht zugetraut! Er fragte: »Was wolltest du dagegen tun? Etwa mich erschießen?«

»Nein. Eine Kugel ist ein Beleidiger nicht wert. Ich würde dich einfach mit dieser meiner Faust vom Kamel schlagen.«

Das war nach den Gebräuchen der Sahara eine todeswürdige Beleidigung. Ein Schlag mit der Hand oder mit einem Gegenstand, der keine Waffe ist, und auch die bloße Androhung eines solchen Hiebes ist eine Kränkung, die nur mit Blut abgewaschen werden kann. Er fuhr auch sofort mit der Hand unter den Burnus und riß eine Pistole hervor: »Mich schlagen? Das muß –«

Aber noch schneller als er hatte ich den Revolver in der Hand, zielte auf seinen Kopf und fiel ihm in die Rede: »Weg mit der Pistole! Sobald du sie auf mich richtest, fährt dir meine Kugel in den Kopf! Ich werde dir beweisen, daß ein Musannif nicht bei den alten Weibern zu sitzen braucht, sondern auch ein tapferer Mann sein kann. Ich habe dich beleidigt, weil du vorher mich beleidigt hast: wir sind also quitt. Ist dir das nicht recht, so bin ich sofort bereit, vom Kamel zu steigen und mit dir zu kämpfen, wie es sich unter Kriegern ziemt.«

[1] Wilhelm [2] Schriftsteller

Es ging eine ganz eigentümliche Bewegung über seine erregten Züge; dann steckte er die Pistole zurück und sagte in erzwungen ruhigem Ton: »Wohlan, du hast recht. Wir haben uns gegenseitig beleidigt und sind nun quitt, weil du mein Gast sein sollst. Reiten wir weiter!«

Diese schnelle Beruhigung war nur scheinbar; ich ließ mich durch sie nicht täuschen und wußte genau, daß ich, selbst wenn er mir vorher freundlich gesinnt gewesen wäre, nun in ihm einen unversöhnlichen Feind erworben hatte. Am liebsten hätte ich mich von ihm getrennt; das ging aber nicht an, denn er ritt nach dem Wadi, wo wahrscheinlich seine Tibbu lagerten, und ich mußte auch hin, weil wir Wasser brauchten, das mehrere Tagesreisen weit an keinem anderen Ort zu finden war. Ich hegte die Überzeugung, daß wir einer großen Gefahr entgegengingen, doch hatte ich ganz und gar keine Lust, mich davor zu fürchten.

2. *»Ich bin der Beschützte!«*

Nach einiger Zeit sahen wir am Horizont erst die Kronen und dann die schlanken, hohen Schäfte von Dattelpalmen auftauchen; die bisher ganz ebene Gegend war hügelig geworden, soweit man dort von Hügeln sprechen kann, und mehrere Zeltreihen standen im Schatten dieser Palmen oder zogen sich an den Hügeln hin. Es gab sogar eine bescheidene Anzahl von Erdhütten, die wohl das eigentliche Dorf bildeten. Sie lagen am Rand des jetzt wasserleeren, ganz trockenen Wadi, dessen Grund und Wände aber an vielen Stellen so zerwühlt und zerrissen waren, daß ich annahm, es müsse zu gewissen Zeiten nicht nur Wasser, sondern auch Hochflut darin geben.

Als wir vielleicht noch tausend Männerschritte vom Dorf entfernt waren, trieb der Tedetu sein Hedschîn plötzlich mit dem Lenkstab in einer Weise an, daß es rasch vorwärtsschoß.

»Effendi, der hat etwas vor!« meinte Ali. »Wollen wir ihm nicht schnell nach?«

»Nein«, erwiderte ich, während ich im bisherigen Gang weiterritt.

»Aber das, was er beabsichtigt, kann nichts Gutes sein. Du weißt, Allah hat mich mit großer Menschenkenntnis ausgestattet, und ich habe diesem Tahaf in die verborgenen Tiefen seines Herzens geblickt; es sieht ganz schwarz darin aus, und er hat das Gesicht eines Abu Hossein[1], der beißen will. Warum reitet er voraus? Jedenfalls nicht, um unseren wohlverdienten Ruhm zu verkünden und die uns gebührende Ehrerbietung für uns zu verlangen. Ich ersuche dich also dringend, auch unseren Ritt zu beschleunigen.«

»Das würde weder Zweck noch Erfolg haben.«

»O wehe, Effendi, wie schwer fällt es dir doch, nachzudenken! Wo man einen Zweck hat, da gibt es auch einen Erfolg, und wo ein Erfolg ist, da hat es stets auch einen Zweck vorher gegeben.«

»Entweder meint es der Tedetu schlecht mit uns oder nicht;

[1] Fuchs

reiten wir ihm nach, so erreichen wir doch nichts weiter, als daß wir in ersterem Fall seine bösen Absichten doch nicht verhindern können und in letzterem uns bloßstellen und ihn beleidigen.«

Jetzt hatte Tahaf das Dorf erreicht. Wir sahen, daß er auf die Bewohner, die in den Zeltgassen standen, einsprach. Einige von ihnen entfernten sich; sie hatten ebenfalls Aufträge von ihm erhalten; er aber wandte sein Hedschîn um, kam uns entgegen und meldete mir, als er uns erreicht hatte:

»Ich bin vorangeeilt, um dein Nahen zu verkünden. Der ganze Duar ist voller Freude, dich als Gast begrüßen zu dürfen.«

»Ich danke dir«, antwortete ich kühl. »Ich erbitte mir nichts als die Erlaubnis, Wasser zu schöpfen und mich am Rande des Brunnens ausruhen zu dürfen. Ist dies geschehen, so werden wir weiterreiten.«

»Effendi, sind dir die Gesetze der Wüste unbekannt? Weißt du nicht, daß es eine todeswürdige Beleidigung ist, eine gastfreundliche Einladung zurückzuweisen?«

»Ich bin nicht eingeladen worden.«

»So tue ich es jetzt. Du sollst der Gast sein; ich bitte dich darum!«

»Wessen Gast?«

»Der des ganzen Duars.«

Das klang so schön, kam mir aber, der ich Erfahrung hatte, verdächtig vor. Der Gast des ganzen Dorfes? Damit war gar nichts gesagt; das durfte mir nicht genügen. Dann konnte, wenn ich der Hilfe bedurfte, mich einer an den anderen weisen, und keiner brauchte sich meiner wirklich anzunehmen. Ganz anders aber dann, wenn ich der Gast eines bestimmten Mannes war; dieser durfte mich nicht verleugnen, sondern er mußte sich auf alle Fälle und unter allen Umständen meiner annehmen. Dennoch tat ich, als ob ich erfreut über das Anerbieten des Tedetu sei. Ich wollte mein Mißtrauen nicht schon im Augenblick meiner Ankunft zeigen. Es konnte mir nur zum Vorteil gereichen, wenn ich für unbefangener gehalten wurde als ich war.

Bekommen Wüstenbewohner den Besuch von Freunden und Bekannten, so geht es, der Sitte gemäß, beim Willkommen sehr laut her. Das ist das sogenannte La'b el Barut oder Schießpulverspiel. Kommen aber Fremde, so verhält man sich ruhig, um sie nicht etwa zu erschrecken, da sie, die Unbekannten, das Schießen ernst und für ein feindseliges Verhalten nehmen könnten. Darum knallte keines der Gewehre, und es ertönte keine laute Stimme, als wir in das Lager einritten; aber alle Zelte und Hütten hatten sich geleert und die Bewohner, alt und jung, Männer und Frauen, Jünglinge, Mädchen und Kinder, drängten sich herbei, uns zu betrachten. In keinem Gesicht war ein feindlicher Zug zu bemerken; aber ich sah auch keine Spur der Freude, von der Tahaf gesprochen hatte.

Er leitete uns nach der äußersten Zeltreihe, aus welchem Grund, das erkannte ich erst später. Die Männer, die wir da erblickten, hatten ein ernstes, wortkarges Aussehen und waren, obgleich sie sich daheim und im Frieden befanden, bis an die Zähne bewaffnet. Die Frauen trugen keine Schleier; die Beduinin liebt es nicht, ihr Gesicht zu verhüllen; ihre Gesichter sehen welk und verlebt aus, denn das Weib der Wüste hat alle Arbeit allein auf dem Nacken und altert darum schnell. Aber unter den jungen Mädchen gab es einige, die man mit Wohlgefallen betrachten konnte. Ihr Haar war mit bunten Bändern und Perlenschnüren in lange, hinten herabhängende Zöpfe geflochten; in ihren Ohren trugen sie schwere Ringe, an den Handgelenken mancherlei Spangen und über den Knöcheln kupferne Ringe, die man sah, weil die Röcke oder Schalwars[1] nur bis dorthin reichten und die Füße unbekleidet waren. Schön, zierlich waren diese nackten Füße freilich nicht, sondern breit, ausgetreten, und an mancher Zehe sah ich deutlich die Spuren der Verwüstung, die der bösartige Wüstenfloh anrichtet. Er gräbt sich unter die Fußnägel ein und läßt dort seine Brut zurück, die bei der dadurch entstehenden, ebenso häßlichen wie schmerzhaften Zehengeschwulst nur mit dem Messer entfernt werden kann.

Ich war von meinen früheren Reisen her gewöhnt, ein freundliches »Marhaba[2]« zu hören, doch fand sich hier kein Mund, der dieses Wort aussprach. Und doch sollte ich der Gast des ganzen Dorfes sein!

Der Tedetu ließ sein Hedschîn niederknien, um aus dem Sattel zu steigen, und Ali und ich sprangen ebenfalls ab. Der erstere erteilte einen Befehl, den ich nicht verstand, weil er sich dabei des Tibbudialektes und nicht des Arabischen bediente; aber ich sah sogleich, was er geboten hatte, denn es traten einige Männer herbei, um sich unserer Kamele zu bemächtigen. Ich wehrte ab und fragte: »Was wollen sie mit den Tieren?«

»Zur Tränke schaffen«, antwortete Tahaf.

»Das pflege ich stets selbst zu tun.«

»Du selbst?« fragte er verwundert. »Das ist doch nicht deiner Würde gemäß?«

»Es entspricht der Würde jedermanns, nicht nur gegen Menschen gütig zu sein, sondern auch das Tier, das ihm gehört, mit Aufmerksamkeit zu behandeln.«

»Aber er braucht trotzdem nicht selbst die Arbeit eines Knechts zu verrichten!«

»Soll ich deine freien Krieger für Knechte erklären, indem ich ihnen diese Arbeit auftrage? Das sei ferne von mir! Wo ist der Brunnen? Wir werden unsere Tiere selbst hinführen!«

Er zog die Brauen finster zusammen, drehte sich zu seinen Leuten um und warf ihnen einige Tibbuworte zu. Dies benutzte ich, dem neben mir stehenden Ali rasch zuzuflüstern: »Tu ganz genau das, was ich tue!«

Er nickte und nahm seine lange Flinte in die Rechte, so wie ich meinen schweren Bärentöter hatte. Den Henrystutzen trug ich am Riemen über dem Rücken. Mein Verdacht hatte sich zur Gewißheit gesteigert. Die Zeltreihe, an deren Eingang wir standen, schien von Personen bewohnt zu sein, die ausgesprochene Tibbugesichter hatten und sich dadurch von den meisten anderen Dorfbewohnern unterschieden. Das waren wilde und, wie es schien, gewalttätige Kerls, denen ich nicht weniger als alles zu-

[1] Frauenbeinkleider [2] Willkommen

trauen konnte. Es fiel mir auf, daß die Insassen der übrigen Zelte zwar beobachtend nahe standen, aber doch nicht ganz herankamen. Es war, als ob diese äußere Zeltreihe gar nicht zum eigentlichen Dorf gehöre. War der Tedetu etwa ein Fremder hier? Er wandte sich, kaum daß ich meinem Diener die wenigen Worte zugeraunt hatte, wieder nach mir um und sagte in einem keineswegs freundlichen Ton:

»Wir können unmöglich dulden, daß du so niedrige Dienste verrichtest. Dein Diener mag sein Kamel tränken; er mag gehen; du aber wirst das deinige uns überlassen, denn du bist unser Gast, der Gast des ganzen Duars.«

Ah! Ali sollte gehen; man wollte uns voneinander trennen! Darum antwortete ich: »Ali el Hakemi bleibt bei mir! Und der Gast des ganzen Dorfes soll ich sein? Bin ich ein gefräßiger Kuku Kuschu[1], den fünfzig andere Vögel füttern müssen? Ich will der Gast eines einzigen Mannes sein, und den werde ich mir selbst auswählen. Wo ist der Scheik el Beled, der Älteste des Duars?«

»Der bin ich selbst, und du sollst bei mir wohnen. Komm also mit!«

»Du?« fragte ich im Tone des Unglaubens. Ich hatte ihn bereits vorhin für einen Fremden gehalten, und als er sich jetzt mit lauter, erregter Stimme, die jenseits der Zeltreihe gehört werden konnte, für den Scheik ausgab, bemerkte ich, daß dort viele ihre Augen auf einen alten, ehrwürdig aussehenden Mann richteten, der selbst verwundert oder gar mißbilligend dreinschaute. Ich nahm sofort an, daß dieser Greis der Scheik sei; daher mein fragendes »Du?«.

»Ja, ich!« versicherte der Tedetu mit Nachdruck. »Also komm!«

Er ergriff mich am linken Arm, um mich mit sich fortzuziehen. Ich aber blieb fest stehen und sagte:

»Erlaube zunächst, mich einmal da drüben zu erkundigen!«

Ich deutete bei diesen Worten zu dem Greis hinüber; aber da gab er seinen Leuten einen entschiedenen Wink und rief zornig aus:

»Willst du mich beleidigen, indem du meiner Versicherung keinen Glauben schenkst? Ich bin der Scheik, also vorwärts mit dir!«

Er faßte mich wieder an, um mich nun mit Gewalt fortzuziehen, und zugleich wurde ich mit Ali von den Tibbu umringt, die uns vorwärts drängten; es waren wohl an die zwanzig Mann. Das konnte ich mir denn doch nicht gefallen lassen, wenn es nicht um uns geschehen sein sollte. Darum forderte ich in drohendem Tone:

»Laßt ab und gebt uns frei, sonst schaffen wir uns Bahn!«

Die Kerls lachten mich laut aus und schoben weiter, und der Tedetu antwortete, ebenso höhnisch lachend: »Komm nur, Knabe! Deine Bahn schreibe ich dir vor!«

Da faßte ich den Bärentöter mit beiden Fäusten, legte ihn mir trotz des dichten Gedränges vorn quer über den Leib, daß er links und rechts hervorragte und drehte mich mit einer raschen, kräftigen Bewegung um. Dadurch wurden der Tedetu und einige andere vom Kolben und vom Lauf der Büchse erfaßt und fortgeschleudert.

[1] Kuckuck

Ich bekam Luft und benützte dies sofort, das Gewehr um den Kopf zu wirbeln und zu rufen: »Schreib einmal vor, Betrüger. ob ich dir folgen werde!«

»Lakkadam, Lakkadam – vorwärts, vorwärts, drauf!« brüllte er wütend. »Entreißt ihm das Gewehr!«

Sie wollten ihm gehorchen, bekamen aber solche Kolbenhiebe, daß sie noch weiter zurückwichen als vorher. Nun war ich gewiß, mir eine Gasse bahnen zu können, und rief meinem Ali zu: »Komm, rasch, eng hinter mir her!«

Der Tedetu war der Anstifter dieses harten Tanzes, folglich mußte ihn der Taktstock treffen. Ich fällte den Kolben und stieß ihm diesen in die Seite, daß er lautlos zusammenbrach; die hinter ihm Stehenden wichen zurück; noch drei, vier kräftige Stöße und Hiebe, der Weg aus dem Menschenknäuel öffnete sich, und ich sprang, von Ali gefolgt, fort, zwischen den zwei nächsten Zelten hindurch und zu dem alten Mann hinüber, den ich für den Dorfältesten hielt. Das Volk, das bei ihm stand, hatte sprachlos vor Erstaunen zugesehen und wich jetzt schnell zurück, aus Angst, auch Hiebe zu bekommen. Ich hielt bei ihm an und fragte ihn:

»Inte el Scheik – bist du der Scheik?«

»Aiba, Sihdim – ja mein Herr«, antwortete er.

»Jalla, dakilah ya Scheik – wohlan, ich bin der Beschützte, o Scheik!«

»Dakilah bardi ya Scheik – auch ich bin der Beschützte, o Scheik!« rief auch Ali, ihn bei der linken Hand nehmend, während ich seine Rechte ergriffen hatte.

Der Alte war erstaunt, um Schutz angerufen zu werden, faßte sich aber schnell, zog seine Hände aus den unsrigen, legte die eine mir und die andere Ali auf den Kopf und erklärte mit lauter Stimme: »Adân meftin, ya ridschâl; haida dachli haida dachli – macht die Ohren auf, ihr Männer; dieser ist mein Schützling, und dieser ist mein Schützling!«

Die Tibbu waren uns heulend und fluchend nachgesprungen, um sich unser auf alle Fälle, selbst unter Aufbietung äußerster Gewalt, zu bemächtigen, aber als sie diese Worte hörten, blieben sie stehen und taten keinen weiteren Schritt vorwärts, denn das Wort »Dakilah« ist selbst dem rohesten Wüstenbewohner heilig. Es öffnet dem Bedrängten selbst in der größten Todesnot und mitten unter Feinden einen Rettungsweg. Wer sich im Kampf mit einer überlegenen Zahl von Gegnern befindet, ruft einem von ihnen, womöglich dem Ältesten, das Wort Dakilah – »ich bin der Beschützte« – zu, und sofort wird dieser ihn mit dem größten Nachdruck gegen jedermann, selbst gegen die eigenen Freunde und Verwandten, beschützen. Der Beduine nimmt sich selbst seines Todfeindes für den Augenblick an, wenn dieser ihm das Zauberwort zuruft und, was dabei freilich die Hauptsache ist, sich mit seinem Körper in Berührung setzt. Ich und Ali hatten die Hände des Scheiks ergriffen, sonst hätte die Anrufung uns nichts genützt.

Dieser heilig gehaltene Gebrauch ist bei den ewigen Fehden jener Völker von einer großen, die Härten mildernden Bedeutung. Selbst die Blutrache muß augenblicklich schweigen, wenn das

Opfer, bevor es von dem siegreichen Rächer den Todesstoß erhält, diesem das Wort Dakilah zuruft und ihn dabei anfaßt. Freilich wird der Überlegene sich alle Mühe geben, dieses Anfassen unmöglich zu machen, aber es genügt die kürzeste und geringste Berührung.

Also blieben die Tibbu stehen und wagten sich nicht weiter zu uns heran. Der Scheik rief ihnen gebieterisch zu: »Weicht zurück! Solange diese beiden Männer sich im Bereich unseres Duars befinden, dürft ihr sie nicht antasten, denn ihr seid unsere Gäste, und sie sind es auch!«

Sie wandten sich ab und entfernten sich, indem sie nach ihrer Zeltreihe gingen, wo ich ihren Anführer liegen sah, niedergeworfen von meinem Kolbenstoß; er war noch nicht wieder zu sich gekommen. Sie hoben ihn auf, um ihn verdrossen nach seinem Zelt zu schaffen.

Jetzt wandte sich der Scheik wieder zu mir und Ali und erklärte uns: »Diese Tibbu kamen heute in unseren Duar, um Wasser zu nehmen und bei uns zu lagern. Sie sind Räuber, wie wir vermuten, und gehen uns nichts an. Willst du das glauben, Herr?«

»Ich glaube es«, antwortete ich.

»Wir sind Nachkommen der alten, berühmten Uelad Sliman«, fuhr er fort. »Da wir keine Reichtümer besitzen, brauchen wir diese Räuber nicht zu fürchten; du aber scheinst wohlhabend zu sein. Nimm dich in acht!«

»Auch ich bin nicht reich; ich trage keine Schätze bei mir, würde mich aber auf keinen Fall vor ihnen fürchten, wie du wohl gesehen hast.«

»Ich habe es gesehen. Du hast klug, vorsichtig und kraftvoll gehandelt, sie dir aber zu Todfeinden gemacht; sie werden dir nach dem Leben trachten und nicht eher ruhen, bis sie es dir genommen haben.«

»Sie werden es nicht bekommen!«

»Du sprichst sehr stolz. Doch solange du dich hier bei uns befindest, bist du sicher. Tretet in mein Zelt und nehmt fürlieb mit meiner Armut. Ihr seid die Beschützten, und wir werden eure Kamele tränken und füttern, wenn ihr sie mir anvertraut.«

»Dir überlassen wir sie gern, denn dein Angesicht ist ehrlich, und was dein Mund redet, das ist wahr.«

Er führte uns in sein Zelt, dessen Ausstattung allerdings nicht auf Reichtum schließen ließ. Wir bekamen zum Willkomm Wasser, mit Dattelsaft vermischt, und dann sahen wir, daß ein Hammel geschlachtet wurde, der am Spieß gebraten werden sollte.

Das Zelt bestand aus zwei Abteilungen. In der einen saßen wir mit dem Scheik, und in der anderen hörten wir sein Weib hantieren. Sie war als »Müllerin« beschäftigt, indem sie Negerhirse zwischen zwei Steinen zu Mehl zerrieb. Noch war der Braten nicht fertig, da trat einer von den Dorfbewohnern herein und meldete:

»Es ist einer von den Tibbu draußen, der mit dir sprechen will, o Scheik.«

»Er mag hereinkommen«, antwortete dieser.

»Das will er nicht. Er hat mit dir allein zu reden.«

»Worüber?«

»Über diese deine Gäste.«

»So muß ich erst recht verlangen, daß er hereinkommt, denn sie haben das Recht, zu hören, was von ihnen gesprochen wird. Der Prophet und das Gesetz der Wüste gebieten, den Gast zu achten und zu beschützen. Dieses Gebot werde ich erfüllen, und sollte es mich das Leben kosten.«

Der Mann entfernte sich. Ich hatte mich in dem Scheik nicht getäuscht: er war ein braver, ehrlicher Beduine, auf den wir uns verlassen konnten. Wir hörten einen halblauten Wortwechsel draußen; dann kam der von Tahaf gesandte Tedetu herein. Er würdigte mich und Ali keines Blickes und fuhr den Scheik in zornigem Ton an:

»Warum kommst du nicht heraus, wie ich sagen ließ?«

»Weil ich der Oberste meines Lagers und der Herr und Besitzer dieses Zeltes bin und nichts anderes tue, als das, was mir beliebt. Ich ehre meine Gäste!«

»Auch wir sind deine Gäste, die du zu achten hast.«

»Wohnt ihr in meinem Zelt? Habt ihr vielleicht das ›Dakilah‹ zu mir gesagt?«

»Das brauchen wir nicht. Wir sind freie Tibbu, die keinen Menschen um etwas zu bitten brauchen. Wir sind gewohnt, zu befehlen und daß man diesen Befehlen Gehorsam leistet.«

Er legte bei diesen Worten die Hand an den Griff seines Messers. und seine Miene wurde noch drohender als vorher. Ich sah, daß der Scheik sich eingeschüchtert fühlte; er sagte aber doch, seiner Würde gemäß:

»Befehlt, wo ihr wollt, doch hier in meinem Duar nicht! Was hast du mir mitzuteilen?«

»Tahaf, unser berühmter Anführer, sendet mich. Er verlangt die Auslieferung dieser beiden Giaurs.« Bei diesen Worten zeigte er auf mich und Ali, doch ohne uns eines Blickes zu würdigen.

»Ich bin kein Giaur, sondern ein gläubiger Anhänger des Propheten!« fuhr Ali auf, ohne daß der Tedetu diesen Worten die geringste Beachtung schenkte.

»Willst du mein Gesicht schamrot machen?« fragte der Scheik. »Welches Gesetz erlaubt, einen Gast auszuliefern.«

»Es gibt kein Gesetz, das einen Giaur beschützt!«

»Ich bin kein Giaur!« wiederholte Ali zornig.

Jetzt beachtete der Tedetu den Einwand doch; er warf dem Sprecher die verächtlichen Worte zu: »Du hast zu schweigen. Wer einem Ungläubigen dient, der ist nicht nur ein Giaur, sondern sogar noch viel verächtlicher. Also gibst du sie heraus, o Scheik?«

Diese Frage war wieder an den Scheik gerichtet. Er antwortete in nicht zu verbergender Verlegenheit: »Das könnt ihr nicht von mir verlangen!«

»Wir verlangen es aber! Diese räudigen Anhänger einer anderen Lehre sollen erfahren, daß –«

Er wurde unterbrochen. Ali, der, wie bereits bemerkt, kein feiger Bursche war, sprang auf: »Schweig! Ich bin kein Anhänger einer falschen Lehre. Weißt du, wer ich bin? Mein Name lautet

Ali el Hakemi Ibn Abbas er Rumi Ben Hafis Omar en Nasafi Ibn Sadek Kamil el Batal. Wer mich beleidigt, den werde ich es –«

»Schweig, Giaur!« schnitt ihm nun seinerseits der Tedetu die Rede ab. »Ihr seid stinkende Hunde, die von den Hyänen und Geiern zerrissen werden müssen!«

Ich hatte mich bisher schweigsam verhalten; nun aber mußte ich einschreiten, sonst war trotz des guten ehrlichen Willens des Scheiks zu befürchten, daß er aus Angst vor den Tibbu nachgiebig werden könne. Ich stand also mit einer raschen Bewegung auf, stellte mich vor dem Tedetu hin und sagte in warnendem und dabei festem Ton: »Höre, Mann, wage nicht zu viel! Es ist mir zwar sonst sehr gleichgültig, was ein Mensch, wie du bist, redet, aber Giaur und Hund, diese Worte kann ich nicht vertragen. Wiederholst du nur noch einmal eines von ihnen, so schlage ich dich nieder!«

Was ich auf diese Beleidigung hin erwarten mußte, das geschah: Er riß sein Messer aus der Hüftschnur und schrie mir wütend zu: »Du bist ein Hund, der Sohn eines Hundes und der Enkel eines Hundesohnes. Hier hast du meine Klinge!«

Er holte zum Stoß aus. Mit einem von unten herauf geführten Hieb schmetterte ich ihm das Messer aus der Hand, und als er sich schnell danach bückte, schlug ich ihm meine Faust in das Genick, daß er zusammenbrach.

»Um Allahs willen, was hast du da getan!« rief voller Angst der Scheik, indem er nun auch von seinem Sitz auffuhr. »Die Tibbu werden es an dir und an uns blutig rächen!«

»Fürchte dich nicht!« antwortete ich ruhig. »Sie werden euch nichts tun, denn ich werde euch beschützen.«

»Du – uns –?« fragte er erstaunt.

»Ja. Erst stand ich unter deinem Schutz, und nun stehst du unter dem meinigen. Glaubst du etwa, ich habe mich aus Angst vor diesen Tibbu zu euch gerettet? Das denke ja nicht! Ich bin gewöhnt, mich selbst zu beschützen, und nur deshalb euer Gast geworden, um das Recht zu besitzen, euch von diesen Halunken zu befreien.«

»Du – uns –?« wiederholte er in ganz demselben ungläubigen und erstaunten Ton wie vorher. »Wie wäre das möglich! Du bist mit uns, und wir sind mit dir verloren. Sie werden keine Gnade walten lassen!«

»Ich verlange keine Gnade von ihnen; sie aber werden froh sein, wenn sie die meinige erlangen.«

»Ja, so ist es, dieser mein Sihdi hat recht«, stimmte mir Ali bei. »Er fürchtet sich vor keinem Menschen und vor keinem Tier; er hat den Löwen geschossen und den schwarzen Panther ganz allein und mitten in der Nacht getötet. Er hat den Salzsee des Verderbens durchquert, ohne sein Leben zu verlieren; er schießt mit seinen Gewehren tausendfach, ohne daß er zu laden braucht. Hast du noch niemals seinen Namen gehört? Du mußt ihn kennen, denn er ist schon oft in der Wüste gewesen und hat noch niemals einer Raubkarawane seinen Rücken gezeigt.«

Diese allerdings außerordentlich übertriebene Schilderung brachte eine erstaunliche Wirkung hervor: Der Scheik erhob mit einer Bewegung der Überraschung seine Hände, zog die Brauen erwartungsvoll empor und fragte: »Wie ist dieser Name? Schnell, sage ihn mir!«

»Er heißt Emir Kara Ben Nemsi und ist –«

»Kara Ben Nemsi Effendi!« fiel ihm der Uelad Sliman in die Rede. »Allah akbar, Gott ist groß! So ist dieser dein Effendi der Fremdling, der über die Salzkruste des Schott Dscherid nach Kbilli geritten ist?«

»Derselbe.«

»Der dann den Krumir über den Schott gejagt und ihn gefangengenommen hat?«

»Ja.«

»Der später in der Mahâra er rad, in der Höhle des Donners, den schwarzen Panther erschossen hat, um das Kind des Dschellâd zu erretten?«

»Der ist es.«

»Hamdulillâh, Preis und Dank sei Allah! Da weiß ich allerdings, daß wir nichts zu fürchten haben. Ich bin in jenen Gegenden gewesen und habe mir von diesem Emir Kara Ben Nemsi viel erzählen lassen; ich weiß, daß er Zaubergewehre besitzt und von keinem Feind jemals überwunden werden kann, sondern sie alle besiegt.« Und sich zu mir wendend, fuhr er fort: »O Effendi, verzeihe mir, daß ich Angst hatte! Ich wußte nicht, was für einen Gast ich in meinem armen Zelt habe. Nun brauche ich die Tibbu allerdings nicht zu fürchten.«

»So ist es«, bestätigte ich, um ihn in seinem Vertrauen zu bestärken. »Ihr habt von dieser Tibbuschar nichts zu befürchten. Du wirst gleich sehen, wie ich mit diesem Menschen hier umspringen werde, der es gewagt hat, mich zu bedrohen.«

Es ist kaum glaublich, wie in jenen Gegenden, wo die Nachrichten nur von Mund zu Mund gehen können, die Fama selbst eine ganz gewöhnliche Tat, ein alltägliches Vorkommnis zu vergrößern vermag. Jeder Erzähler fügt etwas hinzu, und da die Phantasie des Beduinen außerordentlich ist und er sich überhaupt sehr gern in Überschwenglichkeit ergeht, so wird aus einer einfachen Begebenheit bald ein großartiges Ereignis und aus diesem Ereignis dann eine ungeheuerliche Heldentat, der jedermann Glauben schenkt. So war aus meinem Repetierstutzen ein Zaubergewehr geworden, aus dem ich tausendmal hintereinander schießen konnte, ohne laden zu müssen. So lächerlich dies klang, so lieb war es mir, weil mir im Fall einer Gefahr diese Fabel mehr Schutz bot als die Waffe selbst.

Der besinnungslos am Boden liegende Tedetu begann sich zu regen; ich knüpfte seine Hüftschnur los und band ihm damit die Arme fest an den Leib. Er kam zu sich, wollte auf und konnte nicht; er starrte eine Weile fassungslos um sich; dann kam ihm die Erinnerung dessen, was geschehen war. Er machte abermals eine Anstrengung aufzustehen, und als auch dies keinen Erfolg hatte, weil er sich seiner Hände nicht bedienen konnte, stieß er einen Fluch aus und fauchte mich raubtierartig an:

»Was hast du mit mir vor, Hund? Warum hast du mich gebunden? Gib mich augenblicklich frei, wenn dich Tahaf, unser Anführer, nicht vernichten soll!«

»Hund?« antwortete ich, bückte mich nieder, faßte ihn mit der Linken bei der Achsel, hob ihn auf, gab ihm mit der Rechten zwei kräftige Ohrfeigen und ließ ihn wieder niederfallen. »So, Bube, werde ich dir diese Sprache abgewöhnen; merke es dir!«

Die Wut trieb ihm beinahe die Augen aus dem Kopf; zwischen seinen Lippen erschien roter Schaum; er wollte sprechen, brachte aber kein Wort hervor; es war nur ein Lallen zu hören.

»Und nun paß auf, was ich dir sage!« fuhr ich fort. »Dein Anführer fordert meine Auslieferung; wahrscheinlich will er mich kennenlernen, weil er mich noch nicht kennt. Das kann aber auch ganz gut und leicht geschehen, indem ich hier im Zelt bei meinem Gastfreund bleibe. Ich werde dich jetzt gehen lassen, damit du diesem Tahaf folgende Antwort bringst: Ich bin der Gast des Scheiks und bleibe hier; ihr habt nicht um Gastfreundschaft gebeten und geht also fort. Ihr habt euch das Recht, hier zu lagern, angemaßt, und ich werde euch zeigen, daß ihr es nicht besitzt. Ich befehle euch, diesen Duar augenblicklich zu verlassen.«

»Zwing uns doch!« zischte er mich an. »Wir werden dich vernichten und in die Dschehenna schicken!«

»Ja, ich zwinge euch, und wenn jemand von uns in die Dschehenna geht, so werdet ihr es sein.« Ich zog ihn wieder empor, deutete zur Zelttür hinaus und erklärte ihm: »Siehst du euer größtes Zelt da drüben? Es ist jedenfalls dasjenige, das Tahaf gehört. An der Querstange sind acht Trinkgefäße aus Kürbisschale an dünnen Riemen aufgehängt. Ich werde diese Riemen mit meiner Zauberbüchse zerschießen, so daß die Kürbisse herunterfallen. Paß auf, ich tue es!«

»Das kann kein Mensch!«

»Ich kann es sogar, ohne daß ich lade.«

Ich legte den Stutzen an und zielte kurz. Acht Schüsse und es hing kein Kürbis mehr an der Stange.

»Maschallâh! Allah ja 'lam el geb – Gottes Wunder! Allah kennt das Verborgene!« rief der Tedetu aus, ganz außer sich vor Erstaunen. »Wahrhaftig, das ist ein Zaubergewehr, das nur der Schejtan für dich angefertigt haben kann. Allah verbrenne dich!«

»Nicht mich, sondern euch wird er verbrennen. Siehst du, daß eure Männer kommen und das Wunder anstaunen? Geh jetzt zu ihnen und sage Tahaf, daß er fortziehen soll! Ich werde hier in diesem Zelt verborgen sein und aus ihm zu euch hinüberschießen. Um euch Zeit zu geben, die Zelte abzubrechen und die Kamele zu satteln, gewähre ich euch eine Viertelstunde, doch nicht mehr; seid ihr dann noch nicht zum Aufbruch fertig, so schieße ich, erst ein Kamel, dann einen Mann, dann wieder ein Kamel und wieder einen Mann, bis ihr entweder fort oder alle erschossen seid mitsamt euren Tieren.«

Er sah mir starr in das Gesicht; er hätte gern einen Zweifel oder eine Drohung ausgesprochen, wagte es aber nach dem Vorangegangenen nicht.

»Also geh und melde es! Beim Bart eures Propheten, ich halte Wort!«

»Wir werden uns wehren!« stieß er jetzt doch hervor.

»Und dabei untergehen! Du hast gesehen, wie schnell ich schieße. Ehe ihr herüberkämt, hätten meine Kugeln euch von der Erde weggefressen. Warne deine Tibbu und sage ihnen, daß ich jeden von ihnen, der nur zehn Schritte von euren Zelten zu uns herüber macht, augenblicklich erschießen werde. Ihr habt nach der anderen Seite abzuziehen. Geh!«

»So kann ich nicht gehen«, wandte er ein. »Meine Arme sind gebunden. Sollen meine Gefährten sehen, daß ich überwältigt und beschimpft worden bin?«

»Ja, das sollen sie; das ist deine Strafe. Wärst du höflich gewesen, so könntest du jetzt frei von dannen gehen. Du hast diese Behandlung durch deinen ›Giaur‹ und ›Hund‹ verschuldet.«

Er tat einige Schritte, wandte sich dann um und knirschte mir grimmig zu: »Allah verderbe dich in die tiefste Dschehenna hinab!« Hierauf setzte er seinen Weg wankenden Schrittes fort.

»Du wagst viel, Effendi!« warnte mich der Scheik. »Wenn sie nun alle plötzlich herüberkommen?«

»Stehe ich nicht hier mit der Zauberbüchse in der Hand? Und wenn sie noch so rasch wären, meine Kugeln würden doch schneller sein. Du brauchst keine Sorge zu haben.«

»Ja, wir fürchten weder Tahaf noch seine Wut«, stimmte Ali bei. »Wir sind groß und erhaben in allen Dingen. Wir kennen alle Wissenschaften im Himmel und auf Erden und sogar alles, was sich unter der Erde befindet. Niemand kann uns widerstehen!«

Der Prahlhans! Mir war gar nicht so wohl zumute, wie ich mich stellte. Ja, ich fürchtete mich nicht; ich wußte, daß ich mit Hilfe meines Henrystutzens mit allen diesen Tibbu fertig werden würde, wenn ich sie töten wollte; aber das wollte ich nicht. Ein Menschenleben zerstört man nicht so leichten Herzens. Wenn ich mich so kaltblütig stellte, so rechnete ich auf die Angst, die sie vor dem Gewehr haben würden; das war meine ganze Überlegenheit.

Ich sah den Tedetu zu den Seinen treten, die alle vor dem einen Zelt standen und die Flaschenkürbisse betrachteten. Sie staunten natürlich darüber, ihn in Fesseln kommen zu sehen. Er erzählte. Sie gestikulierten heftig und schrien dazu. Sie griffen nach ihren Waffen und schienen herüberkommen zu wollen. Da steckte ich den Lauf meines Gewehrs zu dem Zelt hinaus; sie sahen das und blieben halten. Sie berieten und kamen zu keinem Ergebnis. Entweder nahmen sie meine Drohung nicht ernst, weil sie den Stutzen doch noch nicht kannten, oder ihr Stolz sträubte sich dagegen, vor einem einzelnen Menschen davonzulaufen.

So vergingen fünf Minuten, zehn Minuten – eine Viertelstunde. Wenn ich meinen Zweck erreichen wollte, so durfte ich nicht schwach, nicht nachsichtig sein. Sie mußten erfahren, daß ich mein Wort hielt. Ein Kamel mußte zum Opfer fallen. Schade um das Tier, aber es ging nicht anders.

Ich zielte auf eines ihrer Hedschân und drückte ab; es brach augenblicklich zusammen. Ein vielstimmiger Wutschrei war die Antwort, doch machten sie noch immer keine Anstalt, aufzubrechen. Nun gut! Ich trat vor das Zelt hinaus und rief hinüber: »Hört, ihr Söhne vom Tibbustamm! Ich habe gesprochen, und werde nun handeln. Diesmal sei noch das Leben geschont, ich will nur verwunden, nicht töten. Beim nächstenmal aber gibt es keine Gnade. Meine Kugel trifft Tahaf in den rechten Ellbogen.«

Zugleich mit dem letzten Worte krachte ein Schuß. Tahaf zuckte zusammen und schrie laut auf. Die Kugel war ihm genau durch den Ellbogen gegangen. Im nächsten Augenblick war kein Tedetu mehr zu sehen. Sie hatten sich hinter ihre Zelte geflüchtet, die sich bald darauf zu bewegen begannen; man brach sie also ab. Meine Strenge hatte endlich die beabsichtigte Wirkung hervorgebracht. Ich hätte freilich noch strenger sein und Tahaf erschießen können, wenn mir ein Menschenleben weniger gegolten hätte.

Ich spielte trotz alledem ein gewagtes Spiel. Die Tibbu sind die wildesten und brutalsten Muhammedaner, die es nur geben kann; dazu kam, daß ich ihren Anführer verwundet hatte. Es war fast ein Wunder zu nennen, daß sie nicht trotz eines vielschüssigen Gewehrs herübergerannt kamen, um mich umzubringen. Mein Verhalten gegen ihren Boten mußte einen solchen Eindruck auf sie hervorgebracht haben, daß sie sich doch vor mir, dem einzelnen Mann, fürchteten.

Das war mir aber noch nicht genug; die augenblickliche Angst konnte schwinden, so daß sie den Angriff auf mich doch noch versuchten; ich mußte sie in Atem halten, indem ich noch eins ihrer Kamele erschoß. Sie brauchten ihre Tiere so notwendig, daß sie dann gewiß kein weiteres meinen Kugeln aussetzten. Ich wartete also nur noch eine oder zwei Minuten und gab dann den nächsten Schuß ab, der sein Ziel so genau wie die vorigen traf.

Als das Kamel niederstürzte, antwortete abermals ein vielstimmiger Schrei; dann wurde es für kurze Zeit sehr ruhig; man schien zu beraten. Hierauf traf ein Tedetu hinter dem Zelt hervor, hob wie abwehrend oder bittend die Arme in die Höhe und rief aus: »Halt ein! Schieß nicht mehr! Wir reiten fort.«

»Aber schnell, sonst schieße ich dennoch!« antwortete ich, während ich das Gewehr im Anschlag behielt.

Jetzt arbeiteten sie außerordentlich schnell an dem Niederlegen der Zelte und an dem Zusammenbinden der Leinwand und der Stangen. Dabei konnten sie sich nicht verstecken; sie mußten sich sehen lassen, so daß es mir leicht gewesen wäre, noch einige von ihnen zu erschießen. Das tat ich natürlich nicht; ich war vielmehr froh, daß sie nichts Feindseliges gegen mich unternahmen. Ich stand zwar im Innern des Zeltes, aber der Lauf meines Gewehrs, der aus diesem hervorragte, mußte ihnen die Stellung, die ich einnahm, verraten, so daß es jedem von ihnen leicht gewesen wäre, mich aus einem verborgenen Hinterhalt mit einer Kugel zu treffen. Doch wagte keiner, dies zu tun, ein sicheres Zeichen der Angst, in die ich sie versetzt hatte.

Nach kurzer Zeit waren sie fertig und beluden ihre Kamele mit den Zeltteilen und sonstigen Gerätschaften, worauf sie aufstiegen und davonritten. Tahaf war der letzte von ihnen. Ich sah, daß er sich seinen zerschossenen Ellbogen hatte verbinden lassen. Wegen dieser Verwundung konnte er nicht ohne Hilfe in den Sattel steigen; er mußte sich dabei unterstützen lassen. Als er oben saß, drehte er sich nach dem Zelt, in dem ich mich befand, um, hob den unverletzten linken Arm, machte eine Faust und rief in drohendem Ton zu mir herüber:

»Allah rhinalek – Gott verfluche dich! Wir müssen jetzt weichen; aber wir sehen dich wieder, und dann werde ich mit dir Abrechnung halten!«

»Schieß ihn nieder, Sihdi«, forderte Ali mich auf.

»Nein«, antwortete ich, indem ich das Gewehr senkte, das ich bis jetzt im Anschlag gehalten hatte.

»Warum nicht? Er hat dich bedroht!«

»Drohungen schaden nichts.«

»Effendi, sei nicht allzu zuversichtlich!« warnte mich der Scheik. »Dieser Tahaf wird nicht ruhen, bis er sich gerächt hat! Du hast sein Blut vergossen. Denk an das Gesetz der Wüste: Ed dem b'ed dem, en nefs b'en nefs – Blut um Blut, Gleiches mit Gleichem!«

»Ich denke daran. Er wird sein Blut von mir fordern. Heute nacht wird er uns zu überfallen suchen.«

»Ja, Effendi, diesen Vorsatz hat er ganz gewiß gefaßt. Wir müssen uns auf einen Angriff vorbereiten. Am besten ist's, wir brechen unsere Zelte auch ab und entfernen uns, bis die Tibbu diese Gegend verlassen haben.«

»Das ist nicht nötig. Ich werde euch beschützen. Verlaß dich auf mich!«

Er schüttelte bedächtig den Kopf und sagte: »Effendi, du weißt, daß ich von dir gehört habe und dich für einen tapferen Krieger halte; aber wie kannst du, ein einzelner Mann, unser ganzes Duar in Schutz nehmen?«

Da fiel Ali schnell ein: »Wie er das tun wird? Das laß nur Sache meines Sihdi sein! Er und ich, wir beide sind die größten Helden, die es in der großen Wüste gibt, und wenn wir versprechen, daß wir euch beschützen werden, so könnt ihr sicher sein, daß –«

»– daß es für dich viel besser ist, zu schweigen, als solche Reden zu halten«, unterbrach ich ihn. Und mich an den Scheik wendend, fuhr ich fort: »Ich muß zunächst erfahren, wo die Tibbu lagern werden; ich werde ihnen also folgen. Dazu taugen unsere Kamele nicht. Willst du mir zwei Pferde leihen?«

»Gern. Aber warum zwei.«

»Weil ich nicht allein reite; es soll mich einer von deinen Kriegern begleiten, den du auswählen wirst. Er muß ein tapferer, listiger und gewandter Mann sein und die Sprache der Tibbu gut verstehen.«

»Warum das?«

»Weil ich sie belauschen möchte.«

»Um Allahs willen, tut das nicht, denn sie werden euch bemerken und erwischen!«

»Nein. Ich habe gelernt, mich einem Feind unbemerkt zu nähern.«

Er hatte keine Ahnung von der Art und Weise, in der zum Beispiel ein nordamerikanischer Indianer seinen Gegner beschleicht und belauscht, und es dauerte noch einige Zeit, ehe er denjenigen bestimmte, der mich begleiten sollte. Am liebsten hätte ich Ali mitgenommen; aber dieser war der Tibbusprache nicht so mächtig, wie ich es für notwendig hielt. Eben verschwanden die Tibbu am östlichen Horizont, als wir uns auf die Pferde setzten und ihnen nachritten. Ich hatte mein Fernrohr bei mir und konnte die Feinde also aus weiter Entfernung beobachten, ohne daß sie mich zu sehen vermochten.

3. *Der Mann aus Bilâd Amirika*

Der Uelad Sliman, den mir der Scheik mitgegeben hatte, war zwar ein noch ziemlich junger Mann, doch stellte es sich heraus, daß die Wahl gut gewesen war.

Mit Hilfe des Fernrohrs konnte ich den Tibbu vollständig unbemerkt folgen. Es verstand sich ganz von selbst, daß sie die östliche Richtung eingeschlagen hatten, um uns zu täuschen. Als ich dies meinem Begleiter sagte, antwortete er: »Da hast du ganz recht, Effendi, denn Kaïrwan liegt doch nicht im Osten von hier.«

»Kaïrwan?« fragte ich. »Wie kommst du auf diesen Ort zu sprechen?«

»Kennst du diese Stadt?«

»Nein. Ich bin noch nicht dort gewesen.«

»Das glaube ich, denn das wäre ein Wagnis, das du wahrscheinlich mit dem Tod bezahlt hättest. Kaïrwan gehört zu jenen Städten der Gläubigen, die kein Nichtmuhammedaner betreten darf. Jemand, der dort als Christ oder Jude erkannt wird, ist unbedingt verloren. Wie die Anhänger des Propheten nach Mekka und Medina pilgern, so wandern sie auch nach Kaïrwan. Die Okba-Moschee dort ist eines der heiligsten Gotteshäuser des Islâm, das allerheiligste in Afrika, denn in ihr liegt El Waib begraben, der ein Busenfreund und stetiger Begleiter des Propheten war. Wer Kaïrwan besucht hat, darf sich ebensogut Hadschi nennen, als ob er in Mekka oder Medina gewesen wäre.«

»Was haben diese Tibbu damit zu tun!«

»Was? Hast du nicht den grünen Sandschâk[1] gesehen, der über dem Zelt Tahafs wehte?«

»Allerdings.«

»Und daß nicht nur die Tibbu, sondern auch ihre Kamele ihre Mesabih[2] an den Hälsen hängen hatten?«

»Auch das.«

»Nun, daraus konntest du erkennen, daß sie auf der Hadsch[3] nach Kaïrwan begriffen sind.«

»Gut! Kaïrwan liegt in Tunis, nordwestlich von hier. Wenn die Tibbu nach Osten reiten, so wollen sie uns täuschen. Sie werden einen Bogen reiten, und über Süden nach dem Wadi zurückkehren. Paß auf!«

»Das denke ich auch, Effendi. Ich möchte sogar sagen, daß ich den Ort kenne, wo sie lagern werden.«

»Wo ist das?«

»Sie sind fortgeritten, ohne ihre Schläuche gefüllt zu haben, und brauchen also Wasser. Der eigentliche Brunnen von Wadi Kouhr liegt bei unserem Duar; aber zwei kleine Reitstunden östlich davon gibt es auch eine Stelle, wo man Wasser findet, wenn auch

[1] Fahne des Propheten [2] Rosenkränze [3] Pilgerreise

weniger als bei uns. Dort stehen auch Fitna-Sträucher[1], mit denen sie sich ein Feuer anzünden können. Diese Stelle werden sie aufsuchen, um dort zu lagern und in der Nacht nach unserem Duar zu kommen und uns zu überfallen.«

»Ganz richtig! Ich sehe soeben durch mein Fernrohr, daß sie nach Süden umbiegen.«

»Wollen wir nicht auch diese Richtung nehmen?«

»Nein. Wir bleiben hinter ihnen, ganz genau auf ihrer Spur; das ist besser.«

Soeben hatte die sinkende Sonne den Horizont erreicht, und die in jenen Gegenden sehr kurze Dämmerung begann; ich beobachtete deshalb den Tibbutrupp jetzt schärfer als bisher, um mir die Gegend, wohin er ritt, genau zu merken, und da sah ich, daß er sich nicht mehr in Bewegung befand, sondern angehalten hatte. Wir hemmten also die Schritte unserer Pferde auch, bis unsere Gegner weiterritten. Das geschah, als es so dunkel geworden war, daß ich sie kaum noch erkennen konnte.

Nun durften wir uns mehr nähern als bisher. Wir ritten also im Trab auf die Stelle zu, wo sie angehalten hatten. Mein Ortssinn war geübt genug, diesen Platz trotz der Dunkelheit nicht zu verfehlen. Als wir ihn erreichten, schnaubten unsere Pferde und wollten nicht weiter. Wir sahen einige Gegenstände vor uns liegen und stiegen ab, um zu untersuchen, was es sei.

»Roob-Allah – Schreck Gottes! Das sind Leichen!« rief der Uelad erschrochen aus.

Er hatte recht; es waren drei Leichen. Hatten sie schon dagelegen, als die Tibbu hier vorüberkamen? Ich untersuchte sie. Sie waren noch ziemlich warm, und ich fühlte Blut an meinen Händen.

»Diese Leute sind von den Tibbu ermordet worden!« erklärte ich. »Sie begegneten ihnen und wurden getötet und wahrscheinlich ausgeraubt.«

»Weißt du das gewiß?«

»Werden gleich sehen.«

Ich untersuchte die Taschen der drei Leichen; sie waren alle leer, und auch in ihren Gürtelschnüren befand sich oder hing nicht der geringste Gegenstand.

»Ja, sie sind von den Tibbu ermordet und beraubt worden«, wiederholte ich. »Wer mögen sie gewesen sein?«

Der Uelad Sliman betastete sie und ihre Kleidungsstücke sehr sorgfältig und behauptete dann: »Es scheinen Leute aus Kufarah zu sein. Was wollen die aber in dieser Gegend?«

»Kommt von dort niemand hierher?«

»Ganz selten, und dann nur als Führer von fremden Reisenden, die sie begleiten.«

»Wenn dies auch hier der Fall wäre, so hätten also die Tibbu den oder die Fremden mit sich fortgeschleppt!«

»Ja, um ein Lösegeld zu erpressen und die Gefangenen dann dennoch nicht freizugeben. Wer diesen Wüstenräubern in die Hände fällt, ist verloren.«

»Dann müssen wir ihnen schnell nach. Hier können wir nicht

[1] Eine Akazienart

mehr helfen. Wollen keine Zeit versäumen. Getraust du dich trotz der Dunkelheit die Wasserstelle zu finden, von der du vorhin gesprochen hast?«

»Ja, ich werde sie nicht verfehlen.«

»Dann fort von hier! Vielleicht ist es uns möglich, ein Menschenleben zu retten.«

Sowenig wir hier getan hatten, es war doch während der Untersuchung der Leichen eine Viertelstunde vergangen, die wir einholen mußten. Wir durften uns freilich nicht allzusehr beeilen, wenn wir den Tibbu nicht so nahe kommen wollten, daß sie uns hörten oder überhaupt bemerkten, ehe sie den Lagerplatz erreichten. Ich mußte mich da ganz auf den Uelad Sliman verlassen. Die Sterne waren zwar aufgegangen, aber leuchteten noch nicht hell; die mahlenden Schritte unserer Pferde im tiefen Sand waren weiter zu hören, als wir sehen konnten. Mein Begleiter rechtfertigte das Vertrauen, das ich in ihn setzte. Wir mochten, seit wir den Duar verlassen hatten, ungefähr zwei Stunden geritten sein, da leuchtete gerade vor uns eine kleine Flamme auf, die um so größer und heller wurde, je mehr wir uns ihr näherten.

»Das ist das Lagerfeuer, das die Tibbu angebrannt haben. Wir reiten doch nicht ganz hin?« fragte mein Führer.

»Beschreib mir die Stelle! Also es gibt Sträucher dort. Ist die Gegend eben?«

»Nein, denn dieser Ort stößt an die obere äußere Seite des Wadi, an deren innerer Seite da unten rechts unser Duar liegt. Diese äußere Talwand ist eingebogen wie eine kleine, enge Bucht, die von Fitna-Sträuchern eingefaßt wird. Das Wasser steht im Hintergrund dieser Bucht.»

»So werden sie da hinten lagern. Hast du den Mut, durch diese Sträucher bis in den Rücken der Tibbu zu kriechen?«

»Ich bin nicht furchtsam, Effendi, und da du bei mir bist, so habe ich erst recht keine Angst.«

»So wollen wir erst seitwärts reiten, um eine Stelle zu suchen, wo wir unsere Pferde lassen können.«

Ein solcher Ort war bald gefunden. Wir kamen an die Felsenhügel, die die Nordseite des Wadi bildeten, und fanden einige große Steine, an die wir die Pferde banden. Hierauf unterrichtete ich den Uelad Sliman eingehend, wie er sich zu verhalten hatte, und dann schlichen wir uns, ich voran und er hinter mir, nach dem Lagerplatz der Tibbu hin. Als wir nahe genug gekommen waren, legten wir uns nieder, um den weiteren Weg kriechend zurückzulegen. Zu unserem Vorteil war das Feuer nur klein; es leuchtete nur wenige Schritte weit und war dennoch hell genug, den Schein der Sterne unwirksam zu machen. Erwähnt muß werden, daß wir unsere hellen Haïks im Duar zurückgelassen hatten; nun waren unsere Anzüge so dunkel, daß sie nicht vom Erdboden unterschieden werden konnten.

Der Lagerplatz hatte nach außen die offene Form eines Hufeisens. Hinten gab es Wasser; weiter vorn brannte das Feuer, um das sich die Tibbu gesetzt und gelegt hatten. Außen, vor dieser Bucht, lagen die Kamele. Diese Halbrundung war mit Büschen besäumt, die aber so dünn standen und so wenig Laub hatten, daß sie uns keine Deckung gewährten. Uns in die Bucht hineinzuschleichen, war also leider nicht möglich. Aber da, wo sie auf unserer Seite begann, sich einwärts zu biegen, gab es einige große Felsstücke, hinter die wir uns verstecken konnten. Wir erreichten sie glücklich und schmiegten uns so eng an sie, daß wir selbst dann, wenn sich ein Tedetu uns näherte, hoffen durften, nicht von ihm bemerkt zu werden.

Die Tibbu ahnten keinen Menschen in der Nähe und sprachen so laut, daß wir jedes Wort hören konnten – verstehen aber konnte ich nichts; ich beschäftigte also meine Augen mehr als meine Ohren.

Tahaf saß aufrecht am Feuer und trug seinen rechten Arm in einer notdürftigen Binde. Neben ihm saß finsteren Blickes ein Mann, dessen Hände und Füße gefesselt waren. Er mochte dreißig Jahre alt sein. Sein von einem schönen, blonden Vollbart umrahmtes Gesicht war von der Sonne dunkel gebrannt. Die Farbe seiner Augen zu erkennen, war mir nicht möglich, aber ein Gesicht mit einem solchen Bart konnte nur blaue Augen haben. Wer war dieser Mann? Ein Beduine jedenfalls nicht. Wohl gar ein Europäer! Es stand sofort bei mir fest, daß ich diesen Ort nicht verlassen würde, ohne ihn befreit zu haben. Aber wie?

Die Räuber unterhielten sich, wie schon erwähnt, sehr eifrig und verzehrten dabei ihr einfaches Abendessen. Dieses bestand aus Kuskussu, einem Mehl, das sie mit den Fingern in kaltes Wasser einrührten und dann auch so mit den Fingern aßen. Die Gefäße, deren sie sich dabei bedienten, waren solche ausgehöhlten Kürbisschalen, wie ich heute einige von der Zeltstange geschossen hatte. Seitwärts von dem Feuer, und zwar außerhalb des Kreises, den die Tibbu bildeten, lag ein kleiner Haufen von Gegenständen, um die sich ihr Gespräch zu drehen schien. Das waren jedenfalls die Sachen, die sie dem Gefangenen und seinen Begleitern abgenommen hatten.

Tahaf aß von demselben Gericht wie seine Leute. Den Blicken, die er dabei auf den Blonden warf, sah ich es an, daß er vorhatte, ihn nach den Essen ins Verhör zu nehmen; darum stieß ich meinen Gefährten an, um seine Aufmerksamkeit auf mich zu lenken, und fragte ihn: »Verstehst du, was sie sprechen?«

»Ja.«

»Wovon reden Sie?«

»Von dem Fremden. Sie wissen nicht, wer er ist; er hat es ihnen nicht gesagt.«

»Was soll mit ihm geschehen?«

»Sie wollen Lösegeld verlangen. Sagt er aber nach dem Essen nicht, wer er ist und ob er reich ist, so wird er sofort getötet.«

»Wir helfen ihm!«

»Maschallah – Wunder Gottes! Auf welche Weise?«

»Ich habe keine Zeit, zu warten und zu überlegen; ich sehe nur eine Möglichkeit, ihn und zugleich sein Eigentum zu retten. Ich werde Tahaf packen und festnehmen.«

»Effendi, das ist wahnsinnig! Wir würden den Gefangenen nicht befreien, sondern mit ihm verloren sein.«

»Nein. Ich weiß, wie man so etwas zu machen hat, wenn es auch nicht ungefährlich ist. Die Hauptsache ist, daß du tust, was ich dir sage. Du bist doch kräftig genug, einen Menschen zu tragen?«

»Ja, Effendi.«

»So hast du hier meine Gewehre; halte sie einstweilen! Sie würden mir nur hinderlich sein. Paß auf! Ich springe mitten unter die Tibbu hinein und hole Tahaf heraus. Du bleibst hier versteckt, bis ich ihn bringe. Dann gibst du mir die Gewehre wieder, nimmst ihn und trägst ihn so rasch wie möglich zu unseren Pferden –«

»Er wird sich wehren!« unterbrach er mich.

»Nein, denn er wird bewußtlos sein. Bei den Pferden angekommen, legst du ihn hin, bindest sie los und wartest, bis ich komme. Ich steige auf; du hebst ihn zu mir hinauf und springst auch in den Sattel; dann reiten wir fort!«

»Aber, Effendi, das ist ja –«

»Still!« fiel ich ihm in die Rede. »Ich sehe, daß Tahaf beginnen will. Hier nimm die Gewehre! Kein Wort weiter! Es wird alles leicht und schnell vonstatten gehen!«

Ich konnte mich nicht länger mit dem Uelad Sliman abgeben, denn ich sah und hörte, daß Tahaf mit dem Gefangenen zu reden begann, und zwar in der Tibbusprache, die dieser nicht zu verstehen schien, den er antwortete nicht. Da bediente sich der Tedetu des Arabischen; ich hörte ihn sagen:

»Dein Leben hängt an diesem Augenblick. Antwortest du nicht, so fährst du in einigen Minuten in die Dschehenna. Also sag uns, wer du bist!«

»Ich bin ein Mann, der Raubmördern keine Auskunft gibt.«

Das war kühn! Ich stand sprungfertig.

»Hund!« fuhr Tahaf ihn an, während er aufstand, sich drohend vor ihn hinstellte und die linke Hand zur Faust ballte. »Es kostet mich nur einen Wink, so bist du eine Leiche! Sag augenblicklich, woher du kommst!«

»Das brauchst du nicht zu wissen!«

»Bist du reich?«

Die nächste Antwort entschied über Leben und Tod, das sah ich. Wenn der Fremde die Auskunft wieder verweigerte, so gab Tahaf den von ihm erwähnten Wink. Ich durfte nicht zögern. Der Anführer der Tibbu stand vielleicht zwölf Schritte von mir entfernt, und zwar mit dem Rücken nach mir gerichtet. Aller Augen hingen an ihm und dem Gefangenen. Fünf, sechs schnelle Schritte, und ich stand hinter ihm, nahm ihn mit der linken Hand bei der Kehle, schlug ihm die rechte Faust an die Schläfe, warf ihn mir über die Schulter und eilte zurück.

»Hier hast du ihn! Meine Gewehre her, und fort, fort!«

Ich bekam die Flinte, und der Uelad Sliman packte den besinnungslosen Tedetu, um mit ihm fortzueilen. Das war so schnell geschehen, daß bis jetzt kein einziger der Tibbu sich bewegt oder einen Laut von sich gegeben hatte. Sie saßen starr. Der Felsen deckte mich; ich legte hinter ihm hervor den Henrystutzen auf sie an und rief:

»Seht hier die Zauberflinte! Wer sich von der Stelle bewegt, den trifft die Kugel. Bleibt ihr aber sitzen, so wird keinem Menschen und auch Tahaf nichts geschehen!«

Sie saßen noch immer wie versteinert.

»Wer ist nach Tahaf der Oberste von euch?« fragte ich.

Niemand antwortete.

»Antwortet, sonst frißt euch mein Zaubergewehr! Wer ist der Oberste von euch?«

»Dieser«, antwortete endlich einer, wobei er auf denjenigen Tedetu zeigte, der heute als Bote in dem Zelt des Scheiks bei uns gewesen war.

»Ah, du also?« wandte ich mich an diesen. »Ich spreche mit dir und du wirst mir antworten, sonst muß ich dich niederschießen. Du kannst dir denken, daß ich nicht allein hier bin. Tahaf ist schon fortgeschafft; er ist verloren, wenn ihr mir nicht gehorcht. Binde dem Gefangenen augenblicklich die Hände und Füße los!«

Die Angst trieb ihn, diesem Befehl nachzukommen; schon hatte er die Hände ausgestreckt; da zog er sie wieder zurück.

»Vorwärts schnell! Ich zähle nur bis drei: Eins – zwei –«

Jetzt gehorchte er. Der Fremde war nicht mehr gefesselt.

»Herr, wer bist du?« fragte dieser; »wem verdanke ich diese Rettung?«

»Das wirst du erfahren. Komm jetzt herüber und bringe die Riemen mit, mit denen du gebunden warst!«

»Ich kann nicht gehen, ein Schuß hat mich ins Bein getroffen, als diese Tibbu uns überfielen.«

»So bleibe vorläufig! Sie mögen dich gut verbinden, wenn sie das Leben Tahafs retten wollen. – Ihr Männer vom Tibbustamm, dieser Mann wird über Nacht bei euch bleiben und muß frei ruhen und schlafen können, nichts darf ihm geschehen! Fügt ihm kein Leid zu, sonst ist das Leben eures Anführers verwirkt! Hütet euch, diesen Platz vor der Morgenröte zu verlassen! Sobald die Morgenröte erscheint, kommen zwei von euch mit dem Fremden nach dem Duar und bleiben fünfhundert Schritte davor halten. Er muß alles wiederbekommen, was ihr ihm genommen habt. Fehlt nur ein einziger Gegenstand, so kommt Tahaf nicht frei. Habt ihr es gehört?«

»Wir sind nicht taub! Allah vernichte dich!« antwortete der Unteranführer.

»So sind wir für heute fertig!«

Ich trat hinter den Felsen zurück und blieb einige Augenblicke lauschend stehen. Keiner bewegte sich; sie hatten Angst. Da sprang ich fort, nach der Stelle, wo der Uelad Sliman mich erwartete.

»Hamdulillâh, daß du kommst, Emir!« empfing er mich. »Du bist ihnen entgangen? Welch ein Wunder!«

»Es war leichter als du denkst. Du hast deine Sache gut gemacht; ich muß dich loben!«

»Oh, ich war kaum hier angelangt, so kam dieser Tahaf schon wieder zu sich. Ich habe ihn aber schnell gefesselt und ihm einen Knebel in den Mund gesteckt.«

Das war recht! Hattest du Riemen und Stricke? Ich wollte mir welche geben lassen.«

»Ein Beni Arab[1] hat stets so etwas bei sich. Wann reiten wir fort von hier?«

»Sogleich. Reich mir den Kerl herauf!«

Ich stieg in den Sattel und nahm den Gefangenen quer vor mich

[1] Araber

hin; dann ging es im Trab nach dem Duar zurück. Es läßt sich denken, welches Aufsehen wir mit der Erzählung dessen, was geschehen war, erregten. Die guten Leute erschraken zunächst; sie fürchteten die Rache der Tibbu; als ich ihnen aber erklärte, daß ich Tahaf nicht eher freilassen würde, als bis er den heiligen Eid abgelegt hatte, sich nicht zu rächen, da beruhigten sie sich. Der Gefangene wurde in das Zelt des Scheiks geschafft und da festgebunden, wo auch ich wieder mein Unterkommen fand. Man hatte bis jetzt mit dem Essen auf uns gewartet, und es läßt sich denken, daß ich es mir nach dem gelungenen Streich sehr gut schmecken ließ.

Die Uelad Sliman waren nicht ganz ohne Sorge, daß die Tibbu doch kommen könnten, um ihren Anführer zu befreien; ich aber war überzeugt, daß sie dies nicht wagen würden, weil sie dadurch sein Leben in die größte Gefahr bringen mußten, und es gelang mir, den Scheik zu beruhigen. Selbstverständlich aber wurden Wachen ausgestellt.

Tahaf befand sich in einem Zustand ohnmächtiger Wut und überschüttete mich zuerst mit Schmähungen, die ich so ruhig hinnahm, als ob ich gar nichts hörte. Nach und nach aber kam er zur Einsicht, daß es ihm keinen Vorteil bringe; er nahm einen anderen Ton an und versuchte, mit mir zu verhandeln.

»Dieser Fremde soll euch gegen mich ausgeliefert werden«, sagte er, »aber die Beute, die wir gemacht haben, geben wir nicht wieder her!«

»Laß dich nicht auslachen«, antwortete ich. »Wir geben dich frei, und du behältst alles, was du bei dir trägst, und ihr laßt ihn frei mit allem, was ihm gehört.«

»Da mache ich nicht mit!«

»Ob du mitmachen willst oder nicht, darauf kommt es nicht an; du hast hier keinen Willen. Sei froh, daß ich nicht viel strengere Bedingungen gestellt habe!«

»Was könnte strenger sein?«

»Der Blutpreis für die drei, die ihr getötet habt!«

»Fahr zur Hölle!«

Ohne diesen frommen Wunsch zu beachten, fuhr ich fort: »Ich bleibe streng bei meiner Forderung. Du wirst gegen ihn ausgewechselt; er bekommt sämtliches Eigentum, und du schwörst bei Allah, dem Propheten und allen Kalifen, daß du diese Gegend sofort verlassen und dich an den Bewohnern des Duars nicht rächen wirst.«

Er fuhr trotz seiner Fesseln halb empor und fragte höhnisch: »Etwa auch nicht an dir?«

»Meine Person kommt gar nicht in Betracht. Räche dich an mir, sooft und sosehr du willst! Über die Rache eines Wurms, wie du bist, lache ich.«

»So lache jetzt! Es wird die Zeit kommen, wo du nicht mehr lachen wirst!«

Diese Drohung ließ mich natürlich kalt und raubte mir keine Minute von dem Schlaf, der mich dann in die Arme nahm. Während ich schlief, saß neben mir ein Uelad Sliman, der Tahaf streng zu bewachen hatte und uns bei Tagesgrauen wecken mußte.

Als dies letztere geschehen war, nahmen wir den Gefangenen entscheidend vor. Er weigerte sich wieder, auf meine Bedingungen einzugehen.

»Gut, so ziehe ich das, was ich gesagt und versprochen habe, nun wieder zurück«, erklärte ich. »Ich gebe dich also nicht frei. Du wirst unser Gefangener bleiben und wegen der drei Männer, die ihr gestern ermordet habt, zur Rechenschaft gezogen und auf das strengste bestraft werden.«

»Und unser Gefangener wird das mit dem Leben bezahlen müssen«, antwortete er höhnisch.

»Da verrechnest du dich! Dieser Gefangene wird in sehr kurzer Zeit seine Freiheit zurückerhalten.«

»Meine Krieger geben ihn nicht her, wenn ich nicht dabei bin und es ihnen erlaube.«

»Dich brauche ich nicht dabei. Du weißt, was ich zu ihnen gesagt habe. Es werden nur zwei von ihnen kommen und ihn bringen. Mit diesen beiden werde ich schnell fertig. Ich bedarf nicht der geringsten Hilfe dabei.«

»Entweder bist du der Schejtan[1] selbst, oder die Schejatin[2] geben dir diese Gedanken ein!« fuhr er mich wütend an.

»Beleidige mich nicht, ich warne dich! Du siehst, daß es Tag werden will; ich gehe, um deine beiden Krieger zu empfangen und frage dich zum allerletztenmal: Willst du tun, was ich von dir verlange?«

»Nein!«

»So sind wir fertig!«

Ich stand auf und nahm meine Gewehre zur Hand; der Scheik und Ali taten dasselbe. Sie verließen das Zelt, und ich folgte ihnen. Eben ließ ich den Türvorhang hinter mir fallen, da beeilte er sich, uns nachzurufen:

»Halt, kommt zurück! Ich will einverstanden sein!«

Wir gingen wieder hinein, und er bequemte sich endlich zu den Versprechungen, die ich von ihm gefordert hatte, und die er mit einem Schwur, den ihm der Scheik als Muhammedaner vorsagte, bekräftigen mußte. Hierauf banden wir ihn von der Zeltstange los und führten ihn gefesselt mit hinaus.

Es schlief kein Mensch mehr, sondern alle Bewohner des Duars waren wach, um zu sehen, ob die Auswechslung der beiden Gefangenen so glatt vor sich gehen würde, wie ich gesagt hatte. Alt und jung, Mann, Weib und Kind lief mit hinaus vor das Zeltdorf. Eben begann der Himmel sich zu röten, und aller Blicke waren gegen Osten gerichtet, da sahen wir eine Reiterschar von dorther langsam näher kommen. Es waren die Tibbu. Sie blieben, als sie uns bemerkten, halten, und von ihnen trennten sich drei Reiter, die drei ledige Kamele mit sich führten und ungefähr fünfhundert Schritte von uns hielten. Diese ledigen Kamele hatten den drei ermordeten Begleitern ihres Gefangenen gehört. Sie mußten natürlich mitausgeliefert werden.

Der Scheik und ich nahmen Tahaf, der an den Händen gefesselt war, in die Mitte und gingen ihnen entgegen. Fünfzig Schritte vor ihnen blieben wir stehen. Ich nahm meinen Stutzen in die Höhe

[1] Teufel [2] Mehrzahl von Schejtan

und rief ihnen zu: »Wir kommen in Frieden; aber bei der geringsten verdächtigen Bewegung werde ich Tahaf und euch erschießen! Hat euer Gefangener alles von euch zurückerhalten?«

»Ich habe alles«, antwortete er selbst. »Es fehlt nichts.«

»Ist deine Wunde verbunden worden?«

»Ja. Man hat mich deinen Weisungen entsprechend gut behandelt!«

»Willst du deine drei toten Gefährten rächen oder forderst du nur den Blutpreis von den Mördern?«

»Nein. Ich kannte die Männer nicht näher; sie hatten sich nur zufällig zu mir gesellt.«

»So sind wir mit diesen Tibbu fertig. Komm her mit den drei Kamelen! Tahaf mag auch gehen!«

Dies geschah. Die beiden begegneten sich auf der Mitte zwischen den Parteien. Die Tibbu zerschnitten die Fesseln ihres Anführers; er bestieg sein Kamel, und dann ritten sie davon, nicht gen Osten, wie gestern, sondern nach Westen zu. Der Fremde ließ sein Kamel niederknien, stieg ab, kam auf mich zu, ergriff meine beiden Hände und sagte: »Endlich bin ich frei und kann dir danken! Du hast mich vom sicheren Tod errettet, Herr. Wie glücklich würde ich sein, wenn ich dir es vergelten könnte! Wer sind diese Leute?«

»Die Bewohner dieses Duars. Sie gehören zu dem berühmten Stamm der Uelad Sliman.«

»Du auch?«

»Nein. Ich bin ebenso ihr Gast, wie du es sein wirst.«

»Ja, sei unser Gast! Wir heißen dich willkommen!« sagte der Scheik zu ihm, während er ihn bei der Hand ergriff. »Komm mit in mein Zelt!«

Er führte ihn in den Duar und in sein Zelt. Die Frauen sangen laut ihr ›Ahla wa sahla wa marhaba‹[1] und auch die Kinder stimmten ein.

Ich war gewöhnt, stets vorsichtig zu sein, und bat den Scheik, den Tibbu einige Reiter nachzusenden. Wir mußten wissen, ob sie wirklich fortritten oder die Absicht hatten, das gegebene Versprechen zu brechen und Rache an den Uelad Sliman zu nehmen. Die Boten brachten dann am nächsten Tag die beruhigende Nachricht, daß die Feinde ohne Aufenthalt westwärts geritten seien.

Natürlich hätten wir gar zu gern gewußt, wer und was der Fremde war: aber das Gesetz der Wüste verbot, sofort darnach zu fragen. Wir beobachteten einander während des ganzen Vormittags, und ich machte da die Bemerkung, daß er aus mir ebensowenig klug wurde, wie ich sein Wer und Was erraten konnte. Es kam erst dann zur Aufklärung, als es zu Mittag wieder einen gebratenen Hammel gab und wir das Mahl nach muhammedanischer Weise mit dem gebräuchlichen »El hamdulillah« einleiteten. Er sprach diesen Ausruf nicht mit aus und entschuldigte sich:

»Ihr dürft mir mein Schweigen nicht übelnehmen; ich bin kein Muslim, sondern ein Christ.«

»Ein Christ?« fragte ich. »Also wohl auch kein Orientale?«

»Nein. Meine Heimat liegt in Bilâd Amirika.«

[1] Willkommgruß

»Wohl gar in den Vereinigten Staaten?«

»Wie, du kennst dieses Land?« fragte er verwundert.

«Oh, ich kenne die Dschigrafja«[1], stellte ich mich stolz. »Nenne mir nur einmal deinen Namen und die Stadt, die deine Heimat ist!«

Er hielt mich für einen Beduinen, lächelte ein wenig und antwortete: »Ich heiße Dixon und bin in Stenton geboren.«

»In Stenton? Also in Arkansas?« antwortete ich.

»Was? Wie? Du kennst sogar diesen Namen?« fragte er im höchsten Grad verwundert.

Sein Erstaunen war mir ein Vergnügen. Da fuhr mir aber mein schwatzhafter Ali drein, der dem Amerikaner zurief: »Natürlich kennt er sie! Mein Effendi ist ja auch ein Christ, und zwar ein Almâni!«

»Ein Almâni? Ein Deutscher?«

»Allerdings«, lachte ich jetzt und fuhr in englischer Sprache fort: »Aber in eurer Muttersprache können wir uns unterhalten!«

»Dieses Zusammentreffen ist ja großartig!« frohlockte er. »Ihr müßt mir erzählen, wie ihr hergekommen seid. Was mich betrifft, so bin ich Ägyptologe und Arabist, wenn ich es so nennen darf, der in diesem merkwürdigen Land aus eigener Neigung Forschungen anstellt; mein Vater ist ein Bankier und seine Mittel ermöglichen es mir, meinem Beruf ohne Sorge ums tägliche Brot nachzugehen. Den Orient bereise ich nun schon vier Jahre und war jetzt unterwegs von Erbehna nach Mursuk.«

»Um so mehr freut es mich, Euch hier kennenzulernen, denn auch mein Weg führt nach Mursuk zurück.« Ich nannte ihm nun auch meinen Namen und fuhr fort: »Mursuk ist mir bekannt und wenn es Euch recht ist, werdet Ihr mit mir bei meinem Gastfreund Manasse Ben Aharab absteigen.«

»Das ist der jüdische Handelsherr?« fragte er, indem ihm eine tiefe Röte ins Gesicht schoß und dann schnell wieder daraus verschwand.

»Ihr kennt ihn ebenfalls?«

»Ja –«, dehnte er verlegen.

»Well!« lenkte ich ab. »Ist vorläufig Nebensache. Jetzt sind wir nicht in Mursuk, sondern noch hier und wollen uns den Hammel schmecken lassen. Wir haben während dieser Erkennungsszene unseren Gastfreund ganz vergessen und dürfen nicht länger nachlässig gegen ihn sein.«

Ich langte tapfer zu: Dixon aber aß fast gar nichts mehr; aus welchem Grunde? Aus Freude über unser Zusammentreffen oder weil ich den Namen Manasse Ben Aharab genannt hatte? Mir schien das letztere war der Fall.

Die braven Uelad Sliman wünschten, daß wir längere Zeit bei ihnen blieben; ich wäre am liebsten bald wieder fortgeritten, weil ich meiner jungen Freundin Rahel versprochen hatte, bald zurückzukehren; aber in der folgenden Nacht stellte sich bei Dixon ein Wundfieber ein, das, obgleich es sich nur um einen Streifschuß handelte, länger anhielt und selbst dann, als es überstanden war, durfte bei dem dortigen Klima an einen dreitägigen Ritt nicht gedacht werden. Wir blieben also eine volle Woche und verab-

[1] Geographie

schiedeten uns dann in der herzlichsten Weise von den Beduinen, die uns so freundlich aufgenommen hatten und nur ungern ziehen ließen. Dixon ließ ihnen die drei Kamele mit allem Zubehör zurück und beschenkte sie auch noch mit anderen Gegenständen. Von mir erhielt jeder ein aufrichtiges jusallimak[1]; mehr konnte ich nicht geben, denn ich hatte keinen Vater, der Bankier zu Stenton in Arkansas war. –

4. Manasse Ben Aharabs Tod

Und wieder sah ich Mursuk vor mir liegen mit seinen Melonenpflanzungen, seinen Granaten- und Feigengärten und seinen Palmenwäldern. Von der letzteren Pflanze hat der ebenso berühmte wie unglückliche Afrikareisende Vogel in der Umgebung der Stadt beinahe vierzig Abarten gezählt.

Wir waren wegen der Wunde Dixons langsam geritten und darum fast vier Tage unterwegs gewesen. Die Reise schien ihn keineswegs angegriffen zu haben, und doch befand er sich in einem Zustand, der einem Fieber, wenn auch nicht dem Febris traumatica[2], zu gleichen schien. Er war innerlich erregt; das bemerkte ich, obgleich er sich Mühe gab, es zu verbergen.

Er hatte sich unterwegs vielfach mit mir über Musik unterhalten; aber sooft ich auf Manasse Ben Aharab zu sprechen kam, hatte sich sein Gesicht verdüstert und er war augenblicklich in Schweigen verfallen. Das Zartgefühl verbot mir, eine Frage auszusprechen; aber es mußte zwischen dem Juden und ihm etwas vorgefallen sein, was ihn noch heute unangenehm berührte. War es eine Geldangelegenheit? Gewiß nicht! Ja, Manasse war einer der bedeutendsten Geldmänner von Fezzan, und ich durfte annehmen, daß Dixon ihn aus geschäftlichen Gründen aufgesucht hatte; aber beide waren reich: ein Zerwürfnis in dieser Beziehung konnte nicht vorliegen. Wenn Manasse wirklich ein Gegenstand von Dixons Mißmut war, so war die Ursache gewiß auf einem anderen Gebiet zu suchen. Ich mußte an die liebe, schöne Rahel denken.

Auch ihren Namen erwähnte ich einige Male, und da war er stets errötet. Lag es hier? Ah!

Als wir jetzt die aus Erde gestampften Umfassungsmauern der Stadt vor uns sahen, über die der gewaltige Bau des Residenzschlosses emporragte, durfte ich nicht länger zögern; ich mußte wissen, ob er mit bei Manasse Ben Aharab absteigen wollte oder nicht. Darum sagte ich: »Endlich sind wir da! Wer wird Euch ein Habakek[3] zurufen? Wo ich wohnen werde, das wißt Ihr. Wollen wir nicht beisammen bleiben, Mr. Dixon?«

Er hätte wohl gern ja gesagt; das sah ich ihm an; aber seine Antwort lautete: »Zwei Gäste in einem Hause, das ist selbst für einen wohlhabenden Mann, wenn auch nicht zuviel, so doch störend. Ich werde wieder bei meinem Mamelucken Alaf wohnen.«

In Mursuk versteht man unter Mamelucken die Abkömmlinge von weißen Renegaten; sie bilden den dortigen Adel.

[1] »Gott erhalte Euch!« [2] Wundfieber [3] »Sei willkommen«

»Ganz wie Ihr wollt, bester Freund. Das wird ja nicht verhindern, daß wir uns täglich sehen.«

»Nein. Ihr seid mir jederzeit willkommen; das brauche ich Euch nicht zu sagen.«

»Ihr mir ebenso. Wir werden uns gegenseitig besuchen.«

Er antwortete nicht darauf, und so wußte ich, woran ich war. Ich sollte ihn besuchen; aber er wollte nicht zu mir kommen; er war also mit Manasse Ben Aharab verfeindet. Wir ritten durch die erste der sehr breiten Straßen nach der zweiten, wo das Haus seines Gastfreundes lag; dort verabschiedete ich mich von ihm und setzte mit Ali meinen Weg bis zum Schloß fort, in dessen Nähe Manasse wohnte. Vor seinem nach dortiger Bauart einstöckigen, aber sehr geräumigen Hause ließen wir die Kamele niederknien und stiegen ab. Das weite Tor war verschlossen; ich bewegte den schweren, ehernen Klopfer, worauf einer der schwarzen Sklaven das Tor öffnete. Er kreuzte die Arme über der Brust und verbeugte sich tief.

»Ist der Herr daheim?« fragte ich.

»Nein, Effendi; er ist zum Pascha geritten.«

»Und die Bint el Bet[1]?«

»Sie ist verschwunden, niemand weiß, wohin!«

»Was sagst du? Ist etwas vorgefallen?«

»Ja, Effendi, Issit[2] Rebekka wird es dir sagen.«

Er fuhr sich mit dem Arm über die Augen und trat auf die Seite zu Ali, um diesem behilflich zu sein, die Kamele in den Hof zu schaffen; ich aber eilte spornstreichs zu Rebekka, der alten Wirtschafterin, deren ganz besonderer Liebling Rahel war. Ich fand sie in der Küche, wo sie beschäftigt war, einen Teig zu kneten. Als sie mich eintreten sah, unterbrach sie sofort ihre Arbeit, kam mit hoch erhobenen Händen auf mich zu und rief in jammerndem Ton:

»Oh, Effendi, wie sehnsüchtig haben wir auf dich gewartet, und wie froh ist meine Seele, daß du endlich kommst!«

Bei diesen Worten schoß auch schon ein Tränenstrom aus ihren Augen, den sie sich mit ihren teigigen Händen zu trocknen versuchte, was aber zur ganz natürlichen Folge hatte, daß sie sich diese fast vollständig verklebte.

»Was ist denn geschehen, meine gute Rebekka?« fragte ich sie. »Warum weinst du?«

»Denke dir, Rahel ist fort, fort! Sie ist verschwunden, sie, die Blume unseres Hauses, der Liebling unserer Herzen. Niemand weiß, wo sie sich befindet!«

»Seit wann ist sie verschwunden?«

»Wohl eine Woche schon, Effendi. Warte einmal; ich will es ausrechnen. Heute haben wir Jom el Arba'a[3], und am Jom el Chamis[4] nachts ist es geschehen; es sind also sechs Tage vergangen.«

»Und wie ist es gekommen? Erzähle mir doch!«

Sie fuhr sich wieder mit den Teighänden in die Augen, die von neuem zu tränen begannen, und antwortete: »Wie kann ich es dir erzählen? Ich bin ja nicht dabeigewesen und weiß also nicht, wie es geschehen ist.«

[1] Tochter des Hauses [2] Fräulein [3] Mittwoch [4] Donnerstag

»Hm! Wo hast du sie denn am Donnerstag zum letztenmal gesehen?«

»Am Abend draußen im Hof. Ich holte Wasser und kehrte damit in die Küche zurück; da begegnete sie mir und sagte, daß sie noch ein wenig in den Garten gehen wolle.«

»So! Hat sie das getan? Hast du sie hineingehen sehen?«

»Ja, denn ich blieb stehen und blickte ihr, die mein Liebling ist, nach.«

»Und dann hast du sie nicht wiedergesehen? Sie ist nicht aus dem Garten zurückgekehrt?«

»Nein. Du weißt ja auch, Effendi, daß sie täglich des Abends vor dem Schlafengehen in den Garten ging. Wenn sie aus ihm zurückkehrte, kam sie stets zu mir herein, um mir gute Nacht zu sagen. Das hätte sie jedenfalls auch an diesem Abend getan, sie hat es nie versäumt.»

»Wann habt ihr sie vermißt? Am anderen Morgen?«

»O nein, schon in der Nacht. Eben weil sie nicht zu mir kam, blieb ich wach, um auf sie zu warten. Da sie noch immer nicht erschien, so ging ich in den Garten, um sie zu suchen; sie war nicht mehr da. Ich weckte den Herrn, dem sie den gewöhnlichen Nachtgruß auch nicht gebracht hatte. Wir suchten in ihrem Schlafzimmer, doch vergeblich. Da sandten wir Boten durch die Stadt, mein Liebling war aber nirgends zu finden.«

»Gab es im Garten keine Spur?«

»Nein. Der Herr hat es dem Pascha gemeldet. Dieser kam selbst und brachte viele Asaker und Subbat[1] mit, die nachforschen mußten; es wurde nichts gefunden. Dann wurde die ganze Umgegend abgesucht, doch auch vergeblich. Oh, Sihdi, wie sehnsüchtig haben wir auf dich gewartet, damit du uns helfen und raten kannst.«

»Jetzt nach sechs Tagen ist wohl jede Spur verwischt. Der Herr ist beim Pascha?«

»Ja. Er geht täglich mehrere Male zu ihm, um ihn zu fragen, ob noch nichts gefunden ist, und ihn zu neuem Forschen anzuspornen. Horch! Man führt sein Pferd in den Hof; er ist also zurückgekehrt. Sprich mit ihm, Effendi, sprich mit ihm! Vielleicht gelingt es dir, eine Spur zu entdecken.«

Manasse Ben Aharab empfing mich mit einem Ausruf der Freude; er sah sehr angegriffen aus; das unerklärliche Verschwinden seiner Tochter zehrte an seinem Körper und auch an seiner Seele; das sah ich ihm sofort an. Er mußte erzählen; leider konnte er mir auch nicht mehr sagen, als was ich schon von Rebekka erfahren hatte, setzte aber trotzdem große Hoffnungen auf mich.

»Effendi, fordere von mir, was du willst, ich werde es dir geben, nur bring mir den Glanz meiner Augen, das Licht meiner Seele wieder!« bat er mich.

»Manasse, ich fühle mit dir und bin von dem, was ich erfahren habe, selbst tieferschüttert«, antwortete ich ihm; »aber wie kann ich, der hier Fremde, dir diejenige wiedergeben, die du verloren hast, nachdem alle Bemühungen des Pascha und seiner Leute vollständig vergeblich gewesen sind?«

»Oh, ich weiß, daß du viel erlebt und viel erfahren hast. Du

[1] Soldaten und Polizisten

hast so manches fertiggebracht, was keinem anderen gelingen wollte, und wirst auch hier einen Weg finden, der zum Ziel führt.«

»Leider muß ich das bezweifeln, doch wollen wir nichts unversucht lassen. Komm mit mir nach dem Garten!«

Wir gingen hinaus, und ich durchsuchte jeden Winkel; ich betrachtete jeden Strauch, jeden Mauerstein auf das genaueste, doch umsonst; es war inzwischen zuviel Zeit vergangen, um noch eine Spur zu finden.

»Wir können gar nichts anderes als eine Entführung annehmen«, sagte ich. »Deine Tochter ist über die Mauer geholt worden. Ich zweifle gar nicht daran, daß irgendein Zeichen zu entdecken gewesen wäre; das aber ist durch die Leute des Pascha verwischt und unkenntlich gemacht worden. Sie verstehen sich nicht darauf. Glaubst auch du an eine Entführung?«

»Ja.«

»Und du hast keinen Verdacht?«

»Ich habe einen. Der Pascha hat mir verboten, davon zu sprechen, weil ich dadurch leicht alles verderben kann; dir jedoch darf ich mein Vertrauen schenken, denn du bist verschwiegen. Es gibt nämlich einen, der meine Tochter zu seinem Weibe machen wollte.«

»Ah! Wer ist das?«

»Ein Charib[1], der mein Gast war und mir die Gastfreundschaft dadurch vergalt, daß er mir das Herz meines Kindes entfremdete.«

»Entfremdete? So ist es ihm gelungen, sich die Zuneigung Rahels zu erwerben?«

»Ja. Ich wies ihm die Tür. Ehe er mein Haus verließ, gelang es ihm, Rahel zu beruhigen und sie zu überzeugen, daß sie trotzdem sein Weib sein werde. Daher war sie später heiter und grämte sich nicht. Sie hatte sogar den Mut, später zuweilen mit mir von ihm zu sprechen.«

»Verließ er Mursuk gleich?«

»O nein, sondern er zog zu einem Mamelucken, bei dem er noch mehrere Wochen wohnte.«

Ich mußte an Dixon denken und fragte: »Wie heißt der Mameluck?«

»Alaf.«

»Ah! Und der Fremde?«

»Er nannte sich Dixon und war aus dem Bilâd Amirika.«

»Maschallâh! Also der!« rief ich aus.

»Kennst du ihn?« erkundigte er sich schnell.

Ehe ich antworten konnte, kam ein Schwarzer in den Garten und meldete seinem Herrn, daß er schnell zu dem Pascha kommen solle, der ihm Wichtiges mitzuteilen habe.

»Da gehst du mit, Effendi!« forderte mich Manasse auf. »Du mußt es mithören und dann mitberaten.«

Zehn Minuten später standen wir vor dem höchsten Beamten des Padischah. Er teilte dem Juden mit, daß der Entführer ergriffen sei, und auf ein Zeichen von ihm brachte man den Missetäter gefesselt hereingeführt. Und der Missetäter war – Dixon!

Dieser befand sich in einem Zustand größter Aufregung. Als er mich erblickte, zerrte er an seinen Fesseln und rief mir in eng-

[1] Fremder

lischer Sprache zu: »Welch ein Glück, daß Ihr da seid! Denkt Euch: Kaum bin ich bei meinem Wirt abgestiegen, so schickt dieser Kerl fort, und es kommen Soldaten, die mich verhaften! Ich soll Rahel, die Tochter Manasses heimlich entführt haben.«

»Ich weiß es, Ihr liebt dieses Mädchen?«

»Ja. Ich habe es Euch verschwiegen, bin aber jetzt gezwungen, es zu gestehen. Ist sie wirklich fort?«

»Ja. Wohin, weiß niemand.«

»Alle Teufel! Macht mich von diesen Fesseln frei, und ich werde sofort beginnen, ganz Tripolis zu durchsuchen, und nicht eher ruhen, als bis ich sie gefunden habe!«

Es wurde mir nicht schwer, seine stürmische Bitte zu erfüllen, denn ich konnte bezeugen, daß er sich am Tag der Entführung weit weg von hier und bei mir befunden hatte. Dem Pascha war es freilich nicht angenehm zu hören, auf was für einem Irrweg er sich befunden hatte. Dixon zürnte natürlich dem Vater seiner Geliebten, der daran schuld war, und dieser konnte nicht umhin, ihn um Verzeihung zu bitten, und so kam es, daß beide sich versöhnten, noch ehe sie die Residenz des Pascha verlassen hatten.

Nun waren wir genau so klug wie vorher und kehrten nach Manasses Wohnung zurück, um zu beraten. Wir kamen aber zu keinem Ergebnis, bis Dixon Manasse fragte: »Gibt es hier in Mursuk jemand, der sie zu besitzen begehrte? Vielleicht ist sie noch hier in der Stadt verborgen.«

»Ich wüßte keinen.«

»Gab es auch sonst keinen Bewerber außer meinem Freund hier?« erkundigte ich mich.

»Nein, denn den Tedetu darf ich nicht als einen solchen betrachten.«

»Der Tedetu? Wer ist das?«

»Ein Anführer der Tibbu, der früher in Geschäften einige Male bei mir war.«

»Was!? Hieß der Mensch Tahaf?«

»Ja. Du kennst, ihn Effendi?«

»Ja. Sag schnell, wann er zum letztenmal bei dir war! Es ist von großer Wichtigkeit.«

»Am Tage bevor mein Kind verschwand. Er wollte mit mir von dir sprechen.«

»Von mir? Und das sagst du mir erst jetzt?«

»Ich wollte es ganz verschweigen, weil ich glaubte, dich damit beleidigen zu können.«

»Mich beleidigen? Was war es denn?«

«Er hielt dich für den Afîk[1] meiner Tochter.«

»Mich? Wie kam er auf diesen sonderbaren Gedanken?«

»Er hatte es von dem Wirt des Karawanserais gehört. Darf ich ganz aufrichtig mit dir sein, Effendi, da es sich um eine so wichtige Sache handelt?«

»Ich fordere es sogar von dir!«

»Du bist mehrere Wochen mein Gast gewesen, und meine Dienerschaft hat erzählt, wie gut und freundlich du gegen Rahel warst.«

»Und da hat man mich für ihren Verlobten gehalten?«

[1] Geliebter, Verlobter

»Ja, doch ohne daß ich es ahnte. Du verzeihst es doch?«

»Ich habe nichts zu verzeihen. Sag mir vor allen Dingen, in welcher Beziehung du zu dem Tedetu Tahaf standest!«

»Ich hatte einige Male Tauschgeschäfte mit ihm und war der Ansicht, daß er ein wenig Räuber sei; da aber die Tibbu alle den Raub für keine Schande und kein Verbrechen halten, so ging es mich nichts an.«

»War er bei seinen geschäftlichen Besuchen stets nur kurze Zeit bei dir?«

»Nein, sondern er war zuweilen auch mein Gast.«

»So kannte er wohl Rahels Gewohnheit, des Abends in den Garten zu gehen?«

»Ja; er hat sie dahin begleitet und mit ihr gesprochen, doch nur in meiner Gegenwart.«

»Sie hat ihm gefallen?«

»So sehr, daß er sie zur Frau begehrte.«

»Er, der Muhammedaner?«

»Die Tibbu sagen, daß das Weib keine Seele habe; eine Frau könne nicht in das Paradies gelangen; darum sei es gleichgültig, ob sie an Muhammed glaubt oder nicht.«

»Du hast ihn natürlich abgewiesen?«

»Ja.«

»Erregte das nicht seinen Zorn, seine Rache?«

»Er ließ sich nichts merken, kam aber dann nicht mehr zu mir. Bei seinem Besuch in voriger Woche habe ich ihn seitdem zum erstenmal wiedergesehen.«

»War er denn nicht leidend?«

»Er trug den rechten Arm in der Binde und sah aus wie ein Mensch, der krank gewesen ist.«

»Ah! Er muß eine sehr starke Natur besitzen, da er trotz seiner Verwundung geradewegs nach Mursuk geritten ist!«

»Du weißt, daß er verwundet ist?«

»Ja; wir werden es dir erzählen. Zunächst aber möchte ich wissen, auf welche Weise er mich kennengelernt haben will. Das muß er dir doch gesagt haben, da er eigens zu dir gekommen ist, um von mir zu reden.«

»Er begegnete dir in der Wüste und sagte dir, daß er nach Mursuk wolle; da gabst du ihm den Auftrag, zu mir zu gehen und Rahel und mich von dir zu grüßen.«

»So! Du sagtest ihm, daß ich nicht Rahels Verlobter sei?«

»Ja, aber er glaubte es nicht.«

»Schön! So weiß ich nun, woran ich bin. Wir haben die Spur gefunden. Er hat deine Tochter geraubt.«

»Allah! Denkst du das wirklich?«

»Ich bin überzeugt davon. Er will sich rächen an dir, weil du ihm Rahel abgeschlagen hast, und an mir, weil er von mir besiegt worden ist. Den verwundeten Arm, den du gesehen hast, hat er mir zu verdanken.«

»Wer hätte das gedacht! Wie ist das zugegangen?«

Ich erzählte es ihm kurz und fügte hinzu: »Ich behaupte also, daß er der Räuber deiner Tochter ist, und denke, daß du mir recht geben wirst.«

»Unrecht kann ich dir freilich nicht geben, aber ein Beweis ist noch nicht vorhanden.«

»Den werden wir sogleich bei dem Wirt des Karawanserais, von dem du vorhin sprachst, holen.«

»Meinst du etwa, daß er diesem etwas von seinem Vorhaben mitgeteilt hat?«

»Nein, das ist ihm gewiß nicht eingefallen.«

»So kann er nichts beweisen!«

»Warte es ab! Ich habe dir doch erzählt, daß die Tibbu als Pilger nach Kaïrwan wollen.«

»Allerdings; aber ich denke, daß sie diesen Vorsatz jetzt aufgegeben haben werden. Sie können eine Gefangene nicht so viele Tagereisen weit mit sich nach Kaïrwan schleppen, sondern sie haben sie nach ihrem Duar gebracht.«

»Das glaube ich nicht. Ein Muslim, der einmal seine Pilgerreise angetreten hat, führt sie auch aus, denn nach seiner Ansicht würde er sich sonst den Zorn Allahs zuziehen.«

»Effendi, indem du dies behauptest, machst du mir das Herz noch viel schwerer, als es vorhin schon war!«

»Tröste dich! Ich gebe zu, daß dem Tedetu deine schöne Tochter am Herzen liegt; noch größeres Verlangen aber wird er nach deinem Geld haben. Deshalb wird er Rahel auf rechtmäßige Weise vor dem Kadi heiraten wollen, um dann als ihr Mann dein Erbe zu sein. Und eben deshalb wird er Rahel mit nach Kaïrwan nehmen, weil er sie dort am sichersten zwingen kann, Muhammedanerin zu werden. Das erfordert aber Zeit, und bis diese vergeht, findet sich Gelegenheit, das Kind zu befreien.«

»Auf welche Weise?«

»Man muß nach Kaïrwan reisen und Rahel heimlich von dort fortschaffen.«

Er starrte mich eine ganze Weile sprachlos an und rief dann erschrocken aus: »Da ist man ja verloren! Kein Andersgläubiger darf diese lebensgefährliche Stadt betreten!«

Da fuhr Dixon ihn zornig an: »Liebst du deine Tochter? Ich, dem du sie versagt hast, bin bereit, sofort hinzugehen, um sie zu retten!«

»Gemach!« beruhigte ich ihn. »Noch weiß man nicht, was geschehen wird. Wir haben noch Erkundigungen einzuziehen.«

»Bei wem?«

»Im Karawanserai und sodann auf dem Weg nach Norden, um zu erfahren, ob die Tibbu diese Richtung eingeschlagen haben und Rahel mit sich führen.«

»So wollen wir das gleich tun und ja keine Zeit verlieren! Wo ist das Serai?«

Manasse führte uns hin. Wir ermittelten dort schließlich, daß Tahaf einen Tachtirewân[1] gekauft hatte. Dieser Umstand gab uns die Gewißheit, daß er Rahel geraubt hatte.

Nun galt es noch zu erfahren, ob seine Leute alle bei ihm waren und welche Richtung er eingeschlagen hatte. Dazu konnten wir Manasse nicht gebrauchen. Er mußte mir und Dixon zwei gute Reitkamele verschaffen, und am nächsten Tag verließen wir beide Mursuk, um nordwärts gegen Jeded zu reiten.

[1] Kamelsänfte

Gegen Abend trafen wir auf eine kleine Karawane, die sich eben zur Ruhe gelagert hatte. Diese Leute hatten nun allerdings einen Reitertrupp von etwa zwanzig Tibbu gesehen, deren Anführer am rechten Arm verwundet gewesen war; eins ihrer Kamele hatte eine dichtverhangene Frauensänfte getragen.

Wir wußten nun genug und lagerten uns bei dieser Karawane, um mit Tagesgrauen unsere Rückkehr nach Mursuk anzutreten. Ich schlief bald ein; Dixon aber fand keine Ruhe. Kaum hellte sich der östliche Horizont, so weckte er mich. Auch die anderen erwachten und rüsteten sich zum Aufbruch.

Da sahen wir im Süden vor uns, also in der Richtung von Mursuk her, einen Kamelreiter erscheinen, der es sehr eilig zu haben schien. Noch waren wir nicht auf unsere Tiere gestiegen. Er kam uns schnell näher, und da sahen wir, daß es ein Tedetu war.

»Alle Teufel, den kenne ich! Er gehört zu Tahafs Leuten«, sagte Dixon. »Es ist der Unteranführer.«

»Ja«, antwortete ich. »Er kommt von Mursuk.«

»Was mag er dort zu schaffen gehabt haben?«

»Ob er vielleicht die Aufgabe hatte, bei Manasse Ben Aharab wegen eines Lösegeldes anzufragen? Immerhin möglich!«

Jetzt war der Mann nur wenige Kamelslängen von uns entfernt. Sein Auge fiel auf mich. »Maschallâh, der Giaur!« rief er aus, indem er sein Kamel anhielt. »Allah sei gelobt, daß ich dich treffe, du Hund! Hier ist der Lohn, der dir gehört!«

Er riß seine lange Flinte empor, um auf mich zu schießen; ein Schuß krachte, doch nicht der seinige, denn Dixon war schneller als er und hatte ihm eine Kugel in den Kopf gejagt. Der Tedetu wankte hin und her und stürzte dann tot aus dem hohen Sattel auf die Erde herab.

Dergleichen Vorkommnisse sind nichts Besonderes in der Wüste; der Kerl hatte mich töten wollen und war dafür von meinem Begleiter erschossen worden; das erschien den Beduinen, bei denen wir gelagert hatten, als etwas so ganz und gar Selbstverständliches, daß sie kein Wort darüber verloren. Wir begruben den Tedetu, in dessen Taschen wir nichts für uns Wichtiges finden konnten, und ritten dann, wobei wir sein Kamel mitnahmen, rasch nach Mursuk zurück.

Dort erwartete uns eine sehr große und zugleich eine traurige Überraschung.

Manasse Ben Aharab war mir ein lieber Gastfreund gewesen. Aber seine Liebe zu seiner Tochter hatte immer so etwas Ungewisses, Ängstliches an sich gehabt; es war mir manchmal vorgekommen, als sei er seiner Sache mit diesem Kinde nicht recht sicher. Und Rahel hatte ihn liebgehabt, ja; aber es war eine eigentümlich zurückhaltende Zuneigung, nicht ganz die echte, rechte Kindesliebe gewesen. Das Verhältnis zwischen Vater und Tochter hatte für mich etwas Geheimnisvolles gehabt. Jetzt sollte dieses Rätsel gelöst werden, und zwar in einer Weise, die ich nicht für möglich gehalten hätte.

Als wir beim Hause Manasses ankamen, stand das Tor offen, so daß wir mit dem ersten Blick die Klageweiber sehen konnten, die im Hofe saßen und, ihre Köpfe mit Asche bestreut, leise dumpfe Laute ausstießen. Es mußte sich ein Sterbender in der Wohnung befinden. Ich eilte in die Küche. Da saß Rebekka weinend auf der Erde. Als sie mich erblickte, schluchzte sie:

»Oh, Effendi, was ist geschehen! Der Herr will sterben. Die Atibba[1] sind bei ihm, um ihm die letzte Arznei zu geben, und auch die Schuhûd[2], um den Wasîja[3] niederzuschreiben.«

»Allah jarhamkum – Gott erbarme sich euer! Was ist denn geschehen, Rebekka?«

»Es kam einer von den Tibbu und begehrte mit dem Herrn zu sprechen. Schon nach kurzer Zeit ging er wieder fort, und da fanden wir den Herrn in seinem Blute liegen.«

»Der Tedetu hatte ihn verwundet?«

»Ja, er hat ihn erstechen wollen.«

»Warum?«

»Der Herr hat es dem Pascha erzählt, der bald darauf kam. Der Tedetu hat eine Unterschrift verlangt, daß Rahel, mein Liebling, in Kaïrwan Muhammedanerin werden dürfe. Der Herr hat es verweigert und dafür den Stich erhalten. Er wurde verbunden, muß aber sterben. Er liegt seit der Zeit still und kann nur wenig und ganz leise sprechen; er hat nur immer nach Euch verlangt.«

»Welch ein Unglück! Wo liegt er? Führe uns zu ihm!«

Sie gehorchte dieser Aufforderung. Als wir eintraten und mein Blick auf Manasse fiel, sah ich sofort, daß wir zu spät kamen; er war tot; er hatte soeben zum letztenmal geatmet. Am Fußende des Lagers kauerten die zwei Quacksalber, die sich Ärzte nannten. Zu Häupten saß ein Beamter mit den drei Zeugen. Er sah uns forschend an, stand langsam und würdevoll auf und fragte:

»Bist du der Fremde Kara Ben Nemsi Effendi, von dem dieser Tote mit mir gesprochen hat? Und dein Gefährte ist der Mann aus Amirika?«

»Ja«, antwortete ich.

»So habe ich euch vor diesen Zeugen etwas zu eröffnen.«

Er winkte den Ärzten; sie entfernten sich, dann fuhr er fort: »Die Tochter dieses Toten ist nicht seine Tochter; sie ist auch keine Jüdin, sondern eine Christin.«

Welch eine Überraschung! Ich ließ einen Ausruf des Erstaunens hören, worauf er erwiderte:

»Dieser Tote hat im Sterben ein Bekenntnis abgelegt. Er kam als armer Händler nach Dschidda, das vor Mekka, der Stadt des Propheten, liegt. Dort forderte el Haua el Asfâr[4] das Leben vieler Menschen. Manasse Ben Aharab sah auf der Gasse einen Sterbenden mit einem schönen kleinen Mädchen liegen. Der Sterbende rief ihn zu sich und sagte ihm, daß er ein Nauti[5] aus dem Bilâd Fransa[6] sei, das Kind aber sei das Enkelchen eines berühmten Reïs[7], das er nach dem Bilâd Fransa bringen solle, nun aber nicht bringen könne, weil er hier vom Tod überfallen worden sei. Er bat ihn, das Enkelchen nach Suez zum Konsul zu schaffen, und gab ihm ein Gesdân[8], das dem Kind gehörte. In ihm waren große Geldscheine und einige Papiere in fremder Sprache. Der Nauti starb nach weni-

[1] Ärzte [2] Zeugen [3] Letzter Wille, Testament [4] Cholera [5] Matrose [6] Frankreich [7] Kapitän [8] Brieftasche

gen Minuten; Manasse nahm das Kind und dessen Eigentum. Er wollte ehrlich sein; jedoch die Geldscheine siegten über sein Gewissen. Er behielt sie und das Kind und vernichtete die fremden Papiere. In Kairo ließ er sich Gold für die Scheine geben und ging dann mit dem Enkelchen des berühmten Reïs erst nach Tunis und dann gar hierher nach Mursuk, weil er glaubte, in dieser abgeschiedenen Gegend könne das, was er getan hatte, nicht entdeckt werden. Er war dem Enkelchen ein guter Vater, konnte aber nie vergessen, daß er es betrogen hatte. Da nahte plötzlich der Tod, und er ließ mich kommen, um mir dies mitzuteilen. Sein Testament liegt hier in meiner Hand; sein Vermögen gehört der Enkelin des berühmten Reïs, die die Frau des Mannes aus Amirika werden soll.«

Er hielt inne, wir beide standen starr. Endlich fragte ich: »Woher weißt du, daß sie eine Christin ist?«

»Der sterbende Nauti hat es gesagt.«

»Wie hieß ihr Großvater, der berühmte Reïs?«

»Niemand weiß es, denn Manasse hat die Papiere vernichtet, die er nicht lesen konnte.«

»Wer wird Vollstrecker dieses Testamentes sein?«

»Der Pascha selbst. Ihr müßt euch an ihn wenden, Manasse Ben Aharab hat noch von einem Higab[1] gesprochen, das Rahel am Halse hängen hat. Sie soll es öffnen, um zu sehen, was sich darin befindet. Ich gehe jetzt zum Pascha, um ihm dies alles zu melden und ihm das Testament zu überreichen. Er wird euch kommen lassen, um mit euch zu sprechen.«

Er entfernte sich mit den drei Zeugen, und wir waren allein mit dem Toten, den wir für den Vater Rahels gehalten hatten. Wie hatte er sich an ihr vergangen! Er hatte sie und ihr Vermögen den fernen Angehörigen entzogen. Wer waren diese, und wo wohnten sie? In Frankreich? Wer war ihr Großvater, der berühmte Kapitän, gewesen, und wie war sie in die Obhut eines gewöhnlichen Matrosen gekommen? Ob das Amulett wohl diese Fragen zu beantworten vermochte?

Nun war es sicher, daß sie nach Kaïrwan geschleppt wurde. Sie mußte befreit werden. Dixon, dem ich meinen Beistand zugesagt hatte, wäre am liebsten sofort aufgebrochen, denn er hatte große Angst um die Geliebte. Aber wir mußten Manasse Ben Aharab begraben. Und dann galt es, das Erbe Rahels sicherzustellen. Dixon brauchte es nicht, denn er war ein reicher Mann; aber er hielt es für seine Pflicht, das Eigentum der Geliebten ihr zu erhalten, und ich bestärkte ihn darin. Natürlich floß ein beträchtlicher Teil davon in den Säckel des Paschas und in andere Taschen, und es wäre wohl ganz und gar Wasser geworden, wenn die Blutegel in Mursuk nicht doch Angst vor dem amerikanischen Konsul in Tripolis gehabt und die Befürchtungen gehegt hätten, später alles und noch mehr wieder herausgeben zu müssen.

Es dauerte sehr lange, bis das alles geordnet war und wir abreisen konnten. Wir mußten nach Tripolis. Das ist ein weiter Weg. Dr. Nachtigal hat siebenunddreißig Tage gebraucht, um diese gefährliche Strecke zurückzulegen. Bei uns ging es zwar schneller, denn Dixon war reich genug, zu diesem Ritt die besten Reitkamele

[1] Amulett

zu kaufen, für seine Sehnsucht nach Rahel aber doch nicht schnell genug. Dann, als wir in Tripolis angekommen waren, gab es verschiedene Besprechungen mit dem Konsul und der türkischen Behörde, die das Erbe nicht aus dem Lande gehen lassen wollte und es einstweilen mit Beschlag belegte, und zwar mit vollem Recht, weil die Erbin nicht zugegen war, sondern erst aus den Händen der Tibbu befreit werden mußte.

Unmöglich konnten wir daran denken, zu Land nach Kaïrwan zu gehen, denn das wäre ein monatelanger Ritt gewesen; wir mußten uns für den Wasserweg entscheiden. Und da gab es kein Schiff, mit dem wir nach Susa kommen konnten. Die englischen und französischen Schiffe legten nur in Sfax an, und so waren wir schließlich froh, als wir ein schmutziges, tunesisches Fahrzeug von ungefähr hundert Registertonnen entdeckten, dessen Kapitän bereit war, uns in Susa abzusetzen.

Da uns, wenn wir als Nichtmuhammedaner erkannt wurden, in Kaïrwan der sichere Tod erwartete, so mußten wir schon vorher verheimlichen, wer wir waren. Darum stellten wir uns dem Kapitän als ägyptische Offiziere vor, die tunesische Zuchtpferde kaufen und bei dieser Gelegenheit die heilige Stadt besuchen wollten. Er war selbst schon dort gewesen und beschrieb sie uns während der Überfahrt in der Weise, daß wir uns wenigstens für einigermaßen unterrichtet halten durften. Hinreichend war dies freilich nicht.

Die Seefahrt war außerordentlich langweilig, ging aber glücklich vorüber. Das ruinenhafte Susa konnte uns nur so lange halten, als nötig war, uns Pferde zu kaufen, da wir die Kamele in Tripolis veräußert hatten; dann ging es weiter, dem Bahir Sihdi Krador zu. –

5. Kaïrwan, die heilige Stadt

Kaïrwan oder, wie es auch gesprochen wird, Keruan, liegt an der Stelle des alten Vicus Augusti in einer sumpfigen Ebene, in der das Auge keinen einzigen Baum erblickt; höchstens, daß hier und da einmal ein einsamer kahler Strauch erscheint, dessen junge Triebe von den Tieren abgefressen worden sind. Der Ritt durch diese Gegend ist wenig anregend, und so waren wir froh, als wir gegen Abend des zweiten Tages die Nähe der Stadt erreichten.

Wenn ich sage: froh, so bezieht sich das allerdings nicht auf unsere gegenwärtige innere Grundstimmung, die wir mit dem Wort »froh« nicht bezeichnen konnten. Die Gefahren, vor denen wir jetzt standen, waren so groß, daß wir einander im Gegenteil sehr ernst in die Augen blickten, als wir die ersten Häuser des heiligen Ortes vor uns liegen sahen. Der Anblick, den sie uns boten, war aber keineswegs heilig, sondern sehr würdelos. Es mochte hier einmal eine Umwallung vorhanden gewesen sein; jetzt lag sie in Trümmern, auf denen Gestrüpp und Unkraut wucherte.

»Hinein werden wir kommen«, meinte ich, »wie und wann aber wieder heraus?«

»Tot oder lebendig, eins von beiden«, antwortete Dixon. »Die

Hauptsache für mich ist, ob Rahel sich in diesem heiligen Nest befindet.«

»Ich bin überzeugt, daß sie da ist.«

»Aber wo?«

»Das werden wir erfahren.«

»Von wem?« fragte er weiter und machte dabei ein Gesicht, als müsse er sein Haupt schon jetzt dem Henker überliefern.

»Nicht so trübsinnig, Mr. Dixon! Wer etwas mit frischem Mut beginnt, der kommt viel leichter, schneller und sicherer ans Ziel, als jemand, der zu ängstlich ist.«

»Angst ist es nicht, was mich bedrückt, aber Sorge. Wenn uns einer der Tibbu sieht, werden wir förmlich zerrissen.«

»Wir brauchen uns doch nicht so zur Schau zu stellen, daß uns jedermann sehen muß!«

»Und wo bleiben wir? In einem feinen Hotel oder in einer Herberge für Handwerksburschen?«

»Es gibt hier allerdings Menazil[1], aber die müssen wir vermeiden. Wir suchen einen Ort auf, wo nur bevorzugte Leute Zutritt haben.«

»Welcher Ort wäre das?«

»Ihr vergeßt, daß wir jetzt ägyptische Offiziere sind und daß es in dieser guten heiligen Stadt eine Khassa esch schanûf zur Aufrechterhaltung der Ordnung und zur Bewachung der Moschee gibt.«

»Eine Ehrengarde? Das ist wahr. Aber, Ihr wollt doch nicht etwa so verwegen, so tollkühn sein –?!«

»Natürlich will ich das. Je größer die Kühnheit, desto kleiner die Gefahr. Wir stellen uns den Herren Offizieren dieser Garde vor.«

»Ein Gedanke, der beinahe an Wahnsinn grenzt!«

»Aber er ist nicht übel. Habt nur Vertrauen zu ihm!«

»Meinetwegen; tut, was Ihr wollt!«

Ich muß bemerken, daß wir uns ganz wie fromme Muselmanen betrugen; sogar Gebetsteppiche hatten wir mit. Alles Europäische, besonders die Revolver, mußten wir verbergen. Die Sonne war im Untergehen, und eben bogen wir in die zweite Straße ein, da ertönte der Klang des Glockenbretts, und der Muezzin rief vom hohen Minareh herab:

»Haj alas salâh, haj alal felâ; es salâh cher min en nom; Allah akbâr; la ilaha il Allah – auf zum Gebet, auf zum Heil; das Gebet ist besser als der Schlaf; Gott ist groß; es gibt keinen Gott außer Gott!«

Alle auf der Straße befindlichen Menschen knieten augenblicklich nieder, um zu beten. Wir hielten an, sprangen von den Pferden, breiteten die Teppiche aus und ahmten die vorgeschriebenen Bewegungen nach. Unweit von uns betete ein alter Soldat; ich behielt ihn im Auge, und als die Zeremonie vorüber war, rief ich ihn herbei, stieg wieder in den Sattel und fragte ihn:

»Du weißt, wo der Mudir[2] wohnt?«

»Ja, Herr«, antwortete er.

»Wir sind Subbat[3]; führe uns zu ihm!«

Er kreuzte die Hände über der Brust, verbeugte sich und ge-

[1] Mehrzahl von Menzil (Gasthaus) [2] Stadtverwalter [3] Mehrzahl von Sabit (Offizier)

horchte dann. Es wurde schnell dunkel; so brauchten wir keine Sorge zu haben, erkannt zu werden. Wir wurden durch mehrere Gassen bis in die Nähe der Okba-Moschee geführt. Dort ging es durch ein Tor in einen Hof, wo wir abstiegen. Der Soldat verschwand, und bald darauf kam ein grimmig dreinschauender Kolagasi[1], der nach unseren Wünschen fragte. Ich nannte zwei beliebige Namen und sagte, daß wir ein Mir Alai und ein Rejjis tabur[2] des Vizekönigs von Ägypten seien und uns pflichtschuldigst hier meldeten, um zu fragen, wo wir wohnen könnten. Er bat um ein wenig Geduld, entfernte sich, kam aber schnell wieder und erklärte:

»Der Muschîr[3] hat eure Meldung mit Wohlgefallen entgegengenommen, und läßt euch bitten, zu ihm zu kommen.«

Die Ehrengarde zählte hundert Mann; ihr Kommandant nannte sich Feldmarschall – echt orientalisch! Er war ein alter Degenknopf, der uns, auf einer Matte sitzend, empfing. Wir mußten uns zu ihm setzen und bekamen Kaffee und Tabakspfeifen. Er richtete eine Menge Fragen an uns, von denen eine immer unbeholfener als die andere war. Wir antworteten in bescheidener Weise und machten dadurch einen so guten Eindruck auf ihn, daß er uns einlud, seine Gäste zu sein und bei ihm zu wohnen, was wir natürlich annahmen. Er ließ alle seine »Offiziere« kommen, deren er auf seine hundert Mann nicht weniger als zwanzig hatte. Man aß kaltes Fleisch und unterhielt sich über militärische Fragen, doch in einer Weise, daß wir Mühe hatten, ernst zu bleiben. Das Wohlwollen der »Herren Kameraden« wuchs von Viertelstunde zu Viertelstunde, und jeder von ihnen versprach, uns beim Pferdekauf nach Kräften behilflich sein zu wollen. Wir mußten viel vom Khedive erzählen, auch von der Khediva Emineh, die die schönste Frau Ägyptens sei, doch lange nicht so schön wie die Warda[4] von Mursuk. Als ich fragte, wer diese Warda sei, antwortete mir ein jüngerer Mulasim[5] ganz begeistert:

»Sie ist erst vor kurzem aus Mursuk hier angekommen, eine Jüdin, die das Weib eines Tedetu werden soll, der sie zum Islam bekehren läßt. Sie geht nach der Art der dortigen Frauen unverschleiert, und jedermann kann die Wonne ihres Angesichts trinken.«

In dieser Weise sprach er einige Zeit fort, und die anderen stimmten ihm bei; sie waren ebenso begeistert wie er. Wir sahen einander heimlich an. Da hatten wir ja schon, was wir wollten! Ich sorgte durch kurze Fragen dafür, daß das Gespräch so lange bei diesem Thema blieb, bis wir alles erfahren hatten. Rahel wohnte nicht etwa mit Tahaf zusammen, sondern bei der Frau eines Molla[6], der ihr Unterricht im Islam erteilte. Tahaf kam nur zuweilen, um sich nach ihren Fortschritten zu erkundigen. Der Mulasim fügte lächelnd hinzu:

»Er hat sie nach der heiligen Stadt gebracht, um eine Muslim aus ihr zu machen und sie dann als sein Weib wieder mitzunehmen; dies wird aber nicht geschehen. Sie ist unendlich schön und wird deshalb von jedermann die Rose von Mursuk genannt. Wenn

[1] Hauptmann [2] Oberst und Major [3] Feldmarschall [4] Rose [5] Leutnant
[6] Priester, Lehrer

sie rechtgläubig geworden ist, wird es hundert vornehme Männer hier geben, die sie zu besitzen wünschen, und der häßliche Tedetu wird von ihr lassen müssen.« –

Es war sehr spät, als die Versammlung auseinanderging; dann führte uns der »Feldmarschall« höchstpersönlich nach dem Zimmer, wo wir wohnen und schlafen sollten. Die ganze Einrichtung bestand aus einem in der Mitte liegenden Teppich und mehreren Kissen rund an den Wänden. Es läßt sich denken, wie befriedigt wir uns niederlegten. Von der großen Gefahr, in die wir uns begeben hatten, war bis jetzt noch nichts wahrzunehmen gewesen.

Am frühen Morgen führte uns der Mudir nach der großen Moschee. Dieses große Heiligtum war natürlich diejenige Sehenswürdigkeit, die wir zuerst aufsuchen mußten. Er führte uns überall herum und zeigte und erklärte uns alles. Hätte er geahnt, daß wir Christen waren!

Die hohe und mit Türmen versehene Außenmauer ist geschmacklos und läßt den Glanz nicht vermuten, den sie umschließt. Die Moschee ist ein Meisterstück der arabischen Baukunst mit über dreihundert Granit-, Porphyr- und Marmorsäulen; sie hat zwanzig Türen und gegen hundert Kapellen; ihre Länge mag hundertundfünfzig und ihre Breite hundertzwanzig Meter betragen. Leider konnten wir die Schönheit des Bauwerks nicht unbefangen genießen, denn es waren viele Menschen da, und wir befanden uns in immerwährender Sorge, daß ein Tedetu unter ihnen sein und uns verraten könne. Glücklicherweise war dies nicht der Fall. Auf dem kurzen Nachhauseweg kamen wir an einem offenen Tor vorüber; der Mudir deutete hinein und sagte zu unserer freudigen Überraschung:

»Da wohnt der Molla, bei dem sich die Rose von Mursuk befindet.«

»Wie heißt dieser fromme Mann?« erkundigte ich mich in möglichst gleichgültigem Ton.

»Sein Ehrenname ist Abu Dijana[1]. Möchtest du ihn kennenlernen?«

»Es würde meine Seele freuen, einen Allah so wohlgefälligen Gläubigen zu sehen.«

»Er ist mein Freund. Kommt mit herein! Es wird ihn beglücken, zwei so fromme Offiziere aus Masr[2] bei sich zu haben.«

Wir hatten wirklich großes Glück. Wir trafen den Molla daheim; er war ein sehr ehrwürdiger Mann, mit dem wir wohl eine halbe Stunde sprachen. Von Rahel aber war nichts zu sehen und nichts zu hören. Wir durften von der Gunst des Glücks nicht zuviel verlangen.

Wieder daheim angekommen, nahm der Mudir uns mit in seine Wohnung, wo er beim wohlriechenden Tabaksrauch fragte, was wir in bezug auf unsere geschäftlichen Absichten, nämlich auf die Pferdekäufe, zunächst zu tun gedächten. Ich antwortete: »Soviel ich weiß, weiden in der Gegend von Kaïrwan die Herden von zwei Stämmen, nämlich der Uelad Krelifa und der Uelad Selaß. Welcher Stamm hat bessere Pferde?«

»Sie sind einander gleich; aber die Uelad Selaß sind uns näher,

[1] Vater der Frömmigkeit [2] Ägypten

und ihr Scheik ist mir verpflichtet. Er würde euch sicher gut bedienen. Wenn es euch recht ist, reite ich gern mit euch hinaus.«

»Du würdest unseren Dank dadurch erhöhen.«

»So wollen wir aufbrechen, wenn wir zu Mittag gegessen und geschlafen haben.«

Dieser Mann war wirklich höchst gefällig, und es tat mir im stillen leid, daß wir gezwungen waren, ihn zu täuschen. Als wir uns dann wieder in unserem eigenen Zimmer befanden, sprach Dixon denselben Gedanken aus und fuhr dann fort:

»Wir können mit unseren bisherigen Erfolgen sehr zufrieden sein. Wir wissen, wo Rahel sich befindet. Wie aber kommen wir zu ihr, und wie bringen wir sie heraus?«

»Davon später. Erst müssen wir gute Pferde haben; die jetzigen taugen nichts.«

»Bis Susa halten wir schon aus.«

»Bis Susa? Dahin kehren wir nicht zurück. Das wäre unser Verderben.«

»Wieso?«

»Wir werden natürlich verfolgt. Können wir uns in Susa schnell genug auf ein Schiff retten?«

»Nein, das ist wahr! Es müßte ganz zufälligerweise gerade eins da sein.«

»Auch dann ist das Wagnis zu groß, denn wenn die Bemannung muhammedanisch ist, so liefert sie uns aus. Wir können nur auf dem Landweg fliehen, und zwar nach Sfax hinunter.«

»Da sind allerdings sehr gute Pferde nötig.«

»Die wir heute bei den Uelad Selaß kaufen. Wenn wir Rahel aus Kaïrwan entführen, so muß alles vorbereitet sein. Auch einen Anzug für das Mädchen müssen wir haben. Sie kann nicht in Frauenkleidern durch die Stadt gehen oder reiten.«

»Nein. Ich werde diesen Anzug sogleich besorgen; ich gehe nach dem Bazar der Kleiderhändler.«

»Wißt Ihr, wo er ist?«

»Ich werde danach fragen.«

»Aber nehmt Euch in acht, damit Euch keiner von den Tibbu in den Weg kommt!«

Er führte seine Aufgabe auch glücklich aus, denn er brachte schon nach kurzer Zeit einen vollständigen Anzug, der Rahel gewiß paßte; sie mußte darin wie ein hübscher vierzehnjähriger Knabe aussehen.

Nach dem Essen wurde eine kurze Mittagsrast gehalten, und dann ritten wir nach dem Lager der Uelad Selaß hinaus. Es begleiteten uns außer dem Feldmarschall noch mehrere Offiziere. Wir wurden gut aufgenommen und kauften drei windschnelle Pferde nebst vollständigem Sattelzeug, nahmen aber nichts mit nach der Stadt; die Tiere blieben draußen auf der Weide, und es wurde ausgemacht, daß wir sie abholen könnten, sobald wir sie brauchten.

Die ahnungslosen Muselmanen hätten sich eigentlich fragen müssen, warum und wozu wir nur drei Pferde, dazu aber außerdem auch Sättel brauchten. Aber ihr Spürsinn sollte auf keine lange Probe gestellt werden, denn die Entscheidung lag uns viel näher, als wir beide dachten. Wir machten, als wir am Abend wieder allein beisammen saßen, verschiedene Pläne und wogen sie gegeneinander ab. Das war aber gar nicht nötig, denn die Frucht fiel ohne unser Zutun ganz von selbst vom Baum.

Wir wurden nämlich am nächsten Morgen von dem »Feldmarschall« aufgefordert, mit ihm wieder die Moschee zu besuchen. Wir taten dies nicht gern, durften uns aber nicht weigern. In einem der Säulengänge trafen wir den Molla, der sich über diese Begegnung freute, uns die hervorragenden Kapellen zeigte und uns dann einlud, ihn nach seiner Wohnung zu begleiten. Er hatte gestern bemerkt, daß ich in der muhammedanischen Literatur bewandert war, und wollte mir die selbstgefertigte Abschrift eines religiösen Werkes zeigen. Selbst wenn es möglich gewesen wäre, abzulehnen, hätten wir dies nicht getan, weil wir hofften, etwas über Rahel zu erkunden. Wir gingen also mit.

Da saßen wir vier beisammen, der Molla, der Mudir, Dixon und ich, und sprachen über das Buch; plötzlich ging die Tür auf, und wir sahen – Rahel, die aus irgendeinem Grund hereinkam. Sie war zu jung und zu unerfahren, als daß sie sich hätte beherrschen und verstellen können, und ich sagte mir sofort, daß die Entscheidung gekommen sei.

Ich sprang auf, Dixon ebenso. Rahel stand einige Augenblicke wie versteinert; dann schrie sie in hellem Entzücken: »Mein Geliebter, mein Geliebter! Hamdulillah, ich bin gerettet! Ich bin erlöst! Du bist gekommen, wie ich dachte, und hast mich gefunden!« Sie flog auf ihn zu und lag im nächsten Augenblick an seiner Brust.

Die beiden Muhammedaner sprangen jetzt auch auf. »Maschallâh, sie kennen sich! Was ist das? Sie ist eine Jüdin und liegt in den Armen des Muslim!« rief der »Feldmarschall«.

»Sie, die Verlobte des Tedetu!« fügte der Molla erstaunt hinzu. »Das ist Sünde; das darf nicht gelitten werden!«

Er wollte die beiden auseinanderreißen. Da stieß ihn das Mädchen, kräftig wie ein Mann, von sich und rief: »Fort, du Peiniger! Du wurdest erkauft, mich zu martern, und ich konnte mich nicht wehren; nun aber sind meine Beschützer, meine Freunde da, diese beiden Christen, die mich befreien werden und –«

»Christen – Christen – –!« schrien der Molla und der Kommandant wie mit einer Stimme.

Sie starrten uns an; dann packte mich der letztere beim Arm und fragte mich:

»Sie nennt dich einen Christen? Soll ich das glauben?«

»Ja, wir sind Christen«, antwortete ich gefaßt.

»Christen, Christen, Giaurs, räudige Hunde in der heiligen Stadt Kaïrwan! Sie sind mit in der Moschee gewesen und haben sie geschändet! Sie sollen zerrissen werden, wie man faules Fleisch zerreißt! Ich will –«

Er eilte nach der Tür, die noch offenstand, und der Molla folgte ihm. Sie wollten hinausrufen; aber ich war noch schneller als sie, riß sie zurück und machte die Tür zu.

»Giaur!« donnerte mich der »Marschall« an, und »Giaur« schrie auch der Molla.

Ich antwortete mit der Faust. Zwei Jagdhiebe an ihre Köpfe, und sie stürzten betäubt zu Boden.

»Schnell fort, fort, fort!« sagte Dixon, während er Rahel bei der Hand ergriff, um sie fortzuführen.

»Halt!« warnte ich. »Keine Übereilung, sonst sind wir verloren. Rahel, kennst du die Straßen der Stadt?«

»Fast alle«, antwortete sie mit vor Aufregung fliegendem Atem.

»Auch das südliche Tor, das nach den Weideplätzen der Uelad Selaß führt?«

»Ich kenne es.«

»Geh schnell zu diesem Tor und dann weiter fort, doch langsam, damit du kein Aufsehen erregst!«

»Warum – ich – ich – –«, stotterte sie.

»Fort, fort! Wir dürfen keinen Augenblick verlieren, sonst gibt's kein Gelingen!«

Dixon wollte eine Einwendung machen; aber ich schob das Mädchen hinaus und hielt ihn zurück. Es gab keine Riemen oder Stricke da; darum riß ich schnell den Turban des Molla in Stücke und band und knebelte ihn und den Kommandanten damit. Dann eilten wir fort, nach dem Hause des letzteren. Ich forderte Dixon auf, alles, was uns gehörte, aus unserem Zimmer zu holen, und ging nach der hinteren Ecke des Hofes, wo unsere beiden Pferde ein Unterkommen gefunden hatten; das Riemenzeug lag dabei, und ich machte mich ans Satteln. Soldaten sahen es und kamen herbei, einige Offiziere auch. Diese fragten mich, wohin ich so schnell wolle; ich gab ihnen ausweichende Antworten. Da kam Dixon; er hatte alles in den Händen. Ich nahm meine beiden Gewehre und stieg aufs Pferd; er folgte diesem Beispiel; wir ritten fort! Jetzt mochten die Militärs ahnen, daß mit uns nicht alles in Ordnung sei. Laute Rufe erschallten hinter uns; wir achteten nicht darauf und ritten zum Tor hinaus, im Schritt; draußen aber begannen wir zu traben.

Wir kannten den Weg nach dem Südtor. Als wir die vierte und fünfte Straße erreichten, sahen wir einen Menschenknäuel darin. Er kam uns entgegen. Dixon stieß einen Schreckensruf aus und deutete darauf hin. Ich sah Tahaf, der Rahel unterwegs getroffen und zum Umkehren gezwungen hatte; es waren noch zwei Tibbu bei ihm. Rahel wehrte sich; das hatte den Auflauf erregt.

»Jagt mitten durch die Menge und dann zum Tor hinaus!« forderte ich Dixon auf.

»Aber Rahel – meine Geliebte!« antwortete er.

»Die bringe ich nach!«

»Die Tibbu halten sie fest!«

»Unsinn! Ich weiß, was ich tue! Verlaßt Euch auf mich! Vorwärts, schnell!«

Diese Worte wirkten; er jagte in den Menschenhaufen hinein und ritt mehrere Personen nieder. Tahaf erkannte ihn. »Ein Christ, ein Christ!« brüllte er, während er vor Überraschung Rahel losließ.

Das benutzte ich und trieb mein Pferd zwischen ihn und sie. Da sah er auch mich und schrie: »Zwei Christen! Zwei Christen! Haltet sie! Tötet sie!«

Seine Tibbu stimmten ein. Ich bückte mich vom Pferd, faßte Rahel mit der rechten Hand, schwang sie zu mir herauf und jagte fort. Hinter mir ertönte ein wütendes Geheul. Mein Pferd flog die Straße hinab, durch die folgende auch und dann zum Tor hinaus. Dort ereilte ich Dixon.

»Gott sei Dank, Ihr habt sie!« rief dieser.

»Keine Worte jetzt«, antwortete ich. »So schnell wie möglich zu den Uelad Selaß!«

Nach fünf Minuten war die Stadt hinter uns verschwunden. Eine Viertelstunde später sahen wir von weitem, rechts von uns, die erste Hammelherde der Selaß. Ich ließ Rahel vom Pferde gleiten und gebot ihr:

»Geh weiter jetzt, immer geradeaus! In kurzer Zeit sind wir wieder bei dir!«

Sie gehorchte, und wir jagten nach dem Lager der Selaß, um unsere Pferde zu verlangen. Sie weigerten sich nicht, sie uns zu geben, obgleich sie sich über unsere große Eile wunderten. Sie halfen uns sogar beim Satteln und erstaunten nicht wenig, als wir ihnen unsere alten Pferde schenkten, ehe wir auf den neuen fortritten.

Eine Viertelstunde, nachdem wir uns von Rahel getrennt hatten, waren wir wieder bei ihr; wir halfen ihr auf das dritte Pferd und jagten weiter, gerade noch zur rechten Zeit, denn wir sahen im Norden von uns eine Wolke von Reitern erscheinen. Erst zu Mittag hielten wir bei einem Gebüsch an, wo wir uns so viel Zeit nahmen, daß Rahel den Knabenanzug anlegen konnte. Wir waren gerettet. Das Glück der »Rose von Mursuk« und ihres Geliebten »aus dem Bilâd Amirika« brauche ich nicht zu beschreiben. –

Wir erreichten wohlbehalten Sfax, wo wir so glücklich waren, einen Dampfer der Societa Rubattino vorzufinden, der uns mit nach Tripolis nahm. Unterwegs erzählten wir Rahel von dem Tode Manasse Ben Aharabs und daß dieser nicht ihr Vater gewesen. Sie weinte sehr, tröstete sich aber mit dem Glück, nun von dem Geliebten nicht wieder getrennt zu werden. Von den Tibbu war sie zwar unterwegs als Gefangene, aber sonst ganz erträglich behandelt worden. Wie freute sie sich, als mit einer Karawane ihre treue Rebekka aus Mursuk in Tripolis ankam! Das hatte Dixon so veranstaltet. Die gute Seele ging mit dem jungen Paar gern hinüber nach dem »Bilâd Amirika«.

Und das Amulett?

Rahel hatte es, soweit sie zurückdenken konnte, stets an einem Kettchen um den Hals hängen gehabt. Es war eine rundum zugenähte kleine Lederkapsel. Als sie diese aufschnitt, kam ein kleines Rundbild zum Vorschein, das einen schönen, charaktervollen Männerkopf in Miniaturmalerei enthielt. Wir konnten die kleine Platte herausnehmen; auf der Rückseite las ich zu meiner Überraschung:

»Robert Surcouf, Paris 1804.«

War dieser Mann der »berühmte Kapitän«, von dem der sterbende Matrose gesprochen hatte? Höchstwahrscheinlich. Die Nachforschungen, die Dixon und ich anstellten, ergaben leider keine unbedingte Gewißheit. Was ich aber bei diesen Forschungen über die historische Persönlichkeit Robert Surcoufs ermittelte, habe ich in einer Erzählung niedergelegt, die ich folgen lasse.

DER KAPERKAPITÄN

1. Vor Toulon

Es war am Maternustage des Jahres 1793. Wochenlang hatte man auf die gesegneten Fluren der Provence das Bibelwort anwenden können: »Der Himmel über dir soll sein wie brennendes Erz und die Erde unter dir wie glühendes Eisen«. Heute früh aber hatte sich der Horizont mit dichten, zusammengeballten Wolken umlagert, deren Säume sekundenlang von zuckenden Blitzen erleuchtet wurden, während die krachenden Schläge des Donners die Felsen der Küste erschütterten und an den gischtumspritzten Wogenkämmen ihre Echos zu vertausendfachen schienen.

Der prasselnde Regen goß so dicht herab, daß ihm keine Kleidung zu widerstehen vermochte und wohl jedes lebende Wesen sich schon längst unter ein schützendes Obdach zurückgezogen hatte. Ein einziger nur befand sich im freien Felde. Er schritt die Straße dahin, die durch Wein- und Olivenpflanzungen nach dem Städtchen Beausset führte. Sein Gewand war, leicht und sommerlich gearbeitet, vom Regen vollständig durchdrungen, legte sich eng wie eine Haut an seine schlanke, kräftige Gestalt; aber das schien ihn nicht im mindesten zu stören. Sein jugendliches Gesicht lächelte vergnügt in den Gewitterguß hinein, und seine federnden Schritte waren ganz diejenigen eines Spaziergängers, der nicht die geringste Veranlassung hat, sich zu beeilen.

Da tauchte vor ihm, an der Seite der Straße, ein kleines Häuschen auf. Zu beiden Seiten der Tür waren je zwei ineinander gesteckte Dreiecke angebracht und darüber stand in halb verwaschenen Lettern zu lesen: »Cabaret du roussillon«.

Er blieb trotz des strömenden Regens ganz gemütlich davor stehen, schob die Mütze ins Gesicht, stemmte die Fäuste in die Hüften und betrachtete die Inschrift genau.

»Cabaret du roussillon! Ob dieser Roussillon wohl echt sein wird? Das Haus sieht nicht darnach aus. Nasser werde ich nicht, wenn ich weiter gehe, und ich weiß dann ganz genau, daß ich es mit reinem Gotteswasser zu tun habe. Wasser ist die herrlichste Gabe des Himmels, aber im Wein soll man es nicht finden. Ich werde also weiter segeln und erst in Beausset vor Anker gehen.«

Schon wandte er sich, um seinen Weg fortzusetzen, als die Tür sich öffnete und eine Person erschien, in der man sofort den Wirt erkannte.

»Eh, mon cher, wohin wollen Sie?« erklang eine schrille, fette Weinstimme unter der blauen Nase hervor. »Ist es vielleicht Ihre Absicht, in diesem Wolkenbruch ertrinken zu wollen?«

»Das weniger«, antwortete der Wandersmann. »Vor diesem Wetter fürchte ich mich nicht, wohl aber vor einem Wolkenbruch aus Ihren Fässern.«

»Dann kommen Sie getrost herein, denn wir haben ganz denselben Geschmack, und ich bin nicht der Mann, der einen guten Bürger mit einem schlechten Wein vergiftet.«

»So will ich Ihrem Wort glauben und auf fünf Minuten beidrehen. Holla, ein neuer Mann an Bord!« Die letzten Worte sprach er, bereits in die Stube tretend, wo er sich das Wasser möglichst aus den Kleidern schüttelte, ungefähr wie es ein nasser Pudel tut, und dann auf dem Stuhl Platz nahm, den ihm der Wirt herbeigezogen hatte.

In dem kleinen Raum sah es ordentlich kriegerisch aus. Er war ganz von Soldaten des Nationalkonvents[1] erfüllt, und außer dem zuletzt Eingetretenen und dem Wirt gehörte nur ein einziger Gast dem Zivil an; dies war ein Missionsprediger vom Orden des Heiligen Geistes, der im Jahre 1703 von Abbé Desplaces, Vincent le Barbier und J. H. Garnier in Paris gestiftet wurde. Dieser Priester saß still in seiner Ecke und schien sich mehr mit seinen Gedanken als mit seiner Umgebung zu beschäftigen. Er mußte ein ungewöhnlicher und mit einem ganz besonderen Mut begabter Mann sein, sonst hätte er sich nicht unter diese wilde Soldateska gewagt.

Man hatte damals in Frankreich bereits alle geistlichen Orden aufgehoben und von sämtlichen Geistlichen die Ablegung des Bürgereids verlangt. Wer diesen Eid verweigerte, wurde als Rebell behandelt. Es war eine Zeit der wildesten Anarchie. Wenige Tage nach dem Beginn unserer Erzählung, nämlich am 6. Oktober 1793, schaffte man die vorherige Zeitrechnung ab; am 10. Dezember führte die Pariser Commune den »Dienst der Vernunft« ein; am 7. Mai 1794 verfügte der Nationalkonvent, daß es keinen Gott mehr gäbe, und am 24. desselben Monats befahl dieser Konvent, daß kein Bürger mehr an die Unsterblichkeit der Seele glauben dürfe. Unter diesen Umständen war es gewiß ein Beweis außerordentlichen Mutes, sich im Ordenskleid unter die halb betrunkenen Krieger der Revolution zu wagen, eine Kühnheit, die sehr leicht verhängnisvoll werden konnte.

Ein bärtiger Sergeant-Major war der erste, der den eingetretenen Fremden anredete: »Holla, Bürger, woher des Wegs?«

»Ein wenig von der Durance herunter.«

»Und wohin, he?«

»Nach Beausset hinein.«

»Was willst du dort?«

»Einen Freund besuchen. Hast du vielleicht etwas dagegen?«

»Hm, vielleicht; vielleicht auch nicht.«

»Aaah!« Er stieß diesen Laut nur langsam und leise aus, aber es wäre wohl nicht möglich gewesen, eine ironische Stimmung deutlicher auszudrücken. Er legte die Beine übereinander, schlug die Arme über der Brust zusammen und blickte den Sergeant-Major mit ein Paar Augen an, in denen alles, nur keine Bewunderung zu lesen war. Dieser junge Mann konnte höchstens dreiundzwanzig Jahre zählen, aber seine hohe Stirn, seine breiten Schläfen, die dichten Brauen, der durchdringende Blick, die scharfe Adlernase,

[1] Die Versammlung der Abgeordneten, der während der Französischen Revolution nach dem Umsturz des Thrones die gesamte Staatsgewalt zufiel.

der energisch gezeichnete Mund, der sehnige, von der Sonne gebräunte und vom Hemdkragen bloßgelassene Hals, die breiten Schultern, der geschmeidige Gliederbau, das alles machte den Eindruck des Gereiften, des Achtunggebietenden, des Ungewöhnlichen.

»Was wunderst du dich da, Bürger?« fragte der Unteroffizier. »Glaubst du, daß zum Hauptquartier in Beausset ein jeder Zutritt habe, dem es beliebt?«

»Das glaube ich nun freilich nicht; aber glaubst du vielleicht, Bürger Sergeant-Major, daß du es bist, den man um Erlaubnis zu fragen hat?«

»Schweig! Ein jeder Soldat hat die Pflicht, die Sicherheit des Heeres zu bewachen! Wie ist dein Name, Bürger?«

»Robert Surcouf«, antwortete der Gefragte mit einem spöttischen Zug um die Mundwinkel.

»Was bist du?«

»Seemann.«

»Ah, darum tappst du in aller Seelenruhe wie eine Ente da draußen im Wasser herum! Wer ist der Freund, den du besuchen willst?«

»Der Bürger-Grenadier Andoche Junot.«

»Andoche Junot, der Advokat gewesen ist? Das ist ein guter Kamerad. Woher kennst du ihn?«

»Wir sahen uns zu Bussy le Grand, wo er geboren wurde.«

»Das stimmt! Du bist legitimiert, Bürger Surcouf. Junot steht bei meiner Kompanie; ich werde dich zu ihm bringen. Vorher aber magst du mit uns trinken. Es gibt hier nur eine Sorte: Roussillon; aber er ist stark und lieblich zugleich. Probiere ihn!«

Der Wirt brachte ein großes Humpenglas des berühmten Getränks, und alle Hände streckten sich aus, es auf Rechnung des Fremden anzutrinken. Dieser ließ sich das lachend gefallen; er gab zu, daß man das Glas immer von neuem zu füllen befahl und wieder austrank, und als der Wirt wegen der Bezahlung ein bedenkliches Gesicht zu machen begann, zog er eine Handvoll Assignaten[1] aus der ledernen Brieftasche und warf davon mehr als nötig auf den Tisch. Bei diesem Anblick erhob sich großer Jubel; der Wirt mußte von neuem füllen, und nun wurde auch der geistliche Herr bedacht, dem man bisher noch keinen Schluck gegönnt hatte. Der Sergeant-Major trat zu ihm, hielt ihm den Humpen entgegen und forderte ihn auf:

»Steh auf, Bürger Confrère, nimm das Glas und trinke auf das Wohl des Konvents, der den Papst zum Lande hinausgeworfen hat!«

Der Priester erhob sich wirklich und ergriff das Glas; aber anstatt den geforderten Toast zu bringen, sprach er mit sanfter, jedoch fester Stimme: »Gott hat uns diese Gabe nicht zur Lästerung gegeben. Im Wein ist Wahrheit und ich will nicht eine Lüge sagen. Ich trinke auf das Wohl des Heiligen Vaters in Rom, den die Heerscharen des Himmels beschützen werden!«

Er wollte das Glas zum Munde führen, aber ein Faustschlag des Sergeant-Majors schmetterte es ihm aus der Hand, so daß es am Boden in Stücke zerschellte. »Was fällt dir ein, Bürger Confrère!«

[1] »Anweisungen« = das von der Französischen Revolution eingeführte Papiergeld

rief der Unteroffizier. »Weißt du nicht, daß in unserem schönen Frankreich der alte Saint-père abgesetzt worden ist? Wie lange wird es dauern, so wirft man euch auch selbst hinaus mit allem, was ihr uns weisgemacht habt! Ich befehle dir, deinen Toast zu widerrufen!«

Da drängte sich ein anderer, ein Tambour-Major, hinzu: »Halte-là, Alter! Warum zerschlägst du ihm das Glas? Bürger Wirt, gib ein neues, volles her! Dieser da gehört ganz sicherlich zu denen, die sich weigern, den Bürgereid zu leisten. Wir werden ihn auf die Probe stellen, und wehe ihm, wenn er sie nicht besteht!«

Der Wirt brachte das Verlangte; der Tambour-Major drückte dem Priester das gefüllte Glas in die Hand und befahl ihm: »Jetzt trinke mir zu, Bürger, und rufe laut: ›Es lebe die Republik, nieder mit dem Papst!‹«

Der Bedrängte zeigte nicht die mindeste Angst. Sein Angesicht war bleich, aber seine Augen blitzten, als er, das Glas erhebend, rief: »Es lebe der Heilige Vater; nieder mit den Feinden Frankreichs und den seinen!«

Da erhob sich unter der rohen Horde ein wüstes Geschrei; zwanzig Hände streckten sich aus, den mutigen Bekenner seines Glaubens zu ergreifen, um ihn zu mißhandeln, aber man kam nicht dazu: der Fremde hatte sich herbeigedrängt. Niemand konnte sagen, wie es kam, aber er stand plötzlich vor dem Priester, den er mit seinem Leibe deckte und rief mit lächelnder Miene: »Bürger, wollt ihr mir einen Gefallen tun?«

»Welchen?«

»Seid so gut und wringt mir erst das Wasser aus der Jacke, ehe ihr euch an diesem Gottesmann vergreift!«

Sie begriffen seine Absicht nicht sogleich; sie wurden irre an dem Lachen seines Auges und an der Freundlichkeit seines Tones; aber in diesem Auge lag etwas, was sie stutzen machte.

»Deine Jacke?« frug der Sergeant-Major. »Was haben wir mit der zu tun? Geh auf die Seite, Bürger Surcouf, wir wollen diesem Heuchler eine Litanei einpauken, die er nicht vergessen soll!«

»So erlaubt wenigstens, daß ich erst einen Schluck mit ihm trinke!« Er nahm dem Priester das Glas aus der Hand und fragte ihn: »Wie ist dein Name, frommer Vater?«

»Ich werde Bruder Martin genannt«, antwortete der Gefragte.

»Eh bien, Bruder Martin, so erlaube, daß ich mit dir trinke auf dein Wohl, auf das Wohl aller mutigen Männer, die sich nicht fürchten, die Wahrheit zu bekennen, auf das Wohl meiner schönen Bretagne, wo ich geboren bin, auf das Wohl meines Vaterlandes, auf den Sieg unseres Glaubens und auf das Wohl aller ehrwürdigen Diener der heiligen Kirche, die Gott der Herr beschützen möge!«

Er setzte das Glas an die Lippen und trank es bis zur Nagelprobe aus. Einige Sekunden lang herrschte tiefe Stille in der Stube, die Stille der Überraschung, dann aber brach der Sturm los. Alle Stimmen schrien, und alle Fäuste ballten sich; man drängte sich zornig heran, aber der lange Tambour-Major breitete die Arme aus und hielt die anderen zurück.

»Halt, Bürger Kameraden!« rief er. »Der Soldat muß bei jedem Angriff nach bestimmten Regeln verfahren. Dieser Mensch, der sich Bürger Surcouf nennen läßt, scheint mir kein Seemann, sondern ein verkappter Emissär des Papstes zu sein. Wir wollen ihn einmal auf die Bank legen und mit dem Stock befragen. Bürger Sergeant-Major, faß an!«

Die beiden starken Menschen streckten die Hände aus, um Surcouf zu erfassen – flogen aber so schnell nach rechts und links auseinander, daß niemand eigentlich begreifen konnte, wie es geschehen konnte, wie es geschehen war. Ein Schrei der Wut erscholl ringsum, und nun ließ sich keiner mehr halten, sich auf die beiden Angegriffenen zu werfen. Da aber ertönte ein lautes Krachen; Surcouf hatte ein Bein vom Tisch gebrochen und schlug damit einen so regelrechten Achter, daß sofort zwei, am Kopf scharf getroffen, zu Boden stürzten, die anderen aber sich schleunigst zurückzogen.

»Glaubt ihr nun, daß ich Seemann bin?« lachte er. »Ein Schiffer weiß so ein petit levier[1] schon zu gebrauchen! Ist das der Dank, daß ihr meinen Wein getrunken habt, ihr Memmen, die ihr euch an zwei Männer wagt, weil ihr über dreißig zählt? Kommt her und legt den Robert Surcouf auf die Bank, wenn ihr könnt!«

»Drauf auf sie!« brüllte der Sergeant-Major.

Surcouf ließ das Tischbein wieder wirbeln; aber die hinten Stehenden drängten die Vorderen, und es hätte gewiß ein Unglück gegeben, wenn nicht eben jetzt eine helle, scharfe, gebieterische Stimme von der Tür her gerufen hätte:

»Cessez à l'instant! Was geht hier vor?«

Draußen vor den Fenstern sah man einen kleinen Reitertrupp halten, und unter der Tür stand derjenige, der gesprochen hatte. Er war von kleiner, schmächtiger Gestalt; sein hageres, scharf geschnittenes Gesicht zeigte eine bronzene Färbung; die breite Stirn bedeckte ein Tressenhut, und die Gestalt war in einen weiten Regenrock gehüllt. Beim Anblick dieses Mannes zogen sich die Angreifer erschrocken zurück, indem sie mit der tiefsten Ehrerbietung salutierten. Er mochte vierundzwanzig Jahre zählen; sein bartloses Gesicht blieb regungslos, aber sein mächtiges Auge blitzte im Kreise umher und blieb dann auf demjenigen haften, der unter den Anwesenden den höchsten Rang bekleidete:

»Bürger Tambour-Major, berichte!«

Der Genannte, dem bereits der Angstschweiß auf die Stirn zu treten begann, erzählte in kurzer, soldatischer Weise: »Hier ist ein Pfaffe, mon colonel, und ein päpstlicher Emissär, die uns beleidigten.«

»Und darauf antwortet ihr mit Schlägen! Welcher ist der Emissär?«

»Der mit dem Tischbein.«

»Woher weißt du, daß er ein Emissär ist?«

»Ich vermute es.«

»Très bien, Bürger Tambour-Major. Du bist fertig; nun mag auch er sprechen!«

Surcouf trat einen Schritt vor und blickte dem Offizier furchtlos in die Augen. »Mein Name ist Surcouf, Bürger Colonel; darf ich um den deinigen bitten?«

[1] Handspeiche, Brechstange

»Ich heiße Bonaparte«, erklang es kalt und stolz.

»Also ich heiße Surcouf, Robert Surcouf, bin Seemann und wollte nach Beausset, um meinem Freund Andoche Junot, den Advokaten und Bürger-Grenadier, zu besuchen. Ich trat ein, ließ diese Bürger-Soldaten Wein auf meine Rechnung trinken, bis sie von diesem würdigen Priester verlangten, daß er auf das Verderben seines höchsten Oberhauptes, des Heiligen Vaters, trinken solle. Er tat es nicht, und darum wollten sie ihn schlagen. Er ist ein Mann des Friedens und kann sich nicht wehren; darum brach ich dieses Tischbein ab und habe ihn verteidigt. Nun halten sie mich für einen Emissär. Ein braver Seemann aber wird einen jeden verteidigen, der von einer Übermacht unschuldig angegriffen wird. Es sind noch viele Tischbeine hier!«

Über das Gesicht des Obersten zuckte ein leises, ganz leises Lächeln, das aber sofort wieder verschwand. Er wandte sich zu den Soldaten: »Bürger Tambour-Major, du marschierst sofort mit den anderen in Arrest!«

Das Wort war kaum gesprochen, so salutierten sämtliche »Bürger-Soldaten« und marschierten zur Tür hinaus. Dann drehte sich der Oberst wieder zu den beiden anderen herum. Sein Wort galt zunächst dem Priester:

»Wer bist du?«

»Ich bin Bruder Martin vom Orden der Missionare des Heiligen Geistes«, lautete in bescheidenem Ton die Antwort.

»Es sind alle Orden aufgehoben. Hast du den Bürgereid geleistet?«

»Nein. Mein Eid gehört nur der heiligen Kirche.«

»Das wird sich finden.« Und sich zu dem Seemann wendend, fuhr er fort: »Surcouf? Das klingt mir bekannt! Hm, hast du den Namen ›the Runner‹ gehört?«

»Ja. Das war das englische Avisoschiff, das ich durch die Klippen bringen sollte, aber mit voller Absicht auf eine Sandbank laufen ließ.«

Der Oberst maß den jungen Mann mit einem kurz aufleuchtenden Blick. »Ah, das wärst also du? Wirklich? Weißt du, Bürger Surcouf, daß dein Leben damals an einem Haar hing?«

»Ich weiß es; aber sollte ich den Feind in den Hafen bringen? Ich sprang, sobald der ›Runner‹ auflief, über Bord und kam glücklich an Land, obgleich die Kugeln mir um den Kopf pfiffen. Die Engländer schießen schlecht, Bürger Colonel!«

»Wir werden in diesen Tagen sehen, ob du recht hast. Warum nimmst du dich eines Priesters an, der den Bürgereid nicht leisten will?«

»Weil das meine Pflicht ist. Ich bin ein guter Katholik; ich habe mit ihm auf das Wohl des Heiligen Vaters getrunken.«

»Ah, quelle inconsidération! Mußtest du das tun? Brauchtest du mir dies zu sagen, Bürger Surcouf? Ich sah, daß du einige Soldaten verwundet hast.«

»Ja, mit dem Tischbein hier.«

»Gut. Der Fall soll untersucht und bestraft werden. Auch ihr beide seid arretiert. Man wird euch nach Beausset bringen; doch sollst du deinen Freund Junot zu sehen bekommen. Adieu!«

Der klein gebaute Offizier wandte sich scharf auf dem Absatz um und verließ die Stube. Eine Minute später sprengte er mit seinen Begleitern davon; er befand sich jedenfalls auf einem Erkundungsritt. Zu gleicher Zeit aber traten drei Militärs ein, die den beiden sagten, daß sie ihnen nach Beausset zu folgen hätten.

»Das werden wir tun«, meinte Surcouf, während er sein Tischbein beiseite legte. »Beausset war ohnedies mein Ziel.«

»Aber das meinige nicht«, antwortete Bruder Martin. »Ich wollte hinauf nach Sisteron.«

»Dorthin kannst du auch morgen gehen, mein frommer Bruder. Bis dahin magst du in Beausset mein Gast sein; vorher aber wollen wir hier mit drei tapferen Bürgern noch ein Glas trinken. Ich finde diesen Roussillon sehr gut und muß ja auch mein Tischbein bezahlen.«

Der wackere Seemann schien sich in seine Gefangenschaft sehr leicht zu finden. Es war ihm nicht die mindeste Abnahme seiner guten Laune anzumerken, und als dann später aufgebrochen wurde, ertrug er den strömenden Regen mit derselben Geduld, mit der er ihn vorher ertragen hatte.

Beausset ist noch heute[1] ein kleiner Ort von nicht viel über 3000 Einwohnern. Es gibt dort eine Wollenweberei, und in der Umgebung wird ein gutes Olivenöl sowie ein leidlicher Rotwein gebaut. Als die beiden Gefangenen dort anlangten, wurden sie nach dem Hause geführt, wo der Oberstkommandierende, General Carteaux, sein Quartier aufgeschlagen hatte, und dort in eine enge, dunkle Kammer eingesperrt, deren einziges Fenster durch den Laden dicht verschlossen war.

»So, hier liegen wir vor Anker«, lachte Surcouf. »Leider gibt es weder Hängematte noch Daunenbett. Wir müssen uns mit dem Bewußtsein fügen, daß man uns bald aus dieser Koje erlösen wird.«

»Ich wenigstens habe das nicht zu hoffen«, seufzte Bruder Martin. »Weißt du nicht, Bürger Surcouf, daß es jetzt in Frankreich kein größeres Verbrechen gibt, als dem Willen des Konvents zu trotzen? Ich habe meinen priesterlichen Eid abgelegt und kann keinen anderen schwören. Ich sehe böse Tage für mich kommen, aber ich bleibe meinem Schwur treu.«

Da ergriff Surcouf die Hände des Gefährten, und seine Stimme klang ganz anders als bisher, als er nun in bewegtem Tone sagte: »Das vergelte dir Gott, Bruder Martin! Viele, viele sind abgefallen; aber noch mehr sind freiwillig in die Verbannung gegangen oder bleiben mutig im Lande, um mit der Hydra des Unglaubens und der Vergewaltigung zu kämpfen. Ich bin nicht der sorglose Mann, der ich scheine. Ich sehe eine Zeit kommen, in der man auch das Allerheiligste verleugnen wird, nachdem man vorher das Heiligste beschimpfte, eine Zeit, in der es starker Geister und gewaltiger Arme bedarf, um das Vaterland von der Herrschaft des Schreckens zu befreien. Es wird große Kämpfe geben; es werden Ströme Blutes fließen. Da gilt es, wach und munter zu sein; da gilt es, sich beizeiten im Kampf zu üben und zu stählen, damit ein jeder an seinem Platz sei, wenn die Kräfte gemessen

[1] Die Novelle wurde 1882 geschrieben

werden. Ich bin ein Sohn des Vaterlandes, und auch ich habe die Pflicht, treu und stark zu ihm zu halten in aller Not und Gefahr. Darum habe ich mich ihm zum Dienst angeboten, aber man hat mich abgewiesen, weil ich offen bekenne, daß ich nicht zu denen gehöre, die den Stuhl Petri stürzen und Christus abermals an das Kreuz schlagen möchten. Wegen einer freimütigen Rede habe ich aus Paris flüchten müssen; ich ging an andere Orte und wurde wieder abgewiesen; nun komme ich nach Toulon, um den letzten Versuch zu machen. Ich werde mit den Generalen Carteaux und Doppet sprechen; ich werde auch mit diesem Colonel Bonaparte reden; er hat das Gesicht eines Mannes, der wachsen wird; vielleicht erreiche ich hier am letzten Ort, was mir anderwärts versagt wurde.«

Der Priester hielt seinen Blick erstaunt auf den Sprecher gerichtet. Dieser junge Mann war auf einmal ein ganz anderer geworden; der fröhliche, sorglose, unbekümmerte Jüngling stand plötzlich da als ein Mann, dessen Auge prophetisch in die Ferne blickte, dessen Aufgabe auf ein großes Ziel gerichtet war.

»Mein Sohn«, sagte Bruder Martin, »ich höre aus deinem Munde Worte eines Mannes, dessen Weg zur Höhe führen muß. Was auch die Zukunft dir beschieden haben mag, sei stets der ewigen Wahrheit eingedenk, daß der Mensch nichts Gutes tut als nur in Gott und daß er einen Richter hat für jeden Gedanken, jedes Wort und jede Tat, die er vollbringt! Dein Fuß wird nicht gewöhnliche Pfade wandeln; laß dich bei jedem Schritt von dem Licht leiten, das kein Konvent und keine Revolution verlöschen kann!«

Nach längerer Zeit wurde die Tür geöffnet. Man rief Surcouf, um ihn zum kommandierenden General zu führen. Es dauerte lange, bis er zurückkehrte, und dann wurde Pater Martin abgeführt. Dieser kam sehr bald zurück. Er hatte sich erklären sollen, ob er bereit sei, den Bürgereid zu leisten, und als er sich entschieden weigerte, war ihm eröffnet worden, daß man ihn als Verräter behandeln müsse und ihm also seine Freiheit nicht zurückgeben könne. Surcouf fragte ihn, was er dagegen zu tun entschlossen sei.

»Was soll ich machen?« sagte er. »Ich bin ein Mann des Wortes, aber nicht ein Mann des Schwerts. Es wird mir gehen, wie so vielen anderen; man wird mich nach Paris bringen und dort werde ich verschwinden.«

»Ah, du würdest nicht in Paris, sondern bereits unterwegs verschwinden; aber dies soll nicht geschehen, so wahr ich Robert Surcouf heiße!«

»Wie wolltest du mir helfen? Du bist ja selbst Gefangener!«

»Aber ich werde es nicht immer sein. General Carteaux wollte sich nur vergewissern, ob ich ein Emissär sei oder nicht. Seitdem er einsieht, daß ich ein ehrlicher Seemann bin, handelt es sich nur noch um die kleinen Hiebe, die diese guten Bürger-Soldaten von mir erhalten haben, und darüber soll Colonel Bonaparte urteilen, wurde mir gesagt. Ich werde also baldigst auf freiem Fuß sein.«

»Welcher Mensch kann mit Sicherheit auch nur von dem nächsten Tag sprechen! Ich wollte nach Sisteron, um von da vielleicht über Cap oder Embrun und Briançon aus Frankreich zu kommen; nun aber bin ich gar gefangen!«

»Über Cap und Embrun? O malheur! Einen solchen Fluchtweg kann nur eine Seele einschlagen, die mehr im Himmel als auf Erden wandelt! An diesen beiden Festungen muß ein jeder hängenbleiben, der nach dieser Richtung hin entkommen will, und überdies wimmelt die ganze Strecke von Toulon bis an die italienische Grenze von Konventstruppen, die schwer zu täuschen sind. Dazu begreife ich nicht, wie man in einem Weinhaus einkehren kann, wenn man den Häschern entgehen will!«

»Der Wirt dieses Hauses ist mein Verwandter; er hielt mich lange Zeit versteckt, und eben wollte ich Abschied nehmen, als das Wetter die Soldaten herbeitrieb.«

»Das hätte nichts zu sagen gehabt; aber dieses geistliche Gewand ist zum Verräter geworden. Überhaupt gibt es von hier aus auf dem Landweg kein Entkommen; nur auf der See ist die gesuchte Freiheit zu finden.«

»Aber wie gelangt man ohne Freunde, ohne Mittel und ohne Kenntnis der Fahrgelegenheiten auf ein sicheres Schiff?«

»Durch mich, durch Robert Surcouf. Verlaß dich drauf!«

Er konnte nicht weitersprechen, denn die Tür wurde abermals geöffnet, und es trat ein Grenadier herein, in dem Surcouf seinen Freund Junot erkannte. Dieser war jetzt noch gewöhnlicher Soldat, aber man weiß, daß er nur drei Tage später Sergeant wurde. Bei der Beschießung von Toulon vom 15. bis 17. Dezember 1793 diktierte ihm Napoleon einen Befehl; da schlug eine Kanonenkugel neben ihnen in den Boden und bespritzte das Blatt mit Erde. »Prächtig«, rief Junot, »so brauchen wir keinen Streusand!« Durch dieses Wort wurde Bonaparte auf ihn aufmerksam und ließ ihn von da an nicht wieder aus den Augen, so daß Junot schon 1804 Divisionsgeneral und Kommandant von Paris wurde.

Dieser Grenadier, der jetzt noch nicht ahnen konnte, daß er einst die Herzogskrone des Abrantes tragen werde, hatte große Freude, seinen Freund Surcouf wiederzusehen. Er erfuhr, daß dieser sich um eine Anstellung in der Marine bewerbe, und daß er nun auch von General Carteaux abschlägig beschieden worden sei. Junot konnte für den Freund nichts tun, als ihm seine gegenwärtige Haft erleichtern; er sorgte für Speise, Trank und Licht und mußte die beiden dann ihrem Schicksal überlassen.

Erst am Nachmittag des nächsten Tages kam eine Ordonnanz, die den Seemann zu Bonaparte bringen sollte. Dieser befand sich nicht in Beausset, sondern außerhalb des Ortes in einer Schanze, von wo aus die Befestigungen von Toulon beschossen wurden.

Diese Stadt hatte sich der unter Admiral Hood stehenden Flotte der vereinigten Engländer und Spanier übergeben, und der Konvent machte die riesigsten Anstrengungen, diesen hochwichtigen Platz zurückzuerobern. Leider erwiesen sich die Generale Carteaux und Doppet als unfähig; der eine war ein Maler und der andere ein Arzt gewesen; sie waren im Atelier und Lazarett an ihrem Platze, nicht aber vor den gewaltigen Außenwerken eines so großartigen Waffenplatzes, und darum hatte man den jungen

Napoleon Bonaparte gesandt, um den beiden Generalen beizustehen.

Der Korse hielt soeben neben den beiden Obergeneralen, als Surcouf zu ihm geführt wurde. Er beachtete den Gefangenen gar nicht und schien nur in das Gespräch vertieft, das er mit seinen zwei Vorgesetzten führte.

»Und ich kann dennoch nicht von meiner Überzeugung abgehen«, sagte er. »Wenn wir so fortfahren, werden wir nach Monaten immer noch ohne Erfolg vor Toulon liegen! Was sind unsere Geschütze gegen die Feuerschlünde der Festung und der Flotte. Wir müssen so schnell wie möglich neues Belagerungsgeschütz aus Marseille und den anderen Waffenplätzen kommen lassen. Wir dürfen nicht nur die Befestigung der Stadt beschießen, sondern wir müssen vor allen Dingen die feindlichen Schiffe mit glühenden Kugeln bewerfen. Haben wir die Flotte vernichtet und vertrieben, so kann sich die Stadt unmöglich mehr lange halten. Geben Sie mir Vollmacht, so verspreche ich, daß Toulon sich in vierzehn Tagen in unseren Händen befindet!«

»Nur nicht allzu siegesgewiß!« erwiderte Carteaux in hochfahrendem Ton. »Selbst wenn die Flotte weichen muß, wo haben wir die Mittel, Befestigungen wie Fort Malbosquet, Balagnier und Eguilette zu bezwingen?«

»Man schaffe nur zunächst Geschütze und Munition herbei, verstärke die Belagerungsarmee bis auf vierzigtausend Mann und versehe die Verstärkungen mit dem notwendigen Zubehör! Ich habe das Gelände noch nicht genau studieren können, aber es muß ein Punkt zu finden sein, der die feindlichen Werke beherrscht, und von diesem aus werden wir den Gegner zu bezwingen wissen.«

Surcouf hatte die Worte gehört; er trat mit zwei raschen Schritten an die drei Offiziere heran und sagte: »Pardon, Bürger! Dieser Punkt ist bereits gefunden.«

Carteaux machte eine strenge, zurückweisende Gebärde; auch Doppet drehte sich stolz zur Seite. Napoleon aber überflog den Sprecher mit einem Blitze seines Auges und meinte: »Du bist sehr kühn, Bürger Surcouf! Wenn Offiziere sprechen, hat jeder andere zu schweigen, besonders wenn er gar ein Gefangener ist. Welchen Punkt meinst du?«

»Bürger Colonel, sieh dort den Platz zwischen beiden Häfen der Stadt. Wenn du ihn besetzt, so kannst du die feindliche Flotte in ihrer ganzen Ausdehnung bestreichen. Die Stadt muß sich in zwei oder drei Tagen ergeben, sobald du ihre Festungswerke von dort aus mit Vierundzwanzigpfündern und Mörsern zerschmetterst. Das Auge wird dich lehren, daß von diesem Punkt aus Fort Malbosquet sehr leicht zu bombardieren ist.«

Bonaparte setzte das Fernrohr an und musterte die betreffende Gegend. Als er es wieder absetzte, bewegte sich kein Zug seines ehernen Gesichts. Er blickte lange auf den Horizont hinaus; dann aber wandte er sich plötzlich zu den beiden Generalen: »Dieser Mann hat recht. Ich ersuche die Bürger Generale, seinen Rat, den ich mit meiner Überzeugung unterstütze, in schnelle Erwägung zu ziehen!«

»Den Rat eines Arrestanten!« rief Carteaux. »Schäme dich, Bürger Colonel!«

Auch auf diese beleidigende Antwort zuckte keine Wimper in Napoleons Gesicht; aber seine Stimme klang scharf und schneidig, als er entgegnete: »Allerdings schäme ich mich, Messieurs, aber nicht über den Rat, der uns erteilt wurde, sondern darüber, daß bis jetzt noch nicht gefunden worden ist, was dieser Bürger auf den ersten Blick bemerkte. Ich bin gewohnt, jeden nützlichen Rat anzunehmen, er komme, von wem es auch sei und bitte, den betreffenden Punkt schleunigst besetzen und befestigen zu lassen. Wenn uns die Engländer zuvorkommen, so wird es uns außerordentliche Opfer kosten, die Unterlassung wieder auszugleichen.«

»Colonel!« brauste Carteaux auf. Er wollte mehr sagen, Doppet aber ergriff ihn am Arm und zog ihn fort.

Bonaparte blickte ihnen mit finsterer Miene nach. »Man wird dennoch tun müssen, was ich will«, murmelte er, und zu Surcouf gewandt, fuhr er fort: »Dein Plan ist gut, Bürger, ich danke dir! Woher hast du diesen Scharfblick, du, ein Matrose?«

»Matrose?« lachte der Gefragte. »Ein Schüler der See-Akademie und des Bureau des longitudes! Der Seemann hat ebenso seine Strategie und Taktik wie der Offizier des Festlands. Bürger Colonel, ich freue mich, mit dir sprechen zu können. Ich bin dein Gefangener; du wirst mich vielleicht bestrafen, weil ich einigen unnützen Burschen den Schädel geklopft habe; ich werde diese Strafe auf mich nehmen; aber wenn ich sie verbüßt habe, so werde ich dich abermals aufsuchen; dann habe ich dir eine Bitte vorzutragen.«

»Sprich sie aus!«

»Heute nicht. Erst muß ich die Strafe hinter mir wissen.«

Bonaparte runzelte leicht die Stirn. »Du sprichst sehr zuversichtlich! In deinem Alter ist man gern bescheiden, weil man da erst im Begriff steht, das Leben zu beginnen.«

»Bürger«, lächelte der Getadelte, »du beginnst es also vom Colonel an, denn wir werden wohl die gleichen Jahre zählen.«

Napoleon beachtete diesen Einwurf nicht und fuhr fort: »Du hast allerdings Strafe verdient, denn du hast dich an den Soldaten des Konvents vergriffen; aber um des Rates willen, den du uns gegeben hast, soll dir verziehen sein. Jetzt wirst du also wohl Zeit finden, deine Bitte auszusprechen, Bürger Surcouf?«

»Ich danke dir, Bürger Colonel! Meine Bitte ist sehr kurz; sie lautet: gib mir ein Schiff!«

Der Korse blickte erstaunt den Seemann an. »Ein Schiff?« rief er verwundert. »Was willst du mit dem Schiff, und woher soll ich es nehmen?«

»Hier lies zunächst diese Papiere!«

Er zog sein Portefeuille hervor, nahm eine Anzahl groß gesiegelter Zeugnisse hervor und reichte sie Napoleon. Dieser las eines nach dem anderen und gab sie ihm dann mit einer nachdenklichen Miene zurück.

»Ausgezeichnet!« nickte er. »Bürger Surcouf, es wird wenig Männer deines Alters geben, die sich des Besitzes solcher Zeugnisse rühmen können. Du bist klug und kühn; der Konvent wird wohltun, dich im Auge zu behalten.«

»Pah, der Konvent will mich gar nicht haben!«

»Warst du in Paris?«

»Ich war dort; ich war in Le Havre; ich war in Brest, in Nantes, in La Rochelle, in Bordeaux, Marseille und Lyon; ich war bei allen Marinebehörden bis hinauf zum Minister und habe nur das eine gehört, daß man mich nicht brauchen könne. Die Männer, bei denen ich war, segeln im Nebel. Ich habe alles getan, um sie sehend zu machen; ich habe ihnen meine Ansichten entwickelt; ich habe ihnen den Vorhang der Zukunft gelüftet – sie wollten blind bleiben.«

Jetzt lächelte Bonaparte, aber wie ein Riese, der einen Zwerg von Heldentaten sprechen hört. »Welches sind die Ansichten, die du ihnen entwickelt hast?« fragte er.

»Es sind die Ansichten eines einfachen Mannes, der sich durch kein Blendwerk täuschen läßt. Die republikanische Form unserer Regierung steht im Gegensatz zu den Regierungsformen der uns umgebenden Länder; unsere Interessen sind den ihrigen feindlich entgegengesetzt, und der Ausgleich kann nicht auf dem Weg des Friedens geschehen. Ferner gibt es im Innern der Republik selbst tausend noch ungezählte Kräfte und Mächte, die eine gewaltige Ausdehnungskraft besitzen; eine einzige dieser Kräfte ist imstande, den noch unfertigen Bau zu zertrümmern. Die Religion ist das Herz der Nation; die Republik will sich dieses Herz herausreißen; sie wird zum Selbstmörder werden; sie wird sterben, aber ihr Tod wird kein sanfter, sondern ein fürchterlicher sein. Damit habe ich bewiesen, daß Frankreich vor großen Kämpfen steht, vor Kämpfen nach außen und vor Kämpfen nach innen. Hierzu bedarf es einer Land- und Seemacht, die sich nicht nur in gutem Verteidigungszustand befindet, sondern nötigenfalls auch zum Angriff schreiten kann. Wir haben ein tapferes Heer und gute Generale, aber was wir nicht haben, das ist eine genügende Flotte. Seeleute hat Frankreich genug, aber es mangelt an Kriegsschiffen und an Seeoffizieren, die Fähigkeiten genug besitzen, die kriegerischen Überlieferungen unserer Feinde zuschanden zu machen –«

»Und ein solcher Offizier bist du?« unterbrach ihn Napoleon.

»Ja«, antwortete der Gefragte mit offener Miene. »Man gebe mir ein Schiff und ich werde es beweisen!«

»Du sprichst sehr stolz, Bürger Surcouf, und läufst Gefahr, daß man dein Selbstbewußtsein für Prahlerei nimmt. Wer einen Kahn zu steuern vermag, ist doch noch nicht ein geborenes Genie zur See!«

Es lag etwas wie Geringschätzung in dem Ton, mit dem diese Worte gesprochen wurden; Surcouf fühlte das, und seine Stimme klang schärfer als vorher:

»Bürger Colonel, du sprichst in dieser Weise zu mir, weil du siehst, daß ich noch nicht das Alter besitze, um Mitglied des Rates der Alten zu sein. Das ist ein schlechter Mann, der mehr von sich hält, als er ist, aber ein noch viel schlechterer Mann ist derjenige, der nicht weiß, was er zu leisten vermag. Wenn ein

Maler oder Arzt General werden kann, so ist es auch nicht unwahrscheinlich, daß ein Seemann ein Schiff zu führen vermag. Wir stehen in einer Zeit, die Altes zerschmettert, um Neues zu schaffen. Die Kämpfe, denen wir entgegengehen, erfordern jugendliche Kräfte. Warum soll ich abgewiesen werden?«

»Weil du dir erst verdienen mußt, was du begehrst. Was hast du für den Staat geleistet? Du magst ein guter Seemann sein; du magst dies im privaten Leben auch bewiesen haben; der Marinebehörde aber bist du unbekannt und darfst nicht erwarten, daß man dir ein Schiff anvertraut, ohne dich vorher kennengelernt zu haben.«

»Aber man will mich nicht kennenlernen; man will keinen Offizier, der den Glauben hat, daß sein Schiff ebenso von Gottes Hand wie von den Winden geleitet wird.«

»So ändere deinen Glauben!«

Surcouf trat einen Schritt zurück und rief: »Bürger Bonaparte, du scherzest! Ich bin ein Katholik und bleibe es. Ich bin ein Franzose und bleibe es, obwohl mir von England Anerbietungen gemacht worden sind, die mir die Erfüllung meiner sehnlichsten Träume verheißen. Ich werde stets nur für mein Vaterland kämpfen, und gibt man mir kein Schiff, so nehme ich es mir!«

Napoleon machte eine abweisende Gebärde. »Das träumst du nur!« meint er scharf.

»Robert Surcouf träumt nie, Bürger Colonel! Du bist es, auf den ich meine letzte Hoffnung setze. Gib mir wenigstens ein kleines Fahrzeug, aus dem ich einen Brander herstellen kann, und du sollst sehen, daß ich das feindliche Flaggschiff in die Luft sprenge!«

»Hier, im Hafen von Toulon? Ah, nun bin ich wirklich überzeugt, daß du träumst; Bürger Surcouf, geh; deine Dienste werden nicht gebraucht!«

»Ist dies dein letztes Wort?«

»Mein letztes!«

»So habe ich meine Schuldigkeit getan und kann nun nach Belieben handeln. Es wird eine Zeit kommen, wo Frankreichs Ruhm zur See zusammenbricht, wo man vergebens ausschaut nach einem Mann, der unsere Flagge siegreich steigen lassen könnte; aber dieser Mann wird fehlen. Dann, ja dann wird man sich des Bürgers Surcouf erinnern; man wird ihn rufen, doch er wird diesem Ruf nicht Folge leisten.«

»Ah, dein Traum wird zum Fieber! Man wird dich niemals rufen, denn du wirst niemals zu verwenden sein. Und wäre ich selbst es, der hier zu entscheiden hätte, so würde ich der letzte sein, der deinen Namen nennt. Frankreich braucht Männer und besonnene Köpfe, aber nicht Knaben und Phantasten. Heute hast du gesprochen, und bereits morgen wirst du vergessen sein!«

Da trat Surcouf hart an den Offizier heran und legte ihm die Hand schwer auf die Schulter. »Bürger Bonaparte, ich will dir nicht Gleiches mit Gleichem vergelten; ich sage dir offen, daß ich dich für einen Mann halte, der seinen Weg machen wird; auf diesem Weg aber wird dir einst Robert Surcouf begegnen und dann wirst du bedauern, daß du ihn so schnell vergessen hast.

Wir sind geschieden für ewige Zeiten; vorher aber sage mir noch eins: was wirst du mit Pater Martin, meinem Gefährten, tun?«

»Darnach hast du nichts zu fragen. Er hat sich gegen die Verordnungen des Konvents gesträubt und wird seine Strafe erleiden.«

»Er hat Gott mehr gehorcht als den Menschen, und darum wird ihn Gott beschützen. Versucht es immerhin, den Ewigen abzusetzen; es wird euch schwer werden. –«

2. Der Blockadebrecher

Am Abend desselben Tages saß Pater Martin allein in seiner Kammer. Es war ihm gesagt worden, daß sein Gefährte frei sei und nicht wieder zurückkommen werde. Draußen vor dem Ort donnerten die ehernen Stimmen der Geschütze trotz der herrschenden Dunkelheit, und im Hof erklang der regelmäßige Schritt der Schildwache, die vor dem Fenster des Gefängnisses Wache zu halten hatte.

In den Gassen von Beausset und besonders vor dem Hauptquartier standen Gruppen von Soldaten, die sich über die nächtliche Kanonade unterhielten. Es war dies ein Zeichen, daß mit dem Oberst Bonaparte ein neuer Geist in die Belagerungsarmee getreten war, und man gab sich der Hoffnung hin, daß man einen baldigen Erfolg bemerken werde.

Da kam sporenklirrend ein Offizier die Gasse herab und trat in das Haus. Er schritt geradewegs durch den Flur nach dem Hof und blieb vor dem Posten stehen. »Bürger Soldat, wie heißt du?« fragte er kurz und barsch.

»Etienne Girard«, antwortete der Gefragte salutierend.

»Nun wohl, Bürger Girard, öffne mir die Tür, die zu dem Gefangenen führt!«

Der Soldat gehorchte ohne Widerrede. Der Offizier blieb vor dem Eingang stehen und befahl dem Priester:

»Bürger Martin, folge mir! Du sollst die Ehre haben, vor dem General zu erscheinen, der dich draußen in der Schanze sprechen will.«

Der Gefangene erhob sich und verließ still und gehorsam die Kammer. Der Offizier schob dem Soldaten ein versiegeltes Papier in die Hand und gebot ihm: »Hier die Bescheinigung, daß du mir den Gefangenen übergeben hast, Bürger Girard. Du wirst sie dem Bürger Colonel Bonaparte einhändigen, sobald er zurückgekehrt ist; für jetzt aber bist du abgelöst.«

Er entfernte sich mit dem Priester und schritt mit ihm an den Militärposten vorüber, zur Stadt hinaus. Draußen aber änderte er die Richtung und schwenkte links ab in das Feld hinein; an einer einsam gelegenen Stelle angekommen, blieb er halten.

»Bürger Martin, du stehst vor deinem Richter«, sprach er mit derselben Stimme, mit der er vorhin gesprochen hatte.

Der Priester blickte auf. »Du?« fragte er. »Du wolltest mein Richter sein?«

»Ja. Aber ich bin dir ein gerechter Richter, ich spreche dich frei.« Und in völlig verändertem Tone setzte er lachend hinzu: »Vraiment, sogar der gute Pater Martin hat mich nicht erkannt!«

Bei dieser Stimme fuhr der Priester überrascht empor. »Robert Surcouf, ist es möglich!« rief er.

»Pst, leise!« warnte der andere. »Da drüben gibt es Leute, die sich sehr für uns interessieren.«

»Aber wie kommst du zu mir? In dieser Uniform? Weißt du, wie gewagt dein Spiel ist?«

»Gewagt? Ah pah! Diese Herren Maler und Ärzte, die es sich beikommen lassen, den General zu spielen, sind mir nicht gefährlich; aber vor diesem kleinen Colonel Bonaparte muß man sich ein wenig in acht nehmen. Du fragst, wie ich zu dir komme. Glaubst du etwa, daß Robert Surcouf der Mann ist, sein Versprechen nicht einzulösen? Und diese Uniform? Haha, sieh sie dir einmal genauer an! Es ist der Rock eines Douaniers, eines Zollwächters, der ihn ausgezogen hat, weil er ihn auf dem Schafott nicht mehr brauchte. Ich habe gute Freunde und Bekannte, auf die ich mich verlassen kann. Ich werde ein wenig hinein nach Toulon gehen, um zu sehen, was zu machen ist.«

»Tu dies ja nicht! Du wagst dein Leben!«

»Sorge dich nicht um mich! Ich weiß ganz genau, was ich wage. Jetzt handelt es sich zunächst um dich. Du bist frei. Wohin gedenkst du dich zu wenden?«

»Ehe ich dich traf, hatte ich die Absicht, die italienische Grenze zu erreichen. Drüben wird man für mich sorgen.«

»Du sollst sicher hinüberkommen, mein guter Pater Martin. Ich kenne einige wackere Männer, denen du nach Frejus folgen wirst; sie werden dich auf einem Fahrzeug hinüberbringen.«

Er stieß einen leisen Pfiff aus, worauf zwei Gestalten aus der düsteren Nacht auftauchten.

»Hier ist der würdige Pater Martin, ihr Leute. Ich übergebe ihn euch, weil ich weiß, daß er in euren Händen ebenso sicher ist wie in den meinigen. Gebt mir nur meinen Rock zurück und nehmt diesen dafür! Und jetzt, frommer Vater, wollen wir Abschied nehmen! Wie werden beide dieses Land verlassen, aber unsere Wege werden wohl nie wieder zusammentreffen. Bete für mich, denn das Gebet eines Gerechten vermag viel, und ich werde es brauchen können!«

»Gott segne dich, mein Sohn! Ich –«

Er sprach nicht weiter, denn Surcouf war bereits im Dunkel verschwunden, hatte ihm aber vorher etwas in die Hand gedrückt. Der Priester fühlte, daß es Geld war; er mußte den beiden Schiffern folgen, ohne es zurückweisen zu können. –

Eine halbe Stunde später kehrte Napoleon von der Schanze ins Quartier zurück, und Etienne Girard beeilte sich, ihm das Schreiben zu überreichen. Es enthielt allerdings eine Empfangsbestätigung und lautete:

»An den Bürger Colonel Bonaparte! Ich bestätige hiermit den Empfang eines Mitgefangenen, des frommen Paters Martin. Ich habe ihm die Freiheit gegeben, um ihn ungerechten Richtern zu entziehen und dem Bürger Bonaparte zu zeigen, daß der Bürger Surcouf nicht bloß zu träumen, sondern auch zu handeln vermag.

Er hat versprochen, sich ein Schiff zu holen, wenn man ihm keines gibt, und er wird sein Wort halten. Robert Surcouf.«

Der Korse ließ sich von dem Soldaten das Geschehene berichten und starrte dann lange auf die Zeilen nieder. Sollte er den überlisteten Posten bestrafen? Nein. Er winkte schweigend, und der Mann trat ab. Der Colonel traf nicht einmal Anstalten, den Entflohenen zu verfolgen. Es wurde über die ganze Angelegenheit kein Wort gesprochen.

Napoleon hatte übrigens anderes zu tun, als sich um einen Flüchtling zu kümmern, dessen Besitz ihm nicht den mindesten Vorteil brachte. Die beiden Generäle Carteaux und Doppet gaben nämlich die Besetzung des Punktes, auf den sie durch Surcouf aufmerksam gemacht worden waren, nicht zu; desto klüger aber waren die Engländer, die plötzlich die Wichtigkeit des Ortes erkannten, 4000 Mann hinlegten und ihn mit furchtbaren Verschanzungen versahen. Diese Befestigungen waren so stark, daß sie den Platz Klein-Gibraltar nannten.

Voll Ärger über diesen Fehler fertigte Napoleon einen Bericht an den Konvent ab, infolgedessen der Oberbefehl im November dem tapferen und einsichtsvollen Dugommier übertragen wurde. Dieser erkannte, welchen Mann er in dem jungen Korsen besaß, und gab seinen Vorschlägen offenes Gehör. Es wurden ganz in der Stille die nötigen Vorkehrungen getroffen, die volle drei Wochen in Anspruch nahmen; hierauf begann ein dreitägiges entsetzliches Bombardement auf Klein-Gibraltar, das dann im Sturm genommen wurde.

Unter den Bewohnern der Stadt herrschte natürlich eine große Aufregung. Viele Tausende hatten sich an dem Aufstand gegen den Konvent beteiligt und die Engländer willkommen geheißen, als deren Flotte kam, um Toulon »im Namen Ludwigs des Siebzehnten von Frankreich« in Besitz zu nehmen. Sie alle waren verloren, wenn die Verteidigung nicht gelang. O'Hara, der Stadtkommandant, machte die riesigsten Anstrengungen, um die Belagerung abzuweisen; aber als Klein-Gibraltar verloren war, erkannte er die Vergeblichkeit jeder Mühe. Auch der Befehlshaber der englischen Flotte, Admiral Lord Hood, erklärte, daß Toulon nun nicht mehr zu halten sei, und verließ den Hafen. Er kreuzte draußen auf der Reede und nahm die Truppen nebst denjenigen Einwohnern auf, die sich bloßgestellt hatten. Wohl an die vierzehntausend Menschen verließen auf diese Weise die Stadt, um sich der Rache des Konvents zu entziehen, von dem man wußte, daß er nicht zur Milde geneigt war.

In einem engen Gäßchen, unweit des inneren Hafens gelegen, gab es eine Weinschenke, die nur von Matrosen besseren Schlages besucht wurde. Oncle Carditon, wie der Wirt genannt wurde, war ein anständiger Mann, der alles Gesindel von seinem Hause fernzuhalten wußte. Dabei war er ein guter Christ und ein eifriger Patriot.

Es war einen Tag vor dem Sturm auf Klein-Gibraltar, als ein fremder Mann in die Schenke trat, in der zur Zeit kein anderer Gast weilte. Er trug die Kleidung eines englischen Marinematrosen und zeigte auch die dreiste Ungezwungenheit dieser Leute, denn er legte, nachdem er sich gesetzt hatte, die schmutzigen Füße auf den mit einem weißen Linnen gedeckten Tisch und stieß, mit der Faust aufschlagend, einen lauten Fluch aus, um den Wirt herbeizurufen.

Dieser trat heran und erkundigte sich in aller Höflichkeit nach dem Begehr des Gastes.

»Wein!« sagte dieser.

»Habt Ihr ein Gefäß bei Euch, damit Ihr das Getränk mit fortnehmen könnt?«

»Wer sagt Euch denn, daß ich den Wein fortschleppen will? Ich bin Gast und werde ihn hier trinken.«

»Wenn Ihr von meinem Wein trinken wollt, so müßt Ihr ihn allerdings mit fortnehmen, denn hier trinken könnt Ihr ihn nicht. Wer mein Gast sein will, der hat sich so zu betragen, daß ich mich seiner nicht zu schämen brauche. In meinem Hause pflegt man nämlich die Beine hübsch unter den Tisch zu tun.«

»Was gilt die Wette: Ich lasse die Beine, wo sie sind, und bin Euch doch willkommen!«

»Daran denkt kein Mensch! Ich ersuche Euch, schleunigst abzusegeln!«

»Auch wenn man mich hierherbestellt hat?«

»Wer?«

»Robert Surcouf.«

»Surcouf? Der? Einen Engländer? Ah, das ist etwas ganz anderes. Erlaubt, daß ich Euch ein Glas bringe!«

»Nun, wer hat recht?« lachte der Fremde. »Jetzt aber sehe ich ein, daß ich an die richtige Adresse gekommen bin und werde manierlicher sein. Habt keine Sorge, Oncle Carditon, ich bin kein Engländer, sondern ein Kind unserer guten Bretagne; ich war nur gezwungen, mich in dieser Verkleidung durch die Feinde hindurchzuschmuggeln. Ist Surcouf daheim?«

»Er ist da. Welchen Namen soll ich ihm nennen?«

»Bert Ervillard.«

»Ervillard!« rief der Wirt erfreut. »Wirklich? Oh, warum sagtest du das nicht gleich!«

»Weil ich zum Spaß sehen wollte, ob du wirklich ein so großer Brummbär bist, wie man sagt, Oncle Carditon.«

»Es ist nicht so schlimm; aber ich kann nun einmal die Engländer nicht leiden. Wo hat dich unser Bote getroffen?«

»In Tropez. Surcouf wußte, daß ich dort zu finden war. Hat er etwas gefunden?«

»Ich weiß es nicht. Er ist sehr verschwiegen, was ich nicht tadeln kann.«

»Wie ich ihn kenne, ist er bereits im klaren. Ich bin erst vor zwei Stunden angekommen und weiß dennoch bereits, was ich tun würde. Da sah ich zum Beispiel eine Brigantine, scharf auf den Kiel gebaut, schlank wie eine Taube und glatt wie ein Falke; sie hatte zwanzig Stückpforten und schien vor kurzem vom Stapel gekommen zu sein. Das wäre eine Prise, he!«

Der Wirt lächelte geheimnisvoll schelmisch. »Du meinst ›The hen‹, die da drüben vor Anker liegt? Ja, ein feines Schiff! ›La Poule‹ würde besser klingen als ›The hen‹, das ist wahr. Na, wer weiß, was sich ereignen kann. Surcouf sagte, daß ihm nichts zu schwer sei, wenn du ihm helfen würdest. Komm, ich will dich zu ihm führen!«

Er leitete Ervillard eine Treppe empor, und als er zurückkehrte, bekam er weitere Arbeit, da ein Trupp Hafenarbeiter hereinstürmte und seine Dienste in Anspruch nahm. Kurze Zeit später trat ein Mann ein, der in stolzer Haltung die vordere Stube durchschritt und in dem hinteren Zimmer verschwand, das den Aufenthalt der Kapitäne und Steuerleute bildete. Er besaß eine hohe, plumpe, ungeschlachte Gestalt, und sein aufgedunsenes Gesicht hatte jene bläulich-rote Färbung, die man vorzugsweise an Schnapstrinkern zu beobachten pflegt.

In dem Angesicht des Wirts zuckte es eigentümlich, als er, ohne erst auf eine Bestellung zu warten, dem neuen Gast ein großes Glas voll Kognak nachtrug. Er grüßte ehrerbietig, aber ein aufmerksamer Beobachter hätte vielleicht doch einen verstohlenen Blick belauscht, der auf eine ganz andere Gesinnung schließen ließ.

»Nun?« fragte der Gast kurz, nachdem er den Inhalt seines Glases hinabgegossen hatte.

»Ich habe nachgesehen, Kapitän, und –«

»Still!« gebot ihm der andere. »Laß deinen Kapitän beiseite! Es braucht niemand zu hören, wer ich bin. Also du hast nachgesehen?«

»Ja.«

»Und –?«

»Es wird gehen. Nur müßt Ihr Euch mit genug Arbeitskräften versehen. Die Mauer ist sehr schwer zu durchbrechen, und lange Zeit darf der Vorgang doch nicht in Anspruch nehmen.«

»Das ist richtig. Hast du niemanden, der helfen kann?«

»Nein. Ich will überhaupt dabei ganz aus dem Spiel bleiben. Ich darf nicht das geringste wissen, versteht Ihr? Es wäre um mich geschehen, wenn man ahnte, daß ich im Einverständnis bin.«

»Aber woher die Leute nehmen! Diese Bürger-Soldaten schießen so sicher, daß ich bereits den dritten Teil meiner Leute eingebüßt habe. Wie viele Personen werden erforderlich sein?«

»Zwanzig ganz sicher.«

»Ah, und ich habe insgesamt nicht mehr als vierzig! Ich brauche überhaupt neue Hände an Deck, und hier ist niemand zu bekommen. Weißt du keinen, der Lust hat, es einmal auf einem Engländer zu versuchen? Ich zahle dir für jeden eine Guinee.«

»Hm, vielleicht; aber ein Engländer ist es nicht.«

»Ein Franzose?«

»Ja, doch hat er es sehr eilig, aus dem Lande zu kommen.«

»Das ist mir lieb; solche Leute sind am besten zu gebrauchen. Wo ist der Kerl?«

»Hm! Er muß noch hier im Hause sein. Und wenn ich mich nicht täusche, hat er auch einige Kameraden, die sich vielleicht bereden lassen, auch an Bord zu gehen.«

»So schaffe ihn mir einmal herbei, aber schnell; ich habe nicht viel Zeit! Vorher jedoch bringe mir eine ganze Flasche Kognak; denn ein guter Schluck macht solche Leute willfährig.«

Der Wirt brachte das Bestellte und stieg dann abermals die Treppe empor. Dort oben gab es ein kleines verstecktes Zimmer, an dessen Tür Oncle Carditon klopfte. Es wurde geöffnet, und zwar von Surcouf, der sich mit Ervillard ganz allein in dem Raum befand.

»Was gibt es?« fragte der erstere.

»Der Kapitän ist da«, antwortete Oncle Carditon. »Er arbeitet uns ganz außerordentlich in die Hände. Er braucht Matrosen und hat mir eine Guinee versprochen für einen jeden, den ich ihm verschaffe.«

»Ah, Bert Ervillard, was meinst du dazu? Willst du Erster Offizier auf ›The hen‹ werden?«

Die Augen des Gefragten strahlten vor Vergnügen, als er erwiderte: »Robert Surcouf, du kannst dich auf mich verlassen. Sage mir, was ich zu tun habe!«

»Es freut mich, daß du dein Auge gerade so wie ich auf ›The hen‹ geworfen hast. Sie ist die schmuckste Seglerin, die ich jemals gesehen habe, und darum soll sie unser werden. Ihr Kommando führt der Kapitän zur See William Harton, kein ehrlicher Seemann, sondern ein Spitzbube, dem wir auf die Finger klopfen werden. Er weiß, daß Toulon nicht zu halten ist und daß die ganze Flotte in einigen Tagen den Hafen verlassen wird; natürlich sticht auch er in See, will aber vorher erst einen Streich ausführen, der an und für sich schändlich ist, uns aber trefflich zustatten kommt. Das Haus unseres Oncle Carditon stößt nämlich an die Banque orientale, in deren Kellern sich bedeutende Summen vermuten lassen. Das Eigentum der Bank steht natürlich unter öffentlichem Schutz; von außen ist ihm nicht beizukommen. Da hat sich nun dieser ehrliche Kapitän an Oncle Carditon gemacht, um ihn vorsichtig auszuforschen. Carditon ist scheinbar auf seine Absichten eingegangen, und so haben beide beschlossen, von der Taverne aus mit Brechwerkzeugen in die Keller einzudringen. Das soll in der Nacht geschehen, bevor die Flotte den Hafen verläßt. Bei Oncle Carditon darf man natürlich nichts finden; den ihm gehörigen Anteil will der Kapitän in Barcelona deponieren. Was sagst du dazu, Bert Ervillard?«

»Ich sage, daß dieser William Harton ein großer Dummkopf ist. Es gehört eine ungeheuere Verblendung dazu, unseren Oncle Carditon für so schuftig und so albern zu halten, auf ein solches Geschäft einzugehen.«

»Das ist richtig. Ich glaube, dieser Kapitän hat einen großen Teil seines Verstandes vertrunken. Die Sache ist jedoch sehr vorteilhaft für uns. Um die Mauern zu bewältigen, braucht er eine ziemliche Anzahl kräftiger Arme; er wird dazu seine eigenen Leute nehmen und also die Brigantine von Männern entblößen; ist dies geschehen, so werden wir handeln.«

»Sind wir zahlreich genug?«

»Habe keine Sorge! Ich kenne eine Anzahl braver Burschen, die sich zwar zerstreut in der Stadt befinden, aber in einer Viertelstunde zur Stelle sind, wenn ich sie brauche. Jetzt sagt uns Oncle Carditon, daß der Engländer Matrosen brauche. Willst du dich melden, Bert Ervillard? Wenn du mit einigen meiner Jungens an

Deck der Brigantine kommen könntest, so wäre das Unternehmen schon zur Hälfte gelungen.«

»Ich bin bereit.«

»So hast du keine Zeit zu verlieren. Als Engländer darfst du ihm natürlich nicht kommen. Sage ihm, daß du einige Bekannte in der Nähe hast, die auch gern einige Meilen Wasser zwischen sich und Frankreich bringen möchten. Am besten wäre es, wenn er euch für Landratten hält; er kann dann weniger leicht Mißtrauen schöpfen. Laß dir von Oncle Carditon ein anderes Gewand geben, und komm dann wieder herauf! –

Während sich dieser in die Schenke begab, rollte der Donner des Bombardements über die Stadt und die Reede hin; er schwieg selbst während der Nacht nicht still, und am anderen Morgen rüsteten sich die Truppen des Konvents zum Sturm. Es war noch dunkel, als Dugommier und Napoleon ihre Kolonnen gegen die Werke von Klein-Gibraltar führten. Das Tirailleurfeuer und die Kartätschen der Engländer wüteten in einer Weise unter den Franzosen, daß Dugommier, der sonst so Unerschrockene, sich mit den Worten »Wir sind verloren!« zurückzog. Napoleon hatte sich aber im fürchterlichsten Kugelregen einen Weg in die feindliche Feldschanze gebahnt, und bald befand sich Klein-Gibraltar in seinen Händen. Dann stürmte er die beiden Forts Balagnier und Eguillette, und nicht viel später erschienen bei ihm die Bevollmächtigten des Konvents, um ihm ihren Dank auszusprechen. Er hatte heute die erste große Stufe zum Konsulat und zum Kaiserthron erstiegen.

Admiral Hood zog sich zurück. Zunächst lichteten die größeren Schiffe die Anker; dann sollten die kleineren folgen. Die Reeden und das Meer waren von Schaluppen und anderen Fahrzeugen bedeckt, die sich mit Truppen und fliehenden Einwohnern an Bord des Geschwaders begaben. Unterdessen dauerte die französische Kanonade gegen die übrigen Befestigungswerke Toulons ununterbrochen fort. Die Erde zitterte unter dem Donner der Geschütze; die See schäumte unter den peitschenden Schlägen von tausend Rudern, und die Luft zischte hinter den zahllosen Geschossen, die sie nach allen Richtungen durchkreuzten. In der Stadt herrschte eine fieberhafte Aufregung. Man war auf den Gassen und Straßen seines Lebens nicht sicher. Wer den Konvent zu fürchten hatte, der floh, und wer zurückblieb, der verbarrikadierte sich in seinem Hause aus Furcht vor den Plünderern.

Diejenigen Schiffe, die noch in dem inneren Hafen lagen, mußten an den Befestigungen vorüber, die sich jetzt in den Händen der Konventstruppen befanden. Mehrere von ihnen wurden von den Artilleristen Napoleons in den Grund gebohrt; darum blieben die übrigen zurück, um den Schutz der Nacht zu erwarten, wo sie meinten, mit größerer Sicherheit auslaufen zu können. Zu ihnen gehörte auch die Brigantine »The hen«.

Als der Abend hereingebrochen war, stellte sich Kapitän Harton bei Oncle Carditon ein. Es befand sich kein einziger Gast in der Schenke, denn es gab niemanden, der Lust gehabt hätte, in dieser Zeit der Not die Seinen zu verlassen, um nach alter Gewohnheit beim Glase zu sitzen.

»Wie steht es; ist alles sicher?« fragte er den Wirt.

»Alles«, antwortete dieser.

»Und drüben in der Bank?«

»Man hat Wächter in die oberen Räume gestellt, nach unten aber können diese nicht. Übrigens ist die Kanonade so stark, daß kein Lauscher Eure Arbeit vernehmen kann. Habt Ihr genug Leute mit?«

»Ja. Öffne deinen Keller, sie werden gleich kommen. Weiter kümmerst du dich nicht um uns!«

»Hier ist der Schlüssel. Und ich gebe Euch mein Wort, daß ich es nicht bin, der Euch belästigen wird. Aber sagt vorher eins: habt Ihr die versprochenen Männer an Deck bekommen?«

»Ja. Es sind elf, lauter junge, unerfahrene Leute, die nur deshalb zu Schiffe gehen, weil ihnen hier der Boden unter den Sohlen brennt; aber ich bin doch froh, sie bekommen zu haben. Andere sind weniger glücklich wie ich, und die neunschwänzige Katze ist der beste Lehrmeister, den es gibt.«

»Ihr verwendet die Neulinge doch nicht zu dem jetzigen Unternehmen?

»Fällt mir gar nicht ein! Sie sind mir nicht sicher genug; auf meine Teerjacken aber kann ich mich verlassen.«

Er nahm den Schlüssel und ging hinaus. Der Wirt nickte befriedigt vor sich hin und brummte:

»Wirst dich wundern, alter Spitzbube!«

Nach einiger Zeit vernahm er draußen ein Geräusch zahlreicher Schritte, und wenige Minuten später trat Robert Surcouf ein. »Gefangen!« lachte dieser. »Jetzt, Oncle Carditon, gib uns noch einen guten Schluck; dann brechen wir auf.«

»Stecken sie fest?«

»Fest! Wir haben so viele Tonnen auf die Tür gewälzt, daß sie diese vom Keller aus gar nicht zu öffnen vermögen. Auch habe ich dafür gesorgt, daß sie von der Bank aus gut empfangen werden. Es sind über zwanzig Männer: ›The hen‹ ist von Leuten entblößt, und so zweifle ich nicht, daß unser Streich gelingen wird.«

»Ihr werdet sofort in See stechen?«

»Nein. Robert Surcouf ist kein Einbrecher, der nur im Dunkel der Nacht sein Wesen treibt. Ich werde am hellen Tage und mit offener französischer Flagge den Hafen verlassen.«

»Das würde keine Kühnheit, sondern Wahnsinn sein!«

»Desto sicherer wird es gelingen. Hab' Dank für deine Hilfe, mein guter Oncle Carditon. Du wirst von mir und den Meinigen bald hören!«

Draußen im Flur standen gegen dreißig Männer, die sich tagsüber in den oberen Räumen des Hauses versammelt hatten. Sie tranken auf das Gelingen ihres Vorhabens und verabschiedeten sich dann von dem Wirt. Mit Surcouf an der Spitze begaben sie sich an das Wasser, wo sie die Boote fanden, auf denen Kapitän Harton mit seinen Leuten angekommen war. Sie bestiegen diese und ruderten auf »The hen« zu. Sie hatten die Brigantine noch nicht ganz erreicht, so hörten sie, daß an deren Bord jemand ein Liedchen pfiff.

»Das ist das Zeichen«, flüsterte Surcouf. »Die Unsrigen haben ihre Schuldigkeit getan und sich in den Besitz des Fahrzeuges gesetzt. – Ahoi, Brigantine!« fügte er laut hinzu.

Da bog sich ein Kopf über die Reling herab, und die Stimme Bert Ervillards fragte: »Boote ahoi! Welche Männer sind es?!«

»Die richtigen!« antwortete Surcouf.

»Grâce à Dieu! Laßt die Treppen herab, Jungens! Der Kapitän kommt!«

Die Ankommenden stiegen an Bord und zogen dann die Boote nach. Bert Ervillard hatte die Besatzung des Schiffs hinunter in den Kielraum gelockt und dort eingeschlossen. Die Brigantine befand sich in der Gewalt Surcoufs, und eine nähere Untersuchung ergab, daß ihre Ausrüstung bis auf das Allerkleinste ganz vorzüglich war. Der schwierigste Teil der Aufgabe freilich war noch zu lösen: es galt, das so leicht eroberte Fahrzeug nun auch zu behaupten.

Während der Nacht versuchten mehrere Schiffe, an den Batterien der Franzosen unbemerkt vorüberzukommen, aber die Kanoniere waren aufmerksam und ließen sich nicht täuschen. Surcouf blieb ruhig vor Anker liegen und verwendete auch den ganzen Vor- und Nachmittag nur darauf, die Brigantine für seine Zwecke einzurichten und ihr den möglichst hohen Grad Seetüchtigkeit zu geben. Durch einen Boten, den er in Oncle Carditons Schenke sandte, erfuhr er, daß die Engländer noch immer als Gefangene im Keller steckten und auch nicht eher hervorkommen dürften, als bis »The hen« in See gegangen sei.

Endlich am späten Nachmittag gab das Admiralsschiff den noch in den Häfen befindlichen Fahrzeugen das Zeichen, schleunigst in See zu gehen, und zu gleicher Zeit sah man die Besatzung von dreizehn französischen Orlogschiffen, die sich an dem Aufstand gegen den Konvent beteiligt hatte, ihre Fahrzeuge verlassen, um sich an Bord der Engländer zu begeben.

Bei diesem Anblick ballte Surcouf die Faust. »Treulose Feiglinge!« sagte er zu Bert Ervillard, seinem Leutnant. »Wir wagen das Leben, um dem Feind eine kleine Brigantine abzunehmen, und sie lassen neun Linienschiffe und vier Fregatten im Stich, eine ganze Flotte, mit der ich diese Engländer um die Erde jagen würde!«

»Sie verdienen, an die große Rahe gehängt zu werden!« antwortete Ervillard. »Aber ein Trost ist es, daß ihre Schiffe der Nation verbleiben werden, denn der Konvent wird sie schleunigst in Besitz nehmen.«

»Meinst du wirklich? Ich sage dir, daß auf jedem dieser Schiffe bereits die Lunte brennt; in kurzer Zeit wirst du dreizehn riesige Flammen leuchten sehen.«

»Ist es nicht möglich, wenigstens eines davon zu retten und in Besitz zu nehmen?«

Surcouf schüttelte den Kopf. »Ich tue es nicht. Der Konvent hat mich abgewiesen; ich habe kein Recht, mich eines seiner Schiffe zu bemächtigen, und also auch keine Verpflichtung, ihm eins zu retten. Übrigens sind wir zu wenig Mann, mit einem Orlogschiff zu manövrieren; unsere kleine Brigantine entspricht meinen Zwecken viel besser, und ich halte es für geratener, dem Feind ein Fahrzeug vor der Nase wegzunehmen, als den Retter zu spielen, wenn ich weiß, daß ich statt des Lohns nur Undank ernte. Ich habe diesem Colonel Bonaparte gesagt, daß Frankreichs Flagge sich senken werde; er hat mich ausgelacht; aber bereits heute beginnt die Trauer unserer Marine, denn das Meer wird dreizehn ihrer besten Schiffe im Wert von vielen Millionen verschlingen. Vielleicht denkt der Colonel, wenn er die Flammen lodern sieht, an mich, obgleich er mich so schnell vergessen wollte.« –

Der Abend neigte sich auf die unglückliche Stadt Toulon, und kaum hatte sein Dunkel die Umrisse der Plätze und Straßen umhüllt, so ertönte ein Donnerschlag, der Erde und Wogen erbeben machte: das Hauptmagazin war explodiert und in die Luft geflogen, und zu gleicher Zeit stiegen aus dem Zeughause fünf mächtige Flammensäulen zum Himmel auf. Kaum war dies geschehen, so liefen auch an den Masten der dreizehn französischen Kriegsschiffe züngelnde Feuerschlangen empor.

Die ganze Stadt und die Häfen wurden von diesen gewaltigen Feuern tageshell erleuchtet. Alles, was Ruder und Segel besaß, flüchtete hinaus auf die offene See, und nur die Brigantine blieb ruhig liegen. Sie war von den eroberten Forts aus ganz gut zu beobachten; man konnte von dort mit den Ferngläsern sogar die Bemannung erkennen, die sich auf den Rahen und im Takelwerk befand, um den Anblick des feurigen Panoramas besser genießen zu können. Das Verhalten dieses Fahrzeugs mußte natürlich auffallen; man konnte sich keinen Grund denken, weshalb sich dieser Engländer nicht auch in Sicherheit brachte, und behielt ihn scharf und mißtrauisch im Auge, bis nach einigen Stunden die Flammen erloschen und die Dunkelheit sich wieder über Land und See ausbreitete.

Bereits mit Tagesanbruch stand Napoleon in einer der den Hafen beherrschenden Batterien. Er hatte während der Nacht nicht geschlafen, so wenig wie General Dugommier, der sich an seiner Seite befand. Sie hatten die Fernrohre an den Augen und beobachteten das Fort La Malgue, das ihnen noch Sorgen bereitete. Es schien verlassen zu sein, aber man konnte annehmen, daß es vorher unterminiert worden war. Bei dieser Gelegenheit richtete Napoleon sein Glas auch auf die Brigantine, die sich soeben aus dem aufsteigenden Nebel abzuzeichnen begann.

»Was ist das?« rief er. »Bürger General, welcher Name hat gestern am Bug dieser Brigantine gestanden, die uns so viel zu denken gibt?«

»The hen«, antwortete der Gefragte.

»Man hat während der Nacht diesen Namen überstrichen und geändert. Das Wort ist ganz deutlich durch das Rohr zu erkennen.«

Der General richtete sein Glas, las und schüttelte den Kopf. »Unbegreiflich!« meinte er. »Da steht geschrieben ›le faucon‹; aus der englischen ›Henne‹ ist ein französischer ›Falke‹ geworden. Was hat dies zu bedeuten?«

»Nichts anderes als eine List, ein Verrat gegen uns.«

»Pah, dieses kleine Fahrzeug kann uns nichts tun! Ah, jetzt hißt es die Segel! Mille tonnèrres, die Wimpel haben französische

Farbe! Man hebt den Anker; die Morgenluft bläht die Leinwand; die Brigantine will in See stechen!«

»Das will ich ihr verbieten!« meinte Napoleon. Er trat an eine der Kanonen, deren Lauf er eigenhändig richtete; dann lächelte er, seiner Sache gewiß: »Sie muß in Schußlinie vorüber. Man wird sehen, ob der Bürger Bonaparte noch zu schießen vermag.«

Der General gab mit der Hand ein verneinendes Zeichen. »Der Mann da auf dem Hinterdeck kommt mir nicht wie ein Engländer vor. Ich bin kein Seemann, aber das sehe ich, daß sich das Schiff in ausgezeichneten Händen befindet; es gehorcht wie ein Vollblutpferd dem leisesten Steuerdruck. Übrigens beobachtet uns der Kapitän ebenso durch das Rohr, wie wir ihn.«

Bonaparte nahm sein Glas abermals vor und blickte hindurch; dann zog er es rasch vom Auge, wischte es ab und schaute noch einmal nach dem Befehlshaber der Brigantine. Dieser hatte ihn durch das Rohr erkannt, schwang sich in den Wanten empor und schwenkte grüßend seine Mütze.

»Er salutiert zu uns herauf«, meinte der General. »Er muß einen von uns beiden kennen.«

»Ich bin es, den er kennt«, antwortete Bonaparte.

»Ah! Wer ist es?«

»Bürger General, das ist eine Geschichte, die ich erzählen werde, wenn mir mehr Muße dazu bleibt. Dieser junge Mensch wollte von dem Konvent ein Schiff haben; man hat es ihm verweigert, und nun hat er sich selbst eines genommen, und zwar mitten aus der englischen Flotte heraus.«

»Außerordentlich! Wie hat er dies angefangen?«

»Mir unbegreiflich!«

»Wir werden es erfahren. Er hat jedenfalls die Bemannung zu überwältigen gewußt. Ein kühner Bursche! Leider aber wird er seinem Verderben entgegengehen. Draußen liegen die englischen Schiffe; sie werden ihn zusammenschießen.«

»Leider! Hätte er den Namen des Schiffes nicht so augenfällig verändert, so wäre es ihm möglich, hindurchzukommen.«

Jetzt kam die Brigantine in den Bereich der Batterie. Mit einem lauten Kommandoruf brachte Surcouf seine Leute hinauf auf die Rahen, wo sie, sich die Hände reichend, Parade bildeten. Zu gleicher Zeit flog die französische Flagge empor, und aus den Stückpforten krachte die gebräuchliche Zahl der Begrüßungsschüsse. Dies alles geschah mit einer solchen Gewandtheit und zierlichen Genauigkeit, daß selbst der sonst so kalte Bonaparte hingerissen wurde. Er kommandierte Feuer und gab mit geladenen Kanonen Antwort auf den Gruß des Mannes, den zu vergessen er sich vorgenommen hatte. Natürlich waren die Kugeln jetzt nicht gezielt; sie flogen weit an der Brigantine vorüber.

Kaum war sie vorüber, so wurde ein Mann am Bug herabgelassen, der sich mit der Inschrift zu schaffen machte. Jetzt sahen die beiden in der Schanze befindlichen Offiziere, daß der ursprüngliche Name nicht vertilgt, sondern nur mit einem Papier überklebt worden war, auf dem die zwei Worte »le faucon« standen. Diese Worte wurden jetzt entfernt, und nun kam wieder der frühere Name »The hen« zum Vorschein.

»Ah, diable, er hat uns betrogen!« rief General Dugommier. »Die ganze Szene war nur Komödie, um unangefochten an der Batterie vorüberzukommen. Man hat ihm kein Schiff gegeben, und nun ist er zum Feind übergegangen.«

»Das glaube ich nicht«, antwortete Napoleon. »Dieser Surcouf ist keines Verrats an seiner Nation fähig, denn er ist eigentümlicherweise ein frommer Christ und guter Katholik. Diese Art von Leuten hat neben anderen Eigenschaften auch die, daß man auf sie rechnen kann. Ich glaube eher, daß er beabsichtigt, die Engländer zu übertölpeln.«

»Das werden wir sehen, sobald er in den Bereich ihrer Kanonen kommt.«

Die Brigantine flog mit vollen Segeln und zierlich sich zur Seite neigend über die Reede dahin. Draußen kreuzten die Dreimaster der Engländer; man konnte mit dem bloßen Auge jedes einzelne Schiff erkennen. Am deutlichsten war das Flaggschiff zu unterscheiden, auf dem sich Admiral Hood in eigener Person befand. Die Brigantine hielt gerade auf dieses zu; sie wurde noch immer von den Fernrohren der beiden Offiziere verfolgt.

»Er segelt das Signalschiff an; er ist wirklich ein Abtrünniger«, sagte General Dugommier.

»Wir wollen noch warten«, meinte Napoleon. »Diese Begebenheit ist wirklich spannend!«

»Könnte er sich in die Nähe des Flaggschiffes wagen, wenn er den Engländern wirklich entkommen will?«

»Das scheinbar Schwierigste ist zuweilen das Leichteste. Ah, was ist das?«

»Die Leute, die wieder durch die Luken heraufsteigen?«

»Ja. Sie gingen vor zwei Minuten hinab; jetzt, da sie zurückkehren, tragen sie die Uniform englischer Seeleute. Mir ahnt, was dieser verteufelte Surcouf beabsichtigt. Wenn meine Vermutung in Erfüllung geht, so ist dieser junge Bretagner allerdings ein Mann, dem man ein Schiff hätte anvertrauen sollen!«

Die Wangen des Korsen röteten sich; die Brigantine nahm jetzt sein regstes Interesse in Anspruch. Er dachte nicht an Toulon, an die gewaltigen Werke, die vor ihm lagen, sondern er sah nur das kleine Fahrzeug, das keck und kühn den stolzen Linienschiffen Englands in die Zähne segelte.

»Der Mensch wird doch nicht so verrückt sein, zu glauben, daß er an diesem Punkt die Linie durchbrechen kann!« hob der General wieder an. »Er müßte sich weiter nach Ost halten, um dem Feinde den Wind abzugewinnen.«

»Wer weiß, welcher Berechnung er folgt! Vielleicht hat er trotz der kurzen Zeit ›The hen‹ genau kennengelernt, um zu wissen, was er mit ihr wagen kann. Voilà, da dreht das Flaggschiff bei! Er hat das Zeichen gegeben, daß er mit dem Admiral reden will.«

Jetzt kam ein Augenblick der größten Spannung. Das Flaggschiff hatte sich genähert, indem es den einen Teil seiner Segel voll im Winde ließ, den anderen aber so braßte, daß der Wind von außen empfangen wurde. Nun hätte man erwarten sollen, daß die Brigantine ihre Segel fallen ließ; statt dessen aber setzte Surcouf ein Sternsegel nahe am Wind bei und ließ den Helmstock des Steuerruders an der Leeseite festbinden. Dadurch wurde der Vorderteil des Schiffes der hohen See zugekehrt, und die beiden Fahrzeuge trieben einander langsam entgegen.

Napoleon sah durch das Rohr Surcouf auf dem Hinterdeck stehen, in englischer Uniform und das Sprachrohr in der Hand, aber in einer solchen Haltung, daß man vom Flaggschiff aus sein Gesicht noch nicht zu sehen vermochte. Kaum noch fünf oder sechs ihrer eigenen Längen war die Brigantine von dem Dreimaster entfernt, da winkte Surcouf mit dem Rohr. Sofort riß der Mann am Steuer das Tau vom Ruder, und das Sternsegel wurde gerefft: »The hen« nahm frischen Wind und kam wieder in schnelle Fahrt. Statt anzuhalten, strich sie mit ziemlicher Schnelligkeit an dem Dreimaster vorüber. Napoleon sah, daß Surcouf abermals den Arm erhob. In diesem Augenblick legte sich die Brigantine schwer zur Seite und die französische Flagge flog empor. Zunächst erblickten die beiden Offiziere einen lichten Rauch, der der Breitseite des kleinen Fahrzeuges entquoll; dann sahen sie das große, stolze Flaggschiff bis an die Spitze seiner Masten erzittern, und einige Augenblicke später hörten sie den Donner der Kanonen, mit denen der kühne Bretagner das Orlogschiff begrüßt hatte.

Eine Minute später faßte die Brigantine vollen Wind, und ehe man sich auf dem Linienschiff vom Erstaunen erholt hatte, war sie bereits aus sicherer Schußweite gekommen. Man sah, welche Verwirrung dieser außergewöhnliche Zwischenfall auf dem Admiralsschiff hervorrief; es wendete mühsam und jagte dem Flüchtling eine Breitseite nach, aber ohne zu treffen; dann flogen Signale an den Leinen empor, die von den anderen Schiffen beantwortet wurden, und bald befanden sich alle verfügbaren Fahrzeuge auf der Jagd nach dem verwegenen Zwerg, der es gewagt hatte, den Riesen zu täuschen und mit ihm anzubinden.

»Ah, excellent!« rief General Dugommier, indem er tief aufatmete. »Dieser Mensch ist wirklich ein kleiner Teufel, der alles Lob verdient.«

»Lob?« erwiderte Bonaparte. »Bürger General, was dieser Robert Surcouf geleistet hat, ist über alles Lob erhaben; ich, Napoleon Bonaparte, sage, daß er eine Schlacht gewonnen hat. Ich wünsche von Herzen, daß er entkommt. Stände ich an der Spitze der Marineangelegenheiten, so würde ich ihn zurückrufen, um ihm eine Flotte anzuvertrauen. Ich habe mich in diesem Genie getäuscht!« –

Drei Tage später trat ein korsischer Fischer aus Calvi bei ihm ein. Dieser hatte die Brigantine »le faucon« getroffen und von deren Befehlshaber einen Brief erhalten, um ihn bei Napoleon abzugeben. Sein Inhalt lautete:

»An den Bürger Colonel Bonaparte. Ich habe mein Wort gehalten und mir ein Schiff genommen. Wenn Gott mich beschützt, so daß ich unbeschädigt an Gibraltar vorüberkomme, wird man bald weiteres von meinen Träumen hören. Robert Surcouf.«

Napoleon Bonaparte faltete das Papier langsam und nachdenklich zusammen. Und doch ahnte er noch nicht, daß er einen der größten Fehler seines Lebens begangen hatte, als er diesem Mann seine Gunst verweigerte. –

Seit den letzterzählten Ereignissen waren sieben Jahre vergangen. Napoleon hatte in Italien seine Adler steigen lassen, in Ägypten seine Siege erfochten und war erster Konsul geworden. Der kleine Korse regierte mit Cambacères und Lebrun das Land, war jedoch in Wirklichkeit bereits der einzige Regent Frankreichs.

Die Prophezeiung Robert Surcoufs hatte sich aber dennoch erfüllt. Die Nation war von inneren Kämpfen zerrissen und von äußeren Kriegen geschwächt worden; zu Lande war ihr der Sieg treugeblieben, zur See aber hatte sie sich stets schwach gezeigt. Napoleon war ein großer Feldherr, aber ein schlechter Admiral; es fehlte Frankreich an einem Geist, der berufen gewesen wäre, ein Bonaparte zur See zu sein.

Die Marine war Frankreichs schwächste Seite, und darum war England sein gefürchtetster Gegner. Der eines großen Geistes würdige Plan Napoleons, England in Ägypten und Indien anzugreifen, war an der Unfähigkeit des Admirals Brueys gescheitert, der sich trotz seiner Übermacht von Nelson bei Abukir schlagen ließ. Das stolze Albion beherrschte alle Meere; sein Krämersinn übte auf die Schiffahrt aller Nationen einen Druck aus, der sich kaum ertragen ließ. England schrieb Gesetze vor und änderte diese nach Belieben; es trachtete nach dem Monopol des Handels, nach der Beherrschung des Weltverkehrs und erzwang sich auf diesem Weg des Drucks und der Pressung ungeheure Summen, mit denen es wieder imstande war, sich die Kabinette zu erkaufen und somit die Regierungen von sich abhängig zu machen.

England schien unverwundbar zu sein. Es besaß neben Nelson Hunderte von Seemännern, denen Frankreich nicht einen einzigen entgegenstellen konnte; es lachte der Anstrengungen seiner Feinde; es erlaubte sich die brutalsten Eingriffe in das Völkerrecht; es konnte dies ungestraft tun; es konnte die aufrichtig gemeinten Friedensanerbietungen des Ersten Konsuls mit verächtlichem Schweigen oder mit beleidigenden Floskeln beantworten, denn der einzige Franzose, den es fürchtete, wirklich fürchtete, schwamm in einem kleinen, unansehnlichen Fahrzeug auf fernen Meeren und hatte sich selbst aus seiner Heimat verbannt, weil er von ihr verstoßen worden war und da draußen in der Fremde Menschen gefunden hatte, die ihn liebten und verehrten, die ohne seinen Schutz nicht leben konnten und ohne seine Hilfe elend umgekommen wären. Und dieser einzige war kein anderer als Robert Surcouf, der kühne Sohn der Bretagne.

Es war an einem lichten Sommertag. Die Sonne Indiens neigte sich dem Untergang entgegen, so daß die Schatten der Masten riesenhaft über die Wogen fielen. Während des Tages hatte die glühende Hitze keinen erfrischenden Windhauch aufkommen lassen; jetzt aber erhob sich ein leises Lüftchen, das von Viertelstunde zu Viertelstunde immer stärker wurde und im Hafen von Pondichéry die warmen Fluten zu kräuseln begann.

Pondichéry, ursprünglich eine französische Kolonie, war den Franzosen 1793 von den Briten abgenommen und dem Nabob von Karnatik übergeben worden. Man hatte die Festungswerke geschleift und auch alle übrigen Erinnerungen an Frankreich zu verlöschen gesucht. Gerade jetzt lag der Hafen voller Schiffe; der in dieser Jahreszeit herrschende Südwestmonsun hatte sie herbeigeführt und bot ihnen treffliche Gelegenheit, ihren Weg nach Osten fortzusetzen. Es waren Fahrzeuge aller Nationen vorhanden, nur kein französisches; denn den Schiffen dieser Nationalität erschwerte man durch allerlei Schikanen die Einfahrt, und gar ein französisches Kriegsschiff brauchte den Versuch, hier die Anker zu werfen, schon gar nicht zu machen.

Etwas weiter vom Land entfernt als die anderen Schiffe, lag eine kleine Brigg mit Schonertakelage. Es war ein Yankee, der die Aufmerksamkeit der anwesenden Kapitäne nicht wenig in Anspruch nahm. Die Brigg hatte die neue amerikanische Bauart; scharfes bis an die Gallion verlängertes Vorderteil, schmale Brust und ungewöhnlich schlanken Körper. Sie zeichnete sich jedenfalls durch ihre feinen Wasserlinien und eine Schnelligkeit aus, die man recht gut auf sechzehn bis siebzehn Seemeilen für die Stunde annehmen konnte. Diese Brigg war gewiß ein ausgezeichneter Küstenfahrer; aber es gehörte ein kühner trefflicher Seemann dazu, sich mit einem so leicht dem Kentern ausgesetzten Fahrzeug über den großen Ozean zu wagen. Und dieser Seemann war noch so jung; er konnte kaum dreißig Jahre zählen. Er hatte Wein und Spirituosen geladen, die er gegen Opium und Indigo umzutauschen beabsichtigte; aber er hatte seine Ladung noch niemandem angeboten.

Ganz in der Nähe dieser Brigg lag ein Engländer, ein großes dreimastiges Kauffahrteischiff. Es hatte hier ausgezeichnete Geschäfte gemacht und wollte morgen den Anker lichten; für heute abend aber gab der Kapitän seinen Handelsfreunden ein Abschiedsfest, zu dem auch die Kapitäne der naheliegenden Schiffe geladen waren.

Als der Abend hereingebrochen war, ließ der Engländer einige Raketen steigen, worauf die Geladenen von ihren Schiffen stießen, um bei ihm an Deck zu kommen. Auch der Amerikaner stellte sich ein. Vom Lande kamen die Gäste herbeigerudert und brachten ihre Frauen und Töchter mit. Eine Musikkapelle war schon an Bord. Nach kurzer Zeit klangen ihre lustigen Weisen über die Wogen dahin. Das Vorderdeck war zum Tanzen geräumt, und im Hinterteil stand die lange Speisetafel nebst den Büfetts, an denen man sich nach Belieben erfrischen konnte.

Am muntersten ging es während der Tafel zu. Festreden und Trinksprüche wechselten; die Herren waren bereits ein wenig angeheitert und ließen sich nach Seemannsart mehr gehen, als es eigentlich die Anwesenheit der Frauen gestattet hätte. Natürlich wurden allerlei merkwürdige Seegeschichten erzählt; ein jeder hatte etwas Ungewöhnliches erlebt, und es kam manche Münchhauseniade zum Vorschein, über die herzlich gelacht wurde. Aber man erzählte auch Ernsthaftes, zum Beispiel von berühmten Kaperschiffen. Bei diesem Thema schlug einer der Kapitäne mit der Faust auf den Tisch und sagte: »Geht mir mit euren Kapers und Privateers[1]! Sie alle sind doch nichts gegen den ›Falken am Äquator‹. Wer unter euch hat ihn gesehen?«

[1] Englischer Ausdruck für Kaperschiff

Keiner antwortete, und der Sprecher fuhr fort: »So bin ich es allein, der ihm begegnet ist.«

»Begegnet? Wirklich?« rief es rundum. »Still! Ruhig! Erzählt, Kapitän! Wie sah er aus? Wie benahm er sich?«

»Das war vor zwei Jahren, unter fünf Grad nördlicher Breite und ungefähr auf der Länge von Andaman. Wir hatten einen Sturm, wie ich ihn nie erlebt hatte, und das will viel sagen. Der Tag war finster wie die Nacht; der Orkan schien aus allen Richtungen auf uns einzufahren; der Himmel hing bis auf die Wasser nieder, und die Wogen stiegen bis an die Wolken empor. Da plötzlich sahen wir beim Schein der Blitze ein fremdes Fahrzeug, dessen Schnabel gerade gegen unseren Bug gerichtet war. Seine Segel glänzten weiß wie das Federfell eines Schwanes, und – glaubt's oder glaubt's nicht! – der Halunke hatte kein einziges Reff gelegt; er fuhr mit voller Leinwand auf uns ein. Es war ein zweimastiges Fahrzeug, ungefähr so, was man eine Brigantine nennt. Natürlich hatte ich Angst vor dem Zusammenprall und befahl dem Mann am Steuer, einen Strich abzufallen. Da schoß der Fremde an uns vorüber, so nahe, daß ich ihn mit der Hand greifen konnte. Ich nahm das Sprachrohr an den Mund und rief ihn an: ›Schiff ahoi! Welches Fahrzeug?‹ Ich sah keine Menschenseele auf dem Deck; ein einziger Mann hing in den Backbordwanten. Dieser brauchte kein Rohr; er legte die eine Hand an den Mund und rief herüber, als ob das Brüllen des Sturmes nur ein leises Säuseln sei: ›Der Falke des Äquators, Kapitän Surcouf. Gebt ihm eins! Feuer!‹ Da erst sehe ich drüben die französische Flagge und unter ihr die blutrote Kaperflagge wehen; es tun sich sechs Geschützpforten auf und wir bekommen die Kugeln in den Rumpf, während der Franzose im Dunkeln des Wetters verschwindet. Na, wir haben die Löcher verstopft und weiter keinen großen Schaden gehabt; aber wenn der Kerl bei solchem Sturm den Spaß nicht lassen kann, wie mag es dann erst gehen, wenn er bei sicherer See einmal ernst macht!«

»Ja«, meinte einer der Zuhörer, »er soll ein entsetzlicher Mensch sein. Admiral Seymour sagte von ihm: ›Er hat eine jährliche Rente von 365 gekaperten Schiffen‹, und das ist genug gesagt. Er segelt mit seinem Zweimaster die größten Schiffe an und soll selbst ein Orlogschiff ersten Ranges nicht fürchten.«

»Oho!« rief der Kapitän, der den Wirt machte. »Mir sollte er nicht kommen; ich würde ihn schlimm heimschicken, so wahr ich James Sarald heiße!«

»Sprecht nicht zu viel, Kapitän!« warnte einer. »Kennt Ihr die Angriffsweise dieses Robert Surcouf?«

»Nun?«

»Er ist kein Seeräuber; er zeigt Euch ganz ehrlich seine Flagge und kommt an Euch heran, ohne einen Schuß zu tun. Bord an Bord aber springt er mit zwanzig Mann zu Euch an Deck. Wehrt Ihr Euch, so braucht er seine Waffen; ergebt Ihr Euch aber, so geschieht Euch kein Leid. Er führt Euer Schiff nach dem Hafen der nächsten französischen Kolonie, wo es im Namen Frankreichs mit Beschlag belegt wird. Ihr erhaltet richtige Bescheinigung und Reisegeld, um nach Hause zu kommen.«

»Weiter nichts? Mit zwanzig Mann? Pah!«

»Lacht ja nicht, Kapitän Sarald!« rief ein anderer. »In der Nähe des Kap Amber hat er mit zwanzig Mann den ›Bananian‹ geentert, ein Schiff der ostindischen Kompanie mit sechsundzwanzig Kanonen schwersten Kalibers und über zweihundert Mann Besatzung, alle gut bewaffnet.[1] Ich möchte ihm nicht begegnen!«

»Und ich wünsche nun gerade, ihm zu begegnen!« behauptete Sarald.

»Sprecht diesen Wunsch nicht aus, denn er könnte in Erfüllung gehen!« meinte sehr ernst der Amerikaner, der bisher schweigend zugehört hatte. »Es soll mit Surcouf nicht zu scherzen sein.«

»Oh, Ihr mögt Euch vor ihm fürchten, Ihr mit Eurer Nußschale«, antwortete Sarald, »ich aber würde ihm nur mit der neunschwänzigen Katze antworten.«

Der Yankee lächelte, während er kopfschüttelnd bemerkte: »Darauf könnte sehr leicht eine Gegenantwort erfolgen, die noch schlimmer als die Katze wirkt. Was aber meine ›Nußschale‹ betrifft, so dürfte sich diese mehr Ansehen erwerben als Euer Dreimaster.«

»Oho! Soll das eine Beleidigung sein?«

»Ich bin Euer Gast und pflege einen Gastfreund zu ehren, aber nicht zu beleidigen. Um Euch jedoch zu beweisen, daß ich auf meine Nußschale stolz sein kann, will ich Euch einmal ein Manöver von ihr zeigen, das mir nicht leicht einer nachmachen soll.«

»Was wäre das?«

»Paßt auf!« Er trat an die Reling, legte die Hand an den Mund und rief nach Lee hinüber, wo in einer Entfernung von vielleicht fünfhundert Faden seine Brigg lag: »Ahoi, Ervillard!«

»Ahoi!« antwortete es durch ein Sprachrohr von drüben herüber.

»Anker auf!«

»Aye, Master!«

Die Versammlung war im höchsten Grad neugierig, was geschehen werde. Man erhob sich und drängte nach der Leeseite, um die Brigg zu beobachten. Man sah, daß sie den Anker hob und ihre Leinwand entfaltete; dann rief der Yankee:

»Mesch'schurs, darf ich bitten, mir nach dem Achterbord zu folgen? Ich kann dort am besten mein Manöver erklären.«

Sie folgten ihm ohne Ausnahme nach dem hochgebauten Hinterteil des Schiffes, so daß sich vom Spriet bis an den Besan nur die Musikanten befanden, einige Matrosen ausgenommen, die die Gäste zu bedienen hatten; die anderen Deckhands befanden sich im Unterraum, wo sie sich heute beim Grog gütlich tun durften.

»Seht«, meinte der Yankee, »wie meine Brigg dem einen Segel gehorcht! Ein unvergleichliches Fahrzeug! Ein solcher Segler würde für Surcouf passen. Aber à propos, es wurde vorhin nicht geglaubt, daß er mit zwanzig Burschen ein Schiff mit zweihundert Mann und sechsundzwanzig Kanonen weggenommen hat. Was ist wohl schwieriger, Mesch'schurs, ein solches Schiff zu nehmen oder mitten in einem besuchten Hafen mit zwanzig Mann einen gut bewehrten Dreimaster zu entern?«

[1] Diese Tat ist geschichtlich wahr, so unglaublich sie auch klingen mag

»Das letztere ist geradezu unmöglich«, antwortete ein alter Seemann, der wohl bereits über fünfzig Jahre lang die See gepflügt hatte.

»Wirklich, Kapitän? Es soll Leute geben, die auch dieses Stück dem Surcouf zutrauen.«

»Mit zwanzig Mann?«

»Ja. Wir haben ja gehört, daß er die Gewohnheit hat, nur mit zwanzig Mann anzugreifen. Aber das sollen auch Burschen sein, die sich nicht fürchten, die Großmutter des Teufels aus der Hölle zu holen. Seht, da kommt die Brigg! Wie spöttisch sie herantänzelt, gerade als ob sie sich über den mächtigen Dreimaster lustig machen wollte, der kleine David über den Goliath!«

»Aber was soll das?« fragte Kapitän Sarald. »Was soll die Brigg so nahe bei mir?«

»Es ist das Manöver, zu dem ich euch hier auf dem Achterdeck versammelt habe. Seht, jetzt ist sie da; sie läßt das Segel fallen, und nun springen meine Jungens an Deck!«

»Aber ich frage noch einmal, wozu dieses Manöver? Was sollen Eure Jungens an meinem Bord?«

»Zählt einmal! Es werden genau zwanzig sein. Meine Herren und Damen, ich gebe mir die Ehre, mich vorzustellen. Ich bin kein Amerikaner, der Weine und Spiritus geladen hat. Ich habe geladen einige hundert Enterbeile, verschiedene Zentner Pulver, ein ganzes Arsenal vortrefflicher Waffen und zwanzig Kanonen, bei denen genug Leute stehen, um diesen guten Dreimaster in den Grund zu bohren. Mein Name ist Robert Surcouf!«

Es läßt sich nicht beschreiben, welche Wirkung diese Worte auf die Versammlung hervorbrachten. Die harten, unerschrockenen Männer, die so manchen Gefahren furchtlos in das Auge geschaut hatten, verstummten vor dem Namen, den sie soeben gehört hatten. Sie blieben sogar unbeweglich, als einige der Leute Surcoufs aufs schleunigste die Luken besetzten, damit die Matrosen des Kauffahrers nicht an Deck kommen könnten. Kapitän Sarald faßte sich zuerst.

»Robert Surcouf?« fragte er. »Seid Ihr wirklich Surcouf?«

»Ich bin es. Und diese Brigg ist der ›Falke des Äquators‹. Seht meine Leute an, Messieurs! Diese werden sehr höflich sein, solange ihr es verdient; an demjenigen aber, der zu widerstreben wagt, werden sie die Schärfe ihrer Waffen erproben. Bedenkt, daß ihr es mit zwanzig Burschen zu tun habt, die nicht gewöhnt sind, ihre Feinde zu zählen, und bedenkt, daß hier an der Seite dieses Schiffes zwanzig Kanonen auf mein Kommando warten, dieses Schiff in den Grund zu schießen. Ihr habt von Surcouf gehört, aber ihr habt ihn noch nicht gesehen; heute soll euch die Ehre zuteil werden, ihn kennenzulernen. Es sind Frauen an Bord, und Robert Surcouf ist ein Franzose, wird also nicht die Achtung und Ehrerbietung verletzen, die er Frauen schuldig ist. Darum will ich heute einmal nicht daran denken, daß ihr zu den Feinden meines Volkes gehört und daß mein Schiff ein Kaper ist, dem ihr verfallen seid. Was ich verlange, könnt ihr leicht gewähren. Ich wünsche, daß meine braven Jungens an dem Fest teilnehmen dürfen, das ihr gebt; ich wünsche ferner, daß ihnen ein Tänzchen erlaubt sei mit den Frauen, die das Fest verschönern. Wenn ihr mir dies gewährt, so verspreche ich, daß euch kein Haar auf eurem Haupt so gekrümmt wird, daß ihr nicht den mindesten Verlust habt, und daß unser geselliges Beisammensein so fröhlich enden wird, wie es begonnen hat. Surcouf hat lauter anständige Männer an Bord; der letzte seiner Leute ist ein Kavalier. Jetzt habt ihr zu entscheiden. Tut es schnell!«

Er verbeugte sich und trat einige Schritte zurück, um mit den beiden Pistolen zu spielen, die er aus der Tasche zog. Die Männer, die ohne Ausnahme waffenlos waren, steckten verlegen und flüsternd die Köpfe zusammen; die Weiblichkeiten aber betrachteten mit furchtsamer Neugier den berühmten Kaperkapitän und seine Untergebenen, die, bis an die Zähne bewaffnet, das Achterdeck von dem übrigen Raum abgesperrt hielten.

Die Beratung der Männer war zu Ende, und der Älteste von ihnen nahm das Wort: »Kapitän Surcouf, wir gestehen, daß Ihr uns in eine zweifelhafte Lage gebracht habt. Unsere Pflicht wäre, mit Euch zu kämpfen; halt!« – unterbrach er sich, als er sah, daß Surcouf bei dem letzten Wort die Hähne seiner Pistole aufzog – »laßt mich ausreden! Wir sollten eigentlich mit Euch kämpfen; aber Ihr selbst sagt mit Recht, daß die Gegenwart unserer Frauen und Töchter einige Rücksicht erfordert. Es soll daher zwischen uns ein Waffenstillstand geschlossen werden, der bis zum Anbruch des Morgens dauert; dagegen verlangen wir jedoch, daß das uns von Euch gegebene Versprechen buchstäblich erfüllt wird!«

»Es wird erfüllt; ich gebe euch mein Ehrenwort«, antwortete Surcouf. »Doch werdet ihr mir eine notwendige Bedingung gestatten. So lange ich mich bei euch befinde, darf kein Mensch ohne meine ausdrückliche Erlaubnis an Bord kommen, noch von Bord gehen, oder sonst etwas unternehmen, was meine Sicherheit gefährdet und dadurch auch euch in Gefahr bringen würde. Mein Schiff bleibt längsseits bei dem eurigen liegen, um die Erfüllung meiner Bedingungen zu überwachen, und sobald die Sonne am Horizont steht, ist der Waffenstillstand abgelaufen. Reichen wir uns als Ehrenmänner zum Zeichen des Einverständnisses die Hände!«

Diese Bedingungen wurden angenommen, und ein jeder bekräftigte durch Handschlag, sie zu halten. Nun gab Kapitän Sarald ein Zeichen, und die Musik begann aufs neue. Männer und Frauen durften das Vorderdeck wieder betreten; Freund und Feind mischten sich untereinander. Die Leute des ›Falken‹ zeigten sich gegen die Frauen so zart und anständig, daß das Vergnügen nicht durch den geringsten Hauch getrübt wurde.

Endlich, lange nach Mitternacht, gab Surcouf während einer Pause das Zeichen, daß er sprechen wolle. Man bildete einen Kreis um ihn. »Messieurs und Mesdames«, sagte er, »ich stehe im Begriff, mich von euch zu verabschieden. Ich danke euch für die Ehre, die ihr mir durch die Erlaubnis, an eurem Vergnügen teilzunehmen, erwiesen habt; noch mehr aber danke ich euch dafür, daß ich nicht gezwungen worden bin, von meinen Waffen Gebrauch zu machen. Ich liebe den Frieden, doch fürchte ich den Kampf nicht. Hättet ihr meine Vorschläge abgewiesen, so lebten viele von euch nicht mehr, und dieses Schiff befände sich jetzt als meine Prise auf dem Weg nach einem französischen Hafen. Sucht unter euren Bekannten meine Bitte zu verbreiten, mir nicht unvorsichtig zu widerstreben, wenn ich meine Flagge zeige. Das Schiff, das ich einmal als Feind betrete, verlasse ich entweder als Sieger, oder es fliegt mit mir und seiner Bemannung in die Luft; dieser unerschütterliche Entschluß ist das Geheimnis meiner Unüberwindlichkeit. England bereitet meinem Vaterland einen fortdauernden, unersetzlichen Schaden; zürnt also nicht mir, wenn man Gegenmaßregeln gebraucht. England hat uns die besten Schiffe unserer Marine genommen oder zerstört; verdenkt es nicht mir, wenn nun auch ich ein jedes britische Fahrzeug nehme, dem ich begegne. Wir scheiden jetzt im Frieden; wünschen wir um euretwillen nicht, daß wir uns auf offener See wiedersehen, denn dann würde ich es sein, der aufspielen läßt, aber zu einem weniger friedlichen Tanz. Kapitän Sarald mag jedoch überzeugt sein, daß sein Schiff der einzige Engländer ist, den Robert Surcouf betreten hat, ohne ihn ins Schlepptau zu nehmen. Er hat dies den Frauen zu verdanken. Lebt wohl!«

Fünf Minuten später flog der ›Falke‹ mit vollen Segeln hinaus in die offene See; die Kapitäne kehrten auf ihre Fahrzeuge zurück, um die Erfahrung reicher, daß Frankreich einen Seemann besitze, der für einen höheren Wirkungskreis geboren sei[1]. Er hatte in ihnen neue und eifrige Verbreiter seines Ruhmes gefunden. –

Wenig über eine Woche ging in Pondichéry die Nachricht ein, daß Robert Surcouf auf der Höhe von Colombo ein englisches Handelsschiff weggenommen habe. Darauf sei er einer Korvette mit fünfundzwanzig Kanonen begegnet, die ihm die Prise wieder abnehmen wollte; aber er habe auch diese Korvette geentert und dann beide Schiffe nach Mauritius gebracht. Diese vollständig verbürgte Nachricht trug nicht dazu bei, die Furcht vor dem kühnen Kaper zu vermindern. Das indische Gouvernement traf Maßregeln über Maßregeln; es sandte Kriegsschiffe aus, um Surcouf zu fangen oder zu töten; es setzte sogar einen hohen Preis auf seinen Kopf, aber diese Bemühungen blieben alle ohne Erfolg.

Napoleons Plan, England in Indien anzugreifen, war an der Unfähigkeit seines Admirals gescheitert. Und hier brachte ein einzelner Mann, der nur ein kleines Fahrzeug befehligte, einen Schrecken über alle indischen Besitzungen des stolzen Albion, einen Schrecken, der den Handel Englands ungemein schädigte, da man sich mit reicher Fracht kaum mehr in jene Breiten getraute und die Versicherungsbanken ganz bedeutende Prämien forderten, ehe sie die Garantie einer Ladung übernahmen, die nach dem Jagdgebiet Surcoufs bestimmt war.

Natürlich war der Ruhm seiner Taten längst nach Frankreich gedrungen, besonders durch den Gouverneur von Mauritius, bei dem er seine Prisen abzuliefern pflegte, und von dem auch die daraus gelösten Summen nach Paris übermittelt wurden. Man wurde auf ihn aufmerksam; die Marinebehörde trat unter der

[1] Auch der Ballabend auf dem englischen Dreimaster ist geschichtliche Tatsache

Hand mit ihm in Unterhandlung; sie ließ ihm durch dritte und vierte Stellen immer höher steigende Anerbietungen machen; er aber tat, als verstehe er diese Angebote nicht oder halte sie nur für eine leere Phrase.

Da plötzlich tauchte das Gerücht auf, daß ein berühmter englischer Parteigänger mit Kaperbriefen nach Indien gekommen sei, um sich den auf Surcouf gesetzten Preis zu verdienen. Er hatte sein Schiff »Eagle«, also »Adler« genannt, um anzudeuten, wie sehr er dem »Falken« überlegen sein werde. Dieser Kapitän hieß Shooter, hatte eine sehr bewegte Vergangenheit hinter sich und war besonders berüchtigt durch die Härte, mit der er die Disziplin auf seinem Schiff handhabte.

Die Wahrheit dieses Gerüchtes bewährte sich, denn man hörte sehr bald, daß Shooter einige kleine französische Kauffahrer weggenommen hatte. Die Mannschaft hatte er über die Klinge springen lassen, obwohl sie völlig unbewaffnet in seine Hände gefallen war. Die Grausamkeit verstieß gegen alles völkerrechtliche Übereinkommen und rief die Mißbilligung aller menschlich Denkenden hervor; noch entrüsteter aber wurde man über ihn, als man erfuhr, daß er einen förmlichen, und zwar mitleidslosen Krieg mit allen Menschen führe, die Franzosen waren. Er suchte die Inseln und Küsten des Indischen Meeres gründlich ab, und fand er in irgendeiner Niederlassung einen Ansiedler französischer Nationalität, so war es um diesen und sein Eigentum geschehen. Ganz besonders hatte er es auf die Missionare katholischen Bekenntnisses abgesehen. Fiel ein solcher Glaubensbote in seine Hände, so war dieser unbedingt verloren; man erzählte sich sogar, daß er solche Gefangene gewöhnlich den wilden Inselbewohnern ausgeliefert habe, wo sie vor dem Tod die furchtbarsten Martern zu erdulden gehabt hätten. Auf diese Weise verschwand damals mancher Priester der Mission, der sich allein in jene Breiten gewagt hatte und nun auf Borneo, Celebes oder Timor einem fürchterlichen Schicksal erlag.

4. Falke und Adler

Um diese Zeit lag in dem kleinen javanischen Hafen Kalima ein kleiner Klipper vor Anker, an dessen Bug man den Namen »Jeffrouw Hannje« lesen konnte. Nach diesem Namen zu urteilen, schien er niederländischer Nationalität zu sein, obwohl sein Bau sehr von dem in Holland gebräuchlichen abwich. Es kümmerte sich übrigens kein Mensch um ihn, denn Kalima war damals erst im Entstehen begriffen, und man hatte mehr zu tun, als die Schiffspapiere eines friedlichen, kleinen Seefahrers zu prüfen.

Der bedeutendste Ansiedler Kalimas war ein gewisser Davidson, der mit dem Kapitän der »Jeffrouw Hannje« Geschäfte haben mußte, denn dieser hatte sich bei ihm einlogiert, während seine Leute ohne Ausnahme an Deck hatten bleiben müssen. Die beiden Männer saßen in einer offenen Veranda, deren Blätterdach genügenden Schutz vor den Sonnenstrahlen bot, rauchten eine Sumatra und lasen in den neuesten Zeitungen, deren Datum aber trotzdem mehrere Monate zurücklag. Damals bedurfte es fast eines Vierteljahres, um eine europäische Zeitung nach Java zu expedieren.

»Also hört, Kapitän Surcouf, der Napoleon ist zum lebenslänglichen Konsul ernannt worden«, bemerkte der Ansiedler.

»Ich las es bereits vorhin«, nickte der Angeredete. »Man wird nächstens die Nachricht erhalten, daß er König oder Kaiser geworden ist.«

»Sprecht Ihr im Ernst?«

»Vollständig! Dieser Konsul Bonaparte ist ein Mann, der nicht auf halbem Wege stehen bleibt.«

»Ah, Ihr seid ein Bewunderer von ihm?«

»Nein, obgleich ich anerkenne, daß er ein Genie ist. Ich diene meinem Vaterland und achte einen jeden, der sich bemüht, es von dem Druck Englands zu befreien. In diesem Punkt besitzt der Konsul meine vollste Sympathie. Nur weiß ich nicht, ob er den allein richtigen Weg zum Ziel einschlagen wird. Die Macht Englands wurzelt in seinen Kolonien und in dem Vorrang, den es sich in Angelegenheiten des Welthandels angemaßt hat. Man nehme ihm diese Kolonien; man führe seinen merkantilen Einfluß auf das richtige Maß zurück; man schwäche seine Verbündeten und stärke seine Gegner, was weiß ich noch! Ich bin nicht Konsul, und es genügt ja, wenn nur er das Richtige trifft. Die Hauptsache aber ist die Schaffung einer Flotte, die Achtung zu gebieten vermag. Der Konsul ist seinem Land und seinem Volk die Politik des Friedens schuldig. Und wenn er dies beherzigt, so kennt er nur einen einzigen wirklichen Feind, und der heißt England. Dieser Gegner aber ist erfolgreich nur zur See zu bekämpfen.«

»Wie Ihr es im kleinen tut, Kapitän. Übrigens muß es für einen Mann von Euren Fähigkeiten mit einer gewissen Überwindung verbunden sein, friedliche Kauffahrer wegzunehmen.«

»Warum? Meint Ihr vielleicht, weil dieses Verfahren der Piraterie ähnlich sieht? Kennt Ihr einen größeren Piraten als England? Es untersucht und konfisziert nach Belieben die Handelsschiffe friedlicher Mächte; es schließt die Häfen der Nationen nach Gutdünken; es tötet den Handel und dadurch das Gewerbe der Völker; es macht auf diese Weise Millionen fleißiger Arbeiter brotlos, nur um alles an sich selbst zu reißen. Was es im großen tut, tue ich im kleinen; während es gegen Nationen sündigt, die kein Verschulden trifft, gehe ich ehrlich und offen gegen einen Feind vor, der sich ebenso rücksichtslos und unversöhnlich zeigt. Verurteilt mich, wenn Ihr könnt! Hat England nicht Hunderte von Kapern unter Segel? Und was für Männer sind dies? Denkt nur an den nichtswürdigen Shooter, der kein Mensch, sondern ein Teufel ist! Sollen wir die Waffen senken, um uns feig und wehrlos ersticken zu lassen? Ich habe heilige Verpflichtungen zu erfüllen. Auf meinem Schiff befinden sich vierzig wackere Männer, die ich zu ernähren habe, und glaubt ja nicht, daß dies meine ganze Familie ist! In Bengalen habe ich Greise, die in den französischen Kolonien dienten und nun von den Engländern keine Rente empfangen; ich habe zahlreiche Ansiedlerfamilien, die durch die englischen Koloniekriege zugrunde gerichtet wurden; ich habe arme Franzosen, die mittellos in die Fremde gingen, weil sie durch die Revolution vertrieben wurden, und die nun etwas Geld brauchen, um ein wenig Land urbar zu machen; ich habe fromme Männer, die unter die Heiden gingen, um das Wort Gottes zu predigen, durch die Kälte und den Unglauben der gegenwärtigen Richtung aber ihren Unterhalt bedroht sehen. Nun wohl, ich bin ihrer aller Versorger. Ich gebe den Invaliden Pensionen, den Zugrundegerichteten Entschädigungen, den Ansiedlern Unterstützungen, den Missionaren Schutz und Lebensunterhalt. Frankreich tut es nicht, wenn ich es nicht tue; in Paris wird keiner der Briefe geöffnet, in denen die fernen Landeskinder um Hilfe flehen. Was soll aus ihnen werden, wenn Robert Surcouf die Waffen niederlegt und dann gezwungen ist, seine Hand von ihnen abzuziehen!«

Davidson sprang auf, um den braven Seemann seine Hand zu reichen. »Kapitän, ich weiß das alles«, rief er, »denn auch durch meine Vermittlung fließen ja so viele Eurer Gaben. Frankreich hat keine Ahnung, welchen Mann es hier in diesem Winkel der Erde besitzt, und –«

Er wurde unterbrochen; es trat ein Matrose Surcoufs herein und meldete seinem Herrn, daß der »Eagle« am Ostende der Insel vorgestern eine Pflanzung überfallen und einen Priester mit sich genommen habe.

»Wer sagt es?« fragte der Kapitän.

»Soeben hat ein holländischer Sluger[1] Anker geworfen, von dem erfuhren wir es.«

»So ist es keine Erfindung. Ihr seht, Davidson, daß ich nicht ruhen darf! Dieser Mensch will sich den Preis verdienen, den die Herren Engländer auf meinen Kopf gesetzt haben; ich aber habe seine Spur bis heute vergeblich gesucht. Jetzt finde ich sie, und nun will ich ihm meinen Kopf zeigen. Lebt wohl, Davidson! Ich lasse alles im Stich, denn ich weiß, daß wir uns baldigst wiedersehen.«

Der Kaperkapitän eilte in einer Stimmung, die man fast Begeisterung nennen mochte, nach dem Hafen und auf sein Schiff. In weniger als einer Viertelstunde segelte er bereits aus dem kleinen Hafen hinaus, und kaum hatte er Kalima hinter sich, so ließen sich zwei Männer am Bug herab, die den Namen »Jeffrouw Hannje« überstreichen mußten. Dies war in kurzer Zeit geschehen, und dann wurde der eigentliche Name des Fahrzeuges »le faucon«[2] wieder angebracht.

Der Wind wehte günstig, und so erreichte der »Falke« bereits nach drei Stunden die Ostspitze Javas, wo die betreffende Niederlassung zu suchen war. Zwischen hier und der Insel Bali hindurch, auf Kap Sedano zuhaltend, gewahrten sie am Ausfluß eines Baches die Trümmer mehrerer verbrannter Häuser, neben denen einige Leute bereits beschäftigt waren, neue zu errichten. Surcouf ließ die Segel fallen, fuhr möglichst nahe an das Land

[1] Zweimaster mit Gaffelsegel und einer Schraube als Auxiliarkraft

[2] Surcouf nannte sein Schiff zuweilen auch anders, z. B. nach seiner Heimat, der Bretagne, »le breton«

und bestieg sodann ein Boot, um sich zur Küste rudern zu lassen. Die Leute waren aufmerksam auf das Schiff und das nahende Boot geworden und hatten sich schleunigst in den Schutz eines nahen Eisenbaumwaldes zurückgezogen. Als der Kapitän landete, sah er wohl verbrannte Hütten, verwüstete Gärten, zerstörte Felder, aber keinen Menschen, der ihm Auskunft zu geben vermochte. Erst nach langem Rufen vernahm er aus der Ferne einen menschlichen Ton als Antwort und dann hörte er die Frage:

»Was ist das für ein Schiff?«

»Ein Franzose«, antwortete er.

Er hatte aus Vorsicht unterlassen, die Flagge aufzuziehen. Auf seine Antwort jedoch rauschte es bald in den Büschen, und er sah einen Mann hervortreten, der einen kräftigen Knüttel in der Rechten hielt; es war ein Weißer.

»Kommt näher und fürchtet Euch nicht«, sagte der Kapitän. »Ich bin ein Freund aller friedfertigen Leute und werde Euch nichts Schlimmes, sondern nur Gutes erweisen. Übrigens seht Ihr ja, daß ich allein bin. Meine beiden Ruderer sind im Boot zurückgeblieben.«

Da kam der Fremde heran. Es war eine hohe, breite muskulöse Gestalt mit einem klugen Gesicht, worin jedoch ein Zug tiefer Schwermut vorherrschend zu sein schien. Bekleidet war er nur mit dünnen, weißen Hosen und mit einer weißen Bluse. »Euer Fahrzeug kam uns verdächtig vor«, entschuldigte er sich, »darum zogen wir uns zurück.«

»Was an meinem Schiff hat Euren Verdacht erregt?« fragte Surcouf.

»Hm, eben nichts Bestimmtes. In diesen Breiten sind vier Schiffe unter zehn sicherlich Seeräuber, und nach den Erfahrungen, die wir gemacht haben, ist es eine Kunst, Vertrauen zu besitzen.«

»Ich habe vernommen, daß der ›Eagle‹ hiergewesen ist?«

»Ich gehörte zu seiner Bemannung und habe die Gelegenheit benutzt, hier an Land zurückzubleiben.«

»Ah!« machte Surcouf erstaunt. »Ihr seid mit Shooter gefahren?«

»Leider! Er hat mich gepreßt, und es ist mir schlecht genug ergangen, ehe es mir gelang zu fliehen.«

»Wenn das so ist, so seht Euch einmal mein Schiff an. Hier habt Ihr mein Rohr dazu.«

Der Mann nahm das Fernrohr; kaum aber hatte er es auf die Brigg gerichtet, so nahm er es mit einem lauten Ausruf des Erstaunens wieder vom Auge: »Le faucon! Ist es möglich! Le faucon, Kapitän Robert Surcouf?«

»Allerdings. Surcouf bin ich selbst.«

»Ihr, Ihr seid es! O Herr, dann segne ich die Stunde, in der ich vom ›Adler‹ entflohen bin, denn nun weiß ich, daß dieser fürchterliche Shooter seinen Lohn empfangen wird!«

»Soweit es in meiner Macht liegt, soll er ihn erhalten. Erzählt zunächst, was hier geschah!«

»Erlaubt mir vorher, die anderen zu benachrichtigen, damit sie nicht länger in Sorge sind.«

Er entfernte sich und kehrte bald mit zwölf Personen, acht

Erwachsenen und vier Kindern zurück, die Surcouf mit Jubel willkommen hießen. Die kleine Kolonie hatte aus zwei verheirateten Holländern, drei Franzosen, einem Belgier und einem Schweden bestanden. Bei dem Überfall war der letztere, der sich zur Wehr gesetzt hatte, getötet worden.

»Ich denke, es ist auch ein Priester bei euch gewesen?« fragte Surcouf.

»Allerdings«, lautete die Antwort. »Er kam von Djokjokarta, um sich mit den Javanesen zu beschäftigen, die hier in der Nähe in den Wäldern wohnen.«

»So war er ein Missionar?«

»Ja; er war ein Missionspriester vom Orden des Heiligen Geistes. Wir mußten ihn Vater Martin nennen.«

»Ah!« rief Surcouf, während er von dem Stein emporfuhr, auf dem er sich niedergelassen hatte. »Vater Martin vom Orden des Heiligen Geistes? Das ist wunderbar! Den kenne ich; der darf unmöglich in den Händen dieses Menschen bleiben! Erzählt!«

Der entflohene Seemann berichtete: »Wir lagen vor Palembang, als wir hörten, daß der ›Falke‹ an der Nordküste von Java kreuze. Kapitän Shooter hatte geschworen, den ›Falken‹ zu bekommen, und lichtete sofort die Anker. Wir segelten die Küste entlang, ohne Euer Schiff zu entdecken, Kapitän, sichteten aber dafür diese kleine Niederlassung. Shooter erkundete sie durch das Rohr und gewahrte einen Priester. Dies war für ihn sofort der Grund, die Ansiedlung zu überfallen.«

»Wie kann die Anwesenheit eines Priesters die alleinige und genügende Tatsache einer so traurigen Tat sein!« rief Surcouf.

»Ich weiß nicht; aber Tatsache ist es, daß Shooter beim Anblick jedes Priesters in Wut gerät. Man erzählt sich, daß er selber früher Mitglied eines Ordens gewesen sei; er wurde wegen schwerer Verfehlungen ausgestoßen, und damit hängt sein Priesterhaß zusammen, der bei ihm zur wirklichen Manie geworden ist. Er ist der gottloseste Mensch, den ich gesehen habe, ein unmäßiger Trinker, ein lästerlicher Flucher, ein Barbar gegen seine Untergebenen. Ich bin Deutscher, heiße Holmers, und gehörte einem jener unglücklichen Regimenter an, die von deutschen Fürsten den Engländern zu Hilfe gesandt wurden, um in Amerika die Gedanken der Freiheit und Gerechtigkeit ausrotten zu helfen. Ich mußte meine Braut und meine Eltern im Stich lassen und desertierte, wie so viele, die nicht für die Engländer kämpfen wollten, die nur die eine Politik verfolgen, sich wie ein Blutegel an dem Wohlstand anderer Völker vollzusaugen. Das war mein Unglück. Ich konnte nicht in das Vaterland zurück; die Braut heiratete einen anderen; die Eltern starben und mein Erbteil wurde beschlagnahmt. Ich ging zur See. Seit dieser Zeit habe ich alle Meere befahren, bis ich mich am Kap niederließ. Da kamen vor fünf Jahren die Engländer, und nahmen es in Besitz. Ich zog mit anderen weiter an der Küste hinauf, wo wir uns niederließen. Vor zwei Monaten ankerte Kapitän Shooter bei uns. Wir hielten ihn für einen Kauffahrer, und ich ging an Bord, um mit ihm über die Preise des Schlachtviehs, das er von uns kaufen wollte, zu verhandeln. Wir wurden nicht einig, und zur Strafe dafür, daß ich ihm nicht zu Willen sein konnte, behielt er mich als Matrose an Bord. Ich habe die schlimmste Zeit meines Lebens bei ihm zugebracht und stets Gelegenheit zur Flucht gesucht; erst vorgestern ist sie mir gelungen. Er beorderte dreißig Mann ans Land, um diese Ansiedlung zu überfallen, den Priester gefangenzunehmen und die Wohnungen nach ihrer Beraubung niederzubrennen. Die Leute hier flohen; ein einziger, ein Schwede, hielt nebst dem Priester aus. Der erstere wurde niedergeschossen, und der letztere, der vermitteln wollte, gebunden auf das Schiff geschleppt. Es gelang mir, nach dem Eisenbaumwald zu entkommen, und diese Leute haben mich bereitwillig bei sich aufgenommen, obwohl ich vom Piratenschiff zu ihnen kam.«

»Welchen Plan verfolgt Ihr nun in Beziehung auf Eure weitere Zukunft.«

»Ich werde versuchen, nach meiner kleinen Besitzung am Kap zurückzukommen. Vorher aber bitte ich Euch, mich mit an Bord zu nehmen. Ich möchte dabeisein, wenn Ihr mit Shooter Abrechnung haltet.«

»Diesen Wunsch erfülle ich Euch gern. Was für ein Schiff ist der ›Adler‹?«

»Ein Orlog-Kutter von dreißig Kanonen; doch macht er nur dreizehn Meilen in der Stunde. Wenn Ihr keine Zeit versäumt, Kapitän, so werdet Ihr ihn in der Mangkassarstraße finden. Er pflegt seine Gefangenen den wilden Dayaks, die die Sakuruberge auf Borneo bewohnen, zu übergeben und dafür Goldsand einzutauschen. Bei diesen Gelegenheiten landet er auf einer Insel der Sangku-Bai. Die Dayaks bezahlen weiße Gefangene sehr teuer, um sie mit vornehmen Toten lebendig zu begraben oder ihren Götzen als Opfer darzubringen.«

Diese Mitteilung trieb Surcouf zur höchsten Eile an. Rasch landete er noch verschiedene Sämereien, Werkzeuge und andere Gegenstände, die er den Ansiedlern schenkte, um ihrer zerstörten Niederlassung wieder aufzuhelfen; dann aber ging er sofort in See, um noch vor Nacht den nördlichen Teil des Sundameeres zu gewinnen und, dort kreuzend, dem »Eagle« den südlichen Ausgang aus der Mangkassarstraße zu verlegen. Dies gelang ihm vollständig, und da er während der Nacht kein Schiff in Sicht bekam, so ging er am Morgen zwischen Borneo und den Balabalagan-Inseln nach Norden. Am Mittag kam er an Koti Lama vorüber und kreuzte mit günstigem Wind immer weiter nach Norden, ohne daß ihm ein Schiff begegnet wäre. So war er sicher, den »Adler« noch vor sich zu haben, da Shooter den »Falken« an der Küste von Java suchen und also nicht durch die Mangkassarstraße hinauf in das Sulu-Meer, sondern wieder zurück nach der Sunda-See gehen würde.

Die Sonne war bereits am Horizont, als der »Falke« die südliche Spitze der Sangku-Bai erreichte. Jetzt galt es, vorsichtig zu sein. Surcouf stieg zum Masthaupt hinauf, um die Bai mit seinem Fernrohr abzusuchen. Da sah er im Norden eine Insel vor sich liegen, und in einem kleinen Busen an deren Westufer ragten die Masten eines Schiffes empor, dessen Segel beschlagen waren, ein Zeichen, daß es während der Nacht diese Stelle nicht verlassen würde. Um nicht gesehen zu werden, ließ er augenblicklich wenden und hinter der ihn verbergenden Landspitze Anker werfen.

Dort blieb er, bis es dunkel geworden war. Dann wurde der Anker wieder gelichtet, und der »Falke« steuerte nach Nordost, um an die unbewachte Seite der Insel zu kommen. Die Nacht war so finster, daß man kaum eine Schiffslänge weit zu sehen vermochte. An Deck brannte kein einziges Licht. Es war die größte Vorsicht geboten, und als Surcouf glaubte, auf gleicher Höhe der Insel angekommen zu sein, ließ er gerade auf West wenden. Er folgte dieser Richtung. indem er nur soviel Segelwerk beibehielt, als notwendig war, um das Fahrzeug langsam fortzubewegen. Sobald er die richtige Zeit gekommen glaubte, setzte er die Barkasse aus, die mit umwickelten Riemen[1] vor dem »Falken« her die Bahn zu sondieren hatte.

So erreichte man die Ostseite der Insel; dort entdeckte die Barkasse eine kleine Einbuchtung, wo der Schoner vor Anker gehen konnte. Dies war kaum geschehen, so bestieg Surcouf mit zwanzig Mann, der Hälfte seiner Mannschaft, die Boote, um die Südseite der Insel zu umfahren, und ließ die übrigen zur Bewachung des Schiffes zurück. Da sämtliche Ruder genügend umwickelt waren, so verursachten sie kein Geräusch, und auch die Männer selbst beobachteten die tiefste Stille.

Der Kapitän fuhr in der Schaluppe den anderen voran. Alle waren nur mit Messer und Enterbeil bewaffnet, weil Surcouf die Absicht hegte, die Boote in gehöriger Entfernung zurückzulassen und dann den »Adler« anzuschwimmen; ist doch das Enterbeil die gefährlichste Waffe in der Hand eines kräftigen Seemannes. Sie waren noch nicht zehn Minuten lang gefahren, so sahen sie die Schiffslaterne des gesuchten Fahrzeuges leuchten. Surcouf gab ein Zeichen, zu halten, und glitt leise aus der Schaluppe in das Wasser.

Es war notwendig, sorgfältig Ausschau zu halten, denn noch wußte man nicht, ob es auch wirklich der »Eagle« war; und wenn er es war, so galt es, zu erfahren, ob sich alle Mannen an Bord befanden und in welcher Weise die Wache gehandhabt wurde. Surcouf war ein ausgezeichneter Schwimmer; er zerteilte die Flut, ohne diese mehr als ein Fisch zu bewegen. In der Nähe des Schiffes tauchte er und kam erst hart an dessen Wand wieder empor. Er umschwamm es langsam und vorsichtig und überzeugte sich, daß es der »Adler« war. Das Schiff stand nur an einem Anker, und zwar an dem an Kranbalken befindlichen Nachtanker, und neben dem Tau hing die Ankertalje[1] bis in das Wasser nieder.

Surcouf zog an der Talje und bemerkte, daß sie oben angefixt war und ihn also tragen würde. Er griff sich empor und hütete sich dabei sehr, durch ein Anstreifen an der Bugwand das kleinste Geräusch zu verursachen. Als sein Auge in Bordhöhe gelangte, bemerkte er, daß sich nur zwei Männer an Deck befanden, nämlich die Vorder- und Hinterdeckwache. Er hatte genug gesehen, glitt wieder hinab und kehrte zu seinen Booten zurück. Er schwamm zunächst nicht zu seiner Schaluppe, sondern zur Barkasse, die Leutnant Ervillard befehligte und zu deren Bemannung auch Holmers gehörte.

[1] Seemannsausdruck für Ruder [2] Schiffswinde, Hißtau zum Aufwinden des Ankers

Nun wurde eine kurze Beratung gehalten, deren Ergebnis darin bestand, daß Surcouf mit dem Deutschen und dem Leutnant zunächst allein an Bord klettern wollte, um die beiden Wachen zu beschleichen und unschädlich zu machen; dies sollte durch einfache Knebelung und nur im äußersten Fall durch Tötung geschehen; dann erst sollten die anderen nachfolgen, indem sie, an der Ankertalje kletternd oder am Ankertau reitend, emporkämen. Sodann hatte man den Kapitän und die Offiziere zu überrumpeln, die Waffen- und Pulverkammern zu besetzen, und nach diesen Vorbereitungen durfte man hoffen, mit der übrigen Bemannung leichter fertig zu werden.

Nachdem einem jeden seine Rolle zugeteilt war, wurden die Boote an die Insel gerudert, wo sie unter der Aufsicht eines einzigen Mannes zurückblieben. Die übrigen, mit dem Kapitän gerade zwanzig Mann, gingen in das Wasser und schwammen, einer hinter dem anderen, dem Engländer entgegen, den sie auch wirklich unbemerkt erreichten. Eine Minute später standen die drei Führer bereits hinter der Bugverkleidung. Die Vorderdeckwache lehnte am Fockmast, ihnen den Rücken zukehrend.

»Es steht gut«, flüsterte Surcouf dem Deutschen zu. »Leise hinan, und nimm ihm die Kehle fest zusammen. Er darf keinen Laut ausstoßen!«

Der Angeredete schlich sich nach dem Mast; ein rascher Griff seiner kräftigen Hände genügte, und in den nächsten Sekunden hatte die Wache einen Knebel im Mund und war mit Armen und Beinen an den Mast gebunden. Die Hinterwache wurde ebenso glücklich überrascht, und nun gab Surcouf den unten im Wasser harrenden Leuten das Zeichen, emporzuklettern. Dies geschah so vorsichtig, daß diejenigen, die am Ankertau emporritten, nur ein fast ganz unmerkliches Neigen des Buges hervorbrachten. Kaum waren alle an Deck, so schlich ein jeder sofort nach seinem Posten.

Der Kapitän ließ sich mit dem Leutnant von dem Deutschen nach der Kapitänskajüte führen. Die Tür war von innen verriegelt, und Surcouf klopfte leise.

»Wer ist's?« erscholl drinnen die schläfrige Frage.

»Der Leutnant«, antwortete Bert Ervillard in englischer Sprache.

»Was gibt's?«

»Pst, Kapt'n, redet nicht laut! Es muß an Bord irgendeine Teufelei los sein, die wir belauschen können. Steht auf und kommt schnell!«

»Ah! Bin gleich fertig!«

Man hörte seine hastigen Bewegungen und das Klirren einer Waffe; zugleich sah man durch eine schmale Ritze, daß er Licht machte.

»Vorsicht!« flüsterte Surcouf. »Er darf nicht schießen, sonst weckt er alle Mannen. Nehmt Ihr sofort seine beiden Hände, Holmers, während du, Ervillard, ihn bei der Gurgel fassest. Das übrige besorge ich.«

Jetzt wurde der Riegel zurückgeschoben und die Tür öffnete sich. In ihrem hellen Raum war Shooter mit vollster Deutlichkeit zu erkennen; er hatte einen Degen umgelegt und trug in jeder Hand eine Pistole, deren Hähne glücklicherweise noch nicht gespannt waren. Ehe sein Auge die auf der Kajütentreppe herrschende Dunkelheit zu durchdringen vermochte, war er sowohl an beiden Händen als auch am Halse gepackt. Die Pistolen entfielen ihm, ein leises Gurgeln drang aus seiner Kehle; dann wurde er in die Kajüte zurückgedrängt, auf sein Lager gelegt, gebunden und geknebelt.

Ganz denselben Verlauf nahm die Überwältigung des Leutnants in der Backbordkoje; Holmers, der jeden Winkel des Schiffes ganz genau kannte, diente als Führer. Hierauf versicherte man sich der Waffen- und Munitionsvorräte. Nun wurden die vorgefundenen Gewehre geladen, und man stieg durch die Vorderluke hinab in das Mannschaftsquartier.

Hier brannte eine Lampe, deren Schein den niedrigen, dumpfen Raum mit den vielen Hängematten nur notdürftig beleuchtete. Das Passieren der schmalen knarrenden Treppe konnte nicht mit der Geräuschlosigkeit vor sich gehen; die Leute des »Eagle« wurden aufmerksam und einer von ihnen stieß verdrießlich einen Fluch aus. Er glaubte, es sei die abgelöste Deckwache, fuhr aber doch sehr schnell aus seiner Hängematte empor, als er sah, daß die Störung nicht von den beiden Kameraden, sondern von einer ganzen Anzahl Unbekannter herrührte.

Er rief die anderen wach, doch schon stand Surcouf mit den beiden vorgehaltenen Pistolen des Kapitäns am Eingang und gebot mit donnernder Stimme:

»Ein jeder an seinen Platz! Ich bin Kapitän Surcouf, und euer Schiff ist bereits in meiner Gewalt. Wer es wagt, sich zu wehren, den lasse ich an die Fockrahe hängen!«

Bei der Nennung dieses Namens sanken die Arme, die sich bereits erhoben hatten, wieder nieder; keiner der gefürchteten Bemannung des »Eagle« hatte den Mut oder die Geistesgegenwart, zu handeln. Die Sache war ihnen so unglaublich, so unmöglich, und doch sahen sie den gefürchteten Kaperkapitän mit seinen Leuten vor sich; es gehörte Zeit dazu, das zu begreifen, zumal ihr Schiff nicht geentert worden war, und sie an den nassen Kleidern der Franzosen erkannten, daß diese schwimmend herbeigekommen waren. Surcouf fuhr fort:

»Ihr habt euch ohne Bedingung zu ergeben und einzeln hinauf auf Deck zu steigen. Vorwärts, marsch!«

Er faßte den ihm zunächst Stehenden bei der Schulter und schob ihn nach der Treppe hin; der Mann gehorchte ganz verblüfft und ebenso ging es mit den übrigen. Sie stiegen in Zwischenräumen – einer hinter dem anderen – nach oben und sahen sich dort in Empfang genommen und gefesselt, ehe sie sich noch gänzlich in ihrer Lage zurechtgefunden hatten. Dann wurden sie hinunter in den Ballastraum gebracht, wo sie unter der scharfen Aufsicht einer Wache standen.

Jetzt ließ Surcouf Raketen aus der Pulverkammer kommen; ihr aufsteigendes Licht und ein einziger gelöster Kanonenschuß sollten den »Falken« benachrichtigen, daß der »Eagle« sich in den Händen der Sieger befand. Diese Zeichen wurden bemerkt und nach einer halben Stunde, während der Surcouf eine eingehende Besichtigung des »Eagle« vornahm, kam der Schoner herbei und warf neben dem Engländer den Hauptanker. Nun wurden auch die drei zurückgelassenen Boote herbeigeholt, und das Unternehmen gegen den »Adler« war glücklich beendet.

Jetzt galt es nur noch, den entführten Missionar ausfindig zu machen. Kein einziger Mann der Schiffsbesatzung hatte Auskunft über ihn gegeben; alle hatten vielmehr jeder Bitte und jeder Drohung ein halsstarriges Stillschweigen entgegengesetzt. Nun wurde der Leutnant vernommen; auch dieser schwieg. Darum schickte Surcouf nach dem Kapitän, der noch immer gefesselt in seiner Kajüte lag, und empfing ihn an Deck, von sämtlichen Leuten des »Falken« umgeben.

Mehrere jetzt an den Masten aufgehängte Laternen verbreiteten ein genügendes Licht, um den berüchtigten Mann genau in Augenschein nehmen zu können. Er hatte eine lange, hagere, vornübergebeugte Gestalt und ein Gesicht, dessen Ausdruck nichts weniger als vertrauenerweckend war. Man hatte ihm den Knebel abgenommen und die Füße entfesselt; die Hände aber blieben gebunden.

Er schien von dem, was ihn betroffen hatte, und dessen Tragweite er noch gar nicht kannte, keineswegs niedergeschlagen zu sein, sondern sein Auge blitzte, und sein Gesicht war gerötet vor Zorn, als er, in den Kreis tretend, mit barscher Stimme fragte: »Was geht hier vor? Wer ist es, der es wagt, sich auf meinem Schiff als Herr zu gebärden?«

»Auf Eurem Schiffe, Mr. Shooter?« antwortete Surcouf. »Ich denke, daß es das meinige ist!«

»Ah, welche Frechheit! Wer seid Ihr?«

»Ich bin Robert Surcouf, Untertan der Französischen Republik, und das Schiff, dessen Licht Ihr hier über Steuerbord seht, ist der ›Falke‹, dessen Bekanntschaft Ihr so gern machen wolltet. Ich erspare Euch, wie Ihr seht, die Mühe, noch längere Zeit erfolglos nach mir zu suchen!«

Als der Kapitän diesen Namen hörte, erbleichte er; doch war dies das einzige Zeichen seines Schrecks, denn er antwortete in stolzem Ton: »Robert Surcouf? Hm! Ja, ich erinnere mich, diesen Namen irgendwo einmal gehört zu haben. Aber was habt Ihr an Bord des ›Eagle‹ zu suchen?«

»Ich suche Kapitän Shooter –«

»Nun wohl, der bin ich. Was weiter?«

»Ferner suche ich einen Missionspriester, den Ihr vor einigen Tagen von Java entführt habt. Ihr werdet die Güte haben, mir seinen Aufenthalt zu nennen!«

»Ich werde diese Güte nicht haben, Herr! Ich pflege –«

»Pah!« unterbrach ihn Surcouf mit barscher Stimme. »Was Ihr zu pflegen beliebt, das ist hier vollständig gleichgültig; jetzt gilt nur das, was mir beliebt! Ich ersuche Euch, Robert Surcouf nicht für einen Mann zu halten, mit dem man Komödie spielen darf. Ich nehme an, daß es Euch nicht an Einsicht mangelt, Eure gegenwärtige Lage vollständig zu begreifen. Werdet Ihr mir sagen, wo sich der Missionspriester befindet, oder nicht?«

»Einem Surcouf antwortet Kapitän Shooter nicht!«

»Nun wohl, Ihr seid mein Gefangener. Da Ihr Euch weigert,

so wird man Euch den Mund öffnen müssen. Leutnant Ervillard, ein Tauende! Dieser Mann erhält dreißig Hiebe auf den bloßen Rücken!«

Bei diesem Befehl trat Shooter hastig einen Schritt vor. »Was sagt Ihr da?« rief er, vor Grimm bebend. »Schlagen wollt Ihr mich lassen! Mich, einen Offizier! Den Kapitän des ›Eagle‹, vor dem jeder Feind erzitterte!«

Surcouf zuckte die Achseln und entgegnete: »Hoffentlich zählt Ihr mich und meine braven Jungens nicht zu den Leuten, von denen Ihr gefürchtet worden seid. Ja, ich werde Euch den Mund mit guten Hieben öffnen lassen!«

Shooter antwortete zunächst nur mit einem heiseren Schrei, dann rief er: »Mensch, das wagt Ihr nicht! Noch gibt es ein Völkerrecht! Ich bin kein Seeräuber, sondern ein Privateer, der mit vollgültigen Kaperbriefen versehen ist. Und wenn diese nicht geachtet werden, so ist Kapitän Shooter der Mann, ihnen Achtung und sich selbst Genugtuung zu verschaffen. Zittert vor meiner Rache! Ihr habt mein Schiff genommen; nun wohl, ich kann nichts dagegen haben, obgleich meine Schlafmützen dies fürchterlich büßen sollen; aber Ihr müßt mich am nächsten Hafen abliefern, und dann, ja dann werde ich Euch zeigen, was es heißt, einem Mann wie mir mit dem Tauende zu drohen!«

»Ich sehe, daß der Zorn Euren Anstand auf eine sehr ungünstige Weise beeinflußt«, antwortete Surcouf. »Eigentlich habe ich hier keinem einzigen Menschen gegenüber meine Befehle und Handlungen mit Gründen zu belegen, aber in Rücksicht auf Euer krankhaftes Denkvermögen will ich mich doch zu einer Erklärung herbeilassen. Ja, es gibt ein Völkerrecht, aber eben dieses Völkerrecht verbietet einem Kaper, ein Pirat zu sein; jedem ehrlichen Kapitän aber gebietet es, einen Piraten auch als Piraten, das heißt, als Seeräuber zu behandeln. Ob Ihr mit Kaperbriefen versehen seid, ist mir durchaus gleichgültig; ich habe die Beweise, daß Ihr wehrlose Ansiedler überfallen und friedliche Seefahrer getötet habt, obgleich diese sich ohne Widerstand ergaben; daß Ihr sogar einen Krieg, einen Vernichtungskrieg gegen fromme Priester führt, die keine anderen Waffen besitzen als Worte der Liebe oder der Ermahnung. Eure Kaperbriefe kann ich also nicht achten, denn Ihr seid kein Privateer, sondern ein Seeräuber. Auch Genugtuung muß ich Euch versagen, da ein Mensch wie Ihr außerhalb des Ehrenkodex steht. Eure Rache fürchte ich nicht. Und endlich will ich noch bemerken, daß ich keineswegs gezwungen bin, Euch im nächsten Hafen abzuliefern; ich bin vielmehr berechtigt, einen jeden Seeräuber ohne weiteres baumeln zu lassen. Mit Euch habe ich bereits zu viele Worte gemacht. Euer Schicksal ist einfach folgendes: Beantwortet Ihr mir meine Frage, so werde ich geneigt sein, Euch dem Gouverneur der nächsten mir im Kurs liegenden französischen Besitzung als eingefangenen Piraten auszuliefern; bleibt Ihr jedoch bei Eurem Schweigen, so lasse ich Euch zunächst auspeitschen, sodann kielholen und endlich, wenn auch das zu keinem Ergebnis führt, an die Rahe hängen.«

»Versucht es!« rief Shooter sinnlos vor Wut. »Es soll Euch schlecht bekommen!«

»Leutnant Ervillard, vorwärts!« gebot Surcouf.

Auf einen Wink des Leutnants wurde Shooter von sechs kräftigen Fäusten gepackt und nach dem Vorderdeck geschafft.

»Bei Gott, er wagt es!« hörte man ihn rufen. »Führt mich zurück; ich werde die Antwort geben!«

Er wurde zurückgebracht und gestand zähneknirschend, daß er heute morgen den Priester den Sakuru-Dayaks übergeben habe.

»Welchen Preis habt Ihr erhalten?« fragte Surcouf.

»Den Beutel mit Goldstaub, den Ihr in meiner Kassette findet«, lautete die Antwort.

»Wo wohnen diese Dayaks?«

»Eine Stunde weit von der Mündung des Flüßchens aufwärts.«

»Gut! Ich habe Euch nur noch zu sagen, daß ich Euch allerdings ausliefern werde, falls es mir gelingt, den Gesuchten unbeschädigt zurückzuerhalten; ist ihm aber das geringste geschehen, so werdet Ihr dennoch hier aufgeknüpft. Ich handle also in Eurem eigenen Interesse, wenn ich Euch auffordere, mir einen Eurer Leute zu nennen, der geeignet ist, als Bote zu den Dayaks zu gehen; den Beutel soll er mitbekommen, doch werden ihn zwei Männer begleiten, die gewohnt sind, mit diesen Wilden zu verkehren. Nennt den Namen!«

»Untersteuermann Harcroft.«

»Das genügt. Nun will ich Euch noch einen braven Mann vorstellen, der an sich selbst erfahren hat, daß Ihr Seeräuber seid, und dem wir es verdanken, daß wir so schnell und erfolgreich in Euer Kielwasser gekommen sind.«

Er gab einen Wink – die Leute traten auseinander – die Gestalt des Deutschen war zu sehen.

»Holmers! Schurke!« rief der Gefangene und erhob die Fäuste, um sich trotz seiner gefesselten Hände auf den Genannten zu werfen; doch wurde er sofort gefaßt und auf Befehl des Kapitäns hinüber nach dem »Falken« gebracht. –

Sobald der Morgen zu grauen begann, stieß ein Kahn ab, um die drei Boten an das Festland zu bringen. Der Untersteuermann Harcroft hatte ausgesagt, daß er es sei, der mit Karima, dem Häuptling der Dayaks, verhandelt hatte, und die beiden ihm beigegebenen Männer verstanden das Malaiische hinlänglich, um ihrem Auftrag genügen zu können.

Es war ausgemacht worden, daß Surcouf bis Mittag warten, dann aber, falls sie noch nicht zurückgekehrt seien, annehmen wollte, daß er ihnen zu Hilfe kommen müsse. Auch Holmers, der Deutsche, erzählte, daß er bei dem vorigen Aufenthalt Shooters hier mit an Land gewesen sei und die Gegend genügend kenne, um als Führer dienen zu können. Nach seinen Angaben konnte der Kapitän einen Örtlichkeitsplan entwerfen. Er hatte überhaupt diesen Mann trotz der kurzen Zeit ihres Beisammenseins bereits liebgewonnen. Der Trübsinn des Deutschen war eine Folge seiner Sehnsucht nach dem Vaterland, das er von ganzer Seele liebte, und zu dem er als Deserteur doch nicht mehr zurückkehren durfte.

Die angegebene Frist verstrich, ohne daß die drei Boten zurückkehrten, und so sah sich Surcouf zu einer kriegerischen Expedition an das Land genötigt. Er übergab dem Leutnant das

Kommando der beiden Schiffe und stellte sich selbst an die Spitze der zwanzig Männer, die zur Landung ausersehen waren. Sie wurden mit guten Waffen ausgerüstet und mußten trotz der hier herrschenden Hitze drei Anzüge übereinander tragen, um das Eindringen der vergifteten Pfeile der Dayaks zu erschweren. Die Schiffe verließen die Insel und warfen in der Nähe des Festlandes Anker, damit sie die Küste nötigenfalls mit ihren Kanonen bestreichen könnten. Dann stießen die Boote ab, um an der Bucht zu landen, die von einem kleinen, hier in das Meer mündenden Flüßchen gebildet wurde.

Das Ufer zeigte nur einen schmalen sandigen Strich ohne Pflanzenwuchs; dann aber begann ein dichter Urwald, dessen Schlinggewächse das Fortkommen sehr erschwerten. Da fiel zum Beispiel sogleich ein beinah vierzig Meter hoher Baum in die Augen, der einen Umfang von vielleicht sieben Metern haben mochte. Seine weiße Rinde war rissig, und seine Früchte hatten die Größe einer Pflaume. Das war der fürchterliche Antschar[1], dessen Milchsaft schon durch seine Ausdünstung sehr schmerzhafte Geschwülste hervorbringt; dieser Milchsaft ist das berüchtigte Pohon-Upas, von dem soviel Schreckliches gefabelt wird. Einzig und allein im »Todestal« auf Java soll ein ganzer Wald von solchen Antschar-Bäumen stehen und die Luft meilenweit so verpesten, daß kein anderer Baum, kein Strauch, kein Gras gedeiht und alle lebenden Wesen in seiner Nähe dem Tode verfallen. Das ist nicht wahr; vielmehr findet er sich auch sonst in den Wäldern des indischen Archipels, und man hat sich nur vor der Berührung mit seinem Gift und vor dem längeren Einfluß seiner Ausdünstung zu hüten.

An diesem Baumriesen kletterte eine fast armdicke Schlingpflanze empor, die bis in bedeutende Höhe völlig glatt war, dann aber zwischen ihren elliptischen Blättern grünlich-weiße Blumen zeigte, die einen jasminartigen Geruch ausströmten. Das war der javanische Brechnußbaum[2], dessen Wurzelrinde einen giftigen Saft gewinnen läßt, der unter dem Namen Upas-Tschettek oder Upas-Radscha bekannt ist; er führt nach der geringsten Verwundung heftige Krämpfe und in kurzer Zeit einen schmerzhaften Tod herbei.

In der Nähe häuften sich ganze Massen einer zwei Meter hohen Pflanze, die ellenlange, weich behaarte Blätter und einen rötlichweißen Blütenstrauß trug: es war der indische Galgant[3]. Auch wilder Cassamumar-Ingwer[4] und die strauchige Beißbeere[5] wuchsen da.

Aus diesen fünf Pflanzen nebst einigen anderen bereiten die Bewohner des indischen Archipels ihr berüchtigtes Pfeilgift. Die Bereitung geschieht auf folgende Weise: Man nimmt ein Quantum Antscharsaft, den zehnten Teil der gleichen Menge Saft der Galgant-Alpinie, ebensoviel Saft des Cassamumar-Ingwers und der Aronswurzel, den Saft einer Zwiebel, etwas fein gepulverten schwarzen Pfeffer und vermischt das miteinander. Hierauf gibt man den Wurzelrindensaft der javanischen Brechnuß und den Samen der Beißbeere dazu, was ein starkes Aufbrausen verursacht. Hat das

[1] Antiaris toxicaria [2] Strychnos Tieuté [3] Alpina galanga [4] Zingiber Cassamumar [5] Capsicum

Brausen aufgehört und ist die Mischung filtriert, so ist das Gift fertig. Im Magen verursacht es in der Regel höchstens ein heftiges Erbrechen; kommt es jedoch mit dem Blut in Berührung, so wirkt es schnell tödlich.

Daß der dichte Wald auch von gewaltigen Tieren belebt war, zeigte den Seeleuten eine breite Rhinozerosspur, die längs des Flüßchens aufwärts führte und in die mehrere andere mündeten. In diese lenkte der Führer Holmers ein. Die Gefährlichkeit der Lage erforderte die Bildung einer Vorhut, und darum sandte Surcouf fünf Mann voraus, die den Weg und dessen Umgebung auszuspähen hatten.

Man war beinahe eine halbe Stunde lang vorgerückt, als von dieser Vorhut das Zeichen gegeben wurde, daß etwas Auffälliges in Sicht sei. Schnell rückten die anderen nach und gelangten an eine Stelle, wo sich ganz am Ufer des Flüßchens mehrere Rhinozerospfade vereinigten und also ein verhältnismäßig freier Platz gebildet wurde. Dieser war abgeschlossen rechts durch den Fluß, links durch den dichten Urwald und vorn durch – eine mehrfache Reihe bewaffneter Dayaks, die außerdem auch das andere Ufer des Wassers besetzt hielten; sie schwangen ihre Spieße und Blasrohre und erhoben ein mächtiges Geschrei.

»Da«, meinte der Bootsmann, der mit einer Flinte und einer riesigen Keule bewaffnet war, »da haben sie sich uns in das Fahrwasser gelegt. Ich denke, wir segeln sie über den Haufen, Kapitän!«

»Nein«, antwortete der Gefragte. »Noch wissen wir nicht, ob sie uns freundlich oder feindlich gesinnt sind.«

Er ließ die Mehrzahl der Leute zurück und schritt mit Holmers und noch drei anderen vorwärts, bis er sich nur noch in einer Entfernung von vierzig Schritten von den Malaien befand. Er durfte sich sicher fühlen, da die Zurückgebliebenen die Dayaks ganz gut mit ihren Kugeln erreichen konnten. Als die letzteren seine Maßnahme bemerkten, traten auch von ihnen fünf vor. Der eine von ihnen erhob den Wurfspieß und rief:

»Ada tuan-ku?«

Diese Worte bedeuten: »Welcher ist mein Herr?« Sie enthielten eine Höflichkeit und ließen daher vermuten, daß die Dayaks keine feindliche Absicht hegten. Surcouf hatte sich so viel des Malaiischen angeeignet, daß er erwidern konnte:

»Ich bin der Anführer dieser Männer. Was führt euch an diese Stelle?«

»Wir wollen dich empfangen«, lautete die Antwort.

»Woher wißt ihr, daß wir kommen?«

»Die drei Männer, die du uns sandtest, haben es uns gesagt.«

»Wo sind sie?«

»Es sind nur noch zwei; sie sind bei uns gefangen.«

»Warum?«

»Sie haben uns einen Mann getötet. Sie kamen zu uns, um den Pengadschar[1] zurückzuverlangen; ich bin der Häuptling; sie wollten mir mein Gold wiedergeben. Ich aber verlangte ein Gewehr mit Blei und Pulver. Sie wollten nicht, und als sie den Pengadschar erblickten, ergriffen sie ihn, um mit ihm zu fliehen. Wir traten

[1] Lehrer, Missionar

ihnen entgegen; da nahm der eine sein Messer und erstach den Sohn meines Bruders. Mein Bruder war nicht da, darum ergriff ich meinen Spieß und stach den Mann in die Hand; er starb, denn dieser Speer ist in das Tabu-Upas[1] getaucht. Nun haben wir die zwei übrigen gebunden; sie liegen in meiner Hütte und du kannst sie sehen.«

Die Worte dieses Mannes klangen genauso, als habe er die volle Wahrheit gesagt. Die Boten hatten unvorsichtig gehandelt und die Malaien gereizt.

»Und was verlangt ihr jetzt für den Pengadschar?« fragte Surcouf.

»Das, was ich gesagt habe, denn ich rede nicht mit zwei Zungen. Aber den Toten mußt du uns auch bezahlen.«

»Er ist bereits bezahlt, denn du hast seinen Mörder getötet; doch erlaube ich dir, einen Preis zu fordern.«

»Das wird sein Vater tun, der bei seiner Leiche in der Hütte sitzt. Du wirst mit uns gehen müssen.«

»Versprichst du uns volle Sicherheit?«

»Ja. Ihr werdet meine Gäste sein.«

Sie wurden weiter flußabwärts geführt, bis sie ein Tal erreichten, unter dessen Bäumen die dürftigen Wohnungen der Dayaks standen. In der größten, die dem Häuptling gehörte, sollte die Beratung stattfinden, zu der sich die Angesehensten versammelten. Auch der Bruder des Häuptlings erschien; er hatte sich mit allerlei Zeichen seiner Trauer behangen und blieb während der ganzen Verhandlung stumm. Natürlich begehrte Surcouf vor allen Dingen, den Missionspriester und die beiden Boten zu sehen; sein Wunsch wurde ihm gewährt.

Als der Priester gebracht wurde, erkannte der Kapitän sofort den Pater Martin in ihm. Dieser blieb am Eingang stehen, freudig erstaunt, so viele Europäer hier zu erblicken, denn er hatte mit den Boten nicht sprechen dürfen und war also auf die günstige Wendung seiner Lage nicht vorbereitet. Als sein Blick auf den Kapitän fiel, schien er in seiner Erinnerung vergeblich nachzusuchen.

»Ich heiße Surcouf«, begann der Kapitän.

»Robert Surcouf! Kapitän Surcouf! Jetzt erkenne ich Euch trotz Eures mächtigen Bartes und der sonnverbrannten Farbe. Kommt in meine Arme, mein mutiger Wohltäter!«

Der Inhalt ihrer kurzen Unterredung läßt sich denken. Pater Martin war glücklich nach Italien entkommen und hatte dann Europa verlassen, um in Indien für die Bekehrung der Heiden zu wirken. Er erzählte in seiner schlichten Weise, daß er viel Ungemach überwunden habe, das Schlimmste aber sei ihm an Bord des »Eagle« widerfahren, wo man seinen Glauben gelästert und ihn auf die boshafteste Weise verspottet habe. Schließlich sei er gar noch verkauft worden, um bei irgendeinem Begräbnis als Totenopfer geschlachtet zu werden. Surcouf konnte ihm natürlich seine Befreiung versprechen und berichtete ihm von der Gefangennahme Shooters.

Als die zwei Boten gebracht wurden, waren es die beiden Leute

[1] »Heiliges Upas«

des »Falken«; der am Upasgift Gestorbene war also der englische Untersteuermann gewesen, der, wie seine Begleiter aussagten, so unvorsichtig kühn gehandelt habe, um sich das Wohlwollen Surcoufs zu erwerben.

Nun begann die Unterhandlung mit den Dayaks. Häuptling Karima schien kein Freund von Umschweifen zu sein, und so wurde bis zur Einigung nicht viel überflüssige Zeit verschwendet. Seine klare prompte Einleitung lautete:

»Wir wollen über unsere Feinde siegen, und dazu brauchen wir Waffen, wie die eurigen sind. Ich werde dir sagen, was du uns geben sollst: eine Büchse und Pulver und Blei für den Getöteten; eine Büchse und Pulver und Blei für den Pengadschar, wenn er nicht hierbleiben will. Bleibt er bei uns, so soll er uns das lehren, was wir nicht wissen. Die Dayaks da oben in den Bergen und im Innern der Insel haben keine Gedanken; wir aber erkennen, daß ihr viel weiser seid als wir; wir wollen von euch lernen und mit euch einen Bund schließen. Wenn du das tust, so werde ich dir Goldsand und schöne Steine zeigen, die wir in den Bergen finden, und du sollst mir sagen, wie viele Flinten, Pulver und Blei, Beile und Messer du uns dafür geben kannst. Auch Tücher und Kleider möchten wir gern. Dann scheiden wir im Frieden und werden uns freuen, wenn du wiederkommst oder uns einen Boten sendest.«

Surcouf war ganz erstaunt ob dieses ebenso friedfertigen wie verheißenden Anerbietens.

»Das ist nicht Zufall, das ist Gottes Schickung!« meinte der Priester. »Der Herr hat diesen Häuptling bei der Hand gefaßt, um ihn auf den rechten Weg zu leiten, und mir gibt er einen Fingerzeig für den Ort einer segensreichen Wirksamkeit. Kapitän Surcouf, ich bleibe hier! Wollt Ihr dafür sorgen, daß ich die Verbindung mit der alten Welt nicht ganz verliere?«

»Gern, ich verspreche es Euch«, versicherte Surcouf und wandte sich dann an Karima. »Du hast klug und weise gesprochen, wie ein Mann, welcher der Häuptling vieler werden wird. Das Land, aus dem ich komme, kann dir alles bieten, was du brauchst: Schutz gegen deine Feinde, Waffen, Kleider, Geräte aller Art. Deine Worte haben mich zu deinem Freund gemacht. Ich werde euch alles geben, was du verlangt hast. Einige meiner Leute können gehen, um es zu holen. Ich werde dir eine Büchse, Pulver und Blei für diesen Pengadschar geben, obwohl er wünscht, hier bei euch zu bleiben. Willst du ihn als deinen Gast behalten und beschützen, so werde ich dir außerdem noch zwei Gewehre, drei Pistolen, drei eiserne Töpfe zum Kochen, ein rotes und ein blaues Kleid für dich, einen Spiegel, der dreimal größer ist als dein Kopf, und allerlei andere Sachen geben. Willst du mir nun den Goldsand und die Steine zeigen?«

Karima gab einen Wink, und bald brachten drei Männer das Gewünschte in Säcken herbei. Der Goldsand war rein und wog vielleicht zwanzig Pfund, und die Steine waren echte Diamanten, manche von der Größe einer dicken Erbse.

»Was verlangst du dafür?« fragte Surcouf.

»Herr, sage selbst, was du denkst!«

»Gut! Ich werde dir dafür geben eine – höre! – eine Kanone!«

Es war erstaunlich, welche Wirkung dieses Zauberwort auf alle Hörer hervorbrachte. Die braunen Gesichter der Malayen glänzten vor Wonne, und ihr Häuptling rief: »Herr, eine Kanone, ist's möglich?«

»Ich sage es ja! Eine Kanone mit hundert großen Kugeln und Pulver zu hundert Schüssen.«

»Oh, so bist du der beste Freund, den wir besitzen, denn nun müssen alle unsere Feinde vor uns zuschanden werden.«

»So sind wir also einig. Macht euch bereit, mich auf das Schiff zu begleiten; dort sollt ihr alles erhalten, was ich euch versprochen habe!«

In kurzer Zeit setzte sich ein langer Zug in Bewegung, und bald mußten die Boote vom Schiff abstoßen, um die Kameraden und Dayaks an Bord zu bringen. Dort erhielten diese eine Einpfünder-Drehbasse nebst Munition und alles sonst Versprochene.

Surcouf blieb drei Tage in der Sakurubucht, dann nahm er von den Malaien und dem Priester, den er mit allem Nötigen reichlich versehen hatte, Abschied. Er ließ hier wirkliche Freunde zurück und hatte sich dadurch einen Zufluchtshafen geschaffen, wo er mit seinem Schiff später noch häufig vor Anker ging.

Kapitän Shooter wurde in Mauritius abgeliefert, um dort wegen Piraterie vor ein Kreisgericht gestellt zu werden. Man hatte nichts mehr von ihm gehört, und es ist sehr möglich, daß er bald das verdiente Ende fand.

5. In Paris

Die Französische Revolution hatte ihren Kreislauf vollendet.

Aus dem Konsulat war ein Kaisertum geworden, und der großgewordene kleine Korse hatte sich mit einem prunkvollen Hofstaat von Großoffizieren und Großwürdenträgern umgeben. Ganz Europa hörte auf seine Stimme, und nur das stolze Albion verschmähte es, ihm ein Liniensystem in der Partitur des politischen Konzerts zu gestatten. Wie sein Stern emporgestiegen war, so sollte er auch wieder sinken und verschwinden, plötzlich, aus dem Nichts in das Nichts – ein Meteor, dem keine Rückkehr beschieden ist.

Die Häfen Frankreichs waren von England seit mehreren Jahren so nachdrücklich blockiert worden, daß es kaum einmal einem französischen Schiff gelang, die See zu gewinnen. Diese Sperre legte natürlich den Handel Frankreichs vollständig auf das Trockene. Übrigens hatte Frankreich fast alle seine Kolonien an England verloren und damit ganz unersetzliche Verluste erlitten. Es hätte diese Schläge zu verhüten oder an den Gegner zurückzugeben vermocht, aber Napoleon war kein Seemann und hegte bereits den großartigen, später so traurig verunglückten Plan, England in Indien über das eroberte Rußland hin anzugreifen. Dazu bedurfte er einer mächtigen Völkerkoalition im Herzen Europas, auf die er sein ganzes Augenmerk richtete, anstatt einen kürzeren, weniger kostspieligen und weniger unsicheren Weg einzuschlagen.

Seine Versuche, an der Küste Großbritanniens zu landen, waren stets gescheitert. Es fehlte an einer tüchtigen Flotte und an Männern, deren Namen man neben denen der damaligen britischen Admirale hätte nennen können. Das Erbauen neuer Schiffe erforderte bedeutende Summen, aber sobald sie in See gingen, wurden sie von den Engländern weggenommen. Und doch hätte sich Napoleon bereits im Jahre 1801 mit einer Erfindung bereichern können, durch die er England in Furcht versetzt hätte. Robert Fulton, der berühmte amerikanische Mechaniker, war nach Paris gekommen, um zu beweisen, daß es möglich sei, Schiffe mittels der Kraft des Dampfes zu bewegen. Er stellte daselbst im Verein mit dem damaligen amerikanischen Vertreter in Paris, Kanzler Livingstone, verschiedene Versuche an, die aber nicht beachtet wurden. Aus diesem Grund ging er nach England, wo er ebenfalls keine Anhänger fand. Dennoch ließ er seinen Gedanken nicht fallen und kehrte zwei Jahre später nach Paris zurück.

Er brachte auf der Seine sein erstes Versuchs-Dampfboot in Gang, wurde aber von keiner Seite unterstützt. Er wandte sich persönlich an den Ersten Konsul, und es wurde ihm eine Audienz bewilligt. In einem Zimmer der Tuilerien standen beide einander gegenüber, der Heros der Dampfmaschine und der Held der Schlachten.

»Die Dampfkraft«, sagte Fulton nach einer längeren Debatte über seine Erfindung, »wird der Schiffahrt von ungeheurem Nutzen sein und sie auf ungeahnte Weise heben. Die Entfernungen werden schwinden, die Schwierigkeiten sich vereinfachen, die Gefahren und Unglücksfälle sich vermindern. Die Manövrierfähigkeit eines Schiffes muß sich verzehnfachen, wenn sie nicht mehr von Wind und Segelwerk abhängig ist. Derjenige Fürst, der die ersten Kriegsdampfer baut, wird jeder Marine der Welt überlegen sein.«

Der Konsul hatte schweigsam und mit einem sarkastischen Lächeln um den Mund zugehört. Jetzt ergriff er Fulton beim Arm und zog ihn ans Fenster. Auf die unten wogende Menge der Vorüberkommenden deutend, fragte er in einem spöttischen Ton: »Seht Ihr die neue Erfindung, die viele dieser Leute zwischen den Lippen tragen?«

»Ich sehe sie«, antwortete Fulton. »Es ist die Zigarre, die man jetzt auch in Frankreich zu rauchen beginnt.«

»Nun wohl! Alle diese Raucher sind lebendige Dampfmaschinen; sie entwickeln Dampf, weiter nichts!«

»Ich wage zu bemerken, daß der Rauch nicht mit dem Dampf zu verwechseln ist. Es ist nicht Dampf, was bei dem Rauchen einer Zigarre entsteht.«

Bei diesem Einwand zogen sich die Brauen des Ersten Konsuls unmutig zusammen; er war es nicht gewohnt, sich von einem schlichten Mechanikus verbessert zu sehen; darum klang seine Stimme schroffer als bisher: »Dampf oder Rauch, das bleibt sich gleich! Wie kann dem Rauch die Kraft innewohnen, ein Schiff zu treiben? C'est drôle – es ist lächerlich!«

Fulton wagte jetzt keine abermalige Berichtigung, aber er entgegnete im rücksichtsvollsten, höflichsten Ton: »Ich wiederhole jedoch und behaupte ausdrücklich, daß derjenige Herrscher, der die ersten Dampfschiffe besitzt, in kurzer Zeit Herr der Meere sein wird. Einer solchen Aussicht gegenüber sind die Kosten einiger Versuche verschwindend klein zu nennen. Ich erinnere an Englands Haß gegenüber Frankreich. Wenn der Beherrscher der französischen Nation eine Dampferflotte besäße, so würde er in London den Engländern Gesetze vorschreiben können.«

Napoleon trat vom Fenster, an dem beide stehengeblieben waren, zurück und meinte kalt: »Mon ami, ich pflege meine Erfolge nicht dem Dampf anzuvertrauen. Ich sehe mich über Euer Projekt vollständig unterrichtet und muß mich ablehnend verhalten.«

Eine stolze verabschiedende Handbewegung sagte Fulton, daß die Audienz beendet sei.

Fulton ging. Er war um eine große Hoffnung ärmer geworden. Der Konsul aber ahnte nicht, daß er als verbannter Kaiser einst dieser Stunde bedauernd gedenken würde.

Aber schon wenig über ein Jahr später sollte er an sie erinnert werden. Der unterdessen Kaiser gewordene Bonaparte hatte in der Nähe von Boulogne und außerdem bei Utrecht eine bedeutende Heeresmacht zusammengezogen, um in England zu landen. Infolgedessen wurde die Bewachung der französischen Häfen von den Engländern auf eine Weise verschärft, daß keinem französischen Schiff das Entschlüpfen gelingen wollte. Außerdem kreuzten in den Frankreich begrenzenden Meeresteilen englische Flotten, die jedes ihnen begegnende Fahrzeug anhielten und durchsuchten; war es ein Franzose oder hatte es Waren für Frankreich geladen, so wurde es weggenommen. Diese Bedrängnis machte dem Marineminister ungeheuer zu schaffen; er hatte fast täglich Besprechungen mit dem Kaiser, die gewöhnlich mit beiderseitiger Erregung endigten.

Während einer dieser stürmischen Unterredungen, als eben wiederum die Rede von der strengen Blockade der sämtlichen Häfen war, sagte der Minister: »In dieser Notlage ist es eine um so größere Freude, zu erfahren, daß es doch noch Männer gibt, deren Mut und Geschicklichkeit der Aufmerksamkeit dieser britischen Seebären gewachsen ist.«

Der Kaiser blickte auf. »Was ist's?« fragte er. »Hat Hugues etwas getan?«

Admiral Hugues war nämlich einer von den wenigen französischen Seemännern, die zuweilen glücklich operierten.

»Nein«, antwortete der Minister. »Es ist etwas anderes; es ist fast ein kleiner Seeroman.«

»Sprecht, sowenig ich mich sonst für Romane interessiere!«

»Von dem englischen Geschwader des Kommodore Dancy ist eine Fregatte auf Belle-Isle gegenüber Le Palais gelandet, um die kleinen Ortschaften der Insel zu beängstigen. Während die Mannschaften sich am Lande befinden, kommt eine kleine Brigg herangesegelt, zeigt die englische Flagge, legt sich Seite an Seite mit der Fregatte, nimmt sie weg, zieht die französische Flagge auf und segelt davon. Am anderen Morgen kommt dieselbe Fregatte, hinter sich die Brigg mit niederhängender Flagge, als habe sie diese genommen, ganz wohlgemut an das englische Blockadegeschwader vor Brest gesegelt; sie läßt stolz vom hohen Top die englischen Farben wehen, und da ein jeder Kapitän die Fregatte kennt, so denkt man, sie sei vom Kommodore Dancy mit irgendeiner Botschaft an den Kommandanten des Geschwaders gesandt und habe unterwegs das französische Schiff genommen. Sie salutiert, und alle Schiffe des Geschwaders antworten. Sie segelt das Flaggschiff an und tut, als wollte sie beidrehen, da aber plötzlich sinkt die englische Flagge und die französische fliegt empor, bei der Brigg ebenso. Beide jagen dem englischen Flaggschiff, einem Linienschiff von hundertzwanzig Kanonen, die Kugeln einer Breitseite in den Riesenleib, strengen im Nu alle Segel an und kommen glücklich unter den Schutz der Batterien von Le Goulet[1]. Die Engländer, die sich natürlich zur schleunigen Verfolgung aufmachten, werden von den Kugeln der Batterien gezwungen umzukehren.«

Die Augen des Kaisers leuchteten. »Das ist ein Heldenstück, an das man kaum glauben kann«, rief er.

»Sire, ich erzähle eine Tatsache!«

»Ich selbst bin allerdings Zeuge eines ähnlichen Heldenstückes gewesen. Ein ganz junger Seemann nahm ein englisches Fahrzeug und segelte damit ganz offen durch die Flotte des Admirals Hood. Dieser Mann hieß Robert Surcouf und ist derselbe, von dessen indischen Taten man mit jeder Post Neues hört. Euer Held muß übrigens die Küste der Bretagne und den Hafen von Brest ganz genau kennen.«

»Dies ist der Fall, denn er ist in der Bretagne geboren.«

»Auch Robert Surcouf ist ein Bretone. Wie ist der Name Eures Mannes? Es ist sehr notwendig, ihn zu merken, denn man wird seinen Besitzer brauchen können.«

»Majestät haben ihn bereits zweimal genannt.«

»Ah! Surcouf ist es? Wirklich Surcouf?«

»Er selbst, Sire.«

»Dann glaube ich an die Wegnahme der Fregatte. Es ist dies ein Meisterstück, das ihm niemand nachmachen wird. Man wird diesen Mann festzuhalten suchen, ihm einstweilen ein Linienschiff und dann eine Eskadre geben. Merkt Euch das; es ist mein Wille!«

»Ich danke Ew. Majestät in seinem Namen. Er bringt uns nicht nur die eroberte Fregatte, sondern auch Berichte, Briefe und Gelder von Isle de France[1] und Isle Bourbon. Der Gouverneur von Isle de France meldet mir, daß er in den letzten drei Monaten elf Schiffe von Surcouf übernommen hat, die dieser kühne Parteigänger den Engländern wegkaperte. Frankreich hat Surcouf nicht nur diese außerordentliche Schädigung des Feindes, sondern auch die durch den Verkauf dieser Prisen und die Verwertung ihrer Ladungen erlangten großen Summen zu verdanken. Ich bin überzeugt, dieser junge Bretone könnte den Engländern furchtbar werden, wenn man ihm erlaubte, sich an der rechten Stelle zu befinden. Und dabei ist er bescheiden und anspruchslos,

[1] Die enge Einfahrt in die Reede von Brest [2] Frühere (französische) Bezeichnung für die Insel Mauritius

wie ich selten einen Mann von seinen Verdiensten gefunden habe.«

»Wie, Ihr kennt ihn?« frug der Kaiser rasch.

»Verzeihung, Sire! Ich vergaß zu sagen, daß er mich gestern um eine Audienz bat, die ich ihm heute gewährte.«

»So befindet er sich in Paris?«

»Er ist hier, um einen Prozeß gegen den Gouverneur von Isle de France zu betreiben, der sich weigert, ihm seinen vollen Anteil vom Erlös einiger Prisen auszuzahlen.«

»Wie hoch ist die Summe?«

»Gegen anderthalb Millionen Franc. Er hat gegen den Gouverneur bereits einen ähnlichen Prozeß gewonnen, wo sich die gesetzgebende Körperschaft für Surcouf entschied. Es handelte sich dabei um rund siebenhunderttausend Franc.«

»Solch ein Kaper verdient ja ungeheure Summen!«

»Nur ein Kaper von dem Unternehmungsgeist und der Einsicht Surcoufs. Aber Majestät mögen geruhen, an die Summen zu denken, die er braucht, um stets seetüchtig zu sein. Übrigens weiß man genau, daß Surcouf nicht einen Franc für sich behält; er ist der Vater, der Freund, der Schatzmeister unserer indischen Ansiedlungen, die leider so oft allein nur auf seinen Schutz und seine Freigebigkeit angewiesen sind.«

»Wird er seinen Prozeß gewinnen?«

»Ich zweifle keinen Augenblick!«

»So kann ich diese Angelegenheit selbst begleichen, ohne der Gerechtigkeit durch eine Décision arbitraire Eintrag zu tun. Kann man diesen Surcouf einmal wie durch Zufall sehen?«

»Ich habe mit ihm zu sprechen. Wollen Ew. Majestät befehlen, wann dies bei mir zu geschehen hat?«

»Elf Uhr morgens. Ihr werdet dafür sorgen, daß er pünktlich ist. Wie steht es mit seinem Anteil an der Fregatte?«

»Man ist bereits daran, das Fahrzeug zu taxieren.«

»Man kann dies unterlassen; ich selbst werde Surcouf entschädigen!« –

In der Vorstadt Poissonière stand ein Gasthaus. Es war zwar kein festes Hotel, aber eine recht angenehme Auberge, und ihr Wirt pflegte, wie allen seinen Besuchern bekannt war, sich nur mit anständigen Leuten zu befassen. Es war der gute Oncle Carditon, der einem jeden seiner Gäste gern und sehr ausführlich erzählte, daß er zuvor eine Taverne in Toulon besessen habe, doch mit Hilfe des berühmten Kapitäns Surcouf in seinen Verhältnissen so weit vorwärtsgekommen sei, daß er nach Paris ziehen und sich die hübsche Auberge kaufen konnte.

Seit gestern befand sich Oncle Carditon in einer sehr gehobenen Stimmung und zugleich in einer ungewöhnlichen Geschäftigkeit: Robert Surcouf hatte Wohnung bei ihm genommen, und zwar nicht allein, sondern mit seinem Leutnant Bert Ervillard, seinem Segelmeister Holmers und noch einigen Leuten des »Falken«. Dieser liebe Besuch mußte natürlich auf das beste bedient werden, und darum war es kein Wunder, daß Oncle Carditon für andere nicht mehr viel Zeit übrig hatte. Immerhin fand er wenigstens so viel Muße, den Stammgästen zu erzählen, daß Kapitän Surcouf gestern sofort nach Ankunft zum Minister gefahren sei, und daß auch vorhin ein reichbetreßter Diener einen Brief für Surcouf gebracht habe. Es habe noch nie ein Gast bei ihm verkehrt, der mit den Ministern des Kaisers verkehrt hätte, und es könnten sehr viel vornehme Hotels genannt werden, deren Gäste noch nie mit einem Minister gesprochen hätten.

Der Brief aber enthielt für Surcouf die Weisung, sich am nächsten Vormittag, pünktlich halb elf Uhr, beim Chef des Marinewesens einzufinden. Als er am anderen Morgen das Palais des Ministers betrat, wurde er direkt nach dessen Arbeitszimmer geführt; der hohe Beamte empfing ihn mit der ausgesuchtesten Höflichkeit.

»Ich habe Euch nicht rufen lassen«, begann er, »um über Eure Prozeßangelegenheiten zu verhandeln, sondern um mich über einige nautische Fragen, die die von Euch mit Vorliebe befahrenen Gegenden betreffen, unterrichten zu lassen. Es sind eben jetzt so wenig Männer gegenwärtig, von denen ich die gewünschte Auskunft erhalten könnte, daß ich Eure Anwesenheit nicht unbenützt vorübergehen lassen darf.«

Und nun brachte er eine Anzahl Seekarten zum Vorschein, über die eine nach und nach immer lebhaftere Unterhaltung geführt wurde. Surcouf hatte Gelegenheit, in stiller, anspruchsloser Weise reiche Erfahrungen zur Geltung zu bringen, und der Minister verbarg es keineswegs, daß ihn der junge Seemann – je länger, desto mehr – interessierte.

Da öffnete sich plötzlich die Tür, und der Diener meldete den Kaiser, der zu gleicher Zeit mit der Meldung eintrat.

»Exzellenz«, sagte er, »ich komme persönlich, um eine höchst wichtige Angelegenheit selbst – ah!« unterbrach er sich, »Ihr seid beschäftigt?«

»Ich bin zu Ende und stehe Ew. Majestät überhaupt zu jeder Stunde zur Verfügung«, lautete die Antwort.

Der Kaiser hatte Surcouf scharf in das Auge gefaßt, um zu sehen, welchen Eindruck die plötzliche Gegenwart des Lenkers Frankreichs auf ihn mache. Wenn er geglaubt hatte, den Kapitän in Verlegenheit zu bringen, so hatte er sich getäuscht, denn dieser zuckte mit keiner Miene, und die Farbe seiner tiefgebräunten Wangen blieb ganz die gleiche; er trat nur mit einer tiefen, achtungsvollen Verbeugung zur Seite und richtete dann seinen Blick auf den Minister, da er erwartete, verabschiedet zu werden.

»Kapitän Surcouf, Majestät«, stellte dieser ihn vor.

»Kapitän?« fragte Napoleon kalt. Und dann fügte er mit scharfer Stimme, als beabsichtige er, einen Verweis zu erteilen, hinzu: »Wer hat Euch zum Kapitän gemacht?«

Dieser Ton und diese Frage, die einen anderen verblüfft hätten, brachte den Gefragten nicht im mindesten aus der Fassung; er antwortete ruhig, aber mit einem beredteren Blick, als die Demut ihn erfordert hätte:

»Frankreich nicht, Sire, sondern der Seegebrauch; Frankreich gab mir kein Schiff, da nahm ich ein solches und wurde von diesem Augenblick an Kapitän genannt. Diejenigen, die mich mit diesem Wort beehren, wissen vielleicht kein anderes, das ihnen passend erscheint; denn die Zeit, wo es genügte, einen jeden einfach ›Bürger‹ zu nennen, ist vorüber.«

Er hatte den Ausfall des Kaisers pariert und ihm dafür zwei Hiebe zu gleicher Zeit gegeben. Daß sie getroffen hatten, zeigte das kleine Fältchen, das sich über der Nasenwurzel Napoleons bildete.

»Sehnt Ihr diese Zeit zurück?« fragte dieser mit jener Kürze, die er anzuwenden pflegte, wenn er einem anderen in den Grund der Seele zu blicken beabsichtigte.

Die Frage war verfänglich, doch Surcouf antwortete ruhig: »Ich ersehne vor allen Dingen das Glück meines Vaterlandes. In jener Zeit war Frankreich nicht glücklich; möge es jetzt anders werden!«

»Was versteht Ihr unter dem Glück eines Volkes, insbesondere unter dem Glück der französischen Nation?« fragte Napoleon mit einem überlegenen Lächeln.

»Nichts anderes, als was ich unter dem Glück der Menschheit verstehe: innerliches und äußerliches Wohlbefinden.«

»Und was ist dazu erforderlich?«

»Ein friedliches Regiment und eine freie Bahn für alle redlichen Erzeugnisse des Geistes und der Hände.«

»Und wenn dieses friedliche Regiment nicht möglich ist?«

»So erzwinge man es durch würdige Mittel, die klug und kraftvoll anzuwenden sind! Kein Friede ohne vorherigen Kampf!«

»Haltet Ihr die Kaperei auch für eins dieser würdigen Mittel?« fragte der Kaiser lächelnd.

»Nein«, erklang die aufrichtige Antwort. »Es wird die Zeit kommen, die diese beklagenswerte Einrichtung verurteilt, und alle seefahrenden Nationen werden sich zu ihrer Abschaffung vereinigen. Ich selbst bin Kaper, doch ohne daß mich mein Gewissen verurteilt, denn ich habe mich zu jeder Zeit bestrebt, bei meinem Tun alle Härten zu vermeiden und es so einzurichten, daß daraus ein Segen für brave Menschen entspringt. Ich darf mich frei von Schuld und Unrecht fühlen, denn ich bin der Mann, der sich unter dem Fuß des Feindes krümmt, der Wurm, dem nicht das Gebiß des Löwen oder die Pranken des Bären gegeben sind.«

»Aber dennoch ein sehr ansehnlicher Wurm«, konnte Napoleon sich nicht enthalten, zu bemerken. »Man hat zuweilen von Euch gehört. Warum tretet Ihr nicht in die Marine ein?«

»Weil die Marine nichts von mir wissen wollte.«

»Vielleicht hat sie ihre Ansicht geändert. Ihr müßt Euch danach erkundigen!«

»Wer mir seine Tür zeigt, kann nicht erwarten, daß ich es bin, der ihn um Eintritt bittet. Man hat mich allerdings bemerken lassen, daß man mit meinen kleinen Erfolgen zufrieden ist; auch sind mir von anderen Ländern zuweilen Anträge zugegangen, doch habe ich keine Veranlassung, eine Änderung meiner Gesinnung eintreten zu lassen. Ich habe für mein Vaterland gekämpft, obgleich es mich von sich stieß; ich werde ihm treu bleiben zu aller Zeit, auch dann, wenn es mir nichts anderes bietet als bisher.«

»Der vermeintliche Undank des Vaterlandes ist bereits für

viele der Sporn zu hohem Wirken gewesen; auch Ihr werdet Euch nicht beklagen. Man sagt, daß Ihr einen Prozeß führt?«

»Man enthält mir mein wohlerworbenes Eigentum vor, das ich zum Nutzen derjenigen zu verwenden habe, die auf keine andere Hilfe rechnen können.«

»Ich bin überzeugt, daß Ihr Gerechtigkeit findet. Ich sehe hier Karten liegen. Hat Exzellenz Eure Erfahrungen in Anspruch genommen?«

»Ich hatte das Glück, einige kleine Antworten geben zu dürfen.«

»Die jedoch für mich von großer Bedeutung waren«, ergänzte der Minister. »Kapitän Surcouf ist der Mann, an den man sich wenden muß, wenn man sich über unsere indischen Angelegenheiten unterrichten will.«

»Auch ich interessiere mich für diese Angelegenheiten sehr«, bemerkte der Kaiser. »Ich werde die passende Stunde zu einer Besprechung mitteilen lassen.«

Mit einer Handbewegung gab er das Zeichen, daß Surcouf entlassen sei. –

Einige Tage später staunte Oncle Carditon nicht wenig, als vor seiner Tür ein Wagen hielt, aus dem ein Adjutant des Kaisers stieg. Dieser fragte nach dem Kapitän Surcouf, und als er hörte, daß der Gesuchte nicht anwesend sei, befahl er dem Wirt, ihm zu sagen, daß Seine Majestät geruhen würden, ihn morgen zur Mittagszeit zu empfangen.

Der Wagen war längst wieder verschwunden, da stand der gute Oncle Carditon noch immer mit offenem Munde vor der Tür. Welch eine Ehre für seine Auberge! Das mußte er sogleich seinen Stammgästen erzählen, obgleich er eigentlich gar keine Zeit dazu hatte!

Am anderen Tage stand Surcouf einige Minuten vor der angegebenen Zeit in den Tuilerien und wurde Punkt zwölf Uhr vor den Kaiser geführt. Dieser empfing ihn in demselben Raum, worin Robert Fulton seine verunglückte Audienz gehabt hatte. Der Korse warf einen durchdringenden Blick auf die stattliche Gestalt des Mannes aus Saint Malo[1] und erwiderte dessen tiefe Verneigung nur mit einem kaum bemerkbaren Senken seines Kopfes.

»Kapitän Surcouf«, begann er, »ich habe mich Eurer Angelegenheit angenommen. Man wird Euch die streitige Summe auszahlen, sobald Ihr sie begehrt.«

Er schwieg, als erwarte er, eine Flut von Dankesworten zu vernehmen. Der Seemann aber sagte einfach:

»Sire, ich danke! Ich hatte Frankreichs Richter für so gerecht gehalten, daß meine Angelegenheit Ew. Majestät nicht hätte belästigen sollen.«

»Ich verstehe Euch nicht«, fiel der Kaiser rasch ein. »Eure Angelegenheit ist durch mich zwar schneller, aber ganz mit demselben Ergebnis erledigt worden, das sie durch den richterlichen Spruch gefunden hätte. Ebenso ist es mit der von Euch den Engländern abgenommenen Fregatte, deren Wert inzwischen taxiert

[1] Geburtsort Surcoufs in der Bretagne

wurde. Nehmt dieses Portefeuille! Es enthält genau die Summe, die Ihr zu fordern habt.«

Er griff nach der Brieftasche, die auf einem neben ihm stehenden Tischchen lag, und reichte sie ihm entgegen. Surcouf nahm sie unter einer dankbaren Verbeugung und sagte:

»Ich danke abermals, Majestät! Auf diese Weise bin ich eines längeren tatenlosen Aufenthaltes in Paris überhoben und kann zur Erfüllung meiner Pflichten zurückkehren.«

»Ihr wollt Frankreich verlassen?«

»Ja.«

»Jetzt, wo alle Häfen gesperrt sind und kein Schiff auszulaufen vermag!«

»Sire«, lächelte Surcouf, »ich bin eingelaufen trotz der Blockade und werde auch wieder die See gewinnen.«

»Eh bien! Kann ich Euch einen Wunsch erfüllen?«

»Es gibt sogar zwei Wünsche, die ich Ew. Majestät zu Füßen legen möchte. Der erste betrifft meinen braven Leutnant Bert Ervillard. Er ist trotz seiner Jugend einer der tüchtigsten Seeleute, die ich kenne. Ich habe noch kein feindliches Schiff betreten, ohne dessen Meister zu werden, und er ist der Gefährte meiner Siege; er würde der Marine Frankreichs von großem Nutzen sein.«

»Will er Euch verlassen?«

»Er weiß nichts davon, daß ich von Ew. Majestät ein Schiff für ihn begehre.«

»Er soll die Fregatte erhalten, die er mit Euch den Engländern entführt hat! Und Eure zweite Bitte?«

»Sie betrifft meinen Segelmeister. Er ist ein Deutscher und gehörte zu den zwölftausend Hessen, die für England in Nordamerika bluten sollten. Er wollte aber nicht gegen die Union kämpfen und entfloh. Da ihm als Deserteur die Rückkehr in das Vaterland nicht möglich war, verlor er seine geliebte Braut, ein nicht unbedeutendes Vermögen und mußte verzichten, seinen Eltern die Augen zuzudrücken. Er wurde Seemann, befuhr alle Meere, wurde von dem berüchtigten Kapitän Shooter gepreßt und entkam dann glücklich zu mir, wobei er mir den ›Eagle‹ in die Hände lieferte. Seit jener Zeit hat er Frankreich viele Dienste geleistet, denn bei jedem feindlichen Schiff, das ich nahm, ist er der Vorderste gewesen. Er sehnt sich, in die Heimat zurückzukehren, und hat mich dringend gebeten, Ew. Majestät sein Gesuch um allerhöchste Befürwortung zu unterbreiten.«

»Kapitän, ich habe in dem Vaterland dieses Mannes nichts zu befehlen, aber um Euretwillen soll er heimkehren dürfen. Ich werde diesen Wunsch der betreffenden Stelle zu erkennen geben; dabei aber mag er selbst eine Bittschrift an seine heimatliche Behörde gehen lassen, und ich bin überzeugt, daß dieses Gesuch nicht abschlägig beschieden wird. Seid Ihr zufriedengestellt?«

»Ich empfinde die Gnade Ew. Majestät mit herzlicher Dankbarkeit!«

»Und für Euch selbst, habt Ihr da keinen Wunsch?«

»Sire, gebt meinem Vaterland den Frieden, dessen es bedarf; gewährt ihm, was es braucht, um glücklich zu sein, so sind meine heißesten Wünsche erfüllt!«

»Ihr verlangt für Euch nichts und für Euer Vaterland doch mehr, als ich vielleicht zu geben vermag. Man muß sich dem Schicksal anzupassen suchen. Zum Wohl des Vaterlandes hat ein jeder einzelne nach Kräften beizutragen. Ihr selbst habt scheinbar genug getan, aber es gibt einen Wirkungskreis, in dem Ihr noch Besseres leisten könntet. Soll Euch dieser verschlossen bleiben?«

»Majestät, die Frage macht mich glücklich, aber dennoch muß ich mit einem bitteren ›Ja‹ antworten.«

»Warum?«

»Ich bin ein Seemann, ein Krieger, aber ich werde niemals ein Kriegsknecht sein können. Ich beklage den Feldherrn, der den Krieg nur um des Krieges willen führt; der Krieg ist eine traurige Notwendigkeit; er soll geführt werden, wenn ihn ein großer Zweck erheischt, und nur so, daß dieser Zweck auch erreicht wird. Wäre dies nicht der Fall, so würde ich als Offizier meinen Abschied fordern oder nehmen.«

»Ah, ich sehe, daß ich mich in Euch nicht getäuscht habe! Ihr wollt mir einen Rat erteilen, wie damals in Toulon!«

»Ich bin nicht zum Ratgeber eines Kaisers berufen. Zum Bürger Colonel Bonaparte konnte ich ohne Bedenken sprechen, heute aber darf ich nur der Gründe gedenken, die mich abhalten, in die Marine zu treten, und mich zwingen, ein ›Privateer‹ zu bleiben.«

»Surcouf, Ihr könnt sprechen, ja Ihr sollt sprechen! Ich werde Eure Offenheit ohne Zorn entgegennehmen. Ihr wißt, daß man sagt, ich habe die Absicht, in England zu landen?«

»Ich weiß, Sire, daß Ihr Eure Truppen bei Boulogne zusammenzieht; aber ich weiß ebensogut, daß diese Truppen nicht nach England kommen werden.«

»Ah! Ihr behauptet kühn!«

»Meine Behauptung hat triftige Gründe. Wo hat Frankreich die Seemänner, die es vermögen, uns den Weg nach England zu öffnen, indem sie die Engländer von unseren blockierten Häfen vertreiben und ihre Flotten in den Grund schießen? Wo sind die Schiffe, die dazu gehören? Es bedarf langer Jahre, Jahre des Friedens, um Frankreichs Seemacht von den Wunden zu heilen, die ihr geschlagen worden sind. Frankreich muß mit allen anderen Nationen Frieden haben, um sich auf den großen Schlag vorbereiten zu können, mit dem es Englands Übermacht demütigt, denn Frankreich hat keinen anderen Feind als nur diesen einzigen: – England. Ach, Sire, warum habt Ihr Robert Fulton von Euch gewiesen? Ohne Prophet zu sein, behaupte ich, daß in wenigen Jahren der Dampf die riesigsten Schiffe über alle Meere treiben wird. Dann werdet Ihr bedauern, die Gelegenheit, der mächtigste Monarch zu sein, von Euch gestoßen zu haben!«

»Pah, Fulton! Er ist ein Träumer und seine Träumerei scheint ansteckend zu sein, da sie sogar Euren Kopf ergriffen hat.«

»Majestät haben mich aufgefordert, zu sprechen, und können überzeugt sein, daß ich nichts sage, von dessen Wahrheit ich nicht ganz durchdrungen bin. Ich bin kein Höfling, sondern ein nüchterner Seemann, und wenn ich Phantasie besitzen sollte, so will ich sie jetzt nur gebrauchen, um zu denken, ich spräche noch zu dem Bürger Colonel Bonaparte. Ein eigennütziges Interesse treibt mich nicht, denn ich werde nach Indien zurückkehren, wo Hunderte meiner bedürfen. Mein Schiff ist der kleine ›Faucon‹; auch ich will klein bleiben; auch ich habe etwas vom Falken an mir; ich muß mich frei bewegen können, mein Flug muß nur von meinem eigenen Willen abhängig sein; ich bin ein schlechter Untergebener.«

Der Kaiser hatte ruhig zugehört. Kein Zug seines ehernen Angesichts verriet, was er bei den Worten Surcoufs dachte; jetzt aber spielte ein leises Lächeln um seine Lippen, und er meinte fast scherzend:

»Surcouf, Eure Heimat ist die rauhe Bretagne, und Ihr seid deren echter Sohn: derb, offen, kühn, fromm, treu und dabei ein klein wenig unhöflich oder gar rücksichtslos. Aber der Bürger Colonel Bonaparte hat einst Wohlgefallen an Euch gefunden und wünscht jetzt, ein halbes Stündchen mit Euch zu verplaudern. Folgt mir!«

Er schritt voran und der Kapitän trat hinter ihm in ein anderes Gemach. –

Eine volle Stunde war seitdem vergangen, und von Minute zu Minute ließ sich Oncle Carditon an der Tür sehen, um den Herrn Kapitän ja sofort empfangen zu können. Und je länger es dauerte, desto freudiger glänzte das Gesicht des Wirtes; denn welch eine Ehre für seine Auberge, daß sein Gast die kostbare Zeit des Kaisers so lange in Anspruch nehmen durfte!

Endlich kehrte Surcouf zurück. Sein Gesicht war sehr ernst, aber er nickte doch dem Oncle Carditon freundlich zu und begab sich sodann hinauf in seine Wohnung. Ervillard und Holmers hatten auf ihn gewartet; sie kamen sogleich, um sich nach dem Ergebnis der Audienz zu erkundigen.

»Du warst so lange bei dem Kaiser?« fragte der Leutnant.

»Allerdings, Herr Kapitän!«

»Wie? Was? Welchen Kapitän meinst du?«

»Den Fregattenkapitän Bert Ervillard, den ich hiermit herzlich beglückwünsche!«

Ervillard begriff nicht eher, als bis Surcouf ihm seine Ernennung ausführlich erzählte. Aber der Eindruck war ein anderer, als er gedacht hatte.

»Trittst du auch in die Marine?« erkundigte sich der Leutnant.

»Nein; ich gehe nach Indien zurück.«

»So gehe ich mit! Ich bleibe bei dir; sie mögen ihre Fregatte behalten!«

»Das wird sich schon noch finden. Übrigens hat mir der Kaiser höchst eigenhändig unser Prisengeld ausgezahlt. Laß sehen, wieviel es ist!«

Napoleon hatte kaiserlich honoriert, und als Surcouf sagte, daß auch sein Prozeß bereits günstig entschieden sei, verdoppelte sich die Freude, an der Holmers herzlich teilnahm.

Surcouf reichte ihm die Hand. »Segelmeister«, sagte er, »auch deine Sache steht gut. Du wirst heimkehren dürfen, denn der Kaiser will dein Gesuch befürworten.«

Der Deutsche weinte vor Freude; auch die anderen waren gerührt, und Surcouf gestand:

»Heute habe ich einen Kampf zwischen Ehrgeiz und Prinzipientreue bestehen müssen. Der Kaiser geht nicht nach England; ich glaube vielmehr, daß seine Rüstung Österreich und Rußland gilt. Ich sollte eine Eskadre im Mittelmeer befehligen und habe es abgeschlagen, weil ich in England den einzigen Feind Frankreichs erkenne und gegen keine andere Macht kämpfen werde.«

»So hat er dich wohl im Zorn entlassen?« fragte nun Ervillard.

»Nein, sondern in allen Gnaden. Er ist ein großer Geist, ein gewaltiges Genie, aber er wird untergehen, weil er sein Ziel auf einem durchaus falschen Weg sucht.« –

Und wieder am nächsten Tag wurde Oncle Carditon aus seinem Gleichmut gerissen, denn es erschienen mehrere Equipagen, aus denen reich uniformierte Herren stiegen. Sie ließen sich die Wohnung Surcoufs zeigen, und eine halbe Stunde später erzählte der Oncle allen seinen Gästen atemlos, daß Kapitän Surcouf vom Kaiser das Kreuz der Ehrenlegion und einen von kostbaren Steinen funkelnden Degen erhalten habe. Welche Ehre abermals für die Auberge! Es gab große und größte Hotels, in denen kein einziger Gast den goldenen, fünfstrahligen Stern und einen Ehrendegen erhalten hatte!

Eine Woche später reiste Surcouf nach Brest. Es gelang ihm, die Engländer zu täuschen und mit seinem »Falken« in See zu stechen.

Bert Ervillard ging nur nach Brest mit; er hatte dem selbstlosen Drängen seines bisherigen Kapitäns nachgegeben und sich entschlossen, das Kommando der Fregatte zu übernehmen.

Der Segelmeister Holmers blieb noch kurze Zeit in Paris bei Oncle Carditon wohnen, bis er dann die Erlaubnis erhielt, nach seiner Heimat zurückzukehren. Sein Kapitän hatte für ihn gesorgt. –

Robert Surcouf hat noch lange Jahre den Kampf gegen Albion erfolgreich fortgesetzt. 1827 ist er gestorben.

Napoleons Stern ging unter im Jahre 1815 im Monat Juli, wo er auf dem »Bellerophon« als Gefangener nach England gebracht wurde. Im Kanal begegnete ihm das erste Dampfschiff, das er sah; da wandte er sich an Montholon, der neben ihm stand, und sagte im trübsten Ton:

»Als ich Fulton aus den Tuilerien wies, habe ich meine Kaiserkrone weggegeben!«

Und als er auf St. Helena, von aller Welt verlassen und von dem englischen Gouverneur Hudson Lowe fortwährend auf das bitterste gekränkt, eines Tages auf der Klippe stand und seinen Blick nach Norden über das Meer schweifen ließ, legte er dem treuen Bertrand die Hand auf die Schulter und seufzte:

»Jener Robert Surcouf hatte recht: England war mein einziger Feind. Der kühne Kaperkapitän wußte den richtigen Weg, diesen Feind zu besiegen. Adieu, ma belle France!« –